Das Zimmer der Signora

Hansjörg Schertenleib
Das Zimmer der Signora

Roman

Kiepenheuer & Witsch

Sämtliche Figuren und Handlungen
dieses Romanes sind frei erfunden.
Das Kriegsveteranenheim ›Casa Militare Umberto I‹
im norditalienischen Turate diente mir als Ausgangsort,
von welchem ich mich jedoch völlig löste.
Somit ist auch der Schauplatz des Romanes
als fiktiver Ort zu betrachten.
H. Sch.

3. Auflage 1996

Umschlaggestaltung Nina Rothfos, Hamburg
Umschlagfoto Hans Bellmer, *Doll* (La Poupée)
© VG Bild-Kunst, Bonn 1995
Satz Jung Satzcentrum GmbH, Lahnau
Druck und Bindearbeiten Pustet, Regensburg
ISBN 3-462-02514-7

Für Romana und Hans-Arthur

INHALT

I

DIE STILLE WUT

»Den Käfig der Vögel betreten,
ohne sie zum Singen zu bringen.«

Chuang-tse

1.

Die Nachricht vom Tod meines Vaters erreichte mich am
letzten Donnerstag im März, genau zwei Wochen nach meinem vierundzwanzigsten Geburtstag.
»Vater hat sich das Leben genommen. Erschossen«, sagte
Pino.
Ich hatte lange nichts mehr von meinem älteren Bruder
gehört. Seine Stimme klang erstaunlich sicher. Im Hintergrund war das Weinen seiner achtjährigen Tochter Nina zu
hören. Pino redete italienisch, wie immer, wenn er mich auf
Distanz halten will. Zeichnet Autos, Brüderchen Bruder.
Jahrelang nichts anderes als Rennautos; Boliden, wie er sie
zärtlich nennt. Neben die Zeichnungen schreibt er die tech-
nischen Angaben seiner Motoren: Pferdestärke. Höchst-
geschwindigkeit. Beschleunigungswert. Zylinderzahl.
»Auf seinem Dachboden erschossen. Mit einem Repetiergewehr. Er hat…« Mein Bruder brach den Satz ab, schwieg.
Bis jetzt hatte ich nichts gesagt. Repetiergewehr? Das Wort
klang widerlich. Böse und dunkel. Ich wollte nicht, daß er es
aussprach. Verlor ich mit dieser Nachricht den letzten Rest
Unschuld, der mir aus der Kindheit geblieben war? Meine
Stirn fühlte sich kalt an, hart wie Stein. Vor dem Fenster war
es ruhig, warm. Alles sah aus wie immer, durfte das sein?
»Bist du noch da?« fragte Pino.
Diese Frage hatte er mir schon früher gestellt. Wenn wir in
unseren Kinderbetten lagen, mit verschwörerischen Stimmen den vergangenen Tag besprachen und ich plötzlich
schwieg.
»Bist du noch da?« wiederholte er.
»Ich habe gar nicht gewußt, daß Vater ein Gewehr besitzt.«
Ich bereute den Satz, kaum war er gesagt. Meine Stimme ist
geschaffen dafür, andere zu erschrecken oder zu erfreuen.

Sie ist zweifellos das Eindrucksvollste an mir. Wer meine Stimme am Telefon hört, hält mich in der Regel für älter. Meine Stimme verspricht Reife und Erfahrung. Mich sollte man hören, nicht sehen. Ich bin zu klein und zu schwer für meine Stimme, zu dick. Vater hatte immer sehr leise gesprochen. Nicht unbestimmt, nur eben leise, sorgsam. Asche, Asche. Weiße, muskulöse Waden, dicht behaart und marmoriert von rätselhaften, von verästelten toten Adern, violetten Beulen, von Leichenflecken. Ich hätte gerne geweint, beherrschte mich aber. Sah aus dem Fenster. Sah Häuser. Natur. Blühende Sträucher, sah Dreck.

»Das erstaunt mich überhaupt nicht«, sagte Pino böse.

»Was? Was erstaunt dich nicht?«

»Daß du nichts weißt von Oreste. Gar nichts. Du hast dich ja schließlich auch nicht um ihn gekümmert.«

»Ganz im Gegensatz zu dir.«

»Nie.«

Unser Gespräch wurde von stetem Rauschen und Knacken in der Leitung begleitet. Das Weinen seiner Tochter war jetzt nicht mehr zu hören, dafür die Geräusche des Verkehrs. Mein Bruder wohnt direkt an der Hauptstraße, die von Mantova nach Parma führt. In meiner linken Wade zuckte ein Muskel, nicht zu kontrollieren. Ich mußte das Standbein wechseln. Wir schwiegen. Was ich sah, nahm ich unbewußt wahr. Speicherte es in meinem Gedächtnis für später: Auf dem Fensterbrett die verschrumpelte Schale einer Orange, daneben Ahornblätter, mitgebracht von einer Herbstwanderung mit Mutter im letzten Jahr. Totes Laub. Gedanken tauchten auf und verschwanden. Bedeutungsvoll wie Sätze, die bloß für Augenblicke auf einem geheimnisvoll beschichteten Papier auftauchen und dann verschwinden. Ich hätte mich setzen können, blieb aber stehen. Stand aufrecht, dann gekrümmt. Bucklig.

»Oreste will kremiert werden«, sagte Pino.

»Vater will nicht beerdigt werden?« fragte ich.

»Du mußt mir helfen, Stefano. Er war auch dein Vater. Ich schaff' das nicht alleine. Das Haus. Die Werkstatt.«

»Ich habe keine Ahnung, wie man eine Kremation organisiert«, sagte ich.

»Du hast ja wohl keine Lust, in seinem Haus zu wohnen«, sagte Pino.

»Ich will nicht in Italien leben, das weißt du ganz genau. Und außerdem bist du derjenige, der eine Familie hat.«

»Dann müssen wir das Haus verkaufen«, sagte Pino.

Vater hatte sich das Haus vor zehn Jahren gekauft, gleich nach der Scheidung. Es stand außerhalb der Ortschaft S. Nazzaro, keine 20 Kilometer von seiner Geburtsstadt Cremona entfernt. Aus den Fenstern des oberen Stockes sieht man über den Po, der an dieser Stelle eine sanfte Kurve beschreibt und die Form eines kleinen Sees annimmt. Im Erdgeschoß hatte sich Vater eine Schusterwerkstatt eingerichtet, wovon er während seiner Zeit als Gastarbeiter in der Schweiz immer geträumt hatte. Mein Bruder war nach der Trennung unserer Eltern mit Vater nach Italien gezogen, ich blieb mit Mutter in Zürich. Pino hatte seine Entscheidung damit begründet, daß er sich in Cremona besser als irgendwo sonst zum Geigenbauer ausbilden lassen konnte.

»Du kannst natürlich bei uns wohnen«, sagte Pino.

Unser Gespräch kam nicht in Gang. Weder Pino noch ich besaßen je die Fähigkeit, das Kommando zu übernehmen. Wir waren früher schon Mitläufer gewesen. Wir gehörten in die zweite Reihe, in den Chor. Hinter diejenigen, denen die Aufmerksamkeit galt, das Interesse, die Bewunderung, der Haß. Uns galten die gemischten Gefühle und die kleinen Regungen.

»Hast du Mutter angerufen?« fragte ich.

»Das ist deine Aufgabe. Nicht meine.«

»Und was soll ich ihr sagen?«

»Daß sich Vater erschossen hat, du blöder Idiot.«
Er schwieg. Sein Haar ist dicht und schwarz, meines ist
schütter und rot. Ihm sieht man den Italiener an, mir nicht.
Bestimmt hatte er ein Glas in der Hand. Grodino. Campari
Soda. Pino weinte. Ich hörte ihn schluchzen, ging aber nicht
darauf ein. Mein Handrücken, ich leckte ihn ab, schmeckte
nach Metall. Projektil, abgefeuertes. Gewehrkugel. Ich versprach meinem Bruder, am nächsten Morgen den ersten Zug
nach Cremona zu nehmen und legte auf. Der Telefonhörer
fühlte sich warm an, die Tischplatte kalt. Auf dem Balkon des
gegenüberliegenden Hauses stand ein alter Mann. Er rauchte
und sah dabei in den Himmel. Flugzeugtragflächen, Kamine.
Ich fühlte Schwindel, als falle eine Feder erst durch das Innere meines Kopfes, dann durch den Körper, abwärts, abwärts. Ich trat in einen neuen, unbekannten Abschnitt meines Lebens ein, ob ich wollte oder nicht. Tod. Der richtige,
aus dem keiner zurückkehrt. Der endgültige, der keine
Nachsicht kennt, auch nicht mit den Vätern. Mein Kinn sank
auf die Brust, ich sah mir im Spiegel dabei zu, wie ich mich
zwang, den Kopf zu heben. Glitt durch einen Moment des
Glücks. Glasklare Helligkeit, Licht und Schatten perfekt ge-
trennt, geordnet. Sonne brannte, ich schloß die Augen. Als
ich sie wieder öffnete, sprangen Blitze von jedem fixierten
Gegenstand auf, ein Feuerwerk der Reize und Irritationen.
In den Augenwinkeln schien sich Unbekanntes zu bewegen,
Fremdes. Drückte die Finger meiner rechten Hand in die
Erde der Zimmerpflanze, roch daran: Regen, der gegen die
Scheiben trommelt, der den Fluß aufwühlt, die Dächer von
S. Nazzaro verschleiert und Schneisen in das ungeschnittene
Korn drückt. In der Werkstatt riecht es nach Leder, nach
Schuhwichse, und als ich das Fenster öffne, auch nach Erde
und dem Holz, das Vater im Garten mit der Axt zerschlägt,
trotz des Regens. Sein Grundstück wird durch einen
Drahtzaun von einer Wiese abgegrenzt, die bis zum Flußufer

15

abfällt. ›Meine Wildnis‹ nannte Vater dieses Stück Land, in welchem nachts der Wind seufzt und ächzt. Bei meinem letzten Besuch vor mehr als einem Jahr habe ich dort auf einem Spaziergang eine tote Schlange gefunden, von einer Sense entzweigeschnitten. Die Hälften lagen gekrümmt im Gras. Ich kannte Vaters Haus nur von den wenigen Ferientagen, die ich dort verbracht hatte.

Ich wählte die Nummer meiner ehemaligen Freundin, wollte sofort wieder auflegen, als ihr neuer Freund abhob, und meldete mich dann doch.

»Laß sie endlich in Ruhe«, sagte er, »sie will nichts mehr von dir wissen.«

»Arschloch«, schrie ich, »mein Vater hat sich umgebracht.«

Aber er hatte bereits aufgelegt. Glückspilz, schlanker. Liebhaber, erfolgreicher, gutaussehender. Auf meinem Tisch lag die Ausschreibung für die Aufnahmeprüfung der Schauspielschule, daneben ein Buch mit Sprechübungen: DER FRECHE PINO FEGT SELBST BEI SCHNEEGLÄTTE MIT SEINEM ELENDEN GELBEN WÄGELCHEN SO SCHNELL UND SELBSTVERGESSEN ÜBER SCHNEEVERWEHTE STRÄSSCHEN UND WEGE HINWEG, ALS WENN ER SICH AUF DER BESTEN RENNSTRECKE BEFÄNDE, DASS SELBST RENNFAHRER WEGSEHEN WERDEN, WENN ER DAHERPRESCHT. Ich übte den Satz so lange, bis ich ihn auswendig und in hohem Tempo dahersagen konnte. In der Küche stapelte sich Geschirr. Marcel hatte beinahe jeden Abend Gäste, ihm gehörte die Wohnung. Ich machte mich daran, die Küche aufzuräumen und abzuwaschen. Ich dachte nicht an dich, Vater. Ich dachte an dein Haus, an deine Werkstatt. Es gefiel mir, das Chaos zu beseitigen, für Sauberkeit und Ordnung zu sorgen. Aufgrund des Besteckes, der Teller und Gläser, die ich spülte und abtrocknete, hatte Marcel offenbar letzte Nacht für sechs Gäste gekocht. Weinflecken, Salatreste, Fettränder. Ich arbeitete gewissenhaft, gnädig abgelenkt auch durch die Übungssätze, die ich halblaut wiederholte. DER ÜBERGESCHNAPPTE BUB LIEBT DAS BLÖDE PÜPPCHEN UNSTERBLICH. ZUM ANDENKEN AN DEINE DAME DARFST DU DIESE FLIEDERDOLDE DÖRREN. Der fleißige Untermieter, der das Eckzimmer neben dem Bad bewohnt. Ich schuldete Marcel mittlerweile bereits drei Monatsmieten. Das Geld, das ich als Fahrradkurier verdiente, reichte nicht. Außerdem hatte Mutter damit aufgehört, mir die Miete zu bezahlen. Spuren von Lippenstift auf Zigarettenfiltern und Glasrändern. Colline de Saint-Emilion, fünf Flaschen. Ich schüttete die Reste zusammen und stieg mit dem Glas aufs Dach. Ein verrostetes Geländer läuft um das betonierte Rechteck, dahinter fällt das Dach steil ab. Bald würden die Blätter umstehender Bäume den Blick in die Tiefe unmöglich machen. Dort stand ein Brunnen, in dessen Becken abends Tauben badeten. Die Sicht ging über Firste, Mansardenfenster, Kuppeln. Tot. Althochdeutsch. Altenglisch. Tod. Gewalttätige Begriffe, majestätische Worte. Erschossen. Sich selbst gerichtet. Die Worte waren zu groß, ich verstand sie nicht. Wanderer aus dem Nichts. Die Luft war angenehm warm und weich, der Abendhimmel hoch und rosa eingefärbt, okkult. Ich ließ das leere Glas fallen.

Schuhe, in langen Reihen stehen sie in Vaters Werkstatt. Abgetragene Paare, so häßlich wie würdevoll. Roch ich das Leder, den Gummi? Aufhören zu atmen, ich atmete schneller. Hechelte in die Leere. Energie: Das Geländer schien geladen damit, summte, ich zuckte zurück. Bald würde die Sonne untergehen, wie großzügig. Der Fußboden der Werkstatt ist aus Eichenbrettern gefügt, die Wände sind roh und unverputzt, die Maschinen alt. Einfache Geräte, die Kompetenz ausstrahlen, genau wie die genarbte Arbeitstheke, auf der sich flache Dosen stapeln. Am Rand meines Gesichtsfeldes blinkte Werbung. Ich weigerte mich, den Kopf zu drehen. Stand steif da, das blinkende Licht ignorierend. Ich weinte nicht, ja, ich weinte nicht. Nein. Aus den Straßen stiegen Stimmen auf, menschliches Gesumm, ähnlich dem Geräusch eines großen Fahrstuhles. Ich stand da. In der seidigen Luft. Das Geländer meidend. Dann fuhr ich zu Mutter, es war bereits dunkel.

2.

Das Taxi glitt den Fluß entlang, der über weite Strecken von Büschen und Bäumen verdeckt war. Einmal fuhren wir durch ein Wäldchen, und die Luft war so klar, daß ich die zerklüftete Rinde einzelner Stämme sehen konnte, deren Maserung. Bald darauf war auch der Po zu sehen, ein Geflecht schimmernder Wirbel und tanzender Strömung.
Nachdem ich in Cremona aus dem Zug gestiegen war, hatte ich in einer Bar einen Espresso getrunken. Der Fahrer des Taxis schwieg, er hatte nach meinem ersten Satz erkannt, daß ich aus der Schweiz kam, und das Radio angedreht. In seiner Sonnenblende steckten Votivbilder. Ich gab dem Mann einsilbige Fahranweisungen, und erst, als ich den Dachfirst von Vaters Haus schon sehen konnte, drehte er noch einmal den Kopf und sah sich nach mir um.
»Sie hätten auch mit dem Zug bis Castelvetro oder S. Pietro fahren können. Das wäre Sie billiger gekommen.«
Er seufzte und fuhr auf den Vorplatz, wo bereits ein anderes Auto stand. Ich bezahlte im Fond sitzend, stieg aus. Der Taxifahrer machte keine Anstalten, loszufahren. Er kurbelte sogar das Fenster herunter und sah mir interessiert zu, wie ich über den Platz ging. Mich dem Haus meines toten Vaters näherte. Als ich den Flur betrat, hatte ich den Geruch meiner Kindheit in der Nase. Das war in diesem Haus zwar nicht möglich, aber der Geruch war trotzdem unverkennbar da. In der Werkstatt war es dunkel, und ich brauchte eine Weile, um

mich zurechtzufinden. Die Luft war abgestanden. Auf der Theke lag eine Ledertasche mit Schnappschloß, die ich noch nie gesehen hatte. Draußen hörte ich Kies gegen Blech prasseln und Reifen, die einen kurzen Moment nicht griffen. Das Taxi fuhr also endlich weg. In den Regalen stapelten sich Schuhe, an denen Zettel befestigt waren. Zerrissenes Schaftleder, schiefgetretene Absätze und Sohlen. Neben der einen Maschine lag ein einzelner Stiefel, dahinter stand das Telefon. Vater hatte mich nur an meinem Geburtstag und kurz vor Weihnachten angerufen. Ich wollte eben die Tür öffnen, durch die man in Küche und Stube gelangt, da trat ein Mann in Anzug aus der Abstellkammer. Er sah mich prüfend an und blieb hinter der Theke stehen, eine Hand in der Tasche seines Jacketts verbergend.

»Darf ich fragen, wer Sie sind und was Sie hier tun?«

Seine Stimme war tiefer, als ich erwartet hatte.

»Ich bin sein Sohn«, sagte ich, »ich meine, er war mein Vater.«

Er zog die Hand aus der Tasche und zeigte mir seinen Ausweis, ohne daß ich ihn dazu aufgefordert hatte. Er war von der Polizei. Dann reichte er mir die Hand.

In seinen Mundwinkeln klebte getrockneter Speichel. Er war mindestens einen Kopf größer als ich.

»Mein Beileid«, sagte er.

Er machte eine kurze Pause und sah sich um.

»Dann sind Sie also Pino Mantovani.«

»Bin ich nicht, nein. Stefano. Sein Bruder. Ich meine, ich bin der andere, der jüngere Sohn.«

»Ich habe nichts von einem zweiten Sohn gewußt, bitte entschuldigen Sie.«

Er steckte sich eine Zigarette an, und wir standen uns unschlüssig gegenüber. Erst jetzt nahm ich das Ticken der Wanduhr wahr. Vater hatte mich bei meinem letzten Besuch gebeten, sie aufzuziehen. Ihr Schlüssel war erstaunlich zier-

lich, trotz des langen Bartes. Als ich das Gehäuse hatte
schließen wollen, sah ich das Ende einer Schnur, wie ich
glaubte. Gleich darauf hatte ich den Schwanz einer toten
Maus in der Hand gehalten.

»Ich habe mich noch einmal umgesehen«, sagte der Beamte,
»aber es ist alles in Ordnung.«

»In Ordnung?« fragte ich böse.

Legte beide Fäuste auf die Arbeitstheke. Das abgearbeitete
Holz fühlte sich gut an, gab Zuversicht.

»Ich wollte damit nur sagen, daß die Untersuchungen abgeschlossen sind. Ihr Vater hat sich zweifellos selbst...«

Die Asche seiner Zigarette bog sich, drohte abzufallen. Ich
ahnte zwar, wo Vaters Aschenbecher stand, blieb aber ungerührt stehen.

»Es war eindeutig Selbstmord«, sagte er bestimmt.

Das weiße Hemd des Mannes war gebügelt. Er hatte den
trockenen Husten eines Kettenrauchers. Er starrte ins Leere.
Die Fensterläden knackten in der Sonne.

»Wer hat ihn eigentlich gefunden?« fragte ich.

Der Beamte trat hinter der Theke hervor und schnippte die
Zigarette durch die offene Tür auf den Vorplatz. Die Sonne
zeichnete Striemen auf den Kies, der Schatten des Nußbaumes war noch schmal; nicht einmal Pinos Auto hätte darin
Platz gefunden.

»Ein Kunde hat Ihren Vater gefunden«, sagte der Beamte mit
unbeteiligter Stimme, »kommen Sie, ich zeige es Ihnen.«

Er öffnete die Tür zum Treppenhaus. Es fiel kaum Tageslicht
durch das Fensterchen, und ich folgte dem Mann auf der
Treppe. Auf der untersten Stufe standen Vaters Gartenstiefel,
an der Tür zum Keller hing sein Regenschutz, den er auf dem
Fahrrad getragen hatte. Gelb, gesprenkelt von Dreckspritz-
zern, groß wie ein Kinderzelt.

Saß ich ohne Bewegung, hörte ich das Rauschen des Flusses, und dahinter, als steten Ton, das Summen der Autobahn. Die Sonne fiel durch das zersplitterte Glas des einen Fensters und flutete über den Boden des Dachstockes. Ich hatte den Raum zuerst nicht wieder betreten wollen, nachdem ich den Polizeibeamten zu seinem Wagen begleitet hatte. Aber dann war ich doch noch einmal über die Leiter unters Dach gestiegen. Ich setzte mich sogar direkt neben die Lache. Dunkles, getrocknetes Blut. Eine spiegelnde Fläche, in welcher sich Licht brach, durchzogen von feinen Sprüngen. Ich empfand Ekel und Haß. Schlittschuhläufer sah ich. Sie brachen ein, sie ertranken. Schreie in einer kreisrunden Waldlichtung, die niemand hört. Krähen scheuchen sie auf, sonst nichts. Dann wird es still. Dann fällt Schnee. Der Beamte hatte mich durch den Dachboden geführt, als sei er der Architekt, der dem Bauherrn seine Arbeit zeigt. Er hatte sich sehr sachlich ausgedrückt und mir dabei in die Augen gesehen. Diese Anstrengung machte seine Handbewegungen zackig und herrisch. Zweimal hatte er eine Zigarette aus dem Paket gezogen, sich dann aber an die spezielle Situation erinnert, in der wir uns befanden. Er hatte darauf verzichtet zu rauchen, bis wir aus dem Haus traten. Er wirkte wie ein Versicherungsvertreter. Er hatte ein Ziel und strukturierte seine Sätze nach einem Programm. Er verfolgte einen Plan: Offene Fragen klären. Angehörige kompetent informieren und beruhigen. Akte schließen, Tatort verlassen. Fall vergessen. Fixiert von diesem Beamtenblick hatte ich keine Fragen gestellt. Trauer empfunden, Elend. Draußen, vor dem zerschossenen Fenster, schien weiterhin alles normal zu sein. Getreidefelder, fern die Dorfdächer, schaukelnde Äste, der Fluß. Alles war an seinem vorgesehenen Platz. Vater hatte sich den Lauf des Gewehres in den Mund gesteckt, dann abgedrückt. Hatte er darüber gelesen, einen Fernsehbericht gesehen, Zeitungsbilder? Den eisernen Lauf in den Mund schieben. In den Mund. Zwischen die eigenen Lippen, Zähne. Warten. Mit geblähten Wangen warten. Den Finger am Abzug, welchen? Einen Zeh. Aber welchen? Setzt sich also in den knarrenden Korbsessel auf seinem Dachboden, schiebt sich den Lauf seines Repetiergewehres in den eigenen Mund. Auf die Zunge. Schmeckt dieser Tod nach Eisen, Blei? Nach Stahl? Und drückt ab. Mein Vater hat abgedrückt. Hat den Schuß ausgelöst. Ruck in die Eingeweide, in das eigene Fleisch. Gehirn. »Die Kugel hat nach dem Austritt aus dem Hinterkopf des Opfers die Scheibe des Dachbodenfensters durchschlagen«, hatte der Beamte erklärt und auf das zersplitterte Glas gedeutet, »das hat einen Kunden stutzig gemacht.« Welche Gefühle hatte die Existenz des Repetiergewehres in meinem Vater ausgelöst? In welcher Weise hatte es seinen Alltag verändert? Hatte jemand den Schuß gehört, diesen einen Schuß? Und er? Hört ein Selbstmörder die Kugel, die sich aufmacht, den Tod zu bringen? »Ihr Vater scheint ein Waffennarr gewesen zu sein«, hatte der Polizist bemerkt und mich abwartend gemustert. Ich hatte genickt, als wüßte ich über Vaters Waffensammlung Bescheid. Ich wollte ihm keine Anhaltspunkte über unser Familienleben liefern. Der Beamte hatte mich nicht aus den Augen gelassen, er war in meiner Nähe geblieben, bis er ging.

»Wir haben den Dachboden notdürftig reinigen lassen. Um Ihnen den schlimmsten Anblick zu ersparen.« Mit diesen Worten hatte er auf die trockene Lache gedeutet und auf einen Fleck in der Dachschräge. Auf Spritzer an den Wänden. Ich hatte den Beamten zu seinem Wagen begleitet. Er hatte mir fest die Hand gedrückt, ohne mir in die Augen zu sehen. Die Sonne holte Gegenstände aus dem Dämmer. Bodenbretter knarrten vertraulich. Einmal stelzte ein Vogel über die Ziegel. Vater hatte keinen Abschiedsbrief hinterlassen. Keine einzige Zeile. Er hatte mir nie geschrieben. Grußlos stand seine Unterschrift unter vorgedruckten Geburtstagskarten. Saß ich lange auf dem Dachboden, war ich sogar eingenickt? Es waren keine fünfzehn Minuten, sie dauerten eine Ewigkeit. Die Sonne. Der Staub. Der über den Holzboden schwebte. Einen Wintermantel sah ich hängen, eingeschlagen in Plastik. Koffer, Schuhe, Kleider, Werkzeug. Eine Holztruhe mit beschlagenen Ecken, zerrissener Lederschlaufe. Kartonschachteln. Irgendwann klingelte das Telefon. Erst zählte ich mit, dann ließ ich es aber bleiben. Ich saß. Ich schaute. Ich war tot. Nein, ich lebte.

Dann fuhr ein Auto vor.

Ich trat an das Fenster und sah meinen Bruder auf dem Vorplatz stehen, eine Hand schützend vor das Gesicht haltend; die Sonne. Jetzt, da ich ihn auf dem Platz vor Vaters Haus stehen sah, weinte ich. Wir sahen uns an, keiner rührte sich, man hätte uns fotografieren sollen, von weit weg. Brüderchen, Bruder. Hockt im Schrank und brummt wie der Motor eines Rennwagens. Dann setzten wir uns gleichzeitig in Bewegung. Gingen uns entgegen. Als ich auf der Leiter nach einer Sprosse griff, wurde ich in die Hand gestochen. Im Sommer nisteten bestimmt Hornissen auf dem Dachboden, Wespen. Aber Ende März? Ich machte das Licht an und suchte den Boden ab, fand aber weder eine Wespe noch eine Hornisse. Vor dem Haus war es heiß, hell.

Pino war vor der Haustüre stehengeblieben, ich mußte ihn hereinbitten, als sei ich der Hausherr. Der Stich war zur Größe einer Erbse angeschwollen und hatte sich dunkelrot verfärbt. Wir umarmten uns und setzten uns in die Küche. Wir redeten über Belanglosigkeiten, brachten es kaum fertig, uns in die Augen zu sehen. In den langen Redepausen hörten wir die Grillen in den Feldern. Pino war unruhig, rutschte auf seinem Stuhl hin und her. Schließlich stand er auf und machte eine Kanne Kaffee.

»Erinnerst du dich an deine Träume?« fragte ich ihn.

»Du nicht?«

»Ob du dich daran erinnerst, wovon du früher geträumt hast.«

»Heute nacht zum Beispiel stand ich auf einer Wiese«, sagte mein Bruder.

»Früher hast du von Autos geträumt.«

»Ich war barfuß und trug kein Hemd. Meine Haare reichten mir bis zur Hälfte des Rückens. Weißt du, was ich mit beiden Händen vor mir hergetragen habe?«

Ich schüttelte den Kopf. Später werde ich Autos bauen. Schnelle Autos, die aussehen wie Raketen und kein Benzin brauchen. Sie fahren mit Wasser aus dem Po. Das werde ich machen, wenn ich endlich erwachsen bin.

»Den Schädel eines Stieres«, sagte Pino, »ich hielt ihn an den Hörnern gepackt und trug ihn vor mir her.«

»Wie eine Wünschelrute?« fragte ich.

»Wie eine Wünschelrute, stimmt. Außerdem hatte ich eine Feder im Haar. Genau wie ein Indianer.«

»Und wonach hast du gesucht mit deiner Wünschelrute?«

»Möchtest du noch Kaffee?« fragte er.

Das Italienisch war mir vertraut und zugleich fremd, fern. Über dem Küchentisch hing eine Fotografie, die Vater offensichtlich aus einer Illustrierten herausgerissen hatte. Die Aufnahme zeigte ein langes Holzboot, das auf einem schilfgesäumten Fluß trieb. Das Boot war mit Strohbündeln und Säcken beladen, die wie Gefangene in den Bug gesetzt worden waren. Der Mann, der ruderte, trug einen Hut und hielt das eine Ruder senkrecht in den Nebel gestreckt wie eine Fahnenstange.

3.

Knochen und ihre Frakturen, Zähne und ihre Korrekturen, Plomben. Der Schädel. Die Augenhöhlen. Das Skelett, das noch Jahre später Gestalt und Körpergröße verrät. All dies soll sich in Asche verwandeln. Namenlos, ohne Stimme der Erinnerung. Ausgelöscht.

Vater wünschte eine Kremation, und das war schwieriger zu arrangieren, als wir angenommen hatten. Er hatte ebenfalls festgelegt, daß niemand aus seiner Familie das Recht hatte, sich einzumischen. Die Regelung seiner Verbrennung war einzig und allein Sache von uns, seinen beiden Söhnen. Wir hielten uns daran. Vater hatte ohnehin mit seiner Verwandtschaft gebrochen, so daß niemand auf die Idee gekommen wäre, sich einmischen zu wollen. Wir trafen uns mit zweien seiner drei Brüder, schweigsamen Bauern in der Gegend um Piacenza. Wir saßen auf dem Hof des einen, an einem Steintisch im Schatten alter Bäume, und tranken Rotwein. Sie schienen sich nicht viel aus dem Tod ihres Bruders zu machen oder wollten es uns nicht zeigen. Wir schwiegen die meiste Zeit, sahen über die Felder und ließen uns die Ställe und das Vieh zeigen. Feuer, reinigend, schön anzusehen, Flammen. Scheiterhaufen, die mächtigen Kreuze der Inquisition. Brandfackeln gesichtsloser Henker. Verbrennungsöfen, zart knackend, da ihre Arbeit getan ist, da sie langsam erkalten, auskühlen. In den Wind zu streuen, in den Fluß, über Felder zu verteilen, den Gehsteigen einer italienischen Stadt, über Mittag, wenn die Sonne unsere Schatten als Scherenschnitte auf die Straßen wirft. Pino und ich stürzten uns in die Arbeit, wir verstrickten uns in Verpflichtungen, von denen wir keine Ahnung hatten. Ich wohnte bei meinem Bruder, sie hatten mir ein Bett zwischen Nähmaschine und Bügelbrett hergerichtet. Abends saßen wir zu Hause, und auch dann war der Selbstmord unseres Vaters kein Thema. Ich malte farbige Bilder mit ihrer Tochter Nina. Das Meer. Fabeltiere, Ungeheuer. Das Paradies. Himmel und Hölle. Hockte zusammen mit ihr im Sandkasten, vergaß mich, spielte mit der Katze einer Nachbarin, stundenlang. Eine Kindersprache benutzend, die meinem Italienisch entgegenkam.

Wir trafen die Vertreterin eines Bestattungsinstitutes, die uns beide an eine gemeinsame Lehrerin erinnerte: Sie hatte jeden Morgen vor Beginn der ersten Unterrichtsstunde auf ihrer Blockflöte einen Ton gespielt, den die Klasse aufzunehmen hatte, als Beginn des täglichen Morgenliedes. Sang die Klasse diesen Ton nicht laut genug nach, machte sich die Lehrerin auf die Suche nach ihm. Sie kroch unter Pulte, in Schränke, sah hinter Gardinen, Wandtafeln und entrollte Landkarten. Und jetzt saß uns die Angestellte eines Bestattungsinstitutes gegenüber, die jener Lehrerin aufs Haar glich. Sie trug ein schwarzes Kostüm und zog verschiedene Broschüren und Preislisten aus ihrem Mäppchen, blätterte die Drucksachen feierlich auf.

Zuerst kondolierte die Frau im Namen ihres Geschäftes ›Lentinelli e Fratelli‹, dann zeigte sie uns Abbildungen diverser Urnenmodelle. Die teuerste war aus weißem Carraramarmor gefertigt, neunundvierzig Zentimeter hoch, massiv, und schwer: Zwölf Kilogramm und vierhundert Gramm. Ohne die Asche. »Der Markt hat nichts Schöneres, Edleres zu bieten. Lichtreflexe, als falle Wintersonne auf einen Block Gletschereis. Himmlisch«, sagte sie.

Sie zeigte uns Nahaufnahmen von Reliefschmuck, Efeublättern, Tulpenkelchen, Zierleisten, beschlagenen Griffen und schweren Deckeln mit eingearbeiteten Schlössern. Brocatelle. Griotte. Carrara. Marmormodelle. Urnen aus Stahl und Bronze. Lichtspeichen der Sonne fielen über den Tisch der Trattoria, in der wir mit der Angestellten saßen. Innerhalb von wenigen Minuten trank sie einen halben Liter Weißwein. Auf ihren Wangen tauchten rote Flecken auf, sie hatte Mühe, uns zu fixieren. Die Bedingungen für ein Urnengrab im Kolumbarium des Friedhofes erübrigten sich. Vater hatte angeordnet, daß wir seine Asche in seinem Garten verstreuten.

Wir wählten eine einfache Metallurne.

Vaters Kremation würde am Morgen des nächsten Tages stattfinden. Am Nachmittag würden wir seine Asche in der Urne abholen können.

Die Angestellte des Bestattungsinstitutes war betrunken, als wir sie zu ihrem Auto begleiteten. Der Stich in meiner rechten Hand hatte die Größe einer Baumnuß erreicht. Rötung und Schmerz dagegen waren abgeklungen. Nachdem die Frau weggefahren war, standen wir wortlos in der Frühlingssonne, bevor wir in Vaters Haus zurückkehrten. Pino hatte Magenschmerzen. Mir war seit gestern übel. In der Trattoria hatten wir so dicht nebeneinander gesessen, daß es bestimmt aussah, als müßten wir uns gegenseitig stützen. Pino hatte die Angestellte angefahren, als sie einen weiteren Prospekt aus ihrer Mappe holen wollte.

Wir räumten schweigend auf. Wegwerfen. Verschenken. Behalten. Einzelne Gegenstände schlugen Brücken in die Kindheit. Die meisten berührten mich wenig, gar nicht. Aufbewahren. In Rauch aufgehen lassen. Rücken an Rücken saßen wir. Holten uns gelegentlich Rat vom anderen, arbeiteten respektvoll schweigend. Vertieft, verloren. Müde, uralte Kinder, auf der Suche nach der Narbe im Herzen.

Je mehr wir wegwarfen, desto mehr fanden wir.

Schirmständer, Lampenschirme, Hüte, Ansichtskarten. Erdrückend, verbindlich und ermüdend. Schuhe, Schuhe. Zeitungen, Landkarten, Flaschen. Die Wirklichkeit ist ein Produkt selektiver Wahrnehmung, natürlich. Schuhe überall. Sein und Bewußtsein. Die Bahn, die ein Elementarteilchen beschreibt, existiert nur im Auge des Betrachters. Lederreste, Gummisohlen. Wir fanden Sexhefte, Fotos, Briefe von Mutter. ›Alle 15 Stunden wird irgendwo auf der Welt eine neue McDonalds-Filiale eröffnet‹, sagte eine Stimme im Radio. Es wurde Abend. Männer auf Fahrrädern fuhren an dem Haus vorbei. Kindergruppen verschwanden in den Feldern. Vaters Telefon läutete kein einziges Mal. Keine Fliege summte, Pino war ein Schatten an der Wand. Er brummte wie früher. Wühlte sich durch Kartonschachteln, band Zeitschriften zusammen. Murmelte, fluchte. Die Abendsonne machte das Licht weich. Den Blutfleck hatten wir gemeinsam beseitigt. Wir arbeiteten stundenlang, breiteten Vaters Sachen auf dem Dachboden aus. »Weißt du eigentlich, was Carla macht? Lebt sie noch in Cremona?« fragte ich. Aber mein Bruder hatte den Dachboden verlassen. Er hatte meine Frage nicht gehört. Ein Stapel alter Zeitungen fiel in sich zusammen. Ich zog die nächste Schublade auf. Abschließen. Aus den Augen. Verfeuern. Ordnen und beseitigen. IGEL. MIETE. FLIEDER. DIENER. NIETE. SIEB. RIEGEL. KIES. GIER. HIEB. WIEVIEL VERSPIELTEN DIE SIEBEN BESIEGTEN DIEBE BEI IHREM SPIEL? Aus der Küche roch es nach Kaffee. Als ich mich erhob, knackten meine Knochen. Der Stich an meiner Hand sah imposant aus.

Tageslicht drang durch winzige Luken, warf ein regelmäßiges Muster auf die Steinfliesen. Mein Bruder und ich waren alleine. Vater hatte sich Totenmesse und Abdankungsfeier verbeten. Er wollte keinen Frieden schließen mit der Welt, auch nicht nach seinem Tod. Ich erwartete bis zuletzt, Mutter tauche doch noch auf. Stoße die Türe auf und stehe zwischen Pino und mir. Aber sie kam nicht. Ich hatte noch am Vorabend mit ihr telefoniert.
»Ich kann nicht, Stefan. Ich habe abgeschlossen mit Oreste. Aber ich werde sein Grab besuchen, ganz bestimmt.«
»Es wird kein Grab geben. Vater wird kremiert, verbrannt, eingeäschert. Das weißt du ganz genau.«
»Die Kremation war nicht meine Idee«, sagte sie.
»Es wird kein Grab geben, das du besuchen kannst. Nur ein Häufchen Asche. Und die verstreuen wir in seinem Garten.«
»Ich kann nicht. Unmöglich.«
»Dann will ich dich nie mehr sehen.«

Grußlos hatte ich aufgelegt, zitternd vor Wut und Enttäuschung. Der Angestellte des Krematoriums war sehr freundlich. Er erklärte uns den Vorgang, er öffnete sogar das Tor des Verbrennungsofens und ließ uns hineinsehen. Unter einem Stahlnetz befand sich ein Tablett, das die Asche der Verbrannten auffing. Der Mann war redselig, er zog ein Bein nach, er war der Fachmann, der uns Laien einweihte.

»Der Mensch ist ein Unglück für diese Welt«, sagte er verschwörerisch und schloß das Ofentor.

»Selbst als Tote verpesten wir Luft und Erde. Unsere Friedhöfe verseuchen das Grundwasser, vergiften den Boden. Medikamente und Schwermetalle, eine einzige Sauerei! Gift sind wir. Gift! Gerade als Leichen.«

Er schob uns in einen Nebenraum, mein Blick fiel sofort auf die einzelne Urne, die auf dem Tisch stand. Ein Kofferradio spielte Unterhaltungsmusik, auf einem Tuch lag ein Hund, der den Kopf hob, als wir eintraten.

»Und glauben Sie bloß nicht, eine Verbrennung sei sauber«, sagte der Mann. Er sah uns streng an und bot uns Kaffee aus einer Thermoskanne an. Der Kaffe war heiß und stark, wir tranken schweigend. Die Urne war ein heller Fleck in meinen Augenwinkeln. Störend, aufdringlich.

»Schuld sind die Zahnärzte. Diese elenden Halsabschneider verdienen sich dumm und dämlich damit, daß sie ihren Kunden Sondermüll in die Zähne bauen. Die Entsorgung überlassen sie dann natürlich uns, wem sonst. Amalgam! Quecksilber!«

Die letzten Worte bellte er wie Schimpfworte, der Hund knurrte ungemütlich. Lichtreflexe sprangen von der Urne, luden die Luft mit geheimnisvollem Glanz auf.

»Das in Amalgamfüllungen mit Kupfer, Zinn, Silber oder Gold gebundene Quecksilber verflüchtigt sich bei Temperaturen über 600 Grad Celsius und wird aus dem Kamin geblasen. Zack!«

Er machte eine dramatische Pause, Kampffurchen im Gesicht. Brummte, knurrte.

»Ungefiltert, versteht sich. Man hat die Emissionen gemessen. Und nun spitzen Sie bitte die Ohren, meine Herren: Rekordhalterin ist eine 92jährige Frau mit 48 Kilogramm Körpergewicht. Nach 75 Minuten Verbrennungszeit bei 1000 Grad in der Ausbrandzone hat man eine Quecksilberkonzentration von 2,12 Milligramm pro Kubikmeter gemessen.« Er sah uns triumphierend an.

»Die Amalgamleiche hat demnach pro Stunde 6,75 Gramm Quecksilber freigesetzt. Das ist mehr als in drei Fieberthermometern.«

In seinem Gesicht stand aufrichtiges Entsetzen. Er sammelte die Pappbecher ein und stellte sie in das Spülbecken. Der Hund lag jetzt auf der Seite. In den Ballen seiner Pfoten klebte getrockneter Dreck, Friedhofserde. Erde von den Gräbern, den dazwischenliegenden Wiesenstreifen. Die Urne fing Sonnenlicht, warf es auf den Tisch, den Boden. Ein Lichtkeil fiel über den Rücken des Hundes und die Gummistiefel des Angestellten.

»Und was tun Sie dagegen?« fragte mein Bruder.

»Was man dagegen tun kann? Die Toten trennen. Jeder andere Abfall wird schließlich auch getrennt. Und dann müßte man Spezialöfen bauen, in denen die hochkontaminierten Leichen kremiert werden. Das ist die Lösung«, sagte er.

»Trennen«, wiederholte Pino.

»Trennen«, wiederholte ich.

»Genau. Amalgamträger. Nichtamalgamträger. Nur: Wer stellt dies fest? Meist trifft der Arzt ja erst ein, wenn beim Verstorbenen die Totenstarre bereits eingetreten ist. Soll der Arzt den Mund nun mit Gewalt öffnen oder was? Den Kiefer aufbrechen? Oder soll man den Toten gleich die Plomben aus den Zähnen brechen? Wer denkt da nicht sofort an die Nazis. Sehen Sie!«

Dann überreichte er uns die Urne. Sie war nicht größer als ein Laib Brot. Pino öffnete den Deckel, ich zwang mich, hineinzusehen: Die Asche sah aus wie sauberer Sand. Die ungleichen, elfenbeinfarbenen Körner wirkten, als fühlten sie sich rauh an, Vater, grob. Ich brachte es nicht fertig, sie anzufassen. Tränen stiegen mir in die Augen, ich trat ins Freie. Pino holte mich auf der Allee des Friedhofes ein. Er trug die Urne in einer Sporttasche, er ging hinter mir her. Kurz vor dem Eingangstor kamen uns die drei Brüder unseres Vaters entgegen. Sie waren dunkel gekleidet, trugen saubere weiße Hemden. Wir setzten uns in eine Bar, bestellten Rotwein, Oliven, Brot und Käse. In der Pergola des Lokales war es angenehm ruhig, wir waren die einzigen Gäste. Die Urne stellte Pino unter den Tisch, niemand fragte danach, wollte sie sehen, öffnen. Die Sonne schien. Im Garten flirrte Licht. Vögel pickten im Dreck.

Über den Feldern war es dunkel, nur das Wasser des Flusses blinkte gelegentlich auf, als lägen dort große Scherben.
Pino und ich waren betrunken.
Unsere Arbeit war getan, das Haus und die Werkstatt geräumt. Wir saßen auf dem Dachboden in der Finsternis und öffneten eine weitere Flasche aus Vaters Weinkeller. Die Urne lag im Auto meines Bruders. Wir hatten beschlossen, die Asche am nächsten Morgen auszustreuen. Drückte ich die Augen zu, drehten sich farbige Kreuze umeinander, zogen mich in einen Wirbel, aus dem ich nur entkam, wenn ich die Augen öffnete und ans Fenster trat, tief atmend. Die Nacht war klar, weit. Jedes Geräusch, jedes Licht war von ritueller Bedeutung, als habe der Alkohol neue Sinne in mir aktiviert. Ich führte Buch: Weit draußen erhoben sich die Häuser des Ortes, verschwanden hinter Schleiern. Berauschend und deprimierend zugleich. Schnittstelle Augenbraue. Drehscheibe, ich. Pino wimmerte, er hatte bereits ge-

kotzt, einen dampfenden Fladen, der neben dem Nußbaum lag.

»Wie geht es eigentlich Carla?«

Mein Stimmchen verschwand in der Dunkelheit, kam als Stimme retour. Wuchtig, dröhnend. Ich konnte meine Stimme förmlich sehen, riechen. Pino saß mit offenem Mund auf dem Boden, das Gesicht weich und entspannt und mit einem Ausdruck ungläubigen Erstaunens.

»Weißt du noch, was du Mutter gefragt hast, als Vater damals zu der Beerdigung seines besten Freundes nach Turin gefahren ist?« fragte er.

Ich schüttelte den Kopf, mich. Mein Bruder versuchte aufzustehen, ich mußte ihm auf die Beine helfen.

»Kommt er wieder zurück, hast du sie gefragt.«

»Er redete nie mit mir. Nur mit dir«, sagte ich.

Ich klang wie ein Nachrichtensprecher um Mitternacht. Dramatisch und düster. Lächerlich. Wir standen am Fenster, redeten in die Nacht.

»Blöder Schwachsinn«, sagte Pino.

»Du warst sein Lieblingssohn.«

»Und du das Muttersöhnchen.«

Konzentrierte ich mich nicht, schwankte ich. Tags zuvor hatten wir die zerbrochene Scheibe aus dem Fensterrahmen geschlagen, dabei aber offenbar eine Scherbe übersehen. Pino zog den fingergroßen Splitter aus dem Kitt und warf ihn in die Dunkelheit, wo er wie ein Eiszapfen zersprang.

»Weißt du, warum ich mit ihm nach Italien gezogen bin?«

»Du bist Geigenbauer, Pino.«

»Weil ich Mitleid mit ihm hatte. Darum, du Idiot.«

»Hat er das gewußt?«

»Bist du verrückt?« fragte er.

Seine Stimme war dünn, kam aus einer anderen Welt. Wir ließen die Flasche hin und her gehen, nahmen große Schlucke. War dies die Stunde der Abrechnung?

»Ich konnte nicht mehr sehen, wie er jeden Morgen die Thermoskanne mit Kaffee in seine Ledermappe packte«, sagte Pino.

»Kunstleder«, sagte ich. Klugscheißer, schwankendes Türmchen am Fensterloch.

»Morgen für Morgen gewissenhaft einen Apfel schälen, die Schale in die eben gelesene Zeitungsseite wickeln und dann in den Abfall stopfen.«

»Den Apfel in regelmäßige Schnitze zerschneiden«, ergänzte mein Bruder.

»Acht gleich große Schnitze. Jahrelang.«

»Ohne ein Wort«, sagte er.

»Hunderte von Äpfeln«, sagte ich.

Ich setzte mich auf den Fußboden, bemüht, Zuversicht auszustrahlen, aber ich weinte. Der Stich auf meiner Hand brannte wie Feuer; das waren die Probleme, an die man sich halten konnte. Ich haßte es, hier zu sitzen und zu flennen. Voller Selbstmitleid, diffuser Vorwürfe. Der Bretterboden war schmutzig, man holte sich leicht schmerzhafte Splitter.

»Carla lebt in Cremona, immer noch. Sie ist mit einem ehemaligen Fußballer verheiratet und hat keine Kinder. Und sie ist immer noch unglaublich schön.« Pino sah mich herausfordernd an. Hatte ich ihn wieder nach meiner Jugendliebe gefragt? Hinterhältig waren seine unerwarteten Themenwechsel schon immer gewesen. Gib keine Antwort, stell eine Frage.

»Fußballer?« höhnte ich.

»Früher. Jetzt steht er brav hinter einem Bankschalter.«

Mein Mund fühlte sich an wie ein Schlammloch, eine Schnecke. Die Worte waren zu hart dafür, zu sperrig. Mein Mund war schweigsam wie ein Loch, ein Sack, die Wolldecke, die an deiner Wange kratzt. Der Dachboden ein Hinterhalt voller zweideutiger Reflexe, Details, Nahaufnahmen. Ich sah in Intervallen. Der Raum war ein fest umrissenes

Gefäß. Lieferant winziger Informationen, die sich nicht schlüssig verbinden ließen. Lichtstrahlen schossen aus Pinos Mund, gebündelt auf mich zielend. Ich legte mich hin. Er stand in Heldenpose, ging in die Hocke, mit breitem Brustpanzer, Haaren auf dem Kopf, nackten Armen. Mein Bruder. Rote Flüssigkeit sah ich in einer Schale schwappen, ich lag schlau in meinem eigenen Kopf. Er trank, lachte, trank noch einmal.

»Du hast mit ihr geschlafen«, sagte er.

»Sie hat mit mir geschlafen.«

Die Lüge ging mir glatt über die Lippen. Fünf wunderbare Worte, in Watte verpackt, sauber verschnürt.

»Das Geheimnis der Autorücksitze und der verborgenen Parkplätze, die jeder Italiener und jede Italienerin kennt. Ein Mysterium. Der Papst errötet. Kirchtürme werden schlaff, Beichtstühle glühen. FIAT. Ohne die Autoindustrie wäre die italienische Jugend um viele schmutzige Erfahrungen betrogen worden. ALFA ROMEO. LANCIA.« Pino schmatzte, machte Kußgeräusche.

»Ich war fünfzehn, sie siebzehn«, log ich.

»Ich war sechzehn, sie sechsunddreißig«, sagte er, lag jetzt auch auf dem Rücken. Die gestrandeten, angeschwemmten Mantovani-Brüder. Grillen zirpten, die Luft surrte, atmete. Der Bretterboden gab langsam nach, ich sank ein, knöcheltief. Nannten das Fachleute nicht ›autogenes Training‹? Sammlung oder Erschöpfung? Ich sank tiefer ab, schwer wie Vaters Haus auf dem Dachboden von Vaters Haus. Was? Gedanken leuchteten auf, erloschen.

»Hat mich unter dem Vorwand in ihre Wohnung gelockt, der Wasserhahn tropfe.«

»Du bringst doch keinen Nagel gerade in die Wand«, sagte ich laut.

»Stimmt. Aber sie trug nichts als einen Unterrock aus Seide. Ich wollte ja zuerst nicht, aber sie legte eine Tafel Schweizer

Schokolade auf das Bett. Nuß. Milchschokolade mit ganzen Nüssen. Ihr Loch war heiß und naß und viel größer, als ich erwartet hatte. Ihre Brüste waren phänomenal. Ich habe sie geknetet und gleichzeitig gedacht: Jetzt hast du etwas zu erzählen. Jetzt weißt du mehr als andere. Plötzlich habe ich das Wort ›Ficken‹ verstanden. Die Frau stöhnte. Ich auch, allerdings vor Angst. Ich habe sie gebumst, nein, sie hat mich gebumst, meine Güte, was war ich stolz, es hat mindestens eine Minute gedauert. Mindestens sechzig Sekunden wilder Kindersex!«

»Sie war sechsunddreißig«, sagte ich.

»Ich war sechzehn«, sagte Pino, »ab sofort gehörte ich dazu. Vom Knaben zum Mann in einer einzigen Minute. Die Tatsache, nun zum Klub zu gehören, hat mir genügt. Danach notierte ich in meinem Tagebuch mit sportlichem Ehrgeiz die Namen der Mädchen, denen ich widerstand. Ich widerstand allen. Guter, aufrechter katholischer Junge. Die Liste in meinem Tagebuch war ausführlich, exakt. Bis Lucia auftauchte, habe ich kein Mädchen mehr angefaßt.«

»Und die Frau mit dem tropfenden Wasserhahn?«

»Offenbar war es für sie weniger aufregend als für mich.«

»Ich saß mit Carla in Gebüschen, lag unter Betten mit ihr. Wo wir uns alles gezeigt haben. Ich dir, du mir. Ein interessantes Tauschgeschäft. Zeigen und untersuchen. Würden Sie sich bitte bücken, Frau Doktor. Ja, ich mag es, wenn Sie mir den Kochlöffel hinten hineinstecken und ihn hin und her bewegen. Ich habe Carla Himbeeren in ihren Schlitz gerieben, weil das ihr Wunsch war. Sie hat mich mit Vanilleeis eingeschmiert. Später mußte sie nach Hause, und dort tropfte der Beerensaft aus ihr heraus.«

»Ihr Vater hat dich verdroschen. Weiß ich noch«, sagte Pino.

»Wir waren Kinder.«

»Du warst ein Kind mit einem Steifen. Das war der Punkt.«

Die Flasche war leer, und ich war an der Reihe, in den Weinkeller zu steigen. Stimmen? Keine Stimmen, nein, überhaupt keine Geräusche. Mein Bruder lag auf dem Rücken und redete mit sich selbst. Später rief er seine Frau an; wir würden die Nacht in Vaters Haus verbringen, auf dem Dachboden schlafen. In Wolldecken gehüllt saßen wir nebeneinander und unterhielten uns. Wirr, sprunghaft, befriedigend. Das Reich der Kindheit, der geteilten. Pfeifend entwich Luft aus unseren Mündern, Seufzer. Ich sah aus meinem Kopf, meinen Augen. Das Fenster war eine einfache geometrische Grundform. Mein Körper war größer als gestern, die Knochen massiver, ich patschte mir in mein eigenes Gesicht. Dummer Junge, der sich aus dem Fenster erbricht, die Fassade des Hauses des toten Vaters versaut. Gegen Morgen zeigte mir Pino Vaters Waffensammlung, verschiedene Gewehre und Pistolen, die Vater unter der Treppe verborgen gehabt hatte. Wir feuerten ein paar Schüsse ab, am Fenster des Dachbodens stehend, kichernd vor Aufregung. Ich hatte noch nie zuvor geschossen. Rückstoß, Feuerstoß. Die Projektile verschwanden im Nichts. Die Schüsse rochen, die Waffen auch. Mein Kopf dröhnte.

»Dann hast du also von Vaters Waffen gewußt?« fragte ich.

»Logisch«, sagte Pino, »was denkst du denn.«

Er grinste, blinzelte. Um ihn zu Fall zu bringen, hätte es bestimmt genügt, ihn mit dem Finger anzutippen. Ihn anzublasen, Brüderchen.

»Logisch, logisch«, äffte ich ihn nach.

»Wir sind nämlich zusammen auf die Jagd gegangen«, sagte Pino.

»Du und auf die Jagd. Schwachsinn.«

»Nix Schwachsinn. Im Piemont. Jedes Jahr.«

»Arschloch«, sagte ich, »Lügner.«

»Das ist nämlich das, was Väter mit ihren Söhnen tun: Sie gehen auf die Jagd. Vater hat mich sogar mit seinem Lieblingsgewehr schießen lassen.«

»Mit dem er sich umgebracht hat«, sagte ich.

Pino stürzte sich brüllend auf mich und warf mich zu Boden. Wir kämpften verbissen miteinander, rollten schwer atmend auf dem Dachboden herum. Es tat mir gut, meinen Bruder mit aller Kraft an mich zu drücken. Schließlich lagen wir unter dem offenen Fenster, Kopf an Kopf. Neben uns lagen Vaters Gewehre.

»Du hattest dafür Mutter«, sagte Pino irgendwann.

Ein Lichtstreif wuchs am Horizont. Wir lagen dann im hintersten Winkel, vermummt bis zu den Ohren und trotzdem frierend. Pino erzählte von einer Fahrt, die er mit Vater nach Mailand unternommen hatte. Dort lag eine sterbende Taube vor einer Kirche, umringt von Zuschauern.

»Vater hat auch einen Moment zugesehen. Dann hat er der sterbenden Taube mit dem Fuß den Kopf zertreten. Er hat sie erlöst.«

Das war der letzte Satz, den ich hörte, bevor ich einschlief.

KLEIDER:

13 Hemden	1 Paar Winterschuhe
9 Unterhemden	5 Paar Sommerschuhe
11 Unterhosen	1 Paar Gummistiefel
18 Paar Socken	2 Paar Hausschuhe
2 Anzüge	1 Paar Skischuhe
5 Paar Hosen	1 Trainingsanzug
4 Pullover	3 Pyjamas
1 Wintermantel	1 Bademantel
1 Regenmantel	2 Badehosen
1 Sommermantel	2 Halstücher
2 Jacken	4 Schals
3 Krawatten	3 Hüte
1 Fliege	1 Regenumhang
2 Paar Handschuhe (Leder)	5 Gurte (Leder/Kunstleder)
1 Skimütze	3 Paar Hosenträger
2 Strohhüte	2 Gilets

WÄSCHE:

4 Laken
4 Bettbezüge
4 Kopfkissenbezüge
11 Handtücher
9 Waschlappen
2 Tischtücher

7 Geschirrtücher
20 Taschentücher
2 Wolldecken
1 Daunenduvet
1 Rheumadecke
2 Kopfkissen

GESCHIRR:

3 Pfannen
2 Bratpfannen
1 Dampfkochtopf
1 Kuchenform
4 Suppenteller
4 flache Teller (groß)
4 flache Teller (klein)
3 Eierbecher (Porzellan)
4 Tassen (Espresso)
3 Tassen (groß)
5 Weingläser

1 Brotmesser
3 Küchenmesser
3 Holzbrettchen
1 Gratinform
3 Schöpfkellen
2 Schwingbesen
3 Holzlöffel
2 Dosenöffner
3 Zapfenzieher
1 Teesieb
3 Espressokannen
   (versch. Größen)

11 div. Gläser
4 Messer
4 Gabeln
4 Löffel (groß)
7 Löffel (klein)

2 Salatschüsseln
2 Salatbestecke
2 Käseraffeln
2 Pfeffermühlen
1 Serviettenspender

ELEKTRISCHE GERÄTE:

3 Stehlampen
2 Schreibtischlampen
1 Nachttischlampe
5 Hängelampen
2 Neonleuchten
1 Toaster

1 Diaprojektor
1 elektr. Schreibmaschine
1 Kassettenrecorder
1 Fotoausrüstung
1 Stereoanlage
1 Staubsauger

1 Gartengrill (elektr.)
1 Kochherd (3 Platten)

1 Kühlschrank
  (mit Gefrierfach)
1 Radioapparat (Phillips)
1 Farbfernseher (Grundig)
1 Radiowecker

1 Waschmaschine
1 Personenwaage
  (elektr., digital)
1 Rasierapparat

1 Schlagbohrer
1 Lötkolben
1 Motorsäge

MÖBEL:
1 Wohnwand
1 Couchtisch (Glas)
2 Ledersessel
1 Sofa (Stoff)
1 Bücherregal (Furnier)
1 Schreibtisch (Furnier)
2 Papierkörbe (geflochten)
1 Wanduhr
2 Betten (Holz 90 x 200 cm)
2 Matratzen (90 x 200 cm)

1 Kleiderschrank (Holz)
1 Nachttischchen (Holz)
2 Kommoden (Holz)
1 Eßtisch (Holz)
5 Stühle (unterschiedl.)
1 Garderobe (Metall)
1 Schirmständer (Metall)
1 Wandspiegel
1 Wäschekorb (geflochten)
1 Wäscheständer

DIVERSES:
6 Teppiche (wertlos)
Div. Werkzeuge
7 Kisten (Nägel,
  Schrauben etc.)
Nähutensilien

2 Haarnetze
1 Paar Manschettenknöpfe
2 Armbanduhren (1 defekt)
Div. Medikamente

Putzmittel

4 Fotoalben
5 Kästchen Dias (ungeordnet)
1 Ölbild (Flußlandschaft)

3 Aquarelle (Fluß; Stadt; Berg;
  gerahmt)
1 Keramikfigur (Katze)
1 Lederkoffer
1 Reisetasche (Kunstleder)
22 Tonbandkassetten
  (bespielt)
31 Schallplatten

Lebensmittelvorräte	43 Bücher (Romane;
	Sachbücher)
Pers. Unterlagen	Zeitschriften
Kontoauszüge	12 Sexhefte
Versicherungsunterlagen	1 Bündel Briefe (von Mutter)

Pino hatte darauf bestanden, Vaters Nachlaß schriftlich fest-
zuhalten. Laut Kontounterlagen besaß Vater drei Sparbücher
bei verschiedenen Banken in Norditalien. Auf zwei dieser
Konten befanden sich insgesamt 28 870 Franken. Das dritte
war um 680 Franken überzogen. Wir fanden keinen Abschiedsbrief, keine Notiz, nicht eine einzige Zeile. Sein Te-
stament hatte Vater mit der Schreibmaschine getippt und in
einem verschlossenen Couvert auf den Schreibtisch gelegt.
Er bat uns, Haus und Werkstatt zu verkaufen; den Verkaufspreis und sein Erspartes sollten wir brüderlich teilen. In
einem Nachsatz bat er mich, Mutter seinen Ehering zurück-
zubringen.

4.

Die ankommenden Fahrgäste strömten durch die Ausgänge
auf die Straße, wo sie sich unter die Passanten mischten, die
vor dem Bahnhof in der Abendsonne flanierten. Pino und
Lucia hatten mich nach Cremona gefahren, Nina saß auf
meinem Schoß, wir aßen Eis in einem Straßencafé.
Mein Bruder und ich hatten einen Makler damit beauftragt,
Vaters Haus und die Werkstatt zu verkaufen; alles andere
hatten wir erledigt. Außer einem weißen Hemd, einem
grauen Gilet, einigen Fotos und Vaters Ehering hatte ich
nichts mitgenommen. Wir hatten einen Lieferwagen gemie-
tet und die Möbel zu einem Trödler nach Monticelli d'On-

gina gebracht. Die Werkzeuge sowie einen Teil der Kleider hatten seine Brüder abgeholt; den Rest brachten wir zum Roten Kreuz. Das Haus war leer, ein verlassener Ort.

Vor unserem Lokal gingen immer wieder dieselben Jugendlichen vorbei. Sehnsüchtige Blicke schweiften hin und her, Mofamotoren wurden angekickt und sofort wieder abgewürgt. Billige Feuerzeuge klickten, man drückte nackte Oberarme, verteilte Küsse und Komplimente. Ich hätte mich am liebsten unter die gleichaltrigen Leute gemischt, die Augen hinter einer Sonnenbrille verborgen. Auf rastloser Suche nach dem weiblichen Gesicht, dem weiblichen Körper und einem Blick, welcher verstört und die Szene für einen Moment einfriert. Dann geht man allerdings weiter, und das gesehene Gesicht verliert rasch an Kontur und Bedeutung, verwischt.

Wir verabschiedeten uns vor dem Bahnhofsgebäude, hielten uns einen Augenblick alle vier an den Händen wie eine Mannschaft, die sich auf den nächsten Spielzug vorbereitet. Wir versprachen, uns bald wieder zu treffen; ich sah ihrem Wagen nach, der sich im Feierabendverkehr verlor. Balkontüren und Fenster standen offen. Parkuhren leuchteten, Dachtraufen. Autohupen klangen schläfrig, vor dem Kiosk raschelten Männer mit aufgeschlagenen Zeitungen. Auch in den Bars saßen diese lesenden und rauchenden Männer mittleren Alters. Sie trugen dunkle Anzüge und altmodische Sonnenbrillen. ›Mit uns ist immer noch zu rechnen‹, lautete die Botschaft ihrer stummen Präsenz. Sie hatten leichte Mäntel bei sich und Hüte. Als ich vom Fahrkartenschalter auf den Bahnsteig zuging, stand mir plötzlich Carla gegenüber. Wir brauchten beide einen Moment, bis wir uns erkannten. Wir fielen uns in die Arme, stießen Laute der Überraschung und Erleichterung aus.

»Wo hast du bloß all die Jahre gesteckt?« fragte sie.

»In meinem Leben ohne dich«, sagte ich, »und du?«

»In meinem Leben mit mir.«

Der Geruch ihrer Haare löste eine Flut von Erinnerungen aus, war vertraut und tröstlich. Eine Lautsprecherstimme sagte abgehende Züge an, darunter meinen. Männer pfiffen, wir drehten uns langsam im Kreis, wie wir es früher auch getan hatten, in den Wiesen um Cremona.

»Du siehst schlecht aus«, sagte sie.

»Mein Vater hat sich das Leben genommen. Darum bin ich hier. Wir haben ihn vor zwei Tagen kremiert.«

Das Wort klang böse, endgültig. Ein Ungetüm, das sich rasselnd in Bewegung setzte. Asche spuckend, flammenspeiend. Das Abendlicht fiel weiß und hart in die Halle, Carlas Augen lagen im Schatten. Ihre Lippen waren auffallend geschminkt, sie trug flache Schuhe, ein Kleid. Wir traten beiseite, um einen Gepäckkarren vorbeizulassen, ihre Ohrringe blitzten.

»Hast du Zeit für mich?« fragte ich.

Klang das verzweifelt? War da wieder dieser bettelnde Unterton, der unser Verhältnis immer bestimmt hatte?

»Ich bin verheiratet«, sagte Carla.

»Ich nicht.«

Sie faßte mich an der Hand und zog mich aus dem Bahnhof, durch eine Traube wartender Männer. Draußen schien Sonne, der Parkplatz lag bereits im Schatten. Das Dach ihres Autos war warm, staubig. Carlas Blick machte mich wütend. Sie wollte mich trösten. Sie zeigte Mitleid und Erbarmen. Ich öffnete die Tür und stieg ein.

»Laß uns irgendwohin fahren«, sagte Carla und stieg ebenfalls ein.

Endlose Ströme schnell fahrender Autos, Scheinwerfer, die über unsere Gesichter strichen. Was ich sah, Landschaft, vorbeigleitende Dörfer, Tankstellen und Raststätten, mischte sich mit Bildern, die sich in mein Bewußtsein drängten. Wir begannen Sätze, die wir in den dunklen Wagen sagten, ohne uns anzusehen, wir brachen die Sätze ab. Es gab keine passenden Worte für das, was zwischen uns gewesen war. Die Macht jahrealter Wünsche und Sehnsüchte verhinderte ein normales, fließendes Gespräch. Wir hatten uns vor acht Jahren zum letzten Mal gesehen. Ein Wort wie ›Blätter‹ genügte, Carla sagte es, und wir dachten beide an einen bestimmten Herbsttag und einen enormen Blätterhaufen, den Männer in Überkleidern am Waldrand zusammengekehrt hatten. Ich liege unter einem Berg dieser Blätter, weil ich von Carla verlangt habe, daß sie mich zudeckt, vergräbt. Beerdigt. Sie nimmt Anlauf, rennt auf mich zu, springt über mich hinweg und landet aufstöhnend hinter mir im Blätterhaufen. Lecke ihren Hals, den Rücken, lecke ihren Bauch, fülle ihren Nabel mit meinem Speichel. Lecke ihr Gesicht, und über ihre gerötete Haut gehen Schauer. Kickser entfahren ihr. Wir wühlen uns tief in die Blätter, unser Schloß und Verlies. Ort eigenartiger Geheimnisse und verrufener Handgriffe und Handlungen. Unsichtbar sind wir und, abgesehen von unschuldigem Kinderstöhnen, stumm. ›Zeig mir deinen Schwanz‹, sie hockt auf mir, ich kann sie riechen, sie stopft mir Blätter in den Ausschnitt meiner Jacke. Blätter in den Mund des Feiglings, Ahornblätter in den Mund, bis ich sie abwerfe, mich freikämpfe und abhaue. ›Hau doch ab‹, genau. Rauch stieg als senkrechte Säule in den Himmel, ein Bauer stand neben seinem Feuer am Rand der Autobahn. Ich mußte mich beherrschen, daß ich Carla nicht anfaßte. Ihre Hand lag auf dem Schalthebel, strahlte Wärme ab, schmerzhafte Vertrautheit. Zeit wurde kurzgeschlossen, Vergangenheit überbrückt. Unsere angefangenen Sätze waren der Versuch, Gespräche fortzuführen, die wir vor Jahren abgebrochen hatten. Langes Schweigen und komplizierte Erinnerungsketten unterbrachen wir, indem wir gleichzeitig zu reden begannen. Die beleuchteten Armaturen warfen blauen Schimmer auf ihre nackten Beine. Schließlich ließ ich meinen Kopf an ihre Schulter sinken. Ihre Haut war heiß. Sie roch nach Bodylotion. Meine Kiefermuskeln schmerzten. Hätte ich jetzt geredet, hätte ich gestottert. Als ich ihr Zimmer zum ersten Mal betrete, steht eine Schale voller reifer Pfirsiche auf ihrer Kommode, deren Duft den ganzen Raum erfüllt. Durch das Fenster in der Dachschräge fällt eine Lichtsäule, in welcher Staubteilchen tanzen. Sie steckt sich eine ganze Frucht in den Mund, spuckt den Stein beim ersten Versuch in den Papierkorb und schmiert dann den klebrigen Saft auf meine Lippen und meine Wange, ich wage nicht, mich zu rühren. Als sie das Zimmer kurz darauf verläßt, weil sie sich die Hände waschen will, klaue ich eines ihrer Höschen, ich stopfe es in die Tasche meiner kurzen Hose. Ich darf weder zu rasch noch zu heftig einatmen, sonst verliert sich Carlas Geruch. Ich zerknülle ihre Unterhose, die mit gelben und blauen Blümchen bedruckt ist, und atme mit kurzen, flachen Zügen ein und aus. Nun kenne ich sie ganz genau, davon bin ich überzeugt. Carla fuhr schnell und sicher. Die leisen Radiostimmen wirkten beruhigend, ich fragte nicht, wohin wir fuhren. Sie bog von der Autobahn auf eine Landstraße. Alleen flogen vorbei, abgelegene Höfe, Herden. Streunende Hunde liefen am Straßenrand. Wir überquerten den Po, das Wasser war eine dunkle Masse. Kurz vor Pavia zweigte Carla von der Hauptstraße ab, und wir fuhren über einen steilen, unbefestigten Zubringer auf einen Werkhof. Lastwagen standen auf dem Gelände, Baubaracken. Kiesberge wuchsen in die Dunkelheit, Erdhaufen. Carla schaltete den Motor aus, in der plötzlichen Stille knackte die Karosserie. Linker Hand befand sich ein Baggersee, auf dem Fässer trieben.

»Dein Vater wollte nicht beerdigt werden?«

»Er wollte kremiert werden, nein.«

»Und was habt ihr mit seiner Asche gemacht?«

»Wir haben sie in seinem Garten verstreut«, sagte ich.

Jedes Wort, jede Silbe betonend, nahm ich dem Satz die Bedrohung. Der Wind war ein stetes Geräusch in den Büschen, und ich stellte mir vor, wie er wohl am Ufer des Flusses klang, im Grundstück unter Vaters Haus; dort war es bestimmt kühler als hier, in Carlas Auto.

»Dann gibt es also auch kein Urnengrab?«

»Der Wind hat die Asche innerhalb von Sekunden davongetragen. Wir haben sie sofort aus den Augen verloren. Erst im Haus haben wir bemerkt, daß das weiße Hemd meines Bruders grau war.«

Ich setzte jedes Wort mit Bedacht, gestattete mir Pausen. Stellte fest, daß ich lieber italienisch als deutsch redete. Zumindest mit Carla und in dieser Situation. Carla strich mir über die Stirn, ihre Finger rochen nach Olivenöl und Sonne. Sie zog an meinem Ohrläppchen, bis ich aufmuckte.

»Pino hat das Hemd ausgezogen und über dem Tisch ausgeschüttelt. Danach haben wir die Asche in eine Streichholzschachtel gewischt. Die Schachtel steht in der Wohnung meines Bruders.«

Wir schwiegen. Auf einem der Kiesberge lösten sich Steine, sie klatschten ins Wasser des Baggersees.

»Und dein Mann?«

»Mein Mann ist nicht hier. Mein Mann sitzt zu Hause und wartet auf seine Ehefrau, die brav eingekauft hat. Er hat unserem Baby die Windeln gewechselt und ein warmes Breichen eingelöffelt. Wie es sich gehört.«

»Du hast keine Kinder, Carla.«

Meine Stimme klang sicher und bestimmt. Aber meine Fingerspitzen glitten hilflos über ihre Wange, ihren Hals. Dann preßte ich sie an mich. Sie faßte sich wirklicher an als alles, was ich in den letzten Monaten berührt hatte. Ihre Augenbrauen strichen über mein Kinn, ich berührte ihre Stirn mit meinem Mund, küßte sie. Der Rücken ihrer markanten Nase, die Linie ihrer Lippen. Rüttelte sie sanft, ihr Kleid aufknöpfend, streifte die Träger über ihre Schulter. Ihr Keuchen im Ohr, Geflüster, Farbsplitter im Grau-grün ihrer Augen, vereinzelte Lichter hinter Gestrüpp, Häuser. Für Sekundenbruchteile riß ich die Augen auf, küßte mit geschlossenen Augen weiter, bis sie mich zurückstieß. Sie lag mit angezogenen, leicht gespreizten Beinen auf dem Fahrersitz, hatte sich den Rock hochgeschoben. Sie trug keinen Slip, sie sah mich herausfordernd an. Ich versuchte mich zurückzuhalten, schob einen Finger in sie, bewegte ihn sanft hin und her, nahm einen zweiten dazu. Carla starrte mich unverwandt an. Ich zwang mich, zu warten. Nichts zu überstürzen. Wollte der geringsten Veränderung unserer Situation genügend Zeit lassen, um sich langsam zu entwickeln. Wollte jeden Augenblick genießen und sehen. Genießen und sehen.

»Willst du mich nicht ficken?« fragte sie.

»Hier? Im Auto? Das ist doch lächerlich!«

»Findest du nicht, daß es langsam Zeit wird, daß wir es endlich tun?«

»Nicht hier«, sagte ich, »an einem solchen Scheißplatz.«

»Soll ich dich etwa mit zu mir nach Hause nehmen? Wir könnten es tun, während sich mein Mann eine Quizsendung ansieht und sich die Zehennägel schneidet.«

»Laß uns in Pavia ein Hotelzimmer nehmen. Bitte«, sagte ich.

Ihr Haar fühlte sich an wie Seide, ich wog es in der Hand, es knisterte und versetzte meinen Fingerkuppen leichte Schläge. Carla setzte sich gerade hin, strich ihr Kleid glatt, küßte mich hart auf den Mund und nickte.

»Wir müssen es endlich tun. Du mußt es mir endlich besorgen«, sagte sie.

Sie startete den Motor und fuhr los. Carla schaltete die Scheinwerfer erst ein, als sie auf die Landstraße schwenkte und beschleunigte.

»Jetzt gibt es kein Zurück mehr, Freundchen«, sagte sie.

Tot, die leblosen Hände vor der eigenen Brust gefaltet. Kalt und schwer oder zumindest in Stein gehauen als rücklings ruhende männliche Figur. Immerhin atme ich noch, obwohl sich die Brust, die steinerne, weder senkt noch hebt. Haltung des christlichen Toten: Die Hände vor dem Geschlecht gefaltet, um es züchtig vor dem schamlosen Blick zu schützen.
Ich schreckte hoch. Das Hotel lag in einer stillen Seitenstraße im Zentrum Pavias. Das Fenster ging auf einen Platz mit Arkaden. An der Rezeption hatte ich meinen italienischen Paß gezeigt und das Doppelzimmer auf meinen Namen gebucht. Carla hatte ihren Mann angerufen und von einer Freundin erzählt, die sie seit vielen Jahren nicht mehr gesehen hatte. Jetzt war es zwei Uhr morgens. Carla war vor vier Stunden gegangen. Sie hatte sich sofort ausgezogen und mit gespreizten Beinen auf das Bett mit der karierten Tagesdecke gelegt. Als ich sie berühren wollte, hatte sie mich angeherrscht, ich solle mich unterstehen, sie jetzt schon anzufassen.
»Sieh mich an«, hatte sie befohlen.
Sie hatte sich mit der Hand befriedigt. Auf dem Nachttischchen lag die Bibel. Der Teppich war dunkelgrau. Ich konnte Carla auch im Spiegel zusehen, wie sie sich mit mehreren Fingern befriedigte.
»Zieh dich aus«, hatte sie gesagt, »ich will sehen, daß dir gefällt, was du siehst. Zeig mir deine Latte.«
Ich hatte mich ausgezogen und war mit meiner Erektion dicht vor das Bett getreten. Sie hatte mich nicht angerührt. Hatte sich hingekniet und mir ihr Gesäß entgegengereckt. Ihr Loch schimmerte naß, ihre Schamlippen waren angeschwollen. Sie war wunderschön. Ich hatte es nicht mehr ausgehalten und meine rechte Hand auf ihre Arschbacken gelegt.
»Faß mich nicht an«, hatte sie gezischt, »aber sieh dir genau an, was ich hier für dich habe.«
Ihre Haut war glatt, gebräunt. Schweißperlen rannen über

ihren Rücken, die Härchen auf der Innenseite ihrer Schenkel richteten sich auf. Sie hatte leise gestöhnt und mit kreisenden Daumenbewegungen ihre Klitoris gerieben.

»Steck mir einen Finger in den Arsch«, hatte sie gesagt, »aber mach ihn vorher naß. Steck ihn rein. Los!«

In einem Nebenzimmer hatte ein Telefon geklingelt. Auf der Straße war ein Automotor angesprungen. Ich hatte den Zeigefinger meiner rechten Hand zuerst in ihre nasse Vagina gesteckt und dann vorsichtig in ihr Arschloch geschoben. Im gleichen Moment hatte ich ihr über den Rücken gespritzt, ich hatte mich kein einziges Mal selbst berührt. Carla hatte sich umgedreht und meinen Schwanz in den Mund genommen, um mich so heftig zu blasen, daß ich vor Schmerz aufschrie.

»Damit willst du mich befriedigen? Dabei darf der böse Onkel mit dem ungezogenen Mädchen anfangen, was er will. Bind mich aufs Bett und zeig mir, wie stark du bist. Mach mich fertig.«

»Ich will dich nicht festbinden.«

Sie hatte mich auf das Bett gezerrt, sich auf meine Brust gesetzt und mir dann ihre Vagina auf den Mund gepreßt. Bis ich nach Luft schnappte. Bis ich mich von ihr befreite. Sie voller Wut von mir warf. Als ich aus dem Badezimmer zurückgekommen war, war Carla verschwunden gewesen. Auf der Bettdecke hatte mein Sperma geglänzt. Ich hatte mich hingelegt und unweigerlich eine Erektion bekommen. Onaniert und dabei an sie gedacht. An ihr offenes Loch, an ihre zuckende Arschrosette. Als ich kam, murrte ich wie ein Junge. Sie hatte mir ihren BH dagelassen, und ich spritzte in die Körbchen aus schwarzer Spitze. Am frühen Morgen wurde laut und rücksichtslos gegen meine Tür geklopft. Als ich öffnete, standen zwei Carabinieri auf dem Flur, der Portier hielt sich im Hintergrund und sah mich mißtrauisch an. Man gab mir die Zeit, mich anzuziehen und die Rechnung zu bezahlen. Auf dem Platz stand ein Streifenwagen, welcher sofort losfuhr, als ich neben dem einen Beamten im Fond saß. Der Himmel war klar und offen. Es würde wohl ein schöner Tag werden.

5.

Der Blick ging auf eine dicht befahrene Durchgangsstraße, die Schatten wurden länger, man ließ mich warten.

Auf der Wachstube war es erstaunlich ruhig. Gelegentlich klingelte eines der beiden Telefone, dann vertieften sich alle fünf Carabinieri in Schriftstücke, spannten Briefbögen in Schreibmaschinen oder durchsuchten Aktenschränke, als könne ein Anrufer die Beamten sehen und somit kontrollieren. Waren diese Anrufe erledigt, kehrte Ruhe zurück. Sportzeitungen gingen von Tisch zu Tisch, Zigaretten. Der jüngste Beamte brachte mir mehrmals starken Kaffee in einer Tasse mit der Aufschrift AC MILANO, einmal auch ein Sandwich und einen Apfel, dessen Oberfläche derart poliert war, daß sie wie ein Spiegel funktionierte: Kugellampe, Gummibaum, an der Wand Kalender und gerahmte Reglemente oder Diplome. Den Grund meiner Verhaftung hatte man mir noch immer nicht mitgeteilt, ich fragte mehrmals geduldig danach. Von jedem Pult stieg Zigarettenrauch auf, über dem Waschbecken bildete sich eine Rauchdecke, zusammengetrieben von einem Ventilator aus Plastik, der auf dem Fenstersims stand und mir in einer bestimmten Stellung kalte Luft in den Nacken wehte.

Schließlich forderte man mich auf, vor einem der Tische Platz zu nehmen. Der Beamte spannte einen Bogen in die Maschine und nahm meine Personalien auf. Einsilbig. Kompetent. Name. Wir vermieden es, uns anzusehen. Vorname. Ich log kein einziges Mal. Alter. Er fragte, ich antwortete. Pflichtbewußt, ergeben. Beruf. Der Beamte machte keine einzige Bemerkung, die seine Vernehmung in eine private Richtung hätte lenken können. Er tippte schnell und gewandt. Das beschriebene Blatt legte er in eine kartonierte Mappe, die als Aufschrift meinen Namen trug. Dann erhob er sich und durchquerte den Raum. Ich folgte ihm, er brauchte nichts zu sagen. Unter dem Fenster des kleinen Büros stand ein Pult mit leergeräumter Schreibfläche, an dem ein älterer Mann mit kurzgeschnittenen grauen Haaren saß.

»Nehmen Sie Platz«, sagte er kalt und deutete auf einen Stuhl mit Lederpolster. Neben seinem Tisch hingen ein Degen und mehrere Pistolen an der Wand.

»Sind Sie Italiener?«

Ich nickte und sah ihn an. Ich wollte ihn auf meine Seite bringen. Dafür war ich bereit, mich kooperativ zu verhalten, unterwürfig. Ich hatte aufgehört, mich zu fragen, warum ich hier war. Der Mann mußte mir helfen. Er sah unerbittlich an mir vorbei, fixierte einen Punkt hinter mir. Stand dort noch immer der junge Carabiniere?

»Sind Sie Italiener, ja?« wiederholte der Mann.

»Ja«, sagte ich laut und deutlich.

»Gut«, sagte er.

»Normalerweise frage ich euch zuerst, ob ihr wißt, weshalb ihr hier seid. Warum wir euch verhaftet haben.«

»Normalerweise?«

»Rauchen Sie?« fragte er und hielt mir ein sauber aufgerissenes Zigarettenpaket hin. Ich schlug sein Angebot aus, er blies Rauch an mir vorbei, lächelnd.

»Und? Haben Sie eine Ahnung, warum Sie hier sind?«

»Nein«, sagte ich zu laut, zu heftig, »und ich verlange, daß man mir diesen Grund endlich mitteilt.«

Er sah mich belustigt an. Er strahlte Energie aus, Gesundheit. Er rauchte eine Weile schweigend, dann stand er auf und trat hinter mich.

»Als Italiener sollten Sie auch Ihre Pflichten kennen.«

Ich mußte mich beherrschen, mich nicht nach ihm umzudrehen. Er stand dicht hinter mir und schwieg.

»Sie sind in Italien geboren?« fragte er leise.

»In Cremona, ja.«

»Und in Cremona sind Sie auch aufgewachsen und zur Schule gegangen?«

»Nein«, sagte ich, »das heißt...«

»Nein?« unterbrach er mich.

»Meine Eltern sind mit uns in die Schweiz gezogen, als ich vier Jahre alt war. Wir wohnten in der Nähe von Zürich. Mein Vater arbeitete in einer Schuhfabrik.«

»Aber die Ferien haben Sie in Italien verbracht, nicht wahr?«

»In Cremona, jedes Jahr. Wir wohnten im Elternhaus meines Vaters.«

»Lebt Ihr Vater noch?«

»Das wissen Sie doch ganz genau«, sagte ich laut.

»Ja oder nein?«

»Nein. Er hat...«

»Er hat sich erschossen. Richtig.«

»Hören Sie«, sagte ich.

»Und wo haben sich Ihre Eltern kennengelernt? In der Schweiz?«

»Nein«, sagte ich nach einer Weile, »nicht in der Schweiz.«

»Sondern? So reden Sie doch, Mann.«

»Meine Eltern haben sich in Cremona kennengelernt.«

»Und warum sind sie in die Schweiz gezogen?«

»Weil Vater in Cremona keine Arbeit fand, natürlich.«

»Natürlich. Ist Ihr Bruder nicht in Italien aufgewachsen?«

»Er ist mit Vater nach Italien zurückgezogen, doch«, sagte ich mit beherrschter Stimme.

»Weil es ihm in der Schweiz nicht gefallen hat?« fragte er.

»Meine Eltern haben sich scheiden lassen.«

»Ihre Eltern haben sich scheiden lassen«, wiederholte er.

»Aber Sie fühlen sich als Italiener, nicht als Schweizer?«

»Als Italiener«, sagte ich pflichtbewußt.

Er stand noch immer hinter mir. Ich hatte mich kein einziges Mal nach ihm umgesehen, darauf war ich stolz. Ich redete laut und deutlich und gab mir Mühe mit meinem Italienisch.

»Und Ihre Mutter?« fragte er.

»Was ist mit meiner Mutter?«

»Ist sie auch Italienerin?«

»Meine Mutter ist Schweizerin«, sagte ich.

»Eine Schweizerin, die einen Italiener geheiratet hat. Richtig«, sagte er.

Ich schwieg. Er war ein Arschloch.

Sein Atem roch nach Rauch und Kaffee. Er legte mir eine Hand auf die Schulter und drückte sie kräftig.

»Kennen Sie die Pflichten eines italienischen Staatsbürgers? Oder wenigstens diejenigen eines Schweizers? Na?«

Er ließ mich los und setzte sich auf den Rand seines Schreibtisches, dicht vor mir. Auf seinem Revers lagen Schuppen.

»Die italienische Armee hat sie zweimal aufgefordert, ihre Pflicht als Staatsbürger zu erfüllen.«

Ich hatte die Aufgebote der Armee zerrissen. Ich kannte keinen Italiener in der Schweiz, der dies nicht tat. Zerreißen. Abfall. Makulatur.

»Bestimmt haben Sie diese Aufgebote zerrissen und in den Abfall geworfen.«

Er sah mich spöttisch an und setzte sich wieder auf seinen Stuhl. Jetzt, da ich den Grund meiner Verhaftung erfahren hatte, war ich beruhigt. Was konnte mir schon geschehen? Einen Freund, ebenfalls Italiener und in der Schweiz aufgewachsen, hatten sie letztes Jahr aus demselben Grund verhaftet und dann wieder laufengelassen.

»Wunderbar. Sie wissen, was mit Ihnen geschieht?«

Sein Blick war kalt, sein Kopf hob sich scharf vom Hintergrund ab.

»War das eine Frage?« sagte ich beherrscht.

»Zu diesem Zeitpunkt eines Gespräches stelle ich keine Fragen«, sagte er amüsiert, »zu diesem Zeitpunkt ordne ich an, entscheide und befehle ich.«

Der Gesichtsausdruck des Mannes veränderte sich. Seine Kinnmuskeln entspannten sich, seine Hände lagen offen auf dem Tisch. Ich fühlte mich erstaunlich ruhig und gleichgültig. Ich war mir sicher, in den nächsten Minuten auf der Straße zu stehen, unterwegs zu einer Espressobar.

»Erwartet man Sie in der Schweiz?«

Natürlich nickte ich heftig. Er schüttelte unmerklich den Kopf und strahlte.

»Ihr Arbeitgeber erwartet Sie, nein? Ihre Freundin? Oder Ihre Eltern?«

»Eigentlich erwartet mich niemand«, sagte ich, überzeugt davon, daß ihn meine Ehrlichkeit davon überzeugen würde, daß es vernünftig war, mich freizulassen. Ich sah ihn so offen und ehrlich an, wie es mir möglich war.

»Was werden Sie tun, in nächster Zeit? Sind Sie Student?«

»Wenn ich ehrlich bin, habe ich keine Pläne.«

»Wissen Sie was, ich habe einen Plan für Sie.«

Seine teilnahmslosen Augen waren auf mich gerichtet, aber er schien mich trotzdem nicht wahrzunehmen. Es war, als fixiere er etwas ungeheuer Wichtiges, das sich irgendwo links hinter mir befand. Sollte ich mich umsehen?

»Die nächste Aufforderung werde ich befolgen«, sagte ich.

»Aufforderung? Was meinen Sie damit?«

»Das nächste Aufgebot des Militärs.«

»Natürlich«, sagte er, »aber es wird keine nächste Aufforderung, wie Sie es nennen, geben. Sie werden nämlich sofort eingezogen.«

»Jetzt gleich?«

Mir wurde schwarz vor Augen. Ich hatte die Situation falsch eingeschätzt. Dieser Mann meinte es ernst. Er verachtete

mich zutiefst, in seinen Augen war ich nichts als ein Drückeberger und Nichtsnutz.

»Sofort. Genau. Jetzt gleich«, bellte er.

Ich saß völlig regungslos, und dennoch knarrte vernehmlich
mein Stuhl. Kann man Angst hören? Er grinste. Er war häßlich, Schuppenkopf, graumelierter.

»Sobald man Sie einem Richter vorgeführt hat. Vielleicht
haben Sie ja sogar Glück, wer weiß.«

Ich atmete auf. Er bluffte, wollte mir Angst einjagen.

»Glück. Und du kommst ohne Gefängnis davon.«

Er ballte die Fäuste, lachte. War ich noch vor wenigen Minuten bereit gewesen, mich kriecherisch zu verhalten, dachte
ich nun nur noch an Rache, Flucht, Vergeltung. Sonnenlicht
stand in dem engen Büro, die Stoppeln des Beamten schimmerten eisgrau. Seine Krawatte saß perfekt, er war unsauber
rasiert.

»Darf ich die Toilette benutzen?« fragte ich.

»Sind wir Unmenschen?« sagte er leise und rief nach einem
Carabiniere, der mich begleitete.

Sei wachsam. Achte auf jede Einzelheit, jedes Detail. Merk
dir die Namen und Gesichter, die Uniformen und die nackten Frauenkörper auf dem Wandkalender der Pneufirma,
ihre Frisuren. Merk dir den Geruch in der Wachstube und
jede Farbe. Ich saß auf der Toilettenschüssel, die Tür hatte
ich abgeschlossen. Stand der junge Carabiniere davor, wartete er auf mich? War seine Waffe gesichert? Ich wollte
keinen Militärdienst leisten, weder in Italien noch in der
Schweiz, ich würde keinen Militärdienst leisten. Hatte ich
kapituliert? Ich konnte keinen klaren Gedanken fassen,
dachte immer nur ein Wort: Schwein. Schwein. Schwein.
Graumeliertes. Flüsterte mir meine Stimme zu, immer wieder, gut. Ich drehte den Wasserhahn auf und stopfte dem
Grauhaarigen einen benzingetränkten Lappen in den Mund,
tastete nach Streichhölzern, gut. Hörte Rippen knacken,

noch besser. Blut floß, meine Vergeltung war umfassend. War das ein Anfang? Ein Anfang wovon? Der Raum maß keine zwei Meter in der Länge und war nicht breiter als eine Armlänge. Putz blätterte in Placken von den Wänden. Eierschalenfarben. Der junge Carabiniere hatte unreine Haut, Narben. An der Wand hing ein weiterer Kalender. Das Mädchen für den April lag auf einem Küchentisch und trug lachsfarbene Strümpfe. Als ich in den kleinen Spiegel sah, entdeckte ich zwei Wunden am Hals. Bisse. Carlas Zähne. Mein Gesicht verwandelte sich in eine gemeine Visage. Bartstoppeln wuchsen, meine Hände waren Pranken, gefährliche. Gab es etwas in meiner Kindheit, das auf das hinwies, was ich im Begriff war zu tun? Nein, es gab keinen Hinweis. Ich war kein Waisenkind, man hatte mich nie wirklich geschlagen oder in den Keller gesperrt. Die Mahlzeiten, die man mir vorsetzte, waren warm und reichlich, ich stand nicht mit der Zigarette im Mundwinkel auf dunklen Hinterhöfen, das Klappmesser in der Hand, auf alte Damen wartend. Ich war ein Kind der unteren Mittelschicht, das zweimal in der Woche badete, saubere Sachen trug und seine Hausaufgaben erledigte. Das Fenster war bequem zu erreichen. Ich stand auf der Schüssel. Verletzlich, schwitzend, zwölf Jahre alt, und Carla kniet ohne Höschen vor der Badewanne, die Zahnbürste ihrer Mutter im Arschloch. Ich habe ihr die blaue Bürste dort hingesteckt, habe sie hin und her bewegt, weil Carla es von mir verlangt hat. Meine kurzen Kordhosen liegen neben ihrem Röckchen. Zwei unscheinbare Häufchen Stoff, die im Dämmer zu Tieren mit Höckern und Hälsen werden. Stehe auf der Schüssel, Carlas Hände an meinem Glied, ihr Mund schnappt danach. Greife nach der Bürste, schiebe sie hinein, kippe sie ab, mache kreisende Bewegungen. Verhört sie mich, gehorche ich, bin brav und folgsam. Wir stöhnen nicht, wir lachen. Vor der Tür wartete der Carabiniere, diese Annahme drängte sich auf. Breitbeinig, die Arme auf dem Rücken verschränkt. Er bewachte mich, wie mich Carla bewacht, wenn ich im Hühnerstall ihres Großvaters sitze, die Hände spielerisch mit einem Seil zusammengebunden, und mit meinem nackten Jungenrücken bei jeder Bewegung die Brennesselstauden berühre. Später zeigt mir Carla jene Stellen ihres Mädchenkörpers, die der Pfarrer schmutzig nennt, das ist der Lohn, mein Lohn, ihr Dank. Ich bin ihr Objekt, sie ist mein Eigentum. Ich dir, du mir. Das perfekte Kindergeschäft, der vollkommene Tausch. Ich stieß das Fenster auf, es war nicht einmal vergittert.

Bereits der zweite Versuch gelang. Ich lag mit dem Oberkörper auf dem Sims und zwängte mich ins Freie. Das Fenster befand sich knapp drei Meter über der Erde. Ich sprang zuerst auf das Dach eines Anbaus, dann in das Gras, das rund um das Gebäude lief und von einem Zaun begrenzt wurde. Erst jetzt fiel mir ein, daß meine Jacke im Büro der Carabinieri hing. Mein Gepäck lag dort, mein Paß. Ich lief trotzdem weiter, trug Vaters Hemd, sein Gilet. Es war drückend heiß, und als ich über den schadhaften Zaun kletterte, sah ich, wie der Haupteingang des Wachpostens aufgestoßen wurde. Rufe hörte ich, Flüche, Befehle. War der Grauhaarige Anführer meiner Verfolger? Hatte er Probleme mit seinem Knie? Das war meine Vorstellung: Ihm in der Nacht auflauern, ihn niederschlagen, in eine Toreinfahrt schleifen, mein Gesicht perfekt maskiert. Die mitgebrachten Fetzen mit Benzin übergießen, die Streichholzschachtel in der Hand, ihm den Mund aufreißen. Und so fort. Ich lief weiter, aber eigentlich hatte ich bereits aufgegeben. Dann würde ich dem Grauen sagen, wer ich war, würde die Maske ausziehen. Würde er sich überhaupt an mich erinnern? Oder verwechselte er mich mit einem jener Männer, die auf frisierten Motorrädern durch die Straßen jagen und Touristen ihre Kameras entreißen? Das Entzünden des Streichholzes mit den Handschuhen erwies sich als schwierig, ich verlor Zeit. Das war mein Plan, meine Vorstellung. Aber die Phantasie half mir auch nicht weiter. Ich rannte an einem Hund vorbei. Er drückte eine Wurst auf den Bürgersteig und sah mich traurig an. Bäume bewegten sich im leichten Wind. Es roch nach Erde, ich wünschte mir plötzlich, mein Vater könnte mich bei meinem leichtfüßigen Trab sehen, bei meiner scheiternden Flucht. Die Sache ging schief, ich sah mir sozusagen als Außenstehender zu, welcher abwinkt: Laß es bleiben. Gib auf. Ich lief weiter, jetzt schlug ich Haken. Überquerte die Straße, rang nach Luft. Würde jemand den Grauhaarigen beschwichtigen und zurückhalten? Bestimmt war er imposant in seiner Wut.

Die Faust traf mich zwischen die Schulterblätter, und ich fiel hin. Ein hoher, erstaunter Ton entwich mir, wie seit meiner Kindheit nicht mehr. Acht bin ich. Liege im Dreck, das Fahrrad neben mir, noch dreht sich sein Vorderrad. Da sehe ich das Blut an meiner aufgeschrammten Hand und stöhne. Gnade. Gnade. Gnade. Mußte ich sofort aufstehen? Erwartete man von mir, daß ich mich wehrte und an mich glaubte und weitermachte? Kniete auf dem Gehsteig, die Hände auf dem Pflaster abgestützt, und erwartete gefaßt die nächsten Schläge. Würden sie mich treten? Landete ich jetzt in einem Keller mit einer Kordel für die Glühbirne und einer Ledertasche voller furchteinflößender Utensilien? Sah ich dem Grauhaarigen in die Augen, wenn ich mich umdrehte? Hinter mir stand der junge Carabiniere. Er legte mir die Hand auf die Schulter, beinahe zärtlich, und half mir auf die Beine. Wir waren alleine. Nur er hatte mich verfolgt, das hatte genügt.

Sonne schien. Autos glitten langsam vorbei. Ich spürte neugierige Blicke auf uns. In einem Vorgarten schnitt ein Mann Hecken. Der junge Beamte lachte gutmütig und überlegen und bot mir eine Zigarette an. Ich gab ihm Feuer.

»Komm«, sagte er freundlich.

Dann gingen wir rauchend zurück zu dem Wachposten, vorbei an drei oder vier Schaulustigen. Der Mann im Garten hielt die Heckenschere wie eine Gitarre. Er trug eine Mütze, die er sich aus Zeitungspapier zusammengefaltet hatte. Frontscheiben blitzten, Blättchen. Ich machte den Carabiniere auf den Haufen des Hundes aufmerksam, wir lachten. Von nun an war ich Soldat der italienischen Armee. Rekrut. Vaters Hemd war mir zu klein, es spannte am Bauch und an den Schultern.

II

DAS HAUS
DER MÄNNER
UND
DAS ZIMMER
DER SIGNORA

1.

Weicher als die Zacken eines Sternes und klein wie Zünd-
holzköpfe sind die Nüstern, lederweich. Die Tiere aber sind
hart und haben die Farbe von geronnenem Blut. Ihre Hufe
blitzen vor Kraft und Eleganz: Stuten, eingerittene Hengste.
Feuerspeiend kreisen sie im Himmel aus Stoff. Sie brauchen
nicht zu atmen, sie haben nie gelebt, sie können fliegen. Wer
schläft, weiß nicht, wie heiß es draußen ist. Ihre Rücken und
Flanken sind kräftig und muskulös, sie sind mein Geheimnis,
meine Dressur. Ihr Wiehern ist schwach, kaum vermag es aus
dem Koffer zu dringen, vor welchem ich staunend sitze.
Nachtblauer Samt, und die geflügelten Pferde tanzen an
ihren Drähten, mein Atem läßt sie Kreise fliegen. Aber sie
werden es nicht schaffen, sich aus dem Koffer zu befreien
und durch das Zimmer zu schweben, funkensprühend und
mit wehendem Schweif, das weiß ich mittlerweile. Ein Befehl, selbst ein geflüsterter, genügt, dann fliegen sie weiter,
Runde um Runde.
»Halten Sie den Mund, Mantovani«, schrie Fausto, und ich
erwachte.
Er stand unter der Tür unseres Bereitschaftszimmers. Seine
Schicht war zu Ende, er war auf dem Weg nach Saronno, der
nächsten größeren Ortschaft. Ich hatte die Liege unter das
offene Fenster gerückt, aber da sich kein Lüftchen regte,
nützte dies wenig gegen die Hitze, die seit Tagen bis in die
Nacht herrschte. Es roch nach Unkraut, in dem Dickicht
unter dem Fenster raschelten die Krähen. Wohin verschwanden sie gegen Morgen? Aus den Stengeln des Unkrautes ließ
sich eine klebrige Flüssigkeit drücken, weiß wie Milch, die
Sonne brachte die Hülsen zum Platzen. Lorenzini telefo-
nierte in der Ecke des Zimmers, er wandte mir den Rücken
zu. Seine Stimme war sanft, voller Trost. Die Stimme des be-

sorgten Enkelkindes. Der große Junge, der seine Großeltern regelmäßig anruft, guter Junge. Bestimmt machte er ihnen Sorge, breitschultrig, und ihnen nun auch fremd geworden. Schließlich diente er im Norden, so nah an der Grenze zur Schweiz. Was hast du dort verloren, Junge? Und darum hören sie ihr traurig zu, der Stimme des Enkels. Der sie besänftigen will, ihnen eine gute Nacht wünscht und weniger heiße Julitage. Sie sitzen in der Küche ihres bescheidenen Hofes in Kalabrien, nehmen sich gegenseitig den Hörer aus der Hand, aufgeregt wie Kinder, weißhaarig. Die Enkelstimme ist wichtiger Bestandteil ihrer Familie. Sie gibt ihnen das Gefühl, daß in Italien alles in Ordnung ist. Daß die Idee der Familie alles überdauert, das hatte mir Lorenzini erzählt. Die Nacht war ruhig. Einzig Grillen waren zu hören und ab und zu Autos oder Motorräder. Ich brauchte eine Weile, um den Schatten auf der Begrenzungsmauer des Gemüsegartens als Mann zu erkennen. Der sitzende Veteran hielt die Ellbogen auf den Knien und rauchte zusammengekrümmt. Die Glut beschrieb immer wieder die gleiche Bewegung: Vom Knie zum Mund, vom Mund zum Knie. Auf und ab. Der Mann rauchte sorgfältig und konzentriert. Wartete er auf jemanden? Lorenzini hatte sein Telefongespräch beendet und trat neben mich.
»Das ist Bolger«, sagte er zu mir.
»Traumzigarette, eh, Teobaldo«, rief er in die Nacht und winkte.
Der Alte erhob sich und kam auf uns zu. Die Zigarette warf er in weitem Bogen weg. Dann ging er ihr nach und zertrat den Stummel. Kies knirschte. Schließlich stand er unter unserem erleuchteten Fenster, dicht vor dem Unkrautbusch.
»Vorläufig träumt Bolger noch ohne Zigarette«, sagte er, »aber ich will den ekelhaften Geschmack eurer Suppe aus dem Maul haben.«
»War nicht unsere Suppe«, sagte ich.

»Neu hier, was! Wer ist das?«

»Stefano Mantovani«, sagte Lorenzini, »wohnt in der Schweiz und wollte sich hinter den Alpen vor unserer wunderbaren Armee drücken.«

»Willkommen im Klub der gebrochenen Bajonette«, sagte der Veteran und salutierte spöttisch. Er trug keine Uniform und hatte sich offenbar seit Tagen nicht mehr rasiert. Die Gläser seiner Brille waren dick, und den einen Bügel hatte er mit Isolierband umwickelt.

»Leg dich schlafen, Teobaldo, es ist spät.«

»Meine Uhr stimmt übrigens haargenau«, sagte der Veteran ungerührt, »Schweizer Fabrikat. Es ist exakt 21 Uhr 13.«

Ich sah unwillkürlich auf meine eigene Armbanduhr. Es war kurz nach 23 Uhr. In einem Haus, das an unseren Park grenzte, gingen zwei Lichter an.

»Bolger-Zeit«, sagte der Veteran.

Lorenzini stieß zischend Luft aus. Erst jetzt bemerkte ich, daß Bolger gar keine Uhr trug. Der Stoff meiner Uniformhose kratzte unangenehm. Bolger schaukelte vor und zurück, weshalb sein Gesicht immer nur für einen kurzen Moment im Licht war, das aus dem Bereitschaftszimmer fiel.

»Frösche sind gute Tiere«, behauptete Bolger feierlich, »ich habe Froschblut. Was in einem Haus wie diesem ideal ist. Warum? Weil Froschblut nie warm wird, darum. So friert Bolger im Winter nicht ärger, als er im Sommer schwitzt.«

»Geh ins Bett«, sagte Lorenzini laut.

»Bei einem Menschen beträgt der Pulsschlag üblicherweise 60 bis 80 Schläge in der Minute. Wobei das Wort ›Pulsschlag‹ die pure Tautologie ist. Pulsus heißt nämlich Schlag. Demnach heißt Pulsschlag Schlag-Schlag.«

»Ich begleite dich, komm.«

Lorenzini drehte sich um und sagte leise zu mir, Bolger sehe kaum mehr etwas.

»Blödsinn. Bolger sieht alles. Dort zum Beispiel.«

Der Veteran trat zwei Schritt zurück und deutete mit ausgestrecktem Arm in den Park. Dutzende von Lichtern leuchteten dort auf. Kurz, hell. Die gleißenden Punkte waren zuerst zwischen den Sträuchern und knapp über dem ungeschnittenen Gras zu sehen, dann in den Bäumen. Darauf tanzten sie hoch über den Laubkronen, kaum sichtbar am hellen Nachthimmel.

»Glühwürmchen«, sagte ich.

»Was denn sonst«, sagte Bolger.

»Finito«, fuhr er fort, »und wißt ihr, warum? Weil ich keine Spucke mehr habe, wenn es Nacht wird. Darum wäre es besser, tagsüber nicht zuviel zu reden. Ciao.«

Er drehte sich um und verschwand in der Dunkelheit. Am Nachmittag hatten wir einen Teil der Wiese gemäht. Nun roch es nach Gras. Ein leichter Wind war aufgekommen, der das Unkraut in Bewegung brachte. Vögel stoben auf, Krähen mit enormen Flügelspannen. Sichelförmig gekrümmte Linien, die sich ineinander verschoben, sich voneinander lösten. Der Schwarm drehte geräuschlos ab und verschwand. An der Landstraße, die am Haus meines Vaters vorbeiführte, hatte es jeweils nach Heu gerochen. Wenn die großen Mähmaschinen ihre Arbeit erledigt hatten, war der Rand der Straße mit Heu übersät gewesen, welches in der Sonne rasch spröde wurde. In diesem Moment läutete die Nachtglocke.

»Übernimmst du das? Martocchia auf der 12. Pünktlich. Das muß man ihm wirklich lassen.«

»Und du?« fragte ich.

»Ich begleite Bolger auf sein Zimmer. Sonst bricht er sich noch das Genick.«

Lorenzini klopfte mir auf den Rücken und verließ das Bereitschaftszimmer. Die Autos hatten das Heu am Straßenrand zu feinem Staub gemahlen, den ich zu Häufchen zusammenwischte, weil es mir gefiel, ihn wie Sand durch die Finger rinnen zu lassen. Im Flur roch es nach kalter Suppe,

Urin und Erbrochenem. Durch die Fenster sah ich die Umrisse der riesigen alten Bäume, eine ganze Allee. Die Büsten auf den Gipssockeln, die zwischen den Baumstämmen standen, sahen aus wie Totems. Wenn ich sie lange genug anstarrte, schienen sie sich zu bewegen, sich umzudrehen und die Krankenstation anzusehen.

»Dieses Haus ist ein einziges Desaster. Man läutet die Glocke, aber es kommt niemand. Niemand. Dante ist mein einziger Freund.«
Martocchia lag auf dem Rücken, seine knochigen Arme in die Höhe streckend, die Finger gespreizt. Er hatte sich den Pyjama ausgezogen und war nackt. Er lag in seinem Urin.
»Der Tag verging; das
Dunkel brach herein
Und nahm auf Erden den
lebendigen Seelen
Die Last des Tages ab;
nur ich allein
Begann mich für den
heißen Kampf zu stählen.«
Seine Stimme war weich und kippte erst am Ende des Verses in jenen schrillen Tonfall, mit dem er sonst auf uns Rekruten einredete. Er rang erschöpft nach Atem, seine Finger waren weiß und spitz, lang. Bald fuchtelten sie durch die Luft, bald berührten sie das Holzkreuz, das über seinem Bett hing. INRI. Der staubige Leib des Gekreuzigten war an Händen und Füßen mit roter Farbe bemalt, die seine Wunden darstellte. Martocchia hatte mich an meinem ersten Tag auf der Krankenstation darauf hingewiesen.
»Sehen Sie, Rekrut«, hatte er gesagt, »all das Blut hat gar nichts genützt. Wir lassen uns nach wie vor auf Schlachtfeldern abknallen wie die Hasen. Wir verrecken als Unwissende, immer noch. Wir haben nichts begriffen. Bastarde.«

Ich half Martocchia aus dem nassen Bett und setzte ihn in einen Stuhl am offenen Fenster. Der Wind hatte zugenommen, und es sah nach einem Gewitter aus, nach Regen und Abkühlung. Martocchia war früher Schauspieler gewesen, doch das war nicht der einzige Grund, weshalb er auf einem der wenigen Einzelzimmer unserer Station lag. Er lag im Sterben, und die anderen Veteranen hatten sich über sein Stöhnen, seine Schmerzensschreie und die Dante-Verse, die er unablässig rezitierte, beschwert.

Ich zog die Leintücher ab und brachte sie in den Wäscheraum. Martocchia saß bewegungslos in seinem Stuhl und sah schweigend und aufmerksam zu, wie ich sein Bett neu bezog. Am Horizont konnte ich die Unwetterfront erkennen, sie zog vorbei. Der Minutenzeiger der Wanduhr bewegte sich mit einem kleinen Ruck, es war noch nicht so spät, wie ich gehofft hatte. Martocchia hob abwehrend die Hand, als ich ihm in sein Bett helfen wollte, und ich ließ ihn sitzen. Straßenlampen am Rand des Parkes ließen Blätter von Bäumen glänzen wie grüngestrichene Reflektoren.

»Vor mehr als siebzig Jahren war ich das erste Mal hier, ich besuchte mit meinen Eltern einen Verwandten. Ich erinnere mich ganz genau an den damaligen Park. An jedes Detail erinnere ich mich. Als habe sich in der ganzen Zeit nichts verändert. Abgesehen natürlich von meinem Alter.«

Er hatte sich seinen Morgenmantel umgelegt und sah mich an. Aus einem anderen Zimmer war Gejammere zu hören. Letzte Geräusche, Abgesang. Männerstimmen.

»Ich bin weit herumgekommen, mußt du wissen. Vielleicht war ich darum isoliert hier. Während die meisten anderen eine harte Existenz hinter sich haben und verbittert sind, habe ich nämlich ein interessantes Leben geführt. Feine Hotels. Champagner. Frauen. Theater. Ich war ein Star.«

Martocchia hielt seine rechte Hand in die Höhe, als schwebe sie. Dann ließ er sie unvermittelt auf seinen Oberschenkel klatschen. Sein Gesicht war eingefallen, fahl. Obwohl seine Frau vor elf Jahren gestorben war, trug er noch immer den Ehering.

»Während des 2. Weltkrieges war ich Fallschirmspringer. Erst im Flugzeug haben wir jeweils einen Plan des Absprungortes erhalten. Wir Saboteure arbeiten im Dunkeln. Wie Agenten. Peng. Peng. Plan in die Hand gedrückt, Schleife geflogen und ab ins Bodenlose. Sprung aus den Wolken. Steine. Italienische Steine, die an getarnten Schirmen vom Himmel fallen. Und unter der Terrasse rauscht das Meer, Signora. Strumpfbänder. Gin Tonic. Schieß dem Kerl das Hemd vom Arsch. Betatscht meine Dame. Haben geraschelt, die Seidenkleider, wie Schilf im Wind. Wildsäue, die durchs Unterholz brechen. Frißt Lippenstift, geiles Luder. Kalaschnikow. Und dann läßt du dich aus dem Flugzeug fallen.«

Er machte eine wegwerfende Handbewegung. Nun kühlte es endlich etwas ab, ich sah Lorenzini vom Haupttrakt des Veteranenheimes auf die Krankenstation zugehen. Martocchia streckte mir seine Arme entgegen, und ich half ihm ins Bett. Knöpfte seinen mageren Oberkörper in ein frisches Pyjamahemd. Die Hose wollte er unbedingt selber anziehen. Unter der Tür blieb ich stehen. Wir sahen uns an, bestürzend lange, dann machte ich das Licht aus. Sofort gingen seine Arme in die Höhe, mit gespreizten Fingern. Martocchias Stimme war klar und deutlich, rein. Ich schloß die Tür erst, als er seine Arme wieder sinken ließ und das Zitat beendet hatte. Großer Junge, guter Junge. Sauber gekämmt und rasiert. Ich konnte das Blut und den Rotz auf den Kissen nicht mehr sehen. Manchmal hätte ich gerne zugeschlagen. Genugtuung und Rache. Ich schrie die Veteranen an, ich wechselte Bettbezüge, verweigerte ihnen Tabak, hantierte krampfhaft lächelnd mit Schwämmen und warmem Wasser, welches nach Waldmeister duftete. Der Rekrut auf der Krankenstation, das hat er jetzt davon. Gummihandschuhe in verschossenen Farben trug ich, Schürzen. Beugte mich über faltige, übelriechende Hintern alter, kranker Männer. Demut und Geduld. In unserem Bereitschaftszimmer standen Whiskyflaschen, Bierkästen und Weine. Ich rauchte mehr als je zuvor. Tröstliches, kastanienbraunes Funkeln am Grund der Gläser, die wir im Waschbecken ausspülten. Famous Grouse. J & B. Im Wäscheraum roch es muffig. Der Anblick einer Flußbiegung in anbrechender Dämmerung, das Haus meines Vaters. Abgetragene Nachthemden, Socken. Unterhemden mit Löchern, Risse. Rauchfetzen, auf der begrasten Böschung Eisenbahnschienen: Vater zeigt mir, in welcher Richtung Mailand liegt. Piacenza. Bergamo. Venedig. Namen, die ich ihn nie vorher habe aussprechen hören. Sein Arm ist der Kompaß. Zeigt mir die Himmelsrichtung. Cremona. Brescia. Mantova. Vater weiß Bescheid. In der summenden Hitze eines italienischen Sommers stehen wir da wie Vater und Sohn. Geblendet vom Licht, Mückenschwärme über den Köpfen. An unsere Männerfahrräder gelehnt. Er riecht nach Leder. Trägt trotz der Hitze einen Hut. Ich halte mein Rad an der Lenkstange, er seines an den Federn des Sattels. Fachmännisch. Vater und Sohn, einwandfrei miteinander verwandt. Vertieft in ein Gespräch, wie es nur selten stattfinden kann.

»Den Spuren folgend der geliebten Sohlen«, sagte Martocchia, ich hörte seine Stimme durch die geschlossene Tür.

Lorenzini und ich saßen am Fenster und sahen zu, wie es langsam hell wurde. Die Nacht war ruhig gewesen, kein Veteran war gestorben. Wir hatten Karten gespielt, gedöst. Eine Flasche Rotwein getrunken, Radio gehört. Martocchia hatte noch einmal geklingelt, Dante in der Finsternis. Lorenzini gab ihm ein Schlafmittel. Rohypnol. Neurocil. Kleine machtvolle Helfer, so gütig wie gewalttätig. Haldol. Valium. Ich tat jetzt seit acht Wochen Dienst auf der Krankenstation des Veteranenheimes, meine Vorbehalte gegen die Medikamente wurden von Tag zu Tag kleiner. Zäpfchen. Kapseln. Spritzen. Pillen. Die Ausgabe der Medikamente war so wichtig wie die gerechte Verteilung der Rauchwaren. Es war jetzt taghell. Fensterläden wurden aufgestoßen, im Innenhof gingen Veteranen auf und ab, ohne sich gegenseitig zu beachten. Froh, eine weitere schlaflose Nacht durchgestanden zu haben. Jenseits der Mauer kreischende Kinder, der Verkehr war bereits ein stetes Geräusch. Vor dem Schichtwechsel rauchten wir wie üblich einen Joint. Sonnenbalken verbanden sich auf Kies und Parkett zu wunderbar einfachen Mustern. Geometrie. Ordnung. Ich hörte Lorenzini ziehen, ziehen, als schnappe er voller Verzweiflung nach Luft. Meine Augen waren meine Augen, wir klopften uns sanft auf die Schultern. Das Unkraut unter dem Fenster war ein Mysterium. Stengel, Blattwerk, Filz. Unordnung und Chaos. Sonne ließ Herzkammern schimmern, Lorenzinis Knochenbau war ersichtlich durch Hemd und Waffenrock.

»Alleinstehender Rekrut sucht Begleitung«, sagte er.

»Dieser Rauch schlägt mir auf den Magen«, sagte ich.

Was fehlte, wer? Due, due. Wir saßen unruhig, warteten auf unsere Ablösung. Der schwere, süße Rauch nahm Gestalt an, Blut floß warm durch Arme und Beine. Als wir die Tür unserer Unterkunft aufstießen, stand Fausto hinter einem Mann am Fenster. Der Mann war nackt, jung. Er hatte seine Beine gespreizt und reckte seinen Hintern in die Höhe. Fausto trug Uniform und Stiefel, stand seine Hose offen? Er scheuchte uns mit wütenden Handbewegungen aus dem Zimmer. Als wir zwanzig Minuten später zurückkamen, war die Unterkunft leer. Es roch nach Schweiß und dem Leder unserer Tornister und Gurte. Im Park standen Wolken von Stechmücken, Lorenzinis Gesichtsausdruck war hart und abweisend, böse. Wir vermieden es, uns anzusehen.

»Fausto ist ein widerliches Schwein«, sagte Lorenzini und

verschwand im Waschraum. Ich legte mich hin, behielt die Kleider an, auch die Schuhe.

Meine militärische Grundausbildung hatte vierzig Tage gedauert. Die Kaserne lag in der Nähe von Monza, ich brachte die Zeit mit einer Ruhe hinter mich, zu der ich mich jeden Tag zwingen mußte. Seltsamerweise war ich ein ausgezeichneter Schütze. Als ich begriff, daß mir diese Tatsache Respekt verschaffte, freute ich mich darüber. Jetzt gestand ich mir ein, daß ich gerne schoß. Ich baute das Gewehr schneller zusammen und auseinander als jeder andere Rekrut. Ich liebte den Geruch des gefetteten Laufes, des Magazins, das mir gut in der Hand lag. Schlägereien ging ich aus dem Weg. Von den anderen Rekruten wußte wahrscheinlich keiner, daß ich in der Schweiz aufgewachsen war. Ich hielt meistens den Mund. Kampfbahn, Drill, Schüsse auf Scheiben, die nach hinten wegklappten, wenn man sie an der richtigen Stelle traf. Ich sah drei Rekruten zu, die hinter der Kaserne einen Neuling aus Sizilien verdroschen. Der eine schlug zu, als treibe er einen Nagel in die Wand. Einer von uns bekam einen epileptischen Anfall, wir saßen in einer Bar in Monza, der Rekrut lag am Boden und schlug zuckend um sich, Schaum vor dem Mund. Wir sahen ihm irritiert zu und tranken trotzdem weiter. Wir redeten kaum miteinander, wir fluchten uns an, knurrten. Mit dem Hund einer Köchin saß ich manchmal eine halbe Stunde auf dem Kasernenhof, er sah mich verständnisvoll an. Zuerst redete ich schweizerdeutsch auf ihn ein, dann italienisch. Ich hatte mich für die Aufnahmeprüfung der Schauspielschule angemeldet. Sie fand Mitte Oktober statt, ich hatte sechs Monate Zeit, um mich darauf vorzubereiten. Zuerst machte ich meine Sprechübungen ausschließlich nachts, schloß mich in eine Toilettenkabine dafür. RASCH SICHERN. FRISCH SEIN. DEN WUNSCH SAGEN. FALSCH SETZEN. FORSCH SUCHEN. WASCH SAUBER. KITSCH SAMMELN. PUNSCH SAUFEN. Dann war der Hund der Köchin mein Publikum; sein Blick war verwirrt, aber er hörte mir zu. Wolkenfelder behindern in der Regel die Staffel der Aufklärer. Das getötete Tier rötete den Sand, den Sand rötete das getötete Tier. Pino hatte mich zweimal besucht, Carla reagierte auf keinen meiner Briefe. Mutter schickte mir Schokolade, Geld. Ich verzichtete darauf, mich bei ihr zu bedanken. Der eine Offizier trat unglaublich nahe an einen heran, wenn er einen anschrie. Ich machte ihm nicht die Freude, zusammenzuzucken. Starrte ihn an, zählte Mitesser auf seiner häßlichen Nase, Drecksack. Bei seinem zweiten Besuch hatte Pino die Streichholzschachtel mit Vaters Asche mitgebracht. Er stellte sie auf den Tisch der Pizzeria, zwischen unsere Teller. Wir verloren kein Wort darüber. Vaters Haus stand jetzt zum Verkauf. Pino erzählte mir von seiner Zeit in der italienischen Armee. Der Hund der Köchin japste begeistert, sobald ich mich ihm näherte. Truppenbewegung, nächtliche. Stampften durch die Dunkelheit und stießen Verwünschungen aus. Hoben Schützengräben aus, zerlegten die Gewehre wieder und wieder. Der eine Offizier blickte prinzipiell in die Ferne, wenn er einen anschrie. Er hatte Mundgeruch. Seine Kinder waren übergewichtige Schreihälse, ich zerschnitt dem einen die Reifen seines Kinderrades. Unter der Dusche kam es zu den üblichen Anspielungen, etliche von uns schlossen sich in die Latrine ein, um in Ruhe onanieren zu können. Nach drei Wochen hatte mir der Offizier eröffnet, daß ich Glück hätte: Ich würde meinen Militärdienst im einzigen Kriegsveteranenheim der italienischen Armee leisten.

»Und zwar waffenlos. Nein, Mantovani, du wirst nicht mit einem unserer wunderbaren Gewehre schießen. Auch wenn das das einzige ist, was du einigermaßen beherrschst. Du wirst alten Männern den Arsch abwischen und sie warm baden. So sieht die Wahrheit aus, Mantovani«, hatte der Offizier gebrüllt.

Ich hatte mich mit niemandem angefreundet und verbrachte die letzte Nacht in Monza alleine in einer Bar. Ich trank Mineralwasser, pißte dem Offizier über die Fahrertür seines japanischen Wagens. Am nächsten Morgen hatte ich mich von niemandem verabschiedet, nur vom Hund der Köchin.

2.

Zwischen Bett und Schrank saß ich, bei geschlossenen Gardinen, die das Sonnenlicht zurückhielten, zu mattem Gold filterten. Es würde nicht genügen, nur die Tür zu öffnen. Man mußte das Krankenzimmer betreten, um mich zu entdecken. Martocchia hustete. Er lag auf dem Rücken, eine Hand am Mund. Er schlief so tief, daß ihn sein Atem kaum bewegte. Sein eingefallener, kahler Kopf lag reglos auf dem Kissen, aus den Ohren wuchsen Haarbüschel. Ich setzte mich seit einigen Tagen in Martocchias Zimmer, sobald ich die Medikamente verteilt hatte. Saß einfach nur da, verborgen durch den Schrank und ließ die Zeit verstreichen. Die Geräusche auf der Krankenstation waren männlich, militärisch, die entfernten Stimmen knapp und herrisch. Nach einigen Minuten in Martocchias vergessenem Zimmer geriet ich jeweils in einen Zustand des Halbschlafs, ordnete Dinge und Erlebnisse der Kindheit neu. Vergaß, verlor mit Absicht und erfand. Detektiv in eigener Sache. Der Vater, der vor dem Haus sitzt, auf den Knien das Gewehr, das er gewissenhaft reinigt. Im Hintergrund Schuhe, endlose Reihen schäbiger Schuhe. Nie hatte ich ihn mit einer Waffe gesehen. Außer Sicht. Den Erwachsenenblicken entzogen. Unter Betten, Staubgirlanden wegblasend, Staubwolken, in Schränken und in jenem Hühnerstall: Pferdegeschirr an der Bretterwand, Ochsenziemer. Sättel. Stotternd vor Aufregung den Fleck in Carlas Baumwollhöschen abeckend. So also riecht die Welt der Großen, der Frauen. Nur die zaghaften Schläge mit den Stöckchen, die wir aus dem Haselnußbaum schneiden, hinterlassen Striemen. Mein Messer mit den acht ausklappbaren Teilen sorgt für Aufregung. Acht Funktionen, inklusive Nagelschere und Nagelfeile, aus der Schweiz mitgebracht. Am Ende des Sommers wird das Wappenkreuz abgegriffen sein, ausgebleicht. Mutter, die meinen Namen ruft, da ist sie noch nicht verliebt in den Mann aus dem Büro, ihren Vorgesetzten. Der Vater, der das Gewehr auseinanderbaut, zusammensetzt und wieder auseinanderbaut. Das Gewehr mit dem warmen Schaft aus rötlichem Holz. Ein Fleck auf dem Betonfußboden in Carlas Keller hat die Form eines Hundes, genau. Vier Pfoten, Schnauze, Schwanz. Schnauze. Kaninchen erschießt ihr Großvater mit dem Bolzenschußgerät, später will ich ebenfalls diesen enormen weißen Schnurrbart im Gesicht haben, abdrücken. Ausbluten lassen, das Fell abziehen. Ausnehmen. Tot spiele ich und liege schlaff in ihren Mädchenarmen, lasse mich von Kopf bis Fuß ablecken. Darf mir nichts anmerken lassen, darf nichts merken. Später muß sie sterben, ist sie mir ausgeliefert. Meinen flinken Händen, der kleinen Zunge, meinen sauberen Zähnen, Fingern. Meiner unpräzisen, pubertären Wut. Onanie ist ungesund, krank.

Auf Martocchias Nachttisch lag ein Stapel zerlesener Hefte Reader's Digest. Es war jetzt sehr still im Haus, ich nahm eines der Hefte und blätterte es durch.

»Eine blödsinnige Publikation«, sagte Martocchia.

Er lag weiterhin auf dem Rücken und sah mich aus den Augenwinkeln an.

»Würde ich übrigens auch machen«, sagte er.

»Was machen?«

»Mich zum schlafenden Martocchia ins Zimmer setzen. Mich verkriechen. Vor der Arbeit drücken. Abhauen«, sagte er.

Ich blätterte schweigend weiter. Vulkane. Aussterbende Tierarten. Schmelzende Gletscher. Alle Giganten der Weltmeere. Reisen von Kontinent zu Kontinent. Wer erfand den elektrischen Stuhl? Das Bügeleisen? Wie ich meine Krankheit besiegt habe! Mein erstes Haustier! Breitkopfgleitbeutler.

»Ein Heft für Idioten«, bellte Martocchia.

»Was hat es dann bei Ihnen verloren?«

»Mit mir geht es rapide bergab. Eine Serie, die sich über vier Heftnummern erstreckt, befaßt sich mit Leuten, die dem Tod von der Schippe gesprungen sind. Sehr beruhigend. Auch wenn sie natürlich alle lügen. Krebs. Furchtbare Unfälle. Innere Verletzungen. Blutgeschichten. Vererbte Sauereien. Entfernte Organe. Wunder über Wunder. Sehr beruhigend. Gerade nachts, wenn das Haus so ruhig ist, daß dir das Blut im Schädel rauscht wie ein Fluß.«

Er setzte sich ächzend auf, aus seinem Mund hing ein Speichelfaden. Auf dem Flur näherten sich Stimmen und Schritte, und wir schwiegen, bis sie sich entfernt hatten.

»Mich haben ja immer nur drei Dinge interessiert«, sagte Martocchia.

»Theater. Dante. Frauen. Das war's.«

»Tee?« fragte ich. »Kaffee?«

»Tee. Quatsch. Hamlet. War meine Glanzrolle. Tourneetheater durch ganz Italien. Normalerweise nahm ich meine Verehrerinnen gleich in den Garderoben. Zwischen den Blumen. Nathan der Weise. Der Kaufmann von Venedig. Glanzrollen, wie gesagt. Einmal platzte der Kritiker Ricasoli mitten ins Kampfgeschehen. Die Dame nackt auf dem Schminktisch, ich im Kostüm des Prospero über ihr, in ihr. Seither verschließe ich die Tür. Immer. Dem Blutsauger blieb die Spucke weg, Mamma mia. Mein Degen steckte tief im Schaft. Die männliche Hauptrolle in der Beinschere einer stadtbekannten Ehefrau.«

Er lachte leise und bat mich, die Vorhänge zu öffnen. Grell fiel Sonne in den Raum, Martocchia lag ausgestreckt und mit offenen Augen in der Lichtbahn. Veteranen saßen verstreut im Park. Weit voneinander entfernt starrten sie ins Leere, rauchten. Der eine trug eine Mütze. Lorenzini und zwei andere Rekruten waren dabei, den letzten Rest Gras zu mähen. Ich hörte das Zischen der Sense und fing eine Fliege, hielt sie gleich beim ersten Versuch in der hohlen Hand und ließ sie erstaunt frei. Sekunden später tötete ich eine andere, ich hatte unkonzentriert zugeschlagen. Nun klebte Flüssigkeit an meinem Handrücken. Wischte den zerdrückten Körper auf den Boden, schob ihn unter Martocchias Bett.

»Im Vertrauen«, sagte er, »hast du Erfahrung?«

Ich setzte mich an sein Bett. Dichtes Blattwerk füllte das Fenster, dahinter war ein Stück des Daches vom Haupttrakt zu sehen, unscharf flirrend, als dampfe es in der Hitze.

»Frauen«, sagte Martocchia, »kennst du dich aus?«

Er machte eine kurze Pause und packte mich am Arm. Auf dem Linoleum des Flures quietschten Gummisohlen, eine Tür fiel ins Schloß.

»Ich sehe schon. Keine Erfahrung. Aber keine Angst. In deinem Alter ist das keine Tragödie. Ungestüme Stiere, die übers Ziel hinausschießen. Der wahre Meister dagegen läßt sich Zeit. Viel Zeit.«

Martocchia ließ meinen Arm los.

»Auf Sizilien habe ich eine Frau vier Nächte hintereinander bloß gekonnt berührt und gestreichelt. Ich wollte das Verlangen nach ihr auskosten, verstehst du? Erst in der fünften Nacht habe ich sie geliebt. Aber man muß natürlich wissen, wie man es zu machen hat. Ich weiß es. Das darfst du mir glauben. Ich habe nicht nur den Körper dieser Frau besessen, sondern auch ihre Seele.«

Martocchias Gesicht glühte. Ruckartig bewegte er seinen stolzen, kahlen Kopf.

»Ich brauche das Wort ›Liebe‹ nur zu denken. Schon zittern mir die Beine.«

Er schlug die Decke zurück und zeigte mir seine behaarten Beine, die übertrieben schlotterten.

»Eine Frucht muß man so lange auspressen, bis kein Tropfen Saft mehr kommt«, flüsterte er, »und wenn eine Frucht nicht schön ist, nicht perfekt ist, wird sie gar nicht erst akzeptiert.« Seine Füße rochen ungewaschen, ich deckte ihn zu. Im Park waren laute Stimmen zu hören, und ich trat an das Fenster. Lorenzini und die beiden anderen Rekruten schimpften mit einem Veteranen, der im ungeschnittenen Gras stand und eine Sense hin und her schwenkte. Die Erde auf der unbefestigten Zufahrtsstraße war trocken und hell und staubte wie Sand unter den Reifen eines Fahrrades.

»Ich war immer auf der Suche nach der Schönheit«, sagte er, »aber wer ist das nicht? In meiner Kommode findest du einen Umschlag ohne Aufschrift.« Er deutete auf den Nachttisch, und ich öffnete die drei Schubladen und durchsuchte sie. Medikamente fielen mir in die Hände, Bühnenfotos, Taschentücher, eine Brille mit zersprungenem Glas, aus einem Männermagazin herausgerissene Seiten, Kondome, ein Haarnetz und schließlich das Couvert.

»Mach ihn auf, los, lies vor.«

Das gelbliche Papier hatte ein kompliziertes Wasserzeichen, Büttenrand. Seine Schrift war gestochen scharf und nicht angewiesen auf Hilfslinien.

»Lies vor«, wiederholte er, »das ist sie. Meine endgültige Liste. Los!«

1: Füße/Zehen
2: Po
3: Hände
4: Brüste
5: Schamlippen
6: Lippen
7: Fesseln

8: Bauch/Bauchnabel
9: Hals
10: Rücken

»Und?« fragte Martocchia, ohne eine Antwort abzuwarten,
»meine ganz persönliche Rangliste weiblicher Körperteile.
Ich habe viele Jahre daran gearbeitet. Jahrelang umgestellt,
verworfen, Neues entdeckt und an anderem das Interesse verloren. Aber das da dürfte endgültig sein. Bin vor drei Wochen
damit fertig geworden.«
»Wann?«
»Glaub bloß nicht, daß die Begierde nachläßt. Ein großer
Irrtum, junger Freund. Ich gäbe alles für eine letzte Nacht
mit einer Frau. Alles. Mein Augenlicht, das Gehör, meine
Stimme. Alles. Nur meine Hände nicht.«
Martocchia schwieg. Die Sonne ließ sein Gesicht durchsich-
tig erscheinen, dünn wie Pergament. In seinem Hals klopfte
deutlich sichtbar eine Ader. Er bewegte die Hand unter der
Decke und starrte mich an.
»Mit Prostituierten kann ich ja nichts anfangen. Leider«,
sagte er.
Er schloß die Augen. Fliegen summten, es war still und
drückend heiß. Auf dem Flur rief jemand wütend meinen
Namen, ich verließ Martocchias Zimmer grußlos. Fausto trat
aus dem Wäscheraum, blieb stehen, als er mich sah.
»Bist du taub, Mantovani? Telefon für dich.«
»Wer ist es?«
»Wer, wer, wer! Deine Mamma. Will den verlorenen Sohn
trösten. So alleine in Italien, so weit weg.«
»Ich bin nicht da.«
»Natürlich bist du hier. Idiot!«
»Laß mich in Ruhe. Ich bin nicht da. Basta! Kapiert? Häng
auf. Mach, was du willst. Aber laß mich in Ruhe. Und hau ab.
Hau endlich ab.«

Ich ging auf ihn zu und bemerkte erst, als ich dicht vor ihm stand, daß ich beide Hände zu Fäusten geballt hatte, als wolle ich mich mit Fausto prügeln. Ich drehte mich um und ließ ihn stehen.

Sah ich aus wie ein Verdächtiger auf der Flucht? Um schonendes Anhalten wird gebeten. Unbekannte männliche Person. Uniformträger. Leere im Kopf und dann sehr deutlich Carlas Hintern, dessen Backen die hellen Abdrücke meiner Finger zeigen und die Spuren meiner Zähne. Wasser, das durch die Abflußrohre rauscht, auf das Dach des Hühnerstalls prasselt. An jenem Tag regnet es nämlich ohne Unterlaß. In den Wiesen stehen Tümpel, auf den Straßen und Feldwegen, Regenwasser. Das über ihren Rücken rinnt, provozierend langsam, in ihre Kerbe läuft, Tropf um Tropf. Eine glitzernde Linie. Der ich mit den Lippen folge, die ich mit der Zunge verbreitere, mit meinem Speichel bis zu den Kniekehlen verlängere.

In der Bar gleich gegenüber hatte man morgens seine Ruhe. Zwei, drei Veteranen saßen meist dort, jeder an einem separaten Tisch. Versunken in die eigene Vergangenheit. Trockenes Rascheln von Nonnengewändern. Zu dritt gingen sie neben mir über die Straße. Steckt die Kugel erst einmal im Körper, hat man sich an die Vergangenheit zu halten, nicht an die Zukunft. Papier wurde zerrissen, Autotüren schwangen auf. Vögel stiegen. Was hat eine Kugel im Kopf eines Vaters verloren. Mofas, Hunde. Antimon. Kupfer. Blei. Dumdum.

»Das Haus wurde 1898 gegründet und kann dank der Beiträge der 90 Veteranen und dank Spenden verschiedener Institutionen und privater Geldgeber geführt werden. Selbstverständlich erhalten wir auch staatliche Subvention. Allerdings haben wir 20 Jahre auf eine Erhöhung dieser Unterstützung durch den Staat gewartet, bis es endlich soweit war. Je nach Größe und Komfort ihrer Zimmer bezahlen die Veteranen eine Monatsmiete. Kann einer nicht bezahlen, werden 60 % seiner

Rente für Unterkunft und Verpflegung verwendet, der Rest
steht dem Veteranen zu. Die Differenz bezahlen entweder die
Familien der Männer oder ihre Bürgergemeinden. Hat jemand keinerlei Angehörige und weigert sich seine Gemeinde,
müssen eben wir das Geld aufbringen. Seit einem Jahr werden
auch Soldaten ohne Kriegsdienst aufgenommen, da das Haus
sonst gar nicht mehr bestehen könnte. Aber selbstverständlich müssen die Männer Militärdienst geleistet haben, das ist
eine unerläßliche Aufnahmebedingung. Eine weitere Bedingung ist gesundheitliche Autonomie. Obwohl wir über eine
ausgezeichnet eingerichtete Krankenstation verfügen. Die
Veteranen sind völlig frei, sie dürfen jederzeit in die Ferien reisen. Uniformzwang herrscht einzig bei Festanlässen, ansonsten gibt es in diesem Haus keinen Kleiderzwang. Zwar gibt
es Männer, welche von ihren Angehörigen regelrecht hierher
verbannt worden sind, aber den Soldaten geht es gut bei uns.
Sie haben enge Kontakte untereinander, sie plaudern und
scherzen den ganzen Tag! Unser Haus verfügt über eine gute
Küche, hat eine Bibliothek, einen Fernsehraum, einen Barbier
und ein Militärmuseum, welches die Männer an die wichtigste
und glorreichste Zeit ihres Lebens erinnert. Wer nicht bei uns
bleiben will, kann jederzeit gehen. Wir halten niemanden an
der Kette! Der Kontakt mit den Bewohnern des Dorfes
könnte besser nicht sein: Unsere Männer besuchen die Bars,
kaufen ein, sie sind eine gute Einnahmequelle für den Ort. Ich
persönlich habe dieses Heim in mein Herz geschlossen. Ab
und zu besuche ich den Speisesaal, um nach dem Essen zu fragen. Sagt einer der Männer, die Suppe sei fade, gehe ich persönlich in die Küche und hole ihm Salz und Pfeffer. Neben
euch Rekruten beschäftigen wir momentan sieben zivile Angestellte hier. Haben diese Leute die Altersgrenze überschritten, werden wir sie wohl durch Zivildienstler ersetzen.«
Nach meiner Ankunft im Heim der Kriegsveteranen hatte
mich der Kommandant des Hauses in sein Büro bringen las-

sen und mir einen Vortrag gehalten. An den pastellfarbenen Wänden seines Arbeitszimmers hingen alte Stiche. Divisionen, die sich durch Schneegestöber kämpfen, Pulverdampf über verbrannter Erde. Bombentrichter, in denen tote Pferde liegen und verwundete Soldaten. Der Kommandant hatte seine Hornbrille fortwährend ab- und aufgesetzt, hinter seinem Schreibtisch hingen zwei gekreuzte Degen. Neben mir dienten elf weitere Rekruten im Heim der Veteranen. Unsere Aufgabe war es, für die alten Männer zu sorgen. Unsere einzige militärische Pflicht war der tägliche Aufzug der italienischen Fahne im Hof zwischen den Seitenflügeln des U-förmigen Gebäudes, morgens um 7 Uhr 30. Ich war als Pfleger in die Krankenstation abkommandiert worden. Der Rekrut, der mir das Haus gezeigt hatte, war Lorenzini gewesen. Die Gebäude waren in schlechtem, die Krankenstation in desolatem Zustand. Unsere Unterkunft befand sich in einem Anbau der Station und grenzte an den Gemüsegarten. Der große Park drohte zu verwildern, hatte einen Bestand wunderbarer alter Bäume und war von einer hohen Mauer umschlossen. Bei unserem Rundgang hatten wir sowohl die Bibliothek als auch das Museum und den Barbiersalon geschlossen angetroffen. Wäscherei, Ordinationszimmer, Speisesaal, Aufenthaltsräume. Veteranen waren durch den mit farbigen Scheiben verglasten Korridor gewandelt, der den Haupttrakt im Erdgeschoß mit den Seitenflügeln verband. Parcours der Langeweile und Verzweiflung. Farbige Flecken waren über Steinplatten mit eingemeißelten Namen gewandert, hatten Uniformen und Gesichter gefärbt. In dem kleinen Barraum, der an den Speisesaal grenzte, war jeder Stuhl besetzt gewesen. Die Männer hatten sich vor dem Fernseher versammelt, sie sahen sich Werbespots an und ein Familienquiz.

3.

Vor Tagesanbruch läßt er in Bewegung setzen: Col. Baresi, größer, als er in Wirklichkeit ist: So überragt er uns Rekruten um Kopfeslänge. Unsere Mobile schwärmen aus, geräuschlos auf ihren breiten Gummireifen. Zerstreuen sich in der Parkanlage, weichen Hindernissen aus, beschreiben ihre Kurven, Ellipsen. Sinnlos? Col. Baresis Antenne ist länger als jede Angelrute, wippt bedeutungsvoll. Die Mobile sind plötzlich verschwunden. Angriff über die Flanken. Col. Baresi formiert, zieht zusammen und bildet Angriffslinien. Leise surren die Motoren, fast könnte man die Mobile für Spielzeuge halten. Jetzt wird es hell, und man erkennt deutlich, wie sie vorrücken. In der ersten Sonne glänzen die Gehäuse wie die Panzer von Schildkröten, metallen. Waffenbestückt, ausgeklügelt und nicht aufzuhalten.
Ich schreckte hoch. Lorenzinis Wecker neben den Kajütenbetten zeigte 3 Uhr früh. Ich lag am Boden, in der Unterkunft hing der süße Geruch von Haschisch. Im Waschraum spuckte jemand mehrmals stöhnend aus, Lorenzini kauerte mit geschlossenen Augen neben den Spinden. Die anderen waren Schatten und Umrisse. Dösend. Weggetreten. Schlafend. Fausto kam aus dem Waschraum, nackt. In der Hand hielt er ein Rasiermesser, er hatte sich den Kopf kahlrasiert und auch die Augenbrauen entfernt. Kahler Kämpfer. Schwer atmend, nach Aufmerksamkeit verlangend. Kampfmönch, glattrasierter. Eine Blutspur lief über seine Wange. Sein Kopf hatte die Form einer Kartoffel.
»Stillgestanden«, brüllte er, »weil jetzt ein anderer Wind pfeift, ihr Schwächlinge. Weil ich nämlich die Schnauze voll habe. Kindergarten. Sabbernde Greise und Altmännerrotz. Schluß mit diesem ganzen Mist, ihr Arschlöcher.«
Kahler Kämpfer, nackter. Aggression verbreitend und Angst.

Faustos Stimme war tiefer als sonst. Sie zitterte, weil er dem neuen bedrohlichen Ton offenbar selbst nicht traute.

»Stillgestanden, Feiglinge. Weil ich nämlich nach Bosnien ziehe, in den Krieg. HOS-Miliz. Unter Führung des kroatischen Nationalisten Dobroslav Paraga werde ich Tschetniks zerstören, ihr Däumlinge.«

»Faschist«, sagte Lorenzini.

»Wir kommen von hinten. Wir haben noch nie Gefangene gemacht. Panzer, die im Morgenlicht leuchten. Ich bin ein Kamikaze, ihr seid verdammte Hosenscheißer.«

Drohender Rächer, schwatzhafter. Steht mit geschwärztem Gesicht in der Unterkunft. Getarnter Angriff im Schutz der Dunkelheit. Der Nahkämpfer hält sein Referat. Fausto sah erbärmlich aus. Sogar die Brusthaare hatte er sich wegrasiert. Er roch nach Wein und Rasierwasser. Jetzt erkannte ich, weshalb ihn einige Rekruten heimlich ›Biber‹ nannten. Er war unförmig, plump. Er war bemüht, bedrohlich zu wirken, wollte eine Gefahr darstellen. So also stellte er sich den Ernstfall vor, dieser Sohn eines Großmetzgers aus Bologna, den man in das Veteranenheim abkommandiert hatte, weil er als hoffnungsloser Waffennarr und Kriegshetzer galt.

»RPG-7«, sagte er laut.

Ich kroch aus seinem Dunstkreis, in Richtung Lorenzini. Aufstehen mochte ich nicht. Das Rauschgift ließ meine Beine wegknicken. Der Fußboden war kühl, hart. Fausto, nackt und rasiert, war die Karikatur eines Sumoringers. Haschisch. Wort mit Klang, mit Geheimnis. Arabisch. Hätten wir Fausto fotografieren sollen? War es das, was er von uns erwartete? Unsere Aufmerksamkeit war zu klein, wir waren nicht wirklich beeindruckt, er hatte sich vollständig rasiert, und wir verloren schon nach einer Minute das Interesse an ihm.

»Russische Panzerfaust. Eine schöne Waffe. Ihr Hitze- und Druckstrahl rotiert in den getroffenen Panzern, Bunkern und Häusern. Eine endgültige Waffe. Kein Spielzeug für Frauenärsche.«

Seine Worte waren melodisch und voller Pathos. Er schaukelte vor und zurück, wollte ein furchteinflößender Fels sein, bepinselt mit furchtbaren Slogans und nicht zu verrücken ohne Gewalt, ohne Sprengtrupp.

»Stillgestanden«, brüllte er, »wir sind hier nämlich trotz allem in der Armee. Und nicht bei den Pfadfindern. Stillgestanden, ihr feigen Hunde.«

»Halt endlich den Mund«, sagte Lorenzini ruhig.

Er blieb sitzen, hob bloß den Kopf und sah Fausto herausfordernd an. Vor den Fenstern dämmerte es. Versöhnliches Licht, das weich auf den Dächern liegt und die Bäume aus der Dunkelheit holt. Autos und Arbeiter auf Fahrrädern, die zur Frühschicht unterwegs sind.

»Und wenn ich meinen Mund nicht halte, rufst du deinen großen Bruder, was?« Faustos Stimme war nun noch dunkler. Sie mußte ihn über die Runden bringen. »Das tut ihr doch bei jeder Gelegenheit, ihr verdammten Süditaliener. Der Politiker und Beschützer, dein großer Bruder. In jeder Verwaltung, in jedem Amt habt ihr einen aus der großen Familie sitzen, was? Eine Hand wäscht die andere. Eure Politiker versorgen ihre Schützlinge halt am liebsten im staatlichen Dienst. Und dort hockt ihr dann. Arrogante, unfähige, rechthaberische Scheiß-Sizilianer in der Lombardei.«

»Ich komme aus Kalabrien«, sagte Lorenzini leise.

»Na und? Italien als Nation hat jedenfalls ausgedient. Zuerst sorgen wir in Jugoslawien für Ordnung, dann wird Italien aufgeteilt. Mit eurer Schlamperei im Süden wollen wir hier im Norden nichts mehr zu tun haben.«

»Idiot«, sagte einer der Rekruten. Er lag auf seinem Bett und rauchte. Sein Gesicht war ein heller Fleck, er trug eine Mütze.

»Grenzpfähle zwischen euch und uns. Italien wird aufgeteilt. Basta!«

»Das entscheidet zum Glück kein Hasenfuß wie du«, sagte Lorenzini.

Fausto ging auf ihn zu, schwitzend, mit baumelndem Glied. Sein Kopf war übersät mit kleinen Schnitten, Wunden. Schorf. Seine Füße hinterließen Schweißabdrücke auf dem Boden.

»Großmaul! Du hast ja keine Ahnung.«

Fausto ging zu seinem Spind, öffnete ihn. Er ließ sich Zeit. War offenbar der Meinung, die Situation verdiene es, ausgekostet zu werden. Schließlich drehte er sich um. Er hatte ein Springmesser in der Hand, das er bedeutungsvoll aufschnappen ließ und sofort wieder zusammenklappte. Immer wieder. Der Kahlgeschorene, der uns sein Messer vorführt. Auf und zu, auf und zu. Die Klinge blitzte verständlicherweise. Es war sehr still in unserer Unterkunft. Bloß Fausto wußte, worauf wir warteten. Auf sein rechtes Schulterblatt hatte er sich einen Totenkopf tätowieren lassen. Rührend sah dies aus, weil er seine Muskeln bewegte und es dadurch wirkte, als öffne und schließe der Schädel seinen Mund.

»Schon mal was von der Legion gehört?« fragte Fausto.

Sein Gesicht zeigte Ansätze eines Doppelkinns. Auch auf der Brust hatte er sich geschnitten. Die Situation entspannte sich, er ließ sich zu viel Zeit. Schlechtes Timing. Das Messer hatte bereits an Bedrohung verloren. Man durfte es beinahe vergessen.

»Killerkommando«, sagte Fausto vage.

Das Wort klang wie der schale Abklatsch eines wirklichen Wortes, hatte kaum Bedeutung. Ich studierte seine Haut, Haltung. Er hatte die Augen geschlossen und stand aufrecht da, stolz. Das offene Messer in der Hand haltend wie ein Ästchen, einen Zweig. Jetzt war er der bemooste Fels, den man mit Parolen besprayt hat. Der einsame, vergessene Kämpfer. Auf verlorenem Posten. Fausto mußte einen Ausweg finden und handeln. Wächter und Wärter für nichts als für sich selbst war er.

»Abschaum mach ich fertig«, sagte er verkrampft.

Wie mochte sein Vater aussehen? Wieso klappte er das Messer nicht zusammen und legte es weg? Ließ uns endlich schlafen? Lorenzini stand auf. Er taumelte und faßte sich an die Stirn.

»Faschist«, sagte er, »Scheißnazi.«

Das brachte die Dinge in Bewegung, rückte die Situation in ein neues, schärferes Licht.

»Stimmt«, sagte Fausto, »in meinem Fall familienbedingt. Wobei ich eine Generation übersprungen habe. Vater und Mutter sind nämlich Sozialisten, was für ein Fehler. Setzten mich, als ich sieben war, vor einen Fernsehbericht über die Nazigreuel. Ich war begeistert. Wußte damit, wer ich war. Großvater war mit mir zufrieden. Brachte mir das Schießen bei. Schenkte mir seinen Waffenrock und sein Bajonett. Strammgestanden, Fausto. Stoß dein Eisen in den Feind, ohne zu zögern.«

Er redete schnell, gestattete sich keine Atempause. Wollte Boden zurückgewinnen. Sein Gesichtsausdruck war verwirrt, er hatte seinen Auftritt vermasselt. Wer wußte das besser als er? Nackt und vollständig rasiert wie er war. Er mußte eine anständige Möglichkeit finden, um abtreten zu können. Um sich verkriechen zu können. Der geschlagene Köter, der sich unter der Kellertreppe verbirgt. Wünschte er sich seine Haare zurück? Die Brauen über den zusammengekniffenen Augen?

»Du bist ein Angeber«, sagte Lorenzini und wandte sich ab. Im Hintergrund schnarchte einer der Rekruten. Gnädiger Haschisch-Schlaf. Tief, voller Bilder und lebendiger Landschaften, Sex. Der Moment für eine Prügelei war verpaßt, das spürte auch Fausto. Er schwitzte, er stank. Er wurde laut, hatte sich aufgegeben.

»Kein Angeber«, schrie er, »hier, Lorenzini!«

Er klappte die Klinge um 90 Grad ab; das Springmesser bildete jetzt einen Winkel und ließ sich damit so auf den Boden stellen, daß seine Klinge nach oben zeigte. Fausto kniete hinter dem Messer nieder, dann beugte er sich darüber. Sein Glied berührte den Boden. Überließen wir ihn jetzt sich selbst, war er endgültig erledigt. Eine Mutprobe ist auf Zeugen angewiesen. Verlangt andächtiges Raunen und Entsetzen, selbst wenn es gespielt ist.

»Seht her, ihr Idioten«, schrie Fausto, »von wegen Feigling.« Er begann, über dem offenen Messer Liegestützen zu machen, wobei er Lorenzini starr fixierte. Dann nahm er die rechte Hand hoch, hielt sie auf den Rücken. Drückte seinen massigen Körper nur noch mit einem Arm auf und nieder. Die Anstrengung trieb ihm das Blut in den Kopf, er schnaubte.

»So macht man das in der Legion«, preßte er hervor.

Dann rutschte er ab.

So also sieht Rot aus, das also ist Rot. Eine pulsierende, satte, tiefe Farbe. Lebendig, prachtvoll. Das Blut, das aus der Halswunde schoß, beschrieb einen flachen Bogen. Fausto saß mit erstauntem Gesicht auf dem Fußboden. Vor ihm wuchs der Fleck, dehnte sich aus. Fausto kicherte. Dann stöhnte er. Er faßte sich an den Hals, er jammerte. Er legte sich beide Hände wie eine Manschette um die Wunde. Wir warteten, glaubten nicht, was wir sahen. Würde er mit seinem Blut Schlagworte an die Wände schmieren, Runen?

»Helft mir doch endlich«, flüsterte er.

Ich hatte noch nie so viel Blut gesehen. Standen wir schon lange tatenlos da, den wachsenden Fleck zu Füßen? Mir wurde schlecht, und ich trat ans Fenster. Riß es auf. Kühle Morgenluft strömte in unsere Unterkunft. Auf den Wiesen des Parkes lag freundliches Licht.

»Hilfe«, gurgelte Fausto.

»Nicht mit mir«, sagte Lorenzini und verließ den Raum, ohne mich anzusehen.

Ich stürzte in den Waschraum, öffnete den Schrank mit den Medikamenten, Mullbinden und Verbänden. Das Blut war überall. Es roch, war eine aufdringliche Farbe, eine Zumutung. Fausto redete leise vor sich hin, atemlos, unverständlich. Sätze aus einer anderen Schicht des Bewußtseins. Einige Worte konnte ich verstehen. Niemand half mir. Diejenigen, die noch nicht schliefen, hatten die Unterkunft verlassen. Die Wunde war nicht tief und auf keinen Fall lebensbedrohend. Fausto sah mich dankbar an, griff kraftlos nach mir, Blut auf meinem Hemd verschmierend. Schlieren eines großen Pinsels. Ich arbeitete schnell und wie man es mir beigebracht hatte. Farbstraßen auf dem Hemd. Mein Kopf war frei, ich repetierte flüsternd die entsprechenden Lehrsätze. Fausto redete, redete.

»Fleckenwasser, Opa«, sagte er ernsthaft, »Rückstoß. Feuerball.«

Als der Verband saß, lehnte ich Fausto an die Wand und deckte ihn zu. Einzelne Rasierschnitte hatten zu bluten begonnen, seine Kopfhaut war von feinen Linien überzogen, die sich zu einem Raster verbanden. Ich beugte mich über ihn und sagte trostvolle Worte in sein blutverschmiertes linkes Ohr. Sah es aus, als wolle ich ihn küssen? Fausto blickte erschrocken zu mir hoch, ich ragte drohend über ihm auf, sein Retter. Ich hatte ihn in der Hand. Repetierte in Gedanken Sprechübungen. DER GUTE TRUG DEN HUT NUR ZUR GEBURT DES BUBEN. MIT GUTEN SCHUHEN SIND BUBEN GUT ZU FUSS. LUDWIG VERSUCHT, DAS SCHULBUCH MIT BLUT ZU BESUDELN. ROSTROTER ROST DROHT. DROHT ROSTROTER ROST.

Dann machte ich mich auf die Suche nach einem Arzt. Der Himmel war hell, der Kies leuchtete. Ich sog die frische Luft ein und spürte, wie sich meine Lungen füllten. Die letzte halbe Stunde hatte ich nur sehr flach geatmet. Jetzt fuhr mir, im Moment der Entspannung, erneut das Haschisch ins Blut.

Schwere Flügel stießen mir aus dem Rücken, ein perfektes, dunkles Paar. Bei jedem Atemstoß bewegten sie sich, spannten sich. Breiteten sich aus. Gleich mußte der Wind in sie greifen. Ich blieb stehen und schöpfte Luft. Dann stieß ich, ohne zu überlegen, einen Vogelschrei aus. Hielt den Ton für einige Sekunden, ließ ihn an- und abschwellen. Breitete beide Arme aus, raschelte mit meinen Schwingen, präsentierte sie voller Stolz. Ein ernsthafter Scherz. Mein Schrei hallte durch den Park. Fausto würde ihn hören und auch Lorenzini.

»Wildgans, alle Achtung«, sagte eine Stimme hinter mir.

Bolger, der Veteran, saß auf dem Gartenmäuerchen und rauchte. Er erhob sich, sah mich an und wiederholte meinen Schrei. Stand da mit ausgebreiteten Armen und schrie.

4.

Die Straße stieg leicht an und lief der Flanke des bewaldeten Hügels entlang. Ich trat kräftiger in die Pedale, stieg aus dem Sattel, bis die Kuppe erreicht war.

Aber dann hielt ich nicht an, wie ich geplant hatte, sondern ließ das Rad, über den Lenker gebeugt, auslaufen. Der Eigentümer des Körpers achtet auf Anzeichen des Schmerzes. Läßt sich atmen, strömen. Von einem gewissen Punkt an schmerzt die Luft in der Lunge. Wasserblau. Alles kündigt sich an, man muß allerdings die Hinweise erkennen. Flirren über Getreide, Wald, der Straße. Kein Vogel zeigte sich, nichts. Der Punkt der Schmerzen in der Lunge war bereits überschritten, da fiel die Straße erneut ab. Der Leerlauf des Rades brachte mich bis weit in die Ebene hinaus. Die Reifen wischten über Asphalt, ich trat ohne Anstrengung in die Pedale. Fausto lag auf einem Krankenzimmer, seine Stimme wurde bereits wieder laut und fordernd. Seine Zurückhaltung hatte drei Tage gedauert. Der Halsverband zwang ihn zu vorsichtigen Bewegungen, verlieh seinem Gang Würde. Kopf sowie Brust waren von Schorf überzogen, und er behauptete, er werde sich nun wöchentlich vollständig rasieren. Nichts rührte sich in der brütenden Sonne. Auch um die vereinzelten Häuser gab es keine Bewegung. Später würde die Hitze die Luft mit dem Geruch von Gras und Blütenstaub erfüllen. Aber jetzt war nicht einmal die frisch umgebrochene Erde zu riechen. Schwalbennester hingen in den Bäumen, manchmal begegnete ich einem Auto. Ich fuhr wieder schneller, konzentriert auf die sich wiederholenden Bewegungsabläufe. Ich kannte ihre Abfolge, ihre Mechanik von früher. Fühlte mich dank der kurzen Hose als Junge, der den Lenker umklammert und das Rad verbissen vorantreibt. Teer, Dreck. Der Hund riecht den Wald, auch wenn er meilenweit entfernt ist. Die Chromteile des gestohlenen Fahrrades glühten, als seien sie flüssig. Die Sonne verwandelte die Straße in ein Metallband. Welches vor mir lag. Sich hinzog. Mich hinführte zu Carla. Ich war auf dem Fußmarsch zu ihr, wenn auch nur symbolisch. In Saronno würde ich das Rad stehenlassen und den Zug nehmen. Falls sie mich sehen wollte. Sie hatte mir das Telefon aufgehängt, mehrmals. Die alte Geschichte vom eifersüchtigen Ehemann, der mit Gegenständen um sich wirft und später schluchzend um Verzeihung bettelt?

Ich habe ein Fahrrad gestohlen und bin damit auf dem Weg zu dir. Dieser Satz sollte ihr imponieren, mußte sie umstimmen. Mehr als 100 Kilometer bei sengender Hitze. Mit einem Fahrrad, dem gestohlenen. Ich dachte unablässig an sie und redete mir ein, die Militärzeit ohne sie nicht zu überstehen. Carla verdrängte die Erinnerungen an meinen Vater. Ich schob sie in den Vordergrund. Entdeckte ihr Gesicht überall. Die Rolle des Rekruten, der sich verzehrt, lag mir. Melancholisch läßt er seinen Blick schweifen, das stets gefüllte

Weinglas in der Hand, sofern er beobachtet wird. Ich trampelte, die Straße war endlos lang, der Asphalt zäh. Ich kam nicht vom Fleck, die Landschaft dehnte sich aus. Gerne wäre ich in ein Auto umgestiegen, was ich Carla allerdings verschwiegen hätte. Über 100 Kilometer mit dem Rad. Oder doch zumindest bis Saronno. Mitten durch die flirrenden Felder.

Ihr Mann, den ich nie gesehen hatte, wurde mir zum Phantom. Ihr Mann, die zusammengesetzte Person. Einmal der großgewachsene, trainierte Typ mit gewelltem Haar, dann der ewig schwitzende Dicke mit wachsender Glatze, Mundgeruch und modischer Brille. Ich sah Carla auf einem Doppelbett liegen, wartend auf wen? Sah eine behaarte Männerhand auf ebenmäßiger Haut, auf ihrer Hüfte. Ihre Nägel waren lackiert, er würde an ihren Zehen lutschen. Das Gesicht des Mannes blieb verwischt. Ich konzentrierte mich auf andere Körperteile. Der Schimpanse, der Dressman.

In Saronno stellte ich das Fahrrad vor eine Filiale jener Lebensmittelkette, vor welcher ich es, acht Kilometer entfernt, gestohlen hatte. Die letzten paar hundert Meter wollte ich zu Fuß gehen, ich verzichtete auch auf das erfrischende Bier. Verschwitzt und nach Atem ringend wollte ich ihre Nummer wählen. Wer sich die Sache zu leicht macht, der wird nicht erhört werden. Hürden nehmen. Prüfungen bestehen, sieben an der Zahl. Der Drache und das Schwert, das in der Abendsonne blitzt. Das idiotische männliche Programm, ich gab mir Mühe, daran zu glauben. Die Hitze in der Telefonzelle war kaum auszuhalten. Der Schweiß lief über meine nackten Beine, verschleierte den Blick. Während es klingelte, dachte ich an meinen Vater, sah ihn über einem Paar Schuhe sitzen und erstaunt lächeln. Dann hob Carlas Mann ab.

»Ich möchte gerne mit Carla sprechen«, sagte ich, die Augen zukneifend.

»Wer ist am Apparat?«

»Stefan.«

»Wer?«

»Stefano Mantovani.«

»Stefan oder Stefano?«

»Stefano. Kann ich Carla sprechen? Es ist dringend.«

»Ich kenne keinen Stefano«, sagte er. Das Phantom, der zusammengesetzte Ehepartner zischte anklagend.

»Aber Carla kennt mich«, sagte ich.

»Auch keinen Stefan.«

Er machte eine Pause, dann schrie er:

»Laß uns in Ruhe! Hast du verstanden, du verdammtes Arschloch?«

Er legte auf. Dressman. Schimpanse. Jetzt waren seine Zähne gelb, schadhaft. Seine Glatze umfassend. Hatte Carla seinen Sprachfehler überhört, das Speckgesicht übersehen? Liebe, Liebe. Er hinkte, er war schön, perfekt. Er brachte Carla Blumen, er besorgte den Abwasch, dachte nie an seinen Orgasmus. Schnitt sich die Zehennägel im Bad, bei angelehnter Tür, durch die er mit ihr über richtige Kindererziehung redete. Er leuchtete, er war eine Mißgeburt. Ich bestellte ein Taxi. Ruhe, Frieden. Kein Regen fiel in mein geprüftes Gesicht, das ich in den Himmel hielt, als gäbe es dort etwas zu erkennen. Wasserblau und nackt. Keine Wolke bot Trost. Vögel segelten, und die Luft war eine Glocke über der Landschaft. Genieß den Verlust, Soldat. Die Berührung der eigenen nackten Beine brachte Vater zurück. Verlorene Sommertage, Apfelschnitze und Thermoskannen, die in Kunstledertaschen verschwinden.

5.

Die Tage auf der Krankenstation verliefen gleichförmig und langweilig, so daß die Zeit stillzustehen schien. Heuduft von den Feldern außerhalb des Dorfes wehte durch die Fenster, es herrschte eine Hitze, die die Erde ausdörrte. Fingerbreite Sprünge liefen über Äcker, besorgte Bauern berieten sich in der sengenden Sonne, beim kleinsten Wind standen Staubfahnen über unbefestigten Straßen. Ortsschilder tanzten im unbarmherzigen Licht, oft war es unmöglich, sie zu entziffern.

Nach dem Dienst fuhren Lorenzini und ich meist weg, um uns in irgendeinem Lokal in den Schatten zu setzen. Wir saßen wortlos in seinem Auto, hörten Radio und fuhren, fuhren. Wir überholten Traktoren und Tankwagen, die Wasser lieferten. Kilometer fraßen wir, einsilbig unseren Militärdienst besprechend. In den Lokalen baumelten farbige Glühbirnen zwischen den Bäumen, gelegentlich suchten wir Streit mit jungen Bauern, die bedrückt an Nebentischen saßen und über die Dürre redeten. Lieferten uns Wortgefechte, angetrieben von der Hoffnung, auf diese Weise angestaute Aggressionen loszuwerden. Standen breitbeinig und mit versteiften Nackenmuskeln nebeneinander in Kneipen und stießen Drohungen aus. Kein einziges Mal kam es zu einer wirklichen Schlägerei. Wir wirkten wohl wie ein gut eingespieltes Team, man traute uns vielleicht asiatische Kampftechniken zu, man ließ uns ziehen.

Manchmal fuhren alle Rekruten zusammen weg. Dann tranken wir Unmengen Wein und Grappa, verstanden jedes Wort anderer Gäste als Beleidigung und Grund, um primitive Beschimpfungen herumzubrüllen und zuzuschlagen. In diesen Schlägereien hielten wir uns zurück, Lorenzini und ich. Verdrückten uns. Standen rauchend auf Parkplätzen. Danach zogen wir weiter, eine laute dumme Horde. Aber ich war dankbar für die kräftigen Schläge zwischen die Schulterblätter, die Flüche und Zoten. Ich gehörte dazu, durfte oft eines der Autos steuern, mit denen wir unterwegs waren. Der Schweizer war aufgenommen worden. Er spendierte Runden, kannte schmutzige Witze und beleidigte gekonnt Gäste und Wirte in den Lokalen, in die wir überfallartig einfielen. Vielfach galten unsere Uniformen als Entschuldigung, gelegentlich mußten wir Lokalrunden zahlen. Indem wir erfundene Kasernenanekdoten erzählten, versöhnten wir Stammgäste, die wir gerade noch beleidigt hatten. Italia, Italia. Ich war zumindest nicht alleine. Auf unseren Ausfahrten nahmen wir natürlich auch Drogen. Besorgt wurden sie von einem Apothekersohn aus Modena, den wir ›Pille‹ nannten. Er war spindeldürr, trug eine Hornbrille und hatte eine ungesunde Haut. Seine Kapseln und Pillen sorgten für nervöse Aufregung unter uns. Präsentierte er eine neue Lieferung, schnatterten wir wie Internatsschüler. Hektik kam auf, Spannung. Bevor die Drogen verteilt waren, wurden wir reizbar und streitsüchtig. Wir bedrängten ›Pille‹, bettelten ihn an. Das waren zweifellos seine besten Momente. Er war der Zeremonienmeister. Wir zogen uns in Kiesgruben oder auf abgelegene Parkplätze zurück. Bildeten schweigend einen Kreis um ihn. Aufgeregt kichernd. Schließlich wußten wir nie genau, was auf uns zukam. Was uns erwartete. Meist verloren wir die Kontrolle über den Lauf der Dinge. Die Rekruten beim verbotenen Konsum dubioser Heilmittel: Hilf uns über die kommenden Tage hinweg, bitte, über die folgende Woche. Hilf mir über mich hinweg. Ich bin der, der mir im Weg steht. Wir waren eine Horde Soldaten auf der Suche nach dem falschen Wort, dem blöden Blick eines Unbeteiligten. Konfus gackernd. Dummes, haltloses Zeug behauptend. Der eine stand auf dem Sims eines offenen Fensters und konnte nur mit Gewalt daran gehindert werden, mit Helm und Unterhose bekleidet auf die Straße zu springen. Die Wohnung befand sich im vierten Stock. An der Wand über dem Sofa hing ein verblichenes Farbfoto vom Papst. Niemand wußte, wem die Wohnung gehörte. Wer war der Mann, der gesalzene Erdnüßchen über den Fernseher rieseln ließ, wer die Frau, die Tulpen aus dem Fenster warf? Ein anderer von uns kauerte wimmernd in der Ecke irgendeiner Bar und verlangte lautstark den Geschlechtsverkehr mit der Bardame. Ich äußerte mich abfällig über die Musik in der Jukebox. Aus dem Drink von Lorenzini ragte ein Selleriestengel. Die Frau hinter der Bar schüttelte gutmütig den Kopf, bis ein ungeduldiger Angestellter für Ruhe sorgte. Wir trampelten mit unseren Stiefeln durch Brunnenbecken. Wir urinierten in Kabrioletts und an die Türen von Rathäusern. Wir waren lächerlich. In einer dieser Nächte stellte sich einer von uns am Tresen neben einen gutaussehenden Mann mit Anzug.

»Morgen nacht stecken Sie sich selbst in Brand«, behauptete der Rekrut ernsthaft, »weil Sie nämlich mit brennender Zigarette einschlafen werden.«

Das böse Orakel. Ausgesprochen von einem Soldaten mit verschmutzter Uniform, der sich kaum auf den Beinen halten konnte. Die Erklärung des Mannes, er sei seit vier Jahren Nichtraucher, ließ den Soldaten vor Wut explodieren. Wir mußten ihn zurückhalten, wegführen. Wegtreten! Die Drogen sorgten für größere Turbulenzen als der Alkohol. Die Tage, die auf unsere Exzesse folgten, waren natürlich ein Problem. Schweigsam waren wir dann und schlecht gelaunt. Man soll uns in Ruhe lassen, verstanden? Schlitze waren unsere Augen an diesen Tagen. Schießscharten. Ich war nicht der einzige, der den dringenden Wunsch verspürte, sich alle paar Minuten die Hände zu waschen. Die einzige Möglichkeit für mich, diese nächtlichen Touren einigermaßen zu überstehen, bestand darin, daß ich die Ereignisse ab einem gewissen Punkt wie ein Gemälde betrachtete. In Gedanken trat ich ein paar Schritt zurück: ein Bild. Nichts anderes als ein Bild. In welchem ich eine gewisse Rolle spielte, zugegeben. Trotzdem war es bloß ein Bild. Selbstverständlich gelang mir dies nicht immer. Einzelne Chemikalien, die uns

›Pille‹ verkaufte, löschten mein Bewußtsein regelrecht. Am Morgen erwachte ich unter dem Tisch unserer Unterkunft. Trug ein Hemd, das ich noch nie zuvor gesehen hatte. Hielt einen Science-fiction-Roman in der Hand. Sabberte. War barfuß. Hatte mit den Seiten einer Sportzeitung eine Art Zelt gebastelt. Und dachte an Vater. Entschuldigte mich in Gedanken bei ihm. Überzeugt davon, daß er mich in meiner erbärmlichen Verfassung sehen konnte. Meinen Bruder hatte ich in der ganzen Zeit nur zweimal getroffen. Einmal besuchte er mich, und wir verbrachten einen schweigsamen Abend in einer Pizzeria in Saronno. Ein Käufer für Vaters Haus war noch nicht gefunden. Das andere Mal fuhr ich ein Wochenende zu ihm nach Casalmaggiore. Saß mit seiner Tochter im Garten, baute einen größeren Stall für ihren Hamster, ahmte Vogelrufe nach, weil ihr das gefiel und sie vor Freude kreischte. Pinos Frau Lucia kochte ein mehrgängiges Abendessen, später sahen wir uns ein Fernsehquiz an, hielten uns an die eingeladenen Teilnehmer und die auftretenden Musiker. Idioten, so unser einstimmiges Urteil. Ich stellte mich auf den Balkon, um zu rauchen. Überall lag das Spielzeug ihrer schlafenden Tochter, ich hätte mich gerne damit zurückgezogen. Bau dir ein Haus. Zieh die Geleise bis in die Küche. Die drei Briefe von Mutter hatte ich nicht beantwortet. Ich zerriß sie, kaum waren sie überflogen. Einmal redete ich mit ihr am Telefon. Unsere Stimmen waren vorwurfsvoll, zänkisch und auf Verletzung bedacht. In einem Zimmer schrie ein Veteran, Mutter hatte nicht danach gefragt, dabei konnte sie es bestimmt hören. Mit Carla hatte ich nicht mehr geredet. Meine Briefe blieben unbeantwortet. Wurden sie von ihrem Mann abgefangen? Hockte er auf der Toilette, während er sie heimlich las? Schiß er währenddessen? Las das Phantom meine bettelnden Sätze, meine Beschwörungen, meine Wünsche? Selbst telefonisch erreichte ich Carla nicht. Entweder hob gar niemand ab oder ihr

Mann. Ihr Mann. Seine Stimme löste abgrundtiefen Haß aus. Ich war der verschmähte, vielmehr ausgebootete Liebhaber. Der zuviel trinkt, raucht. Der sich vernachlässigt, man macht sich schon Sorgen um ihn. Der unglücklich verliebte Rekrut. Eine ergiebige Dauerrolle. Die ich perfekt interpretierte.

In der ersten Augustwoche fiel endlich Regen. Die Tropfen rauschten durch die Blätter der Bäume, trommelten auf das Vordach und ließen die Markise flattern, die niemand hochgedreht hatte. Lorenzini und ich standen am Fenster des Bereitschaftszimmers und rauchten. Bald würde die Dämmerung einsetzen, dann war unsere Schicht zu Ende. Der Wind trieb den Regen in Schleiern durch den Park, die Luft roch frisch und nach einer anderen Jahreszeit. Wenn ich die Augen zukniff, erkannte ich einzelne Werkzeuge, die im Garten lagen. Die Veteranen hatten sie bei Ausbruch des Gewitters fallen gelassen und waren weggegangen. Der Blechbottich lief bereits über. Das Wasser am Boden war so tief, daß es schillerte wie die Oberfläche eines Teiches.

»Manchmal liege ich im Bett und denke den Namen meiner Freundin so lange, bis er keinen Sinn mehr ergibt«, sagte Lorenzini.

»Gabriella. Gabriella. Gabriella. Bis er nicht mehr wie ein Name klingt. Nicht einmal mehr wie ein Wort. Bis er sich nicht mehr mit ihr verbinden läßt. Bis er überhaupt nichts mehr bedeutet.«

Kalte Luft drang in das Zimmer, der Geruch nasser Erde. In der Ferne rollte Donner. Wasser rauschte durch die Dachrinne und das Rohr, welches den Regen auf den Vorplatz und in die Tonne leitete.

»Glaubst du, wir werden uns in ein paar Jahren an diesen Sommer erinnern?« fragte er.

»Bestimmt«, antwortete ich.

»Ich weiß nicht. Normalerweise erinnere ich mich nur an jene Sommer, in denen ich glücklich oder wenigstens zufrieden war. Der Sommer, in dem ich zum ersten Mal mit einer Frau schlief. Als Napoli die Meisterschaft gewann. Als ich Gabriella kennenlernte.«

Ein Mann kam auf die Krankenstation zu. Er ging so langsam, als scheine die Sonne. Der Mann hatte keinen Schirm dabei, er trug nicht einmal einen Hut. Er stampfte lachend durch die Pfützen wie ein Kind. Regengarben, die über den Fluß ziehen und das abfallende Grundstück von Vater binnen kurzem in einen Morast verwandeln. Ganze Nachmittage stehe ich am Fenster im oberen Stock, bis der Fluß ein bleifarbenes Band ist, das über die Ufer zu treten scheint und steigt und steigt, Blasen werfend. Und hinter den Regenschleiern stehen die Türme des Kraftwerkes von Caorso, das damals noch in Betrieb war.

»Vorwärts, Bolger«, schrie Lorenzini, »sonst holst du dir noch den Tod.«

»Der Tod wird mich holen. Und nicht umgekehrt«, rief Bolger und blieb unter unserem Fenster stehen.

»Regen macht klug, nicht schön«, sagte er und ging weiter. Er hatte seine Arme ausgebreitet. Tropfen liefen über Blätter, über die Karosserien von Autos. Singing in the rain. Das Wasser gurgelte, pladderte, murmelte. Bolgers Schritte schmatzten, er verschwand im Park.

»Ich erinnere mich auch an miese Sommer«, sagte ich, »oder vor allem an solche. Der Sommer, als ich mir den Arm brach. Als mein bester Freund wegzog. Als sich meine Eltern scheiden ließen.«

Wir standen bewegungslos nebeneinander, ich genoß den schweren Duft des Unwetters. Gras. Kindheit. Erde. Vater sitzt in einem leeren Zimmer. Verlassen für immer. Er hebt den Kopf. Er trägt einen dunklen Anzug, Hut und Weste. Er weint. Seine Unterlippe zittert unbeherrscht. Die Donnerschläge waren jetzt sehr nahe. Blitze entluden sich über den Baumwipfeln unseres Parks. Vater hat die Tür des Zimmers zugeworfen, damit ich ihn nicht mehr sehen kann. ›Das Feuer griff rasch auf den Bürotrakt über‹, sagte eine Frauenstimme im Radio. Lorenzini schloß das Fenster und trat in den hinteren Teil des Raumes. Der Regen war ein Vorhang, noch machten wir das Licht nicht an. Oreste. Hatte ich meinen Vater jemals bei seinem Vornamen genannt? Einmal riefen ihm einige meiner Klassenkameraden ›Scheißitaliener‹ nach. Er drehte sich verblüfft um, rückte seinen Hut zurecht und ging dann wortlos weg. Ich wartete ein paar Minuten, bevor ich ihm folgte. Vater saß in der Küche, jene italienische Zeitung vor sich, die auf blaßrosa Papier gedruckt wird. Auch sein Hut lag auf dem Tisch. Er sah mich schweigend an und sagte: ›Wir sind keine Scheißitaliener. Ich hoffe, du vergißt das nie.‹ Er sah mich prüfend an, quälend lange, dann las er weiter. Und ich schloß mich in die Toilette und onanierte in die Wollsocken, die mir eine Tante zu Geburtstagen und Weihnachten strickte und schenkte. Stand über meine fliegende linke Faust gebeugt, rhythmisch das Wort ›Schweizerfotze‹ ausstoßend, in einzelne Silben zerlegt, das Tempo meiner Handbewegungen diktierend. Vater saß über der Zeitung aus seiner Heimat, und ich jagte meine Ladung in den verklebten Socken. Grunzend. Den Blick in den Spiegel meidend. Meine größte Sorge war damals, daß jemand den verklebten und stinkenden Beweis meiner sündhaften Tätigkeit finden könnte.

»Bist du taub?« fragte Lorenzini lachend.

»Drei Mal hab’ ich dich jetzt gefragt, ob du ein Glas mittrinkst.«

Er füllte zwei Gläser mit Rotwein, den wir mittlerweile bei einem Bauern in großen Korbflaschen kauften. Ein Windstoß drückte das Fenster auf, brachte die Zeitschriften durcheinander, die auf dem Tisch lagen. Der Haupttrakt und unsere Unterkunft verschwanden hinter Dunstschleiern. Dächer leuchteten. Am Himmel zeigten sich gelbe Risse in den Wolkenbänken.

»Bei meinem letzten Urlaub habe ich Gabriella unter dem offenen Fenster gevögelt. Eine Zeitung lag auf dem Bett, und die Wirtschaftsseiten klebten an ihr und raschelten bei jeder Bewegung. Draußen fiel Regen, genau wie heute.« Lorenzini hob das Glas. Die Wanduhr tickte. Er hatte das Radio abgedreht.

»Die Laken waren frisch, und in der Luft hing der Geruch nach nassem Gras und feuchtem Staub. Die Zeitung, auf der ich Gabriella gefickt habe, habe ich natürlich zusammengefaltet und mitgenommen.«

Der Regen fiel mit unverminderter Wucht, es dämmerte. Ich prostete Lorenzini zu und bot ihm an, den abschließenden Kontrollgang durch die Krankenstation vor Schichtwechsel zu übernehmen. Der Gang durch die finsteren Korridore gefiel mir. Wachsende Schatten, dämmernde Veteranen. Botschaften aus dem Medikamentenschlaf, Gemurmel. Verborgene Winkel, in denen jeder Pulsschlag Zeit braucht. Vater drückt den Abzug, löst den Schuß aus. Feuert. Und die Gardine streut das Sonnenlicht in sanftem Schwung über den Bretterboden. Dachboden. Schaukelstuhl. Schneiderpuppe. Das Rauschen des Regens schluckte das Geräusch meiner Schritte. Laß im Morgenlicht das Blei sprechen. Waren die Wiesen zu dieser Stunde bereits trocken? Stand Dunst über dem Fluß, saßen Männer mit Angelruten an seinem Ufer? Hatte eine Gewehrkugel nicht in etwa die Form einer Rakete? Projektil. Ich sagte das Wort leise vor mich hin, während ich die langen Gänge abschritt. Dächer dampften wie Aufbauten von Schiffen, Baumkronen wankten, Mastbäume. Die Blicke aus den hohen Fenstern waren Ausblicke in eine Flußlandschaft, was sonst.

Fausto kam mir entgegen. Er trug noch immer den Halsverband, hatte es aber aufgegeben, sich weiterhin zu rasieren. Wir begrüßten uns, er übernahm die Nachtschicht. Freundlich war er zu mir geworden, sanft. Warum ich ausgerechnet

Martocchias Zimmer betrat, weiß ich nicht. An den anderen Türen war ich vorbeigegangen. Nur vor einigen war ich kurz stehengeblieben, um auf ungewöhnliche Geräusche zu achten. Beide Fensterflügel standen offen, Martocchia lag auf dem Fußboden. Barfuß. Mit nacktem Oberkörper. Der Regen hatte den Sims naß gemacht; unter dem Heizungsradiator bildete sich eine Pfütze.

Martocchia schnappte nach Luft, er sah mich an.

»Inferno«, sagte er, »Angstschweiß.«

Regen in den Bäumen, die Wiesen schwer und dunkel. Es war kalt in dem Zimmer, und Martocchia zitterte. Sein Puls war kaum wahrzunehmen, er hechelte laut, pfiff Todesgeräusche. Tropfen auf Blech, Wellblech? War es das Dach des Geräteschuppens, auf das der Regen trommelte? Martocchias Kiefer sank langsam herab. Sein Mund stand offen, er schnappte verzweifelt nach Luft. Reanimieren. Bisher war dies ein abstrakter Begriff gewesen, ein Wort. Ich hatte mich nur in der Theorie damit auseinandergesetzt. Hatte an Puppen geübt, die der Instruktionsoffizier ›Figuranten‹ nannte. Martocchia starb, ich mußte endlich reagieren. Ich packte ihn unter den Armen, stemmte ihn hoch, er war erschreckend leicht, und legte ihn auf sein Bett. Kreuzte meine Hände auf seinem Brustkorb und preßte ihn zusammen. Zaghaft zuerst, zu vorsichtig, dann mit der nötigen Kraft und Brutalität, wie ich hoffte. Legte meine Lippen auf seinen Mund, beatmete ihn. Ich arbeitete konzentriert und in abgestimmtem Rhythmus, bis ich endlich bemerkte, daß die Matratze meinen mit den Handballen ausgeübten Druck schluckte. Was ich tat, war sinnlos. Ich lief auf den Korridor. Und schrie nach einem Brett. Stehe auf dem Korridor. Und verlange nach einem Brett. Verlange laut nach einem Brett. Wer soll dir helfen, wer? Rufe, brülle, schreie. Während die Zeit vergeht. Rasend schnell vergeht, das muß nicht sein, sonst wollen die Minuten ja auch nicht verstreichen. Verlange nach einem Brett und nach dem Notfallbesteck. Notfallbesteck. Ampulle. Spritze. Schockgerät. Brett. Meine ganz persönliche Wunschliste, Litanei.

»Ich teile das Los der meisten Schauspieler«, hatte mir Martocchia vor Tagen erklärt, »sage ich etwas Gescheites, stammt es von anderen. Der Rest ist Geschwätz und stammt von mir.«

Der Regen hatte aufgehört, mittlerweile war es dunkel vor den Fenstern. Verpatzte ich die Sache, handelte ich falsch, fahrlässig? Dann sah ich Fausto aus dem Treppenhaus laufen. Das Brett? Er hob eine der Schranktüren aus den Angeln und schob sie unter Martocchias Rücken. Sein Gesicht hatte sich bereits verfärbt, war zart gemasert.

»Drücken mußt du«, schrie mich Fausto an, »richtig drücken.«

Er schob mich weg und stemmte seine muskulösen Arme derart kraftvoll gegen Martocchias Thorax, daß sich dessen Kopf aus dem Kissen hob. Auf, ab. Nach einer Weile machte ich weiter. Zu meinem Entsetzen hörte ich, daß ich ihm Rippen brach. Ich brach Martocchias Rippen. Fausto hatte unterdessen das Schockgerät ausgepackt und riß mich beiseite. Er preßte Martocchia den Stempel aufs Herz, schob ihm die tellergroße Stahlscheibe unter die Schulterblätter und trat weit von dem Metallbett zurück. Der Stromstoß hob den Körper hoch, verdrehte ihn auf abstruse, obszöne Weise, warf ihn wieder auf die Matratze. Blutschaum quoll aus Martocchias Mund, wir hatten vergessen, ihm den Keil zwischen die Zähne zu schieben.

»Er kommt«, schrie Fausto, »der alte Scheißer kommt zurück. Er ist wieder da. Hier ist er, verdammte Scheiße, verdammte.«

Er brach eine Ampulle auf und spritzte das Medikament direkt in Martocchias Brust. Der alte Mann seufzte, hustete, er spuckte Schleim und Blut.

»Und jetzt ab mit ihm. Fahrt ihn nach Saronno ins Krankenhaus. Ich rufe dort an, während ihr unterwegs seid. Los.«
Fausto lief auf den Flur und kam mit einer Tragbahre zurück. Martocchia atmete. Sein Puls war unregelmäßig und schwach, aber er atmete. Wir trugen ihn aus der Station und schoben ihn in unseren Krankenwagen. Lorenzini kam aus der Unterkunft gerannt und setzte sich hinters Steuer. Er trug bereits Zivilkleidung, seine Haare waren naß. Unsere Handlungen schienen koordiniert abzulaufen, Zahnräder, die ineinandergreifen, beruhten aber auf Zufall. Auf der Überlandstraße nach Saronno begegneten wir kaum anderen Autos. In den Wiesen standen Regenlachen, unsere Reifen hinterließen helle Spuren auf dem Asphalt. Lorenzini fuhr schnell, er hatte das Warnlicht eingeschaltet. Ich saß neben Martocchia und hielt seine Hand. Guter Junge, welcher Schuld abarbeitet, Vater. Ich wußte, er würde die Fahrt nicht überleben. In abgelegenen Gehöften brannten Lichter, Bauern in Gummistiefeln sahen nach ihren Feldern und ihrem Getreide. Kaum erreichten wir die ersten Häuser Saronnos, verlor Lorenzini die Ruhe. Er bog in eine Einbahnstraße und mußte, begleitet von wütendem Gehupe, zurücksetzen. An einem Rotlicht würgte er den Motor ab. Es dauerte beinahe zwanzig Minuten, bis wir endlich vor dem Krankenhaus ankamen.
Der diensthabende Arzt weigerte sich, Martocchia aufzunehmen, natürlich hatte er seinen Grund. Martocchia war tot. Gestorben in der knappen Minute, in der ich mit Lorenzini in die Klinik gelaufen war, um Hilfe zu holen. Wolken verschoben sich träge, Lichtspeere fielen aus gläsernen Schiebetüren auf Kies. Weinte ich wegen Martocchia, weinte ich um ihn? Wir rauchten eine Zigarette. Die Tür unseres Rettungswagens stand weit offen. Der Arzt beugte sich im gelben Deckenlicht über den Toten. Wir rauchten noch eine Zigarette. Der Doktor knurrte mürrisch, er roch nach Alko-

hol. Unser Wagen war schlammverspritzt, außerhalb der Reichweite der Wischerblätter war die Frontscheibe staubbedeckt, nahezu blind. Dreck. Schlamm. ›Wir sind keine Scheißitaliener, vergiß das nie.‹ Ja, Vater, ja. Das Schweißband deines Hutes war fleckig, es roch nach Leder. Einmal habe ich daran gerochen und nichts wahrgenommen von dir, nur den Geruch nach Leder. Nichts. Wir rauchten eine weitere Zigarette, der Arzt kümmerte sich um die Formalitäten. Meine Zunge fühlte sich taub an, schwer. Wir banden Martocchia mit den dafür vorgesehenen Ledergurten auf der Liege fest. Auf der Rückfahrt mochte ich nicht neben ihm sitzen. Er war tot, genau. Der Arzt verabschiedete sich unfreundlich. Der Umschlag mit dem unterschriebenen Totenschein knisterte in meiner Uniformjacke. Herzversagen. Blaue Tinte. Flüssige, routinierte Schrift.
Wir fixierten Martocchias Kinn, vor der Starre, logisch. Ich rollte das erste Mal die ganze Mullbinde ab und um den Kopf des Verstorbenen. Martocchia sollte der Rest der Binde nicht wie ein Lockenwickler auf dem Kopf sitzen. Schließlich fuhren wir zurück.

Ich habe ihn gewaschen, Vater. Sein Gesicht mit den weichen Bartstoppeln, seine Füße, Zehen, die Beine, Arme und Hände. Ich habe dich gewaschen, Martocchia. Deinen Hals, deinen Bauch und deinen eingefallenen Brustkorb mit den Rippen, die ich dir gebrochen habe, weil ich nicht wollte, daß du stirbst. Danach habe ich dir das Totenhemd angezogen und dich mit einem frischen Laken zugedeckt. Lorenzini half mir, dich in eine unserer drei Zinkblechwannen zu heben. Kacheln schimmerten, am Himmel schienen Sterne zu explodieren, was für ein wunderbares Licht. Das Unwetter hatte sich längst verzogen. Die Nachtluft war kühl, aus den Ästen tropfte Wasser. Gewitterschatten. Vergessene Werkzeuge glänzten im Garten, Schaufelblätter.

Dein Gesichtsausdruck zeigte weder Erstaunen noch Schrecken, Martocchia. Sein Gesicht zeigte nicht Resignation, Vater, sondern Stille. Stille, Oreste. Sein unversehrtes Gesicht strahlte Abkehr aus, unverletzte Abkehr, Einsicht. Blut? Natürlich kein Blut, den Schaum hatte ich ihm schon im Rettungswagen von den Lippen gewischt. Senkrechte Stirnfalten, dünne Lippen. Und in den Eisenbetten liegen Veteranen und wünschen sich Schlaf, Schlaf.

»Laß uns wegfahren«, sagte Lorenzini, nachdem wir Martocchia gewaschen und in die Wanne gelegt hatten.

»Und wohin?«

Die Scheinwerfer seines Wagens strichen über Baumstämme, Regenlachen, die Parkmauer. ›Dieses Lied ist für meine Mutter‹, sagte die Stimme im Radio. Als wir aus einer Kurve bogen, fiel ein Motorrad um, das vor der Tankstelle mit dem Wasserturm stand, der mich immer an Amerika denken ließ. Anziehungskraft der Erde, Schwerkraft. Kracht zu Boden und bleibt bis zum nächsten Morgen liegen. Bitte atmen Sie ganz ruhig weiter. Wann stand der Besitzer des Motorrades auf? Arbeitete er an der Tankstelle, sah er besorgt nach dem Ölstand fremder Autos? Es wird Ihnen nichts geschehen, sehen Sie, atmen Sie ruhig und gleichmäßig weiter. Schließen Sie die Augen, vergessen Sie, wo Sie sich befinden. Muttermale auf Carlas Rücken sind angeordnet wie der Große Wagen. Ich habe das Sternbild im Lexikon der Schulbibliothek nachgeschlagen. Sitze über der Illustration und folge den braunen Flecken, bis sich meine Lippen auf ihrem Nacken zum Kuß schließen. Carla hat leise gestöhnt und mich dann weggestoßen. Wir gestehen uns nicht jedes Gefühl ein. Wir schwindeln, spielen Theater. Pasticceria. Edicola. Trostvolle Worte, über eine Wand zogen sich gesprayte Liebesschwüre hin. Carla, Carla. Ihr Gesicht leuchtete aus einem verkommenen Garten, erlosch. Entspannen Sie sich, atmen Sie ruhig. Ruhig.

»Meine Großeltern haben sich ein Funktelefon angeschafft«, sagte Lorenzini, »›dann können wir auch mit dir reden, wenn wir vor dem Haus im Garten sitzen‹. So lautet ihr Argument für den Kauf. ›Der Apparat ist rot und hat die Größe eines Damenschuhs.‹ So hat sich Großvater ausgedrückt. Er nimmt das Telefon sogar mit, wenn er abends in der Trattoria Karten spielt.«

Wolken, Himmel. Satellitenschüsseln, Antennen. Wo stand der Mond? Zapfsäulen, Verkehrsschilder.

Der Staub liegt in großen Batzen unter dem Doppelbett. Es braucht keine besondere Phantasie, um diese Staubballen als Wolken zu sehen. Das Muster der Bettfedern und des Lattenrostes ist mir vertraut. Der Holzboden knarrt bei jeder Bewegung, wir liegen manchmal minutenlang völlig bewegungslos. Unsere Atemzüge passen sich aneinander an, ich spüre, wie sich Carlas Brust hebt und senkt. ›Beiß mich. Los, beiß mich. Bis es weh tut, richtig weh tut‹, hat sie verlangt. Sie steckt mir ihren Handrücken in den Mund, ich habe die Lippen vor die Zähne geschoben. Dann ziehe ich die schützenden Lippen zurück. Und schlage zaghaft meine Zähne in Carlas Fleisch. Beiße schließlich zu. Richtig zu. Ihre Tränen schmecken nach Salz, sie streicht sie in meine Augen, in meinen Mund, der offensteht vor Schreck. Ist damit die Grenze unserer Spiele endgültig überschritten? Oder ist sie bloß neu definiert? Die Ungeduld macht ihre Augen groß. Farbsplitter. Ihre Pupillen verändern sich mit jedem Lidschlag. Der scharfe Tonfall ihrer Mädchenstimme läßt mich erstarren. Meine Fingerkuppen sind weich, zart; in diesem Ton reden Lehrer, Erwachsene. Sind wir nicht Kinder? ›Beiß zu, los.‹ Ihre Kratzer brennen tagelang. An den Geschmack ihrer Spucke muß ich mich gewöhnen. Speichelspuren auf der Wange, quer über die Oberschenkel. Später zeigt sie mir die tiefen Abdrücke meiner Zähne in ihrem Handrücken. Auf ihrer Arschbacke. Sie kniet auf mir und läßt Speichel auf mein Gesicht tropfen. Wir stehen im Regen, nachher darf ich sie mit bloßen Händen trockenreiben. Wir fluchen. Proben Schimpfwörter. Üben unseren obszönen Wortschatz. Worte, deren Sinn wir ahnen, aber nicht unbedingt verstehen. Die meisten Flüche klingen besser in italienischer Sprache, darin sind wir uns einig. Carla spricht mir nach, wir sitzen manchmal ganze Nachmittage im Hühnerstall und bringen uns gegenseitig Wörter bei. Manchmal sehe ich sie einfach nur an. Sie verlangt, daß ich ihr die Fingernägel abbeiße. Sie ist wunderschön, Carla in ihrer Wut. Sie ist beinahe erwachsen, wie sie öfters behauptet. ›Demnächst werde ich mit dir schlafen‹, sage ich. ›Ficken werde ich dich‹, sagt sie, ›auf einer steinharten Matratze ficken.‹ Ihre Mutter steht exakt 12 Schritte von uns entfernt und bügelt. Ich habe die Distanz abgemessen, als ich für Carla die Milch aus dem Kühlschrank holte. ›Reiten auf dir, Blödmann.‹ Sie flüstert nicht einmal, das Bügeleisen ihrer Mutter zischt böse. Liegen wir unter dem Bett ihrer Eltern, ist Carla anders. Dann sind ihre Muskeln angespannt, ihr Blick ist trotzig und entschlossen. Wie nimmt sie mich wahr? Wer bin ich, wer war ich? Der nützliche Idiot, der Langweiler mit dem unruhigen Puls unter der Jungenbrust, der Schweizer mit dem tollen Messer? Liebt sie mich? Sie braucht mich, ich brauche sie, natürlich. Ich bin nichts. Also kann ich jeder sein. Aber wer? Träume ich, bin ich. Aber wer? Weiß Carla das? Weiß sie, daß wir nicht unter dem Bett ihrer Eltern liegen, sondern unter offenem Himmel? In unserer Bucht, in diesem Sand, der noch warm ist von der Sonne, vor der wir uns den ganzen Tag in den Schatten geflüchtet haben. Ins Unterholz. Nun ist es Abend und der Wasserspiegel endlich ruhig und leer, ohne ein Boot. Gelegentlich beginne ich zu stottern, jedoch nur bei ihr, wenn ich die Hosen fallen lassen muß oder wenn sie mit gespreizten Beinen über mir steht und mir Befehle erteilt. Vor mir kauert und gehorcht. Zicke, schönes Mädchen, welches hofhält.

Verehrer empfängt. Sparsam umgeht mit Sympathie, Zuneigung. Wir halten uns an der Hand und starren in das Gewirr der Sprungfedern und Latten über uns. Weiß sie, daß wir in unserer Bucht liegen? An der Wand hängt Jesus am Kreuz, daneben baumelt ein Rosenkranz an einem Nagel. Die Tapete ist lindgrün, die Motive darauf sind religiös. Palmzweige. Kreuze. Aus dem Wäschekasten ihrer Eltern riecht es nach Mottenkugeln. Carlas Fersen sind hart und schmal. Ich nehme sie lieber in den Mund als alles andere, so vergesse ich mich. Ihre Verhöre sind nur bis zu einem gewissen Punkt rücksichtslos. Dann wird ihre Stimme plötzlich weich und leise. Fast entschuldigt sie sich bei mir, fast. Unter ihrer Haut rauscht das Blut, ich kann es hören, wenn ich meinen Kopf auf ihre Brust lege.

Das Autoradio knisterte.

Gestorben im Schlaf. Sich selbst gerichtet. Kippt aus dem Eisenbett und liegt mit nacktem Oberkörper auf dem Fußboden. Martocchia lag tot in seiner Wanne, wir hatten vergessen, das Licht abzudrehen, da war ich mir sicher. Absolut sicher. Am Horizont stand Licht. Der Asphalt trocknete. Wir kurbelten beide Fenster herunter und saßen in der kalten Luft. In einem Geruch aus Gras und Dünger. Vor einigen Tagen hatte mich Martocchia gebeten, ihn naß zu rasieren, seine Hände zitterten zu stark, und die Stoppeln störten ihn. Ich hatte den Schaum in einer Blechschale angerührt, die ihm gehörte, und sein Gesicht dick eingepinselt. Er bestand darauf, ganz glatt rasiert zu werden, und überprüfte die Haut immer wieder mit seiner Hand. Danach bat er darum, das Gesicht mit heißen Tüchern eingewickelt zu bekommen. Ich hatte ihm seine Wünsche erfüllt und konzentriert gearbeitet, seine Haut mit den Fingern gespannt, damit ich auch die Barthaare in den Falten erwischte. Martocchia hatte vor Glück gesummt und am Schluß darauf bestanden, mir ein Trinkgeld in die Hand zu drücken. ›Trink einen Grappa auf mich‹, hatte er gesagt. Auf einer anderen Straße schwankten Rücklichter. Ein Wald hatte die Form eines Pferdeschädels. Wir waren unterwegs, ohne zu reden. Ich hatte Martocchia auch die Haarbüschel gestutzt, die ihm aus den Nasenlöchern und den Ohren wuchsen.

Dem Grund entgegen, dem blau gekachelten. Die Arme um die angezogenen Beine geschlungen, damit man wie ein Stein in der Tiefe verschwindet. Und über der Wasseroberfläche, so weit entfernt, die Gesichter der Mitschüler. Helle Flecken im schaukelnden Rechteck, das unaufhaltsam kleiner wird. Einfache geometrische Grundform. Ein Rechteck steht auch unter der Tür der Garderobe: das Sonnenlicht. Körper schlagen klatschend aufs Wasser auf und tauchen ab. Mädchen kreischen, wir Jungen grummeln. Der Stimmbruch summt unter der Haut, im Hals, läßt den Brustkasten vibrieren. Unsere neuen Stimmen wollen vor Publikum geübt werden, sind auf Bewunderung und Neid angewiesen. Ab sofort singe ich Baß, in der hintersten Reihe im Singsaal. Die Gerüche, die in die Umkleidekabine dringen, sind eindeutig Gerüche des Sommers. Ich hasse sie. Ich hasse es auch, wie ein Stein in der Tiefe zu verschwinden. Kann nicht schwimmen, immer noch nicht. Wozu? Hasse die Korkgurte an den Oberarmen, um den Bauch. Mich hasse ich, wie ich den Schwimmlehrer hasse. Jeden Dienstag bringe ich ihn um. Er treibt im Nichtschwimmerbecken, das erstaunte Gesicht dem gekachelten Grund zugewandt, mit ausgebreiteten Armen. Manchmal wünsche ich dem Ertrunkenen außerdem ein Messer in den behaarten Rücken. Stürze ihn vom Zehn-Meter-Turm, lasse ihn mit dem Hinterkopf am betonierten Bassinrand aufschlagen, was für eine Sauerei, mein Gott. Dann kreischen entsetzt meine Mitschüler, das ganze Bad heult auf. Nur ich bleibe ruhig, ganz ruhig, denn ich bin zufrieden. Glücklich bin ich. Aber dann muß ich doch springen, wo ist die Leiche, die sich eben noch

sachte auf der Wasseroberfläche im Kreis gedreht hat? Das Sprungbrett ist rauh und dunkelrot bemalt, ich schwebe tief hinab, die Augen zugedrückt, weshalb ich keinen der Gummiringe sehen kann, nach denen die anderen mit Begeisterung tauchen. Die Schwimmhilfen liegen am Rand des Beckens, ich lasse mir nicht helfen, wenn ich sie umbinde. In der Umkleidekabine ist es still, dunkel. Ich werde in der Kabine bleiben. Sie riecht nach Sonnenöl und Chlor, für immer bleibe ich hier. Die Badehose in der Sporttasche, eingewickelt in das weiche Tuch. Der Lederball zeichnet ein simples Muster auf die Sportwiese. Linien, welche Vorlieben verdeutlichen, Verbindungen. Wer mit wem. Feindschaften. Wer mit wem nicht. Freundschaften. Bleibe trotzdem in der Kabine. Für immer. Oder doch bis zum Ende der Schwimmstunde. Mantovani, wo bist du? Im Dunkeln. In der Kabine aus Brettern. Hier, seht ihr mich denn nicht, durch all die Ritzen, ich sehe euch doch auch. Den Lederball. Den Sprungturm. Das blinkende Wasser. Auf dem noch immer der tote Schwimmlehrer treibt. Mich, ich verschwinde eben in der Tiefe, das Sprungbrett zittert noch nach. Die Arme perfekt um die angezogenen Beine geschlungen, bis der Grund erreicht ist, der blau gekachelte. Dort stoße ich mich ab und schieße mit ausgestreckten Armen der Oberfläche und euren dummen Gesichtern entgegen, euren erstaunten Blicken, was ist denn mit Mantovani los? Die Gummiringe wie Häuptlingsschmuck über beide Arme gestreift. Trophäen für euch, ihr Arschlöcher, der Nichtschwimmer ist ein begnadeter Taucher.
Ich erwachte. Es war Tag.
Das Ächzen der Frau neben mir klang wie ein Wort, aber welches? Wir hatten das Laken ans Fußende des Bettes gestrampelt. Sie trug noch immer den Lederrock, der bei jeder Bewegung geknarrt hatte, als ich hinter ihr die Treppe hochgestiegen war. Hatte sie früher auch in Gestrüppen neben Jungen gekauert, die nach ihren nackten Oberarmen

schnappten und ihr versprachen, daß sie eine Wohnung genau nach ihren Wünschen einrichten würden, in einigen Jahren, wenn sie endlich verheiratet waren? Ihr Haar war gefärbt, sie sah immer knapp an mir vorbei. Schweiß war von meiner Nasenspitze auf ihr geschminktes Gesicht getropft, ich hatte mich dafür entschuldigt. Auf der Bühne hatte sie ihre Brüste kreisen lassen. Der Strahl des einzigen Scheinwerfers hatte ausgesehen, als lasse er sich anfassen. Wer kennt den Traum des Mädchens, welches auf der winzigen Bühne steht und die silbernen Quasten an den Brustwarzen im Uhrzeigersinn rotieren läßt? Go, go, go, hatten die Männer gebrüllt. Schluckt sie Valium oder Preludin? Hat sie Blumen in der Garderobe, Briefe von ihren Geschwistern und Ansichtskarten ehemaliger Kunden? Sie hatte den Applaus ignoriert und war lange in der Garderobe geblieben. Sieben Treppenabsätze zählte ich bis zu ihrem Zimmer. Die Gänge des Etablissements waren kaum beleuchtet. Aus der Bar im Erdgeschoß war die Musik zu hören gewesen und das Grölen der betrunkenen Gäste. Blau, die Zimmertüren, blau, mit goldenen Ziffern.

Hölzerne Jalousien streuten Sonnenlicht über den Teppich. Ich setzte mich auf den Rand des schaukelnden Wasserbettes. Sah das Katzenposter an der Tür. Den Stoffelefanten auf dem Schrank. Die Turnschuhe und die Jeansjacke mit den Nieten. Sah die drei Dildos, nach ihrer Größe geordnet, die Kleenexschachtel und die Präservative in der offenen Schublade. Dann sah ich mich, mehrfach. Im Spiegel an der Wand, im Spiegel an der Decke, im Spiegel des Wandschrankes. Über den Rücken der Frau liefen Kratzer. Carmen. Angie. Chantal. Das Geheimnis zugelegter Namen. Die Kondome waren gelb, blau, schwarz und hatten verschiedene Geschmacksrichtungen. Sie hatte mir die Wahl überlassen. Mein Geld hatte sie sofort in einer Blechbüchse verstaut. Gelb, der Schwanz, der wippend von mir weg in das trostlose Zimmer hinausgezeigt hatte. Ich zog mich an und verließ das Zimmer. Im Treppenhaus roch es nach Eau de Toilette. Der Barraum war leer. Das Glas der Fenster zur Landstraße war grün und dick wie ein Flaschenboden. In der Bar war es sogar jetzt, da draußen die Mittagssonne schien, dunkel und muffig. Auf der Bühne lag ein Büstenhalter, stand ein Stuhl. Ich verließ das Haus durch den Hintereingang. Unter ausladenden Ästen stand Lorenzinis Wagen alleine auf dem Parkplatz. Das Neonschild der Bar, ein Herz mit Schriftzug, war eingeschaltet. Hätte ich jetzt einen Stein danach geworfen, ich hätte es getroffen. Im Gegensatz zu gestern nacht. Wind bewegte Kiesel über den Asphalt, drehte Blättchen und ließ sie silbern schimmern. Ging durch sengende Hitze, Felder.

6.

Erde, die unter den Schritten der Sargträger staubt. Auf dem Kiesweg fand ich ein leeres Schneckenhaus, das ich zerdrückte, lachhaft symbolisch, als die Kiste in die Grube gesenkt wurde. Schwalben tauchten zwischen die Friedhofsgebäude und drehten hinter den Zypressen ab. Modelle von Kampfflugzeugen, die außer Kontrolle geraten sind. Der Pfarrer sprach leise und ohne Anteilnahme. Wind blähte ihm das Gewand. Über den Feldern hinter der Mauer flirrte die Luft. Die Splitter des zerdrückten Schneckenhauses glänzten wie Scherben. Es war sehr still. Einer der Veteranen trank aus einem Flachmann, den er nicht aus der Hand gab. Das Aufschlagen der ersten Schaufel Erde auf Martocchias Sarg klang, als klatsche jemand einmal in die Hände. Meine Blumen legte ich erst nieder, als das Loch zugeschüttet und niemand mehr da war. Ich setzte mich einige Minuten neben das Grab, wie ich mich jeweils neben sein Bett gesetzt hatte.

Auf der Straße fuhr eine Limousine im Schrittempo hinter mir her und hielt neben mir an, als ich mich umdrehte. Der Fahrer ließ die Scheibe nach unten gleiten; der Mann hatte sich während der Bestattung im Hintergrund gehalten und die Kondolenzen der Handvoll Veteranen am Tor des Friedhofes entgegengenommen. Ungerührt, dunkel gekleidet. Ich hatte ihm die Hand nicht gereicht.

»Sie sollen sich sehr gut mit meinem Vater verstanden haben«, sagte er.

»Wer behauptet das?«

Aufgeschwemmt, mit fleischigem Nasensattel und ungesunder Hautfarbe; Martocchias Sohn ließ den Motor laufen, fuhr sich mit der Hand über die schweißnasse Stirn. Die Luft im Wageninnern roch schwer und süß, als hätten Blumen darin gelegen. Aber er hatte weder Blumen noch einen Kranz auf das Grab seines Vaters gelegt.

»Sie sollen ein Vertrauter von ihm gewesen sein. Eine Art Freund von Olivo.«

Ich hatte Martocchias Vornamen nicht gekannt. Flußufer. Olivo. Baumgruppe. Dichter Gürtel aus Büschen. Und Zweige, die derart dicht über dem Wasser des Flusses stehen, daß sich Vater bücken muß, sonst schlägt es ihm den Hut vom Kopf. Das Ruderboot ist grün gestrichen, und wenn ich die Augen zu lange offen lasse, verwischen die Grenzen zwischen Himmel, Fluß und Wald.

»Rührend, wie Sie sich um ihn gekümmert haben«, sagte er hinterhältig, zündete sich eine Zigarette an und blies den Rauch aus dem Fenster.

»Ich habe Ihren Vater gehaßt.«

Die Lüge nahm mir den Atem, aber das Gesicht von Martocchias Sohn blieb unbewegt. Er wollte die Situation unter Kontrolle behalten.

»Er war ein seniler Trottel.«

Die Worte kamen aus meinem Mund, ohne daß ich darüber

nachdachte. Mach weiter. Sei böse. Fahr fort. Sei rücksichts-
los, braver Junge, guter Soldat. Gib dem Feind das Eisen
ohne Gnade, der Feind, das bist du: ich.
»Senil. Allerdings«, sagte er.
Jetzt lachte er. Am Hinterkopf verlor er Haare, die kahle
Stelle war groß wie ein Handteller. Er schlug in dieselbe
Kerbe, ich hätte das Lager wechseln können, hatte jedoch
Lust, Schimpfworte zu gebrauchen. Gemein zu sein.
»Ein sabbernder Greis«, sagte ich.
Redete leise, in scharfem Tonfall. Das Autodach spiegelte
leeren Himmel und Stromleitungen. Ich habe dich gewa-
schen, Martocchia, vergib mir. Sein Sohn lächelte nachsich-
tig. Er legte einen Gang ein und sah mich belustigt an. Ich
trug eine Uniform, er einen eleganten Anzug. Der Wind blies
die Abgase des Autos in meine Richtung.
»Ich habe ihn auch nicht sonderlich gemocht«, sagte er.
Es war Zeit, die Richtung zu ändern. Prügle ihn aus seiner
Limousine, dachte ich und trat einen Schritt zurück. Worte.
Worte. Ich hörte mich stöhnen, der Wagen hatte Weißwand-
reifen.
»Ihr Vater hat mir übrigens alles vermacht.«
»Was vermacht? Was alles?«
»Alles«, beharrte ich.
»Aber er hat doch nichts besessen. Rein gar nichts.«
Ich stand gebückt und verkrampft, ich pumpte Luft in meine
Lungen, um mich aufzurichten, groß zu machen. Deine
Barthaare haben geknistert, Martocchia, als ich dich gewa-
schen habe. Hätte ich dich noch einmal rasieren sollen?
»Er war doch entmündigt. Nichts hat er gehabt. Gar nichts.«
Der Mund des Sohnes war spitz, die Lippen dünn und blut-
leer. Ließ er sich die Finger maniküren? Er schwitzte. Und
lächelte weiterhin. Aber über der Nase zeigten sich zwei
Furchen, die einen spitzen Winkel bildeten. Das Dreieck
der Verunsicherung. Erwartete er, daß ich um seinen Vater

weinte? Oder erwartete ich, daß er um seinen Vater weinte? ›Lies in den Gesichtern der Menschen.‹ Eine Maxime meines Vaters. ›Lies in allen Gesichtern, die du vor dir hast.‹ Sitzt am Küchentisch, neben sich die Karaffe mit dem Rotwein. Ein Zittern geht durch den Wein in der Karaffe aus geschliffenem Glas, das sind die Lastwagen, die aus der Stadt fahren. Dann klirren die Scheiben der Wohnung, und ich komme kaum auf die andere Seite der Straße. Aber dort befindet sich das Geschäft, in dem ich Vater den Wein kaufen muß.

»Und?« bellte Martocchias Sohn.

Er verlor an Fassung. Sein Gesicht wurde noch breiter, es rutschte nach unten. Er zeigte seine obere Zahnreihe, gleich würde er den Motor abschalten.

»Und? Was hat er Ihnen vermacht?«

»Nichts. Beruhigen Sie sich. Es handelt sich um dreckige Wäsche, einige Zeitschriften und Fotos.«

»Na also«, sagte er.

»Und eine Liste.«

»Liste? Was für eine Liste?«

Seine Mimik war beschränkt. Die Asche seiner Zigarette fiel auf seine Hose, doch er achtete nicht darauf.

»Ihre Zigarette«, sagte ich, »die Asche. Ihre schöne Hose.«

»Was für eine Liste?«

»Nichts von Bedeutung«, sagte ich, »nutzlos. Zumindest für Sie, nehme ich an.«

»Sag’ ich doch«, sagte er tapfer.

Sein Gesicht wurde wieder hart und spitz. Die obere Zahnreihe verschwand. Dann wischte er sich die Asche von den Hosenbeinen. Sein Blick war verächtlich.

»Viel Spaß mit der dreckigen Wäsche«, sagte er und fuhr los.

»Sex«, rief ich ihm nach.

Er trat auf die Bremse und setzte zurück.

»Was Sex?«

»Die Liste. Ihr Vater war ein Frauenkenner.«

115

»Blöder Kerl«, sagte Martocchias Sohn.

Einen Moment glaubte ich, er steige aus, um auf mich loszugehen. Wir starrten uns feindselig an, dann fuhr er weg. Kobaltblau der Himmel, hoch, ja, weit, ja. Der Wein in Vaters Karaffe bewegt sich immer noch, und ich warte auf eine Lücke zwischen all den Lastern, die mit ihren grauen Plachen vorbeidonnern.

Nach wenigen Gehminuten sah ich das Dach des Veteranenheimes und ging langsamer. Hunde an Leinen, bald darauf eine Bar, in deren Dämmer eine Männerstimme einen Vecchia Romagna bestellte. Der Mann war ich. Tonnengewölbe, Klinkerfußboden, verspiegelte Wände. Setzte mich an einen Tisch mit klebriger Platte und zählte Autos, welche die Schattengrenze vor dem Eingang passierten. Mofas und Spaziergänger. Sonne blendete, illuminierte Zaunspitzen. Glas Numero zwo, bestellt mit Kratzstimme. Krächzer, der von der Beerdigung kommt. Lichtkringel tanzten auf dem Boden, meine Uhr, wie sich nach einigem Grübeln herausstellte. Später kamen mir Schulkinder entgegen. Schnatternde Horden mit Taschen und Ranzen in Leuchtfarben. Ist das die Frau Lehrerin, die mit hastigen Schrittchen vom Schulareal wegstrebt, in Kniestrümpfen und Faltenrock den Hausmauern folgend? Schwärme verschachtelter Dächer, sonnengesprenkelte Fassaden, Putz. Mein Schulranzen war aus Leder gewesen, pelzbezogen. In jener Zeit kippt meine Schrift nach links, fällt nach hinten, flieht vor den Satzenden. Der Hund, er riecht das Wild im Wald: Ich sitze im Klassenzimmer und repetiere lautlos Carlas Namen. Reagiere selbst auf aufmunternde Lehrerblicke aggressiv. Carla, wo bist du. Zerfetze Papier. Meine Schrift läßt sich nicht aufrichten. Die Buchstaben kippen weg, auch die Zeilen im linierten Heft. Carla, ich liebe dich. Der Satz, endlos wiederholt, füllt Seite um Seite und verliert nicht etwa an Bedeutung. Der Satz ist meine Rettung. Berührt mich jemand, schlage ich blindlings zu. Warum, schreibe ich ihr, sitzen wir nicht in derselben Klasse? Italien ist zu weit entfernt, warum bin ich bei meiner Mutter geblieben? Pino lebt mit Vater in Italien, er kann Carla sehen, so oft er will. Während mir die Worte vom Papier fallen, vom Schultisch.

Ich ging am Veteranenheim vorbei, ziellos. Nackte Erde auf einem Grundstück, in den Zweigen eines Baumes ein Papierflieger. In jener Zeit ist meine Rechtschreibung mangelhaft, in Deutsch wie in Italienisch. ›Das macht nichts‹, erklärt Mutter, ›auch Kennedy hatte Schwierigkeiten mit der Grammatik. Oder Van Gogh.‹ Ich komme gar nicht auf den Gedanken, ihre Behauptung zu überprüfen. Sie ist mir kein Trost. Meine Briefe an Carla sollen fehlerfrei sein, meine Wünsche und Beschwörungen keinesfalls mißverständlich aufgrund von Schreibfehlern und schlechter Orthographie.

Liebe Mama,

Wetter und Verpflegung ausgez.

Mir geht es ausgez.

Ich schlafe ausgez. u. denke oft an Dich.

Ich wünsche Dir alles Gute: Dein Sohn

Das schreibe ich meiner Mutter aus einem Ferienlager in den Bergen. Den unteren Teil der Seite fülle ich mit einer Zeichnung: Blick aus dem Eßraum. Die sechs Briefe, die ich während des Lagers an Carla schreibe, sind umfangreich, voller Details und Schwüre. Nachts liege ich in meinem Kajütenbett wach, der Schlafsaal ist riesengroß und vollgestopft mit Idioten, die ich ausnahmslos verachte. Meine Stimme ist dunkel, meine Knochen schwer und eckig, ich habe den passenden Tonfall für meinen Stimmbruch gefunden. Es zittern die Wände. Carla. Carla. Carla. Dies natürlich das Wort, das ich unablässig sage, denke, bin. Ihr Name pulst in mir, ich mache ihn groß, daneben hat nichts Platz, ihr Name macht mich klein. Das Ferienlager will kein Ende nehmen, ich kämpfe auch mit größeren Jungen. Meine Flüche finden Beachtung, werden fleißig geübt und nachgeahmt. Ich rülpse lauter als die anderen, vor allem im Speisesaal. Ich klaue Zigaretten, die ich großzügig unter den Jüngeren verteile. Jeden Tag denke ich daran, das Lagerhaus niederzubrennen. Ich bin zu feige, um auszureißen. Nachts liege ich im Bett und stelle mir vor, wie ich an einer Landstraße stehe, wie ein Lastwagen neben mir hält, wie ich einsteige und den übermüdeten Chauffeur ablöse, als wir über den Gotthard fahren. Am nächsten Morgen sitze ich an einem der langen Holztische, eine Tasse warme Ovomaltine in der Hand, und verteile verächtliche Blicke. Einmal schlage ich den Hund des Leiters, aber da mir niemand dabei zusieht, höre ich nach wenigen Stockhieben damit auf. Die verbleibenden Tage stehle ich Fleisch für den Collie. Als wir abreisen, leckt er mir winselnd die Hand. Ich verbessere meine Position, indem ich einen Jungen, der drei Jahre älter ist, zusammenschlage. Ich verdiene Respekt, bin düster, geheimnisvoll. Zwei Tage nach der Schlägerei habe ich den Älteren soweit, daß er seinen Vater ›ein impotentes Arschloch‹ nennt. Ich habe ihn an einen Baum gebunden, ein Brillenträger aus meinem Schlafsaal hat mir dabei geholfen. Das gestohlene Küchenmesser, mit dem ich vor dem Gesicht des Gefesselten herumfuchtle, sorgt für das nötige Entsetzen. Ich weiß nicht, was ›impotent‹ bedeutet. Die anderen Jungs verwenden das Wort ab sofort in jedem zweiten Satz. Von nun an bin ich endgültig akzeptiert. Ältere Jungen mit verschlossenen Gesichtern und Pickeln bieten mir Zigaretten an, Bier. Meine Muskeln jucken, die Haut spannt. Auf der Rückreise werfe ich einem Fettsack, der auf dem Platz sitzt, den ich beanspruche, das Käsebrot aus dem fahrenden Zug. Carla, denke ich während der gesamten Fahrt und fixiere Scheunen, welche verloren in Wiesenmeeren stehen. Nur auf der Toilette des Zuges gestatte ich mir eine Pause von der Rolle des mürrischen Kampfhahnes. Meine Oberarme sind plötzlich weich, ich weine einen Augenblick, dann sehe ich im Spiegel zu, wie sich mein Jungengesicht wieder verhärtet. Rachsüchtig der Blick. Ein falsches Wort ist ein falsches Wort und verdient Bestrafung. Auf der Jagd nach Demütigungen bin ich, damit bekommt mein Haß ein Ziel. Was mich den kontrollierenden Blicken der Leiter, die durch die Waggons patrouillieren, ausweichen läßt, ist Verachtung, rede ich mir ein. Aber es ist Verlegenheit. Ich weigere mich, auf unserer Rückreise etwas zu essen. Ich trinke zwei Flaschen Bier, es gelingt mir, in die Toilette eines Nachbarwaggons zu kotzen, ohne daß es jemand bemerkt. Danach ist mir schlecht, und ich markiere den Schweigsamen. Starre aus dem Zug und sehe Carlas Gesicht in der Scheibe neben meinem Spiegelbild auftauchen. Lächeln. Wir küssen uns, sie küßt mich.

Ich betrat die Bar, die sich schräg gegenüber dem Veteranenheim befand, um einen weiteren Vecchia Romagna, Glas Numero drei, zu bestellen. Die Veteranen, die an einem Tisch saßen und Karten spielten, brachen in meckerndes Gelächter aus, als sie mich bemerkten.

»Milchgesicht«, sagte einer.

»Ausländer«, ein anderer.

Ich lächelte den Alten zu, keiner von ihnen hatte sich an Martocchias Beerdigung gezeigt. Guter Junge, er lächelt, braver Rekrut, er winkt, reißt nicht den Vorhang aus Plastikperlen aus der Schiene, wunderbar, er dreht nicht den Alten den Tisch um, frißt ihre Karten. Er lächelt. Der Rekrut. Sie tranken Rotwein und Grappa. Die Alten mit den roten Gesichtern, geäderten Nasen und blauen Lippen. Den miesen Zähnen, Schuppen. Die Farbe ihrer Uniform, die sie freiwillig trugen, hätte ich in diesem Moment folgendermaßen bezeichnet: an Verwesung gemahnend. Schlammbraun. Kotgrün. An Dreck erinnernd, an Sumpf. Auf der Straße flutete Verkehr. Lorenzini fuhr vorbei, ich hob nicht einmal die Hand zum Gruß. Er auch nicht. Wir sahen uns nur an. Ich ging, ging zurück. Machte ein ähnliches Gesicht wie an jenem Tag, an dem ich als Fünfzehnjähriger aus dem Ferienzug steige. Durchtrieben. Kalt. Arrogant. Die wartende Mutter so lange ignorierend, wie es irgendwie geht. Ich verabschiede mich von niemandem, nur dem Leiter gelingt es, meine Hand zu schütteln. Er nimmt meine Mutter beiseite und teilt ihr mit besorgtem Gesicht vertrauliche Dinge über mich mit. Er weiht sie ein, gibt ihr Bescheid über meinen schlechten Charakter. Ich bin ein Infanterist, Kinderkrieger. Braungebrannt nach all den Wanderungen und Gruppenspielen an der Bergsonne. Mein Zorn ist doppelt so groß wie ich, er umgibt mich wie eine Schutzzone. Einzig Carla ist der Zutritt in mein Reservat erlaubt. Beim Verlassen des Bahnhofes spucke ich einer alten Frau, die sich mit ihrem Koffer abmüht, vor die Füße, weil mir die Väter anderer Kinder entrüstet zusehen. Ich bin der Allerschlimmste, wenigstens das. Mein Vater repariert in Italien die Schuhe anderer Leute, ich gehe vier Schritt vor der Mutter her, sie muß mir folgen. Und in der Karaffe zittert der Wein; lies deine Zeitung, Vater, lies, und später stehen wir im ausgeliehenen Ruderkahn, weil du mir die Fischgründe zeigen wirst. Drei Wochen nach dem Ferienlager schreiben wir einen Aufsatz, der Titel lautet ›Mein Vater‹:

Mein Vater ist klein. Er hat wenig Kraft. Er trinkt Rotwein. Dazu liest er in der Zeitung aus Italien. Sein Hut ist aus Filz. Nach der Arbeit legt er sich aufs Sofa. Er schnarcht. Er hat Schweißfüße. Seine Brust ist ein Trichter ohne Haare. Wenn er ins Wasser geht, legt er seine Kleider sorgfältig zusammen. Das braucht länger als das Baden. Mein Vater ist Nichtschwimmer. Er kann auch nicht tauchen. Am Morgen hat er Mundgeruch. Am Abend stinkt er nach Wein.
Er ist ganz anders, als ich sein möchte.
Er ist ganz anders, als ich sein werde.
Sein Kopfkissen stinkt.

120

Er heißt Oreste wie ein richtiger Italiener.

Er wohnt in Italien, wie mein Bruder.

Mein Vater ist gar nicht mein Vater. Er hat nämlich nur einen Sohn. Er hat gesagt, wir sind keine Scheißitaliener. Aber das stimmt nicht. Es stimmt einfach nicht. Er ist ein Scheißitaliener. Ich nicht.

Der Lehrer hat meinen Aufsatz nicht korrigiert. Kommentarlos legt er ihn auf mein Pult; der Brief an meine Mutter steckt in einem verschlossenen Umschlag, den ich mit meinem Taschenmesser aufschneide. Acht Funktionen, es liegt mir gut in der Hand. Was der Lehrer meiner Mutter mitteilt, ist mir bekannt. Es erfüllt mich mit Stolz, ich bin ein schwieriger Fall. Man muß sich um mich kümmern. Dringend. Ich werfe den Brief in den Mülleimer eines Restaurants. Vor dem Eingang des Haupttraktes stand ein Veteran in Uniform. Er kam auf mich zu, versperrte mir den Weg. Silbersträhnen, Habichtsnase.

»Am 25. Oktober 1917 habe ich in der Schlacht von Caporetto die Silbermedaille verdient«, sagte er, meinen Arm umklammernd.

»Nach zwei Tagen Gefecht ist uns die Munition ausgegangen. Wir befinden uns auf 2000 Metern, es ist eiskalt, es regnet, und wir bekommen keine Befehle, nichts. Da habe ich meiner Kompanie vorgeschlagen, mit aufgepflanztem Bajonett durch die gegnerischen Reihen zu brechen. Wir sind nämlich von Deutschen umzingelt. Ich gebe den Befehl hoch zu Roß.«

Er ließ meinen Arm los und machte eine Pause. Hinter uns wurde gehupt, aber wir drehten uns nicht um. Sture Böcke. Mein Kopf nickte, nickte ohne mein Zutun auf und ab.

»So ist es mir gelungen, mit zwei geretteten Geschützen nach Italien zurückzukommen. Der Glaube an das Vaterland ist wie der Glaube an Gott. Das Vaterland bleibt immer das Vaterland und wird nie Stiefmutter. Ich bin mit vierzehn Jahren in den Krieg gezogen, und ich bin stolz darauf. Wir müßten

versuchen, Istrien einzunehmen, ich bin sofort dabei. Aber hier gibt es ja nur Flaschen wie dich. Schlappschwänze. Drückeberger. Ausländer. Bist du Deutscher, hä?«
Er stieß mich vor die Brust und schubste mich von sich weg. Ich nahm ihm die brennende Zigarette aus dem Mund und zertrat sie. Klopfte dem Veteran auf die Schulter. Machte, herablassend grinsend, das Maß voll. Indem ich ihm auf den rechten Fuß trat. Der Schlappschwanz, der sich aufspielt. Ich überragte ihn, wie ein Offizier im Idealfall seinen Untergebenen überragt. Ich ließ meine Hand auf seiner Schulter liegen. Er sollte wissen, daß ich ihn statt dessen hätte schlagen können. Rückte die Bärenfellmütze zurecht. Knarrte bedrohlich mit den Rentierstiefeln. Derlei Gedanken sollten mich bei Laune halten. Soldat stellte einen Alten beim Versuch, illegal über die Grenze zu fliehen. Im tiefverschneiten Birkenwald. Wo die Wölfe und so weiter. Sofern man das Ohr dafür hatte und das Auge für die tiefstehende Sonne über dem Horizont. Dort, wo das Gebäude mit dem Verhörraum steht natürlich.

Auf dem Hemdkragen des Veteranen waren Blutspritzer. Sein Blick hatte etwas Verwirrtes, jeder beliebige Satz von mir hätte ihn wohl beruhigt. Aber ich schwieg. Schließlich trat der Veteran einen Schritt zurück und schüttelte meine Hand ab.

»Asthma ist ein schönes Wort«, sagte er unsicher, »aber man muß mit dem darüber reden, der es hat. Dann wird das Wort plötzlich häßlich.«

Er drehte sich um und ging weg. Er hinkte. Ging quer über den Platz. Drehte sich erst um, als er sehr weit entfernt war. Die Nachtwache hat die Flucht über das Flachdach doch beachtet. Die Tochter hat dem Krach machenden Nachbarn Besuche gemacht. Hatte er erwartet, daß ich mich von der Stelle rühren und ihm nicht nachsehen würde? Steif stand ich, unerbittlich. Der Trotzkopf, der dem

Blick des Lehrers standhält, bis diesem die Hand ausrutscht, was für ein Triumph, auch wenn die Wange lange brennt. Stand da und wartete, bis der Alte im Veteranenheim verschwunden war. Sonne auf Stirn, Schulter.

Zuzzi, Emilio Achille: drahtig, klein. Schnaubend vor Verachtung, die er für einen Rekruten empfand, der waffenlosen Militärdienst leistete. Er saß im hintersten Raum seines Museums, einem staubigen Gewölbe, wo er wochenlang über Schautafeln hockte, auf denen er die Geschichte des italienischen Faschismus darstellen wollte. Er klebte eben eine Fotografie von Benito Mussolini auf den Karton, zufrieden grinsend. Zuzzi trug kniehohe Lederstiefel. Er rauchte einen Zigarillo, den er nur aus dem Mund nahm, um die Asche abzuklopfen. Sein Aschenbecher hatte die Form eines Torpedos.
»Mir sind alle Verwandten weggestorben, das ist ungerecht«, sagte Zuzzi.
»Dafür sind Sie am Leben«, sagte Lorenzini und reichte ihm die Schere.
»Es ist immer noch besser, hier im Heim zu sterben als draußen. Braucht man draußen ein Medikament, muß man zum Arzt. Das bedeutet, daß man zwei Tage in der Schlange steht. Und wenn man endlich an der Reihe wäre, kommt bestimmt ein Streik, und es dauert Monate, bis man seinen Medikamentenschein erhält. Bis man all das hinter sich gebracht hat, ist man doch längstens krepiert!« Zuzzi hustete. Schnitt einen General aus einer Fotografie, die eine Handvoll Soldaten zeigte, die vor einem Bunker standen und salutierten. Ich stand in der Nähe der Tür, Lorenzini beugte sich über den referierenden Zuzzi. Käppis, Helme, Schulterpatten. An den Wänden hingen Hunderte von Rangabzeichen, sorgfältig geordnet. Säbel, Pistolen, Revolver, Gewehre, Bajonette.
»Ich weiß, was es heißt, alleine zu sein. Ich habe keinen ein-

zigen Freund in diesem Saustall hier, mir muß niemand sagen, mit wem ich mich verstehen soll!« Zuzzi spuckte tatsächlich auf den Boden. Er konnte uns nicht ausstehen, daraus machte er kein Geheimnis.

»Ehefrauen sind furchtbar«, sagte er.

»Blödsinn«, sagte Lorenzini.

»Ehemänner genauso«, sagte ich.

»Verliert ein Mann seine Potenz, versorgt ihn seine Frau in diesem Haus. Wenn man in Italien nicht mehr arbeitet, ist man einen Dreck wert«, sagte Zuzzi.

»Dreck«, wiederholten Lorenzini und ich im Chor.

»Dreck, richtig! Fertig, bringen wir ihn um. Tatsächlich wundert es mich, warum man uns nicht längst umgebracht hat! Ich hatte früher einen vierten Saal für mein Museum. Doch der wurde zu einer Bibliothek umfunktioniert. Man stelle sich das vor: eine Bibliothek für die drei Schwachköpfe, die in diesem Haus noch lesen.«

Zuzzi stand auf, setzte sich sofort wieder hin. Er hatte die Fotografie zerschnitten und wischte die verschiedenen Teile in den Papierkorb.

»Ich beobachte alle Insassen«, sagte Zuzzi und starrte mich böse an, »ich sehe junge Besucher um meine ausgestellten Säbel schleichen, und zack! schneide ich ihnen eine Arsch-backe weg! Ich habe vier Augen! Sehe alles! Und von euch Zivildienstlern will ich gar nichts hören.«

»Wir sind keine«, sagte Lorenzini.

»Zivildienstler«, ergänzte ich.

»Wir sind Rekruten«, sagte Lorenzini.

»Ich rede gar nicht mit euch. Ihr seid Ungeziefer! Wäre ich der Staat, würde ich euch alle hinrichten lassen! Erschießen. Und dann aber gute Nacht.«

»Du bist ein Arschloch«, sagte Lorenzini und nahm Zuzzi die Schere weg.

»Gib die Schere her«, brüllte der Leiter des Museums, »gib

sie her. Sonst lasse ich dich erschießen. Ich will nicht, daß man meine Waffen anfaßt.«

»Das ist keine Waffe«, sagte ich und kam Lorenzini zu Hilfe. Wir rangelten, kämpften um die Schere. Zuzzi hatte seinen Zigarillo aus dem Mund fallen gelassen und zertreten. Im vordersten Raum des Museums hing ein riesiger Lüster von der Decke, der aus Säbeln, Bajonetten und Trommelrevolvern zusammengesetzt war. Ich starrte diese Lampe an, während wir weiterkämpften.

»Ich war fünfundvierzig Jahre Instruktionsoffizier, ihr verfluchten Scheißkerle! Ich bin für die Diktatur! Unter Mussolini herrschte wenigstens Ruhe und Ordnung. Die Pension, die heutzutage jeder Italiener erhält, verdanken wir einzig dem Duce. Ihm! Einzig und allein ihm! Gebt endlich her, ihr Idioten!«

Lorenzini und ich ließen die Schere gleichzeitig los. Zuzzi taumelte zurück und fiel auf seinen Arbeitstisch, der umkippte. Klebstoff, Kartonbögen, Fotos und geöffnete Nachschlagewerke. Zuzzi tobte, fluchte. Brüllte uns an. Sein Kopf war knallrot, er schwitzte. Er hielt seine Schere wie eine Wünschelrute. Wir ließen ihn stehen und gingen ohne ein weiteres Wort aus seinem Museum. Vorbei an Schneeuniformen, Militärfahrrädern, Modellen diverser Handgranaten und Tretminen.

Was er zuletzt besessen hatte, fand Platz in drei Plastiktüten sowie einem Koffer, an dem eine handgeschriebene Etikette baumelte: Olivo Martocchia. Via Napoleona. 22100 Como. Er hatte mehr als fünf Jahre im Veteranenheim gelebt, aber das Adreßschild hatte er nicht geändert.

»Hast du eine Ahnung, was mit dem Krempel geschehen soll?«

Der Rekrut stand unter der Tür. Bisher hatten wir kaum ein Wort miteinander gewechselt, dabei standen wir jeden Morgen stramm nebeneinander, wenn wir im Hof die italienische Fahne hochzogen. Wie richtige Soldaten in einer richtigen Kaserne.

»Schicken wir seinem Sohn nach«, sagte ich.

Die Tüten fielen um. Ausgaben von Reader's Digest rutschten über den Boden, Fotos, Briefe und ein Theaterplakat, auf dem ich seinen Namen entdeckte. Die Fotos zeigten Martocchia in verschiedenen Bühnenrollen. Schäbige Kulissen, wallende Landschaftsprospekte. Große Gesten, sorgfältig arrangierte Figurengruppen. Umhänge, Rüstungen, Fechtszenen. Ein einziges Mal war Martocchia in Uniform abgebildet. Er stand an einem Strand und hielt eine junge Frau im Arm. Er lächelte. Die Briefe rührte ich nicht an. Es stand mir nicht zu, die Sätze zu lesen, die Männer und Frauen vor vielen Jahren an ihn gerichtet hatten. Ich sah mir nur die Poststempel an, las die Ortsnamen und die Anschriften der Absender. Stellte mir entsprechende Postämter vor, die in der Sommerhitze brüteten. Geisterstädte, durch welche der Wind der Vergangenheit wehte, der die Kulissen klappern ließ und den Wein in der Karaffe zum Zittern bringt.

7.

In der Bibliothek herrschte die schläfrige Atmosphäre von Räumen, die selten benutzt werden. Tageslicht drang nur durch drei vergitterte Fensterchen dicht unter der Zimmerdecke, weshalb den ganzen Tag die Neonröhren brannten, welche senkrecht an die Wände montiert waren. Linker Hand ging es in ein schlauchförmiges Gewölbe, wo ein verdrecktes Oberlicht für Helligkeit sorgte. Die Bücher waren überall. Standen in mehreren Reihen in den Regalen der Gestelle und verglasten Schränke. Stapelten sich auf dem Fußboden zu schwankenden Türmen und Bergen aus Papier, Leinen und Leder. Sie belegten jede freie Fläche und schienen sich wie ein Lebewesen auszubreiten. In der Mitte des quadratischen Raumes hatte man vier Holztische zusammengerückt, dort saß ein Veteran, das Kinn in die rechte Hand aufgestützt. Er schnarchte, offene Bücher und Bildbände vor sich ausgebreitet.

»Ich bin ein Anhänger der Unordnung«, sagte Bolger. Er saß hinter dem Ausgabetisch, der bis auf ein hölzernes Karteikästchen und ein Benzinfeuerzeug leer war.

»Ganz im Gegensatz zu meinen diversen Vorgängern. Der eine hatte zum Beispiel die glänzende Idee, die Bibliothek nach Sachgebieten zu ordnen. Der nächste war ein Liebhaber des Alphabetes. Während mein direkter Vorgänger alle Titel durchnumerieren und auf diese Weise für Ordnung sorgen wollte. Wobei mir nie klar wurde, nach welchen Regeln er die Bücher numeriert hat. Hielt er sich an das Alphabet, hielt er sich an Sachgebiete? Wo hat er angefangen? Begann er links, rechts? Man weiß es nicht.«

Bolger machte eine wegwerfende Handbewegung. Der schlafende Veteran schnappte nach Luft, verschluckte sich und erwachte.

»Das ist gegen die Regel«, sagte er und nickte wieder ein.

»Darf ich vorstellen«, sagte Bolger, »Benzini, unser bester Schläfer.«

»Schade um das Gemüse«, murmelte Benzini.

»Sein Geist ist willig, doch das Bett ist warm«, sagte Bolger. Er wies auf einen der Stühle, öffnete eine Schublade seines Pultes und nahm eine Flasche Grappa und zwei Gläser heraus. Wir tranken, wir schwiegen. Der schlafende Veteran hatte seine Stellung verändert; sein Gesicht lag jetzt in einem aufgeschlagenen Buch.

»Die Ordnungsversuche meiner Vorgänger wurden übrigens allesamt vorzeitig abgebrochen. Plötzlicher Exitus. Es kam zu Schreikrämpfen und Wutausbrüchen. Es ist keinem gelungen, die Bibliothek in den Griff zu bekommen.«

»Mit Ausnahme von Ihnen«, sagte ich.

»Im Gegenteil. Bei mir herrscht die Unordnung. Ich lasse der Bibliothek ihr Eigenleben. Bücher verschwinden, andere tauchen nach Monaten wieder auf. Ein ständiges Kommen und Gehen. Der Bestand ändert sich laufend. Wobei die Sammlung absolut wertlos ist. Populärer Mist. Schund. Mit wenigen Ausnahmen. Weil die Bibliothek nämlich gesäubert worden ist.«

»Gesäubert?« fragte ich.

»Gesäubert, jawohl. Nacht- und Nebelaktion eines ehemaligen Generals. Saubermann erster Güte. Hat die Bibliothek mit Erlaubnis des damaligen Kommandanten durchkämmt, durchschnüffelt und eben geräumt.«

Es war ruhig in der Bibliothek. Die Neonröhren sirrten wie Insekten, der Veteran schmatzte im Schlaf. Bolger schwieg geheimnisvoll, hantierte mit dem Feuerzeug herum, welches offenbar leer war.

»Gesäubert?« wiederholte ich nach einer Weile.

»Durchsucht nach Büchern, die Begierde wecken könnten. Erotik ist unser Stichwort, kapiert?«

»Kapiert«, sagte ich.

»Sex. Pornographie.«

»Wo ist eigentlich der Bildband von Verdun?« platzte der Veteran in die entstandene Stille, eben hatte er noch geschlafen. Er saß steif hinter seinen Büchern, gähnte nicht, knetete aber knochige Finger.

»Weg«, antwortete Bolger kühl.

»Was weg?«

»Ausgeliehen.«

»Und an wen? Wenn ich fragen darf?«

»An mich«, sagte Bolger.

»Aha. Und wann kommt es retour?«

»Wenn ich fertig bin damit«, blaffte Bolger, »und stell den Krempel zurück, bevor du verschwindest.«

Benzini machte sich murrend daran, die Bücher in die Regale zurückzustellen. Dann verließ er die Bibliothek, beleidigt grummelnd.

»Selbstverständlich habe ich den Scheißband nicht ausgeliehen. Bin doch nicht wahnsinnig. Verdun! Die Begierde, ja, ja«, machte er leichthin.

»Begierde?« wiederholte ich.

Der Grappa brannte in meinem Hals, sorgte für angenehme Bildstörungen. Machte mich matt und zufrieden. In Zeitlupe kroch meine Hand über den Ausgabetisch in Richtung Flasche. Sonne fiel über Wände und Lesetisch, ließ einzelne Umschläge leuchten. Mücken flogen. Fliegen. Bolger füllte die Gläser erneut.

»Wo waren wir stehengeblieben?« fragte er scheinheilig und trank.

»Säuberung«, sagte ich, »Sex.«

Meine Hand lag fremd vor mir. Drei Finger zuckten. Bolger schüttelte mißbilligend den Kopf. Ich schob die Hand in die Hosentasche.

»Genau. Alles weggeräumt. Bei Nacht und Nebel aus der Bibliothek getragen und irgendwo verstaut. Bleibt die Frage, wo?«

»Was denn nun?«

Langsam verlor ich die Geduld. Matt wie ich war.

»Die gefährlichen Worte und Sätze natürlich. Gesucht. Gefunden. Ausgeschieden. Claude Henri Abbé de Voisenon. Georges Bataille. Henry Miller. John Wilmot Earl of Rochester. Pietro Bembo. Poggio Bracciolini. De Sade. Das nennt man Zensur, junger Freund. Alles hat sich der Herr General unter den Nagel gerissen. Jede Kostbarkeit. Was er zurückgelassen hat, ist dieser Mist hier.«

»Und warum?«

Meine Stimme klang hohl. Blechkopf. In welchem Gedanken wie rostige Nägel rasseln. Hatte ich meine Frage schon gestellt? Wir tranken noch ein Glas und noch eines. Bolger grinste, ich auch.

»Damit sich bei uns alten Trotteln nichts in der Uniformhose regt, natürlich.« Vor den Fenstern, hoch oben, wurde es grau. Er füllte noch einmal nach, bevor er die Flasche in die Schublade zurücklegte.

»Die Bücher waren nämlich nicht ganz ungefährlich, wie ich zugeben muß. Der eigentliche Grund war natürlich der Tote.«

»Der Tote?« fragte ich tonlos.

»Hier. In der Bibliothek.«

Er schwieg und sah mich gelangweilt an, der alte Fuchs. Sein Gesicht glühte, zumindest für mich. Mein rechtes Bein war eingeschlafen, kein Problem. Ich tat Bolger den Gefallen. Fragte weiter. Zog ihm die Würmer aus der Nase.

»Was für ein Toter?«

»Lag mit offener Uniformhose auf dem Fußboden. Mit dem Schwanz in der Hand. Auf dem Tisch lag selbstverständlich ein offenes Buch. De Sade. Großartige Sauereien. Wunderbar. Da sieht man, was Worte anrichten können. Wie gefährlich sie sind. Herzschlag. Der Kerl wollte sich einen runterholen – zack!«

»Vielleicht war der Band illustriert, und es waren die Bilder, die dem guten Mann zum Verhängnis wurden«, warf ich ein. Der Musterschüler mit den gespitzten Bleistiften, sauberen Fingernägeln. Mit dem perfekten Scheitel. Der nur flucht, wenn es niemand hört.

»Vielleicht. Die Ausgabe war sogar mit ziemlicher Sicherheit illustriert. Ein Stich für jede Schweinerei.«

Wir schwiegen. Erst jetzt sah ich den Telefonapparat an der Wand neben Bolger hängen. Schwarz. Verdreckt. Ich starrte den Apparat so lange an, bis sich der Veteran umdrehte. Umständlich, ächzend. Meine Hände lagen vor mir auf dem Ausleihtisch. Sie bewegten sich wie Greifzangen.

»Tot«, sagte Bolger, »kein Anschluß unter dieser Nummer.« Zum Beweis hielt er mir den Hörer ans Ohr. Nichts. Er legte auf und erhob sich.

»Aber natürlich sorge ich auf meine Weise für die Befriedigung meiner Kunden. Das Zeitalter des Wortes scheint ja vorbei zu sein, wenn ich mich nicht täusche, ja?«

Er zog mich auf die Beine und schob mich vor sich her in den Nebenraum. In dem Gewölbe war es bereits dunkel. Fiel Regen auf das Oberlicht, war das mein Puls? Bolger drehte das Licht an und begann dann, Bücher umzustapeln. In der dahinterliegenden Wand war ein Schrank eingelassen, den er mit einem Schlüssel öffnete. Hefte fielen heraus und auf den Boden. Der Schrank war voll mit Pornoheften. Bolger schlug eines auf, drückte es mir in die Hand.

»Hier«, sagte er, »die Kerle rennen mir die Bude ein deswegen. Kaum Worte, dafür Bilder, Bilder, Bilder. Gestochen scharfe Nahaufnahmen, verflucht detailgenau. Aber langweilig, wenn man mich fragt.«

Ich blätterte das Heft durch. Regen fiel. Ich schwankte. Die Bilder erregten mich.

»Pornographie zeigt die dürftige menschliche Phantasie in angespannter theatralischer Aktion«, sagte er feierlich.

Er nahm mir das Heft weg und schloß es mit den anderen zurück in den Schrank. Büchertunnel, in welchem wir standen. Es regnete tatsächlich. Er drehte das Licht ab. Die Tropfen trommelten auf das Oberlicht, wunderbar beruhigend. Tote Fliegen lagen auf dem Glas, Blätter, Unrat. Das Gerippe eines Schirmes, wie sinnig. Und am Ende des Flures sitzt Vater auf der Toilette, bei angelehnter Tür, wie er es immer tut. Die aufgeschlagene Zeitung auf den Knien, den Wust der heruntergelassenen Hose auf den Pantoffeln. Wenn er liest, sitzt er entweder am Küchentisch oder auf der Toilette. Sitzt mit bekümmertem Gesicht auf der Schüssel und wartet, denn er leidet seit Jahren an Verstopfung. Sitzt und wartet. Horcht unablässig in sich hinein. In seine Gedärme, in denen es gurgelt und rumpelt. Wartet auf die erlösende Abfuhr, die gigantische Schwemme, die sich aber nicht einstellen will. Trotz der Zäpfchen und Hausmittelchen. Das alles sehe und höre ich durch den Türspalt, wenn ich im Zimmer sitze, das ich mit Pino teile. Vater auf der Toilettenschüssel, verzweifelt stöhnend.

»Ich bin wohl doch eher ein Mann des Wortes«, sagte Bolger. Er bewegte seinen Kopf, wie eine Schildkröte ihren Schädel bewegt. Vor und zurück in wachsender Dunkelheit. Der Regen fiel zaghaft, mit langen Pausen zwischen den einzelnen Tropfen. In meinem Kopf war ein wirres Gespräch im Gang. ›Steck mir die Zahnbürste hinten rein. Nein, die meiner Mutter.‹ Blue Climax: Analverkehr auf Hochglanzpapier. Die angestrengten, schwitzenden Gesichter der Darsteller im Licht der Scheinwerfer. Laufmaschen, behaarte Schultern und eingewachsene Zehennägel. Im Hintergrund einer Aufnahme hatte ein Paar Langlaufskier an der Wand gelehnt. Carla, Carla, Carla. ›Beweg die Bürste, los. Stoß sie rein, mach schon.‹ Später stehen wir halbnackt am Fenster ihres Mädchenzimmers und sehen zu, wie die hereinbrechende Dämmerung die Landschaft und den Großvater verändert, der die Kerzen seines Motorrades herausschraubt. Carlas Hinterbacken sind hart und kugelförmig. Ich knete sie mit der ganzen Hingabe, zu der ich fähig bin. Dreht sie sich um, weil sie meinen arbeitenden Händen zusehen will, fallen ihr die Haare ins Gesicht. Ich muß ihr meinen Bizeps vorführen, immer wieder. Seit kurzem treten an meinen Oberarmen dicke Adern hervor, wenn ich die Muskeln spanne. Diese Adern will sie berühren. ›Wie bei einem richtigen Mann‹, sagt sie dann und kneift mich in die Muskeln, daß ich aufheule wie ein Kleinkind. Ihre Kniescheiben sind winzig, pas-

sen genau in meine Mundhöhle. Regen, Regen. Ich drücke sie
mit aller Kraft in den Spalt zwischen Kleiderschrank und
Kommode, weil ich sie küssen will, obwohl ich mich dann
wieder nicht traue, es wirklich zu tun. Sie greift mir zwischen
die Beine und grunzt und beißt mich in die Unterlippe, bis
Blut fließt.

»Komm endlich«, befahl Bolger leise, »ich zeig' dir meine
Sammlung.«

Bolgers Zimmer befand sich im Haupttrakt des Heimes, am
Ende einer steilen Treppe. Es roch ungelüftet, war düster,
und ich öffnete die Tür des kleinen Balkones, der auf den
Dorfplatz hinausging.
Der Anstrich der Zimmerwände war verblaßt, auf Bolgers
Eisenbett lagen Armeedecken und ein Kissen, das mit Tieren
bedruckt war. Vor dem Büchergestell war ein Bügelbrett auf-
geklappt, darauf standen ein Mikroskop und diverse andere
Geräte, die ich nicht kannte. Bolger zog sein Hemd aus und
warf es auf einen Berg schmutziger Wäsche hinter der Tür.
»Anhänger von Unordnung, wie gesagt«, murmelte er und
schlüpfte in das Oberteil eines Trainingsanzuges.
Er hatte die Schuhe abgestreift und trat barfuß in das Bad.
Seine Zehennägel waren gelb, teilweise beinahe schwarz verfärbt und obszön nach oben gewachsen, spitz zulaufend wie
Schnäbel. Er kam mit zwei ausgespülten Wassergläsern
zurück, die er mit Grappa füllte. Die Flasche stand neben
dem Kopfende seines Bettes. Wir setzten uns auf die harte
Matratze, der einzige Stuhl war nämlich mit Zeitschriften
und aufgeschlagenen Büchern belegt. Auf dem Platz gingen
die Lichter an, die Fassaden der gegenüberliegenden Häuser
leuchteten für Sekunden unwirklich gelb auf. Ein Motor
heulte, erstarb. Aufeinander abgestimmtes Knallen mehrerer
Autotüren, künstliches Frauengelächter, Aufmerksamkeit
verlangend, Reaktionen. Sollten wir auf den Balkon hinaus-

treten und wie Arbeiter auf einem Baugerüst pfeifen? Bierflaschen schwenkend, entsprechend verächtliche Witze erzählend? Wir saßen im Dunkeln. Bolgers scharfgeschnittenes Gesicht mit den Furchen und der langen Nase war unbeweglich wie ein Stein. Die dicken Gläser seiner Brille machten seine Augen unnatürlich groß. Wir tranken einen weiteren Grappa. Drückte ich die Augen zu und bewegte außerdem meinen Kopf auf und ab, dachte ich unweigerlich an zwei Aquarien, wenn ich mich an Bolgers Brillengläser erinnerte. Fischgründe, flußaufwärts. Da, wo man den Bahndamm sieht, wo die Züge aus den Geleisen zu kippen drohen, derart langgezogen verläuft die Kurve. Dort, wo mir Vater beibringt, wie man die Angel vom Boot aus wirft, ohne daß sie in den Zweigen landet.

»Was ist jetzt?« fragte Bolger.

»Was jetzt ist?« Quorr, quorr, meine Rabenstimme aus kahlem Geäst.

»Meine Sammlung. Willst du sie nicht sehen?«

Ich nickte. Natürlich wollte ich sie sehen. Mußte ich ihn fragen, was es für eine Sammlung war? Nickte weiterhin. Bolger schenkte Grappa nach, trank mit geschlossenen Augen. Es war heiß in seinem Zimmer. Der Regenschauer hatte kaum die Straßen naß gemacht und keine Abkühlung gebracht. Schwitzt Carla, glänzt ihre Haut wie die Kopfsteine auf dem Hof ihres Großvaters nach einem Unwetter. In meinem Kopf geschieht alles in blitzschneller Folge. Bilder und Gedanken springen hin und her, Funken schlagend. Elektrische Schläge austeilend. Bolger stand auf. Seine Kordhose war fleckig, ungebügelt. In einer Ecke stand ein Seemannskoffer, vor welchem er nun kniete. Seine Haare hingen ihm in den Kragen, schimmerten silbergrau. Er öffnete den Koffer.

»96 Bände«, sagte er, »sieh sie dir an.«

Luftschöpfen nach den ersten richtigen Zungenküssen, das ist das Problem. Sie schnappt ebenfalls nach Atem. Der

Schrank, in dem wir sitzen, Hemden zwischen uns, Blusen, schwebt, schwebt. Aber er wird landen, das ist logisch, natürlich wird er landen. Unsere Lippen sind angeschwollen, Carla verlangt, daß ich mir einen Schnurrbart wachsen lassen muß, später. Als sei sie von Bienen in die Lippen gestochen worden. Meine Zunge brennt, ihre Stimme ist gebieterisch und duldet keinen Widerspruch. Ich stand endlich auf und hockte mich neben Bolger.

»Hier. Die Beute des Generals. Die Bücher aus seiner Säuberungsaktion. Eine wahre Schatztruhe, das darfst du mir glauben.«

Er nahm einige Bücher aus dem Koffer und breitete sie auf dem Boden aus. Fuhr mit Fingerkuppen über Ledereinbände, zungenschnalzend. Aus seinem linken Ohr wuchs ein Haarbüschel. Vogelklauen, seine Altmännerzehen. Hockt auf seinem Fang, den er stolz herzeigt. In einem Nebenzimmer wurde gelacht, und Bolger hob den Kopf, knurrte angewidert.

»Der Saubermann war ein Trottel. Von Tarnung hatte er keine Ahnung. Hab' die zugenagelte Kiste mit den Büchern jedenfalls schon nach fünf Tagen gefunden, damals. Kenne das Haus schließlich in- und auswendig. Jeden Winkel. Als der General starb, hab' ich mir die Bücher unter den Nagel gerissen. Hier sind sie. Vollzählig angetreten.«

Er öffnete ein Buch, strich über die Seiten, zeigte mir eine zweifarbige Titelei und einige Illustrationen, auf die er mich aber nur so kurz blicken ließ, daß ich nichts Genaues erkennen konnte.

»Ich sehe ja kaum mehr etwas«, sagte er.

Lorenzini hatte mir von Bolgers Sehschwäche erzählt; aber Bolger bewegte sich nicht anders durch die verschiedenen Gebäude und den Park als die anderen Veteranen. Langsam, vorsichtig.

»Kenne jede Stufe, jede Treppe, jeden Mauervorsprung, die

Gänge mit ihren Absätzen und Kurven, alles. Ich bin schließlich schon lange genug hier. Kam genau zwei Tage nach der Mondlandung in dieses Zimmer.«

Er schob die ausgebreiteten Bücher zusammen, ordnete sie dann neu.

»Die Amerikaner«, präzisierte er, »ihre Landung habe ich noch in meiner eigenen Wohnung in La Spezia gesehen. Interessante Aufnahmen, muß ich sagen.«

Er stand auf und trat auf den Balkon. Bei Fuß, Rekrut. Ich folgte ihm.

»Lesen kann ich jedenfalls nicht mehr. Zumindest nicht ohne meine idiotische Lupe. Aber die wichtigsten Passagen kenne ich ja sowieso auswendig.«

Sein Gesicht war ein heller Fleck. Mild und still. Die Brillengläser spiegelten das Licht der Straßenbeleuchtung, seine Augen waren nicht zu erkennen. Seine Arme waren erstaunlich muskulös und braungebrannt, er hatte die Ärmel der Trainerjacke nach oben gerollt.

»Lucietta, die mit dem harten Popo,
Nenne ich jetzt, man heißet sie so,
Weil fest wie eine Mauer sie
Den Stoß empfängt, sie wanket nie.«

Er hatte die Arme ausgebreitet, seine Stimme war sicher. Er wartete, bis ich applaudierte, dann trat er ins Zimmer und füllte noch einmal die Gläser. Wir standen nebeneinander in der Mitte des Raumes. Es war nun ziemlich dunkel.

»Nie gehört, was? Aber das ist nicht erstaunlich. Lorenzo Veniero, längstens vergessen.«

Er machte eine Stehlampe an und begann, die Bücher in den Koffer zurückzustapeln. An der Wand hing eine gerahmte Farbfotografie, ich brauchte eine Weile, um Details erkennen zu können. Eine junge Frau stand vor einem großen blauen Haus mit Erkern und einer gedeckten Veranda. ›Hotel Kingsbridge‹. Das Schild schien in starken Windböen zu tanzen, war jedenfalls in Bewegung. Die Frau war in eine Decke gewickelt und deutete lachend auf etwas, das sich außerhalb der Fotografie befand. Ihr dunkles Haar sah aus wie eine Mütze, der Wind formte es so. Hinter dem Hotel lief eine Steinmauer ins offene Meer, brach Wellen. Hochspritzende Gischt beschrieb einen Halbkreis, der hinter der Frau am Himmel festgefroren war.

»Meine Tochter Rebecca«, sagte Bolger, der mich fixierte, »lebt in Irland.«

Er ließ den Deckel des Seemannskoffers zufallen. Die Hitze war noch immer kaum auszuhalten. Ich betrat das Bad und ließ kaltes Wasser über meine Handgelenke rinnen. Starrte in den Spiegel. Mein Gesicht war das Gesicht meines Vaters. Oreste. Medikamente überall. ›Sind keine Scheißitaliener‹ und geht wortlos nach Hause. Mit deinem Hut, Vater. Warum hast du es getan, hätten wir uns nichts mehr zu sagen gehabt? Wo wir die Angeln auswerfen, wird der Fluß breiter. Steinblöcke liegen in der Bucht. Dort verbergen sie sich, die Fische. ›Kapitale Brocken, wie vom Himmel gefallen‹, so drückst du dich aus. Läßt das Silch von der Sportrolle sirren und plazierst den Schwimmer zwischen den Steinen. Manchmal glauben wir, Wasserschlangen zu sehen. Gibt es das überhaupt, in einem Fluß, im Po? Du weißt die Antwort auch nicht. Warten, einträchtig warten, Vater. Und Sohn. Während es einnachtet und die ersten Autos bereits die Scheinwerfer anmachen, auf der von Eichen und Buchen gesäumten Straße. Funkenflug, auf der Bahnböschung, abends fahren allerdings nur selten Züge. Peitscht übers Wasser, dein Schuß. Sein Echo rollt über den Hügelzug, verliert sich in der Poebene. Repetiergewehr. Die Patronenhülsen prasseln über den Boden. Und reißen Narben in die Bretter. Schuhe, Schuhe. Ich hatte Mühe, mich auf den Beinen zu halten, klammerte mich an Bolgers Waschbecken fest. Und in der Karaffe bewegt sich der Wein. Die Lastzüge, Stefano, sie fahren Richtung Süden, über den Gotthard nach Italien. Und wenn ich mich nicht rühre, höre ich Vater auf dem Klo jammern und leise fluchen, all die Jahre in der Schweiz. Bis wir vierzig sind, sind wir ziemlich sicher ziemliche Kinder. Wir fingen die flinken Wiesel zwischen glitzernden Kieseln. Diele. Drill. Liebe. Lippe. Sieben. Sippe. Sieden. Sitten. Rief. Riff. Bolger ging hin und her. Mein Gesicht war mein Gesicht, ich drehte das Licht im Bad ab, gab Bolger die Hand und ging. Stahlkugel, die in einem wattierten Würfel von Fläche zu Fläche rollt. Blitzblank poliert. Dies die Gedanken in meinem quadratischen Schädel. Das Hirn, ein Wattehaus. Die Treppe war endlos, verwinkelt. Und selbstverständlich zu steil. Ein Veteran wich mir aus. Vor dem Haus erbrach ich mich in einen Busch. Krah, Krah. Repetierte, Brocken spuckend, die entscheidenden Namen. Dann legte ich mich im Schutz eines Baumes in den Park, Carla, das Gras war weich, warm und roch nach damals, weißt du noch.

8.

Vierzig Kacheln in der Länge, fünfzehn in der Breite. Und in der Höhe sind es sieben. Reichen mir bis zum Brustbein, darüber blätternder, eitergelber Verputz. In keinem anderen Raum des Heimes klingen unsere Armeestiefel eindrucksvoller. Angst flößen sie ein, unsere Stimmen hallen autoritär nach. Die vier Wannen stehen so dicht nebeneinander, daß sich die Veteranen, die im Wasser sitzen, die Hände reichen könnten. Aber in diesem Raum reicht sich niemand die Hand. Kaum einer der Veteranen badet gerne. Die meisten hassen es, weil uns der Badetag zweimal in der Woche die Gelegenheit zu Demütigung und Rache bietet. Wir vergessen die Seife, lassen nackte Veteranen dreißig Minuten warten, reiben sie mit nassen Tüchern ab, verstecken ihre frische Wäsche, werfen Socken aus dem Fenster, verschmutzte Unterhosen und Rheumahemden. Die Wassertemperatur wird zur Strafe. Wir drücken, klemmen, kneifen. Wir sind grob und laut. Schlagen, quälen. Der Boden steht unter Wasser, die Scheiben sind beschlagen. Die kranken alten Männer sind uns ausgeliefert. Ihr blutiger Auswurf hat Kissen versaut, sie verlangen morgens um drei nach Medikamenten, speien das Essen, das wir ihnen geduldig eingelöffelt haben, auf den Teller zurück, verschütten Kaffee und Wein, scheißen Leintücher voll, die wir eben erst gewechselt haben. Verdienen sie unsere Strafe vielleicht nicht? Selten beklagt sich einer. Sie wimmern, sind bleich, kümmerlich. Sitzen ausgemergelt und zitternd in ihren Wannen, mit ernsthaften, verängstigten Gesichtern. Ein Schwarm alter Männer, gebadet und traktiert von einem Schwarm junger Männer.

Die ersten Wochen hatte ich mich korrekt verhalten, bis ich eines Tages den Kopf eines Veteranen packte und unter das kalte Wasser drückte. Er hatte mir nichts getan. Er versteckte bloß Nacht für Nacht die Fernbedienung des Fernsehers an einem anderen Ort. Wer war ich? Lorenzini hatte mich mit Gewalt auf den Flur gezogen, wo er beruhigend auf mich einredete und eine Zigarette mit mir rauchte. Über die Grenzen und Konsequenzen unseres Verhaltens an den Badetagen hatten wir uns nie unterhalten. Die Veteranen waren noch kümmerlicher als sonst, daran waren wir schuld. Das Register unserer Strafen war differenziert und ausgeklügelt, glaubten wir. Was wir flüsterten oder brüllten, war beleidigend und gemein. Mißgeschicke der Alten lösten brüllendes Gelächter aus, welches in dem Bad wie Kriegsgeheul klang. An den Badetagen tranken wir noch mehr als gewöhnlich. Einigen von uns zitterten die Hände, kippte die Stimme. Ich drückte mich vorm Badedienst, so oft es ging. Andere meldeten sich freiwillig, auf diese mußte man achtgeben. Wir hörten aggressive Rockmusik, laut, aber nicht so laut, daß wir die kläglichen Geräusche der Veteranen nicht mehr hören konnten. Danach waren wir jeweils erledigt, völlig erschöpft. Wir überforderten uns, wir wußten, daß es falsch war, was wir taten. Aber beim nächsten Mal machten wir trotzdem weiter. Wir arbeiteten an der Verfeinerung unserer Bestrafung. Ich zum Beispiel sah entweder meinen ehemaligen Schwimmlehrer vor mir in der Wanne hocken oder Carlas Mann. Manchmal auch meine Mutter oder Vater. Wir beglichen alte Rechnungen. Wir besaßen Macht, wir waren widerlich. Wenn alles vorbei war, waren wir streitsüchtig. Beschimpften uns. Es kam zu Rempeleien, gelegentlich auch zu richtigen Schlägereien.

An einem Badetag Mitte August waren wir seltsamerweise alle friedlich gestimmt. Nur Fausto machte sich wichtig und brüllte herum. Da es drückend heiß war, ließen wir eines der Fenster offen, und die Gerüche des Parks mischten sich mit dem Geruch nach Seife, Reinigungsmitteln, dreckiger Unterwäsche und Alkohol. Faustos Opfer war ein uralter, kleiner Mann, ein ehemaliger Bauer und Partisanenführer aus dem Piemont, der seinen prachtvollen Schnurrbart liebevoll pflegte. Der Körper des Mannes war mit Flecken übersät, da er immer wieder hinfiel und sich überall stieß. Fausto stand drohend neben der Wanne, deren Wasser brühend heiß war.

»Vom Wichsen wird man dumm«, sagte er gebieterisch.

Der Veteran schwieg, sein Schnurrbart bebte.

»Wie oft hast du es denn heute getrieben, Vito?«

Fausto sah uns an. Er war betrunken. Schleuderte einen Waschlappen an die gekachelte Wand, daß es klatschte.

»Die haben hier doch nur eines im Kopf«, brüllte er, »wichsen, wichsen und noch einmal wichsen. Die sind doch alle bescheuert hier. Vito zum Beispiel packt seinen Schwanz überall aus, wo es ihm paßt. Egal, wo er ist. Vito ist immer dran. Noch nicht einmal im Fernsehraum bleibt einem dieser Anblick erspart, was Vito? Grunz! Grunz!«

Er schlug mit offenen Handflächen auf das Badewasser ein. Die Veteranen saßen völlig verschüchtert in ihren Wannen.

»Du mußt eben einmal richtig ficken, Vito«, sagte Fausto.

»Laß ihn in Ruhe«, sagte ich.

»Zum Beispiel mit Zuzzi. Ihn könntest du in den Arsch ficken, was Vito?«

»Du sollst ihn in Ruhe lassen«, wiederholte ich.

»Das Wasser ist zu heiß.«

Vitos Stimme klang sicher, er hatte sich mühsam erhoben. Schaum lief ihm über den Rücken.

»Das Wasser ist was?« schrie Fausto und stampfte um die Wanne.

»Laß ihn«, sagte ich.

»Zu heiß«, sagte Vito, »viel zu heiß.«

»Halt du den Mund, Schweizer«, sagte Fausto leise.

Er hatte es aufgegeben, sich zu rasieren. Er hatte zugenommen. Er riß eine weitere Bierdose auf und ließ den Schaum in Vitos Wanne spritzen.

»Was ist das Wasser?« schrie er.

»Zu heiß«, sagte Vito tapfer und stieg aus der Wanne.

Die anderen Veteranen machten sich klein. Ich stand mittlerweile neben Fausto.

»Dann wollen wir aber schleunigst für Abkühlung sorgen, nicht wahr, Vito?«

Fausto brüllte, keuchte. Dann riß er den Schlauch aus seiner Halterung an der Wand. Er würde Vito mit eiskaltem Wasser abspritzen. Ich packte seine Hände und entwand ihm den Schlauch. Wir starrten uns an, und ich wußte, was er in Gedanken vor sich sah: Liegestützen sah er sich machen, schwitzend und rasiert über seinem aufgeklappten Messer. Der Sprung in die vierte Dimension. Blut sah er. Es schoß aus der Wunde an seinem Hals, es beschrieb einen perfekten Bogen, klatschte auf den Boden unserer Unterkunft. Und dann sah er, wie ich mich über ihn beugte. Sein Retter. Trostvoll und mächtig. Alles geschieht zum zweiten Mal. Hatte er wirklich geglaubt, daß ich ihn küssen wollte?

»Laß Vito in Frieden«, sagte ich.

Fausto warf kurze hektische Blicke zur Tür. Es wird dir niemand helfen. Du bist ganz alleine, Idiot. Sein Gesichtsausdruck veränderte sich. Die Erinnerung an die Geschichte mit den Liegestützen war jene Winzigkeit, welche die Situation aus den Angeln hob. Jetzt war Faustos Gesicht weich und kindlich. Furchtsam. Er nahm ein frisches Handtuch aus dem Schrank und legte es Vito um die Schultern.

»Zieh dich an, Vito«, sagte er leise und machte sich an der Wanne zu schaffen. Das war das Stichwort. Ein Ruck ging durch den Raum. Der Zeiger der Wanduhr sprang weiter. Veteranen plätscherten in ihren Wannen. Stimmen, Stimmen. Und durch das offene Fenster wehten Sommergerüche. Was hatten wir hier bloß verloren? Vito stand aufrecht neben Fausto und zog sich an, voller Würde mit seinem weißen Schnurrbart. Er ließ sich nicht helfen. Ich machte, daß ich aus dem Baderaum kam, und setzte mich in unser Bereitschaftszimmer. Rauchte. Starrte ins Freie. Sah einer Fliege zu. Einige Veteranen arbeiteten im Garten, obwohl es dazu viel zu heiß war. Dann klingelte das Telefon, und ich hob ab. Es war Pino, mein Bruder. Ich veränderte meine Haltung, spürte meine verspannten Nackenmuskeln.

»Wir haben einen Interessenten für Vaters Haus«, sagte Pino. Ich verabredete mich mit ihm, er würde mich auf dem Bahnhof von Cremona abholen. Der Makler brachte den Mann direkt in Vaters Haus. Wir unterhielten uns einige Minuten lang, ich merkte kaum, daß ich redete. Die Szene mit Vito erwähnte ich mit keinem Wort. Ich erzählte Pino ohnehin kaum etwas von meinem Militärdienst; würde er nicht danach fragen, wenn es ihn interessierte? Ich erkundigte mich nach seiner Tochter. Sie hatte mir eine Zeichnung geschickt: Ein Mann in Uniform gab einem Mädchen auf einer Schaukel so viel Schwung, daß es aussah, als fliege es in den Papierhimmel. Im Hintergrund hatte Nina ein schiefes rotes Haus gezeichnet, in dessen einzigem Fenster eine Frau lehnte. Auf der rechten Seite schob sich das Vorderteil eines Autos in die Zeichnung. Im Himmel hing eine einsame weiche Wolke, dargestellt wie ein Bett. Frag deinen Bruder, wie es ihm geht. Erzähl ihm von Carla, sag ihm, daß er dir fehlt, daß du genug hast, dermaßen genug hast, daß du oft einfach nur heulen möchtest. Wie früher. Weißt du noch, Pino, könntest du ihn fragen, wenn wir mit unseren Fahrrädern stürzten und uns die Ellbogen aufschrammten, weißt du noch. Wir redeten über die Hitze und legten bald auf. Der Hörer war feucht und warm. Ich zwang mich, einen Augenblick zu warten, bevor ich Carlas Nummer wählte. Ich kannte sie auswendig. Die Ziffern waren so groß wie Häuser, sie leuchteten in untergehender Abendsonne, umflattert von prachtvollen Vögeln. Ich wartete geduldig. Ließ Carlas Telefon lange läuten. Wo stand der Apparat? War es eines dieser Plexiglasgeräte, durchsichtig oder in Form eines VW-Käfers? Stand es neben ihrem Bett, eine Ente darstellend, weshalb es schnatterte, nicht klingelte? Ich wartete unendlich lange. Die Vögel pickten jetzt ungeduldig an den Riesenziffern ihrer Nummer herum, waren verwandelt in Krähen. Schon war die erste Zahl nicht mehr zu erkennen. Es hob niemand ab, ich gab auf, setzte mich auf den Fenstersims. Was würde mit den Maschinen in Vaters ehemaliger Werkstatt geschehen? Sah die Flußbiegung vor mir, die entzweigeschnittene Schlange. Oreste hatte eine Schneekugel besessen, das Großmünster von Zürich. Drehte man sie um, tanzten Schneeflocken um die beiden Kirchtürme. Er hatte sie mir bei jedem meiner Besuche in Italien vorgeführt, als wolle er mir sagen, sieh her, so ist sie, deine Schweiz; voller Schnee, Schnee, Schnee. Der sich wie eine Daunendecke über alles legt. Auf die Frontscheibe zurast, daß man nicht mehr sieht, wohin die Straße führt. Auf dem Tisch lag eine Zeitung, mehrere Tage alt, die ich gewissenhaft durchblätterte. Was ich suchte? Im Garten keiften Veteranen. Ihr Streit drehte sich offenbar um ein frisch umgestochenes Gemüsebeet, in dem eine einzelne Spitzhacke lag. Sofort bildeten sich zwei Lager, die sich feindselig gegenüberstanden. Ich schloß das Fenster. Das Kreuzworträtsel der Zeitung war teilweise gelöst worden, ich fand auf Anhieb mehrere Fehler. Schließlich las ich ein Inserat, das mich interessierte:

›Vermögende Gräfin sucht jüngeren, gutaussehenden Mann mit angenehmer und ausgebildeter Stimme, der in kleinem, ausschließlich weiblichem Kreis aus bestimmten Büchern oder Manuskripten vorliest. Spätere Realisierung des Gelesenen denkbar. Mit Interesse erwarte ich Ihre schriftliche Bewerbung mit beigefügter Bild- und Tonprobe. Diskretion sowie ein entsprechend großzügiges Honorar sind selbstverständlich.‹

Die Sonne fiel erst in den Spiegel über dem Waschbecken, dann auf das Papier vor mir. Jüngerer Mann mit angenehmer, ausgebildeter Stimme. Bestimmte Bücher, bestimmte. Der Garten war nun leer. Die Veteranen saßen wahrscheinlich im Speisesaal, stritten um die Pfeffermühle. Verschütteten absichtlich Parmesan über den Salat des Tischnachbarn.
Dante.
Leopardi.
Eco, Umberto.
Waren es die richtigen Namen, an die ich dachte? Was bedeutete die Formulierung ›bestimmte Bücher‹? Was wußte ich über die italienische Literatur? Nichts, eben. Vielleicht

waren es eher die Klassiker, die gemeint waren, die deutschen Klassiker.

Goethe.

Schiller.

Dürrenmatt, Friedrich.

Ich hatte die Sprechübungen vernachlässigt, zugegeben. Meine Stimme ließ sich auch nicht als ausgebildet bezeichnen. Der angehende Schauspieler, der aus bestimmten Büchern vorliest. An einem Pult stehend, das Wasserglas in Reichweite. Würde meine Uniform stören? Ein ausschließlich weibliches Publikum; wies dieser Umstand in eine Richtung, erklärte das Wort ›bestimmt‹? Der spätere Schauspieler aus der Schweiz, der in einer Uniform der italienischen Armee aus bestimmten Büchern vorliest. Sauber rasiert. Einigermaßen braungebrannt. Galt ich als ›gutaussehend‹? Bild- und Tonprobe. Einer von uns Rekruten besaß eine Polaroidkamera. Wir nahmen sie manchmal auf unsere Sauftouren mit, um die verschiedenen Stadien unserer Betrunkenheit zu dokumentieren. Wir fotografierten uns gegenseitig, wenn wir kotzten. Wir bildeten verdutzte und empörte Gesichter anderer Gäste ab, Kellnerinnen, leere Parkplätze und verlassene Landstraßen. Die meisten Bilder ließen wir verschwinden. Sie durften uns nicht an unsere Situation erinnern. Das war besser so. Die Abende hatten gar nicht stattgefunden. Ich wußte, wo die Kamera lag und beeilte mich. Bolger mußte mir helfen. Ich hoffte, daß er noch nicht am Tisch saß und auf das Nachtessen wartete.

Bolger war eben dabei, die Bibliothek abzuschließen. Er trug mehrere Bücher unter dem Arm und hatte einen Strohhut aufgesetzt.

»Willst du mich ablichten?« fragte er.

»Du mußt mich fotografieren. Bitte.«

»Daß ich praktisch nichts sehe, weißt du ja.«

Ich öffnete die Tür und nahm das erstbeste Buch von einem Regal. Der Leser, der sich als Vorleser bewirbt. Man würde nicht erkennen können, was für ein Buch vor mir lag. Aber man würde erkennen, daß ein Buch vor mir lag, eine weitere Referenz, die ich lieferte. ›Legendäre Flugzeuge. Band II‹. Es war nicht einfach, eine Doppelseite ohne Abbildung zu finden. Auf dem Film, der sich in der Polaroidkamera befand, waren noch drei Bilder übrig. Ich gab Bolger den Apparat in die Hand und zeigte ihm den Auslöser. Ihn hätten wir fotografieren müssen, nicht mich: der bildende Künstler auf Motivsuche. Mit Strohhut, Kamera und verschmutzten Uniformteilen, die nicht genau zu definieren waren.

»Ich habe Hunger«, sagte Bolger dumpf.

»Einfach abdrücken. Bitte.«

»Und Durst.«

Ich setzte mich hinter das aufgeschlagene Buch, und er drückte ab. Es würde eine Weile dauern, bis das Bild entwickelt war. Daß ich angeschnitten war, sah ich sofort.

»Wunderbar, Bolger, toll. Eine schöne Aufnahme«, sagte ich.

»Ich bin ein exzellenter Fotograf«, sagte er.

»Noch eins. Bitte.«

»Ich habe Hunger.«

»Und Durst. Ich weiß. Trotzdem. Mach noch ein Bild von mir.«

Ich setzte mich wieder hin. Nun versuchte ich, mich nach der Linse zu richten. Bolger ließ sich Zeit. Er hatte sich den Hut aus der Stirn geschoben und die Ärmel nach oben gekrempelt. Auf der zweiten Aufnahme war ich vollständig abgebildet; ein perfektes Brustbild. Dafür bemerkte ich jetzt, daß beide Aufnahmen zu dunkel waren. Der gutaussehende Bewerber mit ausgebildeter Stimme als Silhouette in der Finsternis. Eine dunkle Masse vor sich. Ein Buch? Eine Videokassette? Oder ein Backstein? Ich drehte das Licht an, die sirrenden Neonröhren an der Wand.

»Basta«, sagte Bolger.

»Ein letztes Bild. Bitte.«

Die dritte Aufnahme war perfekt. Ich saß exakt in der Mitte, das aufgeschlagene Buch leuchtete verheißungsvoll. Sogar die Belichtung war in Ordnung. Mein Gesicht lag zwar im Schatten, doch damit blieb der Punkt ›gutaussehend‹ ungeklärt. Der Rekrut, der aus bestimmten Texten vorliest. Sah man mir den Soldaten nicht auch an, wenn ich keine Uniform trug?

»Schenkst du mir eines der Bilder?« fragte er.

Ich nahm ihn am Arm und schloß die Bibliothek ab. Dann begleitete ich ihn zum Speisesaal, trug ihm den Bücherstapel.

»Nicht für mich«, fügte er hinzu.

»Sondern?«

»Rebecca. Meine Tochter. Eine Hand wäscht die andere. Du wirst von jetzt an nämlich meine Briefe an sie schreiben. Und sie soll sehen, wem die Schrift gehört, die sie liest.«

Wir standen in der Tür des vollen Eßsaales. Bolger hatte sich bei mir untergehakt. Er trug die Kamera um den Hals und räusperte sich vernehmlich. Es wurde sofort still in dem hohen Raum mit den Ölgemälden an den Wänden, den Vitrinen mit den Flugzeug- und Schiffsmodellen. Alle drehten sich nach uns um, und ich führte Bolger zu seinem Tisch. Als er saß, füllte ich sein Glas mit dem Rotwein, der in Literflaschen auf den Tischen stand. Das Sofortbild, das ich ihm geschenkt hatte, lag neben seinem Teller. Die Eßgeräusche setzten wieder ein. Besteck klirrte, kahle Köpfe nickten bedächtig auf und nieder. Ich nahm Bolger die Kamera ab und verabschiedete mich von ihm.

In unserer Unterkunft war es angenehm dunkel und still. Ich setzte mich an den Tisch, um meine Bewerbung zu schreiben und eine Kassette zu besprechen. Angenehme, ausgebildete Stimme. Doziert, zwischen Sandpapier und Zuckerguß pendelnd. Der perfekte Kandidat. Der Tenor am Rand des Vorhangs. Die Stimme aus dem Radio. Angenehmer und treuer Begleiter durch Nebel, Finsternis und Sturm. STOFF WENDEN. HOFF WEITER. LAUF WEG. AUF WIEDERSEHEN. KAUF WILD. RUF WOLF. SCHARF WENDEN. DAS DORF AUFWECKEN. BRAV WARTEN. TAPFERE FAUSTFECHTER WERDEN STUMPF, DER VORFALL WAR ENTWAFFNEND.

Blieb nur die Frage, was ich auf das Band sprach.

9.

Regelmäßig gesetzte Obstbäume nickten im auffrischenden Wind, an einer Wäscheleine schaukelten Hemden. Pino fuhr langsam und achtete eher auf die Radiomusik als auf die Straße. Pulce d'Acqua. Angelo Branduardi. Wasserfloh. Wir hatten das Lied früher zusammen gehört, in unserem gemeinsamen Zimmer in der Schweiz. Es legte Bilder frei, Gerüche. Vater, der hinter der angelehnten Klotüre jammert. Der schweigsam in sich hineinhorcht und all die Jahre auf die befreiende Entleerung wartet. Der Stapel Schulbücher, der umfällt, wenn ich an der richtigen Stelle mit dem Lineal dagegenstoße. Der Nachbar, der sich jeden Abend auf das Mäuerchen vor dem Haus setzt, um den Feierabendverkehr zu beobachten. Wir verbergen uns hinter der Gardine und sehen ihm zu, wie er sein Taschentuch ausbreitet, bevor er sich hinsetzt. Manchmal raucht der Nachbar. Manchmal liest er Zeitung. Und manchmal schießen wir Steinchen an die Plakatwand hinter ihm. Dann zuckt er jedesmal zusammen, dreht sich um und schüttelt den Kopf. Es ist uns ein Rätsel, warum er uns nicht entdeckt. Die Steinchen treffen den Mann höchstens zwei- oder dreimal. Seinen Kopf treffen wir nie, darin sind wir uns einig. Eines Abends steht der Mann vor unserer Tür und Vater verlangt, daß wir uns entschuldigen. Wir müssen ihm die Hand drücken und deutlich sprechen. Hat Pino auch an ihm vorbeigesehen, damals? Der Nachbar stammt aus Portugal; er lobt den Grappa, den Vater mit ihm trinkt. Pino hatte oft im Schlaf von der Schule geredet und um sich geschlagen. Geweint. Unsere Betten standen dicht nebeneinander, wir stellten sie nicht um, bis Pino mit Vater nach Italien zog. Mein Bruder hatte auch im Schlaf immer nur italienisch geredet. Dann war sein Bett verschwunden und das Zimmer so groß, wie ich es mir immer gewünscht hatte.

Wir ließen die letzten Wohnhäuser hinter uns zurück. Lagerschuppen und Autowerkstätten säumten die Straße, bevor sie über offenes Land führte. Ich wußte, weshalb Pino diesen Umweg fuhr. Am Fuß des Hügelzuges glitzerte das Wasser des Flusses. Dann tauchte das Haus auf, dessen Fassade mich immer an ein lächelndes Gesicht erinnert hat. Saß ich bei einbrechender Dunkelheit im Unterholz des gegenüberliegenden Grundstückes, war die Illusion nahezu perfekt gewesen: Nase, Augen, Mund. Das geschwungene Satteldach bildete eine Frisur, wie ich sie von meinen Tanten kannte. Carlas Haus. Wuchtig. Ehemals herrschaftlich. Das Haus von Carlas Eltern. Ich hockte im Unterholz und wartete darauf, daß Carla aus dem Haus kam. Wartete ich zu lange, wurde die Landschaft unter meinem Blick zur Steppe. Verbranntes Gras auf kahler Erde. Wüste. Keinesfalls geeignet, Menschen zu ernähren. An einem solchen Platz wohnen nur Idioten, dachte ich in diesen Momenten. Idioten, verfluchte. Meine Jungenbeine waren zerkratzt von den Zweigen und Dornen, aber sie waren zäh wie Leder. Damals weigerte sich Carla, mich wahrzunehmen. Es gab ihn nicht für sie, den Schweizer. Dieser hockt im Gebüsch und übt italienische Schimpfworte, Flüche. Nach Gras rieche ich, nach Erde. Nach Hinterhöfen und Bahnschwellen und nach Feuer. Ich liebe diesen Geruch, ich kenne ihn. Pfoten von Katzen riechen so, ihr Fell. Warte ich zu lange, füllt Wind mein Hemd. Bläht mich auf. Groß bin ich dann, imposant. Carla muß mich endlich sehen. In meiner Ungeduld wird ein wippender Ast zur rotierenden Turbinenschaufel. Panzer setze ich in Bewegung, Haubitzen. Sie pflügen das Grundstück unter, bis nah an die Hausmauer heran. Die Motoren fauchen. Dieselgestank liegt in der Luft. Erst wenn Carla aus dem Haus kam, ließ ich den Angriff abblasen, ich war nicht nachtragend, und eigentlich wartete ich geduldig. Ich wartete oft mehrere Stunden.

»Willst du, daß ich anhalte?« fragte Pino.

Er sah mich an, wie man ein Kind ansieht. Er hielt am Straßenrand. An dieser Stelle hatte Carlas Familie früher den Kehricht abgestellt.

»Warum fährst du den Umweg?« fragte ich.

»Hast du Carla wieder einmal getroffen?«

Ich stieg aus und ging rasch zur Einfahrt des Grundstückes zurück. Ich wollte nicht, daß mein Bruder den Wagen zurücksetzte. Er sollte warten. Und den Mund halten. Die Musik aus dem Autoradio paßte zu meinen momentanen Empfindungen. Ich kam mir selbst kitschig vor, weil ich die Schultern hochzog, als wollte ich gleich losheulen. In den Bäumen rauschte Wind, und der Asphalt schien unter meinen Schritten nachzugeben. Gummi. Genau wie mein Kopf. Ich faßte mir ins Gesicht, das hatte ich als Junge automatisch getan, wenn ich schwindelte, wenn ich log. Der Maschenzaun um den Hühnerstall von Carlas Großvater war an mehreren Stellen zerrissen und teilweise umgefallen. Auf dem Kiesplatz wuchs Unkraut, die Bäume waren seit Jahren nicht mehr zugeschnitten worden. Das Gittertor klemmte noch immer, aber ich wußte, wie es anzuheben war, daß es sich öffnen ließ. Hinter den Fenstern im Erdgeschoß fehlten die Vorhänge, und die ebenerdige Flügeltür zum Garten war mit Brettern vernagelt worden. Pino war ausgestiegen, stand am Rand des Feldes in der Abendsonne und rauchte.

Irgendwann hatte mich Carla als Verehrer erkannt. Sie nahm

mich in den Kreis ihrer Bewunderer auf. Der Schweizer
rückte vor. Ich gewann an Bedeutung und Achtung, vor
allem an Selbstachtung. Die Muskeln an meinen Oberarmen
schienen täglich zu wachsen. Kabel unter der braungebrann-
ten Haut waren sie, die ich spielerisch bewegen konnte. Wer
bin ich? War ich sicher, daß mir keiner zuhörte, schrie ich
diese Frage über das Wasser des Flusses. An gewissen Tagen
saß ich stundenlang im Schneidersitz auf dem Steinfußboden
der Küche. Der Schmerz verwirrte mich. Er war nicht in den
Oberschenkeln, sondern hinter der Brust und im Hinterkopf. Es machte mir angst, daß er mir gefiel. Er gehörte damals zu mir. Ich zerschlug Eier, die ich aus dem Hühnerstall
holte, auf der Stirn. Ließ mich mit ausgebreiteten Armen
in Brennesselbüsche fallen, nackt bis auf die Unterhose.
Schluckte lebendige Insekten und einmal eine Schnecke.
Niemand traute sich, den halben Ziegelstein auf meine Zehen
fallen zu lassen. Also tat ich es selbst. Auf Publikum war ich
nicht angewiesen. Ich tat es für mich. Und für Carla, auch
wenn sie nur selten dabei war. Sie erkannte, daß ich an mir
arbeitete, das wußte ich. Ich brauchte mich nicht länger im
Unterholz zu verstecken. Ich fuhr jetzt mit dem Rad meines
Vaters auf den Vorplatz und klingelte. Carla erwartete mich.
Zu einzelnen Verehrern war sie gnädig. ›Der freundliche
Junge aus der Schweiz‹. So nannte mich ihre Mutter. Ich war
bemüht, einen guten Eindruck bei dieser Frau zu hinterlassen. Hielt mich gerade. Sah ihr offen ins Gesicht und vermied unanständige Ausdrücke. Überhaupt wählte ich jedes
Wort, das ich aussprach, sorgfältig aus. Als mir Carla später
klarmachte, daß sie mein Verhalten spießig fand, änderte ich
es schlagartig. Der Junge mit feuchten Händen, Mundgeruch, Hornhautverkrümmung und Schweißfüßen. Auf diese
Art hätte ich mich selbst beschrieben. Falls mich jemand danach gefragt hätte. Bei einigen meiner ersten Besuche speiste
mich Carla mit ihrem Bruder Renzo ab. Er war zwei Jahre

jünger als sie, also so alt wie ich. Carlas System von Zuneigung und Ablehnung war ausgeklügelt und kompliziert, ich durchschaute es nicht. Sie war verletzend und gemein, dann wieder von überschwenglicher Herzlichkeit. Ihre Signale waren widersprüchlich und aufregend irritierend. Sie war mir ein Rätsel, ich liebte ihre Launen. Ich wollte ihr nicht schaden, ich wollte ihr helfen. Starrte ich Carla an, und das tat ich oft, fühlte ich Stolz. Mir war klar, daß dies der Stolz des Besitzers war. Aber ich wollte mir nicht eingestehen, daß mir das nicht zustand. Manchmal dachte ich, daß ich sie gar nicht mochte. Dann empfand ich ihre Gegenwart als störend, ihre Stimme als schrill und ihr Gehabe als affektiert. Solche Regungen dauerten nie länger als ein paar Augenblicke, ich fühlte mich schuldig. Ihr Bruder war witzig; er hatte eine fast komplette Sammlung italienischer Fußballerbildchen und eine große Eisenbahnanlage. Aber Renzo interessierte mich eigentlich nicht. Ich wollte sie, Carla.

Wind löste Blätter von den Ästen und trieb sie über den Kiesplatz. Schleppte sie die Fassade entlang und dann hoch bis in die erste Etage. Vor 14 Jahren hast du in jenem Zimmer dort neben Renzo gestanden. Nackt. Bis auf BH und Hüftgürtel seiner Mutter. Renzo trägt hautfarbene Nylonstrümpfe, die immer wieder nach unten rutschen. Wir vermeiden es, uns genauer anzusehen. Renzo hat sich die Lippen geschminkt, und er trägt einen Ohrclip von absurder Größe, über den er sich beschwert, weil er klemmt. Meine Stimmung ist labil. Einerseits möchte ich laut herauslachen, andererseits kämpfe ich mit den Tränen. Renzos Ohr ist rot und leicht angeschwollen. Ich bin bemüht, meine Erregung zu zügeln, was sie noch mehr steigert. Das Sonnenlicht, es fällt als Dreieck in den Raum, ist hart und weiß. Mein Atem ist flach und entweicht zischend meinem Mund, den ich gerne aufreißen möchte, so weit ich kann. Aber dafür ist es eindeutig zu früh. Ich presse die Lippen zusammen, und

Renzo starrt mich fassungslos an: er kennt mich noch nicht mit diesem Ausdruck im Gesicht, und ich entspanne mich etwas. Er soll nicht erschrecken, er soll staunen. Bewunderung will ich in seinem Blick erkennen, keine Furcht. Ich habe die Macht, ihn zu beeindrucken. Mein Glied wippt auf und nieder, es steht im Sonnenlicht wie ein stämmiger Mast. Unser Spiel hat mit einer harmlosen Frage von Renzo begonnen. Jetzt scheint uns die Kontrolle darüber zu entgleiten.

Ich sah mich um. Mein Bruder hatte sich ein Stück von seinem Auto entfernt. Er stand am Rand der eingezäunten Weide und betrachtete die Pferde, die dort weideten. Er rauchte immer noch. Die Musik aus dem Radio war nur schwach zu hören. Ein Traktor fuhr vorbei, der Bauer hob grüßend die Hand.

»Hast du dich auch schon wie ein Mädchen gefühlt?« hatte Renzo am Abend jenes Sommertages gefragt. Seine Eltern waren eben mit Carla weggefahren, und es gab keinen Grund für mich, nicht sofort nach Hause zu gehen. Am Nachmittag hatte ich durch den Türspalt am Ende des Flurs Carlas Mutter beobachtet. Sie saß an ihrer Frisierkommode und bürstete sich die Haare. Sie tat dies mit einer Zärtlichkeit, die mir den Atem nahm. Sie wußte, daß ich sie beobachtete. Ich roch das Wachs, mit dem sie den Riemenboden des Korridors poliert hatte, und das Knistern ihrer Haare, durch die sie mit der Bürste strich, klang wie das Knistern unter den Hochspannungsleitungen hinter Vaters Haus. Dann war sie aufgestanden. Sie hatte nichts als eine Unterhose und einen BH getragen. Sie stand vor dem breiten Ehebett, unter dem ich im darauffolgenden Sommer mit ihrer Tochter liegen würde und drehte sich einmal um die eigene Achse, sehr langsam und mit ausgebreiteten Armen. Nun war ich mir sicher, daß sie mich gesehen hatte. Unsere Blicke trafen sich für den Bruchteil einer Sekunde, dann wandte sie mir den Rücken zu und

bückte sich. Ich konnte ein leises Stöhnen nicht unterdrücken. Ihr Haar leuchtete, ihr Gesäß leuchtete. Hatte ein
›freundlicher Junge aus der Schweiz‹ Gedanken, wie sie mir
durch den Kopf schossen? Dann war Carlas Mutter in ein
kariertes Kostüm geschlüpft und hatte das Schlafzimmer
verlassen. Meine Finger rochen nach dem Parmesan, von
dem ich mit Renzo in der Speisekammer ein großes Stück
herausgebrochen hatte. Ich schwitzte, ich stank, ich keuchte.
Ich war ein Junge von dreizehn Jahren, der sich wünschte,
die Brüste jener Frau zu küssen, in deren Tochter er verliebt
war. Keine drei Stunden später trug ich die Unterwäsche dieser Frau und präsentierte stolz meine Erektion.
Ich ging auf die Eingangstür von Carlas Elternhaus zu, da
kam ein Mann um die Ecke. Er trug fleckige Jeans und ein
Unterhemd. Sein Blick hielt mich auf Distanz, ich wich
zurück. In welcher Weise hätte wohl meine Uniform das
Verhalten des Mannes verändert? Wäre er, hätte ich sie ge-
tragen, vor mir zurückgewichen?
»Gibt es ein Problem?« fragte er. Er hatte eine Bierflasche in
der Hand.
»Kein Problem«, sagte ich.
Ich trat endgültig den Rückzug an. Der Klügere gibt nach.
Hatte ich je auf einem Schulhof jemandem Prügel von mei-
nem älteren Bruder angedroht? Nein, hatte ich nicht. Der
Mann ging mir langsam nach. Er trug keine Schuhe und
schwenkte die Flasche vor seiner behaarten Brust wie eine
Keule. Pino erwartete mich am Gittertor des Grundstückes.
Der Mann blieb stehen und trank die Flasche leer; ich hörte,
wie er schluckte.
»Wir müssen fahren«, sagte Pino, ohne den Mann zu beach-
ten, »hier«.
Er drückte mir die Autoschlüssel in die Hand, und ich setzte
mich ans Steuer. Als ich auf die Straße fuhr und beschleunigte, sah ich in den Rückspiegel: Der Mann stand zwischen

den Obstbäumen, und Carlas Elternhaus verschwand. Am Ende der Steigung, die nun folgte, würde man seine Dachziegel erkennen können. Das wußte ich von den Fahrten mit Vaters Rad; das leuchtende Rot inmitten der grünen Blätter war mir jeweils als Verheißung oder Fluch erschienen, je nach Carlas Laune.

›Nein, ich habe mich noch nie wie ein Mädchen gefühlt‹, hatte ich Renzo damals geantwortet. Ich hatte versucht, wie ein Mädchen zu gehen, wie ein Mädchen zu sitzen und wie ein Mädchen zu laufen. Hatte mir Papier in den Pullover gestopft, Äpfel und Orangen. Das Gewicht war beeindrukkend gewesen. Ich hatte meinen künstlichen Busen durch die Wolle betastet und gestreichelt. Aber als Mädchen hatte ich mich nicht gefühlt. Ganz im Gegensatz zu Carlas Bruder, der behauptet, er könne mir beibringen, sich als Mädchen zu fühlen. Renzo hat sich sein Glied zwischen die Oberschenkel geklemmt. Die weißen Stöckelschuhe seiner Mutter sind ihm zu groß, und er geht wie ein Pinguin. Sein bemalter Mund steht offen, und ich bemerke voller Verachtung, daß er bei jedem Atemstoß wimmert. Dann fällt er hin. Gedanken an Carla verbiete ich mir. Renzo liegt am Boden und schämt sich. Ich ignoriere ihn, so gut es geht. Er soll nur meinen Ständer bewundern. Der Hüftgürtel von Carlas Mutter gibt meiner Erregung eine Form. Der Träger des Büstenhalters schneidet mir in den Rücken; ein angenehmer Druck, fast schmerzt es mich. Ich mache kleine Schritte vor und zurück, lasse mein Glied kreisen, das soll Renzo verblüffen. Zweifellos wird er Carla bei Gelegenheit erzählen, daß ich in der Unterwäsche ihrer Mutter mitten im Schlafzimmer auf und ab stolziert bin. Bei dieser Gelegenheit wird er seine eigene Rolle herunterspielen, nehme ich an. Er wird lügen. Doch das würde ich auch, sollten mich seine Eltern zur Rede stellen. Carla dagegen würde ich die Wahrheit gestehen. Dabei hat Renzo die Sache ins Rollen gebracht. Er hat die Initiative ergriffen. Hat mich in das Schlafzimmer seiner Eltern geführt und dort die Schublade der Kleiderkommode mit dem gedrechselten Aufbau geöffnet. Renzo wird die Strümpfe, den Ohrclip und den Lippenstift verschweigen oder mir unterschieben. Der Schweizer, dein Verehrer, Schwester, ist krank. Geisteskrank. So wird er reden. Mein Blick springt hin und her. Renzo, er jammert mit gespreizten Beinen, übersehe ich. Schließe ich die Augen, sehe ich mich in der Zimmerecke knien wie jemand, der einen Betenden imitiert. Ich stehe jetzt direkt über ihm, streiche über meine Eichel, ein einziges Mal nur, und kann gerade noch schreien ›sieh her, Trottel‹, dann komme ich. Mein Samen spritzt durch die rechteckige Lichtbahn, welche die Sonne durch das geschlossene Fenster wirft, und landet auf den Stöckelschuhen, die Carlas Bruder trägt, und auf dem schillernden Gewebe des einen Strumpfes, den er bis über die Knie heruntergerollt hat. Es ist jetzt sehr still, und ich lege mir Ausreden zurecht, beginne bereits an der Abbitte meiner Schuld zu arbeiten. Die nächsten Tage sind Renzo und ich uns aus dem Weg gegangen, und ich saß für kurze Zeit wieder in den Brombeerbüschen auf der anderen Straßenseite und ließ mir Arme und Beine zerkratzen.

Mein Bruder hatte das Fenster auf seiner Seite heruntergedreht, weil er schon wieder eine Zigarette rauchte. Er schwieg und hielt sich die Hand zum Schutz gegen die tiefstehende Sonne vor die Augen. Der Wind hatte weiter zugenommen, und es sah ganz nach einem Gewitter aus. Gelegentlich drehte einer von uns den Kopf und sah den anderen wortlos an. Ein Außenstehender hätte sich bestimmt gefragt, was uns wohl bedrückte.

»Der Mann, der das Haus kauft, hat Oreste übrigens gekannt«, sagte Pino.

Wir hatten bisher kein Wort über den Kaufpreis verloren. Schulkinder liefen vor uns über die Straße, und Pino grunzte abschätzig, weil ich erst relativ spät auf die Bremse trat.

»Und was hat der Mann mit dem Haus vor?« fragte ich.

»Er wird darin wohnen wollen, nehme ich an«, er warf den Zigarettenstummel aus dem Fenster, »was denn sonst.«

»Und was passiert mit Vaters Werkstatt? Mit seinen Maschinen?«

»Na was wohl?« machte Pino, »dafür werden wir einen anderen Käufer finden.«

Erste Regentropfen fielen. Passanten drängten sich in Hauseingänge und unter die Markise eines Gemüsehändlers. Auf der Hauptstraße staute sich Feierabendverkehr, und Pino dirigierte mich in einen Feldweg, der zuerst einem Holzzaun folgte und dann durch freies Ackerland führte. Der Regen prasselte jetzt mit einer solchen Wucht auf das Dach des Autos, daß es klang, als werfe jemand Münzen aus dem Himmel.

»Übrigens wird auch Mutter da sein«, sagte Pino.

Er hatte nicht den Mut, mich anzusehen. Er schloß das Fenster und drehte das Radio an.

»Sie hat mich gestern abend angerufen«, fügte er schnell hinzu.

Ich schlug auf seine Hand, die nach einem Sender suchte.

»Und das sagst du mir erst jetzt?«

Mein Bruder lachte. Eigentlich kannte ich ihn gut genug, um zu wissen, daß er dies aus Unsicherheit tat und nicht aus Schadenfreude. Aber ich gestattete mir keinen versöhnlichen Gedanken. Er hatte mich verraten.

»Du bist ein Arschloch«, sagte ich laut.

»Und du ein Kindskopf.«

Jetzt lachte Pino nicht mehr. Wir saßen steif nebeneinander und hielten uns aufrecht und gerade.

»Ich habe sogar versucht, dich zu erreichen«, sagte er versöhnlich.

»Vergiß es.«

Ich hielt abrupt an, und Pino mußte sich mit den Händen ab-

157

stützen, um nicht mit dem Kopf gegen die Frontscheibe zu knallen.

»Na dann viel Spaß«, sagte ich und schaltete den Motor aus. Ich legte den Leerlauf ein und löste die Handbremse, die ich, reflexartig, angezogen hatte. Dann stieg ich aus. Die Luft war angenehm frisch, und der Wind trug den Geruch des Flusses über die Felder. Unmittelbar vor uns gabelte sich der Feldweg, und eine Karrenspur führte zu einem Holzschuppen. Ich warf die Fahrertüre zu, worauf sich ein Hund erhob, der offenbar im Schatten des Gebäudes gelegen hatte. Das große, dunkle Tier sah mich aufmerksam an, blieb aber in respektvollem Abstand auf dem Weg sitzen. Mein Bruder rührte sich nicht; er erwartete, daß ich mich beruhigte, wieder einstieg und weiterfuhr. Der cholerische kleine Bruder, der in der Armee dient und deshalb die Nerven noch rascher verliert als sonst schon. Und der am einfachsten zur Vernunft zu bringen ist, indem man ihn ignoriert. Hinter dem Schuppen stand ein einzelner dichter Baum, der sich rauschend im Wind bewegte. Tropfen klatschten durch die Zweige, fielen von Blatt zu Blatt. Es würde höchstens ein paar Minuten dauern, dann war ich naß bis auf die Haut. Der Feldweg fiel an dieser Stelle leicht ab, einige Meter bloß, und zudem beschrieb er bei der abgehenden Karrenspur eine Kurve. Ich trat hinter das Auto, ohne Pino zu beachten, der sich noch immer nicht rührte. Dann versetzte ich dem Wagen mit beiden Händen einen entschiedenen Stoß, und er setzte sich tatsächlich in Bewegung. Zwar reagierte mein Bruder sofort, aber bis er seinen Sicherheitsgurt gelöst hatte, stand das vordere Radpaar bereits im Acker. Pino stieß die Tür auf und stieg fluchend aus, mit der Faust auf das Blechdach schlagend.

»Du bist wirklich ein verfluchter Kindskopf«, schrie er und machte einen großen Schritt in meine Richtung. Ich hatte nicht auf den Hund geachtet und erkannte erst jetzt, daß das Tier bereits um das Auto trabte, die Schnauze dicht am

Erdboden, als habe er Witterung aufgenommen. Vor Pino blieb er stehen, bellte ihn an und kam dann mit aufgerichtetem Schwanz auf mich zugelaufen. Ich mußte abwarten, sonst erkannte er meine Angst, soviel wußte ich über Hunde.

»Komm endlich«, rief Pino, »wir sind spät dran.«

»Du kannst mich mal«, sagte ich beinahe tonlos, weshalb ich den Satz wiederholen mußte. Der Hund lief in knappem Abstand um mich herum und blieb dann vor mir sitzen, mitten auf dem Weg. Er roch muffig und hielt seinen Kopf leicht schräg, als warte er auf einen Befehl von mir.

»Wie du willst«, brüllte mein Bruder, stieg ein und startete den Motor. Ohne zurückzusetzen, fuhr er los. Die Reifen zeichneten eine deutliche Spur in die Erde.

»Das haben wir nun davon«, sagte ich zu dem Hund, der sich erhob, einige Meter davontrottete und sich dann erneut hinsetzte. Er sah mich mißtrauisch an, sein Pelz schimmerte matt. Der Hund war genauso naß wie ich.

»Na komm schon«, sagte ich.

Er winselte, schüttelte den Kopf und setzte sich dennoch in Bewegung, kam mit gespitzten Ohren näher. Hechelnd, die Vorderpfoten in den Boden stemmend, blieb er vor mir stehen. Ich griff ihm ins Fell und begann ihn zu streicheln. Nach kurzem Zögern drängte sich der Hund gegen meine Beine, zufrieden japsend. Ein glänzender Speichelfaden hing aus seiner Schnauze und tropfte mir auf den linken Schuh. Und dann beschrieb ich ihm das Veteranenheim, unsere lächerlichen Uniformen, erzählte von Bolger und Lorenzini, von meiner Mutter und von meinem Vater, der sich nicht weit von der Stelle, an der wir im Regen standen, erschossen hatte. Als ich schwieg, trat mir der Hund mit seiner großen Pfote auf den Fuß und sah mich an. Also erzählte ich weiter und erzählte ihm von Carla, wie ich früher der Katze meiner Mutter von Carla erzählt hatte. Wir standen etliche Minuten im prasselnden Regen, und ich hörte nicht auf, den Hund zu streicheln. Versuchte, die Szene von außen zu sehen, und konnte mir ein Grinsen nicht verkneifen.

»Das wär's«, sagte ich schließlich, fuhr ihm über Kopf und Schnauze und ging den Weg zurück Richtung Cremona, wollte Distanz zwischen mich und das Haus meines toten Vaters bringen, zwischen mich und Mutter. Der Hund trabte neben mir her, als sei ich sein Besitzer, und ich konnte es nicht lassen, ihn immer wieder zu berühren und anzufassen. Mit einemmal redete ich wieder zu ihm; ging und redete. Als wir die ersten Häuser Cremonas erreichten, war ich tatsächlich naß bis auf die Haut, obschon der Regen mittlerweile stark nachgelassen hatte. Rot und Grün einer Ampel, deren Gehäuse fast ganz von den Zweigen und Blättern eines Baumes verborgen wurde, wechselte sanft, für nichts und niemanden. Wir standen einen Augenblick reglos nebeneinander. Erst als ich die Hand hob, lief der Hund zurück in die Felder vor der Stadt, ohne sich nach mir umzusehen.

Am Tresen der Bar drängte sich eine Handvoll Männer, ich setzte mich an den einzigen freien Tisch in der Ecke. Die meisten Gäste trugen Überkleider oder Overalls, und sie unterhielten sich über ihre Arbeit, Fußball oder Frauen. Die Stimmen, das Zischen der Espressomaschine und die Geräusche des Flipperkastens neben der Tür schläferten mich ein, und ich trank mehrere Gläser Weißwein aus der Gegend. Als ich das Lokal verließ, waren meine Kleider beinahe trocken. Der Abendhimmel hatte sich geklärt, der gefallene Regen ließ die Häuser und die Straßen in satten Farben leuchten. Vor einer Apotheke stand ein Taxi mit laufendem Motor und angelehnter Fahrertür, aber am Steuer saß niemand. Das Scherengitter der Apotheke war bereits halb zugeschoben, an der Kasse nahm ein Mann eine große Packung Alka Seltzer in Empfang.

»Meine Schwester hatte gestern Geburtstag. Aber der Wein war offenbar nichts Besonderes«, sagte er entschuldigend, als er aus dem Geschäft trat.

»Wohin fahren wir?« fragte er und öffnete mir die Beifahrertür. Im Innern des Taxis roch es nach Erbrochenem, ich kurbelte das Fenster herunter. Danach nannte ich dem Mann das Ziel unserer kurzen Fahrt, Carlas Adresse. Die Straßen des Viertels, welches wir durchquerten, waren ausgestorben wie die Plätze und Straßen jeder Provinzstadt am frühen Abend eines verregneten Sonntages. Wir bogen in die Via Ottolini ein, und ich bat den Fahrer, an der Ecke zur Piazza IV Novembre anzuhalten, weil ich das letzte Stück zu Fuß zurücklegen wollte. Ich brauchte Zeit, um mir die passenden Begrüßungssätze auszudenken. Es wurde nun langsam dunkel. Da und dort brannten Lichter, doch die Straßen waren menschenleer. Auch Autos waren kaum unterwegs. Das Haus mit der Nummer 19 stand am Rand einer verwahrlosten Grünanlage, deren Wiesen lange nicht mehr gemäht worden waren. Ein Flügel der Gartentür stand offen, in dem dahinterliegenden Raum brannte Licht. An der Wand hing ein großformatiges Bild, ich erkannte eine Gruppe Rehe am Ufer eines Sees, Bergkränze und ewigen Schnee, Tannen, Moos. Das Gemälde setzte meine Phantasie in Bewegung, löste andere Bilder aus, unweigerlich. Carlas Mann, das Phantom mit dem halben Gesicht. Der die geblümte Sitzgruppe, den falschen Perserteppich und die Bettbezüge mit den aufgedruckten Formel-1-Rennwagen in die glückliche Ehe mitgebracht hat. Der Bankprokurist mit regelmäßiger Gehaltserhöhung, den ich im nächsten Augenblick als halbe Portion in die Einbauküche stelle. Dem ich eine Schürze mit aufgedruckten Fischrezepten umbinde. Der im Garten kauert und sich geduldig über das Unkraut hermacht, mit bloßen Händen. Während Carla in ihrem separaten Schlafzimmer vor dem Spiegel sitzt und sich die Zehennägel in jenem Rot lackiert, das mir so gut gefällt. Und während sie mit mir telefoniert, zerschneidet ihr Mann Schnecken mit der Gartenschere, fröhliche Kinderlieder trällernd.

Ich ging vorerst an dem Haus vorbei. Sah Carlas Mann in Gedanken aus einem sauberen Mittelklassewagen aussteigen, das Ölbild mit den Rehen vor sich her tragend, eingeschlagen in knisterndes Papier, was für eine Überraschung. Vor mir lag die leere Straße im Dämmerlicht, hinter Baumkronen saßen Menschen auf einer Terrasse. Ich ging bis ans Ende der Via Ottolini, dann drehte ich um, nun fest dazu entschlossen, an Carlas Haustür zu klingeln. Ich verdrängte jeden Gedanken an ihren Mann und konzentrierte mich auf meine Schritte, den Atem. Auf dem Gehsteig trockneten Regenflecken, dann stand ich wieder vor dem kurzen Plattenweg, der zur Nummer 19 führt. Ich durfte nicht stehenbleiben und zögern, darum ging ich schnell weiter, nahm die Freitreppe in zwei Sprüngen und klingelte.

Nach einer Weile wurde die Lampe über der Tür angemacht, ich sah, wie mein Schatten sich an der Hausmauer teilte. Fetzen von Musik und Gelächter hörte ich, meinen Herzschlag, danach Schritte und das Öffnen der Tür. Carlas Mann war ungefähr so groß wie ich, muskulös und gutaussehend. Allerdings trug er tatsächlich eine Küchenschürze. Ihr Motiv, eine Zwiebel mit Messer und Brettchen, war verbleicht und mit Tomatenspritzern übersät.

»Guten Abend«, sagte ich sofort. Ich mußte die Sache in die Hand nehmen, wollte den Dialog bestimmen.

»Wer sind Sie?« fragte er.

Die Ärmel seines gestreiften Hemdes waren sorgfältig hochgerollt, er trug eine goldene Armbanduhr und am anderen Arm ein goldenes Kettchen, das ich beruhigenderweise auf den ersten Blick protzig und kitschig fand. Er trat aus seinem Haus, und ich ging rückwärts die halbe Treppe hinunter. Sollte ich lächeln? Dem Mann eine Filterzigarette anbieten,

Feuer geben? ›Guten Abend, ich bin von der Winterhilfe und sammle Geld für unsere Bergbauern‹, so hatte der Satz gelautet, den ich brav heruntergebetet hatte, wenn ich mit der Sammelbüchse von Tür zu Tür zog.

»Wer du bist, will ich wissen«, sagte er.

»Ein Freund von Carla«, antwortete ich, »ein Jugendfreund.«

»Das glaube ich kaum«, sagte er unfreundlich.

In der Bauchtasche seiner Schürze steckte ein hölzerner Kochlöffel. Würde er mich damit schlagen? Der Mann hatte keine Geduld; bereits fuchtelte er mit den Händen, stieß Atemluft aus. Ich roch Knoblauch.

»Carla«, rief ich unsicher und leider nicht so laut, wie ich beabsichtigt hatte.

»Dann bist du also der Scheißkerl, der meine Frau gevögelt hat?«

Es war Zeit, zu gehen. Rückzug. Klirrend setzt sich die angeschlagene Division unter kundigem Kommando von Major Mantovani in Bewegung. Noch sind wir freilich nicht besiegt, Soldaten, denkt an eure Deckung.

»Mir setzt man keine Hörner auf«, sagte Carlas Mann und kam auf mich zu.

»Drecksau«, sagte er und schlug mir mit der flachen Hand ins Gesicht. Der konsequente Lehrer und der ungezogene Schüler, der Strafe verdient. Ich ging zu Boden, stöhnend, er stand bedrohlich über mir mit aufgepumptem Oberkörper. Es roch nach angebratenem Fleisch. Der Himmel war rosa, die Steinplatten feucht. Er trat mich kräftig in die Seite, immer wieder, er trug braune Pantoffeln. Ich versuchte, aus seiner Reichweite zu kriechen, murrend wie ein Kind. Als ich ihn ansah, stand Carla unter der Tür.

»Mach ihn fertig«, sagte sie scharf.

Es war klar, wem ihr Befehl galt. Ein Ruck ging durch den Körper ihres Mannes; er riß mich hoch und bearbeitete mein Gesicht und meinen Magen mit Fausthieben und Tritten.

Signalisierte mein Blick nicht den Wunsch nach einem bedingungslosen Waffenstillstand? Er rammte mir das Knie in den Unterleib.

Als ich wieder zu mir kam, lag ich auf dem Gehsteig. Der Himmel war wolkenlos, jedoch finster. Die Haustür von Nummer 19 war geschlossen und die Lampe an der Außenwand gelöscht. Auf der anderen Straßenseite stand ein altes Paar, das mich neugierig anstarrte. Sie gingen erst weiter, als ich aufstand und ihnen zulächelte. ›Nichts passiert, Leute‹, bedeutete mein Gesichtsausdruck, ›ihr könnt getrost nach Hause gehen, an die Wärme, vor den Fernseher.‹ Mein Brustkorb schmerzte bei jeder Berührung, jedem Atemzug. Carlas Mann war eindeutig ein Idiot. Mit dieser Gewißheit ging ich in die laue italienische Nacht hinaus, um Lorenzini anzurufen.

10.

Die folgenden Tage verschwanden hinter einem Schleier, der von den Medikamenten stammte, die ich schluckte. In Watte gepackt jede Bewegung, jedes Wort und jeder Gedanke. Ich schlich durch die Räume und Korridore des Heimes und fühlte mich bald selbst wie ein Veteran. Andächtig saß ich im Hof und rückte meinen Stuhl den wandernden Schatten nach. Die Hitze war knapp auszuhalten, das Licht kreideweiß. Gähnte minutenlang, mit beängstigend verlangsamtem Herzschlag.

Einer unserer Ärzte, im Zivilleben war er Assistent an einer Mailänder Klinik, hatte mich untersucht und für einige Tage vom Dienst suspendiert. Schmerzmittel hatte er mir gespritzt, denn Carlas Mann hatte mir eine Rippe gebrochen. Wenn ich Pech hatte, verlor ich einen der oberen Eckzähne.

Er wackelte derart stark, daß ich ihn mit der Zunge bewegen konnte, was mich unweigerlich an Kindheit denken ließ. Ich haßte Carla. War die Geschichte damit erledigt? Dachte ich an Rache, galt sie Carla, nicht ihrem Mann. ›Mach ihn fertig.‹ Ihr Satz hallte in meinem Kopf nach, als sei dieser ein Echoraum. Oder hatte der Befehl doch mir gegolten? Blödsinn. Carla steht am oberen Ende der Treppe, die Fäuste in die Hüften gestemmt. Ihr Lederrock endet zwei Handbreit über den Knien, sie trägt zehenfreie Pumps. Sie steht zu ihrem Mann, dem Schürzenkoch und Unkrautjäger, Kunstkenner, Mistkerl. ›Mach ihn fertig‹, ordnet sie an. Zu Befehl, Madame. Und während ich mich blutend davonmache, läßt sie sich von ihm an die Bettpfosten binden und mit einer Kerze der katholischen Kirche vögeln. Meine Gedankengänge waren langsam und äußerst simpel, allerdings. Vergeltung. Rache. Ich saß untätig herum, ich trug eine Sonnenbrille, mit der Zeit löschten die Schmerzmittel sogar meine Wut. Bleischwer die Lider. Stand onanierend im Klosett neben dem Büro des Majors, erstaunt über die Flecken auf der polierten Holzbrille gebeugt. Ich lernte das Veteranenheim aus anderen Blickwinkeln kennen.

»Wer zum Geier bist du, Grünschnabel«, bellte ein Alter, der sich hinter einer Säule des langen Flures verbarg.

»Wer hat dir erlaubt, meine Wohnung zu betreten? Verfickt und zugenäht. Steh gerade und hör auf zu grinsen, verdammt.«

Ich betrat Zimmer aus purer Langeweile und mußte mir langweilige Geschichten vom Krieg und von undankbaren Töchtern und Söhnen anhören. Im Waschraum auf der dritten Etage des Haupttraktes führte ich ein denkwürdiges Gespräch mit einem Veteran über das Züchten von Rosen. Der Kahlköpfige belächelte mitleidig jede meiner Fragen und überschüttete mich mit einem Wortschwall. Letztlich ließ ich ihn stehen, aber er redete weiter. So vergingen die Stunden und Tage. Einer saß ungeschützt in der prallen Sonne, einen Apfel von der einen in die andere Hand wechselnd.

»Karzinom im Magen-Darm-Trakt«, sagte er immer wieder zu sich selbst.

Ein anderer Veteran spaltete Holz im Garten. Er zerschlug mächtige Klötze in handliches Brennholz, wobei er jeden Axthieb mit einem Schimpfwort begleitete.

»Scheißnazi.«

»Muttersöhnchen.«

»Hurensohn.«

Zerstreut bewegte ich mich an der Peripherie des Schlafes. Blähungen trieben mich um, in meinen Därmen rumorte Gas. Lorenzini überraschte mich, wie ich begeistert über meine eigenen Fürze lachte. Es dauerte Minuten, bis er mich wieder beruhigt hatte. Ein längeres Telefongespräch mit meiner Mutter verlor sich im Medikamentennebel. Tauschten wir Freundlichkeiten aus, oder hatte ich sie doch mit Vorwürfen überhäuft? Die Schmerzmittel stimmten friedlich. Ich versprach ihr auf jeden Fall, sie bald in der Schweiz zu besuchen. Nach dem Mittagessen, das ich jetzt mit den Veteranen einnahm, setzte ich mich jeweils in die Bibliothek, zu Teobaldo Bolger.

Majestätisch, der Bibliothekar mit Soldatenmütze, die Grappaflasche griffbereit auf dem Ausleihpult, an dem er sitzt. Kein Meister der Dezenz. Am langen Lesetisch hockte Benzini, den Kopf gestützt, über aufgeschlagenen Bildbänden.

»He, Benzini, hast du gewußt, daß ausgerechnet Intellektuelle bei ihren Masturbationspraktiken Bilder bevorzugen?« höhnte Bolger.

Das Glas des Oberlichtes nebenan brach Sonnenlicht, warf Kringel an die Wand, auf Bolgers Waffenrock. Der andere Veteran lehnte sich nach vorn, öffnete den Mund und verharrte dann stumm in dieser Position. Wir schwiegen; stand jetzt die Zeit still? In meinem Schädel rauschten Medikamente. Nichts geschah. Nach einer Ewigkeit sprach Bolger den Stummen mehrmals in verschiedenen Lautstärken an, aber es half nichts. War ich lahmgelegt? Bolger trank, Bolger kicherte. Mit einem Kopfnicken löste sich Benzini aus seiner Erstarrung und stieß pfeifend gesammelte Luft aus. Statt Bolger zu antworten, klappte er die Bildbände zu, einen nach dem anderen mit leisem Knall. Staub wirbelte, Bolger murmelte. Eine Ameisenstraße zog quer über sein Pult, beschrieb eine elegante Linie. Ich tastete nach den wandernden Tieren, der hungrigen Karawane, aber es war doch bloß der Schnitt eines spitzen Gegenstandes im Holz.

»Blödian«, sagte der Dicke unvermittelt.

Er hob den Zeigefinger und sah Bolger herausfordernd an. Nach dem einen Wort sank sein Kinn auf die Brust; der Alte war eingenickt. In meinem Magen, meinen Schläuchen gurgelten Risotto con funghi und Wein als Mahlstrom abwärts, stetig abwärts.

»Seit Benzinis einziger Freund hier die Kühlerhaube eines schwarzen Tanklastwagens mit dem Eingang seiner Stammbar verwechselte und schnurstracks eintrat, ist Benzini müde«, sagte Bolger zu mir.

»Herrgott, das ist doch nicht weiter schlimm«, fuhr er fort, »was, Benzini?«

Er schob die Flasche in meine Richtung, und ich spülte mir Mund und Rachen.

»Das Faultier ist friedfertig, vermeidet den Affekt und zieht sich immer rechtzeitig zurück, denn es ist fähig zur Selbstkontrolle«, sagte Bolger feierlich.

»Ein gutes Vorbild, nicht wahr, Benzini? Es hängt an seinem Ast, kommt aus mit einem Minimum an Bewegung, wobei seine neun Halswirbel dem Schädel eine Drehung von sage und schreibe 270 Grad ermöglichen.«

Benzini rührte sich nicht. Er schlief jetzt mit offenem Mund, und sein Atem rasselte unschuldig. Bolger nahm einen Schluck aus der Flasche. Das hölzerne Karteikästchen war leer bis auf eine Ansichtskarte, die in der Mitte gefaltet war. Bolger bemerkte mein Erstaunen, machte eine wegwerfende Handbewegung.

»Schluß mit dem Karteikram«, sagte er, »die Kerle verlegen die Bücher doch sowieso. Sieh ihn dir an. Ist er nicht rührend?«

Er deutete auf den schlafenden Benzini, dessen Glatze im Sonnenlicht glänzte.

»Das Herz des Faultiers schlägt gemächlich, seine Atmung ist außerordentlich flach. Es ist von stoischer Ruhe, eigentlich immer nahe dem Schlaf.«

Der Schlafende schnappte nach Luft, öffnete die Augen und setzte sich aufrecht hin. Er sah uns verträumt an. Zumindest solange Bolger schwieg.

»Seine Kaumuskeln bewegt das Faultier etwa so langsam wie wir Greise. Zeitlupe, was, Benzini? Immer brav kauen. Brav wiederkäuen, wie die Kühe bei euch in der Schweiz, was, Mantovani?«

Bolger muhte, Benzini stand erstaunlich flink auf.

»Blödian«, sagte er angriffslustig.

»Das Faultier läßt den gefressenen Blätterbrei durch seinen mehrfach unterteilten Magen fließen«, dozierte Bolger ungerührt weiter, »sozusagen von einem Verdauungssack zum nächsten.«

Benzini packte die Bildbände zusammen und verschwand im Nebenraum. Auch Bolger hatte sich mittlerweile erhoben.

»Das Faultier ist ein reinliches Tier«, sagte er laut, »und seine Paarung, he, Benzini, seine Paarung ist bereits nach fünf, sechs Stößen vollbracht. Aber unsereins wäre selbstverständlich schon damit zufrieden, was, Benzini! Sechs, sieben Stöße. Rein, raus. Göttlich, stimmt doch, he, Benzini!«

Benzini schwieg. War er schon wieder eingenickt? Bolger setzte sich.

»Apropos Paarung«, sagte er in vertraulichem Ton zu mir, »ich habe eine wahre Rarität in meiner Schatztruhe entdeckt. Du weißt schon, die ausgemusterten Bücher mit den Sauereien. Die gefährlichen Romane und Verse. Das Buch, von dem ich rede, ist das Tagebuch von einem gewissen James Boswell. 1740 als Sohn eines Rittergutsbesitzers geboren. Bekannt geworden ist der Kerl als Begleiter und Biograph eines damals berühmten Literaten. Aber eigentlich hat Boswell sein Leben dem Vögeln gewidmet. Keine schlechte Aufgabe, was, Mantovani? Der Bursche war unglaublich selbstsüchtig und hielt alles, was er erlebte, für interessant und wichtig. Also hat er alles aufgeschrieben. Verstehst du, Mantovani, alles.«

Er reichte mir die Flasche und sah mir beim Trinken zu. Aus seinen Nasenlöchern wuchsen Haare, und er hatte sich offenbar seit Tagen nicht mehr rasiert.

»Boswell war nichts zu peinlich, um nicht aufgeschrieben zu werden. Siebzehn Mal hat er sich den Tripper geholt, dabei besaß der Trottel ein Kondom, das er ›meine Rüstung‹ nannte und fast nie anwendete, weil er es für ›eine nur triste Befriedigung‹ hielt, wie er schreibt.«

Ich hatte gewisse Schwierigkeiten, einzelne Gegenstände zu fixieren. Aus dem Gewölbe war regelmäßiges Atmen zu hören; Benzini. Schlief der Narkoleptiker etwa auch stehend ein?

»Da staunst du, was, Mantovani«, sagte Bolger, »aber es gab damals tatsächlich schon Pariser.«

Ich hatte zwar keine Sekunde darüber nachgedacht, nickte jetzt aber beflissen.

»Waren zwar nicht einfach zu beschaffen, aber egal. 1764 hat Boswell Rousseau besucht und ihm seine Gutsbesitzervision erzählt. Der Trottel wollte sich eine Koppel voller Mädchen halten. Hör zu, Mantovani.«

Bolger öffnete eine Schublade, nahm ein kleines Buch mit marmoriertem Einband in die Hand, öffnete es und las vor: »›Ich schwängere sie; das bringt Bevölkerungszuwachs. Ich statte sie mit einer Mitgift aus und verheirate sie an tüchtige Bauern, die sich glücklich schätzen, sie zu kriegen... und ich meinerseits habe mich an den verschiedensten Frauen erlustigt.‹«

»Und was hat Rousseau dazu gemeint?« fragte ich. Im Garten rechte jemand die Kieswege, vor dem hoch in die Wand eingefügten Fenster erkannte ich den Umriß einer Taube. Als ich wieder hinsah, war sie weg.

»Rousseau war entrüstet. Hat den Spinner aus Schottland darauf aufmerksam gemacht, daß die Freuden des Geistes hoch über denjenigen des Fleisches stehen. Na ja. Boswell hat sich natürlich weiterhin an seiner Potenz erfreut. Hier zum Beispiel.«

Bolger hatte das Buch zwar aufgeschlagen, aber er sah mich an, während er den Text vortrug. Er kannte die Passage auswendig:

»›Augenblicklich fühlte ich mich von den stärksten Kräften der Liebe entzündet, und die Güte meiner Liebsten bereitete mir das vorzüglichste Gastmahl. Stolz über meine göttergleiche Kraft nahm ich das edle Spiel wieder auf. Ich stand gesundheitlich in der höchsten Blüte. Meine zurückhaltende Lebensführung hatte mich vor Schlaffheit und Schwäche bewahrt, und mein siedendes Blut sendete laute und schnelle Signale zum Angriff. Eine wollüstigere Nacht habe ich nie erlebt. Fünfmal sank ich vor Entzücken völlig betäubt in die Kissen. Louisa war von mir ganz hingerissen; sie erklärte, ich sei ein Wunder, und fragte mich, ob dies nicht das Vermögen der menschlichen Natur übersteige. Ich sagte, das Doppelte wäre möglich, was nicht der Wahrheit entsprach, obgleich ich im Inneren ein wenig stolz über meine Leistung war. Gewiß kann ich mich nun einen großen Liebhaber nennen.‹«

Bolger klappte das Buch zu. In der Bibliothek war es angenehm kühl, ich hörte Wind durch die Bäume streichen.

»Ein unerträglicher Gockel, dieser Boswell, was, Mantovani? War aber letztlich eine tragische Figur. Trank. Spielte Karten. Hurte herum, verlor alles Geld. Zuletzt soll er verschmutzt und ständig besoffen durch Londons Straßen getaumelt sein, bis er 1795 gestorben ist.«

Bolger stand auf und verschwand mit dem Buch im Gewölbe. Ich blieb sitzen, bemüht, meine Wahrnehmungen zu koordinieren. Schließlich starrte ich auf die Tischplatte unmittelbar vor mir. Holzmaserung. Schnitte. Tuschflecken. Brandspuren. Staub.

»Benzini hat's schon wieder erwischt«, sagte Bolger leise hinter mir, »er sitzt auf dem einzigen Stuhl drüben und pennt.«

»Was hast du mit Boswells Tagebuch gemacht?« fragte ich.

»Zurückgestellt. Da staunst du, was, Mantovani? Bolger reiht die pikanten Bücher wieder ein. Sie bekommen Ehrenplätze. In ihrer Nachbarschaft werden die anderen Bände endgültig zu Schund werden. Verkümmern werden sie in ihrem Schatten. Jede Woche stelle ich eine Perle zwischen den übrigen Mist. Irgendwo. Wollen doch mal sehen, ob es jemand bemerkt. 96 Bände. Macht 96 Wochen. Bleibt die Frage, ob ich das überhaupt schaffe. Rein altersmäßig, meine ich. Na ja. Falls ich merke, daß es bergab geht mit mir, kann ich ja das Tempo der Rückführung erhöhen. Und wenn ich doch frühzeitig ins Gras beißen sollte, machst eben du weiter, was, Mantovani?«

Ich lachte. In diesem Moment betrat der Rekrut die Bibliothek, der in dieser Woche die Post austeilte. Im Schlafraum lag er im Bett direkt neben mir. Auf einer unserer nächtlichen Ausfahrten hatte er mir völlig betrunken gestanden, daß er sich nichts aus Alkohol und Drogen mache. Er stammte aus Parma, wo er in der Schreinerei seines Onkels an einer Bandsäge arbeitete. ›Magst du Holz‹, hatte er mich in jener Nacht vertraulich gefragt, ›ich liebe Holz nämlich.‹ Er übergab Bolger ein Paket und mir einen Brief. Der Umschlag war schwarz, und ich dachte unweigerlich an eine Todesanzeige. Gibt es das überhaupt, schwarze Couverts, fragte ich mich? Meine Anschrift war mit Schreibmaschine auf eine Etikette getippt worden, den Stempel des Aufgabeortes konnte ich nicht lesen.

»Das riecht aber ganz schön nach Perversion, wenn man mich fragt. Verbrenn dir bloß nicht die Finger, Junge.«
Bolger zeigte auf den Umschlag und pfiff durch die Zähne. Wir tranken noch ein Glas Grappa, dann verabschiedete ich mich.

»James Boswell ist übrigens an Krebs in der Harnblase gestorben«, rief er mir hinterher, ich stand bereits auf der Türschwelle.

Der Brief war mit schwarzer Tinte geschrieben, die Schrift klar und energisch.

Lieber Stefano Mantovani,
Ihre Bewerbung interessiert mich, und ich gebe Ihnen die Gelegenheit, sich in einer Probevorlesung zu bewähren. Mein Fahrer erwartet Sie nächsten Sonntag um 16 Uhr vor dem Bahnhof von Cremona. Ich verlange absolute Pünktlichkeit und vollste Diskretion. Außerdem stelle ich zur Bedingung, daß Sie Ihre Uniform tragen.
Mit freundlichen Grüßen: Die Signora
PS: Der Text, den Sie für Ihre Bewerbung ausgewählt haben, gefällt mir. Bringen Sie dennoch keine Bücher etc. mit.

Nach langem Überlegen hatte ich einen Text von Ovid auf das Band gelesen. Tip von Bolger. Das Buch stammte aus seinem Seemannskoffer. Er hatte es gerettet, mir brachte es offenbar einen rätselhaften Job ein.

11.

Vor den Autofenstern zogen Pappeln und Felder vorbei, undeutlich im Nachmittagslicht, das schräg in die Landschaft einfiel. Im Außenspiegel erkannte ich noch immer die Silhouette von Brescia, das verschwommene Weichbild einer Stadt mit ihren Häusern, Fabriken und Kirchtürmen. Ich schätzte den Fahrer auf Mitte Vierzig. Er trug einen dunklen Anzug und ein Hemd mit Krawatte, aber keine Mütze, wie sie die Fahrer reicher Leute in Filmen oft tragen. Er hatte mich freundlich aufgefordert, hinten einzusteigen, und mich auf die eingebaute kleine Bar mit Eisfach hingewiesen. Der Geruch der Lederpolster war beeindruckend, ich glaubte sogar das Holz des Armaturenbrettes riechen zu können. Auf meine Fragen reagierte der Mann mit einem Schulterzucken, ohne mich im Rückspiegel anzusehen. Er fuhr zwar sehr schnell, wirkte dabei aber so entspannt, daß ich mich dennoch sicher fühlte. Die Bar war bis auf eine kleine Flasche Champagner leer.

»Bedienen Sie sich ungeniert«, sagte der Fahrer.

»Und Sie?« fragte ich.

»Ich fahre.«

Er nahm die rechte Hand vom Steuerrad und machte eine abwehrende Geste. Ich hatte übersehen, daß er Handschuhe trug. Das braune Leder wirkte weich und geschmeidig. Die Flasche war bereits geöffnet worden; ich konnte den Kork mit der Hand aus dem Hals drehen. Ich schenkte mir den Champagner nur ein, weil ich wissen wollte, wie es sich anfühlte, in einem Jaguar zu sitzen, sich chauffieren zu lassen und dabei einen teuren Champagner zu trinken.

Als ich den Mann noch einmal nach dem Ziel unserer Fahrt fragte, sah er bloß mitleidig lächelnd in den Rückspiegel und schüttelte den Kopf. Die Reifen der Limousine prasselten über Kopfsteinpflaster, die Dörfer waren in wenigen Augenblicken durchquert. Versengte Grasnarben, trockene Erde. Werbetafeln waren Kleckse im milchigen Licht. Ich hatte mich gründlich rasiert und seit langem wieder einmal einige Sprechübungen gemacht.

WANN SOLLEN DIE NEUEN NOVIZEN EINEN NEUEN NAMEN ANNEHMEN. KANN NIEMAND DIE IN NOT GERATENEN NACHEN INNEN NACHSEHEN.

Schwachsinn, der mich aber nicht zum Lachen reizte. Ich stand vor dem Spiegel, übte. Sah meinem Mund und meinen Lippen bei ihren Bewegungen zu, kontrollierte meine Mimik und arbeitete an einem Gesichtsausdruck, den ich für interessiert und gleichzeitig gelangweilt hielt: der aussichtsreichste, weil nicht zu durchschauende Kandidat in der Uniform der italienischen Armee. Schläfrig und hellwach. Die optische Täuschung. Unsichtbar, jedoch nicht zu übersehen.

Das Hemd klebte mir am Leib, ich trank das Glas mit winzigen Schlucken aus, bis die Flasche leer war. Auf offener Strecke bog der Fahrer von der Landstraße ab und hielt auf einem Parkplatz, der durch ungepflegte Hecken vor neugierigen Blicken geschützt war. Der Mann schaltete den Motor aus, drehte sich um und sah mich unverblümt an. Der Augenblick der Wahrheit. Das Geheimnis wird ausgeplaudert. Zeit für Geständnisse und unverschämte Anträge. Oder wurde ich das Opfer einer profanen Gewalttat? Er sah mir die Angst an, welche der letzte Gedanke in mir ausgelöst hatte und lachte. Überall lag Abfall. Zeitungsseiten hingen in den Büschen, zerfetzte Plastiktüten und einzelne Kleidungsstücke.

»Sie können immer noch aussteigen«, sagte er.

Sein Blick war starr und erinnerte mich an Offiziere oder andere Vorgesetzte. Maßnahme zur Einschüchterung. Ich starrte zurück, Taktik, hielt stand.

»Wieso sagen Sie mir das?« fragte ich.

»Weil dieses Angebot zu diesem Zeitpunkt zu meinen Pflichten gehört. Sie will es so. Darum«, sagte er und blinzelte, sah weg.

Vogelstimmen klangen gereizt. Hätte ich den Fahrer in diesem Moment beschreiben müssen, hätte ich gesagt: buschige Augenbrauen. Verschlagener Blick. Abstehende Ohren. Großporige Haut. Dichtes Haar.

»Sie können immer noch aussteigen«, wiederholte er.

Ich schüttelte den Kopf.

»Dann muß ich Ihnen die Augen verbinden«, sagte er, »sie will es so.«

Ich war erstaunlich ruhig. Was ging hier vor? Er hielt ein schwarzes Tuch in die Höhe. Du hast dich bereits darauf eingelassen. Mach jetzt keinen Rückzieher. Ich versuchte, Wut zu mobilisieren, oder zumindest Entrüstung. Aber es gelang mir nicht. Ich nickte. Eigentlich hob ich nur die Augenbrauen. Aber der Fahrer war aufmerksam. Wir stiegen aus, und ich spürte seine Finger an meinem Hinterkopf, als er das Tuch verknotete, spürte das Leder seiner Handschuhe. Was würde ich davon halten, wenn ein Jaguar Mark 4.2 an mir vorbeigleiten würde, in dessen Fond ein junger Mann in Uniform und mit verbundenen Augen sitzt? Dächte ich dann an eine kriminelle oder an eine sexuelle Handlung? An Verbrechen oder Obsession? Mit verbundenen Augen war der Ledergeruch überwältigend. Seltsamerweise mußte ich an die Lücke denken, die der Fahrer zwischen seinen Schneidezähnen hatte. Der blinde Soldat mit ausgebildeter Stimme. Unterwegs zu einem rätselhaften Abenteuer. Bereit, um gegen entsprechendes Honorar aus gewissen Büchern vorzulesen. Sonnenlicht, das gebündelt durch ein Loch in der Wolkendecke fällt wie ein Suchscheinwerfer. Das hatte ich als letztes Bild wahrgenommen, bevor er mir die Augen verband.

Das Tuch roch nach Zimt. Ich sah mögliche Empfindungen vor mir ausgebreitet wie Spielkarten, die ich blitzschnell durchging. Erstaunen. Ablehnung. Bedrohung. Angst. Panik. Erregung. Neugier. Das war die Empfindung, welche mir zusagte: Neugier. Zuerst versuchte ich mir zu merken, wie wir fuhren. Vielleicht ließ sich auf diese Weise das ungefähre Ziel bestimmen. Ich sah eine Landkarte von Brescia und Umgebung vor mir ausgebreitet und darauf den Jaguar, der sich als aufblinkender Punkt durch das Straßennetz bewegt. Nach wenigen Minuten verlor ich die Orientierung; außerdem wurde mir schlecht, wenn ich mich verkrampfte.

Ich kam gar nicht auf den Gedanken, mir das Tuch von den Augen zu nehmen. Der pflichtbewußte, treue Soldat mit den angenehmen Umgangsformen. Ich dachte natürlich auch an das Honorar.

›Der Blinde und die Erzieherin‹: Carla hat unserem Spiel den Namen gegeben. Sie verlangt, daß wir es mindestens einmal in der Woche spielen. Sein Ablauf ist jedesmal nahezu identisch, aber mit der Zeit verändert und verfeinert Carla das Spiel. Dies tut sie mit Begeisterung und Hingabe. Ich bin bemüht, sie auf keinen Fall zu enttäuschen. Bin ein geduldiger Blinder. Als Opfer sehe ich mich nicht. Zumindest höchst selten. Carla trifft die Auswahl der Gegenstände, die ich erkennen und benennen muß. Nur ausnahmsweise ist es mir erlaubt, dafür die Hände zu Hilfe zu nehmen. Ich soll die Gegenstände riechend erkennen, schnüffelnd, oder, diese Variante fordert Carla am häufigsten, mit der Zungenspitze, mit den Lippen. Leckend. Beißend. Knabbernd. Küssend. Nur was du im Mund gehabt hast, zwischen den Lippen, erkennst du wirklich. Oh, ja. Die Auswahl der Gegenstände ist hinterhältig; Carla will sehen, daß ich mich ekle. Und dann will sie mit kalter Mädchenstimme befehlen: ›Leck es ab. Was ist es?‹ Sie will sehen, wie ich die Schamgrenze überschreite. Fast nie gibt sie mir recht. Aber ich weiß, daß sie lügt. Was ich ablecke, ist die Scherbe des Stallfensters. Nicht die Galle ihres geschlachteten Lieblingskaninchens. Es sind Kiesel-

176

steine vom Grund des Flusses, die ich im Mund habe. Nicht die Böhnchen des Ziegenbockes, die sie im Kühlschrank eingefroren hat. Ich lasse ihr die Lügen und genieße unseren Schauer. Mit verbundenen Augen bin ich ihr ausgeliefert. Carla ist meine Führerin, ich muß ihr vertrauen. Gelegentlich nimmt sie mich bei der Hand, wenn wir über das Grundstück ihrer Eltern streifen. Meist aber geht sie vier, fünf Schritt hinter mir her, und ich muß mich auf ihre Kommandos verlassen, die mich durch den Garten lotsen. Durch den Schuppen mit den Arbeitsgeräten, Tieren, Werkzeugen und für mich unsichtbaren Balken. Es ist mir verboten, die Hände schützend vors Gesicht zu halten oder gar als Tastinstrumente zu verwenden. Weil ich mich nicht immer daran halte, bindet sie mir Carla auf den Rücken, das ist verständlich. Ihre Stimme weist mir den Weg. Auch über den vollgestellten Dachboden mit den aufgehängten Tüchern, den staubigen Kleidern und Spinnennetzen. Es ist eine Frage des Vertrauens. Später bin ich der Blinde, der auf dem Holzboden des Schuppens liegt und gestattet, daß sein nackter Körper zum Schauplatz diverser Experimente wird. Dafür verwendet Carla natürlich nicht nur ihre Hände und Füße und ihre Zunge. Sie bearbeitet mich mit Holzstücken, von denen sie behauptet, sie seien am Strand von Piombino angeschwemmt worden, dort lebt ein Onkel von ihr. ›Die Haut reib' ich dir heiß damit‹, sagt sie geheimnisvoll, ›paß bloß auf die Splitter auf, Blinder.‹ Meine Angst genieße ich genauso wie sie. Nasse Steine legt sie mir auf den Oberkörper, zerbrochene Dachziegel. Eisenteile, Stroh und Schrauben, Nägel. Würmer kriechen über meine Oberschenkel, oder sind es doch Blindschleichen? Schnecken setzt sie mir auf den Bauch, ihre Schildkröte. Sie häuft Dreck auf mich, Erde. Wasser rinnt mir zwischen die Arschbacken, Wein. Saft von Brombeeren verschmiert sie auf meinem bleichen, mageren Jungenkörper. Fruchtfleisch. Aber sie vermeidet es, mir

Schmerz zuzufügen. Auf ihre Art ist Carla zärtlich zu mir, ihrem Blinden, der sich ohne Fragen ausliefert. Einmal plätschert scharf riechende Flüssigkeit auf meine Brust, ein warmer Strahl. Carla steht mit gespreizten Beinen über mir und läßt ihr Wasser laufen. Ich weiß es, ohne es zu sehen, ich genieße es, dafür werde ich mich noch jahrelang schämen. Steht stöhnend über mir und pißt druckvoll. Danach wollte Carla nicht mehr, daß ich weiterhin ihren blinden Zögling spielte. Schuld daran war wohl meine Erektion gewesen. Mein Glied hatte sich unter ihr aufgerichtet. Sie hätte bloß in die Hocke gehen müssen, dann hätte sie sich daraufgesetzt. Aber Carla war weggelaufen und hatte mich in dem Schuppen liegen gelassen. Die Augen verbunden mit unserem dunkelroten Tuch, welches nach Sommer roch und nach Olivenöl.

Wir fuhren jetzt durch eine größere Ortschaft. Die Geräusche verdichteten sich und waren vielfältiger. Die Straße stieg an, beschrieb einige enge Kurven. Dann bremste der Fahrer brüsk ab, und wir bogen rechter Hand in einen Kiesweg, dem wir ein kurzes Stück folgten.

Als wir ausstiegen, roch ich Wasser. Typische Sommergeräusche gaben mir die Gewißheit, daß wir uns an einem See befanden. Kinderkreischen. Surfsegel, die auf die Wasseroberfläche klatschen. Das Blubbern von Bootsmotoren. Wir waren irgendwo am Gardasee. Gardone? Desenzano? Salò? Der schwache Wind trug den Geruch von Sonnenöl zu uns herüber, und plötzlich verspürte ich den Wunsch, auch am Seeufer zu liegen, mitten unter den Badenden. Ich wollte nicht mit verbundenen Augen neben einem Fremden an einem unbekannten Ort stehen, die Hand auf dem glühendheißen Kotflügel eines Jaguars, der mir leider nicht gehörte. Ich wollte weg: der erschöpfte Rekrut, der sein Wochenende im Schwimmbad verbringt, wo er sich nach Mädchen umsieht und von schreienden Unteroffizieren erholt. Ich wollte weg. Aber ich blieb stehen, nahm mir nicht einmal das Tuch von den Augen. Außerdem mußte ich dringend auf die Toilette. Schon im Auto hatte mich der Druck auf die Blase gestört. Es roch nach frischgemähtem Gras, die späte Nachmittagssonne brannte mir auf Hinterkopf und Nacken.

»Ich müßte auf die Toilette«, sagte ich.

»Sofort. Kommen Sie, ich bringe Sie ins Haus.«

Er nahm mich am Arm und schob mich vor sich her auf einen Weg, der zwischen rauschenden Büschen und Bäumen hindurchführte. Wenn ich neben die Steinplatten trat, stand ich auf einem kurzgeschnittenen Rasen. Wir gingen schließlich eine Treppe hinunter und betraten einen kühlen Raum, in welchem es stark nach Schnittblumen duftete.

»Die Toilette. Bitte«, sagte ich noch einmal.

Aber der Fahrer war offensichtlich bereits verschwunden. Ich hatte nicht gehört, daß er gegangen war. Ich griff nach dem Tuch, um es endlich abzunehmen, als mich die Frau ansprach.

»Ich freue mich, daß Sie kommen konnten«, sagte sie.

Ihre Stimme war ruhig und angenehm. Sie stand schräg vor mir, kaum mehr als zwei Meter entfernt.

»Ich hoffe, Sie hatten eine angenehme Fahrt. Trotz der Augenbinde«, sagte sie.

»Doch«, sagte ich, »obwohl mir...«

»Das Tuch. Sie finden es kindisch«, fiel sie mir ins Wort.

»Kindisch nicht, nein. Aber vielleicht etwas übertrieben.«

»Nein, das ist es nicht. Aber warten Sie.«

Sie kam auf mich zu, und ich roch ihr Parfum, das sonderbarerweise das Bild einer sonnendurchfluteten Parkanlage, durch welche sich blasse Kieswege winden, in mir auslöste. Die Frau trat hinter mich und nahm mir die Augenbinde ab. Ihre Fingernägel waren lang, sie löste den Knoten mit Vorsicht. Dann gab sie mir einen leichten Klaps auf den Rücken.

»So«, sagte sie, und ich drehte mich um.

Die Frau war über einen Kopf größer als ich.

»Freut mich, Sie kennenzulernen, Stefano«, sagte sie und drückte mir die Hand. »Mein Name spielt keine Rolle. Nennen Sie mich einfach Signora, ja? Sie haben doch nichts dagegen, daß ich Sie Stefano nenne?«

Sie legte mir das schwarze Tuch um den Hals, und ich schüttelte den Kopf. Sie trug ein rostrotes Kostüm und war dezent geschminkt. Ihre schwarzen Haare fielen ihr bis auf die Schultern und schimmerten rötlich. Sie war wohl zwischen vierzig und fünfzig; außer einem silbernen Armreif trug sie keinen Schmuck.

»Dann wollen wir mal«, sagte sie und sah mir direkt in die Augen. Das Bild der Parklandschaft, das ihr Parfum in mir ausgelöst hatte, tauchte wieder auf.

»Die Toilette?« fragte ich.

»Später«, sagte sie scharf und zog die Augenbinde von meinem Hals. Sie zeigte auf ein Stehpult, das ich bis jetzt gar nicht bemerkt hatte. Der Raum war groß, ein langgestrecktes Rechteck, und leer bis auf das Pult und einen Ledersessel, soweit ich in der Dunkelheit erkennen konnte. Ein Streifen Tageslicht fiel durch das einzige Fenster, eine hohe Öffnung, die nicht breiter als dreißig Zentimeter war. Der Blick ging auf einen Rasen, der von Zypressen bestanden war. Sauber kupierte Hecken grenzten das Grundstück ab.

»Sie halten sich an Abmachungen, nicht wahr, Stefano?« fragte die Frau leise.

»Bitte?« fragte ich zurück. Meine Stimme klang unsicherer, als mir lieb war.

»Ihre Uniform«, sagte sie, »beeindruckend. Und Bücher haben Sie auch nicht mitgebracht. Tragen Sie keine Waffe, Stefano?«

»Nein«, sagte ich, »keine Waffe.«

Sie setzte sich in den Ledersessel mit dem Chromgestänge und schlug die Beine übereinander. Der Druck auf meine Blase war überwältigend.

»Ihr Manuskript liegt bereit, Stefano. Bitte.«

»Ich muß dringend austreten«, sagte ich, nun schon zum dritten Mal. Der Schüler aus der dritten Reihe, der brav die Hand hebt, bevor er im gekachelten Schulklo verschwinden darf, wo er mit einem spitzen Stein Carlas Namen in den Verputz kratzt und daneben ein Herz, dessen Form ihm gründlich mißlingt.

»Zuerst lesen Sie. Fangen Sie an. Los.«

Ihre Stimme hatte einen kalten Unterton. Als ich hinter das Stehpult trat, ging ein einzelner Spot an, der die abgeschrägte Fläche und die fotokopierten Buchseiten beleuchtete, die darauf lagen. Übertrieben groß der Schatten meiner Hand auf dem Papier; eine Faust, welche sich öffnet und schließt. Ich begann sofort zu lesen, verschwendete keinen weiteren Gedanken, wollte die Sache hinter mich bringen. Ich dachte kaum an den Job und das damit verbundene Geld. Ich dachte an die Toilette. An den Bretterboden des Schuppens, bedeckt von Staub und trockenen Grashalmen, die knistern und stechen, wenn man sich darauf legt. Und ich dachte an Carla, die stöhnend über mir steht. Der Text war langweilig und umständlich geschrieben. Er erzählte von einem Mädchen, das zu seinem Onkel auf ein Landgut in der Toskana in die Sommerferien fährt. Ich las rasch und nicht sehr sorgfältig und vermied es, die Signora anzusehen. Direkt vor dem Gebäude hatte man einen Rasensprenger eingeschaltet, und ich kämpfte dagegen an, die gelesenen Sätze dem Rhythmus dieses Gerätes anzupassen, aber dann benützte ich ihn als eine Art Metronom, das meinen Vortrag strukturierte. Auf der dritten Seite wurde ich ruhig. Da mich die Geschichte nicht im mindesten berührte, konnte ich mich mit der Zeit ganz auf meine Aussprache konzentrieren und darauf, wie ich die Sätze, die ich sinngemäß gar nicht wahrnehmen wollte, betonte und gliederte. Nach jedem zweiten, spätestens dritten Satzende sah ich kurz hoch und suchte den Blickkontakt mit meiner Zuhörerin, die ich jetzt, da es bei mir gut lief, überzeugen wollte. Ich wollte den Job des Vorlesers, die damit verbundene Abwechslung und das Geld.

Jetzt las ich gut, das wußte ich. Meine schmerzende Blase hatte ich beinahe vergessen; es gelang mir sogar, den irritierenden Schmerz als zusätzliche Motivation zu nutzen. Die Signora saß mit geschlossenen Augen in ihrem Sessel, die Hände entspannt im Schoß. Meine Stimme schmeichelte, warb, lockte. Ihr Rock war hochgerutscht, und ihre ovalen Kniescheiben glänzten durch das Gewebe ihrer Strümpfe, als seien sie aus Porzellan. ›Passen exakt in deinen Mund‹, dachte ich und versprach mich das erste Mal. Sie schlug die Augen auf, und wir sahen uns an. In ihren Mundwinkeln lag ein spöttisches Lächeln. Von diesem Punkt an las ich wieder unkonzentriert und hastig. Die Sätze entglitten mir. Der aussichtsreiche Kandidat war im Begriff, alles zu vermasseln. Sie hatte ihre Augen wieder geschlossen, bewegte aber ihre linke Hand auf dem Oberschenkel hin und her. Das Geräusch ihrer Finger auf dem Stoff des Kleides und das Knistern, wenn ihre Haut über die Strümpfe strich, war erregend. Jetzt schmerzte mich die gebrochene Rippe, an die ich die letzten beiden Tage nicht mehr gedacht hatte. Den Schluß der Geschichte las ich sprunghaft, ich verschluckte Satzenden und verlor einmal derart gründlich den Faden, daß ich einen Abschnitt neu beginnen und wiederholen mußte.

»Ruhig«, sagte sie, »lesen Sie sozusagen auf Zehenspitzen.« Sie massierte sich mittlerweile den Rist des linken Fußes. Dabei sah sie mich unverwandt an; ernsthaft und mit leerem Blick. Ich las den letzten Satz, befreit vom Text. Ich legte die Seite weg und sah, daß ein weiteres Blatt auf dem Stehpult lag. »Das auch, Stefano«, forderte sie und erhob sich.

Mit durchgedrückten Knien und leicht gespreizten Beinen stand sie vor dem Ledersessel und hielt ein kleines Gerät in der Hand, mit welchem sie das Licht regulieren konnte, wie ich gleich feststellen sollte. Das Lederpolster zeigte für Sekunden den Abdruck ihres Gesäßes und richtete sich dann leise knarrend auf, als atme es aus.

»Lies«, wiederholte sie streng.

Wie ich die erste Zeile des kurzen Textes beginnen wollte, gingen an drei Wänden gleichzeitig Lichtleisten an, die mehrere Schwarzweißfotografien beleuchteten. Die Bilder waren schockierend. Sie waren so groß, daß zwei von ihnen jeweils eine Längswand füllten, während die kürzere Wand mir gegenüber vollständig von einer einzelnen Fotografie bedeckt war. Diese Aufnahme zeigte eine Vagina derart vergrößert, daß sie die Ausmaße einer Tür hatte. Sie glänzte feucht und war so weit geöffnet, daß eine Schnecke darin Platz fand, die aus ihr herauskroch. Das Häuschen war fein gesprenkelt, und die Fühler reckten sich in die Höhe wie zwei Pilze. Die inneren Schamlippen waren fast weiß und schimmerten durchsichtig wie die Flügel eines Insektes. Die Klitoris reflektierte am meisten Licht und hatte die Form einer Baumnuß.

»Sie sollen lesen«, befahl die Signora und ließ den Raum im Dunkel versinken. Krächzte wie ein Lüstling, der sich mit offenem Mund verschluckt. Krah. Krah. Der Tattergreis, der junge. Dem bald die Hose platzt. Das erste Wort des Manuskriptes war lange unterwegs, bis es mir über die Lippen kam:

Wie viele Frauen habe ich verführt. Es waren darunter welche, die waren schwanger. Andere stillten. Andere wieder ließen für mich ihr kleines Kind, das ganz mit Amuletten behangen war. Und wenn das Kind weinend kam, wandte seine Mutter die obere Hälfte ihres Leibes ihm zu, aber die untere Hälfte blieb unbewegt unter mir.

Sie stand jetzt dicht vor dem Pult, hielt die Arme vor der Brust verschränkt. Nachdem ich den Text zu Ende gelesen hatte, schwiegen wir. Das Geräusch des Rasensprengers und das unregelmäßige Ticken der erloschenen Neonröhren gingen mir unglaublich auf die Nerven. Es dauerte, bis ich begriff, daß ich derjenige war, der laut und schamlos schnaubte. Schwitzend und mit feuchten Händen. Der Kandidat, der seine ausgebildete Stimme in gewissen Momenten verliert. Der die Hand in der Hosentasche versteckt und mit Kleingeld klimpert.

»Na, na«, sagte sie beruhigend und trat hinter mich.

Der ausgepumpte Rekrut mit dem brennenden Schwanz in der Uniformhose mit dem kratzenden Stoff; sag mir, daß ich nicht engagiert bin.

»Sie sind engagiert, Stefano Mantovani«, sagte sie dicht an meinem Ohr. Ihr Atem roch nach Zimt und Zigaretten. Das Bild der Parklandschaft mit den Kieswegen verblaßte. Hätte ich einen Pelz gehabt, er hätte sich ohne Zweifel gesträubt. Es war nun dunkel.

»Und jetzt machen Sie, daß Sie auf die Toilette kommen, Soldat.«

Die Augenbinde lag mitten im Raum auf den Steinfliesen. Ihr Arm zeigte an mir vorbei, und ich konnte ihr Lachen hören, als ich die Toilettentür längst geschlossen hatte und in schmerzhaften Wellen meine Blase leerte. Für einen Moment dachte ich daran, zu onanieren, aber dann ging ich schnell zurück in den Raum, in dem sie auf mich wartete. Sie stand am geöffneten Fenster und hatte eine Zigarette im Mund.

»Geben Sie der Dame Feuer, Stefano«, sagte sie und lachte.

12.

Kauert vor der Duschkabine, den aufgerissenen Mund über dem Abfluß: Fausto. Streichholzlang sind seine Haare unterdessen, und seine Sanftmütigkeit hat sich längst wieder in

Haß verwandelt. Er flucht, schlägt und bestraft. Jetzt allerdings jammert und wimmert er und muß zur Kenntnis nehmen, daß wir im Halbkreis um ihn stehen, weil wir ihn anfeuern. Die Korbflasche mit dem Rotwein geht von Hand zu Hand, und Fausto betrachtet erstaunt die Brocken, die er in die Duschwanne erbricht.

»Weiter so. Weiter so«, rufen wir im Chor.

Die Kontrolle über unsere Abende entglitt uns immer häufiger. Schließ die Augen, nur für Sekundenbruchteile, und wenn du sie wieder öffnest, sind deine uniformierten Kameraden verwandelt in applaudierende Albinos, enthusiastische Schimpansen. Mit jeder Bewegung Farbexplosionen auslösend. Ein Soldat ist ein Soldat ist ein Soldat. Eben nicht. Pilles Chemikalien machten aus einem Gewehrlauf den Rüssel eines Elefanten und aus uns Idioten.

»Grastempel sucht mein Bleistift im Lakritzebrei«, sagte einer.

»Aber ungespitzt vernietet«, ein anderer.

»Stahlrohrgebläse gebügelt«, ein Dritter.

Wir schossen mit Gewehren in den Nachthimmel. Zündeten Papierkörbe an. Schissen dem Major auf die Türschwelle. Unser Umgangston wurde noch rauher. Jedes Wort konnte falsch verstanden werden und eine Schlägerei auslösen. Schnarchern drohte man Prügel an oder drückte ihnen Senf in die Nasenlöcher. Wer im Schlaf redete, gab damit Dinge preis, die ein anderer garantiert irgendwann lauthals ausposaunte. Spindschränke kippten wir aus, Koffer. Liebesbriefe wurden in Bars verlesen, private Fotos kopiert und verteilt. Telefongespräche führte man mit Vorteil außerhalb des Hauses. Wir konnten uns, mit wenigen Ausnahmen, nicht ausstehen und verbrachten unsere Freizeit doch gemeinsam.

»Sieben Dinge«, behauptete Lorenzini, »wir sind nicht fähig, mehr als sieben Dinge gleichzeitig bewußt wahrzunehmen.«

»Klugscheißer«, sagte Fausto mit pendelndem Kopf.

»Sieben Dinge. Sieben Ereignisse«, wiederholte Lorenzini ungerührt, »hab' ich irgendwo gelesen. Das Ganze bekommen wir nicht zu sehen. Oder höchst selten.«

»Flaschenhals. Brille. Mantovanis Hinterkopf. Spiegelnder Spiegelrahmen. Mütze. Mantovanis Gürtel. Waffenrock. Schmutzige Bodenkacheln«, sagte einer von uns, scheinbar ohne nachzudenken.

»Acht«, sagte Fausto.

»Acht was?« Lorenzini, gereizt und über den Kotzenden gebückt.

»Du bist in Ordnung, Lorenzini«, sagte Fausto, »aber eigentlich bin ich dagegen, daß du hier bist. Du störst mich. Kapiert?«

Was folgte, war die ermüdende Aufzählung aller möglichen Dinge, die betrunkene Rekruten gleichzeitig wahrnehmen können. Pille stand im Türrahmen und teilte uns in rasendem Tempo mit, was er sah. Seine Liste war endlos, sein Blick wirr. Auf seinem entblößten Oberkörper hatte er rote Flecken; er schwitzte und ließ keinen von uns aus dem Waschraum entkommen.

»Fragen Sie Ihren Arzt oder Apotheker«, sagte er und versuchte, eine Handvoll bunter Kapseln in seinen Mund zu werfen. Die meisten fielen auf den Fußboden; Rekruten auf allen vieren balgten sich um die Pillen. Sie kämpften, fluchten, lachten und bellten wie Hundewelpen. Unsere Abende entglitten uns immer öfter, wie gesagt.

An den Tagen, die auf meine Lesung am Gardasee folgten, war es mir kaum möglich, mich zu konzentrieren. Ich hatte mit niemandem darüber geredet und nur geheimnisvolle Andeutungen gemacht. Carla hätte ich gerne davon erzählt. Wobei ich das Erlebnis natürlich übertrieben dargestellt hätte, gefährlicher. Ich hätte meine Lügen mit sexuellen Anspielungen ausgeschmückt, hätte mich vage ausgedrückt. Die

Signora hatte mir einen Vertrag vorgelegt, den ich ohne Zögern unterschrieb.

Die Lesungen fanden jeden zweiten Sonntag statt, immer im selben Raum. Sie traf die Auswahl der Texte, ihr war es auch überlassen, das Publikum einzuladen. Der Vertrag bestimmte ein Honorar von achthunderttausend Lire pro Anlaß und legte fest, daß mein Publikum ausschließlich aus Frauen bestehen würde. Auch meine Zusage, außerhalb des Raumes die Augenbinde zu tragen, war Bestandteil des Schriftstückes. Die Signora hatte mir erklärt, diese Maßnahme wahre nicht ihre Diskretion, sondern diejenige des Hauses und des Grundstückes. Ihr Mann spiele eine nicht unwichtige Rolle im öffentlichen Leben Italiens. Darum bleibe auch ihr Name ein Geheimnis. Der Fahrer würde mich jeweils am Bahnhof von Brescia abholen und nach den Lesungen wieder dorthin zurückbringen. Sie erwähnte ebenfalls, daß es keinen Sinn habe, ihre Identität über das Nummernschild des Jaguars erfahren zu wollen. Außerdem war es mir untersagt, über die Lesungen zu reden. Das war der einzige Vertragspunkt, an den ich mich bestimmt nicht halten würde. Natürlich würde ich über die Sonntage am Gardasee reden. Das Zittern, sagt man, verrät die Hand des Fälschers. Es zeigt sich zu Beginn einer Unterschrift und an ihrem Ende. Als ich den Vertrag unterschrieb, zitterte meine Hand, und ich dachte unweigerlich an meinen Vater: Er steht an der Kasse seiner Werkstatt und bringt es nicht fertig, die gewünschte Quittung zu schreiben, solange der Kunde vor ihm steht und auf den Kugelschreiber in seiner abgearbeiteten Hand starrt. Zeit seines Lebens hatten Vaters Hände gezittert, sobald er etwas schreiben sollte.

Pille referierte. Eine leere Korbflasche stand auf dem Fenstersims, und der Rekrut, der mit dem Zeigefinger dagegen tippte, kicherte verwirrt. Die Flasche fiel aus dem Fenster und verschwand geräuschlos in den Büschen des Parks.

»Italien ist wichtiger«, sagte Fausto.

»Ganz Venedig frißt Makkaroni-Pesto«, sagte ein anderer, der vor dem Spiegel stand und sich in die eigenen Augen starrte.

Das Weißbrot, das der Veteran nach jedem Löffel Minestrone in sich hineinwürgte, war in seiner Backentasche deutlich als Klumpen zu erkennen. Seine Augen waren vor Entsetzen geweitet, als befürchte er, an dem Brotbrei zu ersticken.

»Spülen, Zaffaroni, spülen«, höhnte Bolger und führte seinem Tischnachbarn das Weinglas an die Lippen.

Ich gehörte zu den Rekruten, die das Essen servierten, hatte jedoch das Glück, nicht für die Tische der Gönner, Donatoren und Ehrengäste eingeteilt zu sein. Wir trugen gebügelte weiße Kittel und machten uns einen Spaß daraus, Kellner von teuren Restaurants zu imitieren. Mit blasierten Gesichtern stolzierten wir durch den Saal, unsere Schritte nobel verlangsamt. Dabei hatte man uns befohlen, die drei Gänge speditiv auf- und abzutragen, damit genügend Zeit für die Tombola, den Tanz und all die geplanten Reden blieb. Bolger war bereits angetrunken erschienen. Er trug Uniform, wie es für festliche Anlässe Vorschrift war, hatte sich aber die absurdesten Plaketten, Medaillen und Anstecker an den Waffenrock geheftet. Seine ganze Brust war voll davon, und wenn er sich bewegte, klimperte und klingelte das billige Blech.

»Vor dem Tempel heulen die Wölfe«, sagte Bolger laut und hob das Glas, als habe er einen Toast ausgesprochen. Was er erntete, waren mißbilligende und verächtliche Blicke. Gezischel und entrüstetes Getuschel.

Der Mann, der als Musiker engagiert war, saß in der abgetrennten Bar und trank Cognac. Er bestand darauf, allein zu essen. Wir hatten sein Keyboard, die Rhythmusmaschine und die Verstärker und Lautsprecher nach seinen Angaben aufgebaut, aber er hatte darauf verzichtet, zu überprüfen, wie seine Geräte in dem Saal klangen. Er saß in der Ecke der Bar und wandte der Gesellschaft den Rücken zu; er hatte sich umgezogen und trug einen schillernden Anzug mit Schlaghosen. Pille hatte man in die Küche abkommandiert, weil er der Gattin eines Ehrengastes beim letzten Ball einen Teller Tomatensuppe in den Schoß geschüttet hatte. Seine lautstark verkündete Erklärung, der Befehl dafür sei ihm vom israelischen Geheimdienst in Form eines verschlüsselten Werbespots auf Rai Uno übermittelt worden, sorgte für Entsetzen und angestrengtes Gelächter. Hatte dieser junge Mann den Verstand verloren? Wer war in diesem Haus eigentlich pflegebedürftig; die Veteranen oder die waffenlosen Rekruten? Fragen nach dem Stil der Führung von uns wurden laut, aufgeregte Offiziere hatten in unserer Unterkunft ohne Erfolg nach Drogen gesucht. Für kurze Zeit hatte sich der Ton der Vorgesetzten verschärft. Es gab unangenehme Appelle mitten in der Nacht und einen sinnlosen Distanzmarsch bei brütender Hitze, doch dann hatte sich die Situation beruhigt, und das Haus der Veteranen versank in seiner gewohnten Schläfrigkeit. Als wir die Suppenteller abräumten, erwartete uns Pille hinter der Schwingtür der Küche, um jedem eine Kapsel in den Mund zu schieben. Das Aussehen des Saales und der Gäste und Veteranen veränderte sich mit jedem Gang. Verdichtete Realität. Lautfetzen. Farbsensationen auf taillierten Hemden und steifgesprayten Damenfrisuren. Der Raum bestand aus nichts als einfachen Geraden, die sich freilich unter meinen Blicken wegbogen und ausdehnten. Sanft das Licht und über Wände, ausgestellte Kriegstrophäen und Altmännergesichter tanzend. Herben Geschmack hatte ich auf der Zunge, ein chemisches Brennen. Gab mir Mühe, mich nicht nach pendelnden Lampen umzusehen, die ja doch nicht vorhanden waren. Schloß die Augen, und die tanzenden Lichter waren verschwunden. Dafür wanderte ein farbensprühender Balken über den Boden. Sehr langsam, sehr eindrücklich. Wegweisend. Ich trug die Salatteller dem Balken hinterher.

Die Lautsprecher knisterten vorwurfsvoll, und der erste Redner verhinderte die Sicht auf die gestapelten Tombolagewinne. Die Frisur des Mannes sah aus wie das Werk eines Theaterfriseurs, sein Gesicht war eine Unterwassermaske: sie zerfloß, schwappte bei jedem Wort wie eine Qualle auf dem Meeresspiegel. Einer der Veteranen entfaltete umständlich ein großes Taschentuch und schneuzte geräuschvoll hinein. Dann starrte er gebannt in das Tuch und faltete es sorgfältig wieder zusammen. Etliche Veteranen sahen ihm dabei zu. Der störende Fleck in einem Salatteller war kein Insekt, keine Schnecke, es war mein Daumen.

»Mistsauce«, sagte Zuzzi zu mir, »sauer wie der Teufel.« Trotzdem aß er rasch weiter. Zerschnitt große Salatblätter, Kinn und Lippen mit Sauce verschmiert.

»Aigre, aiju, vert, verdeur, gout de vergus«, sagte Bolger zu Zuzzi, »in mittelalterlichen Kochbüchern hat man neun verschiedene Ausdrücke für sauer verwendet. Und heute? He, Zuzzi, was sagst du heute? Sauer, mein Gott. Heute unterscheidet man nicht nach Geschmacksnuancen, man bewertet und benotet.«

»Allerdings«, sagte Zuzzi böse, »ich bewerte diese Salatsauce. Sie ist ungenügend. Oder um es genauer zu sagen: Sie ist Scheiße.«

Bolger hatte sein Essen bisher nicht angerührt. Er trank Rotwein und rauchte Zigaretten, obwohl sich seine Tischnachbarn deswegen beschwerten. Die Stimme des Redners war kaum lauter als diejenige von Bolger, zumindest hier im hinteren Teil des Saales. Man konnte knapp die Hälfte der Bühne sehen. Die Sitzordnung offenbarte hierarchisches Denken, zeigte Rangstufen. Unmittelbar vor der Bühne standen die vier Tische der Ehrengäste, flankiert von ehemaligen Majoren, Generälen, Vorgesetzten. Dahinter wurden die Tischabstände größer. Distanzen wurden deutlich, Grenzen. Der beschwerliche Weg aus der Vorstadt auf die Hügel der Reichen. Es gab rein norditalienische Tische, Ecken mit Süditalienern. An Bolgers Tisch saßen die ehemaligen Bauern und Landarbeiter, die einfache Soldaten gewesen waren und hier in den kleinsten Zimmern wohnten, die im Winter nur schlecht beheizt wurden.

»Saget euren Kindern davon, und lasset's eure Kinder ihren Kindern sagen und diese Kinder ihren Nachkommen: Was die Raupen lassen, das fressen die Heuschrecken, und was die Heuschrecken lassen, das fressen die Käfer, und was die Käfer lassen, das frißt das Geschmeiß«, sagte Bolger.

»Was?« Zuzzi sah Bolger verdutzt an.

Brillen mit Kassengestellen saßen tief auf aufgeschürften Nasenrücken, freudloses Lächeln entblößte falsche Zähne. Es roch nach Krankheit und Tod. Die Kleider dieser Alten waren schäbig und wurden nur schlecht ausgebessert. Manche trugen ihre Socken und Unterwäsche tagelang.

Fast jeder dieser Männer hütete ein gutes Hemd, eine Krawatte und einen Anzug in seinem Schrank. Getragen wurden diese Erinnerungsstücke aus besseren Zeiten höchst selten. Die Männer bürsteten die Anzüge regelmäßig aus, hängten sie an die frische Luft, zeigten uns Rekruten ihre Krawatten und Einstecktücher. Die Gesichter der Männer waren dann ernsthaft, sie schienen innerlich zu glühen. Seht her, ihr Arschlöcher, sagten diese Gesichter, der Knecht des Bauern weiß sich zu kleiden. Er raucht eine Zigarre und bestellt im Ristorante vom guten Grappa, den er sich eigentlich nicht leisten darf. Oft endeten solche Ausflüge in die Vergangenheit im heulenden Elend. Betrunkene alte Männer führten wir ins Heim zurück, nachdem man uns aus umliegenden Lokalen angerufen hatte. Zechen bezahlten wir, Wirten versprachen wir Besserung. Die Geschichten, die uns die Veteranen in jenen Momenten erzählten, verdrängte man mit Vorteil sofort. Wir standen auf verlassenen Landstraßen und stützten alte Männer, die für Italien in den Krieg gezogen waren.

»Was?« wiederholte Zuzzi und stach mit der Gabel Löcher in die Luft.

»Schwabenkäfer«, sagte Bolger und starrte demonstrativ an die Decke, »Kakerlak. Auch Blattella germanica genannt.«

Mehrere Veteranen sahen Bolger verständnislos an und hoben dann die Köpfe, weil er mit ausgestrecktem Arm unter die Decke zeigte.

»Dort«, sagte er, »Kakerlaken. Eine ganze Armee. Genau wie wir. Bloß nicht so alt und abgebrannt...«

Zufriedene Mienen erstarrten, wurden mürrisch. Argwohn sah ich, Ablehnung. Zaffaroni verschluckte sich, hustete. Die Decke des Saales war, wenn man Spinnennetze und abgeplatzten Verputz übersah, leer. Dreh das Licht aus, dann kannst du hören, wie die Kakerlaken über die Wände des Hotelzimmers laufen. Abscheu fühlst du, Ekel, weshalb du das Licht sofort wieder andrehst: Da verschwinden sie, in Mauerritzen, unter Schränken und Bodenleisten. Die Decke war leer. Der Redner sprach jetzt lauter. Baute komplizierte Sätze, verlor den Faden, leierte salbungsvoll Namen edler Spender herunter und hob die Stimme, als kündige er den Auftritt eines Stars an. Als suche er nach einer neuen Stimme, die er von nun an verwenden würde. Aber er verabschiedete sich bloß, die Arme wie ein Priester ausgebreitet. Amen, schwarzer Vogel, böser. Ich verbarg mich hinter einer Säule, machte Pause. Die meisten Veteranen aßen andächtig und ließen sich von der festlichen Stimmung beeindrucken. Hoch trugen die Spender ihre Köpfe, stolz. Die Seidenkleider ihrer Ehefrauen raschelten bei jeder Bewegung. Parfumschwaden standen in der Luft, herablassende Blicke sah ich, pikierte Handbewegungen, gerümpfte Näschen, igitt, igitt.

»Sperrt man ein Männchen und ein Weibchen zusammen, zum Beispiel in jenem Marmeladenglas, in welchem Zuzzi das Kleingeld sammelt, vermehren sich unsere Kakerlaken in 24 Stunden um den Faktor 50. Stellt man die Nahrungszufuhr ein, stellen wir fest, daß sich die Kakerlaken nicht gegenseitig auffressen. Nein, sie verhungern lieber.« Bolger sah sich triumphierend um, aber außer Zuzzi hatten sich die Veteranen der Bühne zugewandt. Dort hatte der Musiker hinter seiner Orgel Platz genommen. Offensichtlich spielte er. Wir sahen, daß er die Hände bewegte, nur hörten wir nichts. Die Anlage funktionierte nicht.

»Du bist ein blöder Hund«, sagte Zuzzi zu Bolger, viel zu laut, mehrere Köpfe drehten sich nach ihm um, »wie alle Römer.«

»Ich bin kein Römer«, sagte Bolger.

»Trotzdem. Du bist ein Idiot.« Zuzzi rückte seinen Stuhl von Bolger weg. Seine Stimme war rechthaberisch. Bolger beachtete ihn nicht weiter. Zuzzi würde als nächstes in giftiges Schweigen verfallen und schmollen wie ein kleiner Junge. Sein Mienenspiel deutete es bereits an; er schob den halbvollen Salatteller von sich weg und legte seine fleckige Hand auf den Tisch, geballt zur Faust.

Der Musiker saß an seinem Instrument, das nicht funktionierte, und grinste hinterhältig. Er war umringt von aufgeregten Helfern und rührte sich nicht. In der Küche war es hektisch und laut, aber wenigstens angenehm kühl. Alle Fenster standen offen, und ich sah, daß es regnete. Mir war übel, darum trat ich auf den Innenhof. Der Regen färbte die Fassade dunkler und glitzerte in den Maschen eines Drahtzaunes. Vor dem zementierten Lichtschacht saß ein Hund, der mit dem Schwanz wedelte, nein, es war ein Abfallsack, der in der Abluft der Küche flatterte. Meine Wahrnehmung arbeitete lückenhaft, lieferte interessante Informationen. Regenpfütze. Dreckschliere. Mückenschwarm, kreisend über offenen Eimern mit Essensresten. Baumrinde. Blattwerk, schaukelndes. Seidenslip, pfirsichfarben, offen im Schritt. ›Was machen Sie hier draußen, Soldat? Was fällt Ihnen eigentlich ein? Zurück an Ihre Arbeit, marsch.‹ Was ich hier mache? Ich denke an die Möse meiner imaginären Freundin, in welche ich gerne meine Zunge stecken möchte, Sir. Ich denke an ihre Zehen und sehnigen Waden, an ihren Hals denke ich und an ihre Lippen und kräftigen Schenkel. Und ich denke selbstverständlich an ihre Arschrosette, die sich so wunderbar zusammenzieht, wenn ich sie mit dem Daumen berühre, Sir. Mit meinem Daumen, der tropfnaß ist von ihrem Speichel und ihrem Saft. Mit wem ich redete? Mit mir, in jener Haltung gegen die Wand gelehnt, die man von Festgenommenen kennt: Arme ausgebreitet, Beine gespreizt. Wo hat der Kerl seine Waffe versteckt?

Gleich darauf trug ich Rindsbraten mit Polenta und bescheidener Gemüsegarnitur in den Saal. Der Musiker spielte mittlerweile einen italienischen Schlager auf seinem Keyboard, aber er sang nicht dazu. Das würde er später tun, nach dem Essen und der Tombola, wenn die Frauen der Ehrengäste sich dazu herabließen, mit dem einen oder anderen Veteran zu tanzen. Das Murmeln der Essenden hatte etwas Religiöses.

Kaum war der Hauptgang abgetragen, mußten wir die Kartontafeln und die Kärtchen für die Tombola verteilen. Bolger hatte keinen Bissen gegessen und mindestens eine Flasche Rotwein getrunken. Er schwieg lächelnd, neben sich den brütenden Zuzzi, der jetzt auch rauchte. Das Tischtuch war mit Flecken übersät. Bratensauce lief als Tropfspur von der Schüssel zu jedem Teller. Die Tombola war langweilig, die Preise niederschmetternd. Gönner in stahlblauen Anzügen gaben Veteranen Badesalz in die Hände, Teddybären, Topfpflanzen, Wandkalender, Bademäntel in schreienden Farben oder Zusammensetzspiele mit dem Motiv des Domes von

Mailand in 4 000 Teilen. Der Musiker begleitete die Übergabe der Preise mit einem Tusch, den er jedesmal leicht variierte. Ansonsten starrte er teilnahmslos ins Publikum.

Schläfrig hallte die Stimme des Mannes, der die Zahlen ansagte, durch den Saal. Ich merkte kaum, daß er redete. Kahle Köpfe neigten sich über Tombolafelder, Kärtchen wurden zu Türmen gestapelt und von kichernden alten Männern umgestoßen. Fliegen surrten gegen Wände und Glas, der Saal war ein Schlafzimmer, ein Spielzimmer. Man gähnte, schnappte nach Luft, kämpfte mit dem Schlaf. Regen ging auf die Oberlichter nieder, ein sanftes, ein versöhnliches Geräusch. Die ausgerufenen Zahlen trieben durch den Raum. Neunzehn. Fünfundzwanzig. Dreißig. Einbäume, in denen Soldaten saßen und flußabwärts glitten. Gesichter von krampfhaft lächelnden Damen spiegelten sich im Glas von Vitrinen mit Modellen von Kriegsschiffen, Panzern und Hubschraubern. An den Wänden befestigte Bajonette reflektierten Licht, Orden blitzten. Gestern hatte ich einem Veteran zugesehen, der sich in ein Gemüsebeet bückte. Ein kleiner Stoß genügt, hatte ich mir vorgestellt, ein Tritt, und der Alte kippt kopfüber in die Rüben. Es war heiß gewesen, und einer der Veteranen hatte zum zweiten Mal an diesem Tag ins Bett gemacht; war dies Grund genug, einen anderen Alten durch den ganzen Flur gehen zu lassen, weil er die Pille wollte, die ich vor ihm hertrug?

Erstaunlicherweise spielten Bolger und Zuzzi die Tombola mit. Bolger gewann sogar einen Preis. Als ihm der Apotheker des Ortes eine Taschenapotheke überreichte, verbeugte sich Bolger überschwenglich.

»Vielen herzlichen Dank, Herr Professor«, sagte er über das Mikrophon zu dem verdutzten Geschäftsmann, dem er kräftig die Hand schüttelte. Bolger schwankte zu seinem Platz zurück; seinen Preis drückte er einem anderen Veteranen in die Hand, der ihn seinerseits sofort weitergab.

Die Tombola nahm kein Ende. Eine Weile stand ich an der Bar, um einer weiteren Chemikalie von Pille zu entgehen. Im Moment gab es nichts zu tun, also trank ich einen starken Espresso. Einzelne Veteranen waren eingenickt. Trauben von Ehrengästen standen im Vorraum, wo sie das Ende des Spieles abwarteten. Schließlich hatte ein Veteran alle seine Felder abgedeckt, und die Tombola war vorbei. Die Übergabe des Hauptpreises ging im Stühlerücken und anschwellendem Stimmengewirr unter. Alle wollten sich die Beine vertreten, Wein nachbestellen, Kaffee. Alte Männer saßen hinter ihren absurden Preisen, mordlustige Blicke verteilend. Einige schimpften still vor sich hin. Vor den Toilettentüren warteten lange Schlangen, der Musiker trank an der Bar. Der Regen hatte nachgelassen, und durch die geöffneten Türen strömte frische Luft. In Abflußrohren rauschte Wasser.

»Mamma mia«, rief Bolger, »was für ein Prachtexemplar.«
Veteranen drehten sich nach ihm um, Ehrengäste. Ich stand ganz in seiner Nähe.

»Dort«, sagte er und deutete auf eine große Spinne an der Wand.

Er erhob sich, verblüffend sicher, trotz des Alkohols und packte die Spinne.

»Zack«, sagte er, »plump gemacht, zugegeben. Wißt ihr, wie die amerikanische Lassospinne ihre Beute fängt?«
Seine hohle Hand mit der darin gefangenen Spinne sorgte für Aufregung. Kriegsveteranen wichen zurück. Eine Bewegung, die immer mehr Zuschauer in unsere Ecke lockte.

»Lassospinne«, höhnte Zuzzi, »was für ein Blödsinn.«
»Kein Blödsinn, nein. Für ihre Jagd hängt sie sich mit dem Rücken nach unten an ein Ästchen. Um Mottenmännchen anzulocken, imitiert die Lassospinne den Sexualduft eines Mottenweibchens. Die Männchen lassen sich übertölpeln, fliegen das vermutliche Weibchen an und werden von der Spinne mit einem gezielten Lassowurf aus der Luft geangelt. Zack.«

»Lassowurf? Eine Spinne?« fragte ein Veteran unsicher.

Zuzzi schüttelte den Kopf. Er hatte sich demonstrativ abgewandt, was allerdings so wirkte, als wolle er dadurch Bolgers Hand mit der Spinne entgehen. Bolger genoß seinen Auftritt sichtlich.

»Lassowurf, genau. Es besteht aus einem einzigen Spinnfaden, an dessen Ende ein fetter Leimtropfen klebt.«

»Blödsinn«, machte Zuzzi.

Das wiederholte Wort löste Unruhe aus. Zustimmung oder Ablehnung. Die Mehrheit der Zuschauer war offensichtlich bereit, Bolger zu glauben.

»Nein, das ist kein Blödsinn. Das ist Bildung«, sagte Bolger.

»Scheiß drauf«, gab Zuzzi zurück, »scheiß drauf.«

Bolger setzte sich neben ihn und öffnete die Faust. Dick und schwarz hockte die Spinne vor ihnen auf dem Tisch. Irritiert von der plötzlichen Freiheit, rührte sie sich für ein paar Sekunden nicht vom Fleck. Bewegte eines ihrer behaarten Beine. Starrte uns das Tier nicht an? Sah den hohen Raum, zwei sitzende Männer in Uniform und dahinter den dichtstehenden Ring Schaulustiger. Dann setzte sich die Spinne in Bewegung. Verschob sich seitwärts, ruckartig. Zuzzis Gesicht war angespannt, sein Körper nahm eine abwehrende Haltung ein, in Gedanken war er längst auf der Flucht. Hätte er gerne gekreischt? So, wie es eine Frau tat, die ein goldenes Kleid trug, das aussah, als sei es aus Plastik? Die Spinne bewegte sich vor Bolger und Zuzzi hin und her, ohne den Abstand zu ihnen zu verringern. Nach dem Kreischen der Frau blieb es für Momente ungemütlich still. Als die Spinne ihre Richtung änderte und plötzlich direkt auf Zuzzi zulief, ging entsetztes Aufstöhnen durch die Menge. Auch ich gab Schreckensgeräusche von mir. Zuzzi war starr vor Angst; die Spinne würde ihm wohl direkt auf den Schoß springen.

Bolger lachte auf, packte die Spinne und steckte sie sich in den Mund. Laute des Erstaunens machten die Runde. Zuzzi entspannte sich erleichtert, doch seine Miene verdüsterte sich sofort wieder. Haßerfüllt starrte er Bolger an, welcher seinerseits in die Runde blickte, genüßlich kaute und dann deutlich sichtbar schluckte. Ablehnende Gesten zeigten an, daß die Stimmung leicht in Wut gegen Bolger umschlagen konnte.

»Spinnen sind Geschmackssache«, sagte er.

An den vorderen Tischen hatte man inzwischen wieder Platz genommen. Das Stimmengewirr verebbte, denn am Mikrophon stand der Kommandant des Hauses, imposant in seiner Größe. Er strahlte Optimismus aus, ungebrochene Zuversicht. Haltungen, die bei vielen Veteranen schlecht ankamen. Ihre Gesichter verdüsterten sich und wurden hart. Kinnmuskeln arbeiteten, Kiefer mahlten. Nackenmuskeln zeigten sich als dicke Stränge.

»Spinnen sind Geschmackssache«, wiederholte Bolger, »einige mögen sie roh, andere bevorzugen sie in Bordeaux eingelegt.«

»Halt endlich den Mund«, sagte Zuzzi.

»Halt du den Mund«, sagte ein Veteran zu ihm.

Damit war der Moment erreicht, an dem es galt, Partei zu ergreifen. Einige der Zuschauer setzten sich hin, aber die meisten blieben bei Bolger und Zuzzi stehen. Was in unserer Ecke vorging, war offenbar spannender als die Ansprache des Kommandanten. Seine Stimme war laut und herrisch. Er verzichtete auf das Mikrophon. Stand aufrecht da, mit seinen Auszeichnungen prahlend. Ein Wetterhahn, Gockel. Eine Unterredung mit ihm unter vier Augen bot jedesmal eine Reihe unangenehmer Überraschungen. Der Kommandant machte den Eindruck eines Mannes, den man als Kind für alles Wichtige richtig erzogen hatte. Wenn er lächelte, sah es aus, als denke er an etwas Unangenehmes. Als schwebe sein Lächeln neben seinem Gesicht. Er redete von Ehre, Treue und dem Glauben an Italien als Vaterland. Seinen Gesichtsausdruck brachte ich automatisch in Verbindung mit einem ehemaligen Lehrer; als Junge hatte ich den Mann in Gedanken mehrmals getötet. Die Rede des Kommandanten war geschickt aufgebaut; langsam erlaubte er sich, in Fahrt zu kommen. Wetterte gegen Wirtschaftsgauner, Asylanten, Drogenhändler, Drückeberger. Die Mienen der Veteranen entspannten sich. Ablehnung verwandelte sich in Zustimmung. Der Kommandant machte die alten Männer zu Komplizen seines Hasses. Bolger mußte achtgeben, sonst verlor er die Aufmerksamkeit seiner Zuhörer.

»Man ißt sie rund um die Welt«, sagte er laut, und der Kommandant sah sich irritiert um. Wo sitzt der Kerl, der sich erlaubt, meine Ansprache zu stören?

»Rund um die Welt«, sagte Bolger noch einmal, »am Orinoko, auf den Kanarischen Inseln, in Afrika, Australien, Thailand und Neukaledonien.«

»Und in Italien«, ergänzte ich leise.

Zuzzi war die Sache peinlich. Er hatte sich endgültig von Bolger abgewandt und blickte auf die Bühne. Bolgers Aufzählung hatte kleine Pausen in die Rede des Kommandanten gebracht.

»Ruhe da hinten«, sagte ein Mann wütend. Er trug einen hellen Anzug und saß am Tisch der Ehrengäste. Der Kommandant überging die Störungen großzügig. Aber seine fahrigen Handbewegungen verrieten, daß er sich ärgerte.

»Und in Kolumbien knabbern die Kinozuschauer geröstete Ameisen«, behauptete Bolger laut.

Das brachte den Kommandanten aus dem Konzept. Ameisen? Sein Mund stand offen. Bolgers angeheftete Medaillen und Plaketten waren der pure Hohn. Nach einer verblüffend langen Pause hatte sich der Kommandant entschieden, mit welcher Taktik er weitermachte: Größe zeigen, den Störenfried ignorieren. In Gedanken auslöschen, vernichten, zertreten wie eine Laus. Zuzzi war in sich selbst hineinversunken; sein Körper verschwand in der Uniform, und er war sichtlich bemüht, sein ungeschütztes Gesicht zum Verschwinden zu bringen. Es war jetzt sehr still in dem Saal. Die Stimme des Kommandanten war die Stimme des Propheten. Und wir lauschten ihr ergeben. Seine Worte waren groß, schwer. Er war bemüht, sie zum Leuchten zu bringen. Da stand Bolger auf. Ächzend und schwankend, er war angetrunken.

»Die Heuschrecken«, donnerte er, »die schon Johannes den Täufer in der Wüste vor dem Hungertod...«

Weiter kam er nicht. Er hatte den Bogen eindeutig überspannt. Der Kommandant nahm jetzt doch das Mikrophon zu Hilfe. Er redete nicht mehr, er befahl. Veteranen setzten sich aufrecht hin, nahmen sitzend Haltung an, strafften ihre vor Langeweile erschlafften Gesichter. Der Kommißton des Kommandanten erinnerte sie an früher. Man verlangte nach ihnen, sie waren bereit.

»Schafft diesen Witzbold hier raus«, brüllte der Kommandant. Er sah sich um und entdeckte mich in Bolgers Nähe. Ich würde seinen Befehl ausführen müssen. Er lächelte hinterhältig und zeigte auf mich.

»Mantovani«, schrie er, »bringen Sie den Kindskopf weg von hier. Augenblicklich.«

Ich ging auf Bolger zu und glaubte für einen Moment, er wolle mich schlagen. Aber dann ließ er sich am Arm nehmen und ohne Widerstand von mir aus dem Saal führen. Alle blickten uns nach, ein rührender Anblick. Vor der Tür drehte er sich noch einmal um.

»Jene Heuschrecken bestanden zu fünfundsechzig Prozent aus Eiweiß«, sagte er ernsthaft.

»Raus«, brüllte der Kommandant.

»Insekten sind außerdem reich an Eisen, Zink und Vitaminen.«

Bolger gab nicht auf. Er hatte meinen Arm abgeschüttelt und war ein paar Meter Richtung Bühne gegangen. Sein behängter Waffenrock glänzte und glitzerte. Dem Kommandanten fehlten die Worte. Er drohte mit der Faust, sein Mund schnappte auf und zu. Blieb die Frage, wie er seine Ansprache fortsetzen würde; benützte er seine Wut für eine weitere Tirade?

»Haben Sie denn noch nicht genug, Bolger?« rief er verzweifelt, »Gott wird Sie für Ihre Unverschämtheit bestrafen.«

»Satan ist größer als Gott«, entgegnete Bolger, »mächtiger. Das müßten Sie eigentlich wissen, Commandante.«

Jemand lachte, wurde jedoch zurechtgewiesen. Empörte Stimmen meldeten sich, Bewegung kam in den Saal, Unruhe. Der Kommandant mußte handeln, sonst entglitt ihm die Kontrolle. Er kam auf uns zu, mit verkniffenem Mund, nach Rache riechend. Ich winkte beruhigend ab und schob Bolger aus der Tür. Ging der Kommandant so weit, uns zu verfolgen? Die Tür blieb geschlossen hinter uns, wir hörten Applaus. Galt er dem Kommandanten oder Bolger?

Draußen war es dunkel. Der Himmel war von einer dichten Wolkendecke bedeckt, und aus den Bäumen tropfte Wasser. Wir gingen schweigend in den Park hinein; die Fenster des Haupttraktes warfen Rechtecke auf Gras und Wege, ein Raster, durch welches wir uns langsam bewegten. Licht, Schatten, Licht, Schatten. Im abgeschiedenen, dunkleren Teil des Grundstückes setzte sich Bolger auf den Boden und strich mit flachen Händen durch die nassen Grashalme.

»Gras, weicher Pelz, Mantobelli«, sagte er.

»Mantovani«, sagte ich, »ist die Wiese nicht naß?«

»Weicher Pelz, das Gras, Stefano. Fast niemand weiß, daß die Erde ein Tier ist, das schläft.« Er begann auf allen vieren durch die Wiese zu kriechen, und ich glaubte, er müsse sich übergeben.

»Fühl selber«, sagte er und sah sich nach mir um, »komm schon.«

Er fuhr mit beiden Händen durch das Gras, als suche er etwas. Aus dem Gebäude war Musik zu hören; jetzt tanzten sie. Dazu mußte man einige der Tische wegschaffen, worauf sich ein Teil der Ehrengäste mit ihren Frauen an die Bar zurückzog.

»Heute nacht träumt sie, die Erde«, sagte Bolger, »fühl mal.«

Also ging ich in die Knie und strich wie er mit beiden Händen durch das Gras.

»Na«, fragte er, »spürst du es?«

»Ja, ich kann es fühlen. Sie träumt.«

Die Erde bewegte sich tatsächlich. Es war, als vibriere unter der Wiese ein Motor, der die Regentropfen aus den Zweigen schüttelte und meine Handflächen kitzelte. Genau so hatte sich der Gasgriff des Motorrades von Carlas Großvater angefühlt. Manchmal hatte er mir erlaubt, die englische Maschine für ihn anzukicken. Wenn der Motor lief, blieb ich im Sattel sitzen, bis Carla auf dem Sozius des aufgebockten Motorrades Platz genommen hatte. Erst dann gab ich Gas, als fahre ich tatsächlich mit ihr davon.

13.

Über unbewegten Wipfeln brennt Sonne, Vogelschwärme durchfliegen den Himmelsausschnitt in Formation. Bevor ich die Inschrift der Stelen entziffern kann, fällt der Vorhang. Bin kein moosbewachsener Stein, stehe auf der Wiese am Fuß der Felswand. Bin 130 Zentimeter hoch, mehrsprachig, glatt, perfekt poliert, raketenförmig und schwarz. Lichtbündel schießen aus meiner Öffnung. Ohne Sprengtrupp bin ich nicht zu verrücken. Ich lüge, ich bin.

Ich erwachte, weil ich schwitzte. Die Balkontüre stand offen, die Fassaden der Häuser auf der anderen Straßenseite leuchteten safrangelb in der Sonne. Ich lag auf Bolgers Sofa, trug nur meine Unterhose und konnte mich nicht erinnern, daß ich mich hingelegt hatte. Bolgers Bett in der Ecke war leer, mein Kellnerkittel hing an einem Bügel an der Schranktür. Bolger saß bestimmt im Park, wie fast jeden Morgen. Im Badezimmer brannte Licht, Tablettenfläschchen lagen verstreut im Waschbecken und am Boden. Als ich in den Spiegel sah, dachte ich an meinen Vater. Mit demselben Gesichtsausdruck hatte er sich angesehen, wenn er zuviel getrunken hatte. Der Blick in Bolgers Spiegel schlug eine Brücke über Welten und Generationen hinweg. Mehrmals habe ich dich im Bad überrascht, Vater, den Kopf über das Waschbecken gebeugt, um dem eigenen Spiegelbild zu entgehen. ›Hier bin ich‹, schienen deine Augen zu sagen, ›seht nur, was das Leben in der Fremde aus mir macht.‹

In der vergangenen Nacht hatten wir an einem der Fenster gestanden, verborgen durch Gebüsch, um den Tanzenden zuzusehen. Schattentänzer, potentielle Grabscher. Gummisohlen quietschen. Ledersohlen hinterlassen Spuren, die nach einer Weile verschwinden, auf dem Parkett. Die Tanzenden sahen unglücklich aus. Mechanisch bewegten sich die meisten, steif. Alte Männer in Uniformen mit kontrollierten Gesichtern; Krieger, müde. In ihren Armen hielten sie Frauen mit Kleidern in den unglaublichsten Farben. Gattinnen, deren Mienenspiel vom dicken Make-up eingeschränkt war. Ledergesichter, Anteilnahme heuchelnd. Einer Pflichtübung sahen wir zu, einem Manöver von Veteranen. Weder lag Zärtlichkeit in der Luft, noch Leidenschaft oder wenigstens Begeisterung. Immer rund herum im Takt, plötzlich kämpfte ich mit den Tränen. Die Scheiben hatten das Licht abgedämpft, das Glas einzelne Details verdoppelt. Die Musik war miserabel gewesen, ein Echo bekannter Melodien.

›Und jetzt trinkst du einen Whiskey aus meiner Heimat mit mir‹, hatte Bolger befohlen. Drückend heiß war es in seinem Zimmer gewesen, und wir hatten uns auf den Balkon gesetzt. Die beiden Stühle paßten genau auf die Betonfläche. Wir hatten direkt aus der Flasche getrunken. Blackbush. Irland. Es war die Nacht der Insekten gewesen, der Spinnen, Raupen und der Ernährung, der falschen und der richtigen.

»Insekten könnten dazu beitragen, die Ernährungsprobleme der dritten Welt zu lösen«, hatte Bolger doziert. Sein Gesicht war ein runder, heller Fleck gewesen, schaukelnd wie ein Lampion an der Reeling eines Bootes.

»Das Gesamtgewicht aller Insekten übersteigt das allen anderen tierischen Lebens an Land. Da sie sich rasend schnell vermehren, eignen sie sich hervorragend zur industriellen Produktion. Ein Stubenfliegenpärchen kann unter optimalen Bedingungen in sechs Monaten mehr als 100 Billionen Nachkommen zeugen. Befindet sich der Nachwuchs erst im Larvenstadium, haben die beiden Fliegen auf diese Weise bereits mehr als 300 Tonnen reines Eiweiß hergestellt. Eine Seidenraupe nimmt in einem Monat das Achttausendfache ihres Gewichtes zu. Insektenfarmen würden daher einen Bruchteil jenes Aufwandes erfordern, welchen Industriestaaten betreiben, um Rinder und Schweine zu mästen – auf Kosten der dritten Welt.«

Bolger hatte auf dem Balkon gestanden und das Geländer mit der abplatzenden Farbe umklammert.

»Bin müde, krank, bald blind, bald tot«, hatte er in die Nacht gebrüllt, »aber ich lebe, ihr Idioten. Bolger lebt.«

Mit einemmal hatte meine Nase geblutet. Die Spritzer auf meinem weißen Shirt boten Gelegenheit für Phantasien. Länder sahen wir, Köpfe, Tiere und Bäume. Als das Bluten nachließ, Kopf im Nacken, dazwischen Whiskey trinkend, machte Bolger sitzend weiter.

»Und auch die Tierschützer können sich freuen. Weil es nämlich als erwiesen gilt, daß Insekten nicht so leiden wie höherstehende Wirbeltiere. Womit das schlechte Gewissen von uns Menschen beruhigt wäre. Fazit: Schluß mit der Käfighaltung von Geflügel, Schluß mit der Quälerei von Schwein und Rind, Schluß mit engen Futterboxen und Chemie. Wir gehen in die Massenproduktion von Raupen, Würmern, Käfern.«

Nacht der Insekten, Nacht der wirren Dialoge und der Sätze aus früheren Tagen. An der Wand hinter uns kletterte Efeu, Bolgers Seemannskoffer stand offen, überall lagen Bücher, Socken. Irgendwann hatte er mir einen schmalen Band in die Hand gedrückt und erklärt, das sei das Buch, welches er morgen in die Bibliothek zurückstelle. Henry Miller. Stille Tage in Clichy.

»Ein mittelmäßiger Roman. Aber randvoll mit Sauereien von der Sorte, die den Jungs hier den Schweiß auf die Stirn treibt.«

Ich zog mich an und verließ den Nebentrakt mit den Zimmern der Veteranen und der Wäscherei im Kellergeschoß. Trat in grelle Sonne; bis zum Beginn meiner Schicht blieben mir vier Stunden. Bolger saß vor dem Eingang der Krankenstation auf einem Mäuerchen, er wartete auf mich. Meine Schritte wirbelten Staubwölkchen auf. Ginsterruten wurden von Mückenschwärmen angeflogen. Schmetterlinge wirbelten.

»Unsere Pfeile werden die Sonne verdunkeln«, sagte Bolger.

»Dann kämpfen wir eben im Schatten«, antwortete ich.

Blickte durch das Gewirr von Zweigen, Ästen, Blüten und Blättchen wie durch einen Trichter, in dem Licht flirrt. Ziegelschuppen, saures Gras. Und auf den Steinen, gestapelt zum Berg, sengende Sonne, welche Eidechsen aus ihren Verstecken lockt und Ringelnattern. ›Du kannst mir unter den Rock fassen‹, sagt Carla, ›wenn du willst.‹ Wollen. Können. Dürfen. Müssen. Herausfordernd sieht sie mich an, liegt auf dem Steinhaufen wie auf einem bequemen Bett. ›Nicht nötig‹, sage ich höflich. ›Oder in die Bluse‹, sagt sie und wippt gelangweilt mit dem Fuß, der aus der Plastiksandale geschlüpft ist. ›Ich trage keinen BH.‹ Giganten, diese beiden Buchstaben, Monumente: B. H. Aus dem Hof ist die Stimme ihres Großvaters zu hören; er redet mit seinem Hund. Ich habe gesehen, daß sie im Schatten der Obstbäume sitzen. ›Wenn ich ein Junge wäre, würde ich nur an das Eine denken.‹ Carla sieht trotzig an mir vorbei. Reibt sich ausgiebig eine rote Schwellung über der Achillessehne. ›Und an was würdest du denken?‹ frage ich, dabei kenne ich die Antwort, die sie mir prompt schuldig bleibt. Sie springt auf und verschwindet im ungeschnittenen Gras. Fünf, sechs Sekunden Vorsprung gebe ich ihr, das tue ich jedesmal, denn es erhöht den Reiz meiner Jagd. Außerdem weiß ich, daß sie sich erwischen läßt.

»Schläfst du noch?« fragte Bolger. Er zog einen Luftpostumschlag aus seiner Hosentasche und winkte damit.

»Ein Brief aus Irland«, sagte er, »von meiner Tochter Rebecca. Ihre Schrift ist so verdammt klein. Du muß mir helfen.«

Schwalben kreisten. Bolgers Gesicht im Profil vor mir, strich ich über die Kühlerhaube des Schrottautos. Bolger pflückte Blumen, die ich nicht kannte, aus dem Wiesenstreifen, welcher der Grundstücksmauer entlangläuft. Darüber vergingen die Minuten. Zwar hatte ich den Brief seiner Tochter schon in der Hand, aber ich würde ihn erst öffnen, wenn er mich darum bat. Schließlich hob er sein Gesicht aus den Blumen und sah mich an.

»Und? Fang endlich an«, sagte er.

Die Schrift seiner Tochter war rund und schwungvoll; sie hatte den Brief mit violetter Tinte geschrieben; an einer Stelle war das Papier von feinen Klecksen gesprenkelt. Bolger pflückte weiter. Er wandte mir den Rücken zu, aber an seinen Nackenmuskeln erkannte ich, daß er mir angespannt zuhörte.

Dingle, den 25. August 1992
Lieber Dad,
ich bin froh, daß es dir so gutgeht und daß du in ein größeres
und schöneres Zimmer umziehen konntest. Daß das Haus
deinen Geburtstag mit einem großen Ball gefeiert hat, finde
ich wunderbar. Bestimmt hast du getanzt, ich wäre zu gerne
dabei gewesen, Dad. Wie geht es deinen Augen? Offenbar
hast du jetzt jemanden, der dir meine Briefe vorliest, habe ich
das richtig verstanden? Sei mir nicht böse, aber es wird leider
immer schwieriger, deine Buchstaben zu entziffern. Könntest
du den Mann nicht bitten, die Briefe für dich zu schreiben?
Hier in Dingle gefällt es mir ausgezeichnet. Ich bin froh, daß
ich den Mut hatte, meine Arbeitsstelle zu wechseln. Ich bin
jetzt seit sechs Wochen im Hotel ›Kingsbridge‹, und ich habe
mich gut eingewöhnt. Der Besitzer heißt Séamus Kavanagh
und ist ein freundlicher, offener Mensch. Er trinkt zwar, aber
er läßt mir freie Hand. In Irland ist es nicht üblich, daß eine
Frau die Küche eines Hotels führt, aber wir haben gehört, daß
Gäste bereits von weit her ins ›Kingsbridge‹ kommen – und
zwar nicht nur wegen der wunderbaren Meersicht, die man
von unseren Tischen hat. ›Bella Italia‹, ruft mir Kavanagh
jeden Tag mindestens einmal zu und lobt meine italienische
Küche. Dabei muß ich auf viele wichtige Zutaten verzichten.
Mein Zimmer befindet sich in einem hölzernen Anbau im
obersten Stockwerk. Wenn ich das Dachfenster ganz öffne
und mich auf den Stuhl stelle, kann ich sogar das Meer sehen.
Manchmal macht mir das dunkle Wasser angst, aber meistens
ist das Meer eine spiegelnde Scherbe, die vor dem Küchenfenster liegt und den irischen Himmel für mich reflektiert. Oft
bin ich an der Küste und stelle mir vor, daß wir nebeneinander
stehen und gemeinsam über den Atlantik sehen. Bis nach
Amerika. Manchmal gelingt es mir, die Wolken in deine Richtung zu dirigieren. Sie fahren übers Wasser, bis nach Italien.
Und wenn sie bei dir angekommen sind, haben sie ihr Regen-

wasser längst abgeladen, sind sie weiß und rein. Wie die Wattewölkchen, die du vor die Fenster meiner Puppenstube geklebt hast, erinnerst du dich? Mein Englisch wird übrigens von Tag zu Tag besser. Kavanagh. Was für ein Name. Seine Frau heißt Kathleen. Sie möchte, daß ich ihr die Rezepte beibringe und von Italien erzähle. Der Mann, der das Lebensmittelgeschäft führt, heißt Bolger. Aber offenbar sind wir nicht mit ihm verwandt. Obwohl Kavanagh behauptet, daß in Irland alle miteinander verwandt sind, irgendwie. Sobald ich genügend Geld gespart habe, schicke ich dir eine Flugkarte, Dad. Dann besuchst du mich in deiner Heimat und bleibst überhaupt gleich hier bei mir.

Tausend Küsse, deine Tochter Rebecca

PS: Unbekannterweise grüße ich auch Sie, der Sie meinem Vater diesen Brief vorgelesen haben. Ich hoffe, meine Schrift bereitet Ihnen keine Probleme. Danke für Ihre freundliche Hilfe.

Die Zeilen, die an mich gerichtet waren, las ich Bolger nicht vor. Er hatte mir die ganze Zeit den Rücken zugewandt und schweigend zugehört. Auf seine Lüge mit dem Umzug in ein besseres Zimmer und das Geburtstagsfest ging ich mit keinem Wort ein. Er nahm mir den Brief aus der Hand, steckte ihn in den Umschlag zurück und stopfte diesen in die Hosentasche. Die Blütendolden seines Straußes hatten gelbe und weiße Tupfer auf sein Hemd gestempelt; Bolger sah aus wie ein alter Herzensbrecher, der nach den richtigen Worten sucht, bevor er an der Tür seiner Geliebten klingelt. Er nahm mich am Arm. Wir gingen in den Park hinein, und Bolger erzählte mir seine Geschichte. Anderen Veteranen wichen wir aus; gerieten wir trotzdem in die Nähe von jemandem, schwieg Bolger oder tauschte höchstens einsilbige Bemerkungen aus. Er vermied es, mich anzusehen. Auch meinen Arm hatte er freigegeben.

»Scheißhitze heute«, sagte ein Veteran zu ihm.

»Scheißball gestern«, sagte er zu dem Veteran.

Wir gönnten uns keinen Stillstand. Gingen über die Kieswege oder mitten durch gemähte Wiesen, kreuz und quer über das Grundstück. Ruhig standen die Bäume in der Hitze, der schwache Wind bewegte unsere Haare, aber keinen Zweig und kein Blatt. Bolger redete leise und stockend, er weihte mich ein:

»Mein Vater Liam kam 1880 in Dalkey zur Welt. Dalkey liegt wenige Kilometer südlich von Dublin an der Küste und war damals ein eigenständiges Städtchen. Liams Elternhaus stand am Ende einer schäbigen Häuserzeile. Er war das jüngste von neun Kindern und entschloß sich mit siebzehn, nach Amerika auszuwandern. Das heruntergekommene Schiff legte 1897 von der North Wall ab, einem der Dubliner Kais. Die Seefahrt nach Amerika dauerte mehrere Wochen und war furchtbar. Alles, was Platz wegnahm, war aus dem Schiff entfernt worden; für die Reederei aus Liverpool waren die irischen Auswanderer Frachtgut, das man so eng wie möglich stapelte. Mein Vater reiste auf dem billigsten Deck, dem Orlopdeck, das sich zuunterst im Leib des Schiffes befand. Die Luft war so stickig, daß immer wieder die Kerzen ausgingen. Rundum starben Passagiere an Hunger, Durst oder Krankheit, bald stank das ganze Deck nach Untergang und Tod. Er gab sich während dieser Reise mehrmals selber auf; er sah den Tod als Erlösung, als Möglichkeit, dem Orlopdeck zu entkommen.«

Bolger erzählte weiter, er bestimmte auch die Richtung, die wir einschlugen. Kreidig das Licht, Büsche standen reglos und wie eingegossen in der schwülen Luft. Vögel taumelten am Himmel, ich war entsetzlich müde.

»Mein Vater Liam ging am 4. November 1897 von Bord.«

Bolger hielt den Blumenstrauß vor der Brust umklammert

und zog mich zwischen Brombeerbüschen hindurch auf eine verborgene Lichtung zwischen den Laubbäumen. Dort standen ein Steintisch und mehrere Stühle; die Fassade des Veteranenheimes war von hier nur als gelber Schatten auszumachen. »Hab' ich dir eigentlich gesagt, daß ich kaum Englisch spreche?« fragte Bolger. Ich schüttelte den Kopf und setzte mich hin. Mir war immer noch leicht schwindlig. Auf der Wiese hinter den dichtstehenden Bäumen schrien sich zwei Veteranen an. Bolger setzte sich neben mich und legte mir die Blumen in den Schoß.

»Dafür kann ich singen«, sagte er, »wie jeder Ire.«

»Du bist kein Ire«, sagte ich, »du bist Italiener.«

»Mein Vater war Ire. Also bin ich es auch.«

Bolger erhob sich. Die streitenden Veteranen schrien sich noch immer an. Ihre Schimpfworte klangen emotionslos und hatten keine Überzeugungskraft. Hinter uns lärmten Vögel, raschelten im Unterholz. Sonne ließ Spinnfäden gleißen.

I wish, I wish, I wish in vain,
I wish in vain I was a youth again.
But a youth again I ne'er shall be
Thill the apple grows on the ivy tree.

Bolgers Stimme war dünn und unsicher, seine englische Aussprache fehlerhaft. Er hatte seine Hände auf dem Rücken verschränkt und starrte ins Leere. Die Melodie des Liedes war traurig. Die Streitenden schwiegen jetzt.

But the sweetest apple is the soonest rotten.
And the hottest love grows the sooner cold.
And what can't be cured love must be endured love,
So now I'm bound for the coast of gold.

For love is teasing, and love is pleasing
And love is pleasure, when first it's new.

But as it grows older, the love goes colder,
Till it fades away, like the morning dew.

Bolgers Gesicht glänzte, sein Haarkranz leuchtete. Der Wald brannte. Dann öffnete ich die Augen, und das Feuer war nichts als die Sonne, die die Bäume in ihrem Gegenlicht mit rot ausfransenden Konturen versah. Bolger nahm mir die Blumen weg und ging davon. Nach ein paar Metern drehte er sich um.

»Willst du das Ende der Geschichte hören oder nicht?« fragte er. Also ging ich ihm nach. Müde, zerschlagen, neugierig. In der letzten Strophe war seine Stimme rein und klar gewesen. Wir traten knapp nacheinander aus dem Schutz der Bäume auf die leere Wiese, über der die Luft flirrte.

»Wasch dich doch endlich«, rief eine Männerstimme in einem der Zimmer.

»Komme bald nach Hause«, sagte Bolger, »also hör auf, Dich zu waschen, Josephine, hör auf, Dich zu waschen.«

Er warf seinen Strauß in hohem Bogen in die Luft und verstreute so die Blumen auf der Wiese.

»Stammt nicht von mir, sondern von Napoleon, dem alten Schwein«, sagte er und setzte sich hin.

»Mein Vater wurde natürlich enttäuscht«, sagte er, »wie die meisten der Auswanderer. Er wurde in seiner neuen Heimat kaum besser behandelt als in seiner alten. Das darfst du mir glauben, Junge.«

Bolger redete jetzt noch schneller, wollte offenbar zu einem Ende kommen. Aus mehreren Zimmern der Krankenstation hingen fleckige Leintücher; alle Fenster standen offen. Wind rührte sich, langsam kam Bewegung in die Baumkronen.

»Aber in Amerika fand mein Vater wenigstens sofort Arbeit. Eine Baufirma, die vor allem Iren beschäftigte, stellte ihn ein. Er wohnte in Hell's Kitchen, im Westen Manhattans. Aus dem Fenster der Küche, die er mit einer Handvoll Frauen und Männern aus Cork, Galway und Dublin teilte, konnte er den Hudson sehen.«

Veteranen standen an den offenen Fenstern und starrten in den Himmel. Wir setzten uns auf die Erde, verschwanden bis zu den Schultern im hochstehenden Gras. Die Laubbäume warfen Schatten, wir saßen in einem hellen Dreieck, welches bald verschwinden würde. Bolger bat mich um eine weitere Zigarette. Seine Stirn glänzte, er schwitzte, ließ das brennende Streichholz zu Boden fallen, wo es sich krümmte, erlosch.

»Nachts trug mein Vater Schnittblumen aus. So kam er auch in die vornehmeren Viertel der Stadt und wurde in Wohnungen mit kostbaren Möbeln und Teppichen eingelassen. Nach vier Jahren gab er diese Nachtarbeit auf. Weißt du warum?«

Bolger lächelte. In den Profilsohlen seiner Schuhe klebten Grashalme und ein rosafarbener Kaugummi. Ich schüttelte den Kopf.

»Weil er eines Nachts plötzlich vor einem offenen Sarg stand. Mein Vater hatte die dunkle Wohnung in der Lower East Side ahnungslos betreten, nachdem ihm ein Junge in seinem Alter geöffnet hatte. Im hellerleuchteten Salon drängten sich Gäste, deshalb hatte er das andere Zimmer betreten. Dort lag eine tote junge Frau im Licht einer nackten Glühbirne und vieler Kerzen aufgebahrt im Sarg. Die Tote erinnerte meinen Vater an seine Eltern. Er legte die Blumen auf den Fußboden und verließ die Wohnung ohne das Geld. Danach war es meinem Vater nicht mehr möglich gewesen, mit Blumen fremde Wohnungen zu betreten, und er suchte sich eine andere Nachtarbeit. In der Baufirma hatte er es mittlerweile zum Polier gebracht, er leitete eine Kolonne kräftiger Iren, die alle in derselben Wohnung lebten wie er. Zwanzig Jahre alt war mein Vater damals. Schließlich fand er einen Feierabendjob als Küchenbursche in einem irischen Pub.«

Bolger stand ächzend auf. Ich hätte mich gerne ins Bett gelegt, bevor ich die Schicht auf der Krankenstation begann. Wenn ich die Augen schloß, drehte sich die Dunkelheit, die von stechenden Punkten durchsetzt war. Vernehmlich rauschten die Bäume, der Wind preßte Bolgers Haare an seinen Kopf, daß es aussah, als trage er eine helle Kappe.

»In jener Zeit entdeckte mein Vater Little Italy für sich. Und weil es ihm bei den Italienern besser gefiel als unter seinen Landsleuten, trieb er sich jede freie Minute bei ihnen herum. Er trank kein Bier mehr, sondern Rotwein, keinen Tee mehr, sondern Espresso. Er kaufte sich ein Wörterbuch, weil er verstehen wollte, worüber sich die Leute unterhielten. Mulberry Street. Broome Street. Hester Street. Diese Straßennamen werde ich nie vergessen, mein Vater hat sie so oft genannt. 1904 zog er von Hell's Kitchen nach Little Italy. Er wohnte in der Mott Street über einem Lebensmittelgeschäft und arbeitete tagsüber in einem Ristorante. Er begann als Küchenhilfe, stieg aber bald zum Kellner auf. Die Arbeit bei der Baufirma hatte er aufgegeben; nachts saß er an der Kasse jenes Geschäftes, über dem er wohnte. Die Italiener vertrauten meinem Vater.«

Bolger machte kleine Schritte vor und zurück. Über dem Dachfirst der Krankenstation stand die Sonne als Brandfleck am Himmel.

»Dann bist du also in Amerika auf die Welt gekommen?« fragte ich. Der Wind nahm mir die Worte von den Lippen, und ich wollte die Frage wiederholen, aber Bolger winkte verärgert ab.

»1906 lernte er meine Mutter Lucia kennen. Sie begann im selben Lokal als Kellnerin, und es war Liebe auf den ersten Blick. Wenigstens für ihn.«

Ich gähnte. Dann erhob ich mich. Das Gras, das wir niedergedrückt hatten, ließ sich als Umriß eines Katzenkopfes sehen. Ein Veteran in Pyjama stand an einem Fenster und winkte mit beiden Händen. Wir reagierten beide nicht darauf, der Alte zog sich in das Zimmer zurück. Die Schatten hatten sich ausgebreitet, das Licht war fahl geworden und ließ das Gras silbern erscheinen.

»Meine Mutter konnte sich gar nicht an die erste Begegnung mit Liam erinnern, das hat sie wenigstens behauptet. Mein Vater dagegen hat diese erste Begegnung immer und immer wieder geschildert. Lucia stand am Abend des 29. April unter der Tür des Restaurants, in welchem er arbeitete. Draußen ging eben ein mächtiger Platzregen nieder, und sie wirkte unsicher, weil sie nicht wußte, wo sie ihren Schirm hinstellen sollte. Dann schüttelte sie ihre langen nassen Haare und ging entschlossen auf den Patron zu. In der Mitte des Lokales entglitt ihr die Handtasche und sie verstreute deren Inhalt auf dem Boden. Rundum tauchten männliche Gäste unter Tische, um nach Kleingeld, Lippenstiften, Haarnadeln und Schlüsseln zu suchen. Auch der Patron kroch auf dem Boden seines Lokales herum; für einige Momente mußte eine eigenartige Spannung geherrscht haben, in deren Mittelpunkt meine Mutter stand. Lucia war die schönste Frau von New York. Darauf hat mein Vater bestanden. Sie ließ ihn zwei Jahre schmoren. Sie trugen miteinander Pastaplatten aus der Küche, servierten Geburtstagstorten mit brennenden Kerzen, teilten sich Pausenzigaretten im Hinterhof, saßen miteinander im Kino, machten Ausflüge an die Küste und stapften durch den verschneiten Central Park. Aber Lucia ließ sich zwei Jahre lang nicht dazu überreden, mit Liam zu schlafen. Sie ließ sich von ihm küssen und anfassen, aber sie blieb keine einzige Nacht in seiner kleinen Wohnung. Nach zwei Jahren wußte sie, daß dieser komische Ire der richtige Mann für sie war, und sie fragte ihn, ob er sie heiraten wolle. Eine Version, die mein Vater standhaft bestritten hat. ›Natürlich habe ich um ihre Hand angehalten, und nicht sie‹, hat er behauptet.«

Bolger ging unvermittelt davon, mitten durch die Wiese, und ohne sich darum zu kümmern, ob ich ihm folgte. Ich hörte, daß er redete, konnte ihn jedoch nicht verstehen. Auf dem Kiesweg holte ich ihn ein. Er machte ein beleidigtes Gesicht und ging rasch weiter.

»Und wie bist du nach Italien gekommen?« beeilte ich mich zu fragen.

»Ich bin nicht nach Italien gekommen«, maulte er, »ich bin schon immer in Italien gewesen. So ist das, mein Junge. Ich bin noch nie in New York gewesen. In Irland übrigens auch nicht. Kein einziges Mal.«

Er ging mit unvermindertem Tempo weiter, er roch nach Schweiß.

»He, Bolger«, sagte ich heftig, »bleib stehen. Ich bin müde.«

»Müde bin ich auch«, blaffte er mich an, »und zwar schon seit Jahrzehnten.«

Wenigstens blieb er endlich stehen. Auf der Steintreppe zur Krankenstation saßen mehrere Spatzen, die hektisch auseinanderstoben und davonflatterten, weil ein Veteran mit Steinchen nach ihnen warf.

»Laß das, Copello. Sonst gibt's was aufs Maul von mir«, schrie Bolger und drohte mit der Faust.

Der Veteran duckte sich und verschwand im Haus. Sekunden später waren die Vögel wieder da. Das Fenster des Bereitschaftszimmers wurde aufgestoßen, wir sahen eine Hand, hörten Radiomusik. Für einen Augenblick roch es deutlich nach Desinfektionsmitteln und Terpentin. Sah mich in einer finsteren Ecke kauern, verdreckt und gehetzt die klebrigen Dämpfe inhalierend, der Schnüffler in Uniform, befreit von jeder Konvention und ohne eine Beziehung. Die Vorstellung war undeutlich; plötzlich sah ich mich, gekleidet in einen teuren Anzug, über mich selbst gebeugt in der Ecke stehen und mich ansprechen.

»1908 haben meine Eltern in New York geheiratet«, sagte Bolger halblaut, und ich wandte mich ihm zu, hatte dabei aber schon wieder meinen Vater vor Augen, der sich unter dem eigenen Spiegelbild wegduckt. Auf unserem Fenstersims hatten sich die leeren Literflaschen gestapelt. Also wird einer der beiden Söhne über die Straße mit den Lastzügen geschickt, um neuen Wein einzukaufen. Hinter Bolgers Kopf wogte das Blattwerk der Bäume, der Wind richtete ihm zwei Haarsträhnen auf wie die Hörner eines Ziegenbockes.

»Ich bin müde, Bolger. Tut mir leid«, sagte ich.

»Du hast zuviel getrunken. Und heute hast du Nachtdienst«, stellte er nüchtern fest.

»Heute habe ich Nachtdienst, stimmt«, wiederholte ich dumpf.

»Der Rest ist schnell erzählt«, sagte er, »falls es dich interessiert.«

Ich nickte, und wir setzten uns auf die Freitreppe.

»Meine Eltern schifften sich 1917 nach Genua ein. Lucia wollte endlich zurück nach Italien. Meinem Vater war das nur recht. Bereits nach wenigen Monaten eröffneten sie in Bergamo ein Restaurant. Dort kam 1920 ihr einziges Kind auf die Welt. Ich. Teobaldo Bolger. Als ich aus dem Krieg zurück nach Bergamo kam, war alles weg. Restaurant. Haus. Wohnung. Kinderzimmer. Geld. Meine Eltern sind tot. Und jetzt leg dich hin.«

14.

Treibt auf dem Fluß, der flache Kahn, dreht sich in gegenläufiger Strömung, befreit sich mit einem Ruck und treibt weiter, bis er in tiefhängende Zweige gerät und leise trudelnd festsitzt. Langgestreckt, perfekt geformt und grün gestrichen, daß er aussieht wie eine Grasrispe, die auf dem Fluß treibt, wenn man sich den Kahn aus einiger Entfernung vorstellt. Treibt flußabwärts, aus den Ästen befreit, nun aber heftig trudelnd wie ein Kreisel unter unberührtem Himmel. Das Meer ist nicht allzuweit entfernt, aber der Kahn wird es trotzdem nicht erreichen. Mit knirschendem Rumpf fährt er auf eine Sandbank auf, welche die Form eines Kamelhöckers hat. Der Fluß ist hier breit wie ein kleiner See, und das festsitzende Boot hebt und senkt sich im Schlag der Strömung. Später geht die Dämmerung über in ein milchiges Tageslicht, das den Toten zeigt, der zwischen den Ruderbänken liegt. Die hintere Hälfte seines Kopfes ist eine blutige Masse. Er ist der Vater des Träumers.

Der Zug glitt aus der Röhre des Gotthardtunnels. Regen schlug gegen die Scheiben, prasselte über das gewölbte Waggondach. Mienen anderer Reisender verdüsterten sich. Das Kind gegenüber brüllte unvermittelt los, es starrte mit aufgerissenen Augen in den Regen hinaus; südlich der Alpen war das Wetter noch sonnig gewesen. Selbst das Hündchen, das auf dem Schoß einer älteren Dame saß, deren Frisur einen Stich ins Violett hatte, begann mürrisch zu kläffen. Wir passierten Scheunen, verstreute Dörfer, bewaldete Felskuppen und Landstriche, die in der Schraffur des Regens an den Fenstern vorbei nach hinten gedreht wurden. Einem Mann hing ein Karamelfaden aus dem Mund. Seine Frau hatte ihn unablässig mit den Bonbons gefüttert, nun schlief er. Der Faden pendelte sacht hin und her und lief in einem Fleck auf seinem Knie zusammen. Das Mädchen neben mir memorierte halblaut Vokabeln; die Ecke ihres Englisch-Buches stach mir in den Oberarm. Vaters Haus war noch immer nicht verkauft. Der letzte Interessent hatte sich kurz vor Vertragsabschluß zurückgezogen, Pino verlor langsam die Geduld. Auch für Vaters Maschinen und die Werkstatt fanden sich keine Käufer. Wir hatten am Telefon Änderungen des Inserattextes besprochen und uns prompt wegen der Formulierung ›schöner Ausblick‹ gestritten. Mein Bruder fand es wichtiger, den Zustand des Daches und der Bausubstanz hervorzuheben, mir lag mehr an der Sicht über die Flußbiegung und die Felder. ›Mach doch was du willst, Idiot‹, hatte ich Pino angeschrien, aber er hatte nach der Hälfte des Satzes aufgelegt. Ein paar Stunden später rief er mich noch einmal an; unsere Stimmen klangen schuldbewußt, wir vermieden Anspielungen und waren bemüht, Frieden zu schließen. Wir heuchelten, hielten uns zurück. Ich hatte den Hörer umklammert, als wolle ich ihn auswringen wie einen nassen Lappen.

Der Hauptbahnhof von Zürich ist ein Kopfbahnhof, und so ist es kaum möglich, sich zu verpassen. Mutter erwartete mich am Gleisende. Ich entdeckte sie von weitem, gab mich aber unbeteiligt und tat, als sähe ich sie nicht. Damit ersparte ich uns die peinliche und unnötige Winkerei. Sie trug ein helles Kostüm und sah jünger aus, als ich sie in Erinnerung hatte. Sie war hübsch auf eine Weise, die ich bisher übersehen hatte. Sie wirkte, als könnte sie nun anders sein, als sie früher gewesen war. Gelöst, befreit. Mutter war alleine. Kurz bevor ich sie erreichte, löste ich mich aus der Gruppe, in deren Schutz ich den Bahnsteig entlanggegangen war. Mir war klar, daß sie mich längst bemerkt hatte.

»Laß dich ansehen«, sagte sie vorwurfsvoll, packte mich an beiden Schultern und hielt mich einen Moment auf Distanz. Mutter war geschminkt, ich hatte sie lange Zeit nicht mehr geküßt. Sie ließ mich los und drehte ihr Gesicht zur Seite, hielt mir ihre Wange hin. Aber dann machte sie eine schnelle Bewegung, und ich küßte sie auf den Mund. Mutter roch süß, überraschend süß, in Gedanken sah ich mich ein Blumengeschäft betreten und erstaunt den Blütenduft einatmen. Für den Bruchteil einer Sekunde glaubte ich zu wissen, was sie dachte: Das ist mein Kind, und ich bin seine Mutter.

»Du mußt erschöpft sein«, sagte sie, aber ich schüttelte den Kopf.

Dabei hatte sie recht; ich fühlte bleierne Müdigkeit. Die Luft war kühl, das Licht wirkte durch den dicht fallenden Regen weich und freundlich. Mutter ging einen Schritt vor mir her, das Gedränge erlaubte es nicht, daß wir die Halle nebeneinander verließen. Bin der Allerschlimmste, wenigstens das; das hatte ich gedacht, als mich Mutter damals nach dem Ferienlager vom Zug abgeholt hatte. Kalt, durchtrieben, arrogant. Der Vierzehnjährige, der seine Verachtung zur Schau stellt und vor seiner Mutter herstolziert. In jener Zeit hatte ich geraucht; lehnte an den Wänden des Schulhofes, eine filterlose Zigarette im Mund, die Hände gelangweilt in den Hosentaschen verbergend. Ich hatte gehofft, dadurch auszusehen wie der Junge, der gleich von der berüchtigten Motorradgang aufgefordert wird, ihr jüngstes Mitglied zu werden. Wir gingen dicht nebeneinander, nur so bot Mutters Schirm Schutz für uns beide. Sie hatte den Arm um mich gelegt und erzählte von ihrem Job in der Gemeindebibliothek. Das Geräusch ihrer Strümpfe, die sich bei jedem Schritt aneinanderrieben, irritierte mich. Wenn ich von ihr wegrückte, wurde meine Schulter naß. Über den Verkauf von Vaters Haus verloren wir kein Wort, vorerst. Ich mied das Thema bewußt, um uns eine Chance zur Versöhnung zu geben. Aber das Thema stand natürlich zwischen uns; Mutter erzählte viel zu munter und unbeschwert von den Kundinnen der Bücherei.

»Früher hatte ich Angst vor meinem Leben«, sagte Mutter, als wir vor ihrem Wagen standen und sie die Fahrertüre öffnete. Ich verstand nicht, was sie damit sagen wollte. Der Satz kam völlig unerwartet, und ich nickte verwirrt. Meine Lippen rochen nach ihrem Parfum, ich rieb mit dem Zeigefinger darüber. Nun roch auch mein Finger nach ihr. Der Verkehr war noch nicht sehr dicht, die Geschäfte schlossen erst in einer Stunde. Doch der Regen machte die Fahrer offenbar nervös. Mutter fuhr entspannt; wenn sie sich nach mir umsah, lächelte sie.

»Schwimmen ist immer noch das, was ich am allerliebsten

mache«, sagte Mutter. Sie fuhr sich durch die Haare, wie man es tut, wenn sie naß sind.

Wollte sie von mir hören, daß ich nicht gerne schwamm? Oder hatte sie wirklich vergessen, wie ich den Schwimmunterricht gehaßt hatte?

»Du hast es immer gehaßt«, sagte sie, und ich nickte.

Unsere Reifen sirrten laut; im Rückspiegel sah ich, daß sie Spuren auf der Straße hinterließen, die sofort wieder verschwanden.

»Was hältst du eigentlich von deinem Namen?« fragte Mutter plötzlich.

Wir erreichten eben den Stadtrand und sahen die Landschaft vor uns ausgebreitet zwischen den Hügeln liegen, wobei einzelne Wiesen oder Waldpartien in den Sonnenstrahlen leuchteten, die gebündelt durch Löcher in der Wolkendecke fielen. Am Horizont dagegen regnete es noch immer heftig; dort war der Himmel schwarz und undurchdringlich.

»Was meinst du damit?« sagte ich.

»Ob er dir gefällt. Dein Name?«

Sie lachte und legte mir die Hand auf den Arm. Sie zog sie erst zurück, als sie schalten mußte.

»Ich glaube schon«, sagte ich unsicher.

Ich hatte noch nie wirklich über meinen Namen nachgedacht. Carla hatte mir dieselbe Frage allerdings auch einmal gestellt, und ich hatte für sie einen Namen erfunden, von dem ich behauptete, er gefalle mir besser als Stefano.

»Du glaubst, er gefällt dir?« sagte Mutter spöttisch.

»Stefano gefällt mir«, sagte ich rasch und spürte, daß wir uns jetzt auf unsicherem Boden bewegten, trotzdem fuhr ich fort: »Stefan hat mir nie gefallen. Im Gegenteil.«

Meine Stimme hatte einen gereizten Unterton, das ließ sich nicht vermeiden. An den Namen, den ich mir für Carla ausgedacht hatte, konnte ich mich nicht mehr erinnern. Richard. Sean. Daniel. Bremslichter leuchteten vor uns auf, eine lange

Kolonne in einer weitgezogenen Kurve. Rote Flecken im Schleierlicht des Regens.

»Ich habe meinen Namen auch nie gemocht«, sagte Mutter und sah mich an. Sie bemühte sich, ihre Stimme froh und unbeschwert klingen zu lassen. Ihr Lächeln wirkte aufgesetzt, und sie fuhr jetzt schneller.

»Eigentlich habe ich mich bis heute nicht an ihn gewöhnt. Erika. Erika. Erika. Das bin nicht ich. Das bin ich nie gewesen, und das werde ich nie sein. Oder was denkst du? Paßt Erika zu mir?«

Ich machte eine kleine Pause, weil ich wollte, daß sie mich ansah. Ich fragte Mutter nicht, welchen Namen sie sich wünschte. Sie sollte nicht die Gelegenheit haben, über ihre Wünsche und Träume zu reden. Gespräche dieser Art hatten wir früher nie geführt; ich war nicht darauf vorbereitet.

»Hat er dir leid getan?« fragte ich.

»Wer?« Ihre Stimme war dünn, aber alles andere hätte mich gewundert.

»Wer wohl. Vater natürlich. Oreste. Hat er dir je leid getan?«

Oreste. Dieser Name veränderte die Situation; er war zu groß und zu dunkel für das Gehäuse eines Autos. Beinahe hätte Mutter übersehen, daß die Ampel auf Rot umsprang. Sie mußte brüsk abbremsen; im nächsten Moment zwängte sich ein Radfahrer an uns vorbei. Der Mann fluchte, dann schlug er mit seiner Faust auf unser Dach ein und starrte uns voller Haß an.

»Arschloch«, sagte ich viel zu laut.

»Ja, er hat mir leid getan, natürlich«, sagte Mutter mit fester Stimme. Sie sah aus dem Fenster, und für einen Augenblick fühlte ich mich schuldig, weil ich sie darauf angesprochen hatte. Der Ausdruck auf ihrem Gesicht zeigte Ablehnung. So hatte sie früher oft ihren Mann angesehen, meinen Vater.

»Aber Mitleid ist nicht das Gefühl, daß man für den Mann empfinden sollte, den man liebt«, sagte sie.

Am Straßenrand stand eine Schulklasse im Regen; ihre bunten Anoraks bildeten ein wirres Farbmuster.

»Zuerst habe ich den Respekt vor ihm verloren. Dann hat er mich traurig gemacht und schließlich wütend. Wenn ich nicht so große Angst davor gehabt hätte, ich könnte jemand anderes werden, ich könnte ein anderes Leben führen, dann hätte ich ihn viel früher verlassen. Es tut mir leid, Stefan, aber das ist die Wahrheit.«

Die Ampel schaltete auf Grün, und sie fuhr weiter.

»Ich brachte es nicht mehr fertig, stolz auf ihn zu sein. Aber Mitleid und Verachtung sind Gefühle, die in der Liebe nichts verloren haben. Und es war nicht etwa so, daß ihm die anderen keine Chance gegeben hätten, das kannst du mir glauben. Oreste selbst war es, der sich nichts mehr zugetraut hat, gar nichts. Dafür habe ich ihn am Schluß gehaßt.«

»Ich war stolz auf ihn«, sagte ich und fuhr mir mit der Hand über die Nase, wie immer, wenn ich lüge. Du hast etwas vergessen, es liegt auf dem Schreibpult deines Zimmers, aber du bist bereits zu weit vom Haus entfernt, um umzudrehen und es zu holen; das war das Gefühl, das ich empfand.

»Das ist schön«, sagte Mutter, »ich hoffe, das hat er gewußt.«

»Das hat er, ja«, behauptete ich.

Wir schwiegen eine Weile, und dann fuhren wir an jener Schuhfabrik vorbei, in welcher mein Vater einige Jahre gearbeitet hatte. Die Fabrik war stillgelegt worden; Kletterpflanzen überzogen die Backsteinfassaden, viele der Fensterscheiben waren eingeschlagen worden, und auf dem Parkplatz machte sich Unkraut breit, welches auch das Stumpengeleise überwucherte.

»Ich glaube, Vaters Trauer und Niedergeschlagenheit war nur eine Art Lampenfieber angesichts des Lebens, das er nach eurer Trennung führen mußte«, sagte ich, ohne zu wissen, woher ich diesen Satz nahm. Ich hatte noch nie darüber nachgedacht. Auf dem Rangiergeleise neben der Straße stand ein Güterwaggon mit Kreidezahlen auf der Schiebetür.

»Er hat sich verändert, Vater hat wieder an sich geglaubt«, fuhr ich fort.

»Und warum hat er sich dann umgebracht?« fragte Mutter. Ich sah, daß sie weinte. Erschossen. Sonne fällt durch die zersplitterte Scheibe des Dachfensters, in weichem Schwung über den Bretterboden und das Blut und die Leiche, über dich, Vater. Nach Mottenkugeln riecht es und nach dem Tabak der Zigaretten mit dem Maispapier, die du zuletzt geraucht hast. Die Patronenhülse liegt dicht bei deinem rechten Fuß und zeigt auf die Schneiderpuppe in der Ecke des Dachbodens. Den grünen Wintermantel, den sie trägt, habe ich für einige Minuten angezogen, als ich dein Haus mit meinem Bruder räumte, trotz der Hitze. Löcher in der Wolkendecke sorgten für Kontraste in der Landschaft.

»Früher hatte ich vor dem Leben Angst«, sagte Mutter, und ich fragte mich, ob sie vergessen hatte, daß sie genau denselben Satz schon einmal gesagt hatte. Ich gab keine Antwort, ich sah sie auch nicht an. Wind trieb Regen über die Straße und ließ Tropfengarben über die Karosserie klopfen. Mit einemmal war mir bewußt, was mich mit meinem Vater verbunden hatte. Es war die Tatsache, daß wir beide Angst hatten. Deine Angst war so groß gewesen, daß du dich entschlossen hattest, dich allem zu entziehen. Auch deiner Frau und deiner Familie. Vater hatte sich zurückgezogen, um sich nicht mit dem Leben auseinandersetzen zu müssen. Du warst der Einzelgänger in unserer Familie. Mit dir zu reden, war nahezu unmöglich gewesen. Du warst abwesend und nicht wirklich vorhanden. An einem andern Ort. Aber an welchem? Es machte mich nervös, mit dir zusammenzusein, weil ich oft das Gefühl hatte, du wolltest aufbrechen und das Gespräch beenden. ›Ich bin auf der Welt, um zu leiden‹, sagt dein Blick, wofür ich dich verabscheue. Die Blicke anderer Väter haben eine andere Botschaft, sind stolz, männlich und voller Zuversicht. Es sind die Blicke von Siegern, dachte ich damals enttäuscht, nicht von Versagern. Sitzt am Küchentisch, Oreste, im Unterhemd mit den Schweißflecken nach einem Arbeitstag in der heißen Maschinenhalle der Schuhfabrik, das Gesicht schuldbewußt in der aufgeschlagenen italienischen Zeitung versenkt, weil die Literflasche schon wieder leer ist. Unser Flur ist lang genug, um das Mitleid für den Trinker, der mich losschickt, in Haß zu verwandeln. Und dieser Sohn beobachtet sich selbst, wie er im Treppenhaus steht: Der Haß macht die Bewegungen eckig und drückt den Kopf in eine schräge Position, daß die Nackenmuskeln schmerzen, als er auf die Straße tritt und den Lastwagen mit den Plastikplanen nachsieht, die im Fahrtwind knallen. Fernfahrer will er werden, und in der Tasche seiner kurzen Manchesterhose hält er die Glaskugel mit den blauen Schlieren in der Hand. Diese Murmel ist kein Spielzeug, sie ist mein Geheimnis, das ich geschickt verberge, selbst vor meinem Bruder. Die Murmel darf von niemandem berührt werden, nur von Carla, die sich aber nicht dafür interessiert. Mein Vater hat nichts, das die Funktion dieser Glaskugel übernimmt, das weiß ich schon als Kind. Ich weiß auch, daß er mich um meine Murmel beneiden würde. Es dauerte lange, bis ich den Mut hatte, die Münzen für den Wein auf den Küchentisch zu knallen und den Vater anzuschreien, die Fäuste vor dem Gesicht, als wollte ich dich schlagen, Oreste. Und vielleicht hätte das etwas geändert, vielleicht hätte es geholfen, wenn wir uns um uns geschlagen hätten. Du hast das Kleingeld zusammengeklaubt und den Chianti selber geholt. Hast wortlos die Mietwohnung verlassen. Der Vater, der sich von meinen Mitschülern ›Scheißitaliener‹ nachrufen läßt. Das Weingeld hätte nicht einmal für eine Flucht bis in die nächste Kleinstadt südwärts gereicht.

Mutter bog von der Landstraße, und wir hielten vor dem Einfamilienhaus, das ihrem zweiten Mann gehörte und in dem sie lebte, seit ich bei ihr weggezogen war. Mutter schaltete den Motor aus, doch wir blieben sitzen. Irgendwo in der Nähe kläffte ein Hund. Ich dachte daran, Mutter zu sagen, daß ich ihr verziehen hätte. Aber dann wußte ich, daß mir das gar nicht zustand, und ich sagte es nicht.

»Weiß du, welchen Satz von dir ich nie vergessen werde?« fragte ich.

Sie sah mich erstaunt an, sie war blaß.

»Ich bin vielleicht zehn gewesen. Ein Gewitter ist über die Stadt gezogen, und wir standen nebeneinander am Küchenfenster, um die Blitze zu sehen.«

Wir starrten beide aus dem Fenster wie damals.

»Erinnerst du dich, was du mir gesagt hast?« fragte ich.

»Daß du keine Angst zu haben brauchst, wahrscheinlich«, vermutete Mutter.

»Sei nie enttäuscht von dem, was deine Eltern tun. Das hast du gesagt.«

Wir blieben noch eine Weile wortlos sitzen, dann beugte sich Mutter vor und küßte mich auf die Wange, wobei sie mein Gesicht für einen Augenblick festhielt, bevor sie sich abwandte und ausstieg und mich alleine in ihrem Wagen zurückließ.

Das Schaufelblatt stieß auf Stein, wieder und wieder, aber es dauerte, bis mich das Geräusch aus dem Schlaf holte, weil es meinen Traum störte. Mein schweißnasser Unterleib klatscht langsamer gegen Carlas Bauch, als das Werkzeug vor dem Fenster in die Erde stieß. Carla lacht, weil sie das Stöhnen nur imitiert und ihr Großvater auf seinem Motorrad sitzt und uns nicht bemerkt. Hühner auf der Stange rühren sich nicht, gelegentlich rascheln Flügel, kräht der Hahn, und wir bewegen uns, als machten wir Liebe, keine zehn Meter von dem alten Mann entfernt, der Zündkerzen ausbaut. Carla gibt mir Anweisungen, sie macht mir vor, wie ich sie anfassen muß. Ich muß mich überwinden. Carla hat mir verboten, zu schreien, ich bin ihr dankbar, daß wir nicht wirklich miteinander schlafen. Sie läßt mich üben, sie behauptet, Bescheid zu wissen, ich glaube ihr. Selbst als ihr ein lauter Quiekser entfährt, sieht sich ihr Großvater nicht nach uns um; sein Hund dagegen hat uns entdeckt. Er sitzt im Schatten des Hühnerstalles, in welchem wir liegen, und sieht uns irritiert zu. Carla schlägt mich auf den Hintern, in einem regelmäßigen trägen Rhythmus, den sie zungenschnalzend untermalt. Sie hat darauf bestanden, daß ich auch die Unterhosen ausziehe. Ich soll sie in den Hals beißen und außerdem den Unterleib bewegen, vor und zurück, doch ich gehe ihr offenbar zu zaghaft vor, denn sie wirft mich strampelnd ab. Ich bringe es nicht fertig, das Hecheln zu unterdrücken und sitze an die Bretterwand gelehnt da und suche Augenkontakt mit ihr. Falls sie mich ansieht, will ich wirken wie jemand, der beleidigt ist. Nicht wütend, beleidigt. Aber Carla sieht mich nicht an, sie schnaubt verächtlich durch die Nase und bleibt liegen. Ich würde den Beleidigten nur mimen, Carla dagegen ist wirklich wütend und enttäuscht. Auf ihrem harten Mädchenbauch glänzt Schweiß. Ihre Unterhose ist klein, weiß, und wenn ich mit der Zunge über den Stoff fahre, höre ich das Knistern ihrer Schamhaare. Sie hat mir nicht erlaubt, eine Erektion zu bekommen, weshalb ich an meinen Schwimmlehrer und die verstörenden Fernsehaufnahmen eines Flugzeugabsturzes denke. Sprotzend springt das Motorrad des Großvaters an, in seinem Hühnerverschlag ist es heiß, und ich würde gerne meine Unterhose anziehen, nur hat mich Carla nicht dazu aufgefordert.

Ich lag im Bett der erwachsenen Tochter von Mutters zweitem Mann. Das Zimmer war nicht verändert worden, war ein Mädchenzimmer mit Pferdepostern, Teddybären und einer Puppenstube geblieben. Das Geräusch der Schaufel vor dem Fenster beruhigte mich. Jemand arbeitete, das Leben ging seinen Gang, während ich den halben Tag verschlafen hatte.

Der erschöpfte Rekrut auf Heimaturlaub im Zimmer seiner Halbschwester. Ich hatte unruhig geschlafen. Hatte von Fausto geträumt, der sich in der Unterkunft an einem anderen Rekruten verging, den ich nicht erkannte. Von Vorgesetzten zur Rede gestellt, schnitt er sich mit dem Bajonett zur Buße einen Finger ab, martialisch grinsend, Frontkämpfer, verhinderter. Der Finger lag vor mir auf dem Tisch der Schreibstube, ich betrachtete ihn ungerührt, als sei er ein Stück Holz. Es war ein sonniger Tag, ich schreckte hoch, ohne richtig zu erwachen, wurde bloß in eine Schicht von leichterem Schlaf gehoben und tauchte augenblicklich wieder tiefer. Hörte mich Rotz hochziehen, schnappen. Über dem Bett hing eine gerahmte Fotografie, auf der die Tochter ein Pferd striegelte. Ihr Vater hielt die Zügel für sie und hatte offenbar Angst vor dem Tier. Vater und Tochter sahen sich sehr ähnlich. Beide lächelten schüchtern und blinzelten mit dem rechten Auge. Der Mann, der vor dem Haus mit einer Schaufel arbeitete, pfiff jetzt eine Melodie. Aber woher wollte ich wissen, daß es ein Mann war? Es gelang mir nicht, den Gedanken weiterzuverfolgen, dämmerte ein und hörte Bolger unverständliche Ansprachen halten. Der Veteran mit dem verschwommenen Gesicht, der aus jener Finsternis kommt, die hinter der gewöhnlichen Nacht herrscht. Züge sind dort unterwegs, die sich an keinen Fahrplan halten; Uhrzeiger wirbeln, Jahreszeiten wechseln schlagartig. Ich schreckte hoch, weil im Garten Steine auf Blech oder Metall polterten. Mutters zweiter Mann arbeitete wahrscheinlich mit einer Schubkarre. Im Halbschlaf sah ich mich plötzlich selbst auf der Fotografie; ich hatte den Vater verdrängt, hielt aber nicht die Zügel des Pferdes, sondern saß auf dessen Rücken. Die Tochter sah zu mir hoch, erkannte ich Bewunderung? Sie roch nach Haarshampoo; später würden wir uns küssen, irgendwo am Waldrand, wo wir absattelten, um zu rasten. In Wirklichkeit mochten wir uns nicht besonders. Wir gingen freundlich miteinander um, bewahrten zugleich aber eine Distanz, die eine ernsthafte Begegnung verunmöglichte. Überraschenderweise hatte bei einem Familienfest vor zwei Jahren eine erotische Spannung zwischen uns geherrscht, die uns derart erschreckte, daß wir uns für den Rest des Abends und noch Wochen danach aus dem Weg gegangen waren. Ihr Bett roch nach Pfirsichen, auf dem Pult stand ein Plüschlöwe, dem ein Auge fehlte.

Schließlich stand ich auf und trat ans Fenster.

Tatsächlich arbeitete Mutters zweiter Mann im Garten. Er trug verwaschene Jeans und ein Unterhemd und schichtete Steine in eine Schubkarre, die er am Rand seines Grundstückes auskippte. Die Mittagssonne stand hinter der Handvoll Bäume und streute Schattenflecken auf den Rasen. Ein Stück der Wiese, die an den Garten grenzte, war gemäht. Dort hatte der Bauer Fahrradreflektoren an Zaunpfosten befestigt, die in der Sonne aufblitzten. Mutters Mann bückte sich, ich sah seinen Bierbauch über den Gürtel hängen. Bevor er mich gestern abend begrüßt hatte, hatte er sich seine Hand an der Hose abgewischt. Er roch nach Seife und Rasierwasser. Auf seinem Handrücken wuchsen lange schwarze Haare, er sah einem offen und interessiert ins Gesicht, wenn man etwas erzählte. Machte jemand eine witzige Bemerkung, lachte er glucksend und klatschte dabei in die Hände wie ein Junge. Es hatte lange gedauert, bis ich mir eingestand, daß ich ihn sympathisch fand. Dabei hatte ich ihn von Anfang an gemocht. Er hatte auf einer Aussprache mit mir bestanden, weil er mir seine Sicht der Geschichte klarmachen wollte. Wir trafen uns alleine in einem Lokal am Bahnhof, wo wir uns an eines der Fenster im ersten Stock setzten und Eistee tranken. Er hatte geschwitzt und nervös mit den Augen gezwinkert.

»Deine Mutter ist eine wunderbare Frau«, hatte er gesagt, »und du sollst wissen, daß ich sie wirklich liebe.«

»Das tut mein Vater auch«, hatte ich erwidert.

Das alte Lied vom störrischen Scheidungskind. In jener Zeit begann ich mit den Ladendiebstählen. Ich klaute fast nur Dinge, die ich nicht brauchen konnte und weiterverschenkte. Erstaunlicherweise wurde ich nie erwischt. Schulbücher versenkte ich im Bach, Hefte verbrannte ich, eine Zigarette im Mundwinkel. Sollte ich mich vor einem Lehrer rechtfertigen, gab ich entweder unhöfliche Antworten oder ich stotterte und schwieg. Ihren Schmerz ertrug meine Mutter damals nur mit Ungeduld, ich war der Grund dieses Schmerzes. Bei Tisch verweigerte ich das Essen, ich ernährte mich von Schokolade und den Pausenbroten anderer, denen ich Prügel androhte. Mutter war beunruhigt, das registrierte ich mit kalter Bosheit. Zigarettenstummel ließ ich offen in meinem Zimmer herumliegen, sie hatte es aufgegeben, mich darauf anzusprechen. Ich war feige und darum andauernd aggressiv. Mindestens einmal jeden Tag hätte ich mich gerne in die Arme meiner Mutter geflüchtet. Hemmungslos heulend. Um Vergebung flehend. Besserung versprechend. Die Aussprache mit Mutters neuem Mann war erstaunlich verlaufen; er hatte mir nicht ins Gewissen geredet und keine Entschuldigungen erwartet oder verlangt. Auch er hatte für sein Verhalten keine Ausflüchte gesucht. Das hatte mir imponiert; zuletzt hatte er mir vorgeschlagen, auf dem Dachboden seines Hauses ein Zimmer für mich auszubauen. Ich hatte das Angebot abgelehnt, das war ich meinem Vater schuldig. Drei Wochen später duzte ich den neuen Mann meiner Mutter. Vater nannte ich ihn nie; zumindest nicht ohne gewissen Druck meiner Mutter. Häufig redete ich in Gedanken zu meinem richtigen Vater. Ich entschuldigte mich und klagte ihn im selben Atemzug an. Briefe an ihn schickte ich selten ab, unsere raren Telefongespräche waren mühsam, sie machten mich unruhig, weil es mir nicht gelang, die richtigen Gefühle für den wortkargen Mann aufzubringen, der aus Norditalien anrief.
Albert ließ sich Zeit mit den Steinen. Hatte er zwei von ihnen

auf die Schubkarre gewuchtet, machte er einen Moment Pause. Er spürte, daß er beobachtet wurde und hob den Kopf. Er sah seltsam verwirrt aus und brauchte eine Weile, um mich am Fenster seiner Tochter zu erkennen. Wir hoben beide gleichzeitig die Hand, lächelten uns an.

»Unten steht Kaffee«, rief er.

»Danke«, sagte ich und trat vom Fenster zurück in das Zimmer. Doch dann verbarg ich mich hinter der Gardine und sah Albert zu, wie er die Steine in den hinteren Gartenteil karrte. Er war bemüht, nicht aus dem Gleichgewicht zu geraten. Als er den Karren auskippte, lachte er sein glucksendes Lachen; ohne ersichtlichen Grund und nur für sich.

Als ich das Zimmer verließ und auf den Gang trat, hörte ich Küchengeräusche aus dem Erdgeschoß. Die Tür ihres Schlafzimmers stand einen Spalt offen, ich sah das breite Bett mit dem hölzernen Gestell und den beiden Nachttischen. Ich hatte nichts zu suchen in dem quadratischen Raum mit den zugezogenen Vorhängen, ich machte die Tür hinter mir zu. Auf den Nachttischen lagen umfangreiche Unterhaltungsromane, an der Tür des Spiegelschrankes hing ein Nachthemd aus schwarzer Spitze. In dem Zimmer roch es nach Fichtennadeln, auch im Inneren des Schrankes. Alberts Anzüge hingen zwischen den Kleidern und Röcken meiner Mutter, am Ende der Stange hing eine Militäruniform. Ich ließ mir Zeit, die Küchengeräusche waren auch durch die geschlossene Tür zu hören. In den Schubladen lagen Seifen auf den Wäschestapeln. Albert trug Slips, auf dem einzigen Paar Boxershorts stand THE BEST. Eines Abends war ich früher als gewöhnlich aus der Schule nach Hause gekommen, und sie hatten auch nicht gehört, daß ich die Wohnung betrat. Sie lagen im Wohnzimmer auf jenem Sofa, auf welchem sich mein Vater sonntags jeweils italienischen Fußball angesehen hatte. Sie küßten sich. Albert hatte Mutter das Kleid hochgeschoben, seine Hände steckten in ihrer Unterhose. Die

Hände waren in Bewegung. Arbeiteten ausdauernd. Kniffen. Streichelten. Kneteten unermüdlich das Gesäß, den Hintern der Frau, den Arsch meiner Mutter. Die kehligen Laute, die ich hörte, kamen von ihr. Albert klatschte ihr die flachen Hände auf die nackten Backen, sie wehrte sich strampelnd und kreischend, in einer widerlichen Babysprache protestierend. Ich stand ziemlich lange in unserem Flur, wartete atemlos, ohne zu wissen, worauf. Sie küßten sich pausenlos, Albert bewegte seine Hände in Mutters Höschen, bis sie aufstöhnte und kurze, schrille Schreie ausstieß. War das eine Angelegenheit, die ich ignorieren und vergessen konnte? Sollte ich mich früh schlafen legen, und wenn ich erwachte, war alles ungeschehen gemacht? Ich stand einfach nur da und wartete. ›Ich muß dich bestrafen.‹ So redet Carla manchmal. Es hat keinen Sinn, sie zu fragen, weshalb ich ihre Strafe verdient habe. Ich muß sie ohne Widerrede hinnehmen, ertragen. ›Ich werde dir deinen Willen brechen, keine Angst‹, behauptet sie mit der Stimme einer Lehrerin. Darauf habe ich demütig und gutgläubig zu nicken. Meinen Willen brechen? Nasse, gebieterische Küsse verteilt sie über mein ganzes Gesicht, nachdem sie mich bestraft hat. Babykram. Unverfänglich und ohne Erotik. Aber Carla will es so, und ich füge mich. Als Carla das erste Mal meinen Schwanz sieht, erklärt sie: ›Der ist klein.‹ Dann hält sie ihn interessiert hoch, mit zwei Fingern, und beruhigt mich: ›Aber er ist niedlich. Und er wird wachsen.‹ ›Du bist der Böse‹, bestimmt Carla. Darum sind ihre Strafen gerecht, ich habe sie zweifellos verdient. Sie helfen mir auf den rechten Weg. Ein Spiel, welches immer wieder von vorne beginnt, wir wissen beide, daß es bloß eine Abmachung ist, daß ich ›der Böse‹ bin. Auch Albert stöhnte. Es klang, als hätte er Schmerzen. Er flüsterte Dinge, die ich nicht verstehen konnte, darüber war ich froh. Mutters Strumpfhose lag als Knäuel auf dem Fußboden. Ihre Oberschenkel und ihre Gesäßbacken hatten rote Flecken. Sie saß

jetzt beinahe auf Albert, der sich offenbar nur seine Halb-
schuhe ausgezogen hatte. Ich hätte den Mann hassen müssen,
und das tat ich auch. Allerdings nur für einige Minuten.
Denn ich sah Mutters Gesicht. Ich sah, daß sie glücklich war,
und fühlte mich dem Mann verbunden, der für dieses Glück
verantwortlich war. Die Sache mußte nicht zwischen uns
stehen. Ich war bereit, sie unerwähnt zu lassen.

»Das glaube ich nicht, verdammt noch mal«, hatte meine
Mutter laut gesagt, als sie aus dem Wohnzimmer auf den Flur
trat. Sie fluchte sonst nie. Ihr Gesicht war gerötet, von Lippenstift verschmiert. Sie sah gelöst aus, glücklich. Sie kam auf
mich zu und schlug mir ins Gesicht. Sie roch nach etwas, das
mir fremd war und das mich faszinierte. Sie war wunderschön in ihrer Erregung und Wut. Meine Wange schmerzte,
darum lachte ich spöttisch, und sie hob noch einmal die
Hand, vielleicht, um mich erneut zu ohrfeigen. Doch in diesem Moment war Albert zwischen uns getreten, und wir hatten uns an den Küchentisch gesetzt wie eine Familie, die Probleme vernünftig bespricht und dann löst. Oreste, ich saß auf
deinem ehemaligen Stuhl neben dem Mann, der eben noch
die Hände in der Unterhose deiner ehemaligen Frau gehabt
hatte. Ich sah auf die dichtbefahrene Straße hinaus, wie du es
früher getan hattest, fühlte mich wie ein Verräter. Ich prü-
gelte mich nicht mit Albert, ich beschimpfte ihn nicht, ich
war ein vernünftiges Scheidungskind, Oreste.

Ich zog die Nachttischschublade auf; der Schnüffler, der auf
verdächtige Geräusche achtet. Die Schublade war bis auf eine
schwarzgestrichene Schachtel leer. In der Schachtel, die mit
rotem Samt ausgekleidet war, lag ein goldener Dildo. Im Garten pfiff Albert. Der Bettüberwurf war ohne Falten. Die Bom-
meln berührten rund um das Bett den Teppich. An der Wand
hing das Aquarell einer Giraffe, deren Hals länger war, als es
normal ist.

Wir saßen im Schatten eines Sonnenschirmes und tranken Kaffee. Albert transportierte noch immer Steine. Wenn er sie in die Schubkarre lud und sie gegeneinanderstießen, klang es wie in einem Billardsalon.

»Ich rauche wieder«, sagte Mutter.

Sie trug Jeans, die sie über dem Knie abgeschnitten hatte, und eine Sonnenbrille, in deren Gläsern ich mich erkannte, jedesmal, wenn ich Mutter ansah.

»Oreste und ich«, sagte sie, nickte und sagte es noch einmal, mit zittriger Stimme, »Oreste und ich.«

Dann schwieg sie. Es gab keinen Anlaß, ihr zu helfen. Bisher hatte ich mich zurückgehalten und es vermieden, sie auf Vaters Selbstmord und die Kremation anzusprechen. Das Gespräch während des Nachtessens am Vorabend war absurd gewesen. Hinter meinen Sätzen drohten Mißverständnisse, Abgründe. Albert hatte sich zum Küchenburschen gemacht, um dem peinlichen Gespräch zu entgehen. Meine wachsende Wut hatte ich verdrängt. Der Sohn, der sich Mühe gibt. Aber jetzt erfaßte mich eine sonderbar distanzierte Neugier, und ich glaubte, die Situation aus weiter Ferne zu betrachten. Darum schwieg ich unversöhnlich und starrte Mutter unverwandt an.

»Albert ist ein guter Mann«, sagte sie, »er sorgt für mich.«

Zündstoff, auf den ich nicht einging. Ich zeigte keinerlei Reaktion auf ihren Satz. Ich sah ihren zweiten Mann, er kauerte vor den aufgestapelten Steinen. Auf dem Rückenteil seines Hemdes war ein großer Schweißfleck.

»Oreste und ich haben uns ausgesprochen«, sagte sie.

»Mit einem Toten kann man sich nicht aussprechen.«

Boshaft. Mein Mund ein dünner Strich, die Hände Werkzeuge, die auf dem Tisch liegen, sich öffnen und schließen. Mutter hatte Lidschatten aufgetragen. Auf ihren Wadenbeinen entdeckte ich zwei blaue Flecken. Ich weigerte mich, darüber nachzudenken, woher sie stammten.

»Glaub nicht, es wäre keine Liebe gewesen«, sagte Mutter. Jetzt klang sie wie jemand, der sich rechtfertigte. Mutter und Sohn, ein heikles Gespann. Verehrung und Verachtung liegen dicht beieinander. Ich war einmal ihr Kind gewesen, ihr Junge. Der Daumenlutscher, der auf ihrem Schoß sitzt und seine erhitzte Wange an ihre Brust schmiegt. Der Besserwisser, der rücklings aus einem Traum schreckt und automatisch nach ihr ruft: Mutter. Jetzt war ich ein Rekrut, ein junger Mann, der ihr Vorwürfe macht.

»Niemand ist schuld«, sagte sie, »Oreste und ich hatten uns auseinandergelebt.« Sie lachte, sie wußte selbst, wie abgeschmackt sie redete.

Ich schwieg immer noch. Das war mit Sicherheit das Hinterhältigste, was ich tun konnte. Sie hatte mich enttäuscht, also hatte ich das Recht, sie zu enttäuschen. Ich durfte ohne schlechtes Gewissen unfair zu ihr sein. Fast hätte ich sie gefragt, wieviel Schmerz und Enttäuschung sie ertragen könne. Früher stand ich unter ihrem Schutz; vielleicht war dieser Verlust für sie schwieriger auszuhalten als für mich.

»Oreste war ein Mann ohne Bedürfnisse«, sagte sie.

»Da kenne ich schlechtere Eigenschaften.«

»Er hat auch von mir verlangt, keine Bedürfnisse zu haben.«

Ich versuchte mir vorzustellen, wie ich mich gefühlt hätte, wenn ich Mutter mit Oreste auf dem Sofa beobachtet hätte.

»Aber ich habe Bedürfnisse«, sagte sie trotzig.

»Bist du eigentlich glücklich, Mutter?« fragte ich.

»Das geht dich nichts an«, sagte sie barsch.

Ich tappte mit nackten Füßen über die Steinplatten des Gartensitzplatzes, sie drückte wütend ihre Zigarette aus und wollte aufstehen. Aber dann blieb Mutter doch sitzen. Ich konnte mich plötzlich genau daran erinnern, wie es war, mit nackten Kinderfüßen über den Teppich unseres Flures zu gehen. Nachts, wenn ich nicht schlafen konnte und mich an die angelehnte Wohnzimmertüre schlich, um meinen Eltern zuzusehen, wie sie vor dem Fernseher saßen, sich unterhielten oder lasen. Es gab nichts, was diesen tröstlichen Anblick ersetzen konnte. Manchmal hatte ich sie bloß beobachtet, manchmal hatte ich die Tür aufgestoßen und das Zimmer betreten. Ich verlangte Fürsorge, verschaffte mir Zutritt in die Welt der Erwachsenen. Konnte mir vorstellen, wie es sein würde, später einmal im eigenen Wohnzimmer neben Carla zu sitzen und den durch Träume verwirrten Sohn zu beruhigen. Ich konnte mich auch an den leicht muffigen Geruch des Teppichs erinnern, das gelbe Licht der Stehlampe.

»Ich weiß, daß du mich immer verachtet hast. Schon als kleiner Junge hast du mir dieses Gefühl gegeben«, sagte Mutter. Ihre Stimme klang fragend und unsicher, keinesfalls vorwurfsvoll. Was Mutter sagte, mochte für sie stimmen. Die Wahrheit war es nicht. Ich hatte sie nie verachtet, ich tat es auch jetzt nicht. Aber ich wollte von ihr hören, daß es falsch gewesen war, nicht zu Vaters Kremation zu fahren. Sie sollte sich dafür entschuldigen, dann würde ich klarstellen, daß ich sie nicht verachtete. Ich liebe dich, Mutter, würde ich ihr sagen.

»Du mußt endlich akzeptieren, daß ich nichts mehr mit Oreste zu tun habe«, sagte sie, »ich habe mich schon lange von ihm gelöst. Und zwar endgültig.«

»Vater hat seinen Ehering bis zum Schluß getragen«, sagte ich und sah, daß sie zusammenzuckte, »der Angestellte des Bestattungsunternehmens hat ihn Pino und mir in einem Briefumschlag übergeben.«

Gleich würde sie weinen. Ihr zweiter Mann kam mit geschulterter Schaufel auf uns zu. Er lächelte erschöpft. Die Steine waren zu einem ansehnlichen Berg aufeinandergestapelt. Was hatte er mit ihnen vor?

»Sie haben den Ring nicht mehr über Vaters Finger gekriegt. Darum haben sie ihn mit einer Zange aufgekniffen und danach wieder zusammengedrückt. ›Wir wollten ihrem Vater nicht weh tun‹, hat der Angestellte zu uns gesagt.«

Ich stand auf. Mutter weinte. Albert sah mich fassungslos, jedoch ohne Vorwurf an. Wir hätten Freunde werden können, das hatte ich immer gewußt. Ich hoffte, daß er mir diese Gewißheit ansah. Ich ging wortlos aus dem Garten, packte meine Tasche und verließ das Haus. Sie versuchten nicht, mich aufzuhalten. Wahrscheinlich wäre ich dann geblieben. Am Abend hätte ich mit Albert ein Feuer gemacht. Wir hätten Würste gegrillt und Weißwein aus der Gegend getrunken. Boccia hätten wir gespielt, uns über die Ernte des benachbarten Bauern unterhalten und am Zaun lehnend eine letzte Zigarette geraucht. Mutter hätte am Küchenfenster gestanden und gesehen, wie die Glut in der Dunkelheit aufleuchtet.

Liebe Mutter,

versuch nicht, mich aufzuspüren. Ich habe eine anständige Arbeitsstelle gefunden und ein ordentliches Zimmer mit einer Wirtin, die mir jeden Tag eine warme Mahlzeit zubereitet. Leider geht es mir gesundheitlich nicht besonders gut, doch das soll dir keine Sorge bereiten. Ich werde es bestimmt irgendwie schaffen, hier in der Fremde.

Mit lieben Grüßen: dein Sohn

Den erfundenen Abschiedsbrief variierend, ging ich auf der Landstraße durch Felder und Wiesenteppiche, über denen die Luft flirrte. Hätte mich gerne von außen gesehen, um mich zu amüsieren über einen, der seine Tasche durch Niemandsland und Hitze schleppt.

15.

Kurzsichtig mit den Armen rudernd, auf der obersten Stufe der Leiter, meckernd vor Vergnügen wegen der Grimasse, die Benzini schneidet: Bolger. Er hatte sich eine Magazinerschürze umgebunden und trug Ärmelschoner, wie ich sie nur aus alten Filmen kannte. Auf dem Ausleihtisch der Bibliothek standen Türme von Büchern, auch auf dem Lesetisch fand sich keine leere Fläche. Bolger räumte offensichtlich um. Die zwölf Bände eines Lexikons hatte er auf den Fußboden gestapelt. Benzini saß neben den großformatigen Büchern, als bewache er sie. Seine Gesichtshaut war gerötet, seine Hamsterbacken zitterten. Wenn er ausatmete, war leises Rasseln zu hören. Er trug mehrere Wollpullover übereinander, hatte sich eine Wolldecke der Armee über die Schultern gelegt. Dunlop-Männchen, ausgestopfter Clown. Der Tag war kühl und fast ohne Licht. Eine Wohltat nach der großen Hitze und der damit verbundenen Helligkeit, welche Landschaft und Räume erbarmungslos ausleuchtete. Der Wind trieb Regenschleier wie gebauschte Gardinen über den Hof zwischen den Hauptflügeln des Veteranenheimes. Durch das hoch in die Wand eingelassene Fenster drang das Licht der Außenbeleuchtung, die seit dem frühen Abend brannte. Auf den obersten Buchrücken und Bolgers Schädel lag ein unwirklicher, gelber Schimmer.

»Da staunst du, was, Benzini? Ich sorge für Ordnung.«

Bolgers Brillengläser sahen aus wie bemalt. Benzini kämpfte mit dem Schlaf; er schreckte hoch und stieß gegen den Bücherturm, der staubend umstürzte.

»Blödsinn«, sagte er und ließ sich zurücksinken. Für einen Moment fielen ihm die Augen zu, dann fuhr er erneut hoch und bemühte sich, aufrecht am Tisch zu sitzen. Sein Waffenrock war fleckig. Knöpfe fehlten, seine Hausschuhe waren zerrissen.

»Und du setz dich«, sagte Bolger zu mir, »ich ertrage keine Rumsteher hier in meiner Bibliothek.«

Ich setzte mich neben Benzini, der mich erstaunt ansah. Vor wenigen Minuten hatte er mir noch erzählt, daß er auf dem Rußlandfeldzug mehrmals Hunde und Katzen erschossen und über dem Feuer gebraten hatte. ›Heute hat Benzini keinen Hunger mehr‹, hatte er gesagt. Mittlerweile kannte ich die verwirrten Blicke der vergeßlichen alten Männer. Sie machten mich nicht mehr wütend wie am Anfang meiner Dienstzeit. Sie deprimierten mich.

»Die deutschen Soldaten haben russische Kühe gefickt«, sagte Bolger von der Leiter herab, »in den Ställen, ich mag den Geruch von Mist.«

Benzini wuchtete sich aus seinem Stuhl und machte sich daran, die Lexikonbände aufeinanderzustapeln.

»Und wie steht's mit dir, Benzini? Magst du Kühe, russische?«

Benzini hob nicht einmal den Kopf. Stumm legte er die schweren Bücher aufeinander. Als er den Turm beendet hatte, trat er absichtlich mit dem Fuß dagegen und brachte ihn zum Einsturz. Dann setzte er sich wieder hin. Bolger lächelte nachsichtig und stieg von der Leiter.

»Ich liebe Mist«, sagte er, »Dreck überhaupt.«

Auf seinen Schultern lag Staub. In der großen Tasche seiner Schürze steckte eine Grappaflasche.

»Und Kühe mag ich auch, irgendwie«, fuhr er fort.

»Paß auf dich auf, Bolger. Du wirst langsam zum Maulwurf, zwischen all den Büchern, dem Papier und Staub«, sagte Benzini und wickelte sich die Decke fest um den Oberkörper.

»Kein Wort gegen den Maulwurf«, sagte Bolger, »der Talpa europaea ist ein Einzelgänger ohne Sinn für die Gemeinschaft, welcher zurückgezogen im Souterrain unserer Erde lebt und die Ehe bloß auf Zeit führt.«

»Verschon mich mit deinen Tiergeschichten«, sagte Benzini und schloß demonstrativ die Augen.

»Der Maulwurf durchlüftet das Erdreich mit seinen Gängen und Tunneln, befreit es von Würmern und Insekten, ohne sich an den Wurzeln von Angepflanztem zu vergreifen.«

»Pferde hab' ich auch gefressen«, sagte Benzini.

»Maulwürfe legen Wurmvorräte an.«

»Im Krieg«, präzisierte Benzini, ohne die Augen zu öffnen, »im Krieg hab' ich Pferde gefressen. Seither nicht mehr. Und an Kameraden wie dir hätte ich mich im Notfall auch vergriffen, Bolger.«

»Die Umstände sind hart genug, Benzini. Also sollten wir Menschen uns gegenseitig Trost spenden.«

»An einem Ort wie diesem gibt es keinen Trost.«

Jetzt wurde Benzini laut. Er wippte angriffslustig vor und zurück.

»O doch, Benzini. Selbst an einem Ort wie diesem findet sich Trost. Du mußt nur die Augen offenhalten.« Er zog die Flasche heraus und nahm einen tiefen Schluck.

»Saufen, das könnt ihr Idioten«, sagte Benzini.

»Davon rede ich nicht. Ich rede von wirklichem Trost. Echtem Trost. Von Erfüllung rede ich und von Glück.«

Bolger deklamierte, mit den Brillengläsern gelbes Licht reflektierend. Auf dem Hof war eine rechthaberische Stimme zu hören; ich stellte mir den Offizier vor, der mich im prasselnden Regen anbrüllte, weil ich ihn nicht nach Vorschrift grüßte.

»Weiber«, sagte Benzini, »gibt es nicht bei uns. Vergiß es.«

»Frauen, Benzini. Allerdings. Nicht die wirklichen, leibhaftigen natürlich. Aber das wäre den meisten von uns sowieso zuviel, nicht wahr?«

»Ich ficke dir jede«, sagte Benzini, »und zwar gleich hier auf deinem blödsinnigen Büchertisch. Jede.«

So sah einen ein Wal an, der plötzlich neben dem Boot auftaucht und das große Maul aufklappt. Benzinis Augen standen weit auseinander. Sie waren unbewegt, grau. Er hatte sich erhoben und warf die Wolldecke ab. Würde er sich die Hose aufknöpfen?

»Hengst bleibt Hengst, kapiert, Bolger? Zwischen all deinen Scheißbüchern.«

»Bücher, genau. Das ist das Stichwort. Vögeln ist eine Sache, Benzini. Über das Vögeln zu schreiben, eine andere.«

»Hier gibt es doch höchstens Romane über Soldaten. Bilderbücher von Panzern, Waffen und anderem Blödsinn«, sagte Benzini.

Saß zwischen den Fronten, staunend. Der Rekrut aus der Schweiz. Bolger trank, ohne uns einen Schluck anzubieten.

»Falsch, Benzini, falsch. Schon Marie Antoinette hat auf ihren Kirchgängen erotische Literatur gelesen. Getarnt mit den Umschlägen frommer Bücher. Auch in meiner Bibliothek gibt es eine solche Abteilung. L'enfer, Benzini, l'enfer. Bei mir stehen die Bücher nicht getrennt nach dem Geschlecht ihrer Verfasser im Regal.«

»Wovon redest du eigentlich?« fragte Benzini.

Sein Finger waren verfärbt vom Nikotin der Zigaretten, die er unablässig geraucht hatte, bis es ihm der Arzt verbot.

»L'enfer«, sagte Bolger und überreichte mir die Flasche, »die Hölle. Mein Giftschrank. Die Bücher mit den Sauereien. Hier stehen sie versammelt. Du brauchst dich nur zu bedienen, Benzini. Greif zu!«

»Vögeln ist eine Sache«, sagte Benzini, »wichsen eine andere.«

»Besser als gar nichts. So lautet meine Devise«, sagte Bolger.

»Ich will nicht lesen, wie es andere treiben. Ich will es selber machen. Und zwar mit einer Frau. Nicht mit mir. Laß mich mit deinen Büchern in Frieden. Meine Phantasie ist eingeschlafen. Und ich habe keine Lust, sie aufzuwecken.«

»Alle tun es, Benzini. Selbst die Tiere.«

»Ich bin aber kein Tier, du Idiot!«

»Von den Tieren redet, wer sich der Menschen schämt«, sagte Bolger.

Benzini drehte sich um und ging auf die Tür zu.

»Habit testicularis et bene pendentis«, sagte Bolger.

»Ich verstehe kein Lateinisch.«

»Habe Hoden und lasse sie gut hängen. Das wird dem Papst

während der Inthronisierungszeremonie gesagt«, erklärte Bolger.

»Du bist und bleibst ein Idiot«, sagte Benzini und verließ die Bibliothek.

»Von Delphinen, die die US-Navy zum Bergen von Torpedos einsetzt, berichtet man, daß sie ihre Geschlechtsteile an den Unterwassergeschossen reiben.«

Bolger kicherte. Regen rauschte. Wir blieben in der Dämmerung sitzen und gaben die Flasche hin und her, bis sie leer war. Dann ging ich.

In der Unterkunft lag ein Brief auf meinem Bett. Ich erkannte Carlas Schrift natürlich bereits auf dem Umschlag, ich ließ ihn mehrere Stunden ungeöffnet. Drei Tage, drei Nächte. Jonas im Bauch des Wals. Die Stimmung in der Unterkunft war so ruhig wie selten. Aber sie war auch gedrückt. Man hatte uns mitgeteilt, daß Fausto desertiert war. Die meisten Rekruten lagen bereits in den Betten. Einige schliefen, andere lasen oder hörten sich auf ihrem Walkman Kassetten an. Lorenzini drückte Liegestützen im Waschraum. Sein Keuchen schläferte mich ein. Aber Carlas Brief hielt mich wach. Er lag neben mir auf dem Bett, er roch nach gar nichts und war zerknittert, so oft hatte ich ihn in die Hand genommen, hin und her gewendet und dann doch nicht geöffnet. Er wog fast nichts, enthielt offenbar eine Karte aus festem Papier. Ich brauchte Zeit. Wartete auf irgendein Signal, welches mir anzeigen würde, daß ich für ihre Botschaft bereit war.

Nach Mitternacht hörte der Regen auf. Wir öffneten alle Fenster, die kühle Luft strich über mein Gesicht und die nackten Arme und Beine. Neben meinem Lämpchen brannte nur noch dasjenige eines stillen Neulings, der in der Ecke des Raumes auf seinem Bett lag und einen Brief schrieb. Oder führte er Tagebuch? Notierte er in diesem Moment die Beobachtung, daß außer ihm nur noch der Rekrut aus der Schweiz wach lag? An Neue richteten wir oft tagelang kein

Wort, außer, um ihnen Befehle zu erteilen. Die meisten Neulinge machten den Fehler, sich zusammenzutun. Auf diese Weise blieben sie zwar unter sich, isolierten sich aber gleichzeitig noch mehr und blieben damit noch länger die Neulinge und somit Außenseiter. Es gab welche, die diesen Zustand kaum ertragen haben und aus heiterem Himmel das Mobiliar unserer Unterkunft zerschlugen oder auf andere Rekruten losgingen. In ihren Augen erkannte ich keinen Haß, sondern blanke Angst. Danach nahmen wir sie jeweils in unseren Kreis auf. Von nun an gehörten sie dazu und schlossen die nächsten Neulinge genauso aus, wie wir sie ausgeschlossen hatten. Ob der stille Neue schon soweit war, wußte ich nicht. Ich hatte ihn bisher kaum beachtet. Bolger hatte mir erzählt, daß er es aufgegeben habe, die erotischen Bücher aus seinem Seemannskoffer einzeln in die Regale zurückzustellen. Er hatte die restlichen Bücher auf einmal in die Bibliothek getragen und in den Gestellen und Schränken verteilt. ›Der Schatz liegt bereit‹, hatte er gesagt, ›es liegt an euch, zuzugreifen. De Sade habe ich direkt neben Rousseau plaziert. Also steht derjenige, der die Erbsünde ablehnt, neben einem, der weiß, daß der Mensch mit dem angeborenen Hang zum Bösen zur Welt kommt.‹ Er hatte von einer sogenannten Bärenspinne erzählt, bei der nur das Männchen zur Begattung akzeptiert werde, welches am stärksten nach einem bestimmten Duftstoff rieche. Während des Aktes hinterlasse dieses Männchen ein Spermapaket, das die Begattete wie einen Sack Kartoffeln in eine Vorratskammer schiebe. Die Bärenspinnendame erleichtere etwa ein Dutzend Heiratskandidaten um ihr Sperma. Von den zwischengelagerten Spermapaketen verwende die Umworbene allerdings nur das Größte. Das werde geöffnet und für die Befruchtung der Eier benutzt. Der Rest diene als willkommene Eiweißreserve. Dann hatte mich Bolger darum gebeten, an einem der folgenden Tage für ihn einen Brief an seine Tochter in Irland zu schreiben. Schließlich öffnete ich Carlas Brief. Der Wind hatte sich gelegt, aus Büschen und Bäumen tropfte es auf die Kieswege des Parks.

Muß dich unbedingt sehen.
Sonntag, 19 Uhr vor dem Bahnhof Cremona.
Ich vermisse deine starke Hand. Kuß: Carla

Sie hatte mit schwarzer Tinte und in steifer Druckschrift auf die Rückseite einer Postkarte geschrieben. Ihre Buchstaben paßten nicht zueinander. Sie strebten auseinander, kippten in verschiedene Richtungen. Auf der Karte war eine junge Frau abgebildet, die mit beiden Händen eine blitzsaubere Schaufel mit Holzgriff hielt. Die Frau trug schwarze Handschuhe und ein knappes Latexkleid, welches kaum ihre Vulva bedeckte. Ihre Stiefelchen waren mit zahllosen Ösen verschnürt, die Schäfte der hochhackigen Schuhe legten sich wie Manschetten um die Waden der Frau. Licht glänzte auf den schwarzen Nylonstrümpfen und rückte ihre langen, ebenmäßigen Beine in den Mittelpunkt der Aufnahme. Auch die durch das Kleid eingeschnürten Brüste warfen das Licht der Scheinwerfer zurück. Genauso der Bauch und ihr Geschlecht. Das Kleid lief in spitze Brustwarzen aus; waren sie aus Metall gefertigt? Die Frau hielt die Schaufel wie ein Werkzeug, welches für anderes bestimmt ist, als Erde umzugraben und Löcher auszuheben. Die Frau hielt die Schaufel wie ein Gewehr, mit dem sie exerzierte. Ihre Lippen waren stark geschminkt, sie blickte hart und entschlossen an der Kamera vorbei. Trotzdem wirkte sie ängstlich und so, als habe man sie eingeschüchtert. Sie trug keinen Slip, unter dem engen Kleid hätte ich seine Umrisse erkannt. Wegen der kurzen Haare der Frau wirkte ihr Schatten, welcher auf dem hellen Hintergrund stand, wie der Umriß eines jungen Mannes, der mich an Fotografien von Nationalsozialisten erinnerte. Das Gesicht der

Frau war unbewegt, ihr Körper perfekt. Die Frau war ein Soldat, eine Werktätige. Ich zerriß es.

Sonntag, 19 Uhr.

Das mußte reichen. Der Fahrer der Signora würde mich zum Bahnhof von Cremona bringen. Ich würde pünktlich dasein. Der brave Junge aus der Schweiz, der weiß, was sich gehört. Der sich die Hände wäscht. Bevor er den Wäscheschrank der Mutter seiner Freundin durchwühlt. Der freundlich lächelt, wenn er onaniert und dabei Mund und Nase in die Schalen ihres Büstenhalters preßt. Würde mich Carlas Mann erwarten? Wurde ich noch einmal verprügelt, unter ihren wachsamen spöttischen Blicken? Die Fetzen von Carlas Karte segelten vom Bett auf den Fußboden wie Konfetti. Rundum schliefen Rekruten. Redeten. Sabberten. Und sagten Dinge und Namen, die sie sonst um jeden Preis verschwiegen. Ihre verschwitzten Gesichter waren glücklich in ihren Jungenträumen. Andere lagen auf dem Rücken und hatten selbst im Schlaf harte, verschlossene Mienen. Sie würden Monate brauchen, um die Soldatengesichter abzulegen und wieder zu jungen Männern zu werden, die mit Katzen reden, ihren Großmüttern Blumen bringen und selbstvergessen die winzigen Köpfe von Babys streicheln. Die Rekruten murrten und zuckten im Schlaf, schlugen um sich und schlangen die Arme um die eigenen Oberkörper, um wenigstens im Schlaf von jemandem umarmt zu werden. Einer lag auf dem Bauch und hielt ein Blatt unseres Gummibaumes in der Hand; ich hatte das Blatt im ersten Moment für ein Bajonett gehalten. Der Anblick strahlte tiefe Ruhe aus und wirkte, als sei er zu dem Zweck arrangiert worden, betrachtet zu werden.

Da stehen wir auf den dünnen Matratzen unserer Betten und kichern und gackern vor Aufregung. Meine Haut glüht, dabei ist das Spiel langweilig gewesen, bis die drei Mädchen in unserem Schlafsaal aufgetaucht sind. Nun hopsen wir nervös auf und ab, fuchteln mit den Armen und lassen das Kissen durch den dunkeln Saal segeln, von Bett zu Bett. Nicht allen gelingt es, hysterische Japser und Schreie zu unterdrücken. Auch mir entfahren Kickser, die eigentlich nur Mädchen und Memmen von sich geben. Wer das Kissen fallen läßt, muß etwas ausziehen, so lauten die Spielregeln. Es erstaunt uns, daß dies von den Mädchen ohne Widerrede akzeptiert wird, aber wir lassen uns nichts anmerken. Wir sind durchtrieben, davon sind wir überzeugt. Wir rauchen auf dem Klo des Ferienlagers, wir sind im Besitz von Fotos nackter Frauen, wir fluchen ausdauernd, und wir zeigen uns gegenseitig die Schamhaare und Muskeln. Wir haben vorgesorgt: wir tragen Pullover und Anoraks über den Pyjamas, Socken, Mützen und Fäustlinge. Vor den hohen Fenstern fällt Schnee, aus den Augenwinkeln glaube ich zu erkennen, daß die Wiesen bereits weiß sind. Aber der Schnee interessiert uns jetzt nicht. In jeder anderen Nacht würden wir in die Flocken hinausstarren und an unsere Eltern und Geschwister denken. Die Mädchen tragen nichts als Nachthemden und Söckchen. Wir werfen das Kissen hart und unpräzise in Richtung der Betten, auf denen sie stehen. Ich persönlich werfe nicht zu hart und nicht zu ungenau. Ich kann ihre Brüste durch den Stoff der Nachthemden erkennen, und ich weiß nicht, ob ich sie ganz nackt sehen möchte. Die Mädchen schlagen sich begeistert auf ihre Bäuche, sie flüstern heiser und siegessicher. Manchmal fallen sie fast von den Betten, aber sie halten das Kissen, immer fangen sie das Kissen auf und verteilen triumphierende Blicke unter uns. Ich weiß, daß die Mädchen vor Aufregung schwitzen, ich kann sie riechen. Der Geruch ist fremd, und eigenartigerweise bin ich mir nicht sicher, ob ich ihn mag oder hasse. Einer von uns trägt nur noch die Unterhose, ich habe den Verdacht, daß er das Kissen absichtlich fallen läßt. Es schneit und schneit, und am nächsten Morgen werden einige von uns Schaufeln fassen, um den Vorplatz und die Wege zu räumen. Hin und her segelt das Kissen. Es trudelt, beschreibt Kurven, kurze, entschiedene Geraden. Der Junge in der Unterhose wird gemieden; auch die Mädchen werfen ihm das Kissen nicht mehr zu. Die Laute, die wir ausstoßen, werden leiser und seltener. Und plötzlich liegt das weiße Kissen mitten im Schlafsaal, und ich gestehe mir ein, daß ich müde bin. Die Mädchen gehen still hinaus, das Spiel ist vorbei, darüber brauchen wir nicht zu reden. Es dauert eine Weile, bis ich begreife, daß wir mein Kissen verwendet haben. Später werden wir erzählen, daß ein Lehrer unser Spiel abgebrochen hat, selbstverständlich im spannendsten Moment. Der Lehrer war außer sich und ließ uns mitten in der Nacht vor dem Haus antreten und im Schneetreiben Turnübungen machen. Noch später werden wir diese Lüge selber glauben. Vor den Fenstern des Schlafsaales war eine Baumgruppe die einzig deutliche Form im gleichförmigen Licht des fallenden Schnees, in diesem Traumraum ohne Schatten. Ich war froh um diesen konkreten Anhaltspunkt, ich fixierte ihn so lange, bis ich eingeschlafen war.

Ich schreckte hoch und saß aufrecht auf meinem Bett.

Der Rekrut in der Ecke hatte sein Licht ausgemacht. Aber er schlief nicht. Ich sah die Glut der Zigarette, die er rauchte, und erkannte, daß er in meine Richtung sah. Mutter, Bruder und Vater standen um mein Bett mit Metallgestell, von dem die Farbe platzt. Das traurige Gesicht meines Vaters ist dicht vor meinem, ich liege nämlich auf der oberen Matratze. Mittlerweile bin ich mit Vater alleine, sieht man von den schlafenden Rekruten ab. Ich habe nicht bemerkt, daß Mutter und Pino die Unterkunft verlassen haben. Vater beugt sich über mich. Der stille Neue in der Ecke starrt und raucht, ich spüre Vaters Atem, rieche Zigaretten und Wein. Er trägt seinen Hut und hat die Augen geschlossen. Weint er? Seine Hand ist voller Schwielen, sie liegt auf meiner Stirn. Wir haben uns noch nie geküßt.

»Bist du in Ordnung?« fragte der Rekrut in der Ecke.

Ich war es, der weinte, ich.

»Nimm die Hand weg.«

»Was ist los? Bist du in Ordnung?« wiederholte er.

»Alles klar«, sagte ich.

Aber ich wußte, daß mich der Neue weiterhin beobachten würde. Er saß auf seinem Bett und rauchte. Zustand zwischen hier und dort, zwischen Ankunft und Abreise. Gefühl der Schwerelosigkeit, Tauchgang in den eigenen Körper; ich gab nach: Sie wirkt so durchsichtig wie das Glas des Fensters, vor dem sie steht. Sie wickelt sich die Kette mit den Holzperlen um die Finger ihrer Rechten. Streicht sich durch die Haare, die noch nicht ganz trocken sind. Sie ist barfuß. Sie hat sich kaum geschminkt. Sie legt die brennende Zigarette, um die sie mich gebeten hat, auf den Sims des Fensters. Dann macht sie einen Schritt, und schon klappt sie weg, die ganze Wand mitsamt Fenster und Gardine. Es ist nicht nötig, daß ich mitbekomme, wie sie auf den Sims steigt, die Fensterflügel öffnet und sich hinausschwingt. Ist dies nun die Öffnung, welche die Seele benutzt? Das Loch, das schwarze, bodenlose? Carla fliegt nicht, sie fällt. Ihre Handgelenke sind zersplittert, ihre Knöchel, die Knie. Vom Fleisch gefallen, ihre zarten weißen Knochen. Carla, die mit zerschmetterten Gliedern auf dem Pflaster liegt wie eine Puppe, die ein ungezogenes Mädchen aus dem Fenster seines Kinderzimmers fallen ließ. ›Die Tiger will ich sehen‹, hat sie noch zu mir gesagt, ›die Tiger, die Löwen und die Del.‹ Dann war sie weg. Aber ich weiß, was sie sagen wollte: ›Die Tiger will ich sehen, die Löwen und die Delphine.‹ Blut sehe ich keines, nur ihren seltsam verdrehten Körper und das aufgefächerte Haar. Der Filter ihrer Zigarette ist rot, also hat sie Lippenstift aufgetragen. Ich rauche ihre Zigarette zu Ende. Die Delphine, die Del.

»Beruhig dich, Mann. Leg dich hin.«

Lorenzini stand über mir und drückte mich auf das Bett zurück. Sein Oberkörper war nackt. Er schwitzte, hatte sich ein Tuch um die Stirn gebunden.

»Da«, sagte er, »das beruhigt.«

Er schob mir einen Joint zwischen die Lippen, und ich nahm einen tiefen Zug. Sofort erfüllte lautes Hämmern meinen Schädel, das sich rasch zu vertrauenerweckendem Pochen abschwächte. Ich tastete mein Gesicht ab, gewissenhaft und langsam, weil ich wissen wollte, ob ich grinste oder nicht. Ich grinste. Im Waschraum tropfte Wasser. Rohre in den Wänden knackten eindringlich. Hörte Insekten im Park, nahm einen weiteren Zug. Das Gebäude atmete, auch Lorenzini konnte es hören, ich sah es ihm an.

»Das gefällt dir, Schwachkopf, oder was?«

Seine Stimme kam tief aus der Brust, klang rauh und wie der Befehl eines Vorgesetzten. Er klopfte mir gutmütig auf die Schulter.

»Laßt mich auch mal ziehen«, sagte der stille Neue.

Er trug einen blauen Pyjama mit Streifen, stand hinter Lorenzini.

»Halt den Mund«, sagte Lorenzini.

Er drehte sich nicht einmal um. Aber als er mir den Joint in die Hand drückte, reichte ich ihn an den Neuen weiter. Er rauchte und ging stöhnend in die Knie. Ein Körnchen der Glut wurde schwarz, fiel auf den Boden. Lorenzini stellte seinen nackten Fuß darauf. Mit geschlossenen Augen schien mir die Welt vernünftig. Mein Atem stand greifbar zwischen mir, Lorenzini und dem Neuen. Nicht als Geruch, sondern als Masse, als Temperatur. Das Dunkel hinter meinen Lidern phosphoreszierte. Mein Körper hatte ein neues Gewicht, ich spürte, er war nun schwerer. Gedanken nahmen Gestalt an, kristalline Formen. Skelette, ausgewaschene. Zerbrochene Knochen. Das Wort ›verschwinden‹ drängte sich in den Vordergrund, und ich verließ die Unterkunft ohne Erklärung. Lorenzini blieb zurück mit dem Neuen, der leise kicherte. Vor dem gemauerten, langgestreckten Haus, in dem wir Rekruten untergebracht waren, wartete Dunkelheit. Planeten zogen ihre Bahnen, zwischen den großen, rauschenden Bäumen flüsterten alte Männer in gefleckten Pyjamas. Der Erdboden summte, ich betrat das Unterholz wie einen Raum. Ungenießbare Stechäpfel, zurückschlagende Zweige, hartnäckige Dornen und Truppeneinheiten marschierender Käfer. Die Schatten waren gigantisch. Auf der Wiese lagen Dinge verstreut. Über meinem Kopf sang die Stromleitung, und ich breitete die Arme aus, um die Botschaft zu empfangen, das Gesicht verschmiert von meinem Blut, so sah ich mir von außen zu. Schweiß lief mir über Gesicht und Rücken. Ging wankend zwischen den Baumstämmen und wiederholte ihren Namen.

»Braver Junge«, sagte eine Stimme.

Licht schoß durch meinen Körper. Der Kies bewegte sich, wälzte sich um, war geladen mit Elektrizität. Nahe sprang ein Automotor an. Die einfache Sprache ausgeklügelter Mechanik.

»Wird ein kleines Tier von einem Raubtier in die Enge getrieben, gerät es in Trance«, sagte die Stimme unmittelbar hinter mir. Bolger saß auf einem Stein und rauchte. Trug er tatsächlich keine Schuhe wie ich? In meinem Zustand bekam diese Frage eine beunruhigende Bedeutung.

»Der Moment des Todes ist für das kleine Tier dann weniger qualvoll«, sagte er. Äste und Zweige umschlossen uns wie ein Gehege. Bolger war barfuß. Er scharrte mit den bloßen Füßen.

»Setz dich, Mantovani«, sagte er.

Die Krankenstation war ein dunkles Rechteck links von uns. Im Bereitschaftszimmer brannte Licht. Fledermäuse segelten an uns vorbei, und ich setzte mich neben Bolger ins Gras. Murmelnde Natur. Hunde bewachten Häuser, Videokameras erfaßten Problemabschnitte finsterer Nebenstraßen. Spinnen arbeiteten im Unkraut. Im Mondlicht hätten ihre Netze geglitzert wie kompliziert gespannte Drähte. Aber die Nacht war mondlos und die Sterne am Himmel nichts als undeutliche Erhellungen.

»Der Herr ist mein Hirte, mir wird nichts mangeln«, sagte Bolger laut.

»Was?« Stimmchen des Ministranten, der mit der Monstranz klappert.

»Psalm 23. Du bereitest mir einen Tisch im Angesicht meiner Feinde und schenkest mir ein. Wobei dieser Tisch auf offener Ebene steht und meine Feinde auf den Anhöhen rundum hocken. Ist das etwa kein Bild des Vertrauens? Ich sitze am Tisch, allen Pfeilen ausgesetzt, und lasse mir einschenken.«

Er kicherte, ließ seine Zigarette fallen. Windgetriebene Wolken, schaukelndes Astwerk. Bolger roch nach Seife, er hatte einen Stapel Bücher neben sich. Ich konnte förmlich spüren, wie er nachdachte, Worte und Sätze bildete. Energiefelder leuchteten, strahlten Wärme ab. Feuer knisterte, oder kam das Geräusch von meinen Fingern, die über ein Stück Cellophan strichen? Unser Schweigen war im Park anwesend wie eine dritte Person, darum hustete ich, knurrte probehalber, gab ein Summen von mir.

»Ist dir aufgefallen, daß sich die Farben dieses Parks von den Farben anderer Parks unterscheiden? Das ist so gekommen, weil er andauernd von alten Männern angestarrt wird. Für uns ist er in der Regel der letzte Park, den wir sehen werden. Darum sind seine Farben ausgebleicht.«

Nickte zustimmend. Bolgers Sätze bildeten Strukturen in der Dunkelheit, beruhigende Muster.

»Hier läuft einem die Gesundheit nicht mehr davon. Das hat sie nämlich längst getan. Sie ist weg. Weg für immer. Das hier ist kein Ort für Lebende. Seufzer der Erleichterung wirst du ausstoßen, wenn du hier rauskommst.«

Beichte in der Nacht, in welcher Hunde kläffen, Bildschirme Zimmer in blaues Licht tauchen. Zeit für Monologe, persönliche Erkenntnisse. Bolger hustete bellend. Es klang, als habe er Freude an dem gräßlichen Geräusch. Seine Stimme hatte den Tonfall einer rituellen Klage. Meine Haut war Schauplatz kleiner Sensationen, für welche Wind, Gras und eine Ameise sorgten.

»Mich wird man mit den Füßen voran von hier wegtragen. In der Haltung des christlichen Toten«, sagte er.

»Rücklings«, ergänzte ich.

»Rücklings, allerdings. Die Hände gefaltet. Am Fußende des Bettes werden meine Pantoffeln stehen. Parallel nebeneinander und mit den Spitzen in den Raum hinauszeigend, wie es mir meine Mutter vor Jahren beigebracht hat. Ein gutererzogener Junge selbst als Greis.«

»Du stirbst nicht, Bolger.«

»Blödsinn. Natürlich sterbe ich. Du übrigens auch, junger Mann.«

»Aber nicht heute«, sagte ich. Rechthaberisch die letzte Silbe betonend.

»Wahrscheinlich nicht, nein. Aber bald. Womit ich gemeint bin, nicht du.«

Ein Fensterladen schlug gegen die Fassade der Krankenstation, durch Bolgers Körper ging ein Ruck.

»In letzter Zeit ertappe ich mich immer wieder dabei, daß ich gekämmt und angezogen hinter meiner Zimmertüre stehe und offenbar auf irgend etwas warte. Nur habe ich vergessen worauf. Vielleicht auf jemanden, der kommt, um mich abzuholen. Vielleicht auf einen Anruf meiner Tochter. Auf den Winter. Oder den Ausbruch des nächsten Krieges. Meine Uniform hängt jedenfalls gebürstet im Schrank.«

Er löste seine Beine, die eigenartig verknotet an mir vorbeiragten. Seine Knochen knackten. Meine auch; ich bewegte mein rechtes Bein wie ein Sportler, der sich warm macht. Bolger steckte zwei Zigaretten gleichzeitig an und gab mir eine in die Hand.

»In letzter Zeit mache ich regelrecht Jagd auf Kakerlaken. Überhaupt auf Ungeziefer. Ehrlich gesagt macht es mir mörderische Freude, die Scheißviecher zu töten. Ich klatsche sie an die Wand.

Zerdrücke sie mit bloßen Händen. Ich überliste sie, indem ich das Licht abdrehe und mucksmäuschenstill abwarte. Sie sollen denken, ich sei verschwunden. Dann mache ich das Licht an und schlage zu. Ich zertrete sie, werfe mit Zeitschriften und Schuhen nach ihnen. Meistens treffe ich, dabei bin ich bald blind. Ich erschlage sie sogar mit Büchern. Am liebsten mit der Bibel. Ihr Ledereinband sieht aus wie das reinste Schlachtfeld.«

»Sie übertragen Krankheiten«, sagte ich. Es klang wie der Einwand eines Besserwissers. Die Stimme des Lehrers aus dem Mund des Schülers, die Stimme der Vernunft.

»Das tun wir alle«, entgegnete Bolger.

Ein Insekt streifte mein Gesicht, surrte neben meinem Ohr und übertönte jedes andere Geräusch, bis ich es wegscheuchte.

»Manchmal frage ich mich, wie mich die Insekten wohl wahrnehmen«, sagte er nach einer kurzen Pause, »als was sehen sie mich? Wer bin ich für sie?«

»Ein Monster, das über ihr Leben entscheidet«, sagte ich.

»Also bin ich ihr Gott? Ist es das, was du sagen willst?«

»Ein kurzsichtiger, grausamer Gott«, sagte ich.

Wir schwiegen so lange, daß ich begann, die Sekunden zu zählen. Meine Augen hatten sich an die Dunkelheit gewöhnt, und ich glaubte zu erkennen, daß sich Bolgers weißes Haar gelblich verfärbte. Bewegte ich meine Augen hin und her ohne etwas zu fixieren, konnte ich beobachten, wie sich niedergedrücktes Gras aufrichtete und wuchs.

»In finsteren Zeiten wird das menschliche Auge sehend«, sagte Bolger.

Mittlerweile standen wir beide. Es war Zeit, den Ort zu wechseln. Wir gingen mit einem Abstand nebeneinander her, der sich alle paar Meter veränderte. Ich überließ Bolger die Entscheidung, wo wir uns niederließen. Wir setzten uns an die Begrenzungsmauer des Parks. Hier war es dunkler. Die Mauer schirmte Geräusche ab, die ich vorher nicht wahrgenommen hatte. Das Gras war naß, und wir suchten etwas, auf das wir uns setzen konnten. Ich rollte ein Holzstück aus dem Wäldchen auf die Wiese vor der Mauer. Die Steinwand in unserem Rücken strahlte Kälte ab; die Flechte, die sie überzog, roch vermodert. Aus dem offenen Fenster eines Wohnhauses, das an das Grundstück des Veteranenheimes grenzte, war das Schreien eines Kindes zu hören. Das Weinen war groß und klar. Klänge aus einer anderen Wirklichkeit. Wir hörten eine Weile zu, dann erhob sich Bolger und ahmte laut einen Vogelruf nach, den er mehrmals wiederholte.

»Eichelhäher«, sagte er, und setzte sich neben mich.

Das weinende Kind beruhigte sich, es schwieg.

»Die Stimmen gewisser Tiere beruhigen uns«, sagte er, »andere dagegen jagen uns Angst und Schrecken ein.«

»Puma«, sagte ich, »Jaguar. Elch. Elefant. Das Zischen von Schlangen.«

»Die Stimme von uns Menschen beruhigt nur diejenigen Tiere, die wir domestiziert haben. Die Haustiere.«

Bolger zerlegte das letzte Wort in seine Einzelteile. Mechaniker der Sprache, Baumeister. Das Kind schwieg tatsächlich. Schlief es oder wartete es auf den sonderbaren Ruf, der es zum Schweigen gebracht hatte?

»Ein Tier, das von einem Menschen angefaßt wird, fängt an zu zittern«, sagte Bolger, »ähnlich fühlt sich ein Mensch, auf den mit einer Waffe gezielt wird. Hast du schon einmal ein junges Tier aus seinem Nest geholt? Sein Herz rast. Es fühlt den Tod in seiner Nähe. Dieser Tod bist du.«

»In einem Ferienlager gab es einen Hund, auf den ich mit einem Besenstiel eingeschlagen habe. Er hat gebellt, gefaucht und geschnappt. Aber ich habe ihn sogar weitergeprügelt, wenn er sich japsend und mit scharrenden Pfoten hinter einem Schrank verkrochen hat.«

Meine Stimme kam mir fremd vor. Bolger nickte. Auf und nieder schaukelte der helle Fleck seines Gesichtes.

»Als Junge habe ich Geld verdient, indem ich Frösche jagte«, sagte er.

»Ich habe den Hund geschlagen und dabei alles andere vergessen. Es gab nur das winselnde Tier, den Besen, mich und meine Macht. Sonst gab es nichts in diesen Momenten. Das war ich: ein Junge, der sich besser fühlt, wenn er einen Hund prügelt.«

»Frösche werden am Tag gefangen. Aber die Haut zieht man ihnen nachts vom Leib«, sagte Bolger.

»Wenn ich damals eine Katze oder ein Kaninchen streichelte, mußte ich mich beherrschen, um nicht mit aller Kraft zuzudrücken. Ich bekam automatisch die größte Lust, das Tier zu erwürgen.«

»Wenn du einem Frosch die Haut abziehst, erkennst du sofort, ob es ein Weibchen oder ein Männchen ist. Du packst den Frosch an den Flanken, und er uriniert, noch bevor du die Schere angesetzt hast.«

Sätze standen vor uns in der Nacht, schoben sich zwischen uns. Sie waren zu greifen, sie waren sichtbar. Nachdenkliche Stimmen, die nicht nach Antworten verlangten, sondern nach Vergebung oder zumindest Verständnis.

»Ich habe dem Hund gut zugeredet, bis er aus seinem Versteck gekrochen kam. Dann hab' ich seine Knochen abgetastet und ihn nach Wunden abgesucht. Dabei redete ich die ganze Zeit auf ihn ein, und er hat gewinselt.«

»Und dir die Hände abgeleckt«, sagte Bolger.

»Und mir die Hände abgeleckt. Jedesmal, wenn ich den Heizungsraum betrat, hat sich der Hund auf den Boden geworfen und ist vor mir herumgekrochen. Ich habe den Hund gehaßt und meinen Haß geliebt.«

Wir tappten mit nackten Füßen durch feuchtes Gras. Ich grub Fingernägel in beide Unterarme, kämpfte dagegen an, lachen zu müssen. Bolgers Füße waren größer als meine. Unsere Zehen berührten sich, und wir zuckten beide zurück.

»Um die Frösche verkaufen zu können, mußten wir ihnen mit der Schere Kopf und Füße abschneiden und ihnen die Haut abziehen. War das getan, nahmen wir ihnen die Eingeweide heraus und brachen ihre Beine, damit wir die Schenkel aufblasen konnten.«

»Du hast was getan?« fragte ich.

»Die aufgeblasenen, dicken Schenkel haben den besseren Preis gemacht«, sagte Bolger. Nun waren seine Hände in Bewegung. Er verknotete die Finger, knetete sie, löste sie voneinander, strich über den Stoff seiner Hose und durch die Haare. Die Gelenke knackten leise. Bolger hatte die Hände eines jungen Mannes, nicht die eines Greises.

»Mit der einen Hand streichelte ich den Hund und mit der anderen mißhandelte ich ihn«, sagte ich.

»Die Frösche haben sich selbst mit gebrochenen Beinen, ohne Kopf, ohne Füße und ohne Haut und Innereien noch bewegt«, sagte er, »kannst du dir das vorstellen? Sie haben sich immer noch bewegt.«

Er stand auf, aber er ging nicht weg. Er wartete, bis auch ich mich erhoben hatte. Dann nahm er mich am Arm und zog mich auf den Kiesweg, der zwischen den Bäumen verschwand und auf den Haupttrakt zustrebte, den wir aus diesem Teil des Parks gar nicht sehen konnten. Nervöses Schweigen machte sich breit. Wir tauschten kurze Blicke. Jeder Schritt, den wir gingen, trieb uns weiter auseinander, in andere Ecken des Geländes. Ich sah seinem Rücken mit den herabhängenden Schultern nach, bis er sich in der Dunkelheit auflöste.

Eine halbe Stunde später trafen wir uns unter der Bogenlampe vor der Krankenstation. Das Licht führte uns zusammen. Kies knirschte, mir schmerzten die Sohlen von den Steinchen. Bolgers Füße waren verdreckt; nasse Grashalme klebten an ihnen und Nadeln der Tannen, die gefällt werden sollten, weil sie krank waren, wie er mir erzählt hatte. Wasser tropfte, über uns tanzten Mücken im Licht.

»Es wird bald regnen«, sagte er, »ich will, daß es regnet.«

»Warum?« fragte ich.

»Damit uns die Füße gewaschen werden. Weil ich die Tropfen auf den Dächern hören will. Wegen der frischen Luft.«

Seine Stimme paßte nicht zu seinem ausdruckslosen Gesicht. Sie war lebhaft und unruhig. Er machte effektvolle Pausen zwischen Satzgliedern, er hatte ein Grießkorn am rechten Augenlid.

»Was dagegen, wenn wir den Brief an meine Tochter heute schreiben?« fragte er.

»Jetzt?« gab ich zurück, »es ist bestimmt 2 Uhr.«

»2 Uhr 43, um genau zu sein, Junge. Die richtige Zeit für einen Brief an Rebecca.«

Spuckte in den Staub, klimperte mit den Schlüsseln der Bibliothek und bot mir eine weitere Zigarette und seinen Arm an.

16.

Spielbein, Standbein. Ich wippte unmerklich vor und zurück, sie würde es nicht erkennen können. Für ein paar Minuten las ich ganz ohne Gewicht und ohne mich zu spüren. Mich gibt es gar nicht. Was es gibt, ist meine Stimme. Was es gibt, sind die Seiten, die vor mir liegen, sind die vergrößerten Fotografien an den Wänden, die beleuchtet wurden. Was es gab, war die Signora, die in der ersten Reihe ganz links außen auf einem der schätzungsweise sechzig Stühle saß. Wir waren alleine. Die Signora, ich und das Manuskript, das sie ausgewählt hatte, wie unser Vertrag festhielt. Der Text war mit Schreibmaschine getippt worden. Die Frage, von wem er stammte, stand mir nicht zu. Nein, wir waren nicht wirklich alleine. Neben der Tür lag nämlich ein Hund, der einen

Maulkorb trug. Er hechelte leise, sonst verhielt er sich völlig ruhig. Aber er hatte mich in seinem aufmerksamen Blick, das spürte ich. Der Text war irritierend.

Die Signora trug ein schwarzes Kleid und Schuhe, die die Zehen frei ließen und wahrscheinlich aus Lack waren. Sie warfen das Licht jedenfalls anders zurück als das Leder, mit dem die Stühle bespannt waren. Die vergrößerten Fotografien wären eine Ablenkung vom Text gewesen; ich hätte sofort den Faden verloren. Darum mied ich die Aufnahmen. Hob ich die Augen von den Seiten, ließ ich den Blick über die leeren Stühle schweifen, um jedesmal bei der Signora hängenzubleiben. Zu Beginn meiner Lesung hatte sie sich noch bewegt. Jetzt saß sie regungslos da. Ihr Gesicht konnte ich nicht sehen, das Licht zeigte mir nur ihren Körper. Ihr Arme waren nackt, und sie trug auch keine Strümpfe. Ihr Kleid war hochgeschlossen, jedoch ärmellos. Ich konnte ihr Parfum riechen. Leider gelang es mir nicht, die Fotografien vollständig zu ignorieren. Heute schockierten sie mich nicht, heute erregten sie mich. Spielbein, Standbein. Ich las. Der Hund schlief gar nicht, wie ich eine Weile lang vermutete. Er beobachtete mich, sah mich zweifellos als potentiellen Angreifer seiner Herrin. Hing mir die Signora an den Lippen? Musterte sie mich? Ich trug die Uniform. Wir hatten uns nicht begrüßt, wir hatten kein Wort gewechselt. Als mich ihr Fahrer mit verbundenen Augen in den Raum gebracht und mir die Binde abgenommen hatte, saß die Signora bereits auf ihrem Stuhl, ich erkannte ihren Umriß. Als die Spots angingen und die Fotografien beleuchteten, erkannte ich, daß ich mich nicht getäuscht hatte: Es war die Signora, die mir mit einem kaum wahrnehmbaren Handzeichen bedeutete, daß ich beginnen solle. Ich hatte nicht bemerkt, daß der Fahrer den Raum verlassen hatte. Aber er war verschwunden; die Augenbinde hatte er mitgenommen. Einige der Spots knackten. Den Hund bemerkte ich später. Da hatte ich die Lesung schon begonnen. Neben den Seiten lag ein Briefumschlag, auf dem mein Vorname stand. Das Honorar, vermutete ich. Die Signora veränderte in unregelmäßigen Abständen das Licht. Einmal waren alle Fotografien beleuchtet, dann nur einzelne Aufnahmen in wechselnden Kombinationen. Gelegentlich drehte sie alle Wandspots aus. Dann brannte nur noch das Licht über meinem Kopf.

Es spricht sich herum, wenn jemand gut ist. Es spricht sich auch herum, wenn jemand nicht gut ist. Das ist in jedem Beruf so. Meine Kundschaft erteilt mir keine Befehle, meine Kundschaft äußert Wünsche. Jedenfalls ist das meine Sicht der Dinge. Ich verkaufe meine Haut, davon lebe ich. Man bezahlt mich dafür, daß ich bestimmte Rollen in bestimmten Szenarien übernehme. Man bezahlt mich dafür, daß ich Teil ihrer Phantasien bin. Ich BIN ihre Phantasie, davon lebe ich. Oft ist es damit getan, daß ich meiner Kundschaft die Gewißheit gebe, daß sie nicht versagt hat. Ich habe mir angewöhnt, mich nicht über meine Kundschaft zu wundern. Ich bin jung und im Zeichen des Wassermanns geboren. Mir bedeutet diese Tatsache nichts. Andere geben dem exakten Zeitpunkt ihrer Geburt große Bedeutung. Sie sehen sich als Teil des Universums. Sie beanspruchen ihren Platz im Gefüge. Sie betrachten sich als Bestandteil dieser Welt. Ich weiß, daß das für mich nicht zutrifft, aber ich beklage mich nicht darüber. Im Gegenteil. Das Wissen, nicht dazuzugehören, beschert mir Freiheit. Ich verkaufe meine Fähigkeit, auf die Phantasien anderer eingehen zu können. Ich fühle keine Schuld. Ich erfülle die Wünsche anderer. Ich lasse mich benutzen, dafür werde ich bezahlt. Ich fülle ihn aus, den blinden Fleck in den Phantasiebildern meiner Kundschaft. Ich erwecke Träume zum Leben. Ich tue meine Arbeit, ich tue sie gut. Das spricht sich herum. Mittlerweile bin ich in der komfortablen Lage, meine Kundschaft aussuchen zu können. Ich werde nicht gerne enttäuscht; schließlich enttäusche ich meine Kundschaft auch nicht. Diese gibt mir eine zentrale Rolle in ihren Träumen; ist es da zuviel verlangt, wenn ich will, daß diese Träume auch mir gefallen? Ich kenne keine Grenzen. Es gibt wohl nur wenige Dinge, die ich nicht tun würde. Phantasie hat ihren Preis, ich kassiere ihn. Per Telefon lasse ich mich längst nicht mehr engagieren. Ich verlange eine detaillierte schriftliche Schilderung sowohl der Phantasie, welche Wirklichkeit werden soll, als auch der Rolle, die ich darin spielen werde. Früher habe ich mir nichts aus Sprache gemacht. Mißfällt mir heute Tonfall und Stil eines Auftrages, der mir schriftlich zugeht, kann es vorkommen, daß ich ihn deswegen ablehne. Die vorherige schriftliche Schilderung einer Phantasie ist ein wichtiger Bestandteil der Phantasie selbst. Meine Kundschaft weiß das. Ich verlange eine saubere Handschrift und gutes Papier. Es gibt Kundschaft, die kann nicht darauf verzichten, ihre Niederschrift mit verschiedenen Düften zu markieren. Meine Arbeit ist auch amüsant. Einzelne Papiere zeigen Spuren der Berührung mit jenen Körperteilen, die in der Phantasie, die umgesetzt werden wird, wichtig sind. Wünscht man, daß ich schnüffle, schnüffle ich. Soll ich lecken, lecke ich. Ich nehme meine Aufgabe ernst. Auch wenn meine Kundschaft nicht sehen kann, wie ich über den Briefen sitze und sie ablecke oder beschnüffle. Gelegentlich liegen Fotografien in den Umschlägen. Meist sind es Polaroidaufnahmen, die mich an Baupläne und technische Darstellungen erinnern. Querschnitt, Aufsicht, Grundriß und Gesamtansicht. Die Aufnahmen sollen Klarheit schaffen. Dabei erreichen sie das Gegenteil. Es sind die Worte, die Klarheit schaffen, nicht die Bilder. Darum taugen die Fotografien nur als Illustrationen, als Gedankenstützen: ungeschälte Mohrrüben, die in Arschrosetten stecken. Kunstvoll auf Holzböcke gefesselte Körper. Gummi. Schwarzlackierte Käfige und Werkzeuge. Poliertes Metall. Geschminkte Lippen, aufgeschnittene Strumpfhosen und Slips mit verräterischen Flecken. Ich schaue mir die Aufnahmen genau an. Diese Gründlichkeit lasse ich mir bezahlen. Man vertraut mir. Mein Körper wird verehrt; darum verdient er die nötige Aufmerksamkeit und Pflege. Das ist der Grund, weshalb ich ungern Aufträge annehme, die mein Engagement am Morgen erfordern. Die Stunden vor dem Mittag sind für die Erholung von Körper und Geist reserviert. Darauf bin ich angewiesen. Allerdings erreichen mich Anfragen, die mich veranlassen, Ausnahmen zu machen. Ich war schon als Kind fähig zu Begeisterung.

Gestern abend erhielt ich einen solchen Brief.

Ich kenne den Kunden seit langem. Der unscheinbare Mann steht seit Jahren am Schalter einer Sparkasse. Ich bin das, was er sich leistet. Ich bin sein Luxus. Sonst lebt er äußerst bescheiden; so kann er mich bezahlen. Seine Hände sind klein, weich und weiß. Sie erinnern mich an die Hände kleiner Jungen, an die Hände von Stubenhockern. Andererseits sind seine Hände sehr kräftig. Sie verstehen es, zuzupacken. Die Umschläge, in denen der Mann seine Niederschriften an mich sendet, sind in der Regel farb- und geruchlos. Das war auch dieses Mal nicht anders. Sein Briefpapier ist schlicht und ohne Wasserzeichen, seine Schrift klar. Sie wirkt streng und läßt mich an Lehrer mit fahler Gesichtshaut und leiser Stimme denken, die in gewissen Momenten ganz schön laut und außerdem schneidend scharf werden kann.

Als ich den Umschlag aufschnitt, fiel ein Bildchen zu Boden. Es zeigt die Mutter Gottes in einem mit Gold gedruckten Lichterkranz. Sie hat ihre Hände zum Gebet gefaltet und den Blick voller Demut niedergeschlagen. Der Brief ist so ausführlich gehalten, wie ich es von dem Mann gewohnt bin. Um ihn zu lesen, lege ich mich in die Badewanne, wie ich es immer tue. Auf Musik und Alkoholika verzichte ich. Ich lese, das muß genügen. Der Kunde hat die Angewohnheit, alle seine Briefe auf dieselbe Art und Weise zu beginnen und sich immer wieder vorzustellen:

»Liebe C.

ich bin ein Papa mittleren Alters, der sich tadellos pflegt und kleidet, 1,70 m, 73 kg, kaum behaart und ausgestattet mit einer strammen Rute. Meine Fingernägel sind rosig, exakt geschnitten und stets sauber, auch wenn es mir zur Gewohnheit wurde, mehrmals täglich auf der Toilette meines Arbeitgebers den Mittelfinger jener Hand, mit welcher ich unseren geschätzten Kunden die Geldscheine in die Schale zähle, in meine Hinterpforte zu stoßen. Dabei onaniere ich mit der anderen Hand und spritze meinen Saft über die weißen Kacheln, die ich danach mit einem Lappen, den ich mitgebracht habe, korrekt säubere. Den besagten Finger jedoch wasche ich erst nach Feierabend. Es bereitet mir Freude, immer wieder heimlich an ihm zu riechen. Nun aber zu meiner Phantasie:

Punkt 11.30 Uhr werde ich Sie morgen im Lesesaal im Erdgeschoß der Landesbibliothek geduldig erwarten. Ich sitze am hinteren Ende des langen Lesetisches mit dem Regal der Philosophen hinter einem aufgeschlagenen Exemplar von Friedrich Nietzsches ›Menschliches Allzumenschliches II‹. Setzen Sie sich mir gegenüber. Sie tragen den Pelzmantel mit dem Seidenfutter, das mir so gut gefällt, lachsfarbene Strümpfe ohne Naht, aber mit verstärkter Spitze, Sohle und Ferse, die schwarzen Pumps, einen schwarzen Büstenhalter, der ihre Nippel ausspart und sonst nichts. Lassen Sie mir Zeit, Sie gebührend zu betrachten. Die Wanduhr des Lesesaales wird deutlich zu hören sein, wahrscheinlich auch mein Atem, was Sie aber nicht stören soll. Sie tragen kein Parfum, aber Sie sind dezent geschminkt. Wenn Sie Ihre Beine bewegen, höre ich das Knistern Ihrer Nylonstrümpfe. Aber übertreiben Sie es nicht. Geben Sie mir vorerst nur den kleinen Finger, nicht die ganze Hand. Lassen Sie mir und sich Zeit, ich vertraue auf Ihr Gefühl für das richtige Timing.

Dann werden Sie mich nach der Uhrzeit fragen.

»Wie spät ist es?« fragen Sie.

»Ich weiß es nicht«, antworte ich und zeige Ihnen meine stehengebliebene Armbanduhr mit dem Metallband.

Dann werden Sie mich nach meinem Namen fragen.

»Wie heißen Sie?« fragen Sie.

Morgen werde ich mit ziemlicher Sicherheit Gustav heißen.

»Gustav«, antworte ich.

Dann werde ich Sie nach Ihrem Namen fragen.

Sie werden morgen Laura, Isabelle, Patricia, Clara oder Agathe heißen. Ich hoffe, Sie werden spüren können, welcher Name meiner Verfassung und meiner Erwartung entsprechen wird.

Dann werden Sie mir Ihren Namen sagen.

»Ich heiße Laura«, sagen Sie.

»Ich heiße Isabelle«, sagen Sie.

»Ich heiße Patricia«, sagen Sie.

»Ich heiße Clara«, sagen Sie.

»Ich heiße Agathe«, sagen Sie.

Ich werde an Ihren Lippen hängen. Sprechen Sie nicht zu laut. Ihr Name wird unser Geheimnis sein. Keiner der anderen Besucher der Landesbibliothek soll ihn erfahren. Hauchen sollten Sie Ihren Namen allerdings auch nicht. Sie werden morgen eine selbstsichere junge Frau sein.

Dann werden Sie das beigelegte Heiligenbildchen vor Ihren Füßen zu Boden gleiten lassen. Sie werden mich nicht bitten müssen, es für Sie aufzuheben. Ich knie nämlich bereits unter dem Tisch und halte das Votivbildchen in der Hand. Auf allen vieren werde ich zwischen Ihren Beinen hocken wie ein Hund und warten. Sie werden sich Zeit lassen, ich weiß es. Sie werden den idealen Augenblick abwarten.

Dann werden Sie den Pelzmantel aufschlagen wie eine Gardine, welche ein Fenster verschlossen hat, in das ich immer sehen wollte. Sie werden den Pelzmantel aufschlagen, die Beine öffnen, nicht zu weit, Sie werden keine schamlose Frau sein morgen, Sie werden die Beine öffnen und mir endlich Ihre Frucht zeigen. Sie haben Sie vollständig rasiert, ich kann den Rasierschaum riechen. Ihre Fotze wird sich leicht öffnen, sie wird feucht sein. Sie werden sich zuerst einen Finger hineinstecken, dann zwei, und schließlich drei. Sie werden Ihre Finger mit den unlackierten Fingernägeln nicht hin und her bewegen. Gönnen Sie mir den Anblick auf keinen Fall zu lange. Ich werde Sie natürlich noch nicht berühren. Dafür werde ich Sie mir ganz genau ansehen. Ich will kein einziges störendes Härchen entdecken. Setzen Sie sich so auf die vordere Kante des Stuhles, daß ich auch Ihr Arschloch sehen kann. Es sollte sich bewegen, ich sollte mich kaum beherrschen können, es nicht anzufassen. Aber ich werde Sie nicht berühren, noch nicht.

Dann werden Sie unvermittelt aufstehen und den Lesesaal im Erdgeschoß der Landesbibliothek verlassen. Sie werden niemandem außer mir Ihren Körper zeigen. Was die anderen Besucher der Bibliothek zu sehen bekommen werden, sind Ihre Beine, Ihre Hände und Ihr Gesicht. Das Heiligenbildchen werden Sie mir überlassen. Ich werde es zerknüllen und dann aufessen. Direkt vor dem Haupteingang der Landesbibliothek wird ein Taxi stehen. Sie werden sich auf den Rücksitz setzen und wortlos warten, bis ich mich neben Sie gesetzt habe. Der Fahrer wird Sie nicht belästigen. Ich werde ihm das Fahrziel nennen, und er wird uns zu einem kleinen, verschwiegenen Hotel bringen, das Sie nicht kennen, jedenfalls nicht von mir. Wenn der Fahrer das Autoradio angedreht hat, werden Sie mir die folgenden Sätze vorsagen, die ich Ihnen folgsam nachsprechen werde. Dulden Sie keine Fehler, Sie werden auch Wert auf meine deutliche Aussprache legen.

»Die Frau muß nicht werden«, sagen Sie.

»Die Frau muß nur sein«, sagen Sie.

»Der Körper der Frau ist ein Labyrinth, in dem der Mann sich verirrt«, sagen Sie.

»Der Körper der Frau ist ein geheimer und sakraler Raum«, sagen Sie.

»Temenos, der Ort des Rituals«, sagen Sie.

»Der Körper eines Mädchens ist ein versiegeltes Gefäß, in das man nur mit Gewalt gelangt«, sagen Sie.

»Defloration ist Destruktion«, sagen Sie.

»Der Mann ist ein Fetischist«, sagen Sie.

»Er macht ein Sexualobjekt aus der Frau, weil er hofft, dadurch das gefürchtete Fließen der Natur, das er nicht unter seiner Kontrolle hat, zum Stillstand zu bringen«, sagen Sie.

»Ein Sexualobjekt ist das Totem der dunklen männlichen Phantasie«, sagen Sie.

Ich werde Ihnen alle Sätze nachsprechen. Sie werden streng sein und keine Fehler meinerseits akzeptieren. Der Fahrer wird uns nicht beachten. Während ich Ihnen die Sätze nachspreche, werde ich aufrecht neben Ihnen sitzen. Sie werden mich nicht anfassen; ich bin es nämlich nicht wert, angefaßt zu werden.

Dann werden wir das Hotel erreichen. Auf dem Weg zu unserem Zimmer mit Bad und Balkon werden wir niemandem begegnen. Im Zimmer werden Sie mir befehlen, mich auszuziehen. Ich werde mich ausziehen. Sie werden mir befehlen, Ihre Pumps sauberzulecken und mich danach ausgiebig Ihren Zehen zu widmen, deren Nägel Sie mit der Farbe ›Terracotta‹ (Nr. 76) der Produktereihe ›CoverGirls‹ lackiert haben werden. Sie werden die Strümpfe nicht ausziehen.

Dann wird es 12 Uhr sein.

Wir werden die Glocken einer nahen Kirche hören, und Sie werden mich auffordern, die Glockenschläge laut mitzuzählen.

Sie werden mir untersagt haben, mich zu erregen. Gleichwohl wird sich mein Glied zu voller Größe und Härte aufgerichtet haben. Dafür werde ich Strafe verdient haben, und Sie werden für die verbleibende Zeit bis 15.00 Uhr frei über mich verfügen können. Die nötigen Utensilien werden in einer dunkelblauen Sporttasche neben dem Doppelbett deponiert sein. Sie werden keine Gnade kennen.

Ich erlaube mir jedoch, Sie untertänigst darum zu bitten, Sie dieses Mal im Verlaufe unserer Begegnung in Ihren göttlichen Arsch ficken zu dürfen. Sie werden mich auch für das vorlaute Aussprechen dieses frommen Wunsches bestrafen müssen. Aber Sie werden es mir erlauben.

Mit hochachtungsvollen Grüßen und erwartungsvoll strammer Rute: Ihr M. S.

»Lesen Sie weiter«, sagte die Signora, »auch den Schluß.«

Ich weigerte mich, Sie anzusehen und las nach kurzem Zögern die letzten Zeilen vor. Die Signora hatte jetzt alle Spots angedreht. Ich war erregt, gab mir jedoch alle Mühe, es zu verbergen. Hatte meine Stimme gezittert? Der Hund lag weiterhin reglos vor der Tür.

In wenigen Minuten ist die Farbe, mit der ich meine Zehennägel lackiert habe, trocken. Dann ziehe ich die Strümpfe, den BH und die Pumps an und rauche eine letzte Zigarette, bevor ich gehe. Es bleiben mir noch mehr als vierzig Minuten. Ich bin immer pünktlich, das bin ich meiner Kundschaft schuldig. Die Taxifahrt zur Landesbibliothek dauert keine acht Minuten. In den Pelzmantel schlüpfe ich erst, kurz bevor ich die Wohnung verlasse. Ich bin dezent geschminkt, und ich habe mich gründlich rasiert. Selbstverständlich werde ich alle Wünsche des Mannes erfüllen, bis auf einen: Auch dieses Mal werde ich ihm strikt verbieten, anal mit mir zu verkehren. Er wird mein Verbot nicht nur achten, es wird ihm die größte Erregung verschaffen. Es spricht sich herum, wenn jemand gut ist. Ich bin gut. Meine Kundschaft äußert Wünsche, sie erteilt mir keine Befehle.

»Danke«, sagte die Signora.

Ich nickte. Meine Handflächen waren feucht, ich schwitzte.

»Tragen Sie eigentlich eine Waffe, Stefano?« fragte sie.

Ich schüttelte den Kopf und suchte den Kontakt mit ihren Augen. Aber das Gesicht der Signora war immer noch in der Dunkelheit. Sie schnalzte leise mit der Zunge, und der Hund sprang sofort auf die Beine. Sie schnalzte noch einmal, lauter diesmal, und der Hund trabte auf sie zu, ohne mich zu beachten. Er blieb so dicht vor der Signora stehen, daß sie ihm ins Fell greifen konnte, ohne den Arm ausstrecken zu müssen. Ein Zittern lief durch den Pelz des Tieres, sonst blieb er regungslos stehen. Er gab keinen Laut von sich. Wir verharrten eine Weile in dieser Situation. Seltsamerweise wagte ich nicht, mich zu rühren. Die Aufmerksamkeit des Hundes ließ nicht nach, obwohl ihn die Signora nun kräftiger streichelte. Ich wurde die Vermutung nicht los, daß sich der Hund über eine jähe Bewegung von mir gefreut hätte. Er wollte seiner Herrin beweisen, daß es eine richtige Entscheidung gewesen war, ihn in den verdunkelten Raum mitgenommen zu haben.

»Mögen Sie Hunde?« fragte die Signora. Sie lehnte sich weit nach vorn, und ich konnte endlich ihr Gesicht sehen. Sie trug eine Sonnenbrille.

»Ja«, log ich und hob die Hände, als müsse ich das Tier beschwichtigen.

Sie nahm die Brille ab, und ich sah, daß sie ein blaues Auge hatte. Sie war geschlagen worden. Sie hatte sich nicht die Mühe gemacht, das Veilchen zu überschminken.

»Gefällt Ihnen das, Stefano?« fragte sie.

»Wie bitte?«

»Ob Ihnen das gefällt«, sagte sie scharf.

Der Hund begann zu knurren, aber die Signora umfaßte seinen Maulkorb mit beiden Händen, und er verstummte sofort.

»Ich weiß nicht, wovon Sie reden«, sagte ich leise.

»Ob es Ihnen gefällt, mit einer wehrlosen Frau allein zu sein«, sagte sie und gab dem Hund einen harten Schlag auf den Rücken. Sein großer Körper straffte sich, dann trabte er auf mich zu. Ich wich erschrocken zurück. Die letzte Seite des Textes, den ich vorgetragen hatte, segelte zu Boden; sie lag zwischen mir und dem Hund, der stehengeblieben war, neben dem Lesepult.

»Ein kleiner Scherz, Stefano.«

Die Signora lachte und setzte sich die Sonnenbrille auf.

»Sie sind so freundlich und heben die Seite auf, nicht wahr?«

Meine Erregung hatte sich längst in Verärgerung verwandelt. Am liebsten wäre ich einfach weggegangen. Aber der Hund starrte mich hechelnd an, und ich blieb bewegungslos stehen, wartete ab.

»Sie haben Ihre Arbeit übrigens ausgezeichnet gemacht«, sagte die Signora und deutete auf das Blatt Papier am Boden.

»Harry tut Ihnen nichts, Stefano«, sagte sie.

Ich bückte mich rasch, hob die Seite auf und verschanzte mich hinter dem Stehpult. Das Couvert, auf dem mein Name stand, steckte ich ein.

»Ihr Honorar, genau«, sagte sie, »dann also bis zum nächsten Mal.«

Sie ließ ihren Oberkörper nach hinten sinken, und ihr Gesicht verschwand aus dem Lichtkegel. Die Spots gingen aus, einer nach dem andern. Sie gab mir die Gelegenheit, die Fotografien an den Wänden in einer neuen Reihenfolge zu sehen. Schließlich brannte nur noch die Lampe über dem Lesepult. Der Hund hechelte jetzt laut. Die getippten Seiten lagen im Kegel des Lichtes, daneben meine Hand und ein Stück des Ärmels meiner Uniformjacke. Auf dem obersten Blatt lagen drei, vier Haare, die wohl aus meinen Augenbrauen stammten. Sie waren zu einem Kreis angeordnet.

»Warten Sie bitte auf meinen Fahrer«, sagte die Signora, »er wird Sie zurück zum Bahnhof in Brescia bringen. Wo sich die Toilette befindet, wissen Sie ja, nicht wahr, Stefano?«

Damit erhob sie sich und verließ den Raum. Der Hund trabte

dicht neben ihr her, ohne mich zu beachten. Das Geräusch, das seine Krallen auf dem Steinboden machten, erinnerte mich an meine militärische Ausbildung im Kasernenhof. Es klang wie das Geräusch, das entstand, wenn wir Rekruten die Gewehre auseinandergebaut und ein bestimmtes Teil aus dem Lauf geklinkt hatten.

17.

Im Innern des Jaguars war es stickig, und ich bat den Fahrer, die Fenster zu öffnen. Damit veränderte sich meine Wahrnehmung grundlegend. Es roch nicht länger nach Leder, Holz und dem After-shave des Fahrers. Es roch nach Abgas, dann nach Gemüse und Schnittblumen, wie ich vermutete. Wir fuhren wahrscheinlich an Marktständen vorbei. Stimmen waren auch zu hören. Frauen. Männer. Ich hielt die Augen geschlossen. Hinter dem Tuch sah ich ohnehin nichts. Sammelte Indizien, fügte zusammen, stellte mir Straßenzüge vor. Menschenleere Plätze, auf denen Hunde sitzen, Brunnen plätschern. Die Eindrücke wechselten so rasch, daß ich mir keinen Reim darauf machen konnte. Gefordert war keine Logik; gefordert war Phantasie. Ein Straßencafé, das im Schatten einer Markise liegt, in welchem Metallstühle stehen, die über den Gehsteig kratzen, wenn sich jemand hinsetzt oder erhebt. Ranziges Speiseöl. Fetzen von Musik und Unterhaltungen. Wir überholten Mopeds, einen Bus, wir nahmen Kurven mit einer Geschwindigkeit, welche die Reifen zum Singen brachte. Dieselqualm. Gras. Oder Heu? Der Fahrer schwieg; einmal pfiff er durch die Zähne. Einmal fluchte er leise. Ich hatte ihn gebeten, mich nicht nach Brescia, sondern nach Cremona zu fahren. Langsam kehrten die Gerüche des Wageninneren zurück. Edel, angenehm. Sie vermittelten Ruhe und Geborgenheit. Ich saß bequem. Fahrtwind strich über mein Gesicht. Irgendwo bimmelte ein Glöckchen. Es stank nach Mist. Abfall. Kreisten Krähen über der Straße? Dann verdichteten sich die Geräusche und gaben widersprüchliche Hinweise darauf, wo wir uns befanden. Die Verkehrsgeräusche nahmen jedenfalls stark zu, plötzlich waren viele Stimmen zu hören. Wenn ich mich nicht irrte, fuhren wir im Schrittempo durch eine Menschenmenge. In der Nähe wurde gehupt, geflucht, gebrüllt. Ich glaubte, Schuhe im Gleichschritt zu hören. Es war an der Zeit, die lächerliche Augenbinde abzunehmen. Das war kein bloßer Gedanke. Das war ein Entschluß.

»Ziehen Sie das Ding ruhig aus«, sagte der Fahrer im selben Moment.

»Das mache ich sowieso«, sagte ich und nahm die Binde ab. Wir steckten tatsächlich in einem Stau, in einer Menschenmenge. Weiter vorne wurde etwas skandiert, das ich nicht verstehen konnte. Ich sah beschriftete Tafeln, Transparente.

»Das bleibt unter uns«, sagte der Fahrer, »die Sache mit der Augenbinde.«

Ich nickte. Zwischen uns herrschte die Sprache der minimalen Gesten. Wir rauchten, dann ging es ein paar Meter weiter. Ein Mann in schwarzem Hemd tauchte neben unserem Auto auf. Er wirkte wütend und entschlossen, diese Wut deutlich zu äußern. Er schlug mit der Faust gegen das einzige Wagenfenster, das geschlossen war. Seine Wut befand sich in einer Art Vorstadium, war im Begriff, sich richtig aufzubauen. Sie richtete sich gegen Sachen, gegen Dinge und nicht gegen Menschen. Der Mann hielt sich noch zurück. Er sah aus wie jemand, der sich selber in Rage bringen will, sich seiner Sache aber nicht ganz sicher ist. Ich starrte ihn an und erkannte in seinem Blick, daß ihn meine Uniform beeindruckte. Er lachte und öffnete seine Faust, um mir zuzuwinken. Dann tauchte er in der Menge unter.

»Haben Sie eine Ahnung, was das bedeutet?«

Ich sah aus dem Fenster, während ich redete, ließ den Rauch aus meinen Nasenlöchern strömen. Der Fahrer machte eine abfällige Handbewegung. Sein Gesicht blieb unbewegt. Er warf die brennende Zigarette auf die Straße, einer Männergruppe vor die Füße, die uns aber nicht beachtete.

»Idioten«, sagte er, »verdammte Idioten.«

»Was für Idioten?« fragte ich.

»Sie wissen also nicht, wo wir hier sind?«

Offenbar nahm er die Augenbinde weniger ernst als ich. Ein angedeutetes Kopfschütteln meinerseits mußte als Antwort genügen. Eine erstaunt in die Höhe gezogene Augenbraue seinerseits war als Zeichen der Belustigung zu deuten.

»Salò«, sagte er geheimnisvoll.

Es ging wieder einige Meter vorwärts. Ich sah nun, daß sich die Straße weiter vorn zu einem Platz auftat. Dort verlor die Menge an Dichte. Verteilte sich, richtete die Aufmerksamkeit an verschiedene Punkte.

»Wir sind in Salò«, wiederholte er, »ist der Groschen nun gefallen?«

»Liegt am Gardasee«, sagte ich lapidar.

»Liegt am Gardasee«, er kicherte ungläubig, »und? Was noch?«

»Mehr weiß ich nicht«, sagte ich.

»Heute ist der 8. Oktober.«

»Sagt mir nichts.«

»Sagt Ihnen nichts, in Ordnung.« Seine Stimme klang enttäuscht, und er drehte sich um und sah mich prüfend an, als frage er sich, ob seine Einschätzung von mir falsch gewesen war. ›Was habe ich übersehen‹, bedeutete sein Blick, ›was ist mir an Hinweisen entgangen?‹

»Die 600 Tage von Salò«, sagte er.

»Ich bin in der Schweiz aufgewachsen«, sagte ich. War das eine akzeptable Erklärung? Fragte er sich jetzt, warum ich eine Uniform der italienischen Armee trug? Ich wich seinem fragenden Blick aus.

»Mussolini kennt man auch in der Schweiz.«

»Ich weiß es wirklich nicht«, sagte ich.

Auf dem Platz war jetzt eine Megaphonstimme zu hören, aber ich verstand kein Wort. Die Menge setzte sich in Bewegung; Ziel der Verschiebung war ein Holzpodest, eine behelfsmäßig gezimmerte Bühne.

»Gut«, sagte der Fahrer und drehte sich nach vorn, »in Ordnung, gut.«

Wir fuhren wieder und standen dann in der Lücke zwischen zwei Häuserzeilen in der Abendsonne. Das linke Ohr des Fahrers leuchtete zart. Es wirkte transparent. Ich sah förmlich, daß es durchblutet war, und faßte mir unweigerlich an mein eigenes linkes Ohr. Es war warm. Die Schulternaht der Jacke des Fahrers war aufgerissen, Futter quoll heraus. Er beobachtete mich durch den Rückspiegel, während wir in der Sonne warteten, dachte nach und drehte sich noch einmal um. Er lächelte, aber es wirkte, als übe er es. Hinter der Miene des Mannes tauchte das Gesicht eines Kindes auf: weich, quengelig und jede Gefühlsregung preisgebend. Der Fahrer hüstelte, seine Miene erstarrte, er hatte sich wieder im Griff.

»Was sind das für Leute?« fragte ich.

»Idioten. Wanderer durch die Geschichte. Besserwisser.«

»Und was tun sie hier?«

»Sie feiern ihre Vergangenheit. Sie rotten sich zusammen, um sich gemeinsam zu erinnern«, sagte er.

»Und woran?« fragte ich.

Der Fahrer fluchte laut. Er hatte sich lange beherrscht, nun verlor er die Nerven. Hupend gab er Gas und bog in eine Nebenstraße. An der Ecke saß ein alter Mann vor einer Bar, die mit einem Scherengitter verschlossen war. Er hatte einen Stock auf dem Pflaster aufgestützt, und ich war überzeugt, daß der Alte blind war. Seine Haltung strahlte Würde aus, Erhabenheit. Sein Blick war nach innen gerichtet. Der Mann war ein Ruhepunkt in einer Menschenmenge, die sich fortwährend bewegte, verschob. Er markierte Präsenz und Überlegenheit. Zu seinen Füßen saß ein Kind, das sich an seinen Beinen festhielt. Mehrere Männer kamen uns entgegen. Sie marschierten mitten auf der Straße in geordneter Kolonne und wichen erst aus, als sie begriffen, daß wir unser Tempo nicht verringern würden.

»Blöde Faschisten«, brüllte der Fahrer aus dem offenen Fenster.

Ausrufe und Gesten gemeinsamer Wut, erhobene Fäuste, Köpfe, die sich wie auf Kommando in dieselbe Richtung drehen. Geheul und Geschrei, das rasch zum Chor wird, der ein Schimpfwort skandiert, das aber nicht zu verstehen ist. Der Verkehr auf der Hauptstraße war ein breiter, steter Strom, in welchen wir uns nur mit einem waghalsigen Manöver einordnen konnten. In der Abendsonne leuchteten Sträucher scharf wie Scherenschnitte.

»In der Nacht vom 24. auf den 25. Juli 1943 hat der Gran Consiglio del Fascismo Mussolini das Oberkommando der italienischen Streitkräfte entzogen«, sagte der Fahrer. Er vermied Blicke in den Rückspiegel. Seine Hand wedelte durch die Luft.

»Damit war der Duce entmachtet. Am 3. September landeten Briten und Amerikaner auf dem Südzipfel unserer Halbinsel. Fünf Tage später hat General Eisenhower den Waffenstillstand bekanntgegeben.«

Mein Gesicht befand sich dicht neben seiner Schulter, er senkte seine Stimme, und es war ihm anzumerken, daß er diese Art der Unterhaltung schätzte. Die Macht des Redners, der einen Unwissenden einweiht. Er redete und hatte dabei eine finstere, fast gewalttätige Ausstrahlung.

»Am 12. September haben deutsche Fallschirmjäger Mussolini aus einem Hotel am Fuße des Gran Sasso im Apennin befreit. Die Deutschen brachten den Duce unverzüglich ins Führerhauptquartier.«

Das letzte Wort sagte er in deutscher Sprache. Seine Aussprache war spöttisch. Er wiederholte das Wort mehrmals, wobei seine Stimme immer lauter wurde. Die Aussprache des Wortes bereitete ihm hinterhältige Freude. Deutsch war eine Sprache, die sich hervorragend eignete, um sich über sie lustig zu machen.

»Hitler hat Benito auf seine letzte Rolle vorbereitet. Die Repubblica Sociale Italiana wurde gegründet, Salò zu ihrer Hauptstadt erklärt. Die faschistische Republik von Salò war deutsch besetztes Gebiet mit deutschem Oberbefehlshaber.«

Wir gerieten erneut in einen Stau, diesmal auf doppelter Spur und nicht wegen der Kundgebung der Faschisten; ein Lastwagen war umgestürzt und blockierte die Fahrbahnen. Ich kam zu spät. Hatte sie sich früher geärgert, war sie bleich geworden. Ihre Stimme war gekippt, sie hatte mit den Füßen gestampft, hatte gespuckt, getreten. Biest, schönes. Das mir das Gesicht zerkratzt und sich jedesmal eine andere Strafe ausdenkt.

»Ich muß Punkt sieben am Bahnhof von Cremona sein«, sagte ich.

»Ich weiß«, sagte der Fahrer, »aber es wird nicht reichen.«

Männer standen neben ihren Autos. Ihr Verhalten drückte Empörung aus. Viele stiegen aus, kaum einer schaltete den Motor aus. Die Männer bildeten kleine Gruppen, die sich gestikulierend besprachen. Natürlich wurde gehupt.

»In der neuen Regierung saßen einige Mitkämpfer Mussolinis, aber auch Vertrauensmänner der deutschen Nationalsozialisten. Für Hitler war Mussolini nicht mehr als ein Gauleiter Italiens. Die Repubblica Sociale Italiana hat 20 Monate oder 600 Tage gedauert. Während dieser Zeit hat sich der Duce nahezu allen Pflichten entzogen. Er soll insgesamt nur 17 Kabinettssitzungen abgehalten und in der übrigen Zeit vor allem Bücher gelesen haben. Sokrates, Platon. Aus dem Diktator wurde ein kleiner, mieser Philosoph. Die Republik

273

von Salò war ein Tollhaus. Wer konnte, desertierte oder lief zu den Partisanen über. Wer nämlich als Soldat rekrutiert wurde, kam sofort nach Deutschland und somit an die Front.«

Es dauerte einige Minuten, bis wir langsam weiterfahren konnten. Aufgeplatzte Kartonschachteln lagen auf dem Pflaster und Hunderte von zerbrochenen Eiern. Der Fahrer des Camions kauerte auf der Böschung und rauchte. Polizisten regelten den Verkehr. Sie trugen verspiegelte Sonnenbrillen, waren bewaffnet.

»Das Ende der Republik von Salò war programmiert. Aus dem Süden rückten die Alliierten näher, aus den Bergen griffen die Partisanen an. Über das genaue Datum von Anfang und Ende der RSI sind sich nicht einmal die italienischen Historiker einig. Gemeinhin gilt der 8. Oktober 1943 als ihr Anfang und der 25. April 1945 als ihr Ende. Mussolini wurde auf seiner Flucht von Partisanen festgenommen.«

»Und erschossen«, ergänzte ich.

»Sehen Sie«, sagte der Fahrer, »Mussolini kennt man auch in der Schweiz.«

Mittlerweile hatte er die Fenster des Jaguars geschlossen. Es dunkelte, und vor den Häusern entlang der Schnellstraße standen Familien mit Kindern, als sei die Dämmerung ein Schauspiel, das man sich gemeinsam ansieht, bevor man sich vor den Fernseher zurückzieht und wartet, bis das Wochenende vorbei ist. Langsam nahmen die Geräusche des Tages ab. Autos auf dem Heimweg, Spaziergänger mit Hunden, Reiterinnen; die Sonne verschwand. Ein Feldweg war von Bäumen gesäumt, deren Kronen eine Form bildeten, die wie ein Walrücken aussah. Wie der Rücken eines Wals wirken auch die Felsen, die die Bucht gegen das offene Meer abschirmen. Der Anblick dieser Felsgruppe hat etwas Furchterregendes und sieht aus wie die Anfangseinstellung eines Horrorfilmes, zumindest für mich. Carla findet die Aussicht

aus der Krone des Baumes zum Gähnen langweilig und gewöhnlich, wie sie sich ausdrückt. Carla will nicht zugeben,
daß die Felsen aussehen wie ein aufgetauchter Walfisch. Die
ineinander verwachsenen Bäume stehen auf dem terrassier-
ten Hang unterhalb des Hauses, das ihrem Onkel gehört. Im
Wind, der vom Meer herauf über den Kamm weht, haben
sich die Stämme und Äste umeinander gekrümmt und wachsen verdreht und verschlungen weiter. Wenigstens gibt Carla
zu, daß die Bäume aussehen wie Menschen, die sich verzweifelt umarmen. Ihr Onkel ist schuld, daß ich ganze Nachmittage in den Bäumen sitze und aufs Meer hinaussehe. Niemals
würde ich zugeben, daß sein Haus wunderschön ist, die Erfüllung eines Jungentraumes: ein weißer Würfel am Hang.
Pergola. Olivenhain. Schuppen und Ställe. Verborgene Winkel. Dunkle Zimmerchen unter dem Dach. Kellergewölbe,
Estrich. Carla versteht sich bestens mit ihrem Onkel. Ich
gehe ihm aus dem Weg, soweit das in seinem Haus möglich
ist, und halte mich an seine Frau. Die ich eigentlich weniger
mag als ihn. Carla lacht über seine Witze, sie läßt sich von
ihm anfassen, abküssen, in den Arm nehmen. Er darf sie
hochheben, mit ihr kämpfen. Er trägt sie brüllend wie ein
Idiot durch den halben Garten, läßt sich von ihr mit dem
Wasserschlauch abspritzen und fährt mit ihr nach Piombino
in seinem kindischen Sportcoupé. Dann bleiben sie jeweils
stundenlang weg und tun Dinge, von denen ich gar nichts
wissen will. Ich hocke in meinem Baum und nehme mir vor,
niemandem zu erzählen, daß sich die Felsen bewegen, daß sie
lebendig sind. Niemandem. Als ich es Carla doch erzähle,
abends, als wir endlich für ein paar Minuten alleine unter der
Pergola sitzen, lacht sie mich aus und zeigt mir den Bikini,
den ihr der Onkel gekauft hat. Carlas Blick ist unbeteiligt,
kalt. Er gibt mir den Eindruck, daß ich gar nicht erkannt
werde. Bestimmt willst du wissen, was mein Onkel und ich
in der Stadt sonst noch getrieben haben, sagt Carla. Ich stehe

auf, mein Oberkörper ist steif, ich gehe wie eine Blechfigur, die man am Rücken aufzieht, zum Rand der Pergola. Miststück. Eigentlich sitze ich ja immer noch im Baum. Jetzt leuchten die Felsen in der anbrechenden Dämmerung, ich weiß es. Sie leuchten und regen sich, drehen sich um die eigene Achse, sehr langsam und kaum zu erkennen. Eine gute Frage, sagt Carla wütend, gut, daß du sie gestellt hast. Dann lacht sie jenes Lachen, das ich nur mag, wenn sie es mit mir teilt. Ich versuche mir vorzustellen, daß sie über ihren grauhaarigen Onkel lacht. Wenn ich meine Augen zudrücke, gleite ich ins offene Meer. Ich kann ewig tauchen, ohne einmal Luft zu holen. Ich bin riesengroß, grau. Und ich höre die Stimmen von anderen, die so sind wie ich. Später sitzen wir mit dem Onkel und seiner Frau, die sogar lächelt, wenn Carla ihren Mann schmatzend auf den Mund küßt, an einem Steintisch im Freien und spielen Karten. Carla hat sich die Augen geschminkt, ganz leicht nur, aber ich sehe es natürlich. Es gefällt ihr, daß der Träger ihres Kleides nach unten rutscht, wenn sie ihre Karten ausspielt. Sie ist braungebrannt, sie ist die Erfüllung eines ganz bestimmten Wunsches: ich werde dich ficken, Blödmann, reiten werde ich auf dir. Ihr Onkel läßt uns Rotwein trinken, ich gebe mich unbeteiligt, als sei ich es gewohnt. Ich ziehe Carla das Kleid aus und auch den neuen Bikini, den sie den ganzen Abend getragen hat. Nackt lege ich sie auf den Tisch, und dann beuge ich mich über sie und behandle sie nach ihren Anweisungen. Kußspur. Vom Scheitel bis zur Sohle. Bisse. So stelle ich mir den weiteren Verlauf des Abends vor. Aber das Kartenspiel will kein Ende nehmen. Es ist stockdunkel. Grillen. Zikaden. Ich schlafe im Erdgeschoß neben der Küche, Carla unter dem Dach. In den ersten drei Nächten bewege ich mich wie ein Einbrecher durch das schlafende Haus. Vorbei am Zimmer des Onkels, der im Schlaf jammert wie ein Baby, die Treppe hinauf, ohne eine der Holzstufen zum Knarren zu bringen, bis ich vor Carlas Tür stehe. Kontrolliert atmend, mit den Fingergelenken knackend. Der Erlöser. Glücksbringer. Der Junge mit den Goldhändchen. Der in seinem Zimmer auf dem Rücken liegt und onaniert. Der in ein Handtuch spritzt, weil er sich nicht aus dem Zimmer traut. Hat er seine Tür wirklich abgeschlossen? Doch, einmal wage ich es. Drehe aber auf der zweiten Stufe der teuflisch laut knarrenden Treppe um, Wichser. Und auf dem Fenstersims meines Zimmers hockt eine der vier Katzen von Carlas Tante und sieht spöttisch zu, wie ich das Kissen erwürge, Carlas Onkel. Grauhaarig. Schlank. Sportlich. Erfolgreich. Das Klischee lebt, ich hätte ihn auch lieber fett und nach Alkohol stinkend in seiner verwahrlosten Bude angetroffen. In derselben Nacht mache ich mich noch einmal auf meinen beschwerlichen Weg. Achte auf jedes Geräusch, nichts geschieht, wenn ich mich rühre. Der Zeitlupenmann, der das Atmen auf ein Minimum reduziert und überhaupt gar nicht vorhanden ist. Zehn Minuten, fünfzehn Minuten. Dann habe ich die sieben Meter von meiner Tür bis zur Treppe hinter mich gebracht. Nichts geschieht, darum arbeite ich mich die Treppe hoch. Der Junge, der aus der Finsternis kommt. Der Riß durch die Zeit ist sein Eingang in die Welt der anderen. Schwerelos ist er und nicht zu fassen. Das bewegliche Ziel, ich. Das ist mein Geheimnis: daß ich unsichtbar bin. Wenn ich mich auf den Weg mache, in Gedanken, um meine Unschuld zu verlieren. Genau achtunddreißig Minuten vergehen, dann stehe ich vor Carlas Tür, drücke sie sofort auf und schlüpfe in ihr Zimmer. Hinein in das Futteral meiner Träume. Hier bin ich. Der Geist, der brave Junge aus der Schweiz, ja, ja, gewaschen und gekämmt. Carla. Sie liegt auf ihrem Bett. Carla. Ohne Decke. Sie trägt ein dünnes Nachthemd, welches unter meinem Blick schimmert, nein glüht. Da bin ich. Hier. Und weiß nicht weiter. Schläft sie wirklich? Lautlos bin ich unterwegs, ohne Körper, das ist richtig.

Exakt. Also kann sie mich gar nicht gehört haben, also schläft sie weiter. Carla. Küssen. Streicheln, küssen. Alles weitere wird sich ergeben, stelle ich mir vor. So lautet mein Plan: alles weitere wird sich ergeben, Carla weiß Bescheid. Alles weitere wird sich ergeben. Folgerichtig und Schritt um Schritt. Das Licht von draußen reicht, um Carla anzusehen, zu bestaunen. Sieh sie dir an. Schläft sie? Du wirst sie nicht aufwecken, noch nicht. Du bist ihr Betrachter. Dein Blick beschützt sie. Vor dem Onkel. Und vor dir, vor mir. Und dann lege ich mich neben Carla auf das schmale Bett, obwohl ich nicht wirklich weiter weiß. Vielleicht bringt die Tatsache, daß ich jetzt neben ihr liege, die Dinge in Bewegung. Schritt um Schritt. Ein Liebesakt gehorcht Gesetzen, nehme ich an, folgt einem Ablauf, den ich im Begriff bin, kennenzulernen. Lehrling aus dem Norden. Und den Atem halte ich auch an. Kaum liege ich neben ihr, dreht sie sich auf den Bauch, Rotz hochziehend, murrend. Richtig, die Atemzüge Schlafender sind regelmäßig, tief und ruhig. Einundzwanzig, zweiundzwanzig. Wieder und wieder. Ich bin aus Eisen, meine Gelenke knarren. Und in meinen Achselhöhlen sammelt sich Schweiß und rinnt mir über den Oberkörper und die Arme. Abwärts, wie sich meine Hand abwärts bewegt. Schläft sie wirklich? Einundzwanzig, zweiundzwanzig. Natürlich kann es gar nicht sein, daß sie schläft, ich bewege nämlich meine Hand über ihren Schenkel. Ihr Haut ist heiß und fest. Aufwärts streicht die Hand und erreicht den Saum des Nachthemdes, meine Hand. Sie streift den Stoff nach oben, rollt ihn hoch und legt das Gesäß frei. Backen, glänzende, steinharte. Butterweiche. Carla atmet weiterhin ruhig und gleichmäßig. Ihr Kleid liegt neben dem Bett am Fußboden, ich lasse mir Zeit mit meiner Jungenhand. Keine Bewegung ihrerseits, nichts, keine Regung. Dabei ist die Zeit doch eigentlich um; sie müßte mich wahrnehmen. Mich und meine Handfläche, die über ihren Po streicht. Auch riechen kann ich sie, weil ich jetzt neben ihr sitze und mein Gesicht den schimmernden Backen nähere, es wird sich alles ergeben. Handbreit über der Furche; würzig, schwer, süß. Und muffig, das auch. So riecht sie, Carla. Und dann presse ich die Lippen auf ihren Arsch, meinen Mund auf ihr Loch und stoße zu. Mit der Zunge. Folgerichtig, Schritt um Schritt. Drücke ihr sanft, sanft die Beine auseinander, weil ich es jetzt wissen muß. Eine Erektion habe ich keine mehr. Rasselt mein Atem und Carla schläft? Mein Kopf dreht sich, das Zimmer, ich und meine Zunge, die um das Loch herumleckt. Bis ich damit aufhöre, weil sie sich noch immer nicht regt, und ich noch immer nicht weiterweiß. Also bleibe ich reglos sitzen, den Mund auf den Saum des Nachthemdes gedrückt, in der Hand einen Bändel, mit dem sich das Hemdchen wahrscheinlich enger binden läßt. So verharren wir eine Weile. Ich weiß, daß Carla wach ist. ›Und jetzt weiß er nicht mehr weiter, der Schweizer‹, sagt sie plötzlich und ohne sich aufzusetzen. Bleibt liegen, nachdem ich hochschrecke und beinahe vom Bett falle. ›Faden verloren, Stefano‹, sagt sie. ›Jetzt mußt du mich ficken, so geht es natürlich weiter. Ficken wie ein richtiger Mann‹, sagt sie. ›Mit deinem großen, harten Schwanz.‹ Mit meinem harten großen Schwanz. Sie setzt sich auf und greift mir zwischen die Beine. Dann nimmt sie mein Glied in den Mund. Nur Augenblicke später rücke ich von ihr weg und stehe auf. ›Damit wird es aber nicht klappen‹, sagt Carla und zeigt auf meinen Schwanz. Nein. Damit nicht. Sage ich. Nicht damit. Meine Finger sind eiskalt und weiß. Wie weit gehst du? Soweit Carla geht. Wird mein Leben nach dieser Nacht noch dasselbe sein? Mein Glied ist sauber gewaschen, anständig. Steif ist es nicht, nicht hart. ›Mach's dir selber‹, sagt Carla, ›dann mit mir, los, wichs, wichs.‹ Ihre Stimme ist direkt neben meinem Ohr, ihre Fingerspitzen streichen über meinen Brustkasten, den ich hart wie eine Rüstung mache. Ich kann meine Knochen spüren, während ich angestrengt arbeite, pumpe. Erst mit der rechten Hand, dann mit der anderen. Einen Moment lang halte ich die Lust, die sich in mir regt, für möglich, dann weiß ich nicht mehr, wohin ich meine Phantasie lenken soll. Das könnte das Ende meiner Kindheit sein. Könnte. Ich arbeite verbissen, pumpe krampfhaft, hetze hinter meiner Vorstellung und Lust her. ›Das wird aber nichts‹, sagt sie, und sie hat natürlich recht. Das wird nichts. Carla legt sich wieder hin, auf den Bauch. Das Nachthemd läßt sie so, wie es ist. Sie zeigt mir ihr Gesäß, ihre Scham. Dafür hasse ich sie. Sie verhöhnt mich. Dann wendet sie gelangweilt ihr Gesicht ab. Von diesem Besucher geht keine Gefahr aus. Er wird gehorsam deinen Schlaf bewachen. Wird neben deinem Lager kauern und aufmerksam jedem Geräusch nachgehen, dir zum Schutz. Damit ihm seine Unschuld nicht abhanden kommt in dieser Nacht. ›Zieh dich an, du Schlampe‹, sage ich leise und gehe ohne ein weiteres Wort aus dem Zimmer. Dort, wo man mich vermutet, bin ich nicht. Ich ging ohne ein weiteres Wort aus dem Zimmer. Auch Carla sagte nichts mehr. Am nächsten Morgen erklärte ich ihrer Tante, ich sei krank und wolle zurück nach Cremona, zu meinen Eltern. Carlas Onkel brachte mich in Piombino auf den Zug; ich fuhr weg, ohne mich von Carla verabschiedet zu haben. Sie lag noch im Bett, als wir uns auf den Weg machten. Sie stand auch nicht am Fenster ihres Zimmers, um mir zuzuwinken, auch wenn ich mir in den folgenden Jahren einzureden versuchte, es sei so gewesen. Wir konnten beide nicht wissen, daß wir uns jahrelang nicht mehr sehen würden. Einen Tag nach meiner Rückkehr nach Cremona reiste unsere Familie in die Schweiz. Meine Eltern ließen sich im selben Sommer scheiden. Bis ich meinen Vater und meinen Bruder nach der Trennung zum ersten Mal besuchte, hatte ich Carla aus den Augen verloren.

»Scheißverkehr«, sagte der Fahrer der Signora und bot mir eine Zigarette an. Wir rauchten schweigend und hörten im

Radio die Resultate des Fußballsonntages. Der Himmel war schieferfarben. Schroff dagegen abgesetzt, wuchsen Hochhäuser und Industriebauten in die Nacht. Als wir den Bahnhof von Cremona erreichten, war es zwanzig Minuten nach sieben. Ich entdeckte Carla sofort. Sie stand in der Nähe einer Reisegruppe hinter einem Bus, der offenbar eine Panne hatte. Neben ihr redete ein Mann in ein Funktelefon und ging dabei auf und ab. Ich sah auf den ersten Blick, daß der Mann nicht zu Carla gehörte; ich kannte ihre Körpersprache. Der Mann wollte sie beeindrucken. Er gestikulierte und lachte, er hatte etwas von einem Schimpansen, der sich mit den Fäusten auf die eigene Brust trommelt und mit Ästen nach Nebenbuhlern schmeißt. Was ich für Carla empfand, war im Moment vor allem Wut, fast Haß. Der Verkehr war ein entferntes Summen, als komme es aus einer anderen Stadt. Ich wollte den Bahnhofsplatz zum Resonanzraum meiner Wut machen. Brüllt die halbe Stadt zusammen, der Mann in Uniform. So eindrücklich wie lächerlich. Meine Worte sollten widerhallen, die Runde machen und als Echo zu uns zurückkehren. Carla stand im Kegel einer Straßenlampe. Gehässigkeit, Ärger, Spott. Das waren die Gefühle, die ich ihr vermitteln wollte, noch ehe das erste Wort gesagt war. Die Aura des Wütenden.

Carla trug einen Mantel und hatte eine Reisetasche bei sich. Sie hatte mich bemerkt, aber sie ließ sich nichts anmerken.

»Dann also bis nächsten Sonntag«, sagte der Fahrer.

Ich verzichtete auf eine Antwort, nickte und blieb sitzen. Meine Stimmung war labil; ich arbeitete an meiner Wut und spürte gleichzeitig, wie sie kleiner wurde. Macht eine Szene, führt seine Wut vor wie ein exotisches Tier, welches sich kaum besänftigen läßt. Hat Tränen der Rührung in den Augen, sieht sich knien vor der Frau mit Mantel. Wie weit gehst du?

»Also dann«, wiederholte der Fahrer, »viel Spaß.«

Ich nickte noch einmal und stieg aus. Der Fahrer wartete, bis ich Carla fast erreicht hatte, dann fuhr er langsam weg. Als der Mann mit dem Funktelefon sah, daß ich auf ihn zukam, ging er rasch davon.

»Was machst du für ein böses Gesicht?« sagte Carla und lachte.

»Damit ich dich besser fressen kann.«

»Du bist zu spät«, sagte sie.

»Warum hast du mich nie angerufen? Kein einziges verdammtes Mal«, sagte ich, »kein Anruf, kein Brief, keine Karte. Nix.«

»Zwanzig Minuten«, sagte Carla ungerührt.

»Ist das zuviel verlangt?« fragte ich und gab mir Mühe, meine Stimme groß zu machen.

»Was wärst du bloß ohne mich«, sagte Carla und ließ ihre Zigarette zu Boden fallen.

»Dasselbe«, sagte ich.

»Mach sie aus«, befahl sie.

»Daß dein Mann ein Arschloch ist, weißt du ja.«

Meine Stimme klang gereizt, mein Tonfall kleinlich. Hausmeister redeten so, Steuerbeamte. Gleich verliert der junge Mann die Nerven, gleich. Fledermaussopran, die Stimme aus dem Kindermärchen. Hier spricht der Winzling aus der Finsternis. Aber ich wünschte mich an keinen anderen Ort. Zischend sprangen die Türen des Busses auf, und die Reisenden stiegen ein. Sie schwiegen, sie waren erschöpft. Dann trat ich Carlas Zigarette aus.

»Brav«, sagte sie.

»Halt den Mund.«

Jetzt hatte ich das Bedürfnis, Carla zu beleidigen, zu erniedrigen. Meine Wut nahm rasend schnell zu, wenn ich daran dachte, daß ich wütend war. Mein Zustand verlangte nach Rache, nach Gewalt. Aber ich beschränkte mich auf Schimpfworte, Sticheleien.

»Zicke«, sagte ich, »Miststück. Schleppt mich in ein Hotelzimmer und hetzt dann den gehörnten Ehemann auf mich. Schlampe.«

»Gib's mir, böser, böser Soldat, mach mich fertig«, sagte sie.

»Wegen dir steck' ich im Dreck«, sagte ich, »das Scheißmilitär habe ich der Nacht mit dir zu verdanken. Ist dir das eigentlich klar?«

»Armer kleiner Krieger. Gleich weint er sich in Mamas Armen aus.«

Streiten, um zu streiten. Darin hatten wir Erfahrung. Schon als Kind wäre ich Carla gerne ein Rätsel gewesen. Aber das Rätsel war sie, nicht ich. Das Geheimnis des anderen Geschlechts. Trotziges Mädchen, das mich abschätzig behandelt, weil es nicht erträgt, daß ihm meine ganze Aufmerksamkeit gilt. Gelangweilter Sarkasmus war ihre Antwort auf meine Bewunderung. Sarkasmus, der in Befehle mündete. Tu dies, tu das. Beweis mir, daß ich dir wirklich wichtiger bin als alles andere auf der Welt. Wichtiger als du selbst. Ist der Beweis erbracht, wird der nächste verlangt.

»Was willst du von mir?« schrie ich.

Der Motor des Reisebusses sprang an. Dann fuhr er an uns vorbei; über den Sitzen brannten Leselämpchen. Die meisten Fahrgäste starrten uns müde, aber neugierig an. Unser Streit war unterhaltsam, war das alltägliche Drama, das jeder kennt und das man trotzdem gerne verfolgt.

»Da fahren sie zurück in ihr langweiliges Leben«, sagte Carla.

»Was du von mir willst, habe ich gefragt«, schrie ich.

»Dich«, sagte Carla.

»Blödsinn, blöder«, sagte ich.

»Deine Zunge. Deine Hände.«

»Miststück«, sagte ich laut.

»Pscht«, machte sie, »flüstern. Nicht schreien. Flüstern.«

»Miststück«, wiederholte ich noch lauter.

»Flüstern, Stefano, wispern.«

»Ich bin wütend. Was soll ich da flüstern?«

»Sag Höschen«, sagte sie.

»Was?« fragte ich und spürte, wie mir Schweiß ausbrach.

Sie trat dicht an mich heran. Bis jetzt hatten wir Abstand gehalten, hatten unseren Standort dauernd verändert, indem wir auf jeden Schritt, jede Bewegung des anderen reagierten. Einen Moment lang standen wir uns sehr nahe gegenüber, ohne uns jedoch zu berühren. Ihre Lippen waren stark geschminkt. Ich konnte ihr Make-up riechen. Dann gab sie mir einen Zungenkuß. Dabei vermied sie es, mich anzufassen; kraftlos ließ sie ihre Arme hängen. Als ich die Augen öffnete, wußte ich, daß sie die ihren während unseres Kusses nicht geschlossen hatte. Carla lächelte spöttisch und gab mir einen Schubs. Ihr Mund war verschmiert, ich spürte den Geschmack ihres Lippenstiftes auf meiner Zunge.

»Sag Zunge«, sagte sie.

Ich schwieg. Bildete mir ein, ich bewahre mir damit den letzten Rest freier Willenskraft.

»Sag es«, sagte sie.

»Blöde Kuh«, sagte ich.

»Leise«, sagte Carla, »pscht. Diese Worte dürfen nicht laut gesagt werden.«

Sie preßte sich an mich und biß mir in den Hals.

»Sag Seide«, sagte sie.

»Seide«, sagte ich.

»Sag feucht«, sagte sie.

»Feucht.«

»Das hier ist für dich«, sagte sie, machte sich von mir los und öffnete den Mantel. Darunter war sie nackt. Sie trug schwarze Stiefel ohne Absätze und den Mantel. Sie gab mir kaum Zeit, sie anzusehen. Sie schloß den Mantel und spuckte auf den Boden.

»Knöchel«, sagte sie, »sag es.«

»Knöchel«, sagte ich, und nun flüsterte ich tatsächlich.

»Siehst du, es geht doch. Hier.«

Sie drückte mir ein schwarzes Seidenknäuel in die Hand. Ihr Kinn war gerötet, dabei hatte unser Kuß nur wenige Sekunden gedauert.

»Du darfst es behalten. Ich habe es extra für dich getragen. Nicht jetzt, Dummkopf, später. Jetzt fahren wir.«

»Wohin?« fragte ich und stopfte ihren Slip in die rechte Tasche meiner Uniformjacke. Ich hatte die Augenbinde der Signora eingesteckt, ohne es zu bemerken, wie ich jetzt feststellte.

»Hast du kein Vertrauen zu mir?«

Ich nickte. Es war nun dunkel. In den Cafés und Restaurants brannten Lichter.

»Los jetzt«, sagte Carla und setzte sich in Bewegung, »ich werde dich ficken, Kleiner.«

Ich gab ihr einen Vorsprung; damit bewahrte ich mir die Illusion, es sei mein Entschluß, ihr zu folgen. Wir stiegen in ein Taxi, und Carla nannte eine Adresse. Sie bat den Fahrer, das Radio auszuschalten. Wir schwiegen während der ganzen Fahrt. Ich verkniff mir Fragen. Hoffte, das wirke souverän und vermittelte dem Taxifahrer das Gefühl, ich sei es, der bestimme. Einmal legte Carla ihre Hand zwischen meine Beine und drückte mein Glied, bis ich vor Schmerz aufstöhnte. Währenddessen sah sie unbeteiligt aus dem Fenster. Sie hielt ihre Beine geschlossen, ich hätte sie gerne berührt. Das Steuerrad des Taxis war mit Fell bezogen. Der Fahrer sagte kein Wort zu uns. War er von Carla instruiert worden? Schließlich hielten wir vor einem kleinen Hotel am Rande von Cremona.

»Der Herr zahlt«, sagte Carla und stieg aus.

Vor dem Hoteleingang lag ein Hund, der nicht einmal den Kopf hob, als ich vorsichtig an ihm vorbeiging und Carla folgte. Die Häuser in der Umgebung waren dunkel. Die

Straße war ausgestorben. Carla ging an der unbesetzten Rezeption vorbei, sie kannte sich aus. Die Melancholie von Treppenhäusern schäbiger Hotels. An den Wänden hingen gerahmte Blumenbilder. Pferde. Katzen. Stilleben. Es roch nach Heizöl. Darstellung nicht bewegter Gegenstände in künstlerischer Anordnung. Aus einem Fenster in der dritten Etage sah ich auf einen Lagerplatz, um den ein hoher Zaun lief. Auf die gestapelten Kisten und Container waren Buchstaben und Zahlen gepinselt. Im vierten Stockwerk lag kein Teppich im Korridor. Der Riemenboden knarrte unter unseren Schritten. Die Türen trugen keine Nummern, waren aber in verschiedenen Farben gestrichen. Carla hatte sich kein einziges Mal nach mir umgesehen. Sie war sich ihrer Sache sicher, ging rasch und zielstrebig voran. Mein Herz raste, ich war schweißgebadet. In der einen Hand hielt ich Carlas Höschen, an dem ich immer wieder aufgeregt und heimlich roch, in der anderen die Augenbinde der Signora. Ich stellte die Situation nicht in Frage, ich gab mich ihr hin. Versuchte die Gedanken, die mir durch den Kopf schossen, zu ignorieren. Was tust du hier eigentlich. Was ist mit deiner Wut geschehen, mit deiner Enttäuschung. Wie weit wirst du gehen. Steigst in ein Taxi und läßt dich an einen dir unbekannten Ort fahren. Das Höschen deiner Jugendliebe in der Hand, gehst du hinter eben dieser Jugendliebe her. Du wirst ihr zweifellos auch in eines der zahlreichen Zimmer folgen, ohne zu wissen, was dich dort erwartet. Ich ergab mich der Situation, war duldsam und sonderbar gelassen. Carlas Ehemann hatte keinen Platz in meiner Vorstellung. Schon als Kind hatte ich mich Carla anvertraut, ohne Fragen zu stellen. Von einem Gedanken zum nächsten sah ich mich in Unterhose und Socken in einer Zimmerecke mit Blümchentapete kauern, dann Carlas Mann, das Phantom. Der Ehegatte mit den verwischten Gesichtszügen kauerte in der Ecke, die halbe Portion. Die mich mit einem einzigen Schlag niedergestreckt hatte. Einmal verhöhnte ich ihn, dann er mich. Carlas Rolle in diesen Vorstellungen war unklar. Sie war gar nicht im selben Zimmer. Sie wartete auf einen von uns, auf den Sieger. Sie lag auf einem Diwan, goldene Pantoffeln vor sich auf dem Teppich. Geschmückt mit farbigen Tüchern und Umhängen, das Gesicht verborgen hinter einer Larve mit Sehschlitzen. Glöckchen an den Fesseln, die Warzenhöfe bemalt. Carla ging vor mir her, ohne sich um mich zu kümmern. Dann zog sie den Mantel aus und schleppte ihn hinter sich her über den Fußboden. Ihr Hintern warf das Deckenlicht zurück; Kugeln schienen sich unter ihrer Haut zu bewegen und aneinander zu reiben. Vor der Tür am Ende des Flures blieb sie stehen. Dann ließ sie den Mantel fallen, spreizte die Beine und beugte sich mit durchgedrückten Knien nach vorn, das Gesäß in die Höhe reckend.

»Untersteh dich, mich anzufassen«, sagte sie und öffnete den Reißverschluß ihrer Reisetasche, »aber schau mich genau an und beschreib mir, was du siehst.«

Ich blieb hinter ihr stehen. Bestürzt darüber, daß sie sich mir derart schamlos zeigte. Ihre Haut schimmerte, Muskeln bewegten sich. Die Backen hoben und senkten sich, zeigten und verbargen auf diese Weise Carlas Scham. Das gelbe Licht der Glühbirne schaukelte auf ihrer Haut. Ich sah kurz aus dem Fenster in die Dunkelheit, dann wieder zwischen Carlas Beine.

»Mach schon«, sagte sie barsch.

Und dann beschrieb ich ihr mit halblauter Stimme, was ich sah, während ich mit der rechten Hand über meine Hose strich. Aus einem Zimmer war ein Fernseher zu hören. Ich kam sehr rasch, redete aber beherrscht weiter. Ich bin nicht dort, wo man mich vermutet. Ich hatte die Augen geschlossen und beschrieb Carla dennoch, was ich sah.

18.

Das Honorar der Signora war beinahe so schnell ausgegeben, wie ich es verdient hatte. Ich war spendabel, zahlte Lokalrunden, Kinokarten für vier Mann, Drogen für Lorenzini und mich. Der Dienst im Veteranenheim war endgültig zur Routine geworden. Nicht einmal Todesfälle sorgten für Aufregung; sie waren eine Abwechslung, mehr nicht. Im Park verfärbten sich die Blätter und fielen von den Bäumen. Mitleid schlug endgültig um in Verachtung. Rotz auf Tischtüchern und Blut in eben erst bezogenen Betten machte unsere Stimmen scharf und unser Verhalten unnachgiebig. Wir bestraften die Veteranen. Wir beschimpften sie, entzogen ihnen die Zigaretten, die ihnen zustanden, ließen kommentarlos Mahlzeiten ausfallen, servierten kalte Suppe mit einem Kanten Brot, wir erhöhten die Medikamente, um im Bereitschaftszimmer unsere Ruhe zu haben. Dort hockten wir vor dem Fernseher und ließen die Nachtglocke läuten, ohne daß sich jemand darum kümmerte.

Die Hände der meisten, die im Sterben liegen, bleiben verblüffend lange in Bewegung. Finger streichen über Decken, falten sie, zupfen und zerren daran, glätten sie wieder und wieder. Ein Ritual, das mich noch immer fesselt und rührt. Unsere Handgriffe sind derb, werden begleitet von Kraftausdrücken und schmutzigen Witzen. Die Toten, die wir waschen, erinnern uns an nichts. Das Röcheln, mit dem die letzte eingeatmete Luft aus dem Brustkorb entweicht, erschreckt mich jedesmal aufs neue. Gespannte Haut, perlmuttfarben, grau: die vom Fleisch gefallenen Veteranenköpfe, bedeckt von einem feinen Schweißfilm. Dicht unter der Haut das Geflecht der Adern. Hornhaut, Exkremente. ›Warum hab’ ich jeden verfluchten Exitus ausgerechnet in meiner Schicht‹, ist der

Satz, den wir alle immer wieder sagen. Die Totenstarre löst sich nach ungefähr zwanzig Stunden wieder. Ich hasse den Geruch der Leichen. Lorenzini erinnert er an den Geruch von Fallobst, an die Äpfel und Birnen, die sein Großvater im Keller lagert. Hatte ich genug von der Krankenstation, zog ich mich in die Bibliothek zurück. Der Bibliothekar bei seiner anachronistischen Arbeit, die von niemandem geschätzt wird. Das war Bolgers Botschaft an mich und Benzini. Ich tue etwas, das zeitlos und in den Augen der anderen sinnlos ist. Etwas, das es eigentlich gar nicht mehr gibt. Aber ich tue es mit Sorgfalt und Begeisterung. Ein alter, kurzsichtiger Mann, der an einem Tischchen sitzt und geduldig Karteikärtchen sortiert, die niemand außer ihm je ansehen wird.

»Wer die ganze Nacht schläft, hat am Tage Anspruch auf ein wenig Ruhe, nicht wahr, Benzini,« sagte Bolger.

Benzini saß am Lesetisch, einen Stapel Bildbände vor sich, und nickte immer wieder ein, um Augenblicke später wieder hochzuschrecken.

»Liebe den Schlaf nicht«, sagte Bolger laut, »daß du nicht arm werdest, laß deine Augen wacker sein, so wirst du Brot genug haben.«

»Es ist umsonst, daß ihr früh aufsteht«, antwortete Benzini, »und hernach lange sitzet und eßt euer Brot mit Sorgen, denn den seinen gibt's der Herr im Schlaf.« Grinste, schnappte mit dem Mund.

»Wohl wahr, Benzini, wohl wahr«, sagte Bolger.

»Salomon, Psalm 127«, sagte Benzini.

»128, Benzini, Psalm 128.«

»Klugscheißer.«

Benzini kratzte sich unter der Achsel. Er hatte sich einen Pullover über die Schultern gelegt, er war unrasiert.

»Wir lernen viel und wissen wenig.«

»Nichts. Nicht wenig, gar nix wissen wir, Bolger.«

Die Zeit, die ich in der Bibliothek verbrachte, war nie langweilig. Ich saß im Schutz hoher Regale, verborgen für jeden, der bloß die Tür aufriß, um nach mir zu suchen. Manchmal las uns Bolger Passagen aus seinen Lieblingsbüchern vor. Benzini weckte er, indem er Papierknäuel nach ihm warf oder Vogelrufe nachahmte.

»Bei Bedarf lassen sich Momente des Glücks auch methodisch herstellen«, sagte Bolger, »nicht wahr, Benzini?«

»Dein Geschwätz schadet meinem Kreislauf.« Benzini stöhnte und schloß effektvoll die Augen. Lederhandschuhe mit aufgeplatzten Nähten lagen vor ihm auf dem Lesetisch. In der Herzgegend hatte er einen Fleck auf seiner Uniformjacke.

»Benzini gehört zu den Typen, die auf jeden Hundehaufen zusteuern, als sei man verpflichtet, in diesen hineinzutreten«, sagte Bolger.

»Was heißt man?« fragte Benzini, ohne die Augen zu öffnen.

»Damit verschafft er sich einen seiner raren Glücksmomente. Zack, schon geht's einem besser, nicht wahr?«

»Was heißt einem?« fragte Benzini stur.

Aus dem Innenhof war ein Pfiff zu hören, und wir sahen uns fragend an. Seit Tagen trieben Wolken unschlüssig in verschiedene Richtungen; auf diese Weise bot der Anblick des Herbsthimmels Abwechslung und Überraschung. Windstöße trieben das Laub zu Haufen zusammen, durch welche Veteranen mit glücklichen Gesichtern stapften. Der Pfiff ertönte ein zweites Mal.

»Eine Maus«, behauptete Benzini nach einer Weile, »eindeutig.«

»Mus musculus, bringt drei bis vier Mal im Jahr sechs bis dreizehn blinde, unentwickelte Junge zur Welt. Sind als Kommensalen des Menschen weit verbreitet. Die Zwergmaus, Micromys minutus, klettert übrigens mit ihrem Greifschwanz. Als größte Maus gilt die Riesenborkenratte«, sagte Bolger.

»Eine ganz gewöhnliche Feldmaus«, beharrte Benzini.

»Phloemys. Lebt auf der Philippineninsel Luzon.«

»Eine scheißnormale Scheißmaus.« Jetzt brüllte Benzini.

»Eine Maus, die von einem Bussard erwischt worden ist, genau«, sagte Bolger.

»Du bist ein Schwein.«

»Das Fleisch der Schlachttiere mag arm sein an Kalzium und Eisen, dafür ist es reich an Phosphaten und an Jod.« Bolger, ungerührt. Er stand in der Pose eines Feldherren vor seinem mit Papier und Kärtchen übersäten Ausleihtisch.

»Eine Maus ist kein Schlachttier«, sagte Benzini renitent.

»Das sieht unser Freund der Bussard mit Sicherheit ein bißchen anders, nicht wahr, Mantovani?«

»Du bist ein Schwein«, wiederholte Benzini. Ich hielt mich in diesen Diskussionen zurück, war Gast aus einer andern Zeit.

»Das Schwein bin nicht ich, das Schwein ist, wenn überhaupt, der Bussard.«

»Ein seniles altes Schwein«, sagte Benzini, stand auf und setzte sich sofort wieder hinter seinen Bücherstapel.

»Nichts gegen unser Alter, Benzini. In gewissen Naturvölkern steckt man Frauen und Männer in hohem Alter in ihre besten Kleider, feiert ein wildes Trinkgelage mit ihnen und erstickt sie danach. Basta.«

Die beiden Alten kannten kein Pardon. Saß ich mit ihnen in der Bibliothek, wohnte ich einem unterhaltsamen Schauspiel bei. Ich war ihr Publikum, und sie mochten es, wenn ich lachte oder den Kopf schüttelte. Pointen. Finten. Strategisch geschickt gesetzte Redepausen; sie schenkten sich nichts. Meine Anwesenheit spornte sie an. Betrat ein anderer Veteran die Bibliothek, trieb ihn eisiges Schweigen in die Flucht. Früher oder später lief jeweils auch Benzini aus der Bibliothek. Meine Aufgabe war es, ihn zurückzuholen und zu beruhigen. Bolger erwartete uns mit unschuldigem Gesicht. Ich kam mir vor wie in einer Laienaufführung. Bolger schlang sich Wolldecken der Armee um den Oberkörper, trug Zipfelmützen, Fäustlinge. Jede Unterhaltung mit Benzini war eine Geduldsprobe. Es kam vor, daß er einnickte, während er redete. Hörte er nur zu, schlief er mit Sicherheit ein. Am Anfang hatte ich ihn jeweils geweckt, sanft an der Schulter gefaßt und geschüttelt. Aber mit der Zeit wartete ich einfach ab, bis er wieder erwachte. Benzini schlief nie länger als ein paar Minuten am Stück. Und er war durchaus fähig, einen Satz zu Ende zu führen, den er unterbrochen hatte, weil er eingenickt war. Die Spitzen seiner Ohren waren eigenartig eingeknickt; ich sah ihm gerne beim Reden zu, weil er dann seinen Kopf bewegte wie die Schildkröte, die ich als Junge besessen hatte.

»Auf mich«, sagte er hinterhältig, »wirkt Unordnung bedrohlich.«

»Das glaube ich dir aufs Wort, Benzini«, sagte Bolger und kippte den Inhalt einer weiteren Schublade auf sein Tischchen. Nach dem Wiedersehen mit Carla schien die Zeit stillzustehen. Ich bewegte mich langsam und vorsichtig, als wolle ich meine Innereien nicht erschüttern. Redete wenig und sah mir im Spiegel unseres Waschraumes lange in die eigenen Augen. Der Melodramatiker funktionierte im Spargang. In meinen Därmen gurgelte es unablässig, ich verkroch mich in den diversen Toiletten des Veteranenheimes. Saß auf verschmutzten Holzbrillen und wartete, wartete. Worauf? Meine Stimme war in diesen Tagen kaum zu hören, ein heiseres Flüstern. Kam mir jemand zu nahe, brüllte ich ihn an. Natürlich erwartete ich einen Anruf von Carla, einen Brief, eine Postkarte, irgendeine Nachricht. War überzeugt, die Begegnung im Hotelzimmer verändere mein Leben grundlegend und nichts sei mehr so, wie es vorher gewesen war. Stand vor dem Spiegel und wartete auf Zeichen, welche diese Veränderung belegten. Falten. Augenringe, Tränensäcke. Graue Haare, Ekzeme. Eigentlich war ich in jenen Tagen gar nicht vorhanden. Laß dich um Gottes willen ablenken, Mann. Entwickle Strategien, um zu vermeiden, ständig an Carla zu denken. Gab mir zweifellos Mühe, dachte aber unablässig an das, was ich doch verdrängen wollte. Ich war müde, müde. Schleppender Gang, hängende Schultern. Ich onanierte mehrmals am Tag. Kein Laut der Lust kam über meine Lippen. Im Park verbargen mich Sträucher, ich kroch durch das Laub wie früher. Die Telefonleitungen über mir surrten, doch, ich konnte es hören. Das waren Frauen, die mit ihren Männern redeten. Ihre Stimmen zirpten, waren ein Flüstern und Stammeln. Ich fand eine tote Amsel und beobachtete einen Veteran, der hinter eine Gartenmauer schiß. Zerbrochene Spaliere, faulendes Laub. ›Was schneidest du dauernd Grimassen?‹ wollte Lorenzini wissen. Mein Gesicht fühlte sich weich an, ohne exakte Konturen. Saß im Einzelzimmer eines Veteranen, von dem man sich erzählte, er habe kurz vor Ende des Zweiten Weltkrieges einen italienischen Offizier erschossen, den alle gehaßt hatten. Jetzt starb er an einer Lungenentzündung. Saß neben dem Kopfende seines Bettes und hörte Nachtfaltern zu, die unermüdlich gegen den Pergamentschirm des Tischlämpchens flogen. Das Geräusch gefiel mir, ich nahm es als Modell meiner Situation. Der Veteran redete leise vor sich hin, ich gab mir nicht mehr die Mühe, ihn verstehen zu wollen. Für einen Außenstehenden waren seine Sätze ohne Sinn. Er leistete Abbitte. Er wußte, daß ich neben ihm saß. Was er verlangte, war Anwesenheit, keine Anteilnahme. Da er keine Fragen stellte, wollte er auch keine Antworten von mir hören. Er redete. Ich saß neben ihm. Und dachte an Carla, meinen toten Vater, an Mutter und an Pino, von dem ich lange nichts mehr gehört hatte. Der Sterbende redete, redete. Lorenzini fand ihn am nächsten Morgen. Der Veteran hatte es geschafft, halb aus dem Bett zu kriechen. Wonach er seine Hand ausstreckte, blieb sein Geheimnis. Der Läufer vor dem Bett war leer, die

Hand deutete auch nicht auf die Zimmertüre. Der Tote war nackt. In den Gängen, die die verschiedenen Gebäudeflügel verbanden, saßen Veteranen, die Schach spielten und über jeden Zug quälend lange nachdachten. Sonnenlicht fiel durch die farbigen Scheiben und verlieh den ernsten Gesichtern der Männer rote, grüne oder blaue Tönung. Ganz selten fiel ein Wort, das durch die Flure hallte.

»Achtundsiebzig Jahre hat mich die Welt beleidigt. Jetzt schlage ich zurück. Von nun an bin ich derjenige, der beleidigt«, sagte einer mit vertraulicher Stimme zu mir. Er saß am Ende des Verbindungsflures; durch die offenstehende Tür drang kalte Luft und man sah auf die baufällige Begrenzungsmauer des Parkes.

»Wunderbar«, antwortete ich dem alten Mann, »und wie wollen Sie das anstellen?«

»Was anstellen?« fragte er.

»Die Welt beleidigen.»

Der Mann roch nach Knoblauch, er hatte sich erhoben und rückte mir bedrohlich nahe. Er hatte sich vor kurzem rasiert und dabei mehrere Schnitte zugefügt.

»Durch gezieltes Beleidigen, ganz einfach«, sagte er und klopfte mir freundlich auf den Rücken. Ich blieb noch einen Augenblick bei ihm stehen, dann ging ich weiter. Der Alte starrte mir nach, das war zu spüren.

»Trottel, pferdegesichtiger, rothaariger«, sagte er, unverschämt kichernd. Ich gewöhnte mir an, mich wenn möglich weder zu ärgern noch zu wundern. Ich funktionierte im Spargang. Ich hörte auf, mir die Zähne zu putzen. Meine Füße rochen interessant. Vorgesetzte nahmen mich ins Gebet. In Gedanken schlug ich ihnen eine Axt in den Schädel. Dem Leiter des Museums spuckte ich vor die Füße, er hatte irgend etwas von mir verlangt. Hilfe. Zuwendung. Stand am offenen Fenster und ertappte mich dabei, fleißig einen Satz zu wiederholen. Zerbrach einem Neuling die Zahnbürste; er hatte sich erlaubt, mich zu lange anzusehen. Fehlte nicht viel, und ich hätte ihn geschlagen. ›Bring sie um. Bring sie um. Bring sie um‹, sagte ich verblüffend laut in den Park hinaus. Der Himmel hatte die Farbe von massivem Blei. Ich war in einem Zustand, der eigenartige Begegnungen ermöglichte oder geradezu heraufbeschwor.

»Bin seit 1975 hier im Heim«, sagte mir ein Veteran, der mir im Park nachgegangen war und mich im Dickicht stellte. Er nahm mich streng am Arm, seine Stimme hatte den Tonfall eines Bekenntnisses.

»Seit 1975«, wiederholte er. Er trug Turnschuhe.

»1975 kapitulierte Süd-Vietnam«, sagte ich ohne nachzudenken. Es waren bizarre Tage. Aus den Bäumen tropfte es.

»Richtig«, sagte der Alte, »seit 1975 in diesem Loch, wie behauptet wird. Mir gefällt es hier aber. Nur einmal verließ ich das Haus. Am 19. September 1984. Weil meine Schwester starb. Viareggio. Ein furchtbarer Ort. Früher bin ich natürlich herumgekommen. Rußland. Polen.«

Der Alte lachte nicht und bat mich um eine Zigarette. Als wir rauchten, sah er sich um, als tue er etwas Verbotenes. Sein Blick war verschwommen.

»Seit 1975 verreise ich nicht mehr. 1975 hat Mastroianni...«

Ich sah den Alten verständnislos an und schüttelte seine Hand ab. Wir standen im hintersten Teil der Parkanlage.

»Marcello«, sagte er, »der Schauspieler. 1975 hat er sage und schreibe vier Filme gemacht. ›La Pupa del Gangster‹. ›La Divina Creatura‹.«

Ich ließ den Mann stehen. Er zählte auch die anderen Filmtitel auf, danach nannte er die Namen der Regisseure und Kameramänner. Er gackerte entzückt. Ich ging sehr schnell davon. Es regnete häufig in jenen Tagen; die Veteranen trugen das nasse Laub bis in den Speisesaal, alle Korridore und in ihre Zimmer. Die Blätter klebten an ihren Schuhsohlen und Spazierstöcken. Nur die Krankenstation blieb von ihnen verschont. Einmal schien die Sonne etliche Stunden ohne Unterbrechung, ohne Regenschauer. Ich stand mit einem Rechen im Garten und kehrte Blätter zusammen. Die Sonne warf helle Bahnen auf die Wiese. Stand ich im Schatten, arbeitete ich schneller. Wenn Bolger wütend war, bekam er vier Falten auf der Stirn, die synchron bis zu seinen Schläfen liefen. Um der Arbeit auf der Krankenstation zu entgehen, lief ich öfters sinnlos durch die Gänge, geschäftig mit Krankenberichten raschelnd. Auf einem dieser Spaziergänge fand ich einen Zettel, dessen rätselhafter Text mit Schreibmaschine getippt worden war. Das Papier lag vor der geschlossenen Türe des Barbiers:

YOU NEED HELPING HAND. KILLING. MURDER. DESTRUCTION
PRICES INCL. TUTTO
YOU CHOOSE THE WEAPON:
GUN/KNIFE/BOMB/POISON/ROCKET/STONE/HANDS/
ANIMALS FORBIDDEN
ROOMSERVICE
WORKS DAY AND NIGHT
NO BABIES/NO WOMEN/NO ANIMALS
ITALIAN STYLE. STRONGER. FASTER. LONGER. BETTER.
GOOD CLEAN WORK
DON'T WAIT. CALL ME NOW
LOW RATES. RENT A KILLER. RENT ME

Der Flur war leer. Ich faltete das Papier und steckte es ein. Die Tür des Barbiers war verschlossen, er öffnete erst am späten Nachmittag. Krähen hockten vor der Krankenstation, als ich unser Bereitschaftszimmer betrat, war es Zeit, die Medikamente zu verteilen.
Abends war ich meist mit Lorenzini unterwegs. Wir durchquerten Gegenden, die uns zu sagen schienen, daß man

Kargheit als Lebensprinzip akzeptieren sollte. Die Drogen, die wir nahmen, gaben unseren Überlegungen unerwartete Richtungen. Saß Lorenzini am Steuer, betrachtete er die Landschaft mit einer Nachdenklichkeit, die ansteckend wirkte. Manche Außenbezirke sahen aus wie das bildgewordene Schweigen, welches zwischen uns herrschte. Musik hörten wir und Radiosendungen zu Themen, die uns fremd waren und darum brennend interessierten. Lorenzini erzählte mir, daß sich Gabriella schon vor Wochen von ihm getrennt hatte. Mein Trost fiel kläglich aus. Ich benutzte die Gelegenheit, um von Carla zu erzählen. Wir schaukelten uns gegenseitig hoch in unserem Leid. Kein Licht, kein Haus, kein anderes Auto und nicht eine andere Menschenseele. In unserer Vorstellung waren wir Ausgestoßene und Verlorene. Ängstliche alte Frauen versteckten sich vor uns in ihren kleinen Wohnungen, sie trauten sich nicht einmal, das Licht anzumachen oder den Telefonhörer in die Hand zu nehmen. Rechneten sie ernstlich damit, daß wir an ihre Türen klopfen würden? Wir fuhren mit überhöhter Geschwindigkeit durch ausgestorbene Dörfer. Lorenzini behauptete, er wäre gerne ein durch und durch schlechter Mensch, ich pflichtete ihm bei. In einer Bar äußerte er sich so lange abfällig über die Musik aus der Jukebox, bis man uns auf die Straße warf. Die Barfrau trug einen BH unter ihrem tief ausgeschnittenen Kleid. Wir verstrickten Gäste in absurde Gespräche, die leicht in Handgreiflichkeiten hätten enden können. Erstaunlicherweise kam es nie dazu. Regen färbte Fassaden und Straßen dunkel. Manchmal verloren wir die Kontrolle über das Auto. Schlingerten, schleuderten. Dann schrien wir vor Begeisterung und drehten die Musik lauter. Stand der Wagen endlich still, fielen wir uns in die Arme. Der Himmel schien vor lauter Sternen zu explodieren, aber bereits in der nächsten Nacht war er finster und bedeckt. Gelegentlich nahmen wir den Neuling mit, der mir gestanden hatte, daß er tatsächlich Tagebuch führte. War er dabei, fuhren wir noch rücksichtsloser, tranken wir noch mehr. Kauerte einer von uns in der Toilette irgendeines Lokales oder am Rand einer Landstraße, halfen wir ihm, indem wir ihm auf die Schulter klopften und beruhigend auf ihn einredeten. Wir beugten uns über den kotzenden Kameraden und redeten zu uns selbst. Das waren die Momente, um sich ins Gewissen zu reden. Unsere Stimmen rührten uns zu Tränen, wir waren gut zueinander. Das ließ sich vertuschen, indem man den eben Getrösteten im nächsten Augenblick verhöhnte. Unser Spott gewann von Tag zu Tag an Schärfe. Unsere Gefühlslage war labil.

»Ich esse Fleisch, dabei kann ich es nicht ausstehen«, sagte der Neuling. Er saß alleine auf der Rückbank, im weiteren Verlauf der Nacht würden ihn unsere Beleidigungen vielleicht zum Weinen bringen.

»Das stört uns nicht«, sagten Lorenzini und ich ohne Absprache im Chor.

»Wir sind Soldaten, wir essen Fleisch«, ergänzte ich nach einer Weile.

»Wir erobern fremde Länder«, sagte Lorenzini.

»Brechen durch gegnerische Reihen«, sagte ich.

»Führen Gefechtsjournale«, fuhr der Neue fort.

»Baden alte Männer.«

»Füttern Veteranen.«

»Wir sind Soldaten, wir fressen Fleisch«, sagte Lorenzini noch einmal.

Man nahm uns als eingeschworene Bande wahr. Gelegentlich erwischte ich mich dabei, wie ich meine Lippen auf mein Handgelenk preßte, um daran zu saugen. Einmal lief ein Pferd auf seiner Koppel ein Stück neben unserem Auto her, wir kamen beinahe von der Straße ab.

Freitags, am fünften Tag nach meiner Lesung bei der Signora, bekam ich überraschenden Besuch. Mittlerweile hatte ich es geschafft, nicht mehr unablässig an sie zu denken. Carla war-

tete an der Pforte auf mich. Sie trug Jeans und eine Lederjacke, und wir tranken ein Glas Champagner in der Bar gegenüber. Meine Freude über das Wiedersehen behielt ich für
mich. Mein Gesicht war nicht ausdruckslos, sondern gespannt. Die Finger mit den abgenagten Nägeln hielt ich unter
dem Tisch verborgen. Es schien mir ratsam, Carla nichts
über meine Verfassung in die Hand zu geben. In der Bar war
es unnatürlich still; anwesende Veteranen standen übertrieben aufrecht am Tresen. Die Tatsache, daß ich mit einer Frau
aufgetaucht war, veränderte das Verhalten der alten Männer.
Ich erkannte Bewunderung, Neid und Respekt. Meine
Stimme wurde noch leiser, während die Veteranen lauter und
selbstsicherer redeten. Sie gaben sich Mühe, wollten gefallen.
Sie trumpften auf. Carla würdigte sie keines Blickes. Nach
einer Weile schwiegen wir und sahen uns nur noch an. Meine
rechte Hand lag jetzt auf dem Tisch, dicht neben Carlas
Hand.
»Warum bist du hier?« fragte ich.
»Weil ich nichts Besseres zu tun habe, Dummkopf«, sagte sie
und drückte meine Hand.
Es war nicht einfach, Carla unbefangen anzusehen. Steht mit
gespreizten Beinen über mir, über dem ausgezogenen Jungen,
der an diesem Tag folgsam den Blinden gibt und trotzdem den
verkniffenen Zug um ihren Mund sieht und auch wie sie er-
schrickt, als ihr Wasserstrahl meine Brust trifft, meinen
Bauch. Sitzt neben ihrem Onkel und will nicht bemerken, daß
ich sie seit mindestens einer Minute anstarre, weil die Mor-
gensonne das Meer zur Glasplatte macht und ihre Pupillen
durchsichtig schimmern läßt. Mit zerkratzten Armen und
Beinen hock' ich im Gebüsch, die Gymnastikübungen über-
wachend, die sie auf dem Balkon ihres Elternhauses macht.
Carla, die mich gleich mit Handzeichen in die Küche winkt,
wo wir Eistee trinken. Wo sie mir den blauen Fleck auf ihrem
linken Bein zeigt. Sie muß die Wollstrümpfe nach unten rol-

len und erlaubt mir, den Fleck zu berühren. Er ist kleiner als mein Daumennagel. Meine Kratzer verspottet sie zuerst, dann verarztet sie mich mit übertrieben gurrender Stimme. So redet der Schularzt, erklärt sie mir, wenn er die Oberkörper der Mädchen nach verdächtigen Knötchen abtastet. Dem Flaum, der ihrem Rückgrat folgt und zwischen den Hinterbacken verschwindet, darf ich mit der Zunge nachfahren, wenn ich dabei belle wie ein Hund. Wie ein Hündchen, so drückt sich Carla aus. Ihr Gymnastiktrikot riecht ganz schwach nach ihrem Schweiß, sie hat es ausgezogen, es liegt auf dem Küchentisch. Daß ihre Eltern eine Tante besuchen, glaube ich ihr nicht wirklich. Lecken darf ich, schnüffeln und gehorsam dazu kläffen, kläffen. Wadenbeißer, sagt Carla, dreht sich auf den Rücken und schubst mich weg. Sie hat Gänsehaut bekommen, sie quiekt. Auf dem Motorrad ihres Großvaters sitzt sie auf dem Sozius und nimmt mich zwischen ihre kräftigen Schenkel, bis ich nach Luft schnappe wie ihr kleiner Bruder Renzo, mit dem ich manchmal nach ihren Anleitungen spiele. Bettfedern auf der nackten Brust, Lehm, entlaubte Zweige, an der Sonne geschmolzene Schokolade. Carlas dreckverschmierte Hand hinterläßt feuchte Abdrücke auf mir, auf meiner Haut. Rechts, befiehlt sie. Ich gehorche und knalle mit der Stirn gegen den Dachbalken. Dahinter liegt die Matratze, das hat sie mir versprochen, das Ziel ist nicht mehr weit entfernt. Dann darf ich mich fallen lassen und mit ausgebreiteten Armen für Carla bereitliegen, die sich irgendwo auf dem Dachboden verborgen hat, ich höre, wie sie atmet. Es ist mir nicht erlaubt, die Beine zu spreizen. Sie wartet so lange, bis ich buchstäblich zittere vor Aufregung. Weil ich es nicht mehr erwarten kann, daß sie auf mir kniet und die Auswahl der Gegenstände präsentiert, die ich blindlings erkennen soll. Öffne ich die Augen, befindet sich ihr Mund so dicht neben meinem, daß ich sie küssen könnte, ohne den Kopf zu bewegen. Wir legen die Gesichter auf den Asphalt, der den ganzen

Tag von der Sonne aufgeheizt worden ist; so können wir uns leichter vorstellen, wie es einmal sein wird, später, wenn wir erwachsen sind.

»Daß ich mich von meinem Mann trennen werde, habe ich dir ja erzählt, nicht wahr?« sagte Carla.

»Nein, hast du nicht«, sagte ich.

Einem Veteran am Nebentisch fiel die Zigarette aus dem Mund. Das erleichterte es mir, die Fassung zu bewahren. Das Brillengestell des Barbesitzers funkelte geheimnisvoll im Licht der Neonröhren.

»Jetzt müßtest du eigentlich fragen ›warum?‹«, sagte Carla.

»Warum«, fragte ich, »wegen mir?«

»Möchtest du das?«

Ich schüttelte den Kopf, trommelte nervös mit den Fingern auf den Resopaltisch. Unerträgliche Erregung machte sich in mir breit, und ich hatte das Gefühl, in meiner Brust brenne ein schmerzhaft grelles Licht. Ein Auto hielt vor der Bar, auf dessen Beifahrersitz ein Polizist saß, der ein Kleinkind auf dem Schoß hatte. Ein alter Mann stieg aus, und das Auto fuhr weg.

»Nicht wegen dir, nein«, sagte Carla.

»In Ordnung«, sagte ich, »nicht wegen mir. Weswegen denn?«

»Wegen ihm«, sagte sie und lachte, »er ist eine Niete.«

»Ein Arschloch«, fügte ich rasch hinzu.

»Genau wie du«, sagte sie und lachte noch einmal.

Kalte Luft drang in die Bar; zwei weitere Veteranen kamen herein. Carla streckte ihre Hand aus und gab mir zu verstehen, daß ich mich nach vorn lehnen sollte. Dann umfaßte sie meinen Nacken und strich mir über den Haaransatz. Die Alten glotzten, ich gab mir Mühe, unbeteiligt an Carla vorbei auf die Straße zu sehen.

»Was ist das Schlimmste, was du je getan hast?« fragte sie mich. Ich war ihr dankbar, daß sie leise sprach. Ihre Hand ließ sie liegen. Die Berührung war tröstlich, stimmte mich friedlich. In der Ecke der Bar döste ein Veteran mit Bürstenschnitt; auf seinem Schoß lag eine Katze, die mich vorwurfsvoll ansah. Carla kraulte meinen Nacken. Ihre andere Hand hatte sie auf meinen Unterarm gelegt. Ich spürte ihre Fingerkuppen auf meiner Haut, mir war kalt, und es gelang mir nicht, ernsthaft über ihre Frage nachzudenken.

»Und?« sagte sie.

Ich nickte, und sie zog ihre Hände zurück. Mein Nacken fühlte sich heiß an, er schien zu vibrieren.

»Was dagegen, die Nacht mit mir zu verbringen?« fragte ich. Krächzer, der sich den Nacken massiert und daran denkt, eine Zigarette zu rauchen, es aber nicht fertigbringt, das Paket in die Hand zu nehmen, zu öffnen und so fort.

»Wo«, lachte Carla, »in deiner Kaserne? Und der Herr General sieht zu und hat das Kommando: eins, zwei, eins, zwei.«

»Blödsinn«, sagte ich leise.

»Sondern?«

Jetzt hatte ich das Zigarettenpaket in der Hand, legte es aber sofort wieder auf den Tisch, genau zwischen unsere Gläser.

»Sondern in einem Hotel«, sagte ich und griff nach ihrer Hand, die sie rasch zurückzog.

»Du schuldest mir eine Antwort«, sagte sie.

Auf ihrer Stirn tauchten Falten auf, sie sah mich trotzig an. Plötzlich war ich wütend. Ihr Tonfall ärgerte mich, und ich stand auf. Ich hörte, wie Carla Luft holte. Ein verzweifeltes, ein deprimierendes Geräusch, das nicht von ihr stammte, sondern von mir. Ich atmete geräuschvoll aus. Was von mir verlangt wurde, war Stärke, Entschlossenheit.

»Du mich auch«, sagte ich und korrigierte meinen Versprecher sofort, »du mir auch. Eine Antwort schulden, mein' ich.«

»Und«, machte Carla.

Sie schob ihr Kinn vor. Der Rand ihres Glases war verschmiert von ihrem Lippenstift. Sie trug ihren Ehering nicht mehr, das fiel mir erst jetzt auf.

»Ich habe meinen Vater umgebracht«, sagte ich sehr laut.

Es wurde merklich ruhiger. Köpfe drehten sich nach uns um. Schädel, kahle und faltige. Idiotenfressen in Uniform, dachte ich. Nach einer kurzen Unterbrechung gingen die Gespräche weiter.

»Das war meine schlimmste Tat«, sagte ich, »bis jetzt.«

»Zeigst du mir euren Park«, fragte Carla und erhob sich ebenfalls.

»Und dann?«

»Dann suchen wir uns ein Hotelzimmer.«

Eine Gruppe Veteranen stand uns im Weg; ich bat sie freundlich, uns Platz zu machen. Unter der Tür gab mir Carla einen flüchtigen Kuß auf den Mund. Vögel stoben auf, es roch nach Benzin.

»Dein Vater hat sich das Leben genommen«, sagte sie.

»Erschossen«, präzisierte ich kalt.

Ficken werde ich dich, reiten auf dir, auf einer harten Matratze. Und ich werde sie von hinten nehmen, Vater, am Fenster des Hotels stehend, wie ich am Fenster im Zimmer über deiner Werkstatt gestanden habe. Der Fluß ist ein silbernes Band gewesen, Vater, und manchmal habe ich springende Fische gesehen und Männer mit Hüten und Angeln in ihren Ruderbooten.

»Mein Vater hat sich erschossen«, sagte ich.

»Ich weiß«, sagte Carla unsicher.

»Das freut mich«, sagte ich, ohne nachzudenken.

Das Gewehr an die Schulter heben, zielen. Laden und abdrücken. Eine Kugel abfeuern. Das Knallen will er hören und die Wucht des Rückstoßes spüren, das Ziel zerstört sehen. Repetiert mit dem Schaft? Der Lauf ist gepflegt und das Korn ein M aus Metall. Kugelhagel. Magazin. Und dann gebe ich dir einen Stoß, Vater, du sollst in den Berg der Schuhe fallen, die auf dich warten, Schuhe, Schuhe und noch mehr Schuhe. Ich dachte an Exerzierplätze und an Rekruten, denen vor Aufregung die Hände zittern, denen der Schweiß auf der Stirn steht. Die daneben schießen; ich dachte an mich, Vater.

»Tut mir leid«, sagte Carla.

»Mir auch«, sagte ich.

Wir traten durch das Eingangstor und gingen einem Gebäudetrakt entlang auf den Park zu. Ich hätte Carla schon in der Bar gerne umarmt, jetzt tat ich es endlich. Im Schatten der Krankenstation blieben wir stehen und küßten uns. Über das, was im Hotelzimmer zwischen uns geschehen war, hatten wir bis jetzt nicht gesprochen. Der Champagnergeschmack ihrer Zunge erregte mich, und ich umfaßte ihre Brüste mit beiden Händen. Carla biß mich in die Unterlippe, stieß mich sanft zurück.

»Willst du dich wirklich von ihm trennen?« fragte ich.

»Männer halten andere Männer meistens für Arschlöcher«, sagte Carla.

Ein einzelner Veteran ging in der Dämmerung über die Wiese. Er redete mit sich selbst und schleppte einen Ast hinter sich her.

»Verläßt du ihn?« fragte ich ruhig. Der Veteran ließ den Ast fallen, als er auf den Kiesweg trat.

»Genau«, sagte sie und strich mir mit dem Zeigefinger über meine Wange.

»Und was wird aus uns?«

»Begreifst du nicht, daß wir uns nie trennen werden, mein Junge?« sagte sie.

In diesem Moment wurde das Fenster des Bereitschaftszimmers aufgestoßen, und Lorenzini tauchte auf. Er trug eine weiße Schürze, hatte ein Weinglas in der Hand.

»Telefon, Mantovani«, sagte er unbeteiligt.

Es war das erste Mal, daß er mich bei meinem Familiennamen nannte. Carla sah ihn spöttisch an und drängte sich an mich.

»Später«, sagte ich und wandte mich ab.

»Dein Bruder. Er behauptet, daß es wichtig ist.«

»Ich warte hier auf dich«, sagte Carla leise und schob mich auf die Eingangstür der Krankenstation zu. Lorenzini schloß das Fenster; in letzter Zeit war er schweigsam. Er schrieb lange Briefe an Gabriella, die er nicht abschickte. Er sammelte sie, indem er die zugeklebten Umschläge bündelte und zusammenband. Es sah aus, als habe er die Briefe erhalten. Was erwarten wir von anderen Menschen? Hilfe? Anteilnahme? Was sollen sie für uns tun? Ich würde mit meinem Bruder auf keinen Fall über unsere Gefühle reden. Das nahm ich mir vor, als ich durch den dunklen Gang ging und das Bereitschaftszimmer betrat. Das Zimmer war leer, der Telefonhörer lag auf dem Tisch. In die Holzplatte des Tisches hatte jemand den Buchstaben G geritzt und dann mit zwei Kratzern durchgestrichen. Die Schnitzerei war neu, sie war mir bis jetzt jedenfalls nicht aufgefallen. Ich griff nach dem Hörer und sah im selben Moment Vaters Gesicht vor mir. Überlebensgroß, unversehrt. Vater lächelt. Aber seine Augen haben nicht die richtige Farbe. Seine Nase hat die falsche Größe, Form. Er kippt nach hinten weg, nein, es schlägt ihm bloß den Hut vom Kopf, dabei habe ich ihm zugerufen, er soll sich unter den Zweigen wegducken. Meine Warnung an ihn ist der Grund meiner Achtlosigkeit: Mit knirschendem Rumpf fährt unser Boot auf eine Sandbank auf, bleibt mit einem Ruck stehen, und ich falle von der Ruderbank, meinem Vater vor die Füße. Dir schlägt es die Rute mit der Sportrolle aus der Hand. Keinen einzigen Fisch haben wir an diesem Morgen aus dem Fluß gezogen, aber wir lachen trotzdem. Ich lache, Vater weint, jetzt sitzt er in der Küche. Sein Unterhemd ist schäbig. Ich zeichne ihn mit wenigen Strichen auf ein Papier; damit habe ich ihn in der Hand. Sein Unterhemd ist widerlich. Er ist ein Vater, der sich umdreht und weggeht, wenn man ihn beleidigt. Ich steche mit einem Messerchen auf die Zeichnung ein, zerkratze und verschmiere sie. Er ist ein Vater, der ein Gewehr besitzt; aber davon weiß ich nichts. Ich spucke auf die Zeichnung, der Bleistift hat das Papier aufgerissen; zuletzt verbrenne ich sie vor dem Haus, vom Balkon aus könnte er mir dabei zusehen. Er ist ein Vater, der sich erschießt. Einen Fetzen der Asche lege ich mir auf die Zunge; damit büße ich für das, was ich getan habe. Als der Wind die verkohlten Papierfetzen davonträgt, bleibt auf dem Asphalt ein Fleck zurück. Der Fleck hat die Form von Italien, darauf bestehe ich.

Das Gespräch mit meinem Bruder war kurz und unpersönlich. Er hatte einen Käufer für Vaters Haus gefunden. Ich fragte nicht, was mit seinen Werkzeugen und Maschinen geschehen würde, erinnerte mich aber unvermittelt an die Nacht, die ich mit Pino auf dem Dachboden des geräumten Hauses verbracht hatte. Tränen schossen mir in die Augen, überrumpelten mich. Ich holte tief Luft und sah mir dabei im Spiegel über dem Waschbecken zu. Draußen war es jetzt dunkel. Das Licht über dem Eingang reduzierte Büsche und Bäume auf Umrisse. Carla sah aus, als sei sie eine Figur, die man aus Pappkarton geschnitten hatte. Ich stand im dunklen Zimmer, und sie konnte mich unmöglich erkennen. Das Kabel des Telefons war zu kurz, sonst hätte ich mich ans Fenster gestellt und Carla auf mich aufmerksam gemacht. Ich erkundigte mich nach der Frau meines Bruders, aber er gab mir keine Antwort und bestand darauf, daß ich mit seiner Tochter redete. Als ich sie am Apparat hatte, verstand ich zunächst kein Wort. Sie redete schnell und aufgeregt, stotterte, lachte. Dann machte sie eine atemlose Pause und sagte langsam und deutlich: »Mein Hamster ist tot.«

Nina kicherte und wartete ab, was ich dazu zu sagen wußte.

Carla zündete sich eine Zigarette an und ging aus meinem Blickfeld. Die Äste eines Baumes klopften gegen das Fensterglas.

»Wir kaufen dir einen neuen Hamster«, sagte ich und gab mir Mühe, zuversichtlich zu klingen. Der fröhliche Onkel, der das Kaninchen aus dem Hut zaubert.

»Du?« fragte Nina.

»Ich. Genau. Ich kaufe dir einen anderen Hamster.«

Der Schwindler mit der roten Pappnase und der Mütze, die er sich aus einer Zeitung gefaltet hat. Der liebe Onkel, der sich aus dem Staub macht.

»Will aber keinen Hamster«, sagte Nina.

Im Hintergrund war mein Bruder zu hören. Seine Stimme klang verärgert, aber ich verstand nicht, was er sagte. Wartete Carla unter dem Dachvorsprung der Krankenstation auf mich? Oder hatte sie das Haus betreten und stand frierend im Flur?

»Ich will eine Schildkröte«, sagte Nina trotzig.

»Dann kaufen wir eine Schildkröte«, sagte ich.

»Keinen Hamster«, wiederholte sie.

In diesem Moment betrat Lorenzini das Bereitschaftszimmer. Er versuchte, ein Grinsen zu unterdrücken, aber es gelang ihm nicht. Seine Miene ließ darauf schließen, daß sich die Jungs von der Tagesschicht Witze erzählt hatten. Schmutzige Witze, vermutete ich.

»Großes Ehrenwort?« fragte Nina.

»Großes Ehrenwort«, sagte ich rasch, dann meldete sich mein Bruder.

»Quatsch«, sagte er, »vergiß den Mist. Es gibt keine Schildkröte. Kauf ihr einen Teddybär oder ein Bilderbuch. Kauf ihr einen Plüschlöwen, aber keine verdammte Schildkröte. Kein neues Viech. Verstanden? Nichts Lebendiges. Hast du mich gehört, Stefano?«

Ich legte auf. Ich hatte Pino nicht einmal nach dem Verkaufspreis für Vaters Haus gefragt. Lorenzini machte das Licht an und nahm eine Flasche Rotwein und ein Glas aus dem Schrank. Wenn ich ein paar Minuten in unserem Bereitschaftszimmer blieb, weihte er mich garantiert in die neuesten Witze ein.

»Später«, sagte ich.

»Deine Herzdame ist weg«, sagte Lorenzini und schenkte Wein in das Glas.

»Was weg?«

»Verschwunden. Abgehauen. Heim zu Papi«, sagte er und trank das Glas leer.

Ich lief sofort aus dem Haus. Lorenzini hatte nicht gelogen. Ich suchte den Park ab und lief durch die Flure der Krankenstation, obwohl ich wußte, daß es keinen Sinn hatte.

Die vier Alten blätterten in den Zeitschriften, die sich am Fußboden türmten, dabei war es bestimmt zu dunkel, um zu lesen. Ich hatte mich immer gefragt, wie Brioschi in dem trüben Licht arbeiten konnte. Aber die vier Veteranen wollten natürlich gar nicht lesen. Sie wollten sich die Bilder der halbnackten Mädchen und der Politiker ansehen, die vor Limousinen standen, lächelten und winkten. Andächtig studierten sie Anzeigen für Parfums, Unterwäsche und Haushaltsgeräte.

»Das Prinzip des Duftes«, las einer vor.

»Nichts wäscht reiner und weißer«, gab ein anderer zurück.

»Gib dem Leben Farbe«, sagte derjenige, der eine Zeitschrift zusammengerollt hatte, um damit nach den Fliegen zu schlagen.

»Cup C«, las einer laut, »reine Seide.«

»Wer gewinnt, muß nie mehr heim«, sagte Bolger.

Ich hatte ihn im ganzen Haus gesucht. Brioschi schnippelte an Bolgers Haarkranz herum, Bolgers Brille lag vor dem Spiegel, und seine kurzsichtigen Augen gaben ihm das Aussehen eines schüchternen, aber unfolgsamen Kindes. Ich legte ihm die Hand auf die Schulter und ließ sie liegen, bis er mich begrüßte.

»Freut mich, dich zu sehen, Mantobelli«, sagte er, »der Verwalter der Bücher, die niemand lesen will, läßt sich die Koteletten richten.«

»Mantovani«, korrigierte ihn einer der Wartenden, »der Rekrut aus der Schweiz heißt Mantovani. Alberto Mantovani.« Die Informationen über uns Rekruten waren lückenhaft. Ich war derjenige, der aus der Schweiz stammte, das wußten die meisten. Bolger spitzte die Lippen, ich wußte, was zu erwarten war. Spott, eine bissige Bemerkung. Aber Bolger schwieg, arglos grinsend, und schloß die Augen. Die vier Stühle standen an der Wand mit den gerahmten Fotografien, die ich mir genauer ansehen wollte. Die Alten brummten, weil sie sich von mir gestört fühlten. Sie wollten in Ruhe warten, bis sie an der Reihe waren und Brioschi ihnen die Haare schnitt. Am Abend weigerte er sich, die Veteranen zu rasieren. Das tat er nur nachmittags, dann standen die alten Männer oft bis auf den Gang Schlange. Brioschi war ein schmächtiger Mann mit ungepflegten langen Haaren. Seinen Friseurkittel trug er auch im Eßsaal oder wenn er das Veteranenheim verließ, um in der gegenüberliegenden Bar Karten zu spielen und Cognac zu trinken. Kamm und Schere hatte er immer bei sich, in der Brusttasche seines Kittels mit dem Schriftzug M. S. Paradiso. Brioschi hatte den Coiffeursalon eines Kreuzschiffes geführt. Andere behaupteten, er habe jahrelang als Trödler in Argentinien gelebt. Die Gerüchte, die über Brioschis früheres Leben und seine Militärzeit kursierten, waren widersprüchlich. Es wurde behauptet, daß kein anderer Veteran je sein Zimmer betreten hatte. Er erhielt keine Post. Im Speisesaal saß er alleine an einem Zweiertisch. Wenn Brioschi lachte, klang es, als schnappe er nach Luft. Er lachte selten. Seine Stimme war schnarrend, seine Zähne waren ruiniert. Brioschi war ein Einzelgänger; der perfekte Zuhörer, der nie etwas von sich erzählt, aber die richtigen Fragen stellt, um seine Kundschaft zum Reden zu bringen. Er gab Monologen neue Wendungen, entlockte den Alten Geheimnisse und Geständnisse. Es war lehrreich, auf einem seiner Stühle zu warten und zuzuhören. Eine aufgeschlagene Zeitschrift auf den Knien. Stumm, unbeteiligt, aufmerksam. Der Spion, der sich seit drei Tagen nicht rasiert hat, weil er hören will, wie ein Veteran mit eingeseiftem Kinn und Hals gesteht, daß er Zeit seines Lebens die Ehefrau seines Bruders begehrt hatte. Brioschi rauchte Zigaretten aus gelbem Maispapier, was mich an meinen Vater erinnerte. Einmal ertappte ich mich dabei, wie ich mich über den Aschenbecher auf dem Bord mit den Shampooflaschen und der Nackenschere beugte, weil mir die Kippen das Gefühl gaben, in unserer Küche zu stehen: ich zähle nämlich nicht nur die leeren Flaschen, sondern auch Vaters Kippen. Ich hasse den Geruch des abgestandenen Rauches.

»Shot in the Hand«, sagte Brioschi.

Er beobachtete über den Spiegel, wie ich mir die Fotografien ansah, die er gerahmt und an die Wand gehängt hatte.

»Hat seine Feinde an den Haaren gepackt und vom Pferd gerissen.«

Brioschi beugte sich über Bolger, in der Rechten die Schere, in der Linken den Kamm aus Eisen. Die Schwarz-Weiß-Aufnahmen waren ausgebleicht und zeigten Indianer; Häuptlinge, wie ich vermutete. Die Alten murrten, ich mußte mich zwischen die Stühle und dicht vor die Rahmen stellen, um etwas erkennen zu können, denn das Glas spiegelte. Die alten Indianer trugen lange weiße Haare und Schmuck. Der eine steckte in einem Fell, das vorne aufgeschnitten war und sein stolzes Gesicht und seinen muskulösen Oberkörper zeigte.

»Bear's Belly. Will drei Bären gleichzeitig erlegt haben«, erklärte Brioschi, »er gehört zum Stamm der Arikara.«

»I came looking for you to be my friend, to be with me always«, sagte Bolger. »Genau das hat er zum einen Bären gesagt. Dann hat er sein Gewehr nachgeladen und ihm zwischen die Augen geschossen.«

Brioschi packte die Lehne seines gepolsterten Kundensessels und drehte Bolger herum, damit er sich von der Seite im Spiegel betrachten konnte. Dann nahm er Bolgers Kopf in beide Hände, brachte ihn in die richtige Position und neigte sich selbst so weit herunter, daß ihre Köpfe auf gleicher Höhe in den Spiegel sahen. Sie grinsten beide. Brioschi strich Bolger zärtlich durchs Haar, gab ihm einen Klaps auf den Rücken. Dann trat er auf mich zu und nahm mich am Arm.

»Black Eagle«, sagte er und deutete auf die Aufnahme in der Mitte, »1834 geboren. Ein Assiniboin. Nahm mit dreizehn an seiner ersten Schlacht teil. Aber erst im vierten Kriegseinsatz ist es ihm gelungen, sechs Pferde vom Stamm der Yanktonai zu erbeuten. Black Eagle hat mit achtzehn geheiratet.«

Brioschi hatte einen Zahnstocher im Mund. Er trug Militärschuhe und einen Ring mit einem grünen Stein. Der Stein funkelte, Brioschi berührte ihn immer wieder. Bolger machte keine Anstalten, aufzustehen. Er nahm die Nackenschere in die Hand und schaltete das Gerät ein. Das Geräusch ließ die Wartenden aufblicken; sie wurden langsam ungeduldig, blätterten die Seiten der Zeitschriften blindlings um.

»Sie ritten durch das Tal der Tränen«, sagte Bolger, »aber sie weinten nicht. Oh nein, sie weinten nicht, denn sie waren Männer. Sie waren auf der Jagd. Sie töteten, im Tal der Tränen.«

»Halt den Mund«, sagte einer der Wartenden.

In diesem Moment wurde die Tür aufgerissen, und Zuzzi, der Leiter des Museums, kam herein. Sofort standen zwei der Veteranen auf, legten die Zeitschriften auf den Stapel und verließen wortlos den Raum.

»Recht so, ihr Memmen. Haut ab«, sagte Zuzzi.

Er trug Uniform, glänzende Reitstiefel. In der Hand hatte er eine Gerte, die er durch die Luft schnellen ließ.

»Aha«, sagte Zuzzi, »Versammlung der Drückeberger, was?«

»Sogar ein hohler Kopf kommt zur Besinnung, ein unbändiger Wildesel wird zahm«, sagte Bolger, ohne sich nach Zuzzi umzusehen, der durch den Raum stampfte.

»Weichlinge«, schrie Zuzzi, »Weichlinge und Ausländer.« Sein wütender Blick ließ mich zurückweichen, und ich setzte mich auf einen der freien Stühle. Der wartende Veteran auf meiner linken Seite machte sich klein, er verkroch sich geradezu in seiner Zeitschrift. Er hatte eine Doppelseite mit Babymode aufgeschlagen.

»Vor unserem Haupteingang hockt seit zwei Tagen ein Hund«, sagte der andere.

»Was für eine Marke?« fragte Zuzzi.

»Rasse, Zuzzi, Rasse, nicht Marke«, sagte Bolger sanft, »Hunde sind weder Autos noch Gewehre.«

»Ein Bastard«, sagte der Veteran, der mit dem Hund angefangen hatte.

»Also ein Mistköter«, sagte Zuzzi.

»Das sind die Besten.«

Bolger, rechthaberisch, laut. Er fuchtelte mit seinen Händen und deutete mit dem Zeigefinger auf Zuzzi. Was machte ich hier eigentlich?

»Tearing Lodge«, sagte Brioschi ungerührt.

Er zeigte auf die Aufnahme, unter welcher ich saß. Der Indianer trug eine Fellmütze und starrte schwermütig zu Boden.

»Die Mütze aus Büffelhaut gehört zu seinem Kriegskostüm«, ergänzte Brioschi und spuckte den Zahnstocher vor Zuzzis Stiefel.

»Vorsicht, Figaro, Vorsicht«, sagte Zuzzi, die Reitgerte auf das Stiefelleder knallend, »aber Kriegskostüm ist das richtige Stichwort.«

Er stand hinter dem sitzenden Bolger und klopfte mit der Gerte auf seine Handfläche. Das Geräusch war unangenehm. Es erinnerte mich an Schulzimmer, an den Geruch in Turnhallen und Schwimmbädern.

»Grenzen sind nicht für die Ewigkeit«, sagte Zuzzi. Er atmete laut, hektisch.

»Nicht schon wieder«, sagte Brioschi, »verschon uns mit deinem Mist.«

»Das ist kein Mist. Meine Familie stammt aus Parenzo...«

»Das heute Porec heißt«, unterbrach ihn Brioschi, »na und?«

Zuzzi verlor die Fassung. Er verteilte gehässige Blicke, und für einen Moment befürchtete ich, er schlage Brioschi mit seiner Reitgerte ins Gesicht. Aber dieser strahlte eine Ruhe aus, die Zuzzi davon abhielt. Zuzzi schwitzte, er drehte sich einmal um die eigene Achse. Die Fotorahmen hingen exakt auf derselben Höhe; auch seitlich stimmten die Abstände genau.

»Istrien war italienisch, ihr Idioten. Und auch die anderen unerlösten Gebiete haben ein Recht auf Heimkehr«, sagte Zuzzi.

»Unerlöst«, höhnte Brioschi, »du redest von Fiume und Dalmatien?«

»Allerdings, Trottel.«

Zuzzi rang nach Luft. Seiner Stimme fehlte Überzeugungskraft. Es kam häufig vor, daß sich die Veteranen stritten. Wir Rekruten hielten sie jeweils nicht zurück. Oft stachelten wir sie sogar an. Gemeine Worte. Lügen. Wir plazierten erfundene Anschuldigungen, leiteten damit neue Phasen der Auseinandersetzungen ein: ›Rapallo hat behauptet, daß du ein Feigling bist.‹ ›Gobbi sagt, dein Sohn sei schwul.‹ Schlägereien verhinderten wir erst im letzten Augenblick. Manchmal griffen wir selbst dann nicht ein, wenn die alten Männer mit den Fäusten aufeinander losgingen.

»Die Ameisen sind ein Volk ohne Kraft und sichern sich doch im Sommer ihr Futter«, sagte Bolger. Er drehte sich nicht einmal nach Zuzzi um.

»Was?« brüllte dieser.

»Deine Vertriebenen haben gar keine Lust, erlöst zu werden«, sagte Brioschi, »ihnen gefällt es nämlich in Slowenien.«

»Die Klippdachse sind ein Volk ohne Stärke und bauen doch in den Felsen ihre Behausung.«

Bolger konnte sich nicht zurückhalten. Er sah im Spiegel, wie Zuzzis Gesicht rot anlief. Ich stand auf, um den Raum zu verlassen. Hatte genug, fühlte mich plötzlich uralt und müde. Früher hatte ich mich oft gefragt, wie meine Stimme wohl klang. Überzeugend? Selbstsicher? Beschwor sie Ärger herauf? War sie auf Bestätigung aus? War es die Stimme eines Steuerbeamten, eines Verletzten? Die Stimme eines wütenden Liebhabers? Gradlinig, offen. Oder verklemmt und gekünstelt? Früher hatte ich meine Stimme ausprobiert, indem ich mit mir selbst redete. ›Logisch hat sie es getan, frag sie doch‹, sagte ich laut, ›das ist natürlich nur die halbe Wahrheit.‹ Stand im Badezimmer und sagte ›der Lehrer möchte sich gerne mit Ihnen unterhalten‹ zu meinem Spiegelbild, ›über Ihren Sohn, nein, über Ihre Tochter, die ungezogene‹. Zauberworte. Murmelte halblaut vor mich hin. Flüsterte so leise, daß niemand etwas hörte, nur ich, Carla. Bannworte. Manchmal glaubte ich an gar nichts mehr. Dann murmelte ich nicht, dann fluchte ich laut. Deinen Namen, Carla, ich war nicht nur zuvorkommend zu dir. Ich fluchte nicht in italienischer Sprache, nie. Die Katze, die unter der Kellertreppe ihre verwundete Pfote leckt. Einen ganzen Tag habe ich die Katze gesucht, weil ich es gewesen bin, der sie mit der Steinschleuder getroffen hat, deine Katze, Carla. Dein Bruder hat die Schuld auf sich genommen, weil er nie etwas getroffen hat. Nicht einmal den Sportwagen deines Onkels.

»Setz dich hin, verfluchter Ausländer«, schrie mich Zuzzi an. »Einen König haben die Heuschrecken nicht und ziehen doch wohlgeordnet aus.« Bolger ging zu weit. Er redete mit einer piepsenden Kinderstimme. Er kicherte und machte zirpende Geräusche, wie eine Grille. Ich war einen Kopf größer als Zuzzi, doch das beruhigte mich nicht. Brioschi pfiff leise, hatte einen neuen Zahnstocher im Mund.

»Ich weiß nicht, was du hast, Zuzzi«, sagte Bolger, »dein Leben ist bald vorbei. Weiß nicht, was daran so schlimm sein sollte.«

Zuzzi schleuderte seine Gerte in die Ecke. Dann packte er Bolger an der Gurgel und begann ihn zu würgen.

»Scheißkerl«, sagte ich.

Bolger strampelte mit den Füßen, seine Hände ruderten. Als sich Zuzzi nach mir umdrehte, erstaunt darüber, daß ich mich einmischte, gab ich ihm einen Stoß. Er stolperte ein paar Schritt nach hinten, fing sich fluchend auf und kam mit erhobenen Fäusten auf mich zu. Er grinste. Bolger röchelte.

»Kämpfen, Drückeberger, kämpfen«, sagte Zuzzi, »aber du traust dich sowieso nicht. Los, Hosenscheißer, gib's mir.«

Ich schlug ihm die Faust ins Gesicht, ohne zu überlegen. Verblüffenderweise ging er sofort zu Boden, wobei er leise aufstöhnte und auf einen der Veteranen fiel, die darauf warteten, daß ihnen Brioschi die Haare schnitt. Bolger war der erste, der lachte. Japsend, weil er nach Luft schnappte. Schließlich standen wir alle rund um Zuzzi, der am Boden saß und sich die Nase rieb, und lachten.

19.

Der Mann war etwa in meinem Alter. Er trug Anzug und Krawatte und gab jedem, der in den Reisebus stieg, die Hand. Es regnete, und es war dunkel. Im Innern des Busses war es beklemmend heiß, es roch nach Deodorant, nach kaltem Zigarrenrauch. Bolger bestand darauf, daß wir uns direkt hinter den Fahrer setzten. Dieser starrte in eine Zeitung, die er über dem Steuerrad ausgebreitet hatte. Er machte einen übernächtigten Eindruck und war schlecht gelaunt. Jedenfalls reagierte er nicht auf seine Fahrgäste, von denen sich offensichtlich die meisten kannten. Außer Bolger und mir hatten alle Taschen und Tüten bei sich. Ich war mit Abstand der jüngste. Der Bus war gut belegt, nur eine Handvoll der Sitze blieb leer. Bolger trug ein helles Jackett, Militärhosen und Stiefel. Auf dem Kopf hatte er einen Hut mit breiter Krempe, den ich noch nie gesehen hatte. Als der Reiseleiter einstieg und den Fahrer bat, die Tür zu schließen, wurde es erwartungsvoll still.

»Wohin uns unsere gemeinsame Reise führt, bleibt mein Geheimnis«, sagte er. Aber da das Mikrophon nicht richtig funktionierte, mußte er seine Ankündigung wiederholen, nachdem er an den Knöpfen der Bordanlage herumgedreht hatte. »Das ist so üblich in unserem Unternehmen, das hat Tradition, wie Sie alle wissen. Wir spannen Sie auf die Folter, und wir werden Sie nicht enttäuschen, das versichere ich Ihnen.« Er machte eine Pause, und die Leute klatschten tatsächlich. Der Reiseleiter war bemüht, sich vor seiner Gruppe zu profilieren. Er hatte ein zuverlässiges Publikum vor sich, das selbst bei den dümmsten Witzen dankbar lachen würde, das hatte ihn die Erfahrung gelehrt.

»Aber soviel darf ich Ihnen verraten: Die Reise führt uns in den Süden.«

Das war offenbar das Stichwort für den Fahrer, den Motor zu starten. Hinter uns wurde aufgeregt getuschelt. Auf der Frontscheibe platzten Regentropfen.

»Ans Meer«, rief Bolger begeistert.

»Ans Meer, genau.«

Der Reiseleiter lachte angestrengt. Er hielt das Mikrophon mit beiden Händen. Auf seiner Krawatte waren Rosen abgebildet, seine Augenlider zuckten.

»Nach Camogli«, rief Bolger.

Das brachte den Mann aus dem Konzept. Er bedeutete dem Mann hinter dem Steuer, er solle jetzt losfahren. Natürlich hatte er erkannt, daß Bolger sein Problem werden würde. Der ewige Nörgler, der bei jeder Fahrt dabei ist. Der Rentner, der ein Leben lang zu kurz gekommen ist. Der rüstige Mann am Stock aus dem Altenheim, der stur auf seine Rechte beharrt. Der die Menükarte schon vor der Abfahrt sehen will. Der sich das Kleingedruckte auf dem Kaufvertrag vorlesen läßt. Der auf den Barolo Jahrgang 1981 besteht, weil er auf dem Programm angekündigt worden ist. Der sich nicht mit einem Backofenhandschuh abfinden will, weil man ihm eine Salami versprochen hat. Der Reiseleiter setzte sich auf den leeren Platz auf der anderen Seite des Ganges, neben Bolger. Das hatte man ihm bestimmt eingeschärft; es gibt bei jeder Fahrt Besserwisser und Stänkerer. Ihr habt nur eine Chance: Setzt euch immer in ihre Nähe. Schenkt ihnen Beachtung. Gebt ihnen das Gefühl, daß ihr sie ernst nehmt. Kümmert euch um sie. Verwickelt sie in Gespräche über Kinder, Enkel und Haustiere. Allerdings bloß so lange, bis ihr sie überzeugt habt. Bis ihr sie im Sack habt. Bis sie euch die Fotos ihrer Verwandtschaft und ihres Häuschens am Stadtrand gezeigt haben. Bis ihr die Namen ihrer Katzen und Hunde kennt und wißt, wo sie ihren Sommerurlaub verbringen.

Wir fuhren schnell, am Horizont tauchte die Ahnung eines Lichtschimmers auf. Ein älterer Mann hinter uns hatte eine Landkarte aufgefaltet; er besprach die mögliche Reiseroute mit seiner Frau und einem Paar, das sich aus der hinteren Sitzreihe über die Karte lehnte.

»Ein junger Mann. Mit so vielen Kunden. Anspruchsvollen Kunden«, sagte Bolger.

»Es ist mir eine besondere Freude...«

»Schwierigen Kunden«, unterbrach ihn Bolger, »in so einem langen Auto. Und bei diesem Wetter. Diesem Regen. Furchtbar.«

Er hatte sich über den Gang gelehnt und die Hand auf den Arm des Reiseleiters gelegt. Er war das schlechte Gewissen. Die Stimme der Kritik. Das Raunen der Aufsichtsbehörde. Er war auf jeden Fall eine Störung.

»Freut mich, Sie kennenzulernen«, sagte der Mann, »mein Name ist Clivio.«

»Prodotto, Carlo«, sagte Bolger, »und Prodotto, Paolo«, er zeigte auf mich, »wir sind zwar verwandt, aber er ist nicht mein Sohn.«

Wir gaben uns die Hand. Der Mann hatte kleine weiche Finger. Es fiel mir auf, daß er Bolger aufmerksam beobachtete.

»Reisen Sie das erste Mal mit uns?« fragte er freundlich.

»Worauf Sie sich verlassen können.«

»Und wieso kommen Sie ausgerechnet auf Camogli?«

Noch hatte sich der Reiseleiter im Griff. Er sprach leise, liebenswürdig. Er sah Bolger offen an, es fehlte nur noch, daß er ihm das Du anbot.

»Haben Sie Kinder?« fragte Bolger.

Finster ist es im Hinterhalt. Wer weiß schon, was ihn erwartet. Man wagt sich auf die Äste hinaus und bereut es im nächsten Moment.

»Nein«, sagte der Mann, »keine Kinder.«

»Warum nicht? Wegen der Atombombe? Haben Sie Angst vor der Zukunft? Den Russen? Haben Sie kein Vertrauen in unsere Regierung? Oder ist Ihre Frau Feministin und gegen die Mutterschaft? Keine Kinder, Mann, in Ihrem Alter.«

Bolgers Tonfall war eindringlich und bestimmt. Einige der Fahrgäste sangen ein Lied, ein Schnapsfläschchen wurde herumgereicht. Der Fahrer fluchte bei jedem Wagen, der uns überholte. Die Bewegung der Scheibenwischer war einschläfernd. Wir fuhren an Kolonnen von Arbeitern vorbei, die mit ihren Fahrrädern auf ein beleuchtetes Fabriktor zustrebten.

»Und Sie«, fragte der Mann, »was tun Sie?«

Bolger sah ihn traurig an; er lehnte sich noch immer über den Gang. Ich hatte bisher kein Wort gesagt, war der stumme Neffe; das Problemkind, das in den Regen starrt und hofft, daß es bald Abend wird.

»Beruflich, meine ich«, ergänzte der Reiseleiter.

»Tierhändler«, sagte Bolger dumpf.

»Tierhändler?«

Das Wort klang dumm, unaufrichtig. Es paßte weder in diesen Reisebus noch zu Bolger mit seinen Armeehosen.

»Handel mit Tieren, richtig.«

Bolger hatte seine Stimme gedämpft, und der vertrauliche Tonfall veränderte das Verhalten des Reiseleiters sofort. Er sank in sich zusammen, rückte näher und sah sich tatsächlich um. Der schwierige Kunde zieht dich ins Vertrauen, weiht dich ein, du hast ihn auf deiner Seite.

»Kaninchen«, fragte er, »Meerschweinchen, Goldfische?«

»Exotische Tiere.«

Bolger betonte jede Silbe. Der Fahrer hatte sich eine Zigarette angesteckt, der Rauch stand als Wolke über seinem Kopf.

»Das hier«, Bolger deutete auf mich, »ist mein Assistent und Einkäufer.«

»Also exotische Tiere«, sagte der Mann, »Papageien? Schildkröten?«

»Schlangen«, sagte Bolger leichthin und griff in die Innentasche seiner Jacke.

Der Reiseleiter zuckte zurück. Er wäre gerne aufgestanden, er machte auch nur seine Arbeit. Auch ich rückte von Bolger weg; Einkäufer, Assistent. Der Nachfolger, der das Geschäft übernehmen wird. Der sich Dutzende von Giftschlangen um den Hals hängt, wenn er am offenen Fenster steht und seine Morgengymnastik betreibt. Der mit seiner Würgeschlange redet wie alte Damen mit ihren Schoßhündchen. Ich hatte panische Angst vor Schlangen.

»Ist das nicht?«

Der Mann wagte nicht, den Satz zu beenden. Bolger ließ ihn hängen. Er hatte eine Visitenkarte in der Hand, mit welcher er dem Mann vor der Nase herumfuchtelte, ohne sie ihm wirklich zu zeigen.

»Gefährlich?« sagte ich.

»Genau«, sagte der Mann, »ist das nicht gefährlich?«

»Lebensgefährlich«, sagte Bolger.

»Fürchten Sie sich vor Schlangen?« fragte ich.

»Bothrops schlegelii«, sagte Bolger rasch, »eine schlanke, aber ausgesprochen kräftige Grubenotter. Knallgelb. Frißt Frösche. Vögel. Mäuse.«

»Menschen?« fragte der Reiseleiter, der sich krampfhaft aufrecht hielt.

»Menschen nicht«, sagte ich hoffnungsvoll.

»Hängt von Bäumen. Dringt in Plantagen ein«, sagte Bolger. Wir schwiegen eine Weile. Mittlerweile fuhren wir auf der Autobahn, es wurde langsam Tag. Im Innern des Busses war es jetzt angenehm warm und ruhig. Keines der Lämpchen über den Sitzen war eingeschaltet, die meisten Fahrgäste dösten.

»Issan-Speikobra«, sagte Bolger plötzlich, »Naja Sputatrix isanensis, besser bekannt unter dem Namen Brillenschlange.«

»Frißt Hunde und Kleinkinder«, log ich.

Bolger war der einzige, der lachte. Der Reiseleiter sah mich entsetzt an und wollte sich erheben. Bolger drückte ihn auf seinen Platz zurück.

»Ein kleiner Scherz«, sagte er, »wird die Brillenschlange in die Enge getrieben, stellt sie sich auf und versprüht Gift. Dabei zielt sie auf die Augen ihrer Feinde. Sie trifft aus drei Metern Entfernung. Ein wunderschönes, aber sehr gefährliches Tier. Hält sich nämlich gerne am Rande menschlicher Siedlungen auf.«

»Wo?«

»Nicht in Italien«, sagte ich schnell.

Der Mann verdiente Schonung. Er schwitzte und hatte es aufgegeben, uns anzusehen. Langsam wurde ich wach. Auf dem Kamm eines Hügels stand eine Kathedrale, die beleuchtet wurde und dadurch wie eine Kulisse wirkte.

»Verzeihen Sie die indiskrete Frage«, sagte Bolger, »aber sind Sie Katholik?«

»Ja«, sagte der Mann. Er nickte, nickte mehrmals. Hoffnung strahlte er aus und das Verlangen, aufzustehen, den Bus anzuhalten, auszusteigen und einfach wegzugehen. Mitten auf der Autobahn.

»Dann glauben Sie also an Gott?«

Der Reiseleiter nickte weiterhin. Vielleicht hätte ich eingreifen müssen. Aber ich schloß die Augen und tat, als schlafe ich. Es war ein anderer, der an die Kasse kam. Ich wurde verschont, war in Sicherheit.

»Und an den Papst? Sind Sie gegen die Verwendung von Kondomen? Glauben Sie an natürliche Methoden der Verhütung? Mann, in Ihrem Alter?«

Der Zufall stand dem Mann bei. Der Bus hielt vor einer Autobahnraststätte, und der Fahrer schaltete den Motor aus. In der Zwischenzeit war es nahezu hell. Es regnete noch immer. Fähnchen und Wimpel tanzten vor dem Lokal an einem Draht, der sich quer über den Parkplatz spannte. Neben dem Eingang stand ein Kellner mit ausgebreiteten Armen. Der Reiseführer stand entschlossen auf und nahm das Mikrophon in die Hand. Er preßte es dicht an seine Lippen. An Bolger sah er vorbei. Mich ignorierte er ebenfalls. Seine Stimme flatterte, er redete hastig. Er stand direkt vor der Tür, schaffte Abstand.

»Wer unser Unternehmen kennt, kennt auch unsere sprichwörtliche Großzügigkeit. Wir fahren Sie nicht nur ans Meer, wo wir Ihnen ein wundervolles Mittagessen spendieren, nein, wir offerieren Ihnen hier und jetzt eine Tasse Kaffee und ein Stück Kuchen, von dem Sie noch lange schwärmen werden. Wenn Sie jetzt denken, daß wir uns damit zufrieden geben, dürfen Sie sich von mir sagen lassen, daß Sie sich täuschen. Unser Ziel ist es, Sie zu verwöhnen.«

»Wunderbar«, rief eine alte Frau.

»Wunderbar, ja eben. Es kommt nämlich noch viel mehr auf Sie zu.«

Sein Blick streifte mich. Was empfahl man den Reiseleitern bei hoffnungslosen Fällen? Reagierte er von jetzt an mit Autorität auf Bolger und mich, seinen Assistenten und Einkäufer? Ließ man uns auf der Raststätte zurück, abgespeist mit Kaffee und Kuchen? Der Reiseleiter griff nach seiner Tasche mit aufgedrucktem Firmensignet und nahm eine große Salami heraus.

»Jeder Fahrgast«, sagte er und sah Bolger an, »und ich wiederhole es noch einmal, jeder Fahrgast erhält von uns 1 Salami, 1 Flasche Rotwein, 500 Gramm Teigwaren nach freier Wahl und, nein, wir lassen uns in der Tat nicht lumpen, außerdem eine Kochschürze mit hübschem Aufdruck. Dies alles überreiche ich Ihnen am Ende unserer gemeinsamen Reise.«

Die meisten Fahrgäste klatschten. Einige hatten sich erhoben und drängten nach vorne. Der Kellner stand noch immer vor dem Eingang der Raststätte. Er hatte eine Zigarette im Mund, die nicht brannte. Der Reiseleiter hatte routiniert gesprochen, dabei wahrscheinlich aber an die Unterhaltung mit Bolger gedacht; er hatte nämlich immer wieder bestürzt aus dem Fenster gesehen, statt seine Fahrgäste anzulächeln. Ich wollte herablassend wirken, distanziert und keinesfalls versöhnlich. Der Mann sollte nicht glauben, ich sei auf seiner Seite. Er hatte es mit zwei Problemfällen zu tun. Mit dem Meister und dessen Lehrling. In der Bar der Raststätte stellten sich zwei ältere Damen zu Bolger und erzählten ihm, daß ihre Männer vor kurzem gestorben waren. Er ging wortlos davon, ließ sie stehen. An die Bar grenzte ein kleiner Supermarkt mit hohen Regalen, zwischen denen die Fahrgäste des Busses verloren wirkten. Ein Mann mit weißen Haaren war zu klein, um eines der oberen Regale zu erreichen. Er bedankte sich überschwenglich für meine Hilfe und fragte mich zerstreut, woher er mein Gesicht kenne. Andere Fahrgäste sahen sich argwöhnisch um, die Hände auf dem Rücken wie Kinder, denen man verboten hat, etwas anzufassen, während sie durch die Warengänge gingen. Sie wollten zurück in den Bus, in die Obhut des Reiseleiters. Neben der Kassiererin saß ein Mädchen in einem Kindersitz, welches begeistert kreischte, als Bolger vor ihm stehenblieb. Er machte Grimassen, er drehte sich im Kreis wie ein Tanzbär, redete Kauderwelsch.

»Spricht dieses Kind schon?« fragte er.

Der Fahrer hatte die Tür des Busses offengelassen. Er stand abseits auf einem Rasenstreifen und machte Kniebeugen. Als er bemerkte, daß wir ihm zusahen, hörte er sofort damit auf. Während der restlichen Fahrt schwiegen wir die meiste Zeit. Der Regen hatte nachgelassen, wieder eingesetzt und endlich ganz aufgehört. Je weiter wir in den Süden kamen, desto klarer wurde der Himmel. Einmal wies der Reiseleiter auf eine Ortschaft hin, die sich über einen Hügelzug ausbreitete. Da ihm kaum jemand zuhörte, setzte er sich in die hinterste Reihe. Dort blätterte er in einem Ordner und machte sich Notizen.

»Hören Schlangen gut«, fragte ich Bolger, »ich meine, besser oder schlechter als wir Menschen?«

Bolger sah mich irritiert an. Er war eingenickt. Er legte sein Gesicht in beide Hände, seine Bartstoppeln knisterten. Brioschi hatte ihn nicht rasiert, wir waren zu früh weggefahren. Die Frau hinter uns verstummte. Wo bin ich? Wohin fährt uns dieser Bus? Warum ans Meer?

»Schlangen sind taub«, sagte Bolger, »zumindest nach unseren Maßstäben. Andererseits können sie Erschütterungen wahrnehmen, von denen wir rein gar nichts merken. Deine Stimme zum Beispiel löst für gewisse Schlangen etwa die gleiche Erschütterung aus wie für dich ein Erdbeben.«

Peitscht über den gewundenen Lauf des Flusses, der einzelne

Schuß. Und sein Echo rollt durch den Tunnel aus Büschen, Bäumen, weshalb sich die Angler kurz umsehen. Sie sitzen am Ufer. Sie tragen Hüte, denn später wird die Sonne vom Himmel brennen. Sie haben Zeitungen dabei, Köder natürlich und Weißwein, den sie im Fluß einigermaßen kühl halten. Sie schütteln den Kopf, als sie hören, daß sich der Schuster erschossen hat. Sie haben dir ihre Schuhe gebracht und die Stiefel, mit denen sie im Fluß stehen und angeln, Idiot.

Wir fuhren an Genua vorbei und folgten der Küste in südlicher Richtung. Unruhe kam auf, wir sahen das Meer. Lichtreflexe blitzten durch den Bus, in den zahlreichen Tunnels war es stockfinster. Fahrer schwerer LKWs hupten, Tropfen von Tunnelwänden klopften über das Busdach. Autolack spiegelte Farben der Natur, Blätter schwebten über den Fahrbahnen. Kurz vor Mittag bogen wir von der Autobahn, ich war nicht wirklich erstaunt, als wir das Ortsschild von Camogli passierten. Schwärme von Vögeln stiegen, Tauben. Seidentücher flatterten, Mantelstöße, Wollschals. Die Geräusche waren gedämpft, das Licht gefiltert. Der Sommer war vorbei. Wir gingen eine Straße hinunter, angeführt vom Reiseleiter, die direkt auf das Meer zuführte. Das Wasser war unbewegt, stumpf. Ein schmaler Sandstrand war von Felsschultern eingefaßt, das Geräusch der Wellen vermochte nicht durch den Verkehrslärm zu dringen.

Das Gebäude war imposant, baufällig. Goldlettern über der Eingangsbucht, abplatzender Putz, ehemals gelb. Ein livrierter Portier führte unsere Gruppe durch das leere Restaurant und über eine Treppe hinunter in einen Saal. Im hinteren Teil hatte man Tische zu zwei langen Tafeln zusammengeschoben. Vor einer Leinwand stand ein Rednerpult, daneben eine große Kartonkiste. Die beiden Tische waren mit Papiervlies abgedeckt, die Servietten zu Pyramiden gefaltet. Der Reiseleiter ging einmal rund um die Tische; der Veranstalter, der sich rührend um seine Kundschaft kümmert. Bevor er sie übers Ohr haut. Er verrückte da eine Gabel, dort einen Löffel, stellte eine umgefallene Serviette auf. Dann bat er uns, Platz zu nehmen. Bolger setzte sich an das Tischende, unmittelbar vor das Rednerpult. Ich setzte mich neben ihn. Der Assistent, der sich auf die gefährliche Jagd nach der Puffotter macht, die ein Industrieller seiner Frau schenken will. Die Fahrgäste verhielten sich erstaunlich ruhig. Dabei hatten wir mehrere Stunden im Bus gesessen und lange nichts mehr gegessen und getrunken. Der Reiseleiter stellte sich hinter das Pult, nahm die Fernbedienung in die Hand und drückte einen Knopf. Auf der Leinwand erschienen der Schriftzug und die Hauptfiliale des Veranstalters.

»Herzlich willkommen«, sagte er fröhlich.

Was nun natürlich ein sonderbarer Anfangssatz war. Immerhin hatte er uns am frühen Morgen einzeln mit Handschlag begrüßt, immerhin hatten wir stundenlang mit ihm im selben Bus gesessen. Und nun hieß er uns herzlich willkommen. Das Dia wechselte und zeigte einen gefüllten Teller. Braten. Gemüsegarnitur. Kartoffelstock. Sauce. Das Bild war überbelichtet.

»Ich will Ihnen sicherlich nicht den Mund wäßrig machen. Aber was Sie hier sehen, werden wir Ihnen demnächst in diesem Theater servieren.«

Bolger lachte, er war der einzige. Es dauerte eine Weile, bis er sich beruhigt hatte. Auf der anderen Seite saß ein Mann neben ihm, der ihn besorgt ansah, der ihm die Hand auf den Rücken legte. Der Reiseleiter lächelte großzügig, er wartete ab.

»Ein reichhaltiges, ein exzellentes Mittagessen«, sagte er langsam.

»Bravo«, rief eine Frau mit blaustichigen Haaren, winkte mit der Serviette.

»Bravo, das will ich aber auch meinen. Und dazu ein Glas unseres Spitzenweines. Damit mir hier aber niemand Durst

zu leiden braucht, offerieren wir Ihnen jetzt diesen Aperitif.«
Er gab ein Handzeichen, und nach einer peinlich langen
Pause erschienen drei Kellner, die vor jeden Gast ein Gläschen mit einer grünen Flüssigkeit stellten. Der Reiseleiter
hob sein Glas. Er wollte uns zuprosten, er wollte Vertrauen
zu seinen Gästen schaffen. Wir sitzen alle im selben Boot.
Die meisten tranken das Gläschen sofort aus, ohne ihn zu beachten. Ich nippte an dem klebrigen Likör, der entfernt nach
Waldmeister schmeckte. Bolger rührte seinen Aperitif nicht
an. Gegenüber saß ein alter Mann, der offenbar allein hier
war. Er nickte mit seinem kleinen, fast runden Kopf. Es dauerte einen Moment, bis ich begriff, daß dieses Nicken kein
Kommentar zum Likör war. Der Mann zitterte am ganzen
Leib, blickte aber lächelnd in die Runde. Die alten Leute
neigten ihre Gesichter in die Sonne, die durch die Fenster flutete. Auf der Leinwand war eine Kaffeemaschine zu sehen,
daneben verstreute Kaffeebohnen.
»Bevor wir zum kulinarischen Teil übergehen, werde ich
Ihnen hier und heute letztmalig einige Markenartikel zeigen
und vorführen. Darunter medizinisch getestete und aner-
kannte Gesundheits- und Therapieartikel.«
Er sah uns prüfend an, stand unnatürlich gerade hinter dem
Pult. Die Arme hatte er ausgebreitet, dann ließ er sie bedeu-
tungsvoll sinken. Der Reiseleiter reckte sein Kinn vor. Ener-
gisch. Männlich. Kindisch.
»Die meisten Männer sind nur bei einem ganz bestimmten
Seitenlicht einigermaßen schön«, sagte Bolger leise, »anson-
sten sind sie häßlich.«
»Ein für allemal werde ich jene Schmutzkonkurrenz zum
Schweigen bringen, die Unwahrheiten über unser Unterneh-
men verbreitet. Zum Schweigen bringen, meine Damen und
Herrschaften. Und zwar ganz einfach mit Topqualität zu
Toppreisen.«
Der Reiseleiter lächelte siegessicher. Stemmte die Hände in

die Hüften. Legte ein goldenes Feuerzeug vor sich, ein Zigarettenetui. Die Sprache seiner Gesten war undeutlich. Worauf war er aus? Versöhnung, Bedrohung? Ich bin derjenige, der bestimmt, wann geraucht, wann gegessen wird. Was gegessen wird. Was dazu getrunken wird. Jetzt aber rede ich. Meinen Vortrag halte ich, und Ihr werdet mir gebannt zuhören, davon bin ich überzeugt. Und Ihr werdet kaufen, ich weiß es, kaufen. Nicht alle, aber fast alle. Danach dürft Ihr essen. Und Bus fahren, schon wieder Bus fahren. Die lange Strecke zurück in den Norden. Wo Nebelbänke auf Euch warten, eine enge Wohnung, Nachbarn mit Hunden und Eure erwachsenen Kinder, die Euch nur besuchen, weil Ihr auf die Enkelkinder aufpassen sollt. Nur diesen Abend, Mama, wir sind früh zurück, Paps.

»Wer etwas gegen Veranstaltungen dieser Art einzuwenden hat, muß nicht hier sitzen bleiben und leiden«, sagte er.

Seine Stimme war weit davon entfernt, bedrohlich zu klingen. Sie war hell, zuvorkommend. Natürlich vermied er es, Bolger anzusehen. Mich dagegen streifte sein Blick erneut.

»Ich sage es mit aller Deutlichkeit: Hier wird niemand zu etwas gezwungen, was er nicht möchte. Deswegen bitte ich diejenigen, die keine Lust haben, in der Zwischenzeit spazieren zu gehen. Unser Mittagessen entgeht Ihnen deshalb natürlich nicht. Ja, ich sage Ihnen sogar, wie lange ich mir erlaube, hier vor Ihnen zu sprechen. 30 Minuten. Exakt eine halbe Stunde. Das ist ja sicherlich nicht zuviel verlangt. Eine halbe Stunde Aufmerksamkeit.«

Betretenes, peinliches Schweigen. Ausweichende Blicke. Die alten Leute wagten kaum, sich zu bewegen. Sonnenbalken teilten ihre angespannten Gesichter in dunkle und helle Hälften. Jemand hüstelte und erntete vorwurfsvolle Blicke. Hände lagen zitternd auf dem Tischtuch aus Papier.

»30 Minuten Aufmerksamkeit. Es wird zu Ihrem Schaden nicht sein. Im Gegenteil. Eine halbe Stunde für Ihren Vorteil. Also.«

Er blickte sich erwartungsvoll um. Er wippte in den Knien. Er lächelte, aber sein Kiefer war in Bewegung. Eine Daunendecke erschien auf der Leinwand, und ich stand auf. Bolger benötigte einen Augenblick, um zu realisieren, daß ich tatsächlich neben ihm stand und wartete.

»Ich gehe«, sagte ich.

»Wir«, sagte Bolger und erhob sich umständlich, »wir gehen. Nicht du. Wir.«

Der Reiseleiter sagte kein Wort. Er wartete mit seinem Vortrag nicht einmal, bis wir den Saal verlassen hatten. Seine Worte begleiteten uns hinaus. Daunendecken. Gesundheit. Schindluderei. Seine Stimme klang gepreßt; alles andere hätte mich gewundert und enttäuscht. Vor dem Hotel stand ein Korb, gefüllt mit toten Fischen. Obenauf lag ein Krebs, der seine Greifzangen bewegte.

»Ich habe keine Lust, hier zu essen«, sagte Bolger.

Wir gingen durch eine Gasse, an deren Ausgang das Meer auftauchte. Vor dem Hafen lag ein Frachter vor Anker.

»Ich habe überhaupt keine Lust, in irgendeinem Restaurant zu essen«, sagte er.

»Sondern?«

»Sondern am Meer. Am Strand.«

Ich machte ihm den Vorschlag, irgendwo eine Pizza zu kaufen und sich dann in den Sand zu setzen. Wir traten durch einen ungepflasterten Durchgang auf einen Platz, der in der Sonne lag. Der Ort war auf beunruhigende Weise malerisch, weil er der Vorstellung eines Ortes im Süden entsprach. Gemauerte Bögen, Kuppeln, Innenhöfe. Streunende Katzen, Fernsehstimmen aus Wohnungsfenstern, in denen Vogelkäfige hängen. Die Altstadt lag dicht am Wasser. Dahinter wuchs die Ortschaft in mehreren Terrassen den Hang hinauf. Licht und Schatten änderten sich beinahe mit jedem Schritt, den wir gingen. Das Meer blieb unbewegt. Streunende Hunde, streunende Katzen. Alte Männer an Stöcken. Es

stank nach Fisch. Ich schlug Bolger noch einmal vor, eine
Pizza zu kaufen und sich an den Strand zu setzen.

»Wenn du wüßtest, wie viele Pizzas ich in meinem Leben
schon gefressen habe. Wie viele Teller Spaghetti, Penne.
Hunderte, Tausende.«

Der Strand war verdreckt. Boote lagen kieloben in einer
Reihe an der Kaimauer im Sand. Netze waren zum Trocknen
ausgehängt, die Masten schäbiger Fischkutter schaukelten
einträchtig.

»Wie nennt sich das, was die Amerikaner essen«, fragte Bolger, »diese Brötchen mit Fleischfüllung, Senf, Roter Sauce?«
Es war nicht einfach, in dem Gassenlabyrinth eine Imbißbude
zu finden. Bars, Gewölbe voller Souvenirs, mediterran deko-
rierte Restaurants. Kellner standen unter den Türen ihrer
Fischlokale und baten uns herein. Ich kaufte zwei Hambur-
ger, eine große Tüte Pommes Frites, mehrere Tütchen Senf
und Ketchup, ein Brathähnchen. Bolger bestand darauf, Cola
zu trinken. Wir setzten uns nicht an den Sandstrand, sondern
auf eine felsige Landzunge, die Teil der Hafenbefestigung
war. Einbetonierte Steinblöcke brachen die Wellen. Gischt
schwappte darüber, in Vertiefungen stand Meerwasser wie in
Badewannen. Wir machten uns über das Essen her. Schweigend und konzentriert. Wir saßen nebeneinander, sahen in
dieselbe Richtung. Auf der gegenüberliegenden Seite der
Bucht standen Mietshäuser. Frauen und Kinder saßen in offenen Fenstern und sahen uns zu. Bolger lutschte an einem
Knochen, riß mit den Zähnen verkohlte Haut von einem Pou-
letschenkel. Fett, knackende Knorpel, brechende Knöchel-
chen. Wir schmatzten, verzichteten auf Servietten. Bolgers
Kinn war verschmiert, Ketchup tropfte aus seinem Mund. Er
grunzte zufrieden, ich antwortete mit einem Knurren. Nager,
kauernde. Über ihre Beute gebeugt. Es war warm. Über die
Busfahrt verloren wir kein Wort. Zuletzt leckten wir uns die
Finger ab. Ich bemerkte Bolgers neidische Blicke; ich nagte an

einem Hähnchenteil, seine Tüten waren bereits leer. Danach änderten wir unsere Sitzhaltung. Wir richteten uns auf, ächzend wie nach getaner Arbeit. Hoben den Blick, sahen bis zum Horizont, suchten die Wasseroberfläche nach Schiffen ab, die vor dem Essen noch nicht da gewesen waren. Während des Kauens hatten wir nur flüchtige Blicke gewechselt. Ich wies Bolger auf sein verschmiertes Kinn hin, er deutete auf einen Senffleck an meiner Nasenspitze. Er bat mich um eine Zigarette, und wir vertraten uns rauchend die Beine. Der Weg über die Klippen war nicht ungefährlich. Ich nahm Bolger am Arm und führte ihn. Zwischen zwei Betonblöcken saß ein Junge. Er schnitzte mit einem Messer an einem Stück Treibholz herum, das blank war wie ein Knochen. Bolgers Husten war trocken, bellend. Die Botschaft eines Kranken. Der Junge blickte sich erschrocken um, er hatte uns nicht bemerkt. Streunende Katzen, Hunde. Alte Männer mit löchrigen Pullovern saßen auf der Kaimauer, gaben bereitwillig Auskunft. Bolger unterhielt sich mit ihnen über den Fischfang, die Qualität alter Boote und Netze. Früher, früher. Ich stand etwas abseits. Wolken schoben sich über die Hügelkette, sofort wurde es kühl. Das Meer blieb unbewegt. Die Alten grinsten, sie sahen, daß ich fror. Sie trugen keine Socken in den zerrissenen Segeltuchschuhen, zogen Wollmützen aus den Hosentaschen und setzten sie auf. Ledrige, zerfurchte Gesichter. Tabaksbeutel, selbstgedrehte Zigaretten zwischen kräftigen Fingern. Das Gespräch zwischen Bolger und den alten Fischern hörte auf, wie es begonnen hatte. Bolger drehte sich einfach um und ging grußlos weg. Die Alten sahen ihm nicht einmal nach. Sie redeten weiter, irgendwer würde ihnen antworten. Und sonst wußten sie selbst, was zu erwidern war. Wir begegneten etlichen Männern, die in Selbstgespräche vertieft waren. In einer Bar tranken wir einen Espresso. Die wenigen Gäste starrten auf den Fernseher, unter welchem wir saßen. Bolger bewegte den Salzstreuer über das gewürfelte Tischtuch, von Quadrat zu Quadrat. Er ließ sich Zeit dafür, hatte die Miene eines Schachspielers aufgesetzt. Dann nahm er auch die Pfeffermühle in die Hand und führte sie über den Tisch. Die Aufmerksamkeit der Gäste verschob sich spürbar; die Spielshow auf dem Bildschirm war uninteressant geworden. Man sah dem alten Mann zu, der mit Salz und Pfeffer Schach spielte. Wir bestellten Grappa. Später setzte sich Bolger an den Tresen, er wollte auch fernsehen.

»Du willst einen Buchstaben kaufen«, brüllte er, »wie viele Buchstaben gibt es denn, du meine Güte. Sie kauft einen Vokal. Die dumme Ziege kauft tatsächlich einen Vokal. A. O. U. Was darf's denn sein, du blöde Zicke? Ein A. Sie kauft ein lausiges A.«

»Maul halten«, sagte der Wirt.

Bolger setzte sich zurück an den Tisch. Zu meinem Erstaunen erwiderte er kein Wort. Wir bestellten noch ein Glas Grappa. Dann zog Bolger einen Umschlag aus der Tasche seines Jacketts und legte ihn auf den Tisch. Der Umschlag war noch nicht geöffnet worden; ich erkannte irische Marken. Bolger wartete ab, er sagte nichts. Schließlich nahm ich das Couvert und riß es auf.

Dingle, den 8. Oktober 1992
Lieber Dad,
ich hoffe, du bist gesund und deine Reise nach Rom hat dir gefallen. Du hast nun auch die Leitung des Museums übernommen, wenn ich dich richtig verstanden habe. Wird dir das nicht zuviel? Was für ein Museum ist das überhaupt? Gewehre? Fotos? Uniformen? Du und ein Militärmuseum leiten, entschuldige, Paps, das scheint mir undenkbar. Aber wahrscheinlich mache ich mir ganz falsche Vorstellungen. Schreib mir bitte Genaueres darüber. Irland verschwindet im Regen. Seit die Saison vorbei ist und die Touristen ausbleiben, ist es einsam geworden im ›Kingsbridge‹. Kavanagh öffnet

das Restaurant nur noch abends; Montag, Dienstag und Mittwoch bleiben wir unterdessen auch geschlossen. So habe ich viel Zeit. Ich war in Dublin. Drei Tage. Jetzt weiß ich, was ich dir zeigen werde, wenn du mich besuchst. Dun Laoghaire. So heißt Dublin in gälischer Sprache. Die Ortsschilder sind rätselhaft. Lios Poil. An Daihgean. Baile an Fheirtearaigh. Letzte Woche besuchte ich mit Séamus Kavanagh und seiner Frau Kathleen die Skellig Islands. Eigentlich können die Inseln nur von April bis Mitte August angefahren werden. Aber Séamus kennt einen Fischer in Waterville, der uns mit seinem Boot hinüberfuhr. Dreizehn Kilometer vom Festland entfernt im Atlantik. Die Pier befindet sich in einer Höhle von Skellig Michael, dem größeren der beiden Felsen. Mönche bauten sich dort ihre Eremitenbehausung: Steinhütten, die aussehen wie Bienenkörbe, und Gebetshäuser, die wie Schiffe wirken. Alles zusammengefügt ohne Mörtel – genau wie die Stufen, die zu den Mönchshütten hinaufführen. Mein Englisch wird von Tag zu Tag besser. Wobei ich ja nicht Englisch lerne, sondern Irisch. Kathleen besteht auf den Unterschied. Du solltest ihr Italienisch hören, Paps. Die Rückfahrt von Skellig Michael war übrigens furchtbar. Wellen, Wellen, nichts als Wellen. Ich dachte, ich sterbe. Aber die drei Stunden, die wir am Ort der Mönche verbracht haben, waren einmalig. Auf den beiden Inseln leben Tausende von Vögeln. Baßtölpel. Dreizehenmöwen. Eissturmvögel. Tordalke. Trottellummen. Séamus kennt sich mit Vögeln aus. Nicht so wie du, aber immerhin. Es dauert noch eine Weile, bis ich dir eine Fahrkarte schicken kann, Paps. Wir müssen also noch etwas Geduld haben, bis wir uns wiedersehen.
Bis dahin grüßt dich deine Tochter Rebecca mit tausend Küssen

PS: Unbekannterweise grüße ich auch den Vorleser meiner Briefe. Sonderbar: Ich kenne zwar Ihre Handschrift, nicht aber Sie. Darf ich Sie bitten, sich auch sonst etwas um meinen Vater zu kümmern? Danke.

Ich hatte den Brief leise vorgelesen. Bolger hatte sich neben mich gesetzt, als wolle er sich vor den Blicken der Gäste abschirmen. Das Papier trug ein Wasserzeichen, das mir gefiel: eine Sonne mit gezackten Strahlen und eingearbeitetem Labyrinth. Bolger nahm mir den Brief aus der Hand, weil er ihn selber zusammenfalten und in den Umschlag stecken wollte. Er bedankte sich bei mir. Dann bezahlte er, und wir verließen die Bar.
Kurz vor Mitternacht hielt der Bus vor dem Bahnhof von Saronno. Die angeheiterte Reisegruppe hatte die Lieder mitgesungen, die der Fahrer über die Bordanlage spielte. Alle hatten eingekauft. Der Reiseleiter ignorierte uns. Wir hatten auf die Plastiktragtasche mit den versprochenen Geschenken verzichtet. Hoffnungslose Fälle, Querulanten. Die es nicht verdienen, daß man sich um sie kümmert. Der Alte und sein Schüler. Das lachhafte Gespann, tragische Figuren. Ich rief ein Taxi, das uns in das Veteranenheim brachte. Es regnete heftig. Im Park stand Nebel. Ich begleitete Bolger vor seine Zimmertür. Er war unsicher auf den Beinen. In der Unterkunft lag ein zerknitterter Brief auf meiner Matratze. Es war der Tag der Nachrichten, auch der unerwünschten. Der Umschlag war mit Flecken übersät. Rost, Blut? Es gelang mir nicht, den Poststempel zu entziffern. Auch die Briefmarken kannte ich nicht.
»Licht löschen«, sagte einer der Rekruten wütend.
Ich öffnete den Umschlag im Waschraum. Der Brief stammte von Fausto. Seine Handschrift war kindlich, kaum zu lesen. Rächer, drohender, schwatzhafter. Der mit geschwärztem Gesicht in der Unterkunft steht. Rasiert und getarnt. Das linierte Papier war mit Flecken derselben Farbe übersät wie das Couvert. Ein Datum fehlte.

Schweizerfeigling,
bin an der Front. Kämpfer. Krieger. RPG-7. Erinnerst du
dich? Ihr Hitze- und Druckstrahl rotiert in getroffenen
Tanks, Bunkern und Häusern. Du sollst mein Bote sein. Erzähl dem Kommandanten, wo ich bin, wer ich bin. Daß ich
es geschafft habe: Ich töte, töte.

Ich hatte keine Lust, weiterzulesen. Ich holte Streichhölzer
und verbrannte den Brief im Waschbecken. Das Blatt
krümmte sich, knisterte vertraulich; war das die Farbe aus
Faustos Kugelschreiber? Dann hob das verkohlte Papier ab
und schwebte wie ein winziger schwarzer Drachen durch den
Raum auf das Fenster zu. Ich brauchte es bloß zu öffnen.

20.

Der letzte, einzige. Mit Ausnahme von mir sind alles Frauen
in jenem Zimmer, dessen drei Fenster Licht streuen.
Schwungvoll, über Boden und Bett, auf dem ich liege. Übrig-
geblieben, bis jetzt, verschont. Ich warte, warte. Nein, das
war früher, vorher. Ich warte nicht länger, erhebe mich, das
steht mir zu. Es knarren die Knochen, es klappert die Rüstung. Ich gehe auf die Glastür zu, unbehelligt, gebückt.
Halt. Das Glas ist kein Glas, sondern Metall, das spiegelt.
Mein Gesicht ist ein hautfarbenes Feld, über welches Käfer
laufen, Heerscharen von Käfern, Ameisen keine. Die Schleife
dahinter, das ist der Fluß. Der Fluß spiegelt sich in der Tür
wie ich. Ich trage keine Rüstung, mein Hemd ist gelb, ein
leichtes Ziel. Der Fluß strahlt durch die Fenster und steht
doch nicht unter Strom. Die Frauen lassen mich gehen, mich
hält niemand zurück, heute nicht. Bisher schon, aber heute
nicht. Geh, geh. Sie küssen sich. Sie umarmen sich. Sie strei-

cheln sich. Sie lachen, und in dem Zimmer riecht es so, wie ich selber gerne riechen würde, das sind die Frauen. Aber mein Geruch ist ein anderer, ich trage keine Rüstung, keinen Helm. Aber ich rieche nach Metall. Sie fahren sich über die Rücken, Brüste, Beine. Ihre Haare knistern, sprühen im Licht. Viermal klopf' ich gegen das Metall, fünfmal. Kurz kurz lang kurz lang. Sie haben mir die Zeichen beigebracht. Ausgebildet bin ich und gedrillt. Dann bin ich im Freien. Licht, schwefelgelbes. Und der italienische Himmel eine Stoffplane, welche in meinem Atem vor- und zurückschwingt. Über das Wasser geht ein Schatten. Das Paket tropft. Schwer ist es nicht, dennoch trage ich es mit beiden Händen. Zeitungspapier, mehrere Schichten, verschnürt. Aber es tropft, und ich trage es so, daß es nicht mein Hemd berührt. Man hat mir aufgetragen, das Paket zu versenken, ich kenne meine Pflicht. Reisende gehen an Land, müde von der Passage bei Seegang, eine Einerkolonne mit wenig Gepäck, aber da ist gar niemand. Der Dampfer ein Baumstamm, der flußabwärts schaukelt und mit belaubten Zweigen winkt. Es ist angebracht, noch nicht zu ertrinken, noch nicht. Das Paket muß untergehen und verschwinden. So lautet mein Auftrag. Das Paket tropft, ich weiß, was das ist. Das Paket hat die Größe einer Kanonenkugel, schwer ist es nicht. Und doch kann ich es kaum hochheben. Ich weiß, wessen Blut es ist, das tropft und eine Spur auf den Ufersteinen hinterläßt, die sich verfolgen ließe. Dann werfe ich das Paket auf den Fluß hinaus. Es treibt auf der Wasseroberfläche, ich gehe ihm nach. Es dreht sich im Kreis, es tanzt, das ist die Strömung. Mit Mühe entkommt das Paket einem Wirbel, wird dicht ans Ufer getrieben und beschleunigt plötzlich sein Tempo. Schon dreht es sich in der Flußmitte wie ein Kreisel. Es schaukelt, geht unter, taucht wieder auf. Dann löst sich die Verschnürung, und das Papier öffnet sich, als werde es von unsichtbaren Händen entfaltet. Für einen ungerecht langen

Moment sehe ich Augen, seine Augen, dann verschwindet der Kopf im Fluß, und ich geh' ins Wasser. Das leichte Ziel, der gelbe Fleck. Der Sohn, der nach Metall riecht, das ist die Angst, Mutter. Ich trage Vaters Hut. Er ist mir zu groß und rutscht mir vom Kopf, bevor ich untertauche. Da schwimmt er, dort; verschwindet. Am Kamm des Hügels brennt das Haus, das ist das erste, was ich sehe, nein, das letzte. Das Wasser ist kalt, ich tauche, tauche. Und dann bekomme ich deinen Kopf zu fassen, Vater, dich. Ich hab' dich, Vater. Umklammere deinen Kopf mit beiden Händen, am Grund des Flusses ist es dunkel. Dunkel und still, jetzt höre ich, was du sagst, jetzt höre ich, was du sagst, verstanden. Dein Blut ist ein Faden, der sich um mich windet wie eine Schlinge. Dann küsse ich dich auf den Mund, und deine Lippen sind warm, nicht kalt. Warm, Oreste. Das Klingeln, das ich höre, stammt von den Kieselsteinen, die vom Fluß bewegt werden, immer und immer wieder.

Der Jaguar glitt über die Zufahrt und hielt an. Der Fahrer der Signora hatte darauf bestanden, daß ich mich auf die Hinterbank setzte. Auch die Augenbinde hatte er mir umgebunden. Wir stiegen aus, und er nahm mich am Arm, um mich zu führen. Wir gingen nicht wie üblich auf dem Plattenweg durch den Garten. Dieses Mal betraten wir das Anwesen von der oberen Seite. Er dirigierte mich zuerst durch einen langen Flur, danach eine Wendeltreppe hinunter und schob mich endlich in ein Zimmer. Dann ließ er mich stehen; die Tür ließ er offen. Ich war nicht alleine, ich konnte sie riechen. Zigaretten und Zimt. Außerdem bewegte sie sich. Der Raum, in dem wir uns befanden, war nicht allzu groß, glaubte ich zu spüren. War es dunkel hier drin? Selbst ihren Atem konnte ich hören. Ich stand mit hängenden Armen vor der offenen Tür. Die Signora war jetzt ganz in meiner Nähe. Sie atmete ruhig, jedoch ziemlich laut. Dann hörte ich ein kratzendes

Geräusch. Also befand sich wohl auch der Hund im Zimmer. Ich nahm die Binde ab. Sonnenstrahlen fielen auf den Teppich und die Wand; sonst lag das Zimmer im Halbdunkel. Der Hund saß vor einer geschlossenen Glastür an der gegenüberliegenden Wand. Er trug keinen Maulkorb und gähnte. Er sah nicht mich an, sondern die Signora, die neben mir stand.

»Eigentlich habe ich erwartet, daß Sie sich an Abmachungen halten, Stefano«, sagte sie.

Sie war stark geschminkt und trug ein Kleid, das über die Knie reichte und eng geschnitten war. Um den Hals hatte sie ein schwarzes Band gelegt, Samt, wie ich vermutete, an dem ein Stein in Tropfenform baumelte.

»Ich weiß nicht, was Sie meinen.«

»Junge, Junge. Die Augenbinde. Aber ich bin eine großzügige Frau.«

Sie sah mich an wie jemand, der etwas über mich in der Hand hat. Überlegen, kühl. Mit jenem distanzierten Interesse, das man für gewisse Gegenstände empfindet. Ich dachte an das Honorar und an das Manuskript, aus dem ich vorlesen würde. Und ich dachte an die vergrößerten Fotografien, die an den Wänden hingen.

»Wer versucht, einem Affen Kleider anzuziehen, ist ein Narr«, sagte sie.

Sie war barfuß. Ihre Zehennägel waren farblos lackiert. Schuhe mit flachen Absätzen lagen vor dem einzigen Möbel des Zimmers, einer Chromstahlliege, die mit weißem Leder bespannt war. Das Leder war verfleckt und rissig.

»Ich weiß nicht, was Sie damit sagen wollen.«

Ich bemühte mich, meiner Stimme einen grollenden Unterton zu geben.

Die Signora trug Ohrringe, die bei der geringsten Bewegung hin und her schwangen. Mir fiel auf, daß ihre Fingernägel sehr kurz geschnitten waren.

337

»Sie sehen müde aus, Stefano.«

»Ich habe Kopfschmerzen.«

Klang meine Lüge überzeugend? War es übertrieben, die Stirn in Falten zu legen? Ich gehe heute nicht zur Schule, Mama, ich habe hohes Fieber. Ich stöhne, weil ich Schmerzen habe, Mama. Ich bleibe den ganzen Tag im Bett und sehe zu, wie Sonnenstreifen über Decke und Wände wandern. Die Signora trat noch näher an mich heran. Im Blau ihrer Augen trieben grüne und graue Splitter. Ich verspürte plötzlich den Wunsch, sie zu küssen. Ich blickte irritiert weg. Nun starrte mich der Hund an. Er hechelte und hatte den Kopf schief gelegt.

»Schlimm?« fragte sie.

Ich nickte. Sie lächelte und nahm meinen Kopf in beide Hände. Dann begann sie, ihre Daumen gegen meine Schläfen zu pressen und in kleinen rhythmischen Kreisen zu bewegen. Ich schloß die Augen, ergab mich den fließenden Berührungen. Ich weiß nicht, wie lange das Ganze dauerte. Mir kam es jedenfalls sehr lange vor. Meine Lider flatterten, in meiner rechten Wade zuckte ein Muskel. Eigentlich hätte ich gerne gestöhnt, derart wohltuend war die Massage der Signora. Sie summte leise, ich fühlte die Berührung ihrer weichen Hüfte und die Wärme, die von ihrem Körper ausging. Ihr Geruch war schwer, erregend. Die Hitze, die von ihren Fingern und Handflächen ausging, übertrug sich auf meine Gesichtshaut. Schließlich legte ich meine Arme um sie. Der Stoff ihres Kleides war kühl und glatt. Er erinnerte mich an Eis. Als ich die Signora an mich ziehen wollte, machte sie sich los und trat zurück. Der Hund hatte sich erhoben. Er stand vor mir, knurrte und wartete auf Befehle seiner Herrin.

»So«, sagte sie, »selbst wenn ich Ihren Vortrag heute ausfallen lassen möchte, könnte ich es nicht, Stefano.«

Sie drehte sich um und setzte sich auf den Rand der Liege, um ihre Schuhe anzuziehen. Der Reißverschluß am Rücken ihres Kleides war offen, ich sah die Träger ihres schwarzen BHs.

»Weil wir heute nämlich nicht alleine sind«, fuhr sie fort, als hätte ich eine Frage gestellt, »heute haben Sie Publikum, Stefano.«

»Frauen?« fragte ich und ging um den Hund herum auf die Glastüre zu. Nun hatte ich tatsächlich Kopfschmerzen.

»Frauen«, sagte sie und stand auf, »würden Sie mir bitte helfen?«

Sie drehte sich um, wandte mir den Rücken zu. Es war nicht einfach, den Reißverschluß zu schließen, ohne ihre Haut zu berühren. Auf dem Schulterblatt hatte sie eine kleine, ellipsenförmige Narbe. Der Rekrut, der sich mit Reißverschlüssen abplagt. Zuletzt hatte ich meiner Mutter das Kleid geschlossen, das war Jahre her. Wer ist Mamas kleiner Liebling, wer wird Mami immer lieben und sie nie, nie verlassen? Der Hund drückte seine feuchte Schnauze in meinen Schritt, und ich trat beiseite, beide Hände am Rücken der Signora. Schließlich gelang es mir, den Verschluß zuzuziehen.

»Danke«, sagte sie, »übrigens, gefällt Ihnen die Arbeit im Haus der Veteranen?«

»Arbeit?« fragte ich voller Abscheu und Verachtung.

»Ihr Dienst. Die italienische Armee. Ihre Zeit als Rekrut.«

Ich verneinte. Laut, deutlich. Die Stimme, die aus tiefstem Herzen spricht und keine Widerrede duldet.

»Sie würden also am liebsten«, sie suchte nach dem passenden Wort und sah mich dabei prüfend an, »verschwinden? Verduften, Stefano? Wenn Sie könnten, meine ich. Würden Sie dann desertieren, so nennt man das doch, nicht wahr?«

Weder mein Bruder, noch meine Mutter hatten mir diese Frage je gestellt. Ich hatte mich das unzählige Male selbst gefragt. Ja, ich würde gern verschwinden. Ernsthaft hatte ich allerdings noch nicht über diese Frage nachgedacht. Wir Rekruten redeten immer wieder darüber, abzuhauen. Wir setzen uns ins Auto und fahren weg, ganz einfach. Natürlich tragen wir unsere Zivilkleider und flüchten ins Ausland. An dieser Stelle unserer Phantasie hörten wir jeweils auf. Es war ein Spiel, das uns die Zeit vertrieb, mehr nicht.

»Womit Sie sich strafbar machen würden, nicht wahr, Stefano?«

»Das wäre mir gleichgültig. Völlig egal.«

Die Signora öffnete die Glastür und forderte mich auf, ihr zu folgen. Ihren Hund hatte sie am Halsband gefaßt, weshalb sie sich bücken mußte, während sie vor mir herging. Der Raum war bis auf einen einzigen Spot dunkel. Das gebündelte Licht war auf einen Ledersessel gerichtet, der vor den Stuhlreihen plaziert war. Das Stehpult war verschwunden. Das Manuskript lag auf dem Fußboden, ich mußte mich danach bücken. Der Sessel war derart weich, daß ich tief in ihm versank. Soweit ich erkennen konnte, waren alle Stühle besetzt. Der Hund legte sich zwischen mich und die erste Reihe, mit dem Hinterteil in meine Richtung. Den Schwanz hatte er unter den Körper gezogen. Ich konnte nicht erkennen, wo die Signora saß. Es war vollständig still im Zimmer der Signora. Der Duft der verschiedenen Parfums, Haarsprays und Deodorants war überwältigend, aber ich gab mir nicht die Zeit, über die ungewöhnliche Situation nachzudenken. Ich saß eingeknickt in dem Sessel, mit steil nach oben zeigenden Knien und zusammengepreßtem Bauch. Meine Atemluft mußte sich ihren Weg durch den Brustkorb bahnen. Meine Stimme kam aus tiefem, dunklem Verließ. Doch das war kein Nachteil.

Ich sehe Euch, werde selber aber nicht gesehen. Ein idealer Zustand. Ich bin der Schatten an der Wand, das Auge am Loch in der Tapete. Ich bin eine leidenschaftliche Sammlerin. Ich sammle Bilder, Anblicke, Augenblicke. Momente des Glücks sammle ich, Momente Eures Glücks, wohlgemerkt.

Um glauben zu können, muß man sehen können.

Um begreifen zu können, muß man zusehen können.

Das Auge fällt Urteile; immer. Es ist nicht die Langeweile, die mich in dieses Zimmer treibt. Es ist die Neugier. Und der Wunsch, an Eurem Glück teilzuhaben. Euer Glück ist auch mein Glück. Wir sind auf die Illusion genauso angewiesen wie auf die Sünde. Schranken und Verbote steigern die Begierde. Eine reine und schuldlose Sexualität gibt es nicht. Ich nehme teil, indem ich Euch zusehe. Ich verstehe es, geduldig zu warten. Ich liebe es, zu warten, denn es erhöht sowohl die Erwartung wie auch das Verlangen. Das Hotel ist in einem schlechten Zustand, aber es gehört einem Bekannten, der in meiner Schuld steht. Gelegentlich erlaube ich ihm, mit mir zu schlafen. Ansonsten gehen wir uns aus dem Weg. Er hat beide Zimmer nach meinen Wünschen präpariert und ausgestattet. Natürlich vermietet er es an keine anderen Gäste. Die Zimmer sind für mich reserviert, sie gehören mir, ich habe sie gekauft. Ich weiß die Bedeutung von Ritualen zu schätzen. So habe ich es mir zur Regel gemacht, die Zeit in jenem Hotel nach gewissen Gewohnheiten zu richten. Was meine Kleidung betrifft, verbitte ich mir Nachlässigkeit. Ich mag das Rascheln meiner Seidenkostüme. Ich trage Strumpfhosen mit Naht und Pumps mit Absätzen, die nicht zu hoch sind. Außerdem trage ich ausgewählten Schmuck und schminke mich mit Sorgfalt. Die Geschäftsfreunde meines Mannes wüßten zu schätzen, wie ich angezogen bin, wenn ich das elegantere der beiden Zimmer betrete. Welches Ihr nie zu sehen bekommen werdet. Bis auf eine Ottomane, die mit Brokat in Rottönen bezogen ist, ein Waschbecken und den mannshohen Spiegel ist es leer. Leer sind auch die dezent tapezierten Wände. Die Gardinen und Rolladen des Fensters bleiben geschlossen. Meine Aufmerksamkeit gilt dem Nebenzimmer, Eurem Zimmer: schilfgrün die Wände, schilfgrün die zerschlissene Tagesdecke, die das Doppelbett mit der durchgelegenen Matratze bedeckt. Die Lampen auf den Nachttischen haben die Form von Kerzen, an der Wand hängt die Reproduktion einer Landschaftsmalerei. Die ledergefaßte Bibel liegt deutlich sichtbar auf der wackligen Kommode neben dem Waschbecken, über welchem der Spiegel fehlt. Wie die Eleganz zu mir und meinem Zimmer gehört, gehört zu Eurem Zimmer die Schäbigkeit. Niemals würde ich barfuß den Teppich betreten, welcher dort verlegt worden ist. Ich bin die feine Dame, die Madame. Die sich allerdings, richtet man nach bürgerlichen Maßstäben, die Finger schmutzig macht. Ja, ich mache mir die Finger dreckig; ich vergolde sie, indem ich mich berühre, indem sie mir Lust verschaffen. Ich bin die beste Liebhaberin, die ich jemals gehabt habe. Ich weiß, wie ich berührt werden will. Ich weiß, wo ich berührt werden will. Die Anblicke, die mir das Nebenzimmer bietet, steigern meine Lust und verschaffen mir eine Befriedigung, die ich sonst nicht bekomme. Ich beobachte Euch in jenen raren Momenten, in welchen Ihr Euch vergeßt. Mir selbst gelingt dies höchst selten. Es gibt Männer, die als erstes die Bibel in die Schublade des Nachttisches legen. Früher hing Jesus am Kreuz über dem Bett; doch ich habe meinem Bekannten befohlen, ihn abzuhängen. Auf eine Einrichtung, die es mir erlauben würde, Euch bereits im Hotelflur zu beobachten, habe ich bewußt verzichtet. Ich will Euch erst sehen, wenn Ihr das schäbige Zimmer betretet. Als einzigen Luxus Eurer Absteige könnte man den großen Spiegel bezeichnen, der natürlich an derselben Stelle in die Wand gefügt worden ist, wie derjenige in meinem Zimmer. Euer Spiegel ist mein Fenster. Ein idealer Umstand. Ich sehe Euch, werde selber aber nicht gesehen. Die Mädchen, mit denen ich zusammenarbeite, informieren mich schriftlich über ihre Verabredungen. Ich verlange eine gepflegte Handschrift und ansprechendes Papier. Selbstverständlich erlaubt der Stil, in welchem diese Nachrichten abgefaßt sind, Rückschlüsse auf

den Charakter ihrer Verfasserinnen. Allerdings verzichte ich längst auf derlei Überlegungen und Spekulationen. Der Charakter meiner Mädchen interessiert mich ausschließlich in bezug auf ihre Phantasie und die Bereitschaft zu bedingungsloser Hingabe. Ich will ihnen zusehen, wenn sie sich vergessen. Dafür bezahle ich sie. Ich genieße still und heimlich, bin die Komplizin, die dabei ist, wenn Ihr Euch verliert. Bedauerlicherweise ist den meisten Mädchen anzumerken, daß sie nicht vergessen können, daß ich sie dabei beobachte, wie sie Männern Lust verschaffen. Mittlerweile habe ich mich mit den fragenden Blicken der Mädchen abgefunden, die in den Spiegel starren und den Augenkontakt mit mir suchen. ›Wo sind Sie?‹, scheinen ihre Augen zu sagen, ›warum tun Sie das?‹ Die Blicke der Männer lassen sich am ehesten mit ›hilflos‹ umschreiben. Sie wissen von nichts, ich könnte sie berühren, so nahe stehen wir uns manchmal gegenüber. Sie schreien, sie wimmern und jammern. Viele von ihnen machen einen kläglichen Eindruck, besonders wenn sie ihren Höhepunkt erreichen. Dann scheinen sie meinen Mädchen schutzlos ausgeliefert zu sein, das stimmt mich versöhnlich. Meine Lust stimuliert dies allerdings nicht. Daher konzentriere ich mich auf die Mädchen. Sie wissen, daß sie gesehen werden. Einige genießen es, gesehen zu werden, wir sind Schwestern im Geiste. Ich will über den Zeitpunkt der Begegnungen informiert werden, alles andere überlasse ich den Mädchen. Sie entscheiden, mit wem sie auf welche Weise verkehren. Ich mische mich nicht ein. Ich sehe zu, das muß genügen. Auch bezüglich Kleidung und Wäsche, oder was die Verwendung gewisser Hilfsgeräte oder Utensilien betrifft, lasse ich meinen Mädchen freie Hand. Ich stelle ihnen das Zimmer zur freien Verfügung, ich bezahle ihnen ein fürstliches Honorar, und ich will auf der anderen Seite des Spiegels stehen und ihnen zusehen.
Ich bin jedesmal zu früh in meinem Zimmer, das gehört zu

den Gewohnheiten, an die ich mich halte. Das Warten ist Teil meines Verlangens. Leider erreichen mich die Nachrichten der Mädchen gelegentlich erst an dem Tag, an dem die Begegnung stattfindet, obwohl dies nicht meinen Anweisungen entspricht. Ich verlange, frühzeitig benachrichtigt zu werden. Aber da es mir meine gesellschaftliche Stellung erlaubt, frei über meine Zeit zu verfügen, kann ich auch auf kurzfristige Botschaften reagieren. Nur in Notfällen lasse ich mir die Begegnungen der Mädchen entgehen. Mittlerweile erkenne ich im täglichen Poststapel sofort die Briefe, die von den Mädchen stammen, mit denen ich zusammenarbeite. Es ist mir nicht möglich, diese Umschläge ruhig zu öffnen. Halte ich die Papiere mit den wünschenswert knapp gehaltenen Angaben in den Händen, bleibt mir regelmäßig der Atem weg. Ich bin auf der Stelle feucht, doch ich verbiete es mir, mich zu befriedigen. Ich nehme ein ausgedehntes Bad, trinke ein Glas Champagner. Auch dabei gestatte ich es mir nicht, zu onanieren. Meist halte ich mich daran. Nach dem Bad widme ich mich der weiteren Pflege meines nicht mehr jungen Körpers. Für die Wahl des passenden Kleides und der richtigen Unterwäsche lasse ich mir genauso Zeit wie für das Schminken und Frisieren. Ich zögere den Moment heraus, an dem ich das Haus verlasse und mich vom Fahrer meines Mannes zum Hotel am Ortsrand chauffieren lasse. Sitze ich im Fond der Limousine, befinde ich mich in der Regel in einem Zustand höchster Anspannung und Erregung. Mir nicht anmerken zu lassen, daß ich kurz vor dem Höhepunkt bin, verlangt Kontrolle und Disziplin. Es kommt allerdings auch vor, daß ich mich in diesen Augenblicken berühre, weil ich die Spannung nicht mehr ertragen kann. Die kleinste Berührung genügt, und ich komme. Da der Fahrer meines Mannes eingeweiht ist, ich bezahle ihn für sein Schweigen, gestatte ich mir, laut zu schreien oder zu stöhnen, ganz meiner jeweiligen Laune entsprechend. Einmal habe ich mich während der Fahrt zum Hotel mit einem Dildo befriedigt. Die Blicke des Fahrers im Rückspiegel waren mir allerdings zu aufdringlich. Außerdem war die Situation damit in ihr Gegenteil verkehrt: nicht ich sah zu, sondern jemand sah mir zu, im Moment der größten Lust. Ich sehe zu, ich sehe nur zu, ich bin die Betrachterin. Der Hotelbesitzer ist angewiesen, täglich eine Vase voller frischer Blumen in mein Zimmer zu stellen; auch an den Tagen, an denen ich es gar nicht aufsuche. Der Geruch dieser Schnittblumen ist unschuldig. Er erinnert mich an Familiennachmittage, an Kaffee und Kuchen mit meiner Mama. Der Geruch paßt ganz und gar nicht zum Grund meiner Anwesenheit in dem Hotelzimmer und ist ein weiterer Anlaß zur Erregung. Ich weise den Fahrer an, nicht auf mich zu warten. Für die Rückfahrt bestelle ich mir ein Taxi, auch das ist mir zur Gewohnheit geworden. Noch nie bin ich in dem Hotel jemandem begegnet. Mit Ausnahme seines Besitzers natürlich. Alle paar Wochen erlaube ich ihm, mich zu ficken. Wir benutzen dafür eine schäbige Kammer neben der Rezeption, und ich weigere mich, die Kleider abzulegen oder mich auf das schmale Bett zu legen. Der Mann nimmt mich stehend und von hinten, es bleibt ihm keine andere Wahl. Es dauert nie lange, er kommt nach wenigen Stößen. Der Gedanke an diesen Akt vermag mich zu erregen, der Akt selbst nicht. Zwar ist das Glied des Mannes dick und lang, aber ich erlaube ihm nicht, mich anzufassen. Mit beiden Händen stütze ich mich auf dem Fenstersims ab, wenn er in mich eindringt, und sehe auf ein ödes Industrieareal, auf dem nie jemand zu erkennen ist. Der Duft der Blumen in meinem Zimmer ist überwältigend. Ich halte mich an meine Gewohnheiten, meine Regeln, denn ich weiß um die Wichtigkeit von Ritualen. Kaum habe ich die Tür hinter mir geschlossen, streife ich mir die Kopfhörer des Tonbandgerätes über, das ich jedesmal mitbringe, und starte die Kassette, immer dieselbe: Claude Debussy, La Mer, dirigiert von Leonard Bernstein. Dann greife ich nach dem Glas Port, das der Hotelbesitzer bereitzustellen hat, Porto Barros, lasse mich auf der Ottomane nieder und warte mit gezügelter Ungeduld auf Euch.

Diese Momente angespannter Ruhe sind erfüllt von der symphonischen Musik, ich halte die Augen geschlossen, ergebe mich dem Geschmack des Portos auf der Zunge und meinen Gedanken. Ich gehe durch einen leeren Raum, der sich mit meinen Schritten ausdehnt, der sich mit mir mitbewegt, um mich dreht, und in dem ein weißes und klares Licht herrscht. Die Gedanken sind scharf umrissene Gegenstände, an denen ich vorbeigehe, die ich fixiere, jedoch nicht beschreiben kann. Sie heben ab, schweben, verändern ihre Form mit jedem Atemzug. Ich gehe, warte. Dann ist es Zeit, Debussy auszuschalten und aufzustehen. Anfangs habe ich diesen wichtigen Augenblick manchmal verpaßt. Die Musik und meine Gedanken trugen mich fort, und wenn ich zu mir kam, wenn ich die Augen öffnete, saß eines meiner Mädchen auf dem Gesicht eines stöhnenden Mannes, den Zeigefinger mit dem lackierten Nagel bis zum zweiten Glied im rosigen Anus. Das passiert mir heute nicht mehr; mein Gefühl läßt mich nicht im Stich, ich weiß, wann ich mich zu erheben habe. Ich stehe an der Zimmertür und warte, bis ich Euch hören kann. Eure Schritte, Eure Stimmen. Ich werde Euch erst sehen können, wenn Ihr das Nebenzimmer betreten habt. Der Moment, bis Ihr endlich im Blickfeld meines Spiegels auftaucht, ist enorm wichtig. Ich möchte, daß er ewig dauert, und bin doch froh, wenn er vorbei ist und ich Euch sehen kann. Erregt und darum nervös, die Männer können es kaum erwarten. Die wenigsten verstehen es, den richtigen Moment abzuwarten. Sie sind ungeduldig. Sie machen sich über die Mädchen her, statt sie zu genießen.

Ich genieße. Ich sehe Euch, werde selber aber nicht gesehen. ›Mach schon‹, sagt das Mädchen.

Ihre Stimme ist bestimmt. Noch steht Ihr auf dem Korridor, sie ist ein wunderbares Geschöpf. Groß. Majestätisch. Eine Königin. Gleich werde ich die Stimme des Mannes hören, gleich.

Hob ich den Blick, blendete mich der Spot, der über mir angebracht war. Unmöglich, einzelne Frauen zu erkennen. Ich brach die Lesung ab. Gab auf, Schluß. Ich hatte keine Lust mehr. Rang nach Luft. Ich blieb sitzen. Leg dich hin, doch, auf die verdreckte Matratze im Hühnerstall, keine Widerrede, leg dich hin und errate, was ich dir auf die Zunge lege, was ich dir in den Mund schiebe, was auf deinem nackten Bauch liegt und was du vorsichtig ableckst, weil ich es dir befehle. Sag schon, was ist es, das auf deinem Bauch liegt. Klebrig, warm, rechteckig und einigermaßen schwer. Kein Bügeleisen, nein, auch kein Ziegelstein. Ich hatte ungefähr die Hälfte des Manuskriptes vorgelesen. Ich ließ die Blätter zu Boden gleiten und erhob mich. Der Hund sprang sofort auf die Beine und drehte sich nach mir um. Seine Augen funkelten. Jetzt wurde getuschelt, gingen Lichter an und beleuchteten die Photographien. In der hintersten Reihe stand jemand auf, die Signora. Das Gefühl jener Sinnlosigkeit überkam mich, die man empfindet, wenn man ein Wort so lange wiederholt, bis man nur noch dessen Klang hört und es jede Bedeutung verliert. Die Signora kam auf mich zu, und ich ging rasch aus dem Raum, begleitet vom Hund, der ruhig neben mir bis zur Tür trottete, sich dann hinsetzte und mich gehen ließ. Vor dem Haus traf ich den Fahrer der Signora. Er hatte den Jaguar gewaschen und rieb ihn nun mit einem Tuch trocken. Er trug Gummistiefel.

»Probleme?« fragte er grinsend.

»Geh mir aus dem Weg«, sagte ich.

Das entgangene Honorar fiel mir ein. Hatte Carla im Publikum gesessen? Warum hatte mich die Signora nicht zurückgehalten? Ihr Fahrer ging ein paar Meter neben mir her, blieb dann stehen. Der Kies knirschte, es war warm, und meine Kopfschmerzen waren verschwunden.

Wir standen im Regen, an die Hauswand gelehnt, blökten wie Schafe. Lorenzini scharrte mit den Schuhspitzen im Dreck. Bäume kippten weg, das Hauptgebäude wankte, schwankte. Veteranen gingen an uns vorbei, einer hinter dem anderen. Aus der Kirche waren Orgelklänge zu hören. Dort war es eiskalt und dunkel. Lorenzini schob mich in die hinterste Reihe, wo wir uns neben alte Männer setzten, die mit unsicheren Stimmen mitsangen. Ich schwieg, das aufgeschlagene Gesangbuch in der Hand. Lorenzini murmelte. Wir erhoben uns mit den Veteranen, setzten uns mit ihnen hin und knieten in den harten Bänken. Was der Pfarrer sagte, war kaum zu verstehen. Ich betete nicht. Die Stimme des Pfarrers war angenehm, sie war leise und unaufdringlich. Er vermied jeden Augenkontakt mit den Veteranen, die vor ihm in den Bänken saßen. Mich sah er immer wieder an; es kam selten vor, daß Rekruten seine Messen besuchten.
Danach standen wir mit den Veteranen im Regen. Lorenzini gackerte, er hatte einen Blick, der mir angst machte. Er nahm einen Veteran am Arm und bot ihm eine Zigarette an. Seine Stimme klang besorgt.
»Liest du manchmal BH-Werbung?« sagte der alte Mann zu ihm.
»Mir sind Bilder lieber«, antwortete Lorenzini.
»Ich tu' es ständig. Ich gehe durch die Straßen, sehe den Träger eines Büstenhalters und weiß sofort, wie das Modell heißt.«
Widerborstige Blättchen sirrten im Wind. Der Pfarrer stand unter der offenen Tür seiner Kirche, ein bleicher Mann. Regenwolken; Hosenbeine, welche von Dreckspritzern gesprenkelt sind. Die Veteranen hielten Distanz zu uns, sie

husteten bellend und vorwurfsvoll. Wir sind alt und werden bald sterben, während ihr das Leben vor euch habt. Aus dem Fenster der Waschküche stieg Dampf.

»Unbefleckte Empfängnis«, sagte ein Veteran.

Er sah Lorenzini an, blies Zigarettenrauch an mir vorbei. Er trug mehrere Medaillen und Plaketten an seinem Waffenrock.

»Kannst du das buchstabieren, Junge? Empfängnis. Unbefleckte«, sagte er.

Lorenzini buchstabierte. Seine Stimme klang folgsam, nicht rechthaberisch. Er stand dicht vor dem Veteran und bewegte seine Lippen übertrieben deutlich. Der Veteran klopfte Lorenzini auf die Schulter, gut gemacht, Junge.

»Schön, jemanden zu haben, von dem sich verabschieden kann«, sagte er zu mir. Der Pfarrer stand abseits, die Veteranen wichen vor ihm zurück.

»Wenn deine Tochter auszieht, verlierst du zwar dein Mädchen, aber du bekommst dafür das Badezimmer zurück«, sagte ein Veteran.

»Ich mag keine Sardellen«, entgegnete ein anderer.

»Wovor hast du Angst?«

Der Alte meinte mich. Ich schüttelte sanft den Kopf. Steine, die in einen unbewegten Teich fallen. Das Echo menschlicher Stimmen.

»Alles, was in deinem Kopf vor sich geht, stammt von dir selbst«, sagte der Veteran. »Es gehört zu dir. Du bist derjenige, der es denkt.«

Sätze, Worte. Faltige Hälse, Glatzen. Grobe Hände, Schwielen. Lorenzini drehte sich im Kreis, die Veteranen klatschten. Dann machten sie sich auf den Weg zum Speisesaal. Dort saßen sie sich schweigend gegenüber, seit Monaten, Jahren. Gib mir das Salz, ohne daß ich dich darum bitte, gib es endlich her. Lorenzini redete wieder von Gabriella, er jammerte. Ich ließ ihn stehen und verschwand im Park. Auf dem Rasen saßen Krähen, mein Gaumen fühlte sich pelzig an, ich hatte

Mundgeruch. In einem angrenzenden Hof spielte ein Junge im Regen. Er bohrte ein Metallrohr in die Erde. Als es feststeckte und stand, warf er mit Steinen danach. Der Anorak des Jungen war naß, dreckig. Er riß das Rohr aus der Wiese und schlug damit auf einen Baumstamm ein, bis er mich bemerkte. Vor der Krankenstation verstreute der Wind Blätter, die ein Veteran sorgfältig zusammenwischte. In letzter Zeit starb fast jeden Tag ein Veteran. Unsere Station war hoffnungslos überbelegt. Selbst auf den Gängen standen Betten. Ich hielt die Hände Sterbender, wischte ihnen den Schweiß von der Stirn, führte ihnen das Wasserglas an die Lippen. Saß in kalten Zimmern und hörte den teils wirren, teils erstaunlich klaren letzten Sätzen der alten Männer zu. Ich hatte genug. Zählte die verbleibenden Tage meiner Dienstzeit. Verteilte Medikamente und Zigaretten, löffelte Suppe in zahnlose Münder, trieb Wein auf, wenn dies der Wunsch eines Sterbenden war. ›Grüß meine Tochter von mir.‹ ›Sorg dafür, daß meine Ehrenurkunde nicht in die falschen Hände gerät.‹ ›Ich will in meiner Uniform beerdigt werden.‹ ›An meiner Abdankung spielt keine Kapelle.‹ ›Schwör mir beim Leben deiner Mutter, daß ich verbrannt und nicht begraben werde.‹ Ich war ihr Beichtvater, die beruhigende Stimme aus der Welt der Lebenden. Dabei hörte ich ihnen kaum zu und wünschte mich an einen anderen Ort. Im entlegensten Teil unseres Parks stand plötzlich Bolger neben mir, aufgetaucht wie ein Geist aus dem Regen. Er war außer sich vor Wut, schien regelrecht zu dampfen in der Kälte. Er trug die Schürze, die er sonst nur in seiner Bibliothek anhatte.

»Irgendein Idiot hat de Sade in meiner Bibliothek gefunden und dem Kommandanten auf den Tisch gelegt«, sagte er.

»Hat er es gelesen?« fragte ich.

»Jetzt läßt er die Regale nach anderen verbotenen Delikatessen durchsuchen. Ich könnte den Trottel, der ihm das Buch gebracht hat, umbringen.«

»Du könntest doch keiner Fliege etwas zuleide tun«, sagte ich.

»Die Fliege, die du hier nicht erschlägst, bringt anderswo die Pest«, sagte er.

Wir gingen durch den Regen. Ein Veteran, der uns entgegenkam, hatte sich ein Kopftuch umgebunden; er redete mit sich selber, er summte, was wie ein Omen klang. Gregorianisch, mächtig. Aus einem Nachbargarten stieg Rauch. Am nächsten Morgen fand man Zuzzi, den Leiter des Militärmuseums, am Fuß der Treppe, die zu den Büros in der oberen Etage führt. Er lag auf dem Bauch, hatte beide Arme ausgestreckt und trug weder Schuhe noch Socken. Er hatte eine Wunde am Hinterkopf. Der Veteran, der ihn fand, glaubte, Zuzzi sei tot, aber er lebte. Nachdem man ihn weggebracht hatte, blieb ein Blutfleck auf dem Steinboden zurück, den niemand wegwischen wollte. Ich hatte keine Schicht, was ich auch dem Kommandanten mitteilte, der mich anherrschte und mir einen Lappen in die Hand drückte. Ich ließ den Lappen fallen und ging weg. Kurz darauf traf die Polizei ein. Die Beamten verhielten sich zuerst freundlich, verloren aber rasch die Geduld mit den verwirrten alten Männern. Widersprüchliche Versionen von Zuzzis Sturz machten die Runde. Mehrere Veteranen behaupteten, sie hätten gesehen, wie jemand Zuzzi die Treppe hinuntergestoßen habe. Andere wollten gesehen haben, wie Zuzzi strauchelte und dann stürzte. Die Stimmung war gereizt. Am Nachmittag erfuhr ich, daß die Polizei zwei Veteranen zur weiteren Vernehmung mitgenommen hatte. Der eine der beiden war Bolger.

21.

Hinter der Kiste voller Spielzeug läßt sich ein Stück der Bodenleiste herausheben, dort hat sie sie versteckt: Frau und Mann. Kaum größer als Streichholzschachteln, geformt aus gebranntem Ton, mit Wollfetzen beklebt und bemalt. Sie kicherte aufgeregt, als sie die Figuren für mich aus dem Versteck holte; jetzt kannte ich ihr Geheimnis.

»Das bist du«, sagte Nina und zeigte auf eine der Figuren in ihrer Hand.

»Und das da?« fragte ich und deutete auf die andere.

Ninas Wangen glühten vor Ungeduld. Sie kauerte dicht neben mir; ihre Figuren hatte sie auf den Boden gelegt.

»Sie natürlich«, sagte sie mit gespieltem Entsetzen wegen meiner dummen Frage.

»Sie? Wer sie?«

»Die Frau. Das bist du, und das ist deine Frau. Du hast doch eine Frau?«

»Und warum versteckst du dein Spielzeug?« fragte ich vorsichtig.

»Das ist kein Spielzeug.«

»Sondern?«

Sie runzelte die Stirn und schüttelte den Kopf. Hatte ich sie gekränkt?

»Das ist kein Spielzeug«, wiederholte sie mit belehrender Stimme, »das ist die Frau und der Mann. Beide gehören mir. Ich passe auf sie auf. Niemand darf sie sehen. Niemand.«

Daß mir die Tochter meines Bruders vertraute, rührte mich, war mir aber zugleich peinlich. Ich schnitt eine Grimasse und machte furzende Geräusche. Der Clown in Uniform, der nicht weiß, daß zwei Tonfigürchen kein Spielzeug sind, sondern Mann und Frau. Wenn niemand die Figuren sehen durfte, warum hatte sie sie mir dann gezeigt, dachte ich.

»Niemand. Nur du«, sagte Nina, hielt sich die Hand vor den Mund und lachte. Aber es klang auch wie ein halbersticktes Weinen. Sie nahm die Figuren in die Hand, drückte sie kurz gegeneinander und räumte sie dann in ihr Versteck zurück. Sie hatte mich gebeten, ihr die Haare zu einem Zopf zu flechten, kaum hatten ihre Eltern das Haus verlassen. Dieser Zopf löste sich immer wieder, worauf sie mich bat, ihn sofort neu zu binden. Sie weigerte sich, zu Bett zu gehen. Ich hatte ihr Märchen vorgelesen, wir hatten Bilderbücher angesehen, mit Wasserfarben gemalt und verschiedenen Puppen und Plüschbären Pyjamas angezogen, um sie danach an Plätze zu legen, von denen Nina erklärte, es seien Betten. Sie tat alles mit Ernsthaftigkeit und dem herrischen Gebaren kleiner Mädchen, welches mich natürlich an Carla erinnerte. Jedes Zimmer der Wohnung wurde in unsere Spiele einbezogen, darauf bestand sie. Das Bad verwandelte sie in ein Krankenhaus, ich war der Patient, der sich den Arm einbinden läßt und mit Zahnbürste und Deostift operiert wird. In der Küche kochten wir für Ninas Barbie ein Nachtessen, das in einen Fingerhut gepaßt hätte. Im Wohnzimmer veranstalteten wir mit allen möglichen Möbeln und Gegenständen ein unglaubliches Durcheinander, Ninas Dschungel. Ich war ein Tiger, danach der Affe, ein Krokodil und der Häuptling eines Stammes, dessen Namen ich mir nicht merken konnte. Nina schrieb ihn für mich auf. Ich ließ mir sogar das Gesicht bemalen. Kroch, robbte, redete in verstümmelter Babysprache. Wir verirrten uns im Wald, der sich im Flur befand, saßen auf dem Küchentisch, weil er das Flugzeug darstellte, welches uns ans Meer brachte. Dort mußte ich auf Jagd nach Haien, weshalb wir ins Bad wechselten. Ich war längst müde, ließ mich jedoch von Nina mitreißen. Die Wohnung war nicht mehr wiederzuerkennen, übersät von Spielsachen, Kleidern. Wir drehten alle Lichter ab und wanderten mit einer Taschenlampe von Raum zu Raum. Geister, flüsternde. Bernsteinfarbene Rasenflächen erstreckten sich zwischen den Wohnblocks, ich stand auf dem Balkon und rauchte. Nina hatte mir ein Badetuch um den Kopf gewickelt, Pinos Schirm war mein Schwert.

Der Zoohändler hatte mir die Schildkröte in einer Schachtel verkauft, welche mit Zeitungsfetzen gepolstert war. Er hatte mir Futter und eine Broschüre über Pflege und Haltung von Schildkröten aufgeschwatzt. Als mein Bruder bemerkte, was ich seiner Tochter mitgebracht hatte, beschimpfte er mich. Meine Drohung, gleich wieder wegzufahren und nicht auf Nina aufzupassen, hatte ihn gezwungen, sich mit der Schildkröte abzufinden, ebenso wie die Tatsache, daß sich seine Tochter heulend in ihrem Zimmer einschloß. Bevor Pino und seine Frau die Wohnung verlassen hatten, standen wir alle schweigend um die Schachtel und starrten auf den Panzer des Tieres, das sich nicht rührte. Als sie endlich gegangen waren, hatte ich die Schildkröte auf den Teppich des Wohnzimmers gesetzt und mit Nina darauf gewartet, daß sie sich in Bewegung setzte. Wir hatten lange gewartet, sehr lange. Die Schildkröte zeigte uns ihren faltigen Hals und ein Köpfchen mit traurigen Augen. Aber sie rührte sich nicht von der Stelle. Als ich sie in die Schachtel zurückgehoben hatte, entdeckten wir ihre Fäkalien auf dem Teppich.

Ich rauchte noch eine Zigarette, um Ninas nächstem Spiel wenigstens für eine Weile zu entgehen. Fühlte mich schwindlig, schwerelos. Die Masse des Gebäudes bot kaum Halt; auf dem Rasen lagen die Überreste eines umgestürzten Vogelhäuschens. Die Schatten, Bretter und Teile des Stützpfostens boten einen bizarren Anblick. Neben dem Sandkasten stand ein Grill, abgedeckt mit Plastik. Das Auto, mit dem ich zu meinem Bruder nach Casalmaggiore gefahren war, gehörte Lorenzini. In letzter Zeit waren wir Rekruten dazu übergegangen, für alles mögliche Geld zu verlangen. Wir vermieteten uns gegenseitig Musikkassetten, Rasierapparate, Fahrräder und Autos. Wir verkauften uns Bier, Zigaretten und Sexhefte. Karten spielten wir nur noch, wenn dabei die Chance bestand, abzukassieren. Wir waren geizig, geldgierig und streitsüchtig. Wir schlossen Wetten darüber ab, wie lange gewisse Veteranen, die auf der Krankenstation lagen, noch lebten. Wir zahlten Prämien für den, der am meisten trank oder rauchte, der die Veteranen im Bad zum Schweigen brachte, egal auf welche Art und Weise. Einige Rekruten verdienten Geld, weil sie die Schichten anderer übernahmen und sich dafür bezahlen ließen. Visa, MasterCard: Kreditkarten verschafften Respekt, ebenso Schecks, die wir in den unmöglichsten Situationen ausstellten. Immer häufiger kam es vor, daß Wertgegenstände verschwanden. Offenbar hatten wir einen Dieb unter uns. Portemonnaies kamen abhanden, Briefe, Uhren, Kassettengeräte, Taschenradios. Die Stimmung war gereizt. Wir verzichteten darauf, unsere Vorgesetzten über die Diebstähle zu informieren. Wir wollten das Problem unter uns lösen, wir brauchten keine Hilfe. Jeder verdächtigte jeden. Etliche Tage lang war ich überzeugt, Lorenzini sei der Dieb. Er wandte sich von mir ab; er spürte, daß ich ihn im Verdacht hatte. Wir gingen uns aus dem Weg, und es war mir egal. Ich konnte es nicht mehr ertragen, daß er pausenlos von Gabriella redete. Nur noch selten herrschte zwischen uns jenes wortlose Einverständnis, das uns zu Freunden gemacht hatte. Unsere Freundschaft war vorbei, und ich merkte erst jetzt, wie wichtig sie in den vergangenen Wochen für mich gewesen war. Selbstverständlich wurde auch ich verdächtigt, der Dieb zu sein. Plötzlich war ich wieder ›der Schweizer‹; ich hatte den Spitznamen lange nicht mehr zu hören bekommen. Es kam jeden Tag zu Raufereien. Ein falsches Wort, ein falscher Blick genügten. In dieser Stimmung hatten wir begonnen, für alles mögliche Geld voneinander zu verlangen. Lag ich nachts im Bett, taten mir die Gesichtsmuskeln weh. Ich verkniff mir jedes Lachen und jede Gefühlsregung. Mein Kopf war hart und kantig; ein Schädel, welcher gut zu der Uniform paßte.

Nina hämmerte mit den Fäusten gegen das Glas der Balkontür, und ich warf die Zigarette über die Brüstung. Das Chaos, das wir angerichtet hatten, war beeindruckend. Nina hatte in der Zwischenzeit die meisten ihrer Kleider verstreut. Die Spur lief durch die ganze Wohnung und endete vor ihrem Schrank. Die Schachtel des Zoohändlers war leer. Nina hatte die Schildkröte in die Badewanne gesetzt und mit Salatblättern bedeckt. Das Licht unserer Taschenlampe schwankte über Böden und Wände, Nina klammerte sich ängstlich an mich, wollte aber auf keinen Fall, daß ich die Lichter andrehte. Unsinn plappernd wanderten wir von Zimmer zu Zimmer. Ich war müde, Nina hellwach und aufgedreht. Ich mußte sie hochheben, tragen. Ihre Haut war klebrig und heiß, sie roch nach Milch. Ihr Zopf hatte sich längst wieder gelöst, sie achtete aber nicht mehr darauf. Pullover, Plüschpinguine, Haarspangen. Bilderbücher und zerfetzte Malhefte. Farbstifte, winzige Schuhe und Pantoffeln.

»Du stinkst nach Rauch«, sagte Nina und küßte mich auf die Wange.

Dann machten wir uns daran, die Unordnung zu beseitigen. Da wir im Licht der Taschenlampe aufräumten, nahm es Nina als Spiel. Sie vermied es, in die Nähe ihres Bettes zu geraten. Sie redete ununterbrochen. Ich gab es auf, ihr zuzuhören; ich redete selbst. Halblaut, in fragendem, vorwurfsvollem Tonfall wie einer der Veteranen, die durch die verglasten Korridore gehen und dabei reden, reden, reden. Ich war der nette Mann mit der Taschenlampe und der verblüffenden Geduld; schläfrig und träge in seiner gemurmelten Litanei. Als wir Ordnung geschafft hatten, schwiegen wir für ein paar Minuten. Nina weigerte sich, sich schlafen zu legen. Schließlich willigte ich ein, bei dem Spiel, das offenbar von allen Mädchen geliebt wird, mitzumachen. Wir spielten Mann und Frau, Mutter und

Vater. Nina war dagegen, die ganze Wohnung ihrer Eltern zu unserer Wohnung zu erklären. Darum zogen wir uns in das Nähzimmer ihrer Mutter zurück. Dort baute Nina auf kleinstem Raum die verschiedenen Zimmer auf. Und dann ging ich pünktlich zur Arbeit, kam müde nach Hause, setzte mich an den Tisch, wo bereits das Nachtessen stand. Wir schnitten mit nicht vorhandenem Besteck Fleisch, löffelten Suppe, zerdrückten Kartoffeln zu Brei. Ich tätschelte die Plüschköpfe unserer vier Kinder, trug sie in ihr Schlafzimmer. Nina las ihnen Geschichten vor; sie kochte und putzte mit einer Begeisterung, die mich erschreckte. Sie schickte mich in die Kneipe; als ich zurückkam, setzte ich mich vor dem Fernseher neben meine Frau, die strickte. Es war nicht zu fassen. Nina strahlte vor Glück, sie ging in ihrer Rolle auf und ahmte den Alltag der Erwachsenen mit enthusiastischem Eifer nach. Sie war verzweifelt bemüht, alles richtig zu machen, so, wie sie es von ihren Eltern kannte. Sie wollte sogar streiten. Sie spielte einen Weinkrampf, schmiß mit unsichtbarem Geschirr nach mir. Zuletzt war sie so müde, daß sie sich in ihr Bett legte. Sie redete leise weiter und erklärte mir, auch das sei Bestandteil unseres Spieles. Die Mutter legte sich hin, und der Vater sehe sich einen Film zu Ende. Dann schlief sie endlich ein. Ich schloß ihre Zimmertür und setzte mich ins dunkle Wohnzimmer in einen der bequemen Ledersessel, den ich vor die Balkontüre schob. Ich rauchte und sah in den leeren Himmel. Es war ruhig im Haus, doch meine Ohren summten. Ich war zu faul, um aufzustehen und mir einen Grappa zu holen. Vaters Haus war verkauft. Bald würde ich zum ersten Mal in meinem Leben etwas Geld besitzen. Ich saß in der Dunkelheit und versuchte mir vorzustellen, was mir dieses Geld ermöglichte. Reisen. Ausbildung zum Schauspieler ohne finanzielle Sorgen; falls ich die Aufnahmeprüfung bestand. Motorrad. Eine kleine Wohnung in Italien. Abhauen, verreisen. Hierbleiben, stur hierbleiben, bis Carla gar keine andere Wahl mehr blieb, als ihren Mann zu verlassen, diesen Scheißkerl. Schon wieder verlagerte ich die Wut, welche Carla galt, auf ihren Mann. Ich weigerte mich, darüber nachzudenken, ob sich Carla und die Signora kannten. Ich wollte mich nicht daran erinnern, was in jenem Hotelzimmer zwischen Carla und mir passiert war. Schließlich kämpfte ich mich doch hoch. Nina lag auf der Seite und preßte einen Stofflöwen an sich. Sie seufzte. Ich setzte mich neben ihr Bett und sah eine Weile zu, wie sie schlief. In ihrem Gesicht lag ein Ausdruck absoluten, tröstlichen Vertrauens. Sie murmelte, ihre Hand war warm. Ninas Löwe schien mich mißtrauisch zu beobachten, ich saß auf einem Holzschemel, der bei der geringsten Bewegung knackte. Ninas regelmäßiger Atem wirkte einschläfernd, und ich muß eingenickt sein. Als ich die Augen öffnete, war ich nach vorne gerutscht. Ich lehnte mit der Schulter an der Kleiderkommode, sonst wäre ich vom Schemel gefallen. Später beugte ich mich im Bad für mehrere Minuten über die Schildkröte, die wohl ebenfalls schlief. Sie rührte sich auch nicht, nachdem ich sie in die Schachtel zurückgetan hatte. Dann stellte ich sie auf den Boden. Ich drehte sie so, daß ich den Panzer der Schildkröte sehen konnte. Er schimmerte matt, schien Licht zu reflektieren, dabei saßen wir im Dunkeln. In der Nachbarwohnung klingelte ein Telefon, es klingelte und klingelte, endlos, ich wußte Bescheid, ich sah die Anruferin auf der Kante ihres Bettes sitzen. Sie trug einen Body aus Seide, sie hielt den Hörer in der Hand und lächelte mich an. Dann legt sie sich hin, den Hörer neben sich, dieser sieht jetzt aus wie ein Knochen, aus welchem es erstaunlicherweise leise tutet und tutet. Sie räkelt sich auf ihrem Bett, ohne mich aus den Augen zu lassen, ich werde schmal, schrumpfe und zeige ihr mit beiden Händen, wie groß ich für sie sein werde, gleich, gleich. Sie öffnet die Beine, sie trägt Pantoffeln mit flauschigen Troddeln auf dem Spann, hochhackige goldene Slippers, die sie abstreift und mit den Füßen von der Matratze schubst. Unglaublich schön ist sie, mir reicht der Rahmen ihres Doppelbettes bis zur Brust. Ich bin der kleine Riese, der schrumpft, der aber wachsen wird, richtig wachsen.

Ich schreckte hoch, und die Schildkröte sah mich mit ihren bewegungslosen und vorwurfsvollen Augen an. Dann verschwand ihr Kopf langsam unter dem Panzer. Ich brauchte nur die Augen zu schließen, und schon war es wieder zu hören, das Klingeln des Telefons. Unermüdlich und regelmäßig wie das Tropfen eines Wasserhahnes, welches einen stört, wenn man bloß nicht so müde wäre und aufstehen könnte. Aufstehen und den Hörer abnehmen, immerhin weißt du genau, wer anruft, wer am anderen Ende der Leitung sitzt und lächelt und lächelt. Das Tropfen ist bis in den hintersten Winkel des Zimmers zu hören, verkriech dich nur, zieh dir die Decke über den Kopf, verkriech dich im Schrank, die Schildkröte im Arm wie früher die Katze. Die Katze, die alles weiß, alles: ›Der höchste Berg Europas?‹ fragt Renzo. Aber er gibt mir keine Zeit für eine Antwort. ›Der längste Fluß der Welt? Indiens Hauptstadt? Die Höhe des Eiffelturms, Einsteins Geburtsdatum?‹ Nach einer winzigen Kunstpause rasselt er alle Antworten herunter. Klugscheißer, Streber und kleiner Bruder, fast könnte man ihn übersehen. Fast ist er Luft. Sein Wissen läßt mich völlig kalt. Mich beeindruckt anderes. Renzos Spiele erinnern zu sehr an die Schule. Und Spiele, welche an die Schule erinnern, sind miserabel. Fragen. Fragen. Fragen. Richtige und falsche Antworten. ›Halt den Mund, Trottel‹, befehle ich, ich darf so reden mit ihm, ich schon. Seine Schwester mag mich auch deswegen. Ich stehe auf und drohe mit den Fäusten, ich will die Schwester und muß mich mit dem Bruder zufriedengeben. Seine Stimme klingt tapfer, sie macht sich selber Mut. ›Was ich will, ist eine Frau‹, sagt Renzo. ›Ich will bumsen. Bumsen.‹ Er wiederholt das Wort noch ein paar Mal, wobei er immer lauter wird. Er ist offenbar erstaunt, daß man das Wort in der Öffentlichkeit aussprechen kann, ohne daß der Himmel einstürzt. ›Bumsen.‹ Das Wort klingt verlogen und unecht. Es ist eine Behauptung, Renzo meint es nicht wirklich ernst. Das wissen wir, und darum behalten wir unseren Wunsch vorerst für uns, er ist unsere Gemeinsamkeit. Vorerst sind wir mit uns selbst beschäftigt, das muß leider genügen. Wir sind Wissenschaftler, die sich über den Körper des andern beugen und knapp und barsch kommentieren, was wir sehen, was wir ertasten. Forscher sind wir. Zielstrebig packen wir zu, kneifen und drücken Arschbacken und Oberschenkel. Wir haben beschlossen, unsere Schwänze während dieser Untersuchungen nicht zu beachten. Das ist die Abmachung, die uns dieses Spiel erlaubt. Natürlich ist es nicht vorgesehen, in dieser Phase des Spieles eine Erektion zu bekommen. Unsere Blicke sind streng, nüchtern. Ich denke an meine Lehrer. Woran Renzo denkt, interessiert mich nicht. Ich denke an jeden Lehrer, den ich kenne, während meine Hände über seinen nackten Körper wandern. Er ist ein Lebewesen von einem andern Stern, er muß genauestens untersucht werden, damit rette ich die Bewohner der Erde. Renzo ist auf keinen Fall Carlas kleiner Bruder, niemals. Wir benutzen Ästchen, Löffel und andere Gegenstände, wir sind gewissenhaft. Renzos Hände sind feucht, meine auch. Es ist, als hätte er die Finger abgeleckt. Das denke ich, während er mich gründlich untersucht. Wenn ich die Augen schließe, denke ich unweigerlich an Carla. Darum lasse ich sie offen. Mein Ständer ist der Anfang eines neuen Spieles, was ich eigenmächtig beschließe. Damit beginnt eine spannende, gefährliche Phase. Wir stehen am offenen Fenster in Renzos Zimmer, auf einer hölzernen Truhe. ›Mach endlich, los, mach‹, sage ich, ›wichsen, wichsen. Los.‹ Renzo kichert, er sieht mich hilfesuchend an, aber ich weiche ihm aus und streiche gebieterisch über meine Eichel. ›Das ist krank. So unglaublich krank‹, sagt Renzo. Aber auch er hat einen Ständer. Wer zuerst in den Garten spritzt, hat gewonnen. Wir stehen nebeneinander im Abendwind und arbeiten verbissen. Natürlich hüten wir uns jetzt davor, den anderen zu berühren. Wir beachten uns aus den Augenwinkeln. Stehen bucklig da, haben uns auf den gemeinsamen Weg gemacht und sind dennoch alleine unterwegs. Jeder wichst für sich. ›Ist das hier schwul oder so ähnlich?‹ will Renzo wissen, aber ich beachte ihn nicht weiter. Ich konzentriere mich auf einen Punkt, der irgendwo hinter den Baumkronen liegt, hinter den Hügeln am Horizont. Worauf sich Renzo konzentriert, weiß ich nicht. Wir unterhalten uns nicht darüber, was in diesen Momenten in uns vorgeht. Zwischen uns hat sich ein unnachgiebiger Umgangston eingebürgert. Ein Tonfall, der bloß zum Teil scherzhaft gemeint ist und darum in erster Linie bösartig klingt und oft zu Raufereien führt. Grunzend stürzen wir uns aufeinander, nachdem wir uns beleidigt haben. Außenstehende ertragen unseren Umgangston nur schlecht; Carla dagegen findet es richtig, wie ihr Bruder und ich miteinander umgehen. Hetzt uns auf, stachelt uns an, die unnahbare schöne Schwester. Und geht dann einfach weg, wenn wir im Dreck liegen und uns prügeln. Renzo japst, wischt sich den Schweiß von der Stirn. Ich weiß, daß er sich schämt. Sonst würde er nicht jedesmal, wenn wir auf der Holztruhe stehen, die Zimmertür abschließen. Er geht in die Knie, japst noch einmal. Er neigt dazu, zu übertreiben, er ist ein Clown, Schauspieler. Unsere Gesichter machen einen verzweifelten, keinen entspannten Eindruck. Das weiß ich, weil ich mir einmal im Spiegel beim Onanieren zugesehen habe. Es sind nicht eigentlich sexuelle Vorstellungen, die mich anspornen. Es ist das Wichsen selbst. Taucht Carla in meinen Phantasien auf, lasse ich meinen Schwanz augenblicklich los. Dann gewinnt Renzo. Aufstöhnend spritzt er aus dem Fenster in den Garten. Ich weigere mich, den Geruch seines Spermas wahrzunehmen. Der Verlierer verzichtet jeweils darauf, ebenfalls zu einem Ende zu kommen. Es geht uns nicht um unsere Lust, davor haben wir Angst. Wir stehen in einem Wettbewerb, sind Gegner, Sportler. Ich rede mir ein, daß Carla in jener Zeit der einzige Mensch ist, der mich kennt. Es scheint mir ratsam, niemandem außer ihr etwas über mein Innenleben in die Hand zu geben. Der einzige Mensch, den ich nicht ausdruckslos ansehe, ist sie. Carla verrate ich alles über mich, fast alles. Renzo habe ich angedroht, daß ich ihn umbringe, wenn er seiner Schwester von unseren Spielen erzählt. Selbstverständlich ist er derjenige, der mich am besten kennt. Sobald wir spüren, daß wir uns besonders nahe fühlen, gehen wir aufeinander los. Renzo ist ein leichtes und dankbares Ziel wie ich. Ich beobachte ihn aufmerksam bei seinen Wutanfällen und Gefühlsausbrüchen, weil ich überzeugt bin, so etwas über mich selbst zu erfahren. Nachdem wir gemeinsam onaniert haben, achten wir auf die nötige Distanz. Wir gehen uns aus dem Weg, manchmal tagelang. Ab und zu klebt unser Sperma am Fensterrahmen oder in den Blättern der Pflanzen, die auf dem Sims stehen. Scheint die Sonne, glänzt das Sperma widerlich schön. Dagegen finde ich weder auf dem Kiesplatz vor dem Haus noch im angrenzenden Garten Spuren davon. Nichts. Ich habe die Stelle vor dem Fenster abgesucht. Es ist, als löse sich unser Sperma in der Luft auf. Diese Vorstellung ist auch beruhigend. Ich kann mir einreden, daß wir gar nichts getan haben. Eines Tages küssen wir uns auf den Mund, Renzo und ich. Ich bin überzeugt, daß auch Renzo keine Ahnung hat, wie es dazu kommen konnte. Der Kuß überrascht uns beide völlig. Wir starren uns verblüfft an und schnappen nach Luft. In seinen Augen erkenne ich Haß. Auch ich hasse ihn. Ich könnte Renzo töten. Ohne nachzudenken, schlage ich ihm die Faust ins Gesicht. Ich bin ihm dankbar, daß er sofort zurückschlägt. Nach diesem Kuß erzähle ich allen, daß Renzo mein

Feind ist. Ich höre, daß er dasselbe von mir behauptet. Von nun an gehen wir uns wirklich aus dem Weg.

Es dauerte eine Weile, bis ich begriff, daß es kein Telefon war, welches geduldig durch meinen Halbschlaf klingelte. Es war die Türglocke, und ich erhob mich. Benommen, unsicher auf den Beinen. Nina stand in der Tür ihres Zimmers. In der einen Hand hielt sie den Stofflöwen, mit der anderen hatte sie die Bettdecke hinter sich hergeschleppt. Ich legte sie in ihr Bettchen zurück, bevor ich ihren Eltern die Wohnungstür öffnete. Mein Bruder war angetrunken. Er umarmte mich und bestand darauf, einen Grappa mit mir zu trinken. Seine Frau sah sofort nach Nina, ich begleitete sie. Schweigend beugten wir uns über das schlafende Mädchen und lauschten ihren regelmäßigen Atemzügen. Als wir zurück ins Wohnzimmer kamen, lag Pino auf dem Sofa. Er trug den Mantel, einen Schuh hatte er abgestreift. Sein Mund stand offen, und er schnarchte laut.

Die Schrift auf dem Umschlag stammte von Carla, auch wenn ich versuchte, mir etwas anderes einzureden. Ich trug den Umschlag zwei Tage in meinem Pflegerkittel mit mir, ohne ihn zu öffnen. Bückte ich mich, stach mich das Papier in den Bauch. Es gelang mir mehrmals, den Brief zu vergessen. Nachts schloß ich ihn in meinen Spind. Da in unserer Unterkunft weiterhin Wertgegenstände verschwanden, wandte sich einer von uns an den Kommandanten. Obwohl uns das recht war, gaben wir dem Rekruten zu verstehen, daß wir nichts von Verrätern halten. Wir wurden zuerst einzeln befragt. Dann ließ uns der Kommandant antreten, um uns ins Gewissen zu reden. Die Rekruten, vor denen er unterschiedlich lange stehenblieb, reagierten nervös auf seinen prüfenden Blick. Ich sah angespannte Halsmuskeln und Nackenhaare, die sich tatsächlich aufrichteten. Der Kommandant appellierte an unsere Ehrlichkeit und beschwor einen Gruppengeist, den er als höchste Tugend darstellte. Mich verschonte er. Er ging mehrmals an mir vorbei, ohne mich zu beachten. Das gab mir das Gefühl, von ihm besonders verdächtigt zu werden. Ein Täter wurde nicht gefunden, aber die Diebstähle hörten plötzlich auf. Bolgers Bibliothek war geschlossen. Ich wollte ihn auf seinem Zimmer besuchen, aber er öffnete mir nicht. Zuzzi lag auf der Intensivstation der Klinik in Saronno; er hatte einen Schädelbruch, den er aber mit Sicherheit überleben würde, wie der Kommandant im Speisesaal mitgeteilt hatte. Die Polizei hatte ihre Ermittlungen eingestellt. Man einigte sich darauf, daß Zuzzi betrunken gewesen und darum die Treppe hinuntergestürzt war. Man fand Alkohol in seinem Blut, in seinem Zimmer stapelten sich leere und angebrochene Weinflaschen. Wie ich erst jetzt erfuhr, hatte sich Bolger auf dem Wachposten der Polizei unmöglich benommen. Er beschimpfte die Beamten, verweigerte die Aussage und faselte statt dessen von angeblichen Bücherdiebstählen in seiner Bibliothek. Nun saß er in seinem Zimmer und schmollte. Nicht einmal zu den Mahlzeiten kam er herunter. Ich brauchte mir jedoch keine Sorgen zu machen, wie mir sein Zimmernachbar versicherte. Der Veteran stellte Bolger das Essen auf einem Tablett vor die verschlossene Tür. Bolger holte es erst herein, wenn der andere in seinem Zimmer verschwunden war. Das Tablett mit den leeren Tellern stellte er auf den Flur zurück. Einmal legte er einen Zettel dazu, den mir sein Nachbar in die Krankenstation brachte. Die Sätze, die Bolger aufgeschrieben hatte, waren kaum zu entziffern. Seine Buchstaben waren verwackelt und unterschiedlich groß, sie tanzten auf und ab, kippten.

›Sie legten seine Füße in Fesseln,
sie zwängten seinen Hals in eiserne Haft.‹
›Ob ihren Sünden waren sie kraftlos,

sie mußten büßen für ihre Vergehen.‹
›Ihm seien beschieden nur wenige Tage,
sein Amt erhalte ein andrer.‹
›Sein Stamm sei verfallen dem Untergang,
im nächsten Geschlecht soll erlöschen sein Name.‹
›Und ich bin ihnen worden zum Hohn,
wenn sie mich sehen, schütteln sie das Haupt.‹
›Das werden am Bache die Raben aushacken,
und die Adlerjungen werden es fressen.‹

Ich behielt den Zettel, steckte ihn zu Carlas Brief. In den
Gängen der Krankenstation war es totenstill. Wenn ich die
Zimmertüren aufstieß, hörte ich die rasselnden Atemzüge
der Alten. Ihr Gemurmel, ihr Keuchen und das Geräusch der
verschwitzten Füße und Hände unter den Bettdecken.
Schließlich öffnete ich Carlas Brief. Ich schloß mich in die
Toilette neben dem Badezimmer der Veteranen, um den
Kommentaren und Sticheleien der anderen zu entgehen. Das
Couvert enthielt eine Kunstkarte. Franz von Stuck: ›Sphinx‹.
Eine rothaarige Frau lag auf einem roten Teppich. Die Frau
war nackt. Dahinter schloß eine Felswand das Bild ab. Ein
Wasserfall stürzte über diese Felsen und ergoß sich in einen
schwarzen See, welcher übergangslos in einen Himmel mündete, an dem Sterne glänzten. Die Frau lag auf dem Bauch,
und zwar in der wachsamen und selbstgefälligen Haltung
einer Sphinx. Das Bild wirkte bedrohlich. Trotzdem strahlte
die Frau eine Sinnlichkeit aus, die mich irritierte. Sie lächelte
spöttisch. Ich sah mir die Karte genau an, bevor ich sie umdrehte.

Lieber Stefano,
wir können uns nicht mehr sehen. Ich erwarte ein Kind. Daß
es nicht von Dir sein kann, weißt Du besser als ich, nicht
wahr? Wer sein Vater ist, tut nichts zur Sache. Wir werden

uns nie mehr sehen. Versuch nicht, mich zu treffen oder auch nur anzurufen. Es ist aus und vorbei. Schreib mir keine Briefe. Ich würde sie sowieso nicht lesen. Vergiß mich. Und wünsch mir Glück mit meinem Kind. So, wie ich Dir auch Glück wünsche, Stefano. Man kann die Zeit eben tatsächlich nicht aufhalten.

Danke für alles.

In Freundschaft: Carla

An diesem Abend schlug ich zum ersten Mal einen der Veteranen. Ich hatte an seinem Bett gesessen und ihm geduldig den Gemüsebrei eingelöffelt und seinen wirren Geschichten zugehört, ohne zu bemerken, daß sich eine unberechenbare Wut in mir ansammelte. Als sich der Veteran plötzlich ohne die geringste Warnung erbrach, schmetterte ich den Teller an die Wand. Der Veteran hatte mir über die Hand gekotzt. Er sah mich erstaunt an und lächelte. Dann machte er die Augen zu und erbrach sich weiter. Dabei lehnte er sich nach vorne und drehte außerdem den Kopf hin und her. Nun waren sowohl das Bett als auch der Fußboden und das Nachtkästchen sowie meine Hand versaut. Ich schlug ihn kommentarlos ins Gesicht und ging wortlos aus dem Zimmer.

22.

Vielleicht dreißig Schritt vor dem Haupteingang des Veteranenheimes bemerkte ich das Auto, das mir im Schrittempo folgte. Ich blieb stehen und drehte mich um. Die Signora saß im Fond ihrer Limousine; sie winkte mich mit unbewegter Miene zu sich. Auch das Gesicht ihres Fahrers war versteinert. Ich versuchte, seine Gedanken zu erraten, aber sein Gesicht war völlig ausdruckslos. Es war unmöglich zu sagen, was er dachte oder fühlte. Mit leisem Geräusch glitt das eine der hinteren Fenster auf.

»Steigen Sie ein, Stefano«, bat mich die Signora, und ich öffnete tatsächlich die Tür und setzte mich neben sie.

Der Fahrer beschleunigte sofort. Wir verließen die Ortschaft und fuhren auf einer Nebenstraße an trostlosen Feldern vorbei. Regenwolken, tiefer Himmel. Bauern mit Gummistiefeln stapften durch Wiesen und sahen nach Kühen, die im Morast standen und uns nachsahen. Die Signora schwieg, und ich war entschlossen, vorerst keine Fragen zu stellen. Ich wollte abwarten. In einer Stunde begann meine Schicht. So lange gab ich ihr Zeit. Einen Augenblick lang tauchte Carlas Gesicht in meinem Bewußtsein auf, ich fühlte mich sofort unbehaglich. Das Gesicht verschwand, dafür stellte ich mir vor, wie das Wasser des Flusses, welcher unterhalb Vaters Haus verlief, in meinen Mund dringt, den ich vor Schreck weit aufgerissen habe. Spüre, wie das Wasser in meinen Mund fließt und dann die Lungen füllt. Ich hustete.

»Wenn Sie rauchen möchten«, sagte die Signora und sah mich an, »tun Sie sich keinen Zwang an. Rauchen Sie.«

Ich wartete einen Moment, zündete mir dann eine Zigarette an und ließ das Fenster nach unten gleiten. Es stank nach Dünger; auch der Geruch von nassem Gras drang ins Innere des Jaguars.

»Das hier gehört Ihnen, Stefano. Nehmen Sie«, sagte sie und überreichte mir einen Umschlag. Ich behielt ihn in der Hand, steckte ihn aber nicht ein.

»Ihr Honorar.«

»Das ich mir nicht verdient habe«, sagte ich.

»Doch. Das haben Sie. Stecken Sie es endlich ein.«

»Ich habe doch höchstens die Hälfte des Textes vorgelesen.«

»Es ist auch bloß die Hälfte des Honorares, Stefano. Stecken Sie es ein.«

Ich riß den Umschlag auf und zählte die Geldscheine, die

Zigarette im Mund, weshalb ich schon wieder husten mußte. Es war tatsächlich nur das halbe Honorar. Ich konnte mir ein Lachen nicht verkneifen.

»Die Fotografien«, sagte die Signora unvermittelt.

Die Vaginen. Die Schnecken. Die Schamlippen, die geöffneten. Sie redete von den Vergrößerungen, die in ihrem Raum hingen, den ich wohl nie mehr betreten würde.

»Es wird Ihnen nicht entgangen sein, daß eine Aufnahme fehlt. Die Serie ist leider unvollständig«, sagte sie.

Doch, das war mir entgangen. Ich nickte trotzdem. Was würde die fehlende Aufnahme darstellen? Ich warf die Zigarette auf die Straße und schloß das Fenster.

»Die Arbeit stammt von einem sehr berühmten englischen Künstler. Leider weigert er sich, auf meine Anfragen und Angebote bezüglich dieser fehlenden Aufnahme einzugehen. In den letzten zehn Monaten habe ich nahezu alles versucht. Briefe. Faxe. Noch mehr Briefe, noch mehr Faxe. Leider absolut ohne Erfolg. Nichts, keine Antwort.«

»Wieso rufen Sie den Mann nicht einfach an?« fragte ich.

Die Signora sah mich mitleidig an. Sie schwieg. Wir fuhren durch ein langgestrecktes Dorf. Ich konnte mir vorstellen, wie das Geräusch des Motors für den Jungen klang, der am Straßenrand stand. Die Reifen des schweren Wagens summten auf dem Pflaster.

»Ich habe ihm Geld geboten, sehr viel Geld. Es hat nichts genützt«, sagte sie.

»Vielleicht hat er die Fotografie bereits verkauft«, sagte ich.

»Das hat er nicht. Nein.«

»Woher wissen Sie das?«

»Von seinem Galeristen. Hören Sie, Stefano. Ich muß die Aufnahme haben. Sie werden das vielleicht nicht verstehen, doch das ändert nichts daran. Ich muß die Aufnahme besitzen.«

Ihre Stimme klang schrill. Sie hatte mir die Hand auf den

Arm gelegt. Wir fuhren über freies Feld und überholten einen Traktor.

»Dann erhöhen Sie den Preis«, schlug ich vor.

Was ging mich das alles überhaupt an? Mir fehlte die Fotografie nicht. Mir war nicht einmal aufgefallen, daß die Serie unvollständig war.

»Geld ist nicht der Punkt«, sagte sie, »das Problem ist, daß der Mann meine Briefe gar nicht mehr liest. Sie landen ungeöffnet im Papierkorb, das ist der Punkt, mein Junge.«

Sie sah mich amüsiert an und öffnete ein vergoldetes Zigarettenetui, das sie die ganze Zeit in der Hand gehalten hatte, ohne daß ich es bemerkte. Ich gab ihr Feuer, sie bedankte sich mit einem knappen Kopfnicken.

»Was ist bloß los mit Ihnen«, sagte sie und lehnte sich nach vorn, »fahren Sie um Gottes willen schneller. Das ist ja nicht auszuhalten. Geben Sie Gas.« Der Fahrer räusperte sich, setzte sich gerade hin und beschleunigte. Im Rückspiegel sah ich, daß er lächelte.

»Das wissen Sie natürlich auch von seinem Galeristen«, sagte ich.

»Hören Sie, Stefano, ich habe Ihnen ein interessantes Angebot zu machen. Deshalb sitzen Sie hier neben mir.«

Sie sah mich herausfordernd an, als warte sie auf ein zustimmendes Zeichen von mir, um erzählen zu können, worum es ging. Ich starrte sie regungslos an, bis sie wegsah. Derjenige, der zuerst wegsieht, ist der Dominantere, ist derjenige, der eine Beziehung bestimmt. Das hatte ich irgendwo gelesen.

»Man muß den Künstler in einem persönlichen Gespräch davon überzeugen, daß es richtig ist, mir die Aufnahme zu verkaufen. Man muß ihm erklären, daß die Serie keinen Wert hat, wenn sie nicht vollständig ist. Daß seine Fotografien zusammenbleiben müssen. Und zwar alle. Und er muß wissen, daß der Preis absolut keine Rolle spielt.«

Wir fuhren jetzt sehr schnell. Der Motor war dennoch kaum

zu hören. Der Fahrer der Signora vermied es, in die Nähe größerer Ortschaften zu geraten. Auf den Landstraßen gab es wenig Verkehr. Wir überholten einige Traktoren, kreuzten Lieferwagen, Fahrräder und Fußgänger.

»Ich kann nicht weg von hier«, sagte ich.

»Sie könnten ziemlich viel Geld verdienen, Stefano.«

»Ich bin Soldat der italienischen Armee. Ich kann nicht weg von hier.«

»Doch, das können Sie. Natürlich können Sie weg von hier.«

»Wieso sollte ich mich strafbar machen?« fragte ich, »wegen einer Fotografie, die mir nicht einmal gehört?«

»Weil Sie genug haben. Weil Sie weg wollen. Außerdem haben wir uns noch nicht über Ihr Honorar unterhalten.«

»Ich mache mich strafbar«, sagte ich.

»Haben Sie nicht behauptet, daß Ihnen das egal ist?«

Der Junge mit der quengeligen Stimme, der zu jedem Streich überredet werden will, der sich ziert. Der Wind drehte letzte Blätter eines Baumes und ließ sie silbern glänzen. In jeder Linkskurve rutschte ich unweigerlich ein Stück in die Nähe der Signora. Ich gab es auf, mich dagegen zu wehren. Sie trug einen Hosenanzug aus braunem Leder und hatte ihr Haar nach hinten frisiert. Zimt und Zigaretten. Ihr Geruch war unverkennbar.

»Ich werde im Gefängnis landen«, sagte ich.

»Nur wenn man Sie erwischt, Stefano.«

»Ich werde nicht mehr nach Italien reisen können. Nie mehr.«

»Stellt sich erstens die Frage, ob Sie das in Zukunft überhaupt möchten. Und zweitens gibt es auch dafür Lösungen, glauben Sie mir.«

Die Signora lachte geduldig. Sie bückte sich und legte eine dünne Ledermappe auf ihre Knie. Kahle Pappeln säumten die Straße, deren Stämme das Motorengeräusch des Wagens strukturierten, zerlegten. Licht tanzte. Neben einem Kieshaufen stand eine Baumaschine.

»Ich bezahle Ihnen die Hälfte des Kaufpreises der fehlenden Aufnahme als Ihr Honorar. Sie fliegen Business-class und wohnen so lange in einem Luxushotel, bis Sie die Aufnahme für mich erworben haben.«

»Und woher soll ich wissen, was die Aufnahme kostet?« fragte ich.

»Der Preis spielt keine Rolle, wie ich bereits erwähnt habe.«

»Eine etwas vage Angabe für ein Honorar. Immerhin verlangen Sie von mir, daß ich desertiere.«

»Niemand verlangt von Ihnen, daß Sie zum Feind überlaufen«, sagte sie lachend.

»Warum warten Sie nicht einfach, bis mein Militärdienst beendet ist?«

»Ich habe lange genug gewartet«, sagte sie scharf, »ich bin eine ungeduldige Frau, Stefano.«

»Sechs Monate noch. Dann habe ich alle Zeit der Welt, um Ihren Auftrag zu erledigen.«

»Gehen Sie von 10 000 aus«, sagte sie leise und sah mich an. Ich wiederholte die Zahl laut. Der Verkehr hatte unterdessen zugenommen, der Fahrer war zu brüsken Manövern gezwungen. Arbeiterinnen strömten aus Fabriktoren auf die Straße, die von Bussen verstopft war. Die Signora steckte sich eine Zigarette in den Mund. Ich ließ etwas Zeit verstreichen, ehe ich ihr Feuer gab. Die Gesichter der Frauen, an denen wir langsam vorbeifuhren, waren müde. Sie gingen einer Mauer entlang auf eine Ortschaft zu, die bedrohlich wirkte in einem Abendlicht, das von Regenwolken verdüstert wurde.

»Jetzt müßten Sie sich eigentlich nach der Währung erkundigen«, sagte sie.

»Beziehen sich die 10 000 auf mein Honorar? Oder ist damit der Preis für die Aufnahme gemeint?«

»Das liegt nicht zuletzt an Ihnen, Stefano. Gehen Sie von 10 000 als Honorar aus. Aber wie gesagt: Der Preis spielt keine Rolle.«

Sie machte eine Pause und wartete auf meine Frage nach der Währung. Ich machte ihr diese Freude nicht und wartete ebenfalls ab.

»Dollar«, sagte die Signora.

»Ich weiß weder, wie der Künstler heißt, noch wo er lebt«, sagte ich, wobei ich mir Mühe gab, meine Stimme gleichgültig klingen zu lassen.

Was hielt mich in Italien? Das Militär? Ich dachte für einen Augenblick an den grauhaarigen Offizier, der mich nach meiner Verhaftung vernommen hatte und dem ich den Militärdienst verdankte. Ich sah sein entrüstetes Gesicht vor mir und seine Hand, die nach dem Telefonhörer griff. Vergiß Carla. Du mußt sie vergessen.

»Ich habe alles vorbereitet«, sagte die Signora und klopfte auf das Mäppchen, »mein Fahrer wird Sie über die Grenze bringen. In Zürich werden Sie ohne die geringsten Probleme in die Maschine nach London gelangen.«

»Wann?« fragte ich.

»So rasch wie möglich.«

»Morgen«, sagte ich, »also morgen.«

Sie sah mich herausfordernd an und übergab mir dann die Ledermappe mit den nötigen Unterlagen. Ich mußte mich beherrschen, um sie nicht gleich zu öffnen. Der Fahrer hielt an und wendete den Wagen. Es war nicht einfach, sich wieder in den dichten Feierabendverkehr einzuordnen. Er hatte nicht die Geduld, um zu warten. Er gab rücksichtslos Gas und zwängte den Jaguar hinter einem Lastwagen in eine Lücke. Schmutzwasser tropfte von der Ladefläche und spritzte über unsere Frontscheibe. Die Signora reagierte mit keiner Miene auf das riskante Manöver ihres Fahrers. Sie rauchte und sah lächelnd auf die Industriegebäude, die wir passierten. Ich würde die Reise antreten. Ich hatte genug. Abhauen. Sie bot mir einen Ausweg an, ich hatte keine Lust, über ihre Motive dafür nachzudenken. Sie wollte die Foto-

grafie, ich wollte weg von hier. Weg von den alten kranken
Männern, weg von Vaters Haus über der Flußbiegung, weg
von meinem Bruder und meinen Erinnerungen. Weg von
Carla. Ihrem Kind.

»Wollen Sie nicht nachsehen, was sich in der Mappe befindet?«

»Später«, sagte ich.

»Sie müssen mir noch Ihre Konfektionsgröße verraten, Stefano.«

Ich sah sie derart verständnislos an, daß sie laut herauslachte.
Hinter den Dächern stand schwefelgelbes Licht. In den
Zweigen eines Busches hing Abfall. Rauch, der aus einem gemauerten Kamin stieg, schwebte wie Nebel über der Busstation. Der Baum hinter dem Unterstand war voller Vögel,
deren Schreie gereizt und aufgebracht klangen. Regen lag in
der Luft, ein Unwetter.

»Nun sagen Sie schon. Ihre Kleidergröße. Oder glauben Sie,
ich lasse Sie in Ihrer Uniform nach London fliegen? Sie werden in einem dezenten Anzug reisen, Stefano. Genau wie ein
Geschäftsmann.«

Ich sagte ihr, daß ich meine Kleidergröße nicht kannte und
auch nicht wüßte, wie man eine Krawatte richtig bindet.

»Machen Sie sich keine Sorgen, Stefano. Sie fahren morgen
mit dem Zug nach Como und warten vor dem Bahnhof auf
meinen Fahrer. Er wird sie dort Punkt 12 Uhr abholen. Nehmen Sie nicht zuviel Gepäck mit. Er wird Ihnen eine Tasche
übergeben, in der sich alles Nötige befindet. Sie werden
selbstverständlich nicht in der Uniform in den Zug nach
Como steigen, nicht wahr? Sie fliegen mit jener Maschine der
British Airways nach London-Heathrow, welche Zürich um
19.05 verläßt. Alle wichtigen Angaben finden Sie in der
Mappe, die ich Ihnen bereits überreicht habe. Dort finden Sie
auch einen Betrag in englischen Pfund, der für erste Ausgaben und Spesen und so weiter reichen wird.«

Ich nickte. Ich war plötzlich sehr müde. Es war innerhalb weniger Minuten vollständig dunkel geworden, aber es regnete noch nicht. Die Geräusche, die in den Wagen drangen, waren mit einemmal schroff, aufdringlich. Mein rechtes Bein war eingeschlafen, ich verzichtete darauf, es zu bewegen. Die Signora bat den Fahrer, das Radio anzudrehen. Während der restlichen Fahrt saßen wir schweigend im Fond ihrer Limousine und hörten Musik. Wir hielten nicht vor dem Veteranenheim, sondern ein gutes Stück davon entfernt, am Rand des Ortes. Der Fahrer schaltete den Motor ab, das Radio ließ er an.

»Wie komme ich an das Geld, um die Fotografie zu kaufen?«

»Das wird nicht das Problem sein, Stefano. Das Problem wird sein, an Willem Staunton heranzukommen. Ich habe Ihnen noch nicht erzählt, daß dies nicht ganz einfach sein wird. Er empfängt nämlich niemanden. Wir wissen nicht einmal genau, wo er lebt.«

»Sie wissen nicht, ob er in London lebt?« fragte ich.

»Doch, das wissen wir. Aber London ist eine große Stadt. Es liegt an Ihnen, Staunton zu finden. Und wenn Sie ihn aufgestöbert haben, müssen Sie ihn dazu bringen, mir die Aufnahme zu verkaufen. Wenden Sie sich an seinen Sekretär, an seinen Galeristen, an seinen Agenten und an Presseleute. Nehmen Sie sich meinetwegen einen Privatdetektiv, wenn Sie nicht weiterkommen. Aber Sie müssen ihn finden. Ich will die Fotografie haben. Ich muß sie besitzen. Lassen Sie sich auf keinen Fall abwimmeln. Ich zähle auf Sie. Die wichtigsten Namen und Adressen finden Sie übrigens in der Mappe.«

Sie sah mich an, legte mir die Hand auf die Schulter, zog mich an sich und küßte mich flüchtig auf die Wange.

»Ich weiß, daß Sie mich nicht enttäuschen werden, Stefano. Sie haben mein volles Vertrauen. Und nun gehen Sie schon, los.«

Ich stieg aus, und der Wagen fuhr weg. Ich sah ihm nicht nach, weil ich mich beeilte, um nicht doch noch in das Gewitter zu geraten.

Die Flügeltüren der Bibliothek standen weit offen. Es war bis auf den Flur zu hören, daß sich in dem Raum jemand aufhielt, der fluchte und offenbar Papier zerriß. In der Bibliothek herrschte ein unglaubliches Durcheinander. Der Ausleihtisch war mit Kärtchen übersät; jemand hatte die hölzernen Karteikästen ausgekippt. Die Bücher waren aus den Regalen auf den Boden gefegt worden, wo sie wie Bauklötze eines umgefallenen Spielzeugturmes lagen. Der Lesetisch war mit zerrissenen Zeitschriften und Buchseiten bedeckt, mit zerstörten Einbänden und Schutzumschlägen. Dazwischen lagen Bildbände, die man offensichtlich mit einer Schere bearbeitet hatte.
Bolger saß im angrenzenden Gewölbe auf einem Stuhl, einen Stapel Bücher vor sich. Auch hier hatte jemand die Bücher von den Gestellen geworfen. Sie sahen aus, als sei auf ihnen herumgetrampelt worden. Bolger trug einen dunklen Anzug und ein weißes Hemd mit Krawatte. Er hatte sich seit Tagen nicht rasiert: der kurze, graue Bart verlieh ihm, trotz des Anzuges, ein unzivilisiertes Aussehen.
»Mantovani«, sagte er und stand auf.
»Wer hat das gemacht?« fragte ich.
Er hielt einen gespitzten Bleistift in der Hand und einen mit Maschine getippten Zettel. Er bückte sich, ohne auf meine Frage einzugehen, und ging daran, den Bücherstapel hochzuheben. Ich nahm ihm einen Teil ab, und wir trugen sie in den anderen Raum. Dort fegte er die Karteikärtchen vom Tisch und stellte die Bücher darauf.
»Wer das gemacht hat?« fragte er, »na wer wohl? Ich natürlich. Ich. Bolger.«
»Blödsinn«, sagte ich.

Bolger zog sein Jackett aus und warf es achtlos über die Lehne eines Stuhles. Unter den Achseln hatte er Schweißränder auf seinem Hemd.

»Ich glaube, mit mir stimmt etwas nicht. Weil ich nämlich.« Er verschwand im Gewölbe, ohne den Satz zu beenden. Als er zurückkam, trug er einen Stapel Pornohefte, den er auf den Lesetisch stellte und dann umkippte.

»Kriegst du noch Luft?« fragte er, »weil ich nämlich keine Luft kriege. Oder jedenfalls nicht genug.«

Ich nickte. Shakespeare. Abbildungen von Panzern. Landserromane. Nackte, auf Glastischchen liegende Frauen. Schematische Darstellungen diverser Minentypen. Behaarte Männerärsche mit Pickeln. Dante. Kolorierte Pläne historischer Schlachten. Leopardi. Das Durcheinander in der Bibliothek schuf neue Verbindungen, Nachbarschaften. Bolger legte sich die Hand aufs Herz und atmete übertrieben laut und regelmäßig. Er stand auf den Büchern am Fußboden, aber es bereitete ihm offensichtlich Schwierigkeiten, auf ihnen herumzugehen.

»Daran sind auch diese Dummköpfe schuld. Daß ich hier ersticke. In meinen Büchern und Magazinen. Erst stellen sie alles auf den Kopf, drehen jedes Buch und jedes Heft um, und dann stellen sie mir die Luft ab. Gleich explodiert mir der Kopf! Was ist denn das hier, nach deiner Ansicht?«

»Eine Sauerei«, sagte ich, »und warum rasierst du dich nicht mehr, Bolger?«

»Weil mich Gott so gemacht hat: mit Stoppeln. Darum.«

Er setzte sich an seinen Ausleihtisch und ordnete die Bücher, die wir aus dem Gewölbe herübergetragen hatten, zu drei Stapeln.

»Und was haben wir, wenn wir einen Kommandanten bis zum Hals im Dreck haben?« Er sah mich an, aber ich schüttelte ratlos den Kopf.

»Zu wenig Dreck haben wir dann, Mantovani, zu wenig

Dreck. Aber ich schmeiße ihnen den ganzen Mist vor die Füße. Dann begreifen diese Idioten vielleicht, was es bedeutet, eine solche Bibliothek zu führen. Ich höre auf damit. Basta! Ab sofort macht Bolger nichts mehr. Außer Wände und Vorhänge gelb zu rauchen. Ich werde der Windstoß sein, der eure Laternen auslöscht.«

»Hast du etwas mit Zuzzis Sturz zu tun?« fragte ich.

»Es sind die Heiligen, die zu den Tieren sprechen. Eine Antwort aber erhalten nur die Verrückten.«

»Hast du es getan?«

»Für einen Soldaten ist es eine Sünde, zu Hause an einer Krankheit zu sterben. Eine Sünde ist es auch, den Feind nicht zu töten, Mantovani. So ist das. Mit den Soldaten. Bin ich ein Soldat, was glaubst du?«

»Du warst es.«

»Wenn einer mit dem Schwert getötet werden will, dann soll er mit dem Schwert getötet werden.«

»Du bist verrückt.«

»Unter Krähen ist selbst der Habicht ein Adler«, sagte er.

Er hatte die Bücher sorgfältig aufeinandergeschichtet, selbst die Abstände zwischen den Stapeln waren gleich groß. Bolger wirkte erschöpft. Er strich sich wieder und wieder mit der Hand über sein Gesicht. Ich bereute es, hierhergekommen zu sein. Ich hatte keine Ahnung, wie ich ihm sagen sollte, daß ich am nächsten Tag verschwinden würde. Unser Schweigen war mir unangenehm. Es erinnerte mich an den Grund meiner Anwesenheit. Bolger weiß Bescheid, davon war ich plötzlich überzeugt.

»Was siehst du, wenn du mich ansiehst?« fragte er.

Ich schüttelte den Kopf, zog mich in mein Schweigen zurück wie in ein Versteck. In der Bibliothek roch es muffig, wie mir jetzt auffiel. Schweiß lief mir über den Rücken, ich wechselte unablässig meine Blickrichtung, als müsse ich jeden Teil des Raumes noch einmal ansehen, um ihn nicht zu vergessen.

Bolger ließ den Bleistift über den Tisch rollen und zu Boden fallen.

»Einen müden alten Mann siehst du. Ein ernüchternder Anblick, stimmt doch, ja? Aber du siehst nicht nur einen alten Mann. Du siehst auch dich selbst, Junge. Du siehst, wie du einmal sein wirst. Müde. Alt. Wir sind das, woran wir uns erinnern, glaub mir.«

Bis auf das Geräusch des Regens, der gegen das Fenster schlug, und gelegentliche Donnerschläge war es ruhig. Was verbindet Dinge miteinander, was Menschen? Ich stand vor dem Tischchen, ohne mich zu rühren. Auch Bolger bewegte sich nicht. Wir sahen uns einfach nur an. Sein Gesicht wurde unscharf und verschwamm. Ein Fleck, der mit einemmal in eine schaukelnde Bewegung geriet. Auf, ab. Sachte wie eine Plastiktüte auf der Oberfläche eines Sees. Die Hände vor der Brust gekreuzt, deutlich zu sehen im Mondlicht, mit geschlossenen Augen auf einem Sarkophag kniend: Carla. Gesicht und Oberkörper mit elastischen Bändern eingewickelt, nicht gefesselt. Bänder mit mäanderartigen Verzierungen, Mustern. Ihre Fußknöchel sind bemalt, tätowiert. Schwarz, grau. Schlangen, Salamander. Indianische Motive. Der Fleck gewann an Kontur. Bolger starrte mich unverwandt an. Sein Gesicht erinnerte mich an einen Bronzegong.

»Es ist besser, du machst es dir zur Regel, Orte und Menschen zu verlassen, bevor es irgend etwas zu bedauern gibt«, sagte er, »auch wenn dich das natürlich so einsam macht, wie ich es bin.« Kalt, seine Stimme. Erbarmungslos.

»Ich gehe weg von hier«, sagte ich so ungerührt wie möglich.

»Wir gehen alle weg von hier. Früher oder später.«

»Morgen.«

»Einige lebend. Die meisten tot«, sagte er.

»Morgen. Ich gehe morgen weg von hier.«

»Ach ja? Hat dir die Schweizer Armee eine Führungsposition angeboten? Oder willst du jetzt doch zur Fremdenlegion?

Wirst du endlich ein Schlachter, Mantovani? Nimmt dich ein Wanderzirkus mit? Wohin geht sie denn, deine Reise? Nach Sizilien? Nach Venedig? Wirst du für Touristen singen?« Seine Stimme war höhnisch, verletzend, in seinen Augen erkannte ich Güte. Er redete, redete. Aber ich weigerte mich, zuzuhören. Regen. Donnern. Ticken der Neonröhre. Drei Bücherstapel wie dicke Gitterstäbe, hinter denen der Alte hockt und geifert, geifert, Vater.

»Ich schreibe dir«, unterbrach ich ihn.

»Auch ich gehöre nicht hierher«, sagte Bolger.

»Ich rufe dich an. Wenn du willst.«

»Wieder ein Tag vorbei. Was jetzt noch kommt, ist nicht viel wert. Vielleicht werde ich doch wieder katholisch. Ich werde nicht mehr gebraucht.«

Sein Oberkörper schaukelte vor und zurück. Er starrte mich unverwand an.

»Die sinkenden Ratten verlassen das Schiff oder was?« sagte er böse.

»Ich melde mich. Versprochen.«

»Mach daß du hier rauskommst, du Idiot.«

Bolger schrie jetzt. Seine Stimme war gewaltig. Sie war die Offenbarung. Sie erfüllte die Bibliothek. Hört meine Stimme. Flüsse treten über die Ufer, Vögel fallen aus den Bäumen wegen ihr. Herzen stehen still. Berge wanken.

»Raus. Verschwinde. Laß mich allein«, brüllte er.

Das Licht war kalt. Es ließ die Ränder der Tische und Bücher glänzen. Bolger saß vollkommen aufrecht, stolz. Ich machte einen Buckel, ob ich wollte oder nicht. Bolger stand auf. Er war sehr groß und imposant.

»Die Menschen werden den Tod suchen. Aber sie werden ihn nicht finden«, sagte er, zeigte mit ausgestrecktem Arm auf die offene Tür. Auf seinem Schädel waren Sommersprossen. Seine Nase war spitz, lang. Im Gegensatz zu mir gehörte er in diesen Raum. Er war Teil des Mobiliars und der Bücher, auch wenn sie am Fußboden lagen. Bolger strahlte Würde aus, und ich ging.

Um die anderen Rekruten nicht auf mich aufmerksam zu machen, traf ich meine Vorbereitungen im Dunkeln. Ich packte meine Tasche und räumte sie eine Stunde später wieder aus. Ich würde nichts mitnehmen. Nicht einmal die Zahnbürste. Ich ließ alles hier. Ballast. Zurückgelassen denen, die ausharren. Beute für die Mutlosen. Ein kleines Rätsel für den Kommandanten. Material für Spekulationen. Der Schweizer ist desertiert. Und hat nicht viel mitgenommen. Nichts, um präzis zu sein. Mein Entschluß wirkte befreiend. Ich sah mich langsam durch eine schattige, ausgestorbene Straße fahren. Saß alleine in einem unauffälligen Auto. Fuhr unter Bäumen, rot geworden im Herbst. Vorbei an Reihenhäuschen. Auf der Suche nach dem Künstler, dem Fotografen. Vorbei an Männern, welche die Kotflügel ihrer Wagen ausbesserten. Welche kleine Rasenstücke mähten. Ich war der Spion, der Spähtrupp. Der Schatten an Londons Backsteinfassaden. Deutlich zu erkennen im Licht meiner Vorstellung. Der Mann mit dem Geldbeutel. Es war weit nach Mitternacht und unangenehm kühl in der Unterkunft. Vom Fenster aus betrachtet, machte unser Park einen gepflegten Eindruck. Ich drückte die Stirn gegen das Glas und blieb eine Weile so stehen, obwohl ich bald nichts mehr sehen konnte: Mein Atem beschlug die Scheibe. Die anderen Rekruten schliefen. Von Lorenzini würde ich mich nicht verabschieden. Diese Entscheidung dramatisierte meine Flucht zusätzlich. Ich fühlte mich lebendig, wach. Zuerst dachte ich daran, Carla einen Abschiedsbrief zu schreiben. Aber ich verzichtete darauf. Auch wenn ich genau wußte, daß sie ihn ungeduldig gelesen hätte. Ich schlief erst im Morgengrauen ein.

Die einzigen Dinge, die ich mitnahm, waren meine Schlüssel, mein Paß und Carlas letzte Karte, die Sphinx.

III

DIE INSEL

»Wenn der geworfene Stein ein Bewußtsein hätte, so würde er sagen, ich fliege, weil ich will.«

Pascal

1.

Ich wohne im Hyde Park Hotel, einer der besten Adressen Londons. Wenn ich mich mit Stauntons Galeristen oder Sammlern und Kritikern seiner Arbeit treffe, trage ich den Anzug, den mir der Fahrer der Signora am Flughafen in Zürich überreichte. In der Ledertasche befanden sich außerdem Unterwäsche, ein Pyjama, ein Rasierapparat sowie Zahnbürste und Zahnpasta. Die Jeans, das Baumwollhemd und die Lederjacke, gekauft mit ihrem Spesengeld, trage ich nur in meiner Freizeit. Ich nehme meinen Auftrag ernst. Obwohl ich in drei Tagen nichts erreicht habe. Komme ich abends müde von meinen erfolglosen Erkundungen zurück, lege ich mich zuerst eine halbe Stunde in die Badewanne und versuche, weder an Carla noch an Bolger zu denken. Danach stehe ich rauchend am Fenster meines Zimmers in der vierten Etage und sehe über den Rasen und die Baumkronen des Hyde Parks hinweg in den Himmel. Dabei erinnert mich dieser Anblick an den Park des Veteranenheimes, an das ich keinesfalls denken will. Einmal habe ich die Nummer des Heimes gewählt, weil ich Bolger erklären wollte, warum ich desertiert bin und was ich in London mache. Ich habe aufgelegt, bevor jemand abhob. Das Nachtessen nehme ich im Hotel ein, weil mir die Rolle des melancholischen Einzelgängers gefällt: Er sitzt an einem Ecktisch des Saales und bestellt Abend für Abend denselben teuren italienischen Rotwein. Nach einer Tasse Espresso und dem Nachtisch streife ich bis weit nach Mitternacht durch das Westend, getrieben von der absurden Vorstellung, Staunton auf diese Weise zu finden. Der Zufall soll mir helfen. Aber Willem Staunton bleibt ein Phantom, ein Name, den ich wieder und wieder auf den Rand des Stadtplanes schreibe. Holborn. Mayfair. Bloomsbury. Belgravia. Pimlico. Brompton. Die Namen der

Viertel, die ich systematisch durchkämme, sind erholsam. Eine Liturgie, welche ich minutenlang wiederholen kann, wenn ich auf einen Bus oder die Tube warte. Die Aufzählung der Stadtteile tröstet mich. Bei verschiedenen Leuten, die Staunton kennen oder beruflich mit ihm zu tun haben, hinterlasse ich Nachrichten für ihn. Angebote für die Fotografie, die ich für die Signora erwerben soll. Ich bin bemüht, immer freundlich und zuvorkommend zu bleiben. Die Krawatte steht mir ausgezeichnet, manchmal trage ich sie auch zum Frühstück.

In der vierten Nacht, die ich in London verbringe, lege ich mich gleich nach dem Abendessen hin. Drehe weder den Fernseher noch das Radio an. Der Stadtplan liegt neben dem Bett auf dem Fußboden. Die Orte, an denen ich nach Staunton gesucht habe, markiere ich mit farbigen Kreuzen. South Kensington. Soho. Putney. Der Winkel des Lichtes, welches durch die Fenster fällt, verändert sich rasch. Das Licht stammt von den Scheinwerfern, die einen Teil der Hotelfassade beleuchten. Ich sehe einige der Leute vor mir, mit denen ich mich unterhalten habe, um an Staunton heranzukommen. Beschreibe sie halblaut, als sei ich der Zeuge eines Unfalles oder Verbrechens, der von der Polizei vernommen wird. Zuckt nach jeder Antwort mit der Schulter. Lacht, ohne die schadhafte untere Zahnreihe zu entblößen. Raucht Mentholzigaretten. Hat eine Laufmasche im rechten Bein ihrer Strumpfhose, die sie verbergen will, indem sie mich vorausgehen läßt. Geschätzte Körpergröße, geschätztes Gewicht. Die gemurmelten Steckbriefe nützen nichts. Der Angestellte einer Galerie hatte meine Fragen mit einem differenzierten Repertoire verschiedener Handbewegungen beantwortet. Erst als wir uns verabschiedeten, bekam ich seine Stimme zu hören. Er lispelte. Der Beauftragte der Signora in seiner Luxusunterkunft. Der sich daran erinnert, wie es sich anfühlt, mit der Zunge in die frische Zahnlücke zu drängen.

Wieder und wieder. Die Stengel der Wolfsmilch sind dick wie Kinderarme. Pino riecht nach Milch und Babysabber, dabei ist er mein älterer Bruder, so riechen kleine Mädchen. Er brummt wie ein Automotor, der beschleunigt, schaltet.

Kurz nach 23 Uhr klingelt das Telefon. Ich muß eingenickt sein, denn es dauert eine Weile, bis ich begreife, was das Geräusch bedeutet, und abhebe.

»Der Esel, der sich ein Löwenfell umhängt, um die anderen Tiere zu erschrecken, verrät sich mit seinem kläglichen Gebrüll«, sagt eine Männerstimme.

Im ersten Moment glaube ich, Bolger sei am Apparat. Dann fällt mir ein, daß er kein Englisch spricht. Außerdem ist die Stimme jünger.

»Sie sind Willem Staunton. Richtig?«

»Ist das Leben so einfach?« sagt der Mann.

Er spricht mit leiser, eindringlicher Stimme, und ich habe die Vorstellung, daß er spöttisch lächelt, während er mit mir redet.

»Dürfte ich vielleicht ihren Namen erfahren?« frage ich.

»Mein Name spielt keine Rolle.«

»Ich heiße Mantovani. Stefano Mantovani.«

»Ich weiß«, sagt er lachend.

»Sie sind Stauntons Sekretär. Stimmt's?«

»Mr. Staunton verkauft die Arbeit nicht, für die Sie sich interessieren.«

»Vielleicht doch«, sage ich, »Sie wissen, daß meine Auftraggeberin die anderen Aufnahmen der Serie besitzt?«

»Das ist nicht unser Problem.«

»Ihr fehlt nur diese eine Aufnahme«, sage ich.

»Das ist nicht unser Problem«, wiederholt er.

»Sie bewundert die Arbeit von Mr. Staunton. Und sie ist bereit, jeden Preis zu bezahlen.«

»Jeden?« Jetzt lacht er laut; er hat einen Akzent, den ich keiner Nationalität zuordnen kann.

»Hören Sie: Ich möchte mich zumindest mit Mr. Staunton unterhalten. Vielleicht kann ich ihn überzeugen, die Aufnahme trotzdem zu verkaufen.«

»Mr. Staunton will Sie nicht sehen.«

»Und wie sieht es mit Ihnen aus?«

»Sie sind hartnäckig.«

»Genau wie Sie«, sage ich, »wir treffen uns zu einem Bier und unterhalten uns über Mr. Stauntons Serie und meine Auftraggeberin.«

»Ich trinke kein Bier.«

»Völlig unverbindlich. Kommen Sie, das ist doch nicht zuviel verlangt. Immerhin bin ich nur deswegen nach London gekommen.«

»Um mit mir ein Bier zu trinken?«

»Ach kommen Sie.«

»Also gut«, sagt er nach einer kurzen Pause, »aber machen Sie sich keine falschen Hoffnungen. Mr. Staunton will Sie nicht sehen.«

»Wann treffen wir uns? Und wo?«

»In der National Gallery hängt ein Tizian: The Death of Acteon. Ich erwarte Sie um 15 Uhr vor diesem Gemälde. Und sehen Sie sich das Bild an. Es lohnt sich, das dürfen Sie mir glauben.«

»Und wie erkenne ich Sie?«

»Lassen Sie das mein Problem sein, Mr. Mantovani.«

»Aber Ihren Namen verraten Sie mir.«

»Nikhil«, sagt der Mann und fährt gleich weiter, ohne mich zu Wort kommen zu lassen, »der Löwe greift den an, der ihm beim Fressen zusieht.«

Dann legt er auf. Macht Liegestützen. Trägt Seidenhemden. Ich versuche mir ein Bild von Stauntons Sekretär zu machen. Kaut Fingernägel. Trägt weiße Socken mit eingewirkten Wappen. Auf dem Hotelflur lacht eine Frau. Kauert im Schrank und brummt wie ein Motor, Bruderherz, stundenlang. Die gewundene Landstraße, die durch den Flur führt und unser Zimmer mit der Küche verbindet, kennt er auswendig. Hockt im Schrank und fährt die Kurven im Geist. PONTIAC FIREBIRD. Im Schrank wohnen die Spinnen und Schlangen, die Geister. Ihm macht die Dunkelheit keine Angst. FORD MUSTANG. Die Stiche der Bremsen schwellen an in der Nacht, brennen. Wir liegen in unseren Betten und saugen an den geschwollenen Stichen. Und vor dem Haus hocken die Krähen, du hast sie gesehen, Pino, du hast sie gezählt. Vierzehn Krähen Nacht für Nacht unter unserem Fenster. Später schalte ich den Fernseher ein. Der Widerschein der Bilder fällt über meine nackten Füße, zuckt über den Stadtplan und die Bettdecke. SLEEP WELL. Das Herz aus Schokolade lag exakt in der Mitte des Kissens, ich habe es gegessen. Die Lichtwechsel im Fernseher folgen kurz aufeinander, und es sieht aus, als würden Bomben gezündet. Aber es sind bloß die Schnitte eines Tierfilmes, die Wechsel von hell zu dunkel, von Tag zu Nacht. Eine Kobra verschlingt ein weißes Kaninchen. Ein Puma springt auf den Rücken einer Gazelle. Geier schlagen ihre Schnäbel in Aas. SLEEP WELL. Ein Gorillamännchen wirft mit Steinen nach einem Nebenbuhler, der grinsend auf einem Baum sitzt.

2.

Als ich erwache, staut sich Mittagsverkehr vor dem Hotel. Ich mache einige einfache Sprechübungen und sehe dabei Autofahrern zu, die im Stau stehen, fluchen, lesen, in der Nase bohren. PFOTEN. PFAD. PFLANZE. PFLOCK. HOPFEN. STAMPFEN. PFROPF. EIN PFUND ÄPFEL. PFLAUMEN PFLÜK-KEN. DAMPFPFEIFE. DAS PFERD STAMPFT TAPFER. DER TAPFERE KÄMPFER EMPFING IM KAMPF EIN BÜNDEL PFEILE. In zwei Tagen findet in Zürich die Aufnahmeprüfung für die Schauspielschule statt. Ich werde sie verpassen, und es ist mir egal.

Bevor ich das Hotel verlasse, erledige ich meine Pflicht, das tägliche Telefongespräch mit der Signora. Ich habe mir angewöhnt, sachlich und gleichzeitig vage zu berichten, um mir nicht die Möglichkeit für Unwahrheiten zu verbauen. Während dieser Gespräche vermeide ich es, in den Spiegel zu sehen. Die Signora hebt nach dem vierten Klingeln ab. Mein Oberkörper ist nackt, ich trage die Anzughose mit offenem Gurt.

»Sie rufen spät an, Stefano. Sehr spät.«

Ihre Stimme klingt scharf und knapp. Ihre Geduld ist demnach bald erschöpft. Ich verzichte darauf, mich zu erklären oder zu entschuldigen und schweige.

»Ich hoffe, Sie haben ihn endlich gefunden.«

»Ich habe ihn«, sage ich leise. Die Stimme des Lügners ist kaum zu hören, hat er überhaupt etwas gesagt? Das Stimmchen aus dem Beichtstuhl, hört, hört.

»Sie haben Staunton getroffen? Sie haben mit ihm gesprochen?«

»Ich habe ihn«, wiederhole ich.

»Wo? In seinem Atelier?«

Ihre Stimme überschlägt sich, wird schrill. Ich höre sie atmen.

»Ich habe mit ihm gesprochen«, lüge ich.

»Braver Junge«, sagt die Signora nach einer Weile. Sie hat ihre Stimme bereits wieder unter Kontrolle. Gibt sich unbeteiligt und distanziert.

»Gut gemacht, Stefano, sehr gut gemacht. Und? Verkauft er? Haben Sie ihn überzeugt?«

»Lassen Sie mir Zeit.«

»Was haben Sie ihm für ein Angebot gemacht? Wieviel will Staunton?«

»Lassen Sie ihm Zeit«, sage ich barsch.

»Sie haben mein volles Vertrauen, Stefano. Ich wußte, daß Sie mich nicht enttäuschen werden. Daß Sie ein gehorsamer junger Mann sind.«

Ihre Stimme hat wieder dieses Timbre, das mich irritiert und ärgert, weil es mich erregt. Ihr Lachen hat mir nie gefallen; es klingt künstlich.

»Gehen Sie auf seine Bedingungen ein. Ich muß die Fotografie haben. Geld spielt keine Rolle. Denken Sie daran. Und nun machen Sie sich an die Arbeit. Ich wünsche Ihnen viel Erfolg, Stefano.«

Ich lasse mir das Frühstück aufs Zimmer servieren. Danach stopfe ich den Anzug, das weiße Hemd und die Krawatte in die drei Abfalleimer meines Zimmers. Der Himmel ist bewölkt, es weht ein kalter Wind. Es riecht nach Schnee, dabei ist eben erst der Oktober zu Ende gegangen. Sanfter Regen fällt. Schirme werden aufgespannt, konzentriert und mit ernsthaften Mienen. Es sieht aus, als begrüße man sich in London auf diese Weise. In einer Nebenstraße schrillt die Alarmanlage eines Geschäftes, niemand kümmert sich darum. Am Ende der Straße steht ein Baum. Blaues Licht fällt aus einer Büroetage und bringt die Zweige zum Glänzen. Uralt und majestätisch. Die Äste bewegen sich, als seien sie elektrisch geladen, sie wippen mechanisch auf und nieder. Die Krone bietet Schutz vor dem Regen, obwohl der Baum bereits viele Blätter verloren hat. Ich winke einem Taxi, dabei befinde ich mich nicht sehr weit von der National Gallery entfernt. Der Fahrer hat eine sichelförmige Narbe auf der Wange. Er sieht knapp an mir vorbei, als ich ihm das Fahrziel nenne. Als ich aussteige, lasse ich Carlas Karte mit der Sphinx auf dem Rücksitz liegen. Ich habe sie zerrissen.

Das Bild war nicht einfach zu finden. Das liegt einerseits an den Besuchermassen, die viele Gemälde verdecken, andererseits habe ich mich in Museen nie zurechtgefunden. Tizians Bild hängt direkt neben dem Eingang eines Saales mit Arbeiten italienischer Maler, an einer grünen Wand. Ich setze mich auf eine Bank, die etwas aus der Mitte von Tizians Bild gerückt im Raum steht. In den ersten zehn Minuten sehe ich mir das Bild kaum an. Mein Blick streift darüber hinweg. Ich bin zu früh. Daß das Gemälde eine Jagdszene darstellt, erstaunt mich wenig. Das Licht in dem Saal wechselt ständig. Treiben Wolken über die Oberlichter, wird es sofort dunkel. Ein Licht, welches gut zu der Stimmung des Tizians paßt: Himmel und Herbstwald sind gleichermaßen in Aufruhr, werden vom Wind hin- und hergepeitscht. Meist stehen Besuchergruppen vor den Bildern, kaum jemand nimmt sich länger als eine halbe Minute Zeit. Viele gehen mit widerwillig verlangsamten Schritten durch den Raum und vermeiden es, in die Nähe der Bilder zu treten. Sie haben ihren Blick bereits in den nächsten Saal gerichtet, in die Ferne. Für kaum jemanden stehen die Gemälde im Zentrum des Interesses. Die Energiefelder, die von den Besuchern ausgehen, verschieben sich unablässig. In der Nähe der Bilder scheinen sich ruhige Zonen zu bilden. Sicherheitsgürtel, Reservate der Ruhe. Es bleibt mir nichts anderes übrig, als Tizians Bild doch anzusehen. Hat sich aufgemacht, Diana beim Bad zu überraschen. Jetzt wird er von den eigenen Hunden zerfleischt, verwandelt in einen Mann mit dem Kopf eines Hirsches. Im nächsten Augenblick schände ich sie. Nein: Im nächsten Augenblick bist du tot. Du büßt den Anblick der nackten Schönen mit dem Leben. Ich versuche es aus allen denkbaren Sichtpositionen, aber das Gemälde gefällt mir nicht. Bereits das Format stört mich. Das Bild ist zu schmal, der Ausschnitt der dargestellten Szene zu gedrängt. Der Jäger wird zur Beute, das also ist die Strafe für den Voyeur. Er hat Dianas Keuschheit auf die Probe gestellt. Das ist sein Tod. Ich gehe vor dem Bild auf und ab, sehe es mir genau an. Aber es gelingt mir nicht, mich in die Szene hineinzudenken. Schließlich setze ich mich wieder auf die Bank, um auf Stauntons Sekretär zu warten. Übe dich in Geduld, du hast Zeit. Die anderen Gemälde, die in dem Saal hängen, nehme ich kaum wahr. Farbschlieren. Ausschnitte von Landschaften und Körpern, Gesichtern. Rüstungen, Waffen und Pferde. Staunton hat ein bestimmtes Bild als Treffpunkt ausgewählt, daran halte ich mich. Einer alten Frau, die neben mir sitzt, rutscht die Brille von der Nase, fällt ihr in den Schoß. Sie ist eingenickt. Lunare Trauer einsamer alter Menschen. Ihre Handtasche steht offen, sie hat sich übertrieben stark geschminkt und schnalzt leise mit der Zunge, während sie schläft. Kurz nach 16 Uhr betreten mehrere Reisegruppen gleichzeitig den Saal. Durch das Oberlicht fällt Sonne, zeichnet Muster auf den Fußboden. Innerhalb von wenigen Augenblicken liegt Spannung in der Luft. Die Gruppen verschieben sich rasch, bilden neue Konstellationen und Verbindungen, bringen Reiseführer in Verlegenheit. Nach einer Weile sieht es aus, als würden alle Besucher dieses Saales zu einer einzigen Reisegruppe gehören. Ich warte seit einer Stunde auf Nikhil. Ich weigere mich, darüber nachzudenken, und versuche, ruhig zu bleiben. Nur einige wenige Besucher fallen aus dem Gruppenraster, bewegen sich außerhalb der scheinbar aufeinander abgestimmten Handlungsabläufe. Als ich mir diese Außenstehenden, zu denen auch ich gehöre, ansehe, fällt mir ein Mann auf. Ich habe nicht bemerkt, daß er den Saal betreten hat. Er mag zwei, drei Jahre älter sein als ich. Er ist unauffällig gekleidet, hat sich die schwarzen Haare aus der Stirn gekämmt. Der Mann ist Inder oder Pakistani. Er lächelt geheimnisvoll, ohne ersichtlichen Grund, er sieht konsequent an mir vorbei. Er hält sich am Rand des Raumes auf, außerhalb der Gruppen. Er bewegt sich in einer eigenen Umlaufbahn, als deren Mittelpunkt ich plötzlich mich erkenne. Der Mann ist nicht der Bilder wegen hier. Ein Reflex des Wiedererkennens durchzuckt mich, dabei weiß ich im selben Augenblick, daß ich den Mann nicht kenne. Ich habe ihn noch nie in meinem Leben gesehen, und trotzdem ist er mir vertraut. Der Mann muß Nikhil sein, denke ich: Dort drüben steht Stauntons Sekretär und beobachtet dich dabei, wie du geduldig auf ihn wartest. Der Gedanke, daß der Mann Nikhil sein muß, wird mir zuerst zur fixen Idee und dann zur Gewißheit. Ich will ihm einige Minuten Zeit geben, bis er sich mir zu erkennen gibt. Tut er dies nicht, werde ich ihn ansprechen, ich habe lange genug gewartet. Die Zeit verstreicht, nichts geschieht. Die alte Frau, die neben mir sitzt, erwacht. Sie sieht mich mißtrauisch an, erhebt sich und geht dann kopfschüttelnd weg. Ich verliere den Mann für einen Moment aus den Augen, er verschwindet in einer schnatternden Gruppe und steht gleich darauf am anderen Ende des Saales und sieht mich spöttisch an. Jetzt bin ich überzeugt, daß der Mann Nikhil ist. Der Löwe greift den an, der ihm beim Fressen zusieht. Ich stehe auf, um auf den Mann zuzugehen, da dreht er sich um und geht rasch weg. Uniformierte Wächter heben beschwichtigend ihre Arme, zeigen offene Handflächen. Offenbar gehe ich zu schnell. Nikhil verläßt die National Gallery durch den linken Ausgang, nimmt jedoch die rechte Freitreppe, um auf den Trafalgar Square zu gelangen. Ich bin nichts. Nichts als dein Schatten, Nikhil. Und darum entkommst du mir nicht. Ich bin der Fremde in der Nische, die unbekannte Stimme am Telefon. Der Wind im Unterholz, das Messer im Rücken. Ampeln springen um, Blitzlichter japanischer Präzisionskameras zucken. Nikhil gibt sich alle Mühe, um mich abzuhängen, er hat keine Chance. Jetzt glaube ich mit absoluter Sicherheit zu wissen, Stauntons Sekretär zu verfolgen. Er ist es, es gibt keinen Zweifel. Nikhil steigt im letzten Moment in einen losfahrenden Bus, ich erwische ihn an der nächsten Station, indem ich hinter ihm herlaufe. Du wirst mich nicht mehr los, heute nicht. Ich steige in den Bus, lasse mir nicht anmerken, daß ich nach Atem ringe. Während der Fahrt halten wir Abstand, es liegt eindeutig an ihm, ein Gespräch zu beginnen. Er muß mich ansprechen, er muß sich mir vorstellen; eigentlich erwarte ich auch eine Entschuldigung von ihm. Aber er sieht lächelnd durch mich hindurch. Wir überqueren die Themse. Es riecht mehrere Straßenzüge lang nach Tandoori-Gewürzen. In Hauseingängen stehen diskutierende Männer. Wind weht Abfall über den Gehsteig. Später drängt sich ein junger Mann durch die Fahrgäste, der Flugblätter verteilt. Auch mir drückt er eines in die Hand. Er sieht mich durchdringend an, voller Mitleid, wie mir scheint. JESUS LOVES YOU. Er legt mir sogar die Hand auf die Schulter, ein Fliegengewicht. Warum lächelt er nicht? JESUS LOVES YOU. Darf man eine solche Botschaft zerknüllen und in den Abfalleimer eines Busses stopfen? Ich falte das Flugblatt sorgfältig zusammen und stecke es wie ein Beweisstück ein. Hagerer Mann mit ausgesprochen bleicher Hautfarbe, schätzungsweise zwanzig Jahre alt und vielleicht sechzig Kilogramm schwer. Körpergröße? Nikhil lächelt den Mann an, ohne das Flugblatt entgegenzunehmen. Sie stehen sich dicht gegenüber. An der nächsten Station steigt Nikhil aus, er gibt mir zu verstehen, daß er erwartet, von mir verfolgt zu werden. Er zögert, dreht sich nach mir um. Wir steigen in einen anderen Bus. Nun riecht es frisch, zwischen den Häusern erkenne ich den Fluß. Der Bus fährt in hohem Tempo einen Park entlang, Äste kranker Bäume kratzen über das Wagendach. Ist zu erkennen, daß wir sozusagen gemeinsam durch Südlondon unterwegs sind? Stumm, mit gebührender Distanz.

In Greenwich steigen wir aus.

Nullmeridian. Nullzeit. Der richtige Ort, um Ereignisse in neue Bahnen zu lenken, neu zu definieren. Zeit, Nikhil anzusprechen. Ich gehe ihm nach, in Richtung Themse, vorbei an Shops mit bunt bemalten Fassaden, vorbei an Pubs, in denen trinkende Männer stehen. Vorbei auch an einem fest vertäuten Dreimaster, ich verringere den Abstand mit jedem Schritt. Am anderen Ufer wachsen Hochhäuser in den bewölkten Himmel. Die City aus einer anderen, beinahe dörflichen Perspektive. Auf der Themse kreuzen Ausflugsboote und River-Taxis. Wind schleppt Zeitungsbögen neben uns her, läßt leere Bierdosen mithüpfen. Geräusche des Untergangs, des Abschieds. Plötzlich beginnt Nikhil zu laufen, er lacht auf und verschwindet in einem Rundbau, in dem sich die Treppe und der Aufzug befinden, die einen in den Greenwich-Foot-Tunnel bringen. In eine enge, zweihundert Meter lange Röhre, welche die Themse unterquert. Nikhil ist mir weit voraus, zu weit. Die Röhre verläuft bis zu ihrem tiefsten Punkt abwärts, dann aufwärts, darum verliere ich Nikhil aus den Augen. Der Tunnel engt nicht nur die Sicht ein, er verschärft und dramatisiert außerdem die Situation. Die Verfolgung ist nicht länger nur ein Spiel. Ich erhöhe mein Tempo und laufe gezwungenermaßen auf Männergebrüll und Hundegekläff zu. Ein Lärm, der die Röhre füllt und jedes andere Geräusch verdrängt. Fünf Männer mit rasierten Köpfen kommen auf mich zu. Sie führen einen Hund an der Leine, sperren den Tunnel. Kampfstiefel und Bomberjacken geben meiner Angst eine bestimmte Richtung, einen Namen. Wie hat Stauntons Sekretär diesen marschierenden, brüllenden Widerstand überwunden? Wie ist er durch diese Mauer gelangt? Gehören die Männer zu ihm, bin ich in eine Falle gelaufen, in meine Falle? Ich kenne diese Angst seit langem als diffuses Gefühl. Nun wird sie real. Bekommt sie Hand und Fuß. Diese Bedrohung ist keine Idee. Sie ist wirklich vorhanden, ich gehe auf sie zu, ich habe keine andere Wahl. Diese Angst teilt mir einen Platz zu, meinen Ort. Die drohende Gewalt steht greifbar in der Röhre und verdrängt jede andere Empfindung.

3.

Rohre laufen entlang der Tunneldecke. Vernietet, tropfend. Jetzt habe ich den tiefsten Punkt des Tunnels erreicht, in Ordnung. Keine zwanzig Schritt trennen uns voneinander. Die fünf Männer gehen weiter, laut brüllend, in Ordnung. Wem wollen sie damit Mut machen? Pfeifen sie im Wald, im Keller, wenn sie die fremde Hand im Nacken spüren? Über uns nichts als Wasser, der Fluß. Darüber Himmel. Am Ausgang des Tunnels, in meinem Rücken, spüre ich Passanten. Frauen und Kinder, ich höre ihre Stimmen. Sie werden stehenbleiben, sie werden wegsehen. Man weiß, wie man sich zu verhalten hat. Die Regeln sind festgehalten, man braucht sich nur danach zu richten. Ich bleibe stehen, in Ordnung. Ich trage meinen Paß bei mir, achtzig Pfund in Noten und außerdem Kleingeld, welches mein Portemonnaie schwer macht. In meiner Jacke steckt ein Stadtplan, auf dem alle Orte, an denen ich ohne Erfolg nach Staunton gesucht habe, eingezeichnet sind, farbig markiert sind, in Ordnung. Meine Handgelenke schmerzen, schmal waren meine Schultern schon in der Schule. Wasser tropft von Röhren, in Zeitlupe, so dauert es unendlich lange, bis es aufschlägt, dicht vor meinen Halbschuhen. Man spricht mit sich, spricht zu sich. Man baut sich auf. Man wird zu einem anderen, man wird gefährlich. Bleibt die Frage, inwieweit dies Außenstehende wahrnehmen können. Riecht man Angst? Die Männer scheinen nun zielgerichtet zu schreien, gebündelt. Die Stimmen sammeln sich, erinnern deutlich an Kirchenchoräle, beinahe könnte mich der Schlachtgesang beruhigen. Sonnenstrahlen, welche schräg durch prächtige Portale einfallen und Steinplatten in gleißende Quadrate verwandeln, in Spiegel. Die nichts zeigen. Über uns der Fluß mit seinen Geräuschen, Gezeiten, seinem Geruch. Habe ich auf die Farbe des Wassers geachtet? Flaschengrün. Schlammbraun, mit leichtem Stich ins Olive. Ich bin stehengeblieben, in Ordnung.

Höre meinen Atem, nichts sonst. Nur meinen Atem und das Schreien der Männer.

Das ist der Moment, um das Geschehene zu überdenken und das, was noch geschehen wird, zu erahnen. Jetzt bleiben auch die fünf Männer stehen. Der Hund zerrt an der Leine, knurrt. Weit entfernt sehe ich Nikhil stehen. Seine Jacke knistert bei der kleinsten Bewegung, das habe ich im Bus gehört. Er wartet auf das zu Erwartende, das ist verständlich, in Ordnung.

»Warum?« frage ich laut und mit meiner eindrücklichsten Stimme.

Es riecht nach Urin, an der gekachelten Wand stehen die Buchstaben NF, schwarz und mit breitem Pinsel geschrieben. Ich weiß, was das Kürzel bedeutet, und es beruhigt mich nicht. Ich sehe Hemden, die von Bügeln rutschen, Kittel und gebügelte Hosen. Weiße Hemden, die geräuschlos auf den verdreckten Tunnelboden gleiten und auf denen man bald die Sohlenabdrücke von Kampfstiefeln erkennen wird. Wir sind das, woran wir uns erinnern. Bei meinem ersten Besuch in Vaters Haus habe ich mit Kreide eine Sonne auf das Pflaster gezeichnet und darunter ein Haus an einer Flußbiegung. Es hat einige Tage gedauert, dann fiel Regen, der meine Zeichnung weggewaschen hat. Vater hat sich das Haus unter der Sonne angesehen, ich weiß es, ich habe ihn dabei beobachtet, wie er auf der Straße stand und sich über meine Zeichnung gebeugt hat. Er hat kein Wort darüber verloren, in Ordnung. Die Männer setzen sich in Bewegung, ich bleibe stehen und erwarte sie. Ich weigere mich, ihr Aussehen zur Kenntnis zu nehmen. Der eine löst sich aus der Gruppe und kommt auf mich zu. Auf dem Handrücken des Mannes steht ein Wort in Großbuchstaben. Die Tätowierung ist stümperhaft ausgeführt, fast sieht es aus, als habe er sich das Wort mit

Filzstift auf den behaarten Handrücken geschrieben: Love. Er kommt noch einen Schritt näher. Er riecht nach Curry, was mich erstaunt. Sein Blick ist gehetzt, er lacht nervös, zweifellos in der Meinung, es klinge souverän.

»Scheißausländer«, sagt er, wenn ich ihn nicht falsch verstehe. Er nuschelt, sein linker Schneidezahn ist abgebrochen. Ich verzichte darauf, nachzufragen. Ich verzichte überhaupt darauf, etwas zu sagen. Ich bin gar nicht hier. Wir sind das, was wir uns vorstellen können. Ich sitze am Bett eines Veteranen und lese ihm aus der Sportzeitung vor. Langsam und mit einer Stimme, die ihm die Gewißheit gibt, daß man sich um ihn kümmert.

»Wie spät?« fragt der Tätowierte, offenbar ist er der Anführer der Gruppe. Ich halte ihm meine Uhr unter die Nase, sage noch immer nichts. Der Hund jault und winselt aufgeregt, aber der Mann, der ihn an kurzer Leine hält, beruhigt ihn mit gutturalen Lauten und Worten, die ich nicht verstehe. Für einen Augenblick sehe ich den Mann mit kahlrasiertem Schädel, Lederjacke und derben Stiefeln als kleinen Jungen, der vor einem Käfig kauert und seinem Kaninchen, das sein Vater in drei Tagen schlachten wird, eine erlogene Geschichte erzählt. Er tut es in einer Babysprache, welche die Worte dehnt und die Melodie eines Kinderliedes nachahmt. Die Gesichtszüge des Mannes sind zu sanft für sein Auftreten, und er ist auf ein besonders grimmiges Mienenspiel angewiesen, um gefährlich zu wirken. Der Anführer starrt mich an, ohne meine Armbanduhr zu beachten. Seine Stirn liegt in Falten, und ich sage ihm die exakte Uhrzeit. Meine Stimme klingt verblüffend ruhig.

»Was?« schreit er, »Was! Wieviel? Was!«

Ich wiederhole die Zahlen, korrigiere sie allerdings um eine Minute. Sogar in einem solchen Moment vergeht die Zeit. Fünf Mitglieder der National Front erklären einem Ausländer, wer die Schuld am desolaten Zustand des englischen Königreiches trägt. Der Ausländer zeigt Verständnis, gesteht seine Mitschuld, er verspricht Besserung, man müßte ihn nur fragen. LOVE. Das Wort bewegt sich, denn der Anführer ballt die Faust. Er sieht sich um, das ist ein vereinbartes Zeichen, vermute ich, und wirklich reicht ihm einer der anderen eine Flasche. FOSTER'S. Australisches Bier? Ich weiß, was jetzt folgt. Bin erstaunt, daß ich nicht einmal daran denke, wegzulaufen. Es geschieht tatsächlich. Und es geschieht tatsächlich dir. Du bist gemeint, mir gilt der Haß, die Verachtung. Der Anführer lächelt. Auch er weiß, was folgen wird. Er ist derjenige, der dem Ablauf der Ereignisse eine unerwartete Wendung geben könnte. Er könnte mir die Hand schütteln. Bestimmt gab es in der Nähe ein Pub, wo wir zusammen zwei, drei Runden Lager trinken könnten. Wenn wir das wollten. Das wäre der Moment der Verständigung, der Zeitpunkt für eine offene Aussprache. Die Stille, die für einige Sekunden herrscht, hat die Aura förmlicher Übereinkunft. Wir halten inne, schöpfen Luft, sammeln Kraft und Wut. Bauen genügend Haß auf, um den Gegner rücksichtslos verletzen zu können. Die Stille ist inszeniert, sie verspricht nichts Gutes. Dann hält der Anführer die Flasche in die Höhe, er will mir zeigen, womit er mich angreifen wird. Er holt aus und schlägt der Flasche an der Wand den Boden weg. Das Geräusch des zersplitternden Glases ist beeindruckend, ist größer und mächtiger, als ich erwartet habe. Es rollt durch den Tunnel, es dehnt sich aus, wächst. Man hört es bestimmt auch auf den Treppen, in den Schächten, an den Enden des Tunnels. Man hört das Geräusch und weiß, was es bedeutet: Gefahr. Man bleibt stehen und wartet ab, schließlich trifft es einen anderen. Ich bilde mir ein, Nikhils Atem hören zu können. Auch er wird abwarten, in Ordnung. Wir gehören zusammen; er hat mich hierhergeführt. Der Anführer der Gruppe stößt Luft aus. Ein Signal, das die anderen vier aufnehmen und nachahmen. Mir dagegen entweicht ein Seufzer.

Tief, laut und voller Hinweise darauf, wie ich mich fühle. Ich hebe beide Arme als Schutz vor mein Gesicht, und der Anführer schlägt mir die Faust in den Magen. Nun knie ich vor ihm. Eine Haltung, welche unserem Verhältnis perfekt entspricht. Eine Illustration mit Symbolgehalt. Der Hund bellt, ich kann seinen schlechten Atem riechen. Renzo hockt auf einem Schlitten, dabei liegt kein Schnee. Carlas Gesicht verblaßt hinter einer weißen Wolke. Das ist ihr Atem, die Kälte, die unsere Jacken und Körper dampfen läßt. Dann ist ihr Gesicht wieder da, ich spüre das Blut durch meinen Oberkörper fließen, warm durch Arme und Beine strömen, bis in die Spitzen meiner Finger, die ich bewege wie die Zangen einer Maschine aus Fleisch und Blut. Mantovani, der männliche Roboter mit Betriebsstörung. Carla sitzt auf der Schaukel, die ihr Großvater in die Äste eines Nußbaumes gehängt hat. Sie hat die Füße angezogen, pendelt vor und zurück. Sie befiehlt mir, näher zu kommen, näher. Nimmt mich endlich in die Schere ihrer Beine, reißt mich zu Boden und schwingt über mich hinweg. Es ist längst Sommer, ich liege mit ausgebreiteten Armen unter der Schaukel und sehe ihr zu. Sehe ihre nackten Beine, den flatternden Stoff ihres Rockes und höre sie kreischen, einen Namen rufen: meinen. Stefano. Carla, rufe ich und werde in den Rücken getreten, kann es aber verhindern, mit dem Kinn auf den Boden zu knallen. Jetzt jammere ich laut und deutlich um Vergebung. Der Anführer reißt meinen Kopf an den Haaren hoch, macht meinen Oberkörper zur Zielscheibe für Faustschläge und weitere Fußtritte. Die Verwendung der zerbrochenen Flasche zögert er hinaus, vielleicht hofft er, daß ich mich wehre. Ich selbst soll ihm den Grund liefern, damit er mir das Gesicht zerschneiden darf. Mein Gejammer will er nicht hören, es ist fehl am Platz.

»Laßt ihn los«, sagt Nikhil.

Ich habe nicht bemerkt, daß er hinter mir steht. Seine Stimme klingt leise, läßt aber keine Zweifel aufkommen. Diese Stimme steht zu dem, was sie fordert. Erst als ich mich umdrehe, sehe ich das Argument, welches die Skinheads dazu gebracht hat, von mir abzulassen. Nikhil hat eine Pistole in der Hand.

»Wenn du den Hund losläßt, erschieße ich ihn«, sagt er.

Der Hundeführer packt sein Tier am Halsband und zerrt es zurück. Die Flasche liegt zwischen den Stiefeln des Anführers. Die Bruchstelle des Glases hat die Form eines Gebisses und reflektiert das Licht der Tunnelbeleuchtung. Wenn man die Pistole übersieht, könnte man glauben, daß wir sieben junge Männer sind, die etwas zu besprechen haben. Vielleicht unterhalten wir uns über den Hund, diese gelungene Aufzucht. Trotzdem warten die anderen Passanten ab. Es ist sehr still in dem Tunnel unter der Themse.

»Und jetzt verschwindet. Haut ab.«

Der Anführer ist der erste, der sich in Bewegung setzt. Schweigend dreht er sich um und geht weg. Die anderen folgen ihm sofort, bloß einer wendet sich nach ein paar Schritten um und droht uns mit erhobener Faust. Wir sehen den Männern nach, bis sie, da der Tunnel leicht ansteigt, verschwunden sind. Sie haben die Schultern hochgezogen, sind krampfhaft bemüht, nicht doch noch die Beherrschung zu verlieren. Ihre Nackenmuskeln verraten sie. Ich habe nicht bemerkt, daß Nikhil die Waffe weggesteckt hat. Kaum sind die Männer verschwunden, tauchen die ersten Passanten auf. Sie machen einen Bogen um uns. Sie wissen, was passiert ist und wollen nichts damit zu tun haben. Ich halte es nicht für nötig, mich bei Nikhil zu bedanken. Der Hund hatte verschiedenfarbene Augen, das T-Shirt des Anführers war zerrissen, voller Flecken. Wir warten einen Augenblick, dann gehen wir langsam weg. Natürlich gehen wir in die andere Richtung als die fünf Männer, ich zwinge Nikhil zu einem höheren Tempo. Wir schweigen, bis wir aus dem Treppenschacht ins Freie treten. Es nieselt. Das Wasser der Themse ist grau, es erinnert mich an die Farbe von Betonpfeilern, über die Regenwasser rinnt.

»Die Pistole ist übrigens nicht geladen«, sagt Nikhil.

»Und was hättest du getan, wenn dich die Männer angegriffen hätten? Trotz der Waffe?«

»Das ist eine gute Frage«, sagt Nikhil und öffnet die Tür eines gelben Sportwagens, der bei der Endstation der Docklands Light Railway steht. Der Wagen ist unglaublich eng und so tief gelegt, daß ich das Gefühl habe, direkt auf der Straße zu sitzen. Ich frage Nikhil nicht, wohin er mich bringt. Wir fahren durch eine Siedlung gepflegter Reihenhäuschen mit Vorgärten. Vor uns stehen die Hochhäuser der Isle of Dogs. Monumente, Pyramiden der Neuzeit. Am Rückspiegel von Nikhils Triumph Spitfire baumelt eine Girlande aus farbigem Papier und eine Kette mit Holzperlen.

»Eine Pistole ist ein Zeichen, das jeder versteht. Sie ist der Beweis dafür, daß derjenige, der sie trägt, bereit ist.«

»Bereit wofür?« frage ich.

»Die Grenze zu überschreiten. Den Schritt aus der Anonymität zu wagen. Bereit für den Schritt aus der Masse, die sich an die Regeln hält. Das Präsentieren der Pistole ist Teil einer Abmachung: Ich zeige meine Waffe, du ziehst dich zurück. Wer lauter auf der eigenen Brust herumtrommelt, gewinnt. Die Sprache der Gegenwart. Eine Verständigung, die simpel genug ist, um überall kapiert zu werden. Homo sapiens. Zweibeiner mit beweglichen Daumen sowie aufrechtem Gang, richtig.«

Er macht Pausen zwischen den einzelnen Worten, als müsse jedes für sich und nicht im Zusammenhang eines Satzes stehen. Nikhil fährt konzentriert, schnell. Wir durchqueren das sanierte Geschäftsviertel der Docklands; die großzügigen Gehsteige und Zubringer sind menschenleer. Glaskuppeln, Marmorfassaden, goldene Firmenschilder. Es sind kaum andere Autos unterwegs. In den Scheiben des Hochhauses mit der pyramidenförmigen Spitze spiegeln sich Wolken und ein Learjet, der auf dem nahegelegenen City-Airport gestartet ist. Nikhil deutet auf Polizisten, die gelangweilt vor einer mit Gittern gesperrten Zufahrt stehen und rauchen. Zwischen den neuen Gebäudekomplexen liegen Hafenbecken, wir folgen der geschwungenen Themse. Da zur Zeit Ebbe herrscht, erkennt man deutlich die hölzernen Anlegestellen. Schwere Poller und Planken in satten Farben, vollgesogen mit dem Wasser der Themse, die bald steigen wird. Wir passieren Lagerhallen, Kräne, Gebäude mit schadhaften Dächern, verlassene Häuserzeilen. Links der heruntergekommenen Straße erstreckt sich eingezäuntes Brachland, eine rätselhaft leere Fläche mit Gestrüpp und Unterholz. Der Schutt ist so hoch aufgetürmt, daß er über den Bretterzaun hinausragt und auf den Gehsteig fällt. Teile von Kühlschränken und Kochherden. Vor Wohnsilos stehen Jugendliche mit Skateboards. Wir fahren durch verwinkelte Sträßchen und einen kurzen Tunnel, bevor wir in eine Ausfallstraße biegen. Commercial Road. Sofort nimmt der Verkehr zu. LKW donnern vorbei, Sattelschlepper. Erst jetzt entdecke ich die Schwarzweißfotografie, die vor mir auf dem Wagenboden liegt. Die Aufnahme löst eine vage Erinnerung in mir aus, die jedoch undeutlicher wird, je länger ich daran denke. Das Bild zeigt einen Mann, der bei strömendem Regen über eine Straße geht. Er trägt einen Mantel, den er sich über den Kopf gezogen hat. Seine Schultern sind nicht zu sehen, aber sie müssen steil nach oben zeigen, denn die Ärmel des Mantels werden straff nach hinten gezogen. Es wirkt, als werde der Mann wie eine Marionette an Schnüren geführt, die man im Regen nicht erkennen kann. Im Vordergrund teilt ein unscharfer Baumstamm die hochformatige Fotografie in zwei schmale Streifen. An der Hauswand hinter dem Mann ist ein Straßenschild befestigt, das sich mit bloßem Auge nicht entziffern läßt.

»Wo sind wir hier eigentlich?« frage ich Nikhil.

»Du fragst, wo wir hier sind? Im East End sind wir. Ich bin hier aufgewachsen. Willkommen in Indien. Poplar. Limehouse. Stepney. Mile End. Shadwell.«

»Und wohin fahren wir?«

Nikhil schüttelt den Kopf, ohne auf meine Frage einzugehen. Er zählt Namen auf, und es dauert eine Weile, bis ich begreife, daß es Straßennamen sind.

»Lodore. Bazely. Ditch. Shirbu. East India. West India Dock Road. Brabazon.«

Wir halten an einer Ampel, und das rote Licht fällt über Nikhils Stirn, seinen Nasenrücken. Er kichert. Die Aufzählung der Straßennamen hat ihn erheitert, seine ernste Stimme hat den Namen zuviel Gewicht und Bedeutung gegeben, Nikhil tippt sich an die Stirn. Vor einem Pub mit gefliester Fassade steht eine Frau, die auf ihren Hund einredet. Wir sind das, was wir sind. Früher versuchten mein Bruder und ich zu erraten, was für ein Auto als nächstes durch unsere Straße fahren würde. Wir saßen auf einem Mäuerchen vor dem Haus und beteten die magischen Markennamen herunter, sonst schwiegen wir. Es gab nichts anderes zu sagen. Ein Dialog unter Brüdern, reduziert auf das Wesentliche. Pino gewann das Spiel fast immer. Er kannte sich aus mit PS-Stärken, Beschleunigungswerten und Höchstgeschwindigkeiten. V8-Zylinder. Vorderradantrieb. Er hatte die Augen geschlossen, wenn er riet. Das Nennen der Automarken war unsere Beschwörung. Sie hielt uns die Lehrer vom Leib, Eltern und Streber. Der Klang der zusammengehörigen Namen machte uns unangreifbar. Wir wußten Bescheid. Die anderen nicht. Ich erwartete, daß eine Frau am Steuer eines Chevrolet Impala neben uns anhalten würde. Sie öffnet die Tür und bittet mich, einzusteigen. Die Frau ist im Alter von Carlas Mutter und niederschmetternd schön. Dann machte meine Phantasie jeweils einen Sprung: Ich stehe in einem lichtdurchfluteten Salon vor einem weichen Ledersofa und lasse mir von der Frau die Hose ausziehen. Danach wußte ich nicht mehr weiter. Opel Rekord. VW-Käfer. Ford Capri. Alfa Romeo Giulietta. Die Namen waren voller Bedeutung und Geheimnisse. Sie verwiesen auf etwas, über das wir mit niemandem reden konnten. Mit dem eigenen Bruder schon gar nicht. Ford Cortina. Opel Admiral. Nikhil biegt von der Commercial Road, in welcher sich der Feierabendverkehr staut, in die Jubilee Street. Abgasschwaden stehen über Autodächern. Radfahrer tragen Schutzmasken und schlängeln sich durch Kolonnen. Schließlich bücke ich mich. Nikhil soll glauben, daß ich mir die Schnürsenkel binde. Ich stecke die Fotografie ein, ohne daß er es bemerkt. Ich weiß jetzt, woran sie mich erinnert: Sie ist einer Aufnahme von Henri Cartier-Bresson nachempfunden, die den Künstler Alberto Giacometti in einer Pariser Straße zeigt. Giacometti trägt den Mantelkragen wie die Kapuze einer Mönchskutte. Er hat eine Zigarette in der Hand.

»Hast du Zigaretten?« fragt Nikhil, als könne er meine Gedanken erraten. Als ich den Kopf schüttle, hält er an und schaltet den Motor aus. Unmittelbar vor uns steht ein Bus, vor dessen geöffneter Tür sich eine lange Warteschlange gebildet hat. Es regnet noch immer leicht.

»Holst du mir bitte ein Paket?«

Nikhil zeigt auf einen Lebensmittelshop, vor dem zwei Männer auf einer Kiste sitzen und Bier trinken.

»Damit du abhauen kannst? Ich habe gehofft, daß du mich endlich zu Staunton bringst. Hol du die Zigaretten. Ich passe auf den Wagen auf.«

Schirme tanzen im Wind. Wir stehen auf einer breiten Straße, die direkt in die City zu führen scheint. Ich erkenne die Hochhäuser des Bankenviertels, den Bau der Lloyds-Versicherung. Einzelne Autos haben bereits die Lichter eingeschaltet. Nikhil macht keine Anstalten, auszusteigen. Auf der Straße liegt ein zerfetzter Stadtplan.

»Hier. Nimm das als Pfand. Silk Cut. Bring mir doch bitte gleich zwei Pakete. Und Streichhölzer, ja?«

Er drückt mir lächelnd seinen Geldbeutel in die Hand, und ich steige tatsächlich aus und gehe über die Straße. Als ich mich umdrehe, sehe ich, daß mir Nikhil zuwinkt. Er hat die Sonnenblende heruntergeklappt, darum kann ich seine Augen nicht sehen. Das Licht ist weich, der Himmel in Aufruhr. An der Kasse des Shops stelle ich fest, daß Nikhils Geldbeutel bis auf zwei Pfundmünzen leer ist. Ich laufe aus dem Geschäft und sehe bereits auf dem Gehsteig, daß Nikhils Triumph verschwunden ist. Bleibt die Frage, wie er das geschafft hat. In der Whitechapel Road steht der Verkehr, also muß er in eine Nebenstraße abgebogen sein. Zuerst denke ich daran, ihm nachzulaufen, dann lasse ich es bleiben. Wir sind das, was wir sind. Schicksal, Zufall, Fügung: Beim Eingang der Tube-Station sitzt ein Mann an einem Campingtisch, auf dem er Dutzende von Sonnenbrillen zum Verkauf anbietet. Ich bin schon an ihm vorbei, da sehe ich ein Vergrößerungsglas unter den Brillen. Auf dem Gehsteig liegen Salatblätter, Kohlstauden, zertretene Früchte. Gemüsestände werden abgebaut, Frauen in bunten Umhängen und mit Schleiern vor den Gesichtern tragen ihre Einkäufe nach Hause. Sie scheinen gegen den Wind anzukämpfen, der Schirme umdreht. Während der Himmel dunkel wird, leuchten Türrahmen, Plastiktüten, Pellerinen. Ich muß auch eine Sonnenbrille kaufen, sonst würde mir der Mann die Lupe nicht verkaufen. Sein Blick ist starr und unnachgiebig. Ich habe keine Lust, um den Preis zu feilschen, sehe Verachtung in seinen Augen. Regen verschleiert die Geleise, die hier aus der Röhre ans Tageslicht führen. Brandschwarze Wände, über welche Kabel und Leitungen laufen, darüber Gewölk. Passagiere, die an der Whitechapel Station ausgestiegen sind, drängen über die gedeckte Brücke zum Ausgang. Ich fahre mit der District Line zurück in die City. Der Wagen ist nahezu leer, ich sehe mit Brettern vernagelte Fensterlöcher, For Sale, hoch über dem Bahntrassee, dann verschwindet die Bahn im Tunnel. ›Mein Huhn geht fremd. Wem gehören die Eier?‹, lautet die Schlagzeile der Zeitung, die am Boden liegt. Die Fotografie, die ich eingesteckt habe, ist eine gedruckte Postkarte, die den Mann zeigt, den ich seit Tagen suche: Willem Staunton. Fotografer. Born in 1936 in Swansea/Wales. Als ich an der Station Embankment aussteige, habe ich das Straßenschild hinter Staunton mit dem Vergrößerungsglas entziffert: Hortensia Road. Ich finde die Straße auf Blatt 75 in London A–Z. In ihrer unmittelbaren Nachbarschaft befinden sich ein Friedhof und das Fußballstadion vom F. C. Chelsea. Im Westend herrscht dichtes Gedränge, Gäste stehen mit ihren Biergläsern bis auf die Gassen vor den Pubs, obwohl es noch immer nieselt. Ich gehe ein Stück über die Hungerford Bridge, da man von dort einen wunderbaren Blick über die Themse und die östlichen Teile der Stadt hat. In der Mitte der Brücke steht ein Mann im Regen. Das Flußwasser ist schmutzig, bewegt. Der Mann trägt Stiefel ohne Schnürsenkel, eine Mütze. Die Hüfte vorgeschoben, das Gewicht auf einem Bein, spielt er auf einer Holzflöte eine Melodie, die mich an Vaters Haus über dem Po erinnert. Es ist wichtig, sich richtig zu erinnern. Springende Fische. Angler, die auf Klappstühlchen am Ufer sitzen und erstaunt aufsehen, als sie den Schuß hören. Schaum auf der Wasseroberfläche, Treibgut. Wer sich richtig erinnert, kann seine Zukunft gelassen erwarten. Die Lederreste hast du in einer großen Holzkiste gesammelt. Auf ihrem Deckel klebte eine Etikette mit der Aufschrift CAORSO. Du hast die Kiste per Zug an den Bahnhof jener Ortschaft in der Nähe deines Hauses spedieren lassen. Hast du mir nicht einmal versprochen, aus den Lederresten einen Gurt zu machen? Damals war ich noch ein Kind.

»Gott segne dich«, sagt der Mann, nachdem ich ihm Nikhils

Pfundmünzen in die Blechdose geworfen habe, die er eigenartigerweise auf dem Brückengeländer abgestellt hat. Wir sehen uns an, dann spielt er wieder. Nach einer Weile gehe ich davon.

»Das spiele ich für die Sonnenfinsternis«, sagt der Mann, aber ich gehe trotzdem weiter. Eine alte Frau kommt mir entgegen, eine Pilgerin der Armut, die ihr Hab und Gut in einem vollgepackten Einkaufswagen vor sich herschiebt. Gebündelt und verschnürt. Sie redet nicht mit sich selbst, wie ich zuerst annehme. Sie spricht zu mir. Sie beschimpft mich. Drecksau, ich, Arschloch, ich. Hinter einer deiner Maschinen hattest du eine Fotografie von Pino und mir an die Wand der Werkstatt geklebt. Wir halten uns an der Hand, wir sehen aus wie Brüder. Vor einem Pub stehen Männer in Anzügen, sie haben sich ihre Krawatten um die Stirn gebunden. Ich bin nicht mein Bruder. Einer der Männer läßt sein volles Bierglas fallen, es zersplittert auf dem Pflaster. Niemand kümmert sich darum. Jammer. Trost.

4.

Einige Sekunden lang kann ich nichts mehr sehen, bloß dieses Glühen, das mich blendet und taumeln läßt. An den Rändern meines Gesichtsfeldes blitzt es in regelmäßigen Abständen, was mir elektrisierende Schauer über den Rücken jagt. Ich habe keine andere Wahl, als mich von der Menge die Treppe hinaufschieben zu lassen. Wer in diesem Gedränge stolpert und hinfällt, ist verloren. Heute ist der falsche Tag, um nach Staunton zu suchen. Das weiß ich, seit ich an der Station High Street Kensington in die Tube gestiegen bin. Kaum hatte sich die Tür hinter mir zugeschoben, wurde mir bewußt, daß ich einen Fehler gemacht hatte.

Glory, glory, Man United
Glory, glory, Man United
Glory, glory, Man United
Your troops are marching on! on! on!

Der Zug war gesteckt voll mit Fußballfans, die mit ihrer Aufregung wegen der bevorstehenden Schlacht kämpften. Viele
waren bereits betrunken, alle trugen die Klubfarben ihres
Vereines Manchester United. Die Türen waren geschlossen,
aber der Zug blieb minutenlang stehen. Schlagartig leerte
sich der Bahnsteig, dann tauchten Polizisten auf, eine lange
Reihe. Da standen sie, die Beamten, welche die Fans in
Schach halten sollten. Zeigten sich, ihre Ausrüstung. Mar-
kierten Präsenz und lösten damit bedrohliches Gebrüll aus.
Hohngebrüll. Kampfgeschrei. Verzieht euch, Arschgesich-
ter. Schlachtrufe wurden skandiert. Diese Männer brauchten
einander offensichtlich, brauchten die Masse als Resonanzraum ihrer Wut, als Echo ihres Hasses. ›Ich bin nicht allein.‹
Das war es, was sie sich gegenseitig bestätigten. Es gibt uns.
Man fürchtet uns, fürchtet uns in allen Fußballstadien dieser
Welt. Fernsehen und Presse haben unser Bild verbreitet, es ist
ein furchtbares Bild, welches euch angst macht, gebt es zu.
Wir haben einen Platz in eurem Bewußtsein, ihr könnt uns
nicht vergessen, auch wenn ihr euch nichts aus Fußball
macht. Das Gedränge in dem Wagen war unglaublich, ich
gab mir Mühe, nicht aufzufallen. Verschwand in mir selbst,
wurde unsichtbar. Die Fans brüllten, hämmerten gegen die
Scheiben und versuchten, die Wagen zum Schaukeln zu bringen. Einer kotzte seinem Nachbarn über das rot-weiße Trikot mit der Nummer 10.
Ich verhielt mich ruhig, war aber, zumindest aus Sicht der
Polizisten, einer der Fans. Ein Gegner. Schließlich setzte sich
der Zug in Bewegung. Wir durchfuhren in hohem Tempo
zwei Stationen, hielten erst in Fulham Broadway, in der

Nähe des Chelsea-Stadions. Was uns erwartete, war eine von Polizisten besetzte U-Bahn-Station. Eine Machtdemonstration, der deutliche Hinweis darauf, daß keine Gewalt geduldet wurde. Grelles Licht, feindliche Gesichter. Die Türen springen auf, sofort drängt die Menge auf den Bahnsteig und in die Richtung der Treppenaufgänge. Die Atmosphäre ist gespannt, gereizt. Ich habe keine Wahl: Ich lasse mich die Stufen hinaufschieben. Hinaus auf die Straße. Ans Tageslicht. Wind weht. Berittene Polizisten eskortieren die Fans, bilden einen schmalen Durchgang, durch den wir uns gegenseitig vorwärtsschubsen. Ein Tunnel aus Uniformen, unnachgiebigen Gesichtern. Eine Pforte für die Ketzer, für den Mob. Zu welchem ich nicht gehören will. Bloß habe ich keine Möglichkeit, um dies klarzustellen. Ich werde mitgerissen, kämpfe bald nicht einmal mehr dagegen an, sondern nur noch darum, nicht umgestoßen zu werden. Tauben hocken auf Simsen und Dächern, nickend, flügelschlagend, daß es raschelt. Wir gehen vorbei an pendelnden Schlagstöcken, unruhigen Pferden, Helmen, Schutzschildern. Vorbei an haßerfüllten bösen Gesichtern, Augen. Es gelingt mir nicht, an den Rand der vorwärtsdrängenden Masse durchzukommen. Hinter den Häusern steht ein Regenbogen. Im ersten Moment glaube ich, mich zu täuschen, aber hinter Dächern und Antennen spannt sich tatsächlich ein Regenbogen. Ein Polizist, der auf einem Pferd sitzt, beginnt plötzlich, ohne ersichtlichen Grund, die Leute zu beschimpfen, die an ihm vorbeigedrängt werden. Der panische Blick seines Pferdes jagt mir einen Schrecken ein, ich versuche, aus der Nähe der berittenen Einheit zu kommen. Dann fängt der Beamte an, mit seinem Knüppel auf Köpfe und Schultern einzudreschen. Wahllos. Haßerfüllt. Kraftvoll. Das Tempo, in dem wir an den Polizisten entlangdrängeln, nimmt zu. Ich schiebe meinen Vordermann nur deshalb vor mir her, weil ich selbst von hinten geschoben werde. Da mischt sich ein

Ton in den Geräuschteppich, der nicht hierhergehört: das Schreien einer Frau. Ich sehe ihre Arme vor mir aus der Menge ragen, sie schlägt um sich, kreischend, wird mitgerissen, weggerissen. Ihre Schreie übertönen das Männergebrüll, dumpfes Grummeln.

»Gleich geht's los«, sagt der Mann neben mir.

Er wiederholt den Satz mehrmals. Leise, in beschwörendem Tonfall. Bisher habe ich mich geweigert, jemanden wirklich anzusehen. Der Mann ist etwa in meinem Alter. Groß, schlank. Er riecht nach Bier, hat sich in eine rot-weiße Fahne gehüllt. Er redet schnell, sein Blick springt hin und her.

»Spürst du die Energie?« brüllt er mir begeistert zu.

Ich nicke, brülle zurück. Ich ertrage die Spannung kaum, meine Hände zittern. Der Mann hat mich am Arm gepackt. Es gelingt mir nicht, etwas länger zu fixieren. Mein Bewußtsein wird gezwungen, Ereignisse wahrzunehmen, die auf einer Vielzahl von Ebenen geschehen. Meine Wahrnehmung liefert Bruchstücke, die ich vielleicht später zu einem Ganzen zusammenfügen kann, nicht jetzt. Reize, Stimulanz. Ich kapituliere. Bin in der Gegenwart in ihrer absoluten Form angekommen. Schlage die Hand des Mannes von meinem Unterarm. Der Durchgang, durch den man uns jagt, durch den wir wie Vieh getrieben werden, wird breiter. Am Himmel staffeln sich Wolken mit gleißenden Rändern. Der Regenbogen ist verschwunden. Vögel gehen hoch, drehen ab. Das Gebrüll scheint sich zu sammeln, sucht nach einer gemeinsamen Formel. Wir rennen jetzt sehr schnell, blindlings. Auf der rechten Seite stehen plötzlich keine Polizisten mehr, wir bekommen Raum und damit die Möglichkeit, uns auszubreiten. Ich versuche, mich aus der Menge zu lösen, dränge an den Straßenrand, werde aber von hinten angerempelt, bekomme einen harten Schlag auf den Rücken und falle hin. Knie am Boden, nach Atem ringend. Erde würde ich jetzt fressen, Gras. Erstaunlicherweise werde ich nicht niedergetrampelt. Man weicht mir aus. Schweres Schuhwerk wird knapp neben meinen Händen abgesetzt, mit denen ich mich abstütze wie einer, der sich erbricht. Der Lärm ist ohrenbetäubend, aufregend. Dann wird es totenstill, weil es mir gelingt, für einen Augenblick nichts mehr in mein Bewußtsein dringen zu lassen. Sehe mir selbst zu, aus großer Höhe, sehe mich mit pendelndem Kopf in dem eskalierenden Durcheinander kauern. Der einzige ruhende Punkt in einem Bild der Unruhe, diesem unbeschreiblichen Krach. Kauern. Abwarten. Ausruhen. Aus der Wirklichkeit gefallen, zumindest für einige erholsame Sekunden. Dann werde ich unter den Armen gepackt und auf die Beine gestellt. Ein Mann in Lederjacke redet auf mich ein, redet mir beruhigend zu, klopft mir auf den Rücken. Damit ist der Lärm wieder da, und ich beginne zu laufen.

Rule, Britannia! Britannia rule the waves!
Britons never, never, never shall be slaves.

Verkehr brandet. Metallrohre klopfen über Asphalt, Stiefel. Hufe von Pferden klappern, Trillerpfeifen sind zu hören: hektisch, sinnlos. Marschtempo. Laufschritt. Die Horde bewegt sich. Brüllend, fauchend. Nichts wird sie aufhalten, niemand. Diese Menge ist durch nichts zu zerstreuen. Diese Menge tritt geballt und konzentriert auf. Den Gesichtern rundum ist anzusehen, daß bald etwas geschehen wird. Ich begreife nicht, was vorgeht. Frage mich, ob ich bereit bin, mich von einer neuen Seite kennenzulernen. Darauf höre ich das Geräusch, das selbst mir als Zeichen zum Beginn einer neuen Phase der Auseinandersetzung einleuchtet. Glas ist zu Bruch gegangen. Dumpf, verhalten. Und dennoch nicht zu überhören. Das Geräusch gefällt mir, das gestehe ich mir ein. Ein Aufstöhnen geht durch die Menge, kollektives Glück. Ein Junge schwingt ein massives Eisenrohr über seinem

Kopf. Spielerisch und zugleich todernst: Er ist derjenige, der die neue Phase eingeleitet hat. Er hat die Frontscheibe eines Autos eingeschlagen. Sein Gesicht strahlt tiefe Befriedigung aus. Toyota Corolla. Blau. Er drischt weiterhin auf das zersprungene Glas ein, bis die Scheibe ins Wageninnere kippt und Splitter und Glasbrocken auf die Sitze fallen. Tigerfellbezüge, bestickte Sitzkissen. Die Tatsache, daß die Scheibe eines geparkten Autos eingeschlagen worden ist, dramatisiert die Stimmung sofort. Jemand hat die Grenze überschritten, indem er eine Sachbeschädigung begangen hat. Offenbar ist man der Meinung, daß es an der Zeit ist, es dem Jungen gleichzutun. Rundum werden Scheiben eingeworfen, Verkehrsschilder umgedrückt, geknickt. Fahrräder gehen zu Boden, werden regelrecht zertrampelt. Die Masse ist dumm. Manipulierbar. Primitiv. Die Masse ist, hat sie sich einmal in Bewegung gesetzt, nicht mehr berechenbar. Die Masse ist ein Volk ohne Land. Darum geht sie auf Eroberungszüge. Ich bin Teil der Masse. Mitglied des Rudels, ich gestehe es. Ich gestehe es. Ich bin dumm, triebhaft, primitiv, ohne daß ich davon gewußt habe. Ich bin mein Bruder. Die Masse hat Jesus getötet. Wir sind die Masse. Mit einemmal lasse ich es zu, zu spüren, daß sich eine Erregung in mir breitmacht, die ein Ventil braucht. Sonst zerplatze ich. Ich stoße einen Schrei aus, noch einen, doch das genügt nicht. Die Energie, die sich angestaut hat, muß freigesetzt werden. Jemand wirft eine Mülltonne in das Schaufenster eines Bäckers. Unglaublich langsam laufen Risse über die Scheibe, dann zerspringt das große Glas, auch das geschieht in wunderbarer Zeitlupe und wird begleitet von einem verhaltenen Knall, der scheinbar als Echo zurückgeworfen wird. Unter meinen Sohlen knirschen Splitter. Ich habe die erschreckende Ahnung, etwas Wichtiges durchzumachen. Etwas über mich zu lernen. Ich hebe den Rahmen eines zerstörten Fahrrades, stemme ihn über meinen Kopf und werfe ihn in die Scheibe eines Gemüsehändlers. Das Rohrgestell knallt gegen das Glas, durchschlägt es, liegt in der Auslage. Der Schrei, den ich ausstoße, ist auch für mich erschreckend. Er drückt meine Empfindungen umfassend aus. Er spricht für mich, zeigt, wer ich momentan bin. Ich fühle mich schwerelos, voller Energie, unangreifbar. Ich bin glücklich. Packe eine Mülltonne und werfe sie in das Stück des Schaufensters, das noch steht. Es wundert mich, daß mich niemand zurückhält. Weit hinter mir sehe ich die Polizisten auf ihren Pferden. Sie bilden einen Kreis, haben offenbar eine Fangruppe eingekreist. Ich schreie weiterhin, was ich allerdings nicht höre, sondern als wohltuende Vibration in meinem Brustkasten spüre. Vor mir skandiert jemand ein Wort, das ich erst nach einer Weile verstehe. Ich schließe mich einer Gruppe an, die in eine Nebenstraße abbiegt. Jetzt fallen andere Stimmen ein, bis sich ein Chor gebildet hat, der deutlich zu verstehen ist.

Kill! Kill! Kill!
Kill! Kill! Kill!
Kill! Kill! Kill!

Ich bemerke nicht sofort, daß auch ich in den Chor eingestimmt habe. Brülle. Brülle. Brülle. Schwitze. Werde demnächst zerbersten. Verdränge jeden Gedanken, der in Frage stellt, was ich hier mache, wer ich bin. Passanten werden niedergerannt. Bananen, Äpfel. Toastbrot. Tomaten. Der Inhalt einer Einkaufstasche liegt auf der Straße. Wird zertrampelt. Ich laufe in einem dichten Pulk, der es aufgegeben hat, geordnete Parolen zu schreien. Ich brülle so laut ich kann. Niemand scheint sich zu fragen, was ich hier verloren habe, wer ich bin. Ich bin Teil der gewalttätigen Gruppe, das genügt. Ich erkenne mich nicht wieder. Ich gebe mir keine Zeit, darüber nachzudenken. Ich bin. Bin. Bin. Wir laufen durch die enge Straße. Vorbei an Geschäften und einem Wettbüro, an

Vorgärten und einem Pub, dessen Eingang von Gallionsfiguren flankiert wird. Gitter und eiserne Rolladen schützen Schaufenster, Glastüren. Kurz vor dem Ende der Straße stockt unsere Vorwärtsbewegung plötzlich. Dabei bin ich überzeugt, daß uns nichts aufhalten kann. Niemand. Die Vordersten sind stehengeblieben und haben sich umgedreht. Beschwörend heben sie ihre Hände, winken mit Eisenrohren, Holzlatten, Fahnen, Flaschen. Ihre Gesichter zeigen keine Entschlossenheit mehr. Ihre Gesichter verraten Bestürzung, nackte Angst. Wir sind auf dichtstehende, gestaffelte Reihen von Polizisten mit Schildern und Schlagstöcken zugerannt. Es ist plötzlich sehr still. In Bruchteilen von Sekunden verwandelt sich meine Euphorie in Panik. Ich habe Kopfschmerzen und halte den Mund, endlich. Schutzschilder werfen Sonnenlicht zurück, eine Bierdose wird fallen gelassen und rollt über die Straße. Das dadurch entstehende Geräusch ist niedlich. Es signalisiert Bereitschaft zur Kapitulation. Spießrutenlauf, Strafe: beides verdient, gerecht, angebracht. Natürlich ist es nun zu spät, um etwas zu bereuen. Es ist auch zu spät, um zu behaupten, gar nicht dazuzugehören. Steht mit gezücktem Schweizerpaß in der Horde aus Manchester, schüttelt reumütig den Kopf und wird begnadigt. Verschont. Oder vielleicht wenigstens übersehen. Ich suche Augenkontakt. Zuerst mit den Männern, welche neben mir stehen, dann mit den Polizisten, die zum Glück noch weit entfernt sind. Wenn es eine Erfahrung war, das Schaufenster eines unbeteiligten Gemüsehändlers einzuwerfen, muß es auch eine Erfahrung sein, sich von englischen Polizisten zusammenschlagen zu lassen. Was ich in den letzten Minuten erlebt habe, hat nichts mit den Fußballfans aus Manchester zu tun. Darum löse ich mich aus der Gruppe, die sich schutzsuchend zusammendrängt. Ich gehe ein paar Meter weg von den anderen und biete mich als Ziel geradezu an. Damit bin ich derjenige, auf den sich die Aufmerksamkeit der Beamten zuerst richten wird. Der Freiwillige aus der hintersten Reihe, der eine Rechnung mit sich selbst zu begleichen hat. Wir sind das, was wir sind. Das heißt nicht, daß wir es bleiben müssen, Vater. Wo bist du? Vorher hat sich die Zeit beschleunigt, nun verlangsamt sie sich auf die bekannte, quälende Art und Weise. Beine aus Blei, die Arme eingeschlafen, der Asphalt ein zäher Brei, der jede Fluchtbewegung verunmöglicht. Ich denke nicht daran, zu fliehen. Rieche meinen Schweiß, den Angstschweiß. In den Gesichtern der Polizisten lese ich Verachtung und Haß. Ich ergebe mich, das müssen sie mir ansehen. Helfen wird es nichts, natürlich nicht. Man verprügelt auch diejenigen, die sich ergeben haben. Gerade die. Und dann setzen sich die klug gestaffelten Reihen endlich in Bewegung. Die vor- und zurückschwingenden Stöcke, blitzenden Schilder. Polizisten mit unbewegten Gesichtern kommen zielstrebig auf uns zu. Sie sind es, die sich nicht aufhalten lassen. Seltsamerweise sehe ich in diesem Augenblick Carla vor mir. Sie trägt ein langweiliges Kostüm und sitzt in einem Waschsalon vor einer Maschine, in deren Trommel sich ein Overall dreht, auf welchem mein Vorname steht. Carla raucht eine Filterzigarette, obschon das verboten ist. Sie ist ungeschminkt und unglaublich traurig. Das erkennt auch die Frau, die auf dem Stuhl neben ihr wartet, daß ihre Wäsche trocknet. Carla sieht an mir vorbei. Sie erkennt mich nicht. Sie hat geweint, das stimmt. Sie kämpft mit den Tränen. Und ich muß mir eingestehen, daß mir das völlig egal ist. Dann rennt der erste Polizist an mir vorbei. Er bleibt nicht stehen, zieht mir den Schlagstock im Vorbeilaufen quer über die Stirn. Auch den zweiten Schlag kann ich präzise fühlen. Der Beamte, der ihn ausführt, steht dicht vor mir. Er wird sich für mich Zeit nehmen. Er wird seine Pflicht sorgfältig erfüllen, das sehe ich ihm an. Vom dritten Schlag bekomme ich so wenig mit wie von all den anderen Schlägen und Tritten, die noch folgen. Nichts; keinerlei Schmerz, nichts. Eventuell habe ich mich am Boden zusammengerollt und Arme und Hände schützend vor mein Gesicht gehalten. Das würde erklären, warum sich die blauen Flecken, Prellungen, Schürfungen und offenen Wunden auf Rücken und Brustbereich, Arme, Beine und Gesäß konzentrieren. Ich, wimmernd, zusammengekrümmt wie ein Embryo auf einer Londoner Straße, in der Nähe der Hortensia Road. Wenn einer mit dem Schwert getötet werden will und so fort. Selbst ein Habicht ist ein Adler unter Krähen. Wir sind trotzdem das, woran wir uns erinnern. Der letzte Gedanke, an den ich mich vor den Stockschlägen und Tritten erinnere, ist von der Klarheit einer mathematischen Berechnung. Die sich über die gesamte Wandtafel zieht, großartig. Die Signora wird Geld an mich überweisen. Viel Geld. Und zwar für eine Fotografie, die ihr niemals gehören wird. Vater, das ist der Gedanke, der die Schmerzen überstrahlt, Bolger.

5.

Ein Bienenschwarm fliegt durch die Höhle meines Kopfes. Unermüdlich, fleißig. Runde um Runde. Später bewegt sich der Schwarm durch die Speiseröhre hinab in meinen Magen und sorgt dort für Unruhe, bevor er sich auflöst. Jetzt schwärmen sie einzeln aus, jede Biene für sich. Bis in den letzten Winkel des Gebäudes meines Körpers finden sie. Immer wieder kontrolliere ich im Spiegel des Wandschrankes, ob sich das Summen und Vibrieren unter meiner Haut erkennen läßt. Aber das einzige, was ich sehe, sind die Spuren, welche die Schlagstöcke und Stiefel hinterlassen haben. Eine Landkarte des Schmerzes; faszinierend, was die Farbveränderungen der Prellungen betrifft. Einer der drei Polizisten, die sich zuletzt mit mir beschäftigt haben, schüttelt sein linkes Bein, als er von mir abläßt und befriedigt weggeht. Er schüttelt den Fuß, mit dem er mir eben noch in die Niere getreten hat, als müsse er Dreck aus der Profilsohle seines Stiefels schütteln.

Seit zwei Tagen habe ich mein Zimmer im Hyde Park Hotel nicht verlassen. Das Essen lasse ich mir vom Etagenservice bringen, auch Zeitungen und Zigaretten bestelle ich telefonisch. Die meiste Zeit habe ich im Bett verbracht. Wahllos, apathisch, aber zufrieden, habe ich mir im Fernsehen alle möglichen Spielfilme, Gesprächsrunden, Dokumentationen und Sportsendungen angesehen. Werbung für Damenbinden, Schokoriegel, Klebstoff. Ich habe eine Talk-Show zum Thema Piercing gesehen, in welcher verschiedene Studiogäste ihre geschmückten Brustwarzen und Zungen vorführten. Am anderen Morgen waren die Zeitungen voll mit entrüsteten Kommentaren und Leserbriefen. Eine Bombendrohung der IRA hat die City mehrere Stunden lang lahmgelegt. Ich habe das Bett eigentlich nur verlassen, um mir im Spiegel die Veränderungen und Entwicklungen meiner Blessuren anzusehen. Nach Einbruch der Dunkelheit habe ich mich ans Fenster gesetzt. Regen fällt auf ausgestorbene spiegelnde Straßen und Rasenflächen, über welche die Schatten kahler Bäume wandern, man muß nur lange genug hinsehen: Das Unterholz zieht sich die Böschung hinab und dringt weit in den Wald vor. Der Weg ist steil und kaum zu finden. Er verliert sich in Brombeerranken, taucht zwischen hüfthohen Farnen plötzlich wieder auf, führt durch Gestrüpp. Unter den Steinen verbergen sich Ringelnattern, Vater hat mich vor den Schlangen gewarnt. In der Senke angelangt, folgt der Weg dem Fluß. Am anderen Ufer verläuft das geschotterte Sträßchen; dort sitzen die Fischer. Sie achten auf genügend Distanz zwischen ihren Klappstühlen, sie lassen sich nicht anmerken, daß sie mich beobachten. Zwei Bäume, deren zusammengewachsene Stämme ein V bilden, markieren die

Stelle, an der ich den Weg verlassen muß. Wer die Stelle verpaßt, findet den Bunker nie. Die verrostete Eisentür hängt lose in der Angel, die Festung hat die Form einer bis zur Hälfte eingegrabenen Keksdose mit abgerundeten Kanten und Ecken. Im Inneren des Betonbaues hängt ein zugleich widerlicher und interessanter Geruch. Bevor ich den Bunker betreten darf, muß ich das Kennwort nennen. Laut, deutlich, zweimal hintereinander. PFERDESCHWEIF. PFERDESCHWEIF. Das Kennwort wird nicht von mir bestimmt. Ein Unwetter zieht über den Betonwürfel, der mit Flechten und Moos bedeckt ist, mit Schlingpflanzen und Unkraut. Das Unwetter hat die Fischer auf einen Schlag vertrieben. Die Donnerschläge versetzen den weichen Waldboden in schaukelnde Bewegungen. Tannen wanken, Hauswände kippen, rutschen die Böschung hinab, in den Fluß. Dort treiben sie wie Flöße an uns vorbei. Das Unwetter ist laut, gewaltig, schön. Dann erwache ich, und es ist nichts als ein Hubschrauber, der tief über das Hotel geflogen ist und dessen Positionslichter über den Bäumen des Hyde Parks verschwinden. Ich will den Bunker nicht betreten, nicht einmal in der Erinnerung. Ich weiß, wer dort auf mich wartet. Die geschnittenen Haselnußgerten neben sich. Ich weiß, wer es ist. DACHSHAARPINSEL. DACHSHAARPINSEL. Deutlich und laut in den leeren Wald hinausgesagt. Die Äste sind bleich, vom Wind geschält. Der Bunker hat lange Risse und scheint immer tiefer in der Erde zu versinken. Schnatternd wie eine Gans wartet sie, weil sie weiß, daß mich das ärgert. Ihre Kleider hat sie auf dem gefegten Betonboden ausgebreitet, später will sie, daß ich mich in ihnen wälze. Ich weigere mich, ihre Kleider anzuziehen. Ich fege den Boden des Bunkers gründlicher als sie. Manchmal legen wir abgebrochene Zweige und Äste zu Zeichen und Mustern aus, die wir selber nicht verstehen. Das Muster des Teppichs in meinem Hotelzimmer erinnert mich an diese Zweige auf dem Boden des Bunkers. Ich merke mir einzelne Zeichen und lege sie immer wieder. Ich weiß, was sie bedeuten. HIMMEL. TOD. LIEBE. MÖRDERIN. HÖLLE.

Jedes Zimmer hat seinen spezifischen Geruch, seine eigenen Geräusche, seine Musik. Das ist es, was ich im Hyde Park Hotel begreife. Von Gästen benachbarter Zimmer höre ich nichts. Manchmal habe ich Stimmen wahrgenommen, dann ist wohl jemand an meiner Tür vorbeigegangen. Auch aus den Straßen ist wenig zu hören. Träges fernes Summen: Autos, Menschen. Die Sirene eines im Verkehr steckengebliebenen Krankenwagens schwillt an und ab wie die Stimme eines elektronischen Vogels. Schaufenster leuchten, Kioske, Regenmäntel, Stockwerke von Bürohäusern. Im Licht der Abendsonne sieht eine Hundeleine aus wie ein straff gespanntes Drahtseil. Über Dachfirsten abdrehende Taubenschwärme reflektieren die Sonne wie Metallteile. London läßt mich in Ruhe Wächter meines Selbstmitleides spielen. Die Schmerzen sind durchaus erträglich. Vor dem Spiegel mache ich automatisch ein leidendes Gesicht. Ich warte geduldig, weil ich weiß, daß es sich lohnen wird. Dem ›Guardian‹ sind die Ausschreitungen der Fans von Manchester United zwanzig Zeilen wert gewesen, dem ›Independent‹ einunddreißig. Nur die ›Times‹ hat einen ausführlichen Artikel mit Foto publiziert. Die Aufnahme zeigt einen Mann, der ein Fußballtrikot über der Lederjacke trägt und von zwei Polizisten abgeführt wird. Er ist mit Handschellen an einen der Beamten gekettet und blutet aus einer Stirnwunde. Im Hintergrund ist ein umgestürzter Abfallcontainer zu erkennen, dessen Inhalt in Flammen steht. Die Polizisten bluten beide aus der Nase. Ich warte auf das Geld der Signora, das erklärt meine Gelassenheit. Wenn ich die Zeitungen durchgeblättert habe, sind meine Finger schwarz von der Druckfarbe. Nikhils Geldbeutel liegt auf dem Glastisch neben dem Fernseher. Ich weiß, wozu ich ihn verwenden werde. Ich werde ihn mit Dollarscheinen füllen, bis er beinahe platzt.

Mit Dollarscheinen, die ich später in irische Pfund umtauschen werde. Aus dem Bett kann ich einen Ausschnitt des Himmels sehen, den Flugzeuge in regelmäßigen Abständen durchqueren. Siebzehn Jets in dreiundvierzig Minuten. Insgesamt achtzehn Streichhölzer in drei verschiedenen Schachteln. Achtzehn Zigaretten. Drei kleine Flaschen Whisky in der Zimmerbar. Neun Bilder an sechs Wänden. Ich wiederhole die Zahlen, bis sie zu einer einzigen großen Zahl werden. Die Summe meiner Langeweile. TIGERPFOTE. TIGERPFOTE. Singsang. ADLERSCHWINGEN. ADLERSCHWINGEN. Eine bestimmte Anzahl von Gegenständen in einer bestimmten Anordnung und Beziehung zueinander. Mathematik des Alltags. Neunzehn Prellungen. Zirruswolken, unzählbar wie die Vögel, die Grashalme im Hyde Park.

Ich hatte die Signora noch am selben Abend angerufen, an dem ich zwischen die Hooligans geraten war. Zuerst dachte ich daran, das Gespräch im Bett liegend zu führen, dann habe ich mich aufrecht ans Fenster gestellt. Es ist mir nicht möglich, liegend zu lügen. Lügen verlangt Konzentration, Disziplin. Die Stimme der Signora klang gereizt, ich gab ihr nicht die Gelegenheit, Fragen zu stellen. Ich redete in einem Fluß. Ein Wort ergab das nächste. Ich zählte die Löcher in der Sprechmuschel des Hörers, die Fotoapparate einer Touristengruppe im Hyde Park. Ich hörte die Signora atmen, rauchen. Ich schnitt ihr mehrmals das Wort ab, sie ließ es geschehen. Ihre zwei oder drei Einwände brachten mich nicht aus der Fassung, sie enthielten vielmehr bereits Anstöße für meine Antworten. Sie spielte mir die richtigen Stichworte zu, damit meine Lügen eine schlüssige Geschichte ergaben. Hin und wieder stieß die Signora vielsagende Seufzer aus. Ich beschrieb ihr das lichtdurchflutete Atelier Stauntons, seine Dunkelkammer, selbst diesen Raum hatte er mir vorgeführt. Meine Lügengeschichte machte die Signora glücklich. Ich sah sie vor mir, sah sie lächeln, zustimmend nicken. Ich zählte die Blumen in der Vase auf dem Schreibsekretär, dann deren Blüten. Ich gestattete mir keine Redepause, bis ich mir überlegte, daß dies meinen Bericht eventuell unglaubwürdig machte. Es gelang mir aber nicht, langsamer zu sprechen oder so zu tun, als suche ich nach den richtigen Worten. Ich durfte mir keine Lücken zwischen meinen Sätzen erlauben. Ich redete ohne nachzudenken. Ich beschrieb Willem Staunton als faszinierende Persönlichkeit, als Mann, dessen konsequente Lebenshaltung ihn zum Außenseiter gemacht hatte. Er hatte mich zum Nachtessen eingeladen, und zwar in ein luxuriöses Fischlokal in Belgravia, an dessen Wänden Fotografien von ihm hingen. Ich behauptete, Staunton habe dichtes, gewelltes Haar, das jedoch vollständig grau sei. Ich erfand den Mann eigentlich eher für mich, als für die Signora. Ich hatte es nicht geschafft, an ihn heranzukommen, die erfundene Geschichte war meine Rache dafür. Über seine Arbeit verlor ich kein Wort, das traute ich mir nicht zu. Nikhil beschrieb ich als liebenswürdigen alten Mann mit Hang zur Fettleibigkeit. Ich bin der Signora nichts schuldig. Ich spürte, wie ich mich allmählich auflöste. Was blieb, waren die Worte, die sich wie von selbst in den mittlerweile warmen Hörer sagten. Ich war das, was ich sagte, was ich erfand. Zwei Hunde verfolgten sich durch den Park, schließlich nannte ich den Preis für Stauntons Fotografie. Die Signora hatte mich nicht danach gefragt, noch nicht. Als ich den Betrag nannte, zitterte meine Stimme. Ich wiederholte die Zahl, räusperte mich. Hustete. Sah für einen Augenblick die Narbe zwischen den Schulterblättern der Signora vor mir. Den offenstehenden Reißverschluß ihres Kleides, die Träger des BHs. Nach einer kurzen Pause bedankte sie sich bei mir. Ihre Stimme klang befriedigt, weich. Dann legten wir auf.

Am dritten Tag, nachdem ich das Schaufenster eingeworfen habe, klingelt kurz nach zehn Uhr morgens das Telefon. Ich kann mir vorstellen, wer am Apparat ist. Ich habe den Mann am Empfang gebeten, mich sofort zu informieren, wenn 30 000 Dollar aus Italien auf meinen Namen eingetroffen sind. Ich lasse das Telefon elfmal läuten, dann hebe ich ab. Die Wolken über dem Hyde Park haben die Form eines Zeppelins. Es regnet. Regenschirme verdecken Spaziergänger, bloß ihre Hunde sind zu sehen oder Kinder, die mitten durch den Rasen laufen und voller Begeisterung in die Hände klatschen. Das Geld der Signora ist tatsächlich eingetroffen. Der Mann am Empfang ist offenbar gewohnt, mit Geldbeträgen in dieser Höhe umzugehen. Seine Stimme ist kühl und freundlich distanziert. Ich veranlasse ihn, mir für übermorgen einen Platz in der Nachmittagsmaschine der Air Lingus nach Dublin zu reservieren. Das zweite Ticket bestelle ich direkt bei der Fluggesellschaft. Ich lasse es auf den Namen Teobaldo Bolger am Reservations-Desk des Mailänder Flughafens Linate deponieren. Ich will Bolger vor vollendete Tatsachen stellen. Er wird zwei Stunden nach mir in Dublin landen. Ich erkläre der Angestellten, daß der Fluggast ein alter, sehbehinderter Mann ist, und bitte sie, daß man sich um ihn kümmert. Ich wasche mir gründlich die Hände, ohne in den Spiegel zu sehen. Dabei habe ich jenes Geräusch im Ohr, das von den Flügeln der Schwäne stammt, die knapp über der Wasseroberfläche fliegen und dem Flußlauf zwei- oder dreihundert Meter folgen. Es hat sie enorme Kraft gekostet, in die Luft zu kommen. Ich wähle die Nummer des Kriegsveteranenheimes in Italien und verlange den Leiter der Bibliothek an den Apparat. Ich mache mir nicht einmal die Mühe, meine Stimme zu verstellen. Der desertierte Soldat meldet sich per Telefon, wie leichtsinnig, wird aber nicht erkannt. Sitzt direkt vor dem Eingang an der Herbstsonne, füttert Tauben und geht erst weg, wenn der Kommandant an ihm vorbeigegangen ist, ohne ihn zu verhaften. Wirbelt durch die Luft, verdeckt für Augenblicke die Sonne, streift einen Zweig, dreht sich und landet im Schilf an der Böschung. Pino und ich laufen los, aber mein Bruder ist schneller. Er hebt Vaters Hut hoch und zieht ihn mir über Ohren und Augen. Vater, Sohn, Zauberer, blinder. Eine kleine Männergruppe in italienischer Sonne. Drei Gestalten in einer ausgebleichten Landschaft. Makellos verwandt miteinander. Dies aus dem Jahre vierzehn. Mit summenden Unterarmmuskeln, weichem Jungenbrustpanzer. Großer Liebe, die jederzeit in Haß umschlagen kann. Zwerchfell, brummendem. Es dauert eine Ewigkeit, dann meldet sich Bolger. PRONTO. PRONTO.

Am Nachmittag fahre ich mit einem Taxi zur Hortensia Road. Nach den zwei Tagen im Hotelzimmer erscheint mir die Stadt als laut und betriebsam. Touristenströme mit baumelnden Kameras, Belichtungsmessern, Proviantbeuteln. Motorradkuriere, die Busfahrern den Finger zeigen. Kichernde Krankenschwestern und Pfleger, in einem Pub verschwindend. THE STAG'S HEAD. Ich bitte den Taxichauffeur, langsam durch die Hortensia Road zu fahren. Rechter Hand befindet sich ein College mit mehreren Trakten, durch eine Grünanlage von der Straße abgetrennt. Das Haus, vor dem Willem Staunton fotografiert worden ist, steht am unteren Ende der Straße. Die hohen Fenster sind vergittert, in dem Gebäude scheinen sich keine Wohnungen zu befinden, sondern Werkstätten und Lagerräume. Ein offenes Tor gibt den Blick frei in einen Hof, in dem ein Lastwagen steht. Ich entschließe mich, zu warten, in der Meinung, darin nun etwas Erfahrung zu haben. Zuerst stehe ich einfach nur vor dem Gebäude mit der verwitterten Fassade, dann gehe ich auf dem Trottoir auf und ab. Vierzehn Schritt vom Haus weg, zwölf zurück. Nach einer Weile stehe ich drei Häuser von dem offenen Tor entfernt. Die Äste eines Baumes knarren im Wind. Es riecht nach grillierten Würsten. Ich, Fleischfresser, schnuppere, forme die rechte Hand zur Kralle, zur Pfote und sehe ein Taxi durch die Straße kommen und vor dem Haus mit den vergitterten Fenstern anhalten. Ölflecken auf dem Pflaster, im Regen vergangener Tage aufgelöstes Zeitungspapier. Es erstaunt mich nicht, Staunton mit seinem Sekretär aus dem Taxi aussteigen zu sehen. Ich gehe rasch auf die beiden Männer zu, die Zähne gefletscht wie jemand, der etwas Böses im Schilde führt. Staunton trägt eine Baseballmütze, deren steifes Schild er in die Stirn gezogen hat. Ich sehe Schnipsel meiner Fingernägel durch die Luft wirbeln, silberne Halbmonde, die im Aschenbecher landen und stinken, wenn ich sie anzünde. Nikhil bezahlt den Taxifahrer, deshalb ist es Staunton, der mich zielstrebig auf sie zukommen sieht. Ein Radfahrer schießt an mir vorbei, gefolgt von einem Lieferwagen. SOUL FOOD. Rote Buchstaben auf gelbem Grund. Die Schürze meiner Mutter, Geruch nach Vanillecreme. Auf meiner Jungenhaut der Geruch nach dem Schaumbad, in das sie mich gesteckt hat. Staunton sieht mich erstaunt an, sagt etwas zu Nikhil, das ich nicht verstehen kann. Der Amokläufer mit dem Revolver unter der Windbluse. Der Mann, der Stimmen hört, der Rächer, Erzengel. Der in meinen Fotos Hinweise entdeckt, Aufforderungen zu Gewaltakten. Der Details aus meinen Fotos herausliest, Namen, Tatorte, exakte Daten und eine helleuchtende Uhrzeit. Der Mann mit einer Mission. Hier kommt er also auf mich zu. Entschlossen unter einem Herbsthimmel kommt er auf mich zu, um dem Schöpfer seiner Stimmen zu begegnen. Das alles sehe ich in Stauntons entsetztem Gesicht. Es dauert unendlich lange, um die kurze Strecke zurückzulegen. Lange genug, um vergessen zu können, was ich hier tue, was ich hier verloren habe. Wer ich bin. Ein Mann, der auf zwei andere Männer zugeht, die eben aus einem Taxi ausgestiegen sind. Grimmig blickender, gehender Mann. Das bin ich zur Zeit. Die Abstraktion einer Abstraktion. Eine Idee. Nikhil lächelt. Die beiden stehen dicht beieinander. Stauntons Anonymität ist in Gefahr, er weiß, er ist erkannt. Will ich ein

Autogramm, ein tiefschürfendes Gespräch über Motive in seinem Frühwerk? Ziehe ich gleich die Pistole, das Messer? Stehen im Licht der Leuchtspurmunition, die ertappten Sünder, Lügner. Doch die feindliche Einheit zieht vorbei, verzichtet auf Vergeltung. Ich gehe lächelnd an ihnen vorbei, drehe mich dann um und sage »Danke«. Deutlich, laut, zweimal hintereinander. Ich gehe langsam bis ans Ende der Straße, setze mich in einen Pub gleich um die Ecke und bestelle eine Kanne Tee. Stare, Tauben. Das Licht ist klar. An der Wand hinter dem Tresen hängt ein Farbposter des Matterhorns. Am Tisch neben mir sitzt ein alter Mann, der leise hustet und mit seinem Hund schimpft. Meine Haut riecht nicht nach Schaumbad, nicht nach Palmolive, sondern nach Wundsalbe, antiseptischer.

6.

Parallel, temperafarben, schräg vor uns auf dem Gehsteig, oberhalb der Hüften abgeknickt und von Hauswand zu Hauswand springend. Das Bild unserer Schatten deckt sich mit den Gefühlen, die ich für die gegenwärtige Situation empfinde: Zufriedenheit, Glück. Zwei Freunde haben sich Zimmer im Shelbourne Hotel am St. Stephen's Green genommen und dann sofort aufgemacht, um das erste gemeinsame Guiness in Dublin zu trinken. Ein alter und ein junger Mann unterwegs durch eine Straße, deren Schild in zwei Sprachen beschriftet ist. BAILE ATHA CLIATH. Am Flughafen haben wir uns lange die Hand geschüttelt. Ich habe darauf bestanden, seinen Koffer zu tragen. Nachdem sich die Hosteß, die Bolger durch den Zoll begleitet hat, verabschiedete, haben wir uns umarmt. Bolger hat mich nicht gefragt, woher ich das Geld habe. Wir haben vereinbart, am nächsten Tag mit einem Mietwagen in den Westen Irlands zu fahren. Bolger will seine Tochter nicht vorher anrufen. Er will sie unbedingt überraschen. Er trägt seinen dunklen Anzug und das weiße Hemd mit Krawatte. Genau wie damals in der Bibliothek, als wir uns das letzte Mal gesehen haben. Sein Koffer ist aus Kunstleder und wiegt fast nichts. Ich habe ihn nach den Büchern aus dem Giftschrank gefragt, den Delikatessen, aber Bolger hat bloß den Kopf geschüttelt. Er braucht die Bücher nicht mehr. Obwohl er weiß, daß er nicht nach Italien zurückkehren wird, hat er kaum Gepäck mitgenommen.

»Ballast ist dazu da, um abgeworfen zu werden«, sagt er, »dann kann der Ballon wieder steigen. Des Menschen Wille ist sein Himmelreich.«

Die vergangenen Tage in London klingen wie ein störendes Geräusch in mir nach. Das Kreischen der Kreide auf der leeren Wandtafel. Später werde ich Bolger alles erzählen. Er will zuerst den Liffey sehen. Es nieselt, doch das kümmert uns nicht. Unsere Schatten sind verschwunden, unsere Oberarme berühren sich beim Gehen. Auf der schmalen Fußgängerbrücke, die über den Fluß führt, lasse ich ihm den Vortritt. Er geht zielstrebig vor mir her, deutet auf Gebäude, nennt ihre Namen und ihre Bedeutung. Er hat sich auf das Land seiner Väter vorbereitet. Melodie irischer Sprache. Litanei minderjähriger Straßenhändler. Feuerzeuge, Tabak. Synthetische Socken, Unterhosen. Plüschhunde mit nickenden Köpfen, kläglich kläffend. SIRLOIN STEAK. Das Gedränge auf dem Markt ist überwältigend, die ausgelegte Ware niederschmetternd. Plunder, polierter. Wir werden an Kleiderbergen vorbeigedrängt, hölzernen Bauchläden. Bolger ist begeistert. Er stellt sich in die Nähe verschiedener Händler und hört ihnen einfach nur zu. LEANEST MINCE. Ein Verkäufer in einer Metzgerei trägt einen Lederhut; er raucht. GIGOT CHOPS. Eine Frau spielt auf einer Gitarre, die sie offenbar

verkaufen will. Blechgeschirr, Zahnpasta. IT'S MAYBE RUB-
BISH, BUT IT'S IRISH, YES IT'S IRISH. Der Regen ist ein Pla-
stikgemurmel. Ich vergesse ihn, weil er niemanden zu stören
scheint. Hunde balgen sich um einen abgenagten Knochen.
Bolger steht murmelnd neben ihnen. Pferdegesichter, Fur-
chen, Gebrüll. Ich kaufe gestreifte Socken, vier Feuerzeuge.
Wir geben die Illusion auf, uns dorthin zu bewegen, wohin
wir wollen. Das hier ist der Ort, an den wir momentan
gehören. Bolger streichelt plappernd den Kopf eines Ponys,
das durch die Menge geführt wird. Geplatzte Äderchen, rote
Nasen. CUL DE SAC. Tief abgesenkter Himmel, wehende
Gerüche. Auf einer kleinen Wiese grasen drei Pferde.
»Es wird Zeit, meinem geistigen Vater zu begegnen«, sagt
Bolger.
Wir stehen in einem finsteren Pub am Tresen. Neben uns
klopft ein Mann seine Pfeife im Aschenbecher aus, was Bol-
ger zum Verstummen bringt. Im offenen Kamin glimmt
Torf. Das Gesicht des Mannes wird vom Licht hinter der Bar
in zwei Hälften geteilt. In den Nischen mit den Plüsch-
bänken sitzen schweigende Gäste hinter Guinessgläsern.
Sitzen auf Schaukeln, die in Palmen festgemacht sind. Pal-
men, welche dicht am Ufer stehen. Die beiden schwarzen
Jungen schwingen über den Strand, über unwirklich weißen
Sand, und tauchen mit ihren ausgestreckten Beinen und
Füßen ins Meer, irgendwo in der Karibik. HAPP LAGER. Der
Fernseher hängt hoch oben an der Wand und wird nicht beachtet.
»Alle Engländer sind Arschlöcher«, sagt der Mann, der sich
die Pfeife wieder in den Mund gesteckt hat, ohne sie anzu-
zünden.
»Bist du ein Engländer?« fragt er Bolger und starrt ihn
an.
»Ich bin Ire«, sagt Bolger auf italienisch, worauf der andere
kopfschüttelnd weggeht. Wir sehen ihm dabei zu, wie er sich

auf eine der Sitzbänke zwängt und dabei ein leeres Glas umwirft.

»Es wird Zeit, meinem geistigen Vater zu begegnen. Da draußen wartet er in der Dunkelheit. Liegt hinter einem Busch neben der Straße und macht keinen Mucks, bis wir kommen.«

Ich frage ihn, von wem er spricht, ohne ihn anzusehen. Wir trinken bereits das dritte große Bier. Ich fühle mich nicht sehr sicher auf den Beinen.

»Kuguar«, sagt Bolger und sieht mich herausfordernd an; ich schüttle den Kopf. Lichtkreise schwingen durch die verrauchte Luft, blitzende Reflexe, wovon?

»Kuguar. Auch Puma genannt. Die größte Katze Nordamerikas. Langschwänzig und fahlbraun. Mißt bis zu 2.75 Meter, kann 90 Kilogramm schwer werden. Bevor die Europäer Amerika erreichten und versauten, hat der Kuguar das größte Territorium aller Säugetiere der Neuen Welt bewohnt. Die Indianer nannten ihn übrigens Carcajou.«

Er wiederholt den Namen so lange, bis sich einige Gäste umdrehen und ihn anstarren. Vor dem Fenster des Pubs steht ein gelber Doppelstockbus. Es regnet noch immer. Der Barkeeper kichert, ich habe keine Ahnung, warum.

»Bruder im Geist«, sagt Bolger melodramatisch und trinkt sein Guiness aus. Sein Adamsapfel hüpft auf und ab, Bolger hat einen Schnurrbart aus Bierschaum.

»Wer ist schneller, Mantovani, was glaubst du: Tiger oder Puma?«

»Wo?« frage ich. Mir ist schlecht.

»Wo. Wo. Blödsinn. Irgendwo. Wer ist schneller, hä?«

»Keine Ahnung.«

»Laß dir Zeit. Denk nach. Wer rennt schneller. Du weißt es.«

Als wir den Pub verlassen, ist es dunkel. Nach einer Weile hat einer der Stammgäste eine Lokalrunde spendiert, es kam zu einem Trinkgelage. Männer erhoben sich, standen schwan-

kend, sangen Lieder. Jemand weinte, bis er selber aufstand und sang. Danach bestellte er die nächste Runde. TULLA- MORE DEW. Die Frau des Wirtes tanzte, und keiner kam ihr zu nahe. Die Männer achteten auf genügend Abstand. Klatschten. Stampften mit den Füßen, drehten sich im Kreis. Wir aßen Würstchen mit Ketchup, Chips. Und dann saß ich auf einem Stuhl und schlug mit zwei Teelöffeln den Takt zu dem italienischen Lied, das Bolger vortrug. Für einen Moment wurde es totenstill, dann feierten sie uns. Helligkeit flackerte. Bolger trug eine Krone aus Blechstreifen, golden lackiert, es war der Widerschein der Thekenlampe. Ein Mann fiel um, wir betteten ihn auf Plüsch, roten, flößten ihm bernsteinfarbene Flüssigkeit ein, tätschelten seinen Hinterschädel, den flachen, verschwitzten. Seine Haare waren gelb wie Weizen. Sie knisterten, wenn ich darüber strich. Er lachte und nannte Bolger seinen verdammten Bruder, verdammt. Ein Mann wie ein Baum, gefällt. Sabbert. Hält Händchen. Und singt gleich darauf, bolzengerade stehend, ein Lied, das von einem Mädchen handelt, welches ein anderer bekommt. Hinter dem Mann hing eine Fotografie von Bob Geldof an der Wand. Meine Zähne klapperten, Hand in Hand, Teobaldo. Haut und Knochen sind wir, du auch. Die Theke war naß und klebrig und doppelt so lang. Ich saß vor einer Steinhütte auf einem Gipfel im ersten Tageslicht und sah ins Tal hinab. Hinab in mich, hinein. Mein Vater lag noch schlafend in der Hütte, aber er steht gleich auf, gleich. Dann nenne ich ihm die Namen aller umliegenden Berge. Sage sie aus mir heraus. In das ausgeschlafene Vatergesicht hinein, hinab. Meine Wunschliste. Dann habe ich Bolger bei seinem zweiten italienischen Lied begleitet, dann sind wir gegangen.
Die Luft ist grobkörnig, am Himmel stehen Schlieren. Die Straßen sind leer, menschenleer. Man hat uns nicht erlaubt, ebenfalls Lokalrunden zu spendieren. Ich habe die erste Strophe eines Liedes vorgesungen, das ich aus der Schule

kenne. LUEGED VO BAERG UND TAL. Zitterstimme aus den Alpen, aus Firn und Eis. Die anderen waren beeindruckt. Tische kippten. Ein eiserner Vorhang wurde zu zwei Dritteln auf den Tresen abgesenkt. Nun mußte man sich bücken, um zu bestellen. Bolger hält sich an mir fest. Er hat sich mehrmals überschwenglich bei mir bedankt. Er hat mich auf die Wange geküßt. Später habe ich ihn auf die Wange geküßt. Habe mich mehrmals überschwenglich bei ihm bedankt. Mich an ihm festgehalten. Es regnet nicht länger. Der Wind trägt einen angenehmen Geruch durch die Straße, einen Geruch von früher, von weit her. Schaukelstuhl. Ofenbank. Wollfäustlinge. Kaffee mit Schnaps und Glas. Und ein Großvater, der mit gefalteten Händen über dem Amtsblatt einnickt. In zwanzig Minuten wird er erwachen und vors Haus treten, um nach dem Wetter zu sehen. Westwind, ah, hab' ich's nicht gesagt. Dreckwind, Schneewind. Auf der Brücke über den Liffey kommen uns drei Hunde entgegen. Bolger bellt sie an, aber sie trotten weiter, ohne uns zu beachten. Zwischen den Zähnen das Messer, das unsichtbare.

»Da werden die Wölfe bei den Lämmern wohnen und die Panther bei den Böcken lagern. Ein kleiner Junge wird Kälber und junge Löwen und Mastvieh miteinander treiben«, sagt Bolger.

Ich lehne an der Brüstung der Brücke, bemüht, tief und regelmäßig zu atmen. Unter mir schaukelndes Wasser. Planken, Ruderkähne.

»Und ein Säugling wird spielen am Loch der Otter, und ein entwöhntes Kind wird seine Hand strecken in die Höhle der Natter.«

Er hilft mir auf die Beine. Ich kauere nämlich kichernd neben mir und taste das Pflaster ab nach Münzen, Schlüsseln, Patronenhülsen und so.

»Und Löwen werden Stroh fressen wie Rinder«, sagt Bolger.

Jede Toastscheibe zerschneidet er in acht gleich große Stücke, bevor er sie sich in den Mund schiebt. Er arbeitet mit stiller, fanatischer Präzision. Das Spiegelei, das er nachträglich bestellt hat, zerteilt er mit der Gabel in Portionen, die sofort wieder ineinanderlaufen. Bolger schiebt den Teller beiseite und zersägt mit dem Messer einen Würfelzucker. Mein Kater hält mich davon ab, ihn auf seine Eßtechnik anzusprechen. Ich bin gezwungen, alles starr zu fixieren. Ruhende Gegenstände genauso wie bewegte. Meine Augen scheinen nach innen zu kippen, der Kopf neigt sich unweigerlich auf die rechte Seite. Frachtraum, schlecht beladener. Es ist 9 Uhr. Wir sitzen an einem Tisch am Fenster der eleganten Hotelhalle. Schweigsam, und damit beschäftigt, Wahrnehmungspartikel zusammenzufügen: Realität, Tagwerk. Auf der anderen Seite der Straße liegt St. Stephen's Green; die Rasenflächen, Bäume und Sträucher sind ein beruhigender Anblick. Unser Mietwagen steht vor dem Hotel. Wir wollen versuchen, in einem Stück bis nach Dingle durchzufahren. FORD SCORPIO. Als ich den Wagen aus der Agentur abgeholt habe, lag ein langes blondes Haar auf dem Rücksitz. Der Tacho steht bei 1717 Kilometern. Die Magie der Zahlen, denen wir zufällig begegnen. Geometrie des Reisens: Ich habe Bolger unsere Fahrroute auf der Landkarte gezeigt. Eine zielgerichtete Bewegung und Gerade. MICHELIN. Das Pneumännchen fällt lautlos durch mich hindurch. Der Atommeiler in deinem rechten Auge ist der Salzstreuer, Kippkopf. Bolger zerschneidet einen weiteren Toast. AN DROICHEAD NUA. PORT LAOISE. ROS CRE. AN AONACH. LUIMNEACH. TRA LI. Bolger sagt die Fixpunkte unserer Reise immer wieder vor sich her. Er übt. Wenn er schweigt, denkt er unweigerlich an die Wiederbegegnung mit seiner Tochter Rebecca. Er findet immer neue Ortsnamen auf der Karte, schließlich nehme ich sie ihm weg und falte sie zusammen. »Hast du gewußt, daß es in Dublin einen Zoo gibt?« fragt er.

Er hat mir erzählt, daß er für seine Tochter italienischen Kaffee mitgebracht hat, sowie drei illustrierte Kochbücher. PO-EBENE. LOMBARDIA. KALABRIA.

»Ein Missionar wird von einem Löwen verfolgt. Er rennt und rennt, bis er vor Erschöpfung hinfällt und hilfesuchend seine Hände in den Himmel streckt. Der Löwe kniet neben ihm nieder und faltet seine Pranken.«

Bolger zerschneidet Toast, redet. Aus dem Teich des Parks steigt Dampf, zwischen den Bäumen stehen Säulen aus Sonnenlicht, die aussehen, als könnte man sie anfassen. Äste und letzte Blätter bilden Kuppeln, in denen Vögel hin und her fliegen. Das Ritual des Sehens. Schmerz der Erinnerung. In sanftem Schwung über den Bretterboden gestreutes Licht. Blutpfützen, spiegelnde.

»Willst du nicht wissen, was der Löwe zu dem Missionar sagt?« fragt Bolger.

»Wir müssen losfahren.«

»Lieber Herr Jesus, sei unser Gast, und segne, was du uns bescheret hast. Das sagt der Löwe zum Missionar. Mein Bruder im Geist wartet nicht auf einem Fels neben der Straße. Er wartet in einem Käfig. Ich will in den Zoo. Bitte.«

Windstöße drücken die Karosserie des Autos bedrohlich nahe an den Mittelstreifen, ansonsten bereitet mir die Umstellung auf den Linksverkehr erstaunlicherweise keine Probleme. Regenwolken schieben sich über die Stadt, Bolger hat die ausgebreitete Landkarte auf den Knien. Sein Gesicht glüht vor Aufregung. Langsam fahre ich, behutsam. Verstrickt in komplizierte Erinnerungen. Dublins Zoo befindet sich am Rand des riesigen Phoenix Parks. Wir gehören zu den ersten Besuchern dieses Tages.

»Ich will nur den Puma sehen. Sonst nichts«, sagt Bolger.

Er hat sich an der Kasse erkundigt, wo wir den Käfig finden. Bolger hat meine Eintrittskarte bezahlt. Bewege ich meinen Kopf ruckartig, schieben sich Bilder übereinander. Ich habe den dringenden Wunsch, mich hinzulegen. Die Frischluft sorgt für bestechend klares Licht in der Oberstube. Gepolsterte Stühle fallen in Zeitlupe auf den Rücken, ich stehe an den beiden Luken meines Kopfes und sehe tapfer hinaus ins Freie. Affengekreische. Vogelgeckern. Das Geräusch des Reisigbesens auf dem Gehweg. Der Mann im blauen Überkleid geht hinter uns her und bewegt den Besen unermüdlich.

»Als sich die Schafe beklagten, daß ihnen die Wölfe nachstellten, haben sich die Wölfe mit dem Argument verteidigt, ein Fell für die kalten Tage zu benötigen. Das Urteil des salomonischen Elefanten ist interessant: Er erlaubt den Wölfen, den Schafen das Fell abzuziehen, verbietet ihnen aber gleichzeitig, diesen ansonsten ein Haar zu krümmen.«

Bolger steht so dicht vor dem Freiluftgehege, daß seine Nase fast das Gitter berührt. Er verharrt minutenlang ohne sich zu bewegen und fixiert den Puma, der unruhig durch seinen Käfig streicht. Das Tier verbirgt sich immer wieder hinter einem bewachsenen Erdwall, um bald darauf fauchend dem Gitter entlang zu traben. Bolger schnalzt mit der Zunge, knurrt.

»Jede Katze hat drei verschiedene Namen«, sagt er.

Ich sitze auf einer Bank, vier, fünf Schritt hinter ihm. Sonne wärmt mein Gesicht, läßt die verwackelten Bilder, die ich sehe, flirren.

»Stammt nicht von mir«, sagt Bolger leise.

»Sondern? Sondern?«

Meine Stimme sitzt im Mund. Meine Stimme ist der Kieselstein in der Blechdose. Der Pfotenabdruck auf den sauberen Fliesen. Das Fürzchen im stillen Vortragssaal. Der Zooangestellte mit dem Reisigbesen verschwindet in einem Gebäude.

»T. S. Eliot. Jede Katze hat drei verschiedene Namen. Einen für Hausgebrauch und Familie. Dann einen zweiten, den man Kosenamen nennen könnte.«

434

»Und was ist mit dem dritten Namen?« frage ich nach geraumer Pause.

»Ihn kennt nur die Katze und gibt ihn nicht preis. Den unaussprechlichen, unausgesprochenen, den ausgesprochenen unaussprechlichen, geheimnisvollen, dritten Namen. So ist das mit den Katzennamen.«

Füße parallel und fest auf dem bekiesten Boden, mit wippendem Oberkörper ausbalanciert: Sitze geduldig hinter Bolger und sehe ihm zu, wie er dem Puma zusieht. Wie er ihn anstarrt. Mit Blicken und konzentrierter Aufmerksamkeit in die Enge treibt. Hier stehe ich. Ich bin von weit her gekommen. Und ich will etwas von dir. Ich will deinen Blick.

»Jetzt hab' ich dich. Jetzt hab' ich dich«, flüstert Bolger.

Der Puma kauert tatsächlich in der hinteren Hälfte des Geheges, dicht am Boden und ohne sich zu rühren. Bolger direkt gegenüber. Er sieht Bolger tatsächlich an. Mit einem starren Blick, der Unheil verheißt. Du wolltest meinen Blick. Hier hast du ihn. Du mußt ihn allerdings aushalten. Genau wie ich. Indem wir uns ansehen, siehst du in die Vergangenheit, ich in die Zukunft. Ich bin der Gefangene, nicht du. Die Grenze zwischen uns rettet dir das Leben, in diesem Punkt darfst du dir nichts vormachen.

Im nächsten Augenblick hängt der Puma im Gitter. Ein urplötzlicher, ansatzloser Sprung. Ein Signal aus einer anderen Zeitebene. Bolger taumelt zurück. Der Puma hängt knurrend im nachwippenden Gitter, dampfend vor Haß. Er ist riesig, kraftvoll. Er ist wundervoll. Sein Fell glänzt, seine Stimme versetzt die Erde in Schwingungen, die Bolger den Boden unter den Füßen entziehen.

Er setzt sich schwer atmend neben mich.

»Er hätte mich getötet«, sagt er.

Der Puma läßt sich fallen, sieht Bolger blinzelnd an und verschwindet hinter dem Erdwall, leise schnaubend.

»Er hätte mich tatsächlich getötet«, sagt Bolger noch einmal.

7.

Wir fahren lange Zeit schweigend, brütend. Das Wetter ist wechselhaft, der Anblick des Himmels ein Erlebnis. Wenn ich meinen Kopf nicht bewege, spüre ich nichts von meinem Kater. Bolger bedient das Radio: Er sucht Musiktitel, die zu den Landstrichen, die wir durchfahren, passen. Die Landschaft verweist auf andere Landschaften und damit auch auf Erinnerungen. Regen prasselt über den Wagen, dann hüpfen Sonnenflecken über unsere Gesichter. Einzelne Steinhäuser wirken verloren angesichts des Himmels, der sich hinter ihnen auftut. Eingestürztes Mauerwerk, Hügelkämme. Regen. Licht. Wir bewegen uns unaufhaltsam in Richtung Dingle, werden es heute aber nicht mehr erreichen. Bald beginnt die Dämmerung, außerdem bin ich müde. Landzungen und Waldbuchten passieren wir, farbige Fassaden und Felsblöcke, auf die politische Parolen gepinselt wurden. Die Wolkendecke berührt beinahe den Horizont, läßt nur einen Spalt frei, durch den das letzte Tageslicht leuchtet. Die Straße scheint über die Erdkugel hinauszuführen.

»Die Hindus glauben, daß die Erde auf dem Rücken eines Elefanten ruht. Eines Elefanten, der auf einer Schildkröte steht«, sagt Bolger und nickt wieder ein.

Wir durchfahren einen Ort namens Borris in Ossory. Vor dem Postamt warten drei Schulmädchen im Regen, die uns nachwinken. Meilenweit zeigt die Landschaft kaum Spuren menschlicher Zivilisation. Bolger redet im Schlaf, aber ich verstehe kein Wort, weil er weder italienisch noch englisch spricht. Er erwacht, als ich an einer Zapfsäule, die weit außerhalb eines Dorfes steht, den Tank fülle. Ich habe auch angehalten, um mir die Beine zu vertreten, und weil ich den Ausblick über den Shannon genießen will, dem wir seit kurzem folgen.

»Der Mensch ist übrigens das einzige Lebewesen, das seine Großmutter kennt«, sagt Bolger und steigt zurück in den Wagen, »und seinen Großvater auch.«

In Castleconnell kurz vor Limerick setzen wir uns in einen Pub mit offenem Kamin und essen eine Kleinigkeit. Aus dem Fenster kann man ein Stück des Flusses sehen, über unserem Tisch hängen Fotos von Anglern, die ihren Fang präsentieren. Mittlerweile ist es finster. Kaum fahren wir weiter, schläft Bolger wieder ein. Regen. Dunkelheit. Als er erwacht, erzähle ich ihm von Carla, vom Selbstmord meines Vaters und von den Lesungen bei der Signora und Stauntons Fotos. Als er erfährt, woher das Geld stammt, mit dem ich sein Flugticket, die Hotelzimmer und den Mietwagen bezahlt habe, jubelt er vor Begeisterung. Ich muß anhalten und ihm Nikhils Geldbeutel zeigen, in dem nur ein Teil der Pfundnoten Platz haben. Er will das gesamte Geld sehen, und ich hole meine Tasche aus dem Kofferraum. Wir sitzen wie Bankräuber über der offenen Tasche.

Hügelzüge schieben sich als Schemen an die Straße heran, nur selten kreuzen uns andere Autos. Die Nacht wird zu einer zitternden Fläche, in welcher das Band der Straße verschwindet. Regen klopft übers Dach.

»Eine Schildkröte träumt viele Jahre davon, fliegen zu können, bis sie endlich den Mut hat, sich auf den Rücken eines Vogels zu schmuggeln. Als sie hoch am Himmel kreisen, wird der Schildkröte schlecht. Sie beginnt zu jammern, und der Vogel entdeckt sie und wirft sie vor Schreck ab. Wie die Schildkröte auf dem Boden aufschlägt, zerspringt ihre Schale. Die Ameisen flicken die Scherben zusammen, und seither sind die Panzer aller Schildkröten erdfarben und außerdem von Sprüngen überzogen.«

Bolgers Stimme ist ein vertrauliches Murmeln in meinem Kopf. Vielleicht habe ich mir nur vorgestellt, er rede mit mir, um mich wach zu halten. Die Straße wird zusehends schmaler. Wir fahren auf einen Punkt zu, der bis eben noch geleuchtet hat, ein Ziel. Ein Name. Jetzt ist er erloschen. Stehe im Wind und uriniere in einen Busch. Bolger schläft. Spiegelei, auf beiden Seiten leicht angebraten, eine Kanne Kaffee, getoastetes Brot. Als wir an einem abgelegenen Pub vorbeifahren, halte ich an, drehe um. Kaum schalte ich den Motor aus, erwacht Bolger.

»Die meisten Menschen sehen nur das, was sie wollen. Und das ist nicht genug«, sagt er.

Er steigt aus, geht quer über den gekiesten Parkplatz. Stimme in der Nacht, Priester mit Macht, an die er selber nicht glaubt.

»Sein Blick ist vom Vorübergehen der Stäbe so müde geworden, daß er nichts mehr hält. Ihm ist, als ob es tausend Stäbe gäbe und hinter tausend Stäben keine Welt«, sagt er und verschwindet im Pub.

Im Schankraum stehen Männer, die uns wortlos ansehen. Die Routine des beherrschten, allnächtlichen Deliriums. Das Zimmer, das uns der Wirt vermietet, befindet sich direkt über der Gaststube. Wir hören die Stimmen der Männer als leises Gemurmel. In den langen Pausen zwischen ihren Sätzen glaube ich, das Ticken einer Uhr zu hören. Wir versuchen uns daran zu gewöhnen, nicht mehr unterwegs zu sein. Jeder sitzt auf seinem Bett, schweigend damit beschäftigt, Ruhe zu finden. Bolger verbirgt seinen Kopf zwischen den Knien, die Hände im Nacken verschränkt.

»Diese Haltung hat man uns im Falle eines Absturzes empfohlen«, sagt er.

»Hotelzimmer stürzen nicht ab«, sage ich.

»Aber alte Männer, die ihre Töchter besuchen.«

Später legt sich Bolger hin und schläft sofort ein. Der Strommast vor unserem Fenster sieht aus wie ein Zeigefinger. Um Mitternacht fährt ein Auto auf den Parkplatz, in welchem eine Frau sitzt, die weder die Scheinwerfer noch den Motor ausschaltet. Nach einer Weile kommt ein Mann aus dem Pub und steigt zu der Frau in den Wagen. Sie fährt sofort los.

Quengelig vor Aufregung sucht Bolger nach Möglichkeiten, um unsere Ankunft in Dingle hinauszuzögern. Irgendwann reagiere ich nicht mehr auf seine Vorschläge und Wünsche, fahre stur weiter. Klares, erbarmungsloses Licht.
»Wie sehe ich aus?« fragt er.
»Gut siehst du aus.«
»Was gut? Sehe ich aus wie ein Veteran oder wie ein Vater?«
In Tralee kauft er einen Strauß Blumen für seine Tochter. Im Waschraum einer Tankstelle macht er sich die Haare naß, kämmt sie aus der Stirn. Mittlerweile haben wir die Halbinsel erreicht, auf der Dingle liegt.
»Welch Wohlbehagen, Flügel eines Hundes zu haben, der im Maul einen lebenden Vogel trägt«, sagt Bolger.
Er redet ununterbrochen. Spricht mit sich selbst, bereitet sich auf die Begegnung mit seiner Tochter vor.
»Bevor der Uhu seine Beute verschlingt, hat er sie im Geiste schon verdaut.«
Die Linie der zerklüfteten Küste. Das Meer, ohne ein Schiff.
»Was ist das, Mantovani: Vier Pfoten erwarten auf vier Pfoten vier Pfoten. Na? Denk nach, du weißt es.«
Ich winke ab. Hecken säumen die Straße, schadhafte Zäune. Weizengelb gestrichene Häuser, zerfallene Scheunen.
»Eine Katze auf einem vierbeinigen Stuhl, die auf eine Maus wartet. Gut. Und was ist das: Vier Pfoten kommen nicht, vier Pfoten gehen und vier Pfoten bleiben. Na, was meinst du? Hast du nicht studiert?«
Bewegter Seidenschimmer: Buschwerk im Wind. Kilometerlange Steinmauern. Ein Mann steht unter dem Dach einer Busstation, als erwarte er das Ende eines Wolkenbruchs. Ich fahre schnell, trotz Bolgers Protesten.
»Irgendwo da draußen muß Amerika sein«, sagt er.

Da ich die Abzweigung über den Connor-Paß verpasse, fahren wir auf eine Landzunge, wo plötzlich die Straße abbricht. Bolger besteht darauf, daß wir anhalten und aussteigen. Wir stehen auf einer Klippe, hoch über dem Atlantik. Hinter einem Strauch, vom Wind zerzaust, steht ein verrostetes Fahrrad, ein Suchbild. Finden Sie die zehn Fehler.

»Du weißt ja, daß ich schlecht sehe.«

»Natürlich weiß ich das.«

»Dann übernimmst du die Führung«, sagt er.

Wir sind nur noch wenige Kilometer von Dingle entfernt. An Daingean. Bolger hat den gälischen Namen endlos wiederholt. Auf einem Fels, der wie ein Amboß geformt ist, liegt die schwarze Schale einer Banane.

»Du hast mein Vertrauen, Mantovani.«

»Gut«, sage ich, »das will ich hoffen.«

»Auf nach Amerika«, sagt Bolger entschlossen.

»Auf nach Amerika«, wiederhole ich.

Dann gehen wir über das breite Felsplateau auf den Rand der Klippe zu. Hören das Tosen der Wellen, die von den Steinen gebrochen werden. Können das Meer riechen. Windböen wehen uns Gischt in die Gesichter. Wir gehen langsam und schweigend weiter. Etwa drei Schritte vor dem Abgrund bleiben wir stehen. Bolger klammert sich laut atmend an meinem Arm fest.

»Weitergehen«, sagt er, »los. Auf nach Amerika.«

Aber ich bleibe natürlich stehen und umarme ihn. Drücke ihn so fest an mich, daß er nach Luft schnappt.

»Der Verurteilte wird auf einem Felsen ausgesetzt werden, und die Raben werden sich um ihn scharen und ihre Schnäbel wetzen«, sagt er.

»Komm schon. Deine Tochter wartet.«

»Sie weiß doch gar nicht, daß ich komme.«

Kurz nach Mittag erreichen wir Dingle. Rechter Hand zieht sich eine Häuserzeile den Hang hinauf, hinter dem Hafenbecken erhebt sich ein sanfter Hügel, dessen Weideland mit Mäuerchen in regelmäßige Rechtecke unterteilt ist. Es dauert eine Weile, bis wir das Hotel ›Kingsbridge‹ finden. Das blaue Haus steht am Rand des Hafens, und Bolger bittet mich, den Wagen ein Stück entfernt abzustellen. Stumm sitzen wir nebeneinander, unfähig, uns zu rühren. Der Wind bewegt die Karosserie, bringt eine lose Blechplatte in unserer Nähe zum Singen.

»Ich verzieh' mich in die Ecke des Geschäftes«, sagt Bolger, »dort steht die Kühltruhe und niemand kann mich dabei beobachten, wie ich mein Geld zähle. Ich kaufe einen Apfel, eine Flasche Bier, eine Tomate und ein Brötchen.«

»Laß uns aussteigen«, sage ich.

»Ich bin ganz allein. Ich kaufe nur einzelne Sachen, die ich still nach Hause trage. Manchmal leiste ich mir einen Vanille-Pudding, den es leider nur in Viererpackungen zu kaufen gibt.«

»Komm endlich, Teobaldo.«

»Der Händler macht auch bei mir keine Ausnahme. Dabei kennen wir uns seit dreiundzwanzig Jahren. Viererpackung. Sechserpackung.«

Ich steige aus, gehe um den Wagen herum und öffne seine Tür. Bolger nickt und steigt aus. Er hält den Blumenstrauß starr vor der Brust und weigert sich, unser Gepäck mitzutragen.

»Wir sind Besucher, die mit Geschenken vor der Tür stehen«, sagt er, »nicht mit Gepäck. Schließlich bin ich ihr Vater.«

Auf der Straße kommt uns ein Junge entgegen, der einen Fußball vor sich hertreibt. Er trägt das Trikot des irischen Nationalteams mit der Nummer 11. Sein rechtes Knie ist aufgeschürft, blutet. Das Geräusch des Balles, der von den Turnschuhen des Jungen angetippt wird, von der Hauswand zurückprallt und über den Asphalt rollt, läßt mir keine Ruhe.

»Paß«, rufe ich und laufe auf den Jungen zu.

Ich kann nicht anders, ich muß den Lederball berühren. Bolger johlt. Die Fassade des Hotels ist vor kurzem frisch gestrichen worden. Auf dem Vordach hängen die irische und die italienische Fahne nebeneinander. Es riecht nach Fisch, nach der See.

»Paß«, rufe ich noch einmal, doch der Ball ist bereits unterwegs.

Ich stoppe ihn, nehme ihn mit dem Fuß hoch und jongliere ihn ein paar Mal beidfüßig und mit den Knien. In diesem Augenblick ist es für mich von großer Bedeutung, sorgfältig mit dem Ball umzugehen. Ich weiß, daß meine Kindheit vorbei ist. Der Ball muß so lange wie möglich in der Luft bleiben. Als er mir vom Fuß rutscht, spiele ich ihn flach zu Bolger. Er weicht zurück, trifft den Ball trotzdem und kickt ihn hoch in die Luft.

Der Junge hat sich längst in Bewegung gesetzt. Er weiß, wo der Ball landen wird. Er nimmt ihn volley aus der Luft und spielt mir einen perfekten Bogenball zu, den ich abtropfen lasse. Mit der Brust stoppe. Laut aufstöhnend vor Befriedigung, weil es mir gelingt. Ich fühle mich großartig, wach. Sonne im Gesicht, im Nacken, auf den nackten Armen.

Der Junge und ich laufen los, spielen uns kurze direkte Pässe zu, bleiben am Ende der Straße stehen, vergrößern dann die Distanz zwischen uns, indem wir auf den Parkplatz laufen. Der Ball geht halbhoch hin und her. Ich könnte stundenlang so weitermachen.

Der Junge hat einen präzisen, scharfen Schuß. Bis jetzt hat er mich getestet und geschont. Nun schneidet er seine Pässe an und zwingt mich, ständig in Bewegung zu bleiben. Der Ball ist prall gepumpt, steinhart. Ich schwitze und ringe nach Atem, fühle mich so gut wie seit langer Zeit nicht mehr. Der Ball geht hin und her, zeichnet Bögen in die Luft, Geraden. Der Junge ist mit Konzentration bei der Sache, er nimmt unser Spiel so ernst wie ich.

Als ich mich nach Bolger umsehe, steht er vor dem Eingang des Hotels. Er hält die Blumen in die Höhe, als wolle er sich hinter ihnen verbergen. Dann betritt er das Haus. In diesem Moment streift mich der Ball am Hinterkopf. Ich taumle zurück, gerate aus dem Tritt und kann es nur mit Mühe verhindern, hinzufallen. Der Ball springt mehrmals auf, dann treffe ich ihn mit voller Kraft. Er steigt in den Himmel und verschwindet zwischen den Dächern.

August 1991 bis August 1995
London/Beinwil am See/Zürich/Kastanienbaum/Dublin

Der Autor bedankt sich bei der PRO HELVETIA und beim DEUTSCHEN LITERATURFONDS e. V. für die Unterstützung seiner Arbeit.

Außerdem bedankt er sich bei SABINE REBER für ihre Fragen und Anregungen, sowie bei ROLANDO COLLA für den Schauplatz und wertvolle Recherchen.

HANSJÖRG SCHERTENLEIB
DIE GESCHWISTER
Roman

Gebunden

Hansjörg Schertenleibs *Die Geschwister* ist ein Roman voller Spannung und Atmosphäre, der den Leser in die heutige Schweiz, nach Wien, Mexiko und auf die Insel Formentera führt. Erzählt wird das Leben zweier Geschwister, die sich seit ihrer Kindheit kaum noch gesehen haben und die sich nach dramatischen Ereignissen in ihrem Leben plötzlich aneinander erinnern . . .

KIEPENHEUER & WITSCH

Hansjörg Schertenleib
Der Antiquar
Erzählung

Leinen

»Als sie wortlos den Salon betraten, fuhr eben der erste Blitz
in die Seeoberfläche. Der Donnerschlag folgte nahezu im selben Augenblick, ließ die Scheiben klirren. Die Buchregale
waren leergeräumt worden, Tische und Sessel hatte man bereits abstransportiert. Sie hatten nur noch die Gelegenheit zu
einem letzten Rundgang.«

Kiepenheuer & Witsch